El hijo del Reich

Rafael Tarradas Bultó
El hijo del Reich

ESPASA

Obra editada en colaboración con Editorial Planeta – España

© Rafael Tarradas Bultó, 2024

Imagen: © Hi_ History / Alamy / ACI

© 2024, Editorial Planeta, S. A. – Barcelona, España

Derechos reservados

© 2024, Editorial Planeta Mexicana, S.A. de C.V.
Bajo el sello editorial ESPASA M.R.
Avenida Presidente Masarik núm. 111,
Piso 2, Polanco V Sección, Miguel Hidalgo
C.P. 11560, Ciudad de México
www.planetadelibros.com.mx

Primera edición impresa en España: septiembre de 2024
ISBN: 978-84-670-7444-4

Primera edición impresa en México: octubre de 2024
ISBN: 978-607-39-2039-1

No se permite la reproducción total o parcial de este libro ni su incorporación a un sistema informático, ni su transmisión en cualquier forma o por cualquier medio, sea este electrónico, mecánico, por fotocopia, por grabación u otros métodos, sin el permiso previo y por escrito de los titulares del *copyright*.

La infracción de los derechos mencionados puede ser constitutiva de delito contra la propiedad intelectual (Arts. 229 y siguientes de la Ley Federal de Derechos de Autor y Arts. 424 y siguientes del Código Penal).

Si necesita fotocopiar o escanear algún fragmento de esta obra diríjase al CeMPro (Centro Mexicano de Protección y Fomento de los Derechos de Autor, http://www.cempro.org.mx).

Impreso en los talleres de Impregráfica Digital, S.A. de C.V.
Av. Coyoacán 100-D, Valle Norte, Benito Juárez
Ciudad de México, C.P. 03103
Impreso en México – *Printed in Mexico*

A mi tía Cris, por su fuerza y por su generosidad

1
Daisy García

Londres, 1939

Creía haberlos despistado en la estación, pero ya no estaba tan segura. No podían cogerla, no podían cogerlo. Sobre todo a él. Incluso si aquella huida no hubiera sido de la muerte, cosa que tenía muy clara, a veces era peor no tener futuro que morir. El niño carecía de toda culpa. Tenía cinco años y hablaba poco, quizá consciente del peso que a su temprana edad llevaba sobre los hombros. Había estado escondido desde su nacimiento. Ella también llevaba años medio escondida. Había creído que nadie la recordaría, que todos habrían olvidado a la criada de Agnes Strasse 16, pero estaba claro que se había equivocado. Su madre le había dicho que su belleza le traería problemas, y así había sido.

No tendría que estar en aquella situación. Ni siquiera era inglesa, qué demonios. Tan solo era una pobre española de la provincia de Ávila que había aceptado ilusionada la oferta de trabajo de los Headland, unos ingleses que habían ido a cazar a la finca donde ella trabajaba y vivía desde niña. Cuando los vio, tan distinguidos, se esmeró más que con ningún otro huésped en atenderlos con maestría. La oferta para ir a trabajar a Londres llegó a los pocos días como una agradable sorpresa. No se lo pensó: escaparía de un lugar que adoraba, pero donde sentía que su vida se constreñía entre hectáreas de caza mayor, cultivos infinitos y poquísimas personas. Escaparía de un mundo diminuto en el que se había educado bien y había aprendido a leer, escribir y hablar inglés, algo realmente inusual pero necesario en aquella casa, donde la señora, una inglesa casada con el español que poseía todo aquello, había impuesto su idioma a todos. Así, como si la vida lo tuviera todo planeado, ella, que en realidad se llamaba Margarita, ya de muy pequeña se acostumbró a que la llamaran Daisy, la traducción de su nombre al inglés. Llevaba seis años viviendo en Londres y solo entonces empezaba a pensar que no había tomado una buena decisión: había esquivado la guerra en España, pero ya era imposible que evitara la que acababa de empezar en Europa.

El tren avanzaba entre la oscuridad, firme y seguro, con un traqueteo monótono y potente, adentrándose más y más en el campo, alejándose de Londres, cargado de niños con mochilas y abrigos con etiquetas que los identificaban. Algunos lloraban, otros miraban por las ventanas. Muchos de ellos nunca habían salido de la ciudad y ninguno sabía cuándo volverían. Nadie sabía nada con certeza en aquellos días.

Las despedidas se habían sucedido durante semanas en todas las estaciones del país. Los niños eran evacuados de las grandes ciudades. No solo de Londres, también de Manchester, Birmingham, Liverpool, Edimburgo... Si los adultos iban a morir bajo las bombas alemanas, por lo menos intentarían antes salvar a sus hijos. Exactamente igual que Daisy, aunque la amenaza que se cernía sobre ella no era una bomba, sino unas personas, y su hijo tampoco era uno más. Ni para ella ni para los alemanes.

Había una encargada por cada cincuenta niños, así que en aquel tren los infantes estaban en franca mayoría. Eso la ayudaba. Quizá, si lo hubiera dejado solo, nadie lo habría reconocido, pero no podía correr ese riesgo, pese a que de su mano era más reconocible. Sabía que los alemanes eran tenaces, pero su motivación tenía que ser forzosamente mayor a la de sus enemigos. Aquel niño era lo único que tenía.

Se metió en un compartimento que le pareció más tranquilo, tal vez porque los niños eran más pequeños y ya estaban cansados. Eran casi las nueve. Apartó a dos e hizo un hueco entre ambos para colocar a Pat. Enseguida su hijo se quedó dormido. Ella miró por la ventana. La noche oscurecía el paisaje inglés, pero la luna iluminaba lo que el hombre intentaba esconder: campos y más campos, granjas, puentes sobre ríos serenos y abundantes. De vez en cuando la silueta de alguna gran casa de campo se dibujaba en el horizonte. Pararon en pocas estaciones hasta que Londres quedó lejos. Entonces, cada cierto tiempo, un grupo de niños se apeó en alguna de las minúsculas poblaciones y acudió a su refugio. Grandes casas, instalaciones de todo tipo, ayuntamientos... Cualquier edificio apartado del epicentro de los bombardeos que tuviera suficiente espacio podía servir.

Había cogido el primer tren, porque era el primero que la alejaba de quienes la perseguían. No sabía dónde apearse, tan solo quería escapar.

No tenía sueño. Tampoco podía tenerlo. Debía estar alerta. Acarició la cara de Pat, metió la mano entre los rizos de su cabellera y después se levantó para asomarse al pasillo. Estaba totalmente ocupado por niños. Algunos seguían despiertos, cantando, riendo y también llorando; los más se adormilaban apoyados donde o en quien podían. Por suerte, el espacio estaba tan poblado que era difícil que se movieran de un lado a otro. Las encargadas los sorteaban con dificultad, intentando no pisarlos. Los pocos adultos que se habían visto obligados a coger aquel transporte sin estar involucrados en la evacuación de los niños nunca habían realizado un viaje tan incómodo.

Frente a la puerta de su compartimento, tres niños dormían profundamente dándose calor unos a otros. Colocada a sus pies, cada uno llevaba una pequeña maleta, con una etiqueta igual a la que cada pequeño llevaba prendida en su abrigo para identificarla como suya. Daisy sabía lo que contenían. Algo de ropa, quizá una foto, y la máscara de gas que todos sabían ya cómo colocarse. Malditas guerras.

El tren aminoró la marcha y, como había hecho en las paradas anteriores, Daisy miró por la ventana para comprobar el nombre de la pequeña estación a la que estaban llegando: «Highpond», creyó leer bajo una luz mortecina, velada por la niebla y la oscuridad. El convoy se detuvo y poco después oyó cómo los monitores se afanaban por hacer descender de los vagones al grupo de niños que se refugiaría en aquella zona. Los vio bajar y colocarse en filas, y a los adultos al cargo pasar lista revisando las etiquetas que identificaban a cada niño. Eran casi las doce, y Daisy sonrió al ver cómo los pequeños se movían adormilados. Algunos parecían capaces de dormirse de pie. El tren aumentó su rugido poco a poco, preparado para reemprender el viaje, y el jefe de la estación ya había ordenado la salida cuando dos hombres vestidos de oscuro, con largos abrigos de cuero, salieron del edificio de la estación y, cruzando el andén rápidamente, se subieron al último vagón. No los había visto antes, pero eran inconfundibles, igual que los que la habían seguido por Londres, igual que los que estaban determinados a quitarle lo único que tenía.

Con el corazón a punto de salírsele del pecho, se asomó al pasillo del vagón justo en el momento en que un revisor pasaba por delante de su compartimento. Lo paró.

—¿Falta mucho para la siguiente estación? —preguntó temiendo la respuesta.

El hombre se sacó un reloj de bolsillo del chaleco y lo acercó a sus ojos.

—Dieciséis minutos hasta High Glenmore. Luego una hora y veintidós hasta Moreton.

Daisy sonrió levemente. Tenía una oportunidad. Se bajaría en High Glenmore, fuera lo que fuera que hubiera allí. Tan solo tenía que hacerlo sin ser vista. Cogió a Pat en brazos y salió de su compartimento para ir hacia la cabeza del tren, el lugar más distante del vagón que en aquellos momentos estarían revisando los hombres de los que estaba decidida a escapar. Le alivió un poco pensar que el mismo trabajo que le estaba costando a ella avanzar por el pasillo aún repleto de gente lo estarían sufriendo sus enemigos. Revisar un espacio como aquel, de noche, con la gente adormilada y escondida bajo bufandas y mantas, no era fácil. La situación los había vuelto a todos grises, y el gris era un color adecuado para camuflarse. Lamentablemente, parecía que no había previsto que nadie se apease en High Glenmore, así que ninguna masa de gente disimularía su huida. Esperó unos minutos hasta que la luz de la estación apareció al final de la vía. El tren aminoraba la marcha una vez más para acercarse poco a poco a la parada. Tan solo tres personas esperaban para subir, y había otro tren en la vía paralela presto a partir en dirección opuesta, previsiblemente hacia Londres. Perfecto.

Esperó a que los que aguardaban en el andén subieran al tren. Luego, a que el jefe de estación indicara que podían reanudar la marcha. Antes de que lo hicieran, saltó del vagón con su hijo. En el andén, frente a los vagones de cola, uno de los hombres que la perseguían había bajado y estaba a punto de volver subirse. La vio. Estaba a casi cien metros, pero la reconoció y echó a correr hacia ella.

Asustada, Daisy corrió a su vez hacia la locomotora y, justo cuando esta empezaba a moverse, saltó por delante de ella con Pat en brazos y cruzó la vía hacia el otro andén. Fue hacia el tren que estaba a punto de iniciar la marcha en dirección opuesta, pero, en lugar de subirse, se colocó bajo el último vagón, tendida en el suelo entre las vías. Oyó los pasos apresurados tras ella y vio a su perseguidor saltar y entrar en el vehículo. Enseguida, el tren se puso en marcha. Con la mano puesta en la cabeza de Pat, se cercioró de que no la levantara ni por un instante mientras el estruendo metálico lo llenaba todo. Con la otra mano, sujetó el guardapelo que llevaba siempre colgado de una cadenita corta, al cuello, y que sobresalía por encima de blusas y vestidos, casi como un camafeo. En el interior guardaba una foto de su madre y de su padre. Lo agarró con fuerza mientras los invocaba una y otra vez: «Por favor, mamá; por favor, papá, proteged a mi hijo». Tuvo muchísimo miedo, y, hasta que el sonido se alejó, no estuvo segura de haber hecho lo correcto. El niño lloraba y ella también lo hacía, quedamente. Pero se hizo el silencio y, tras abrir los ojos, Daisy soltó el guardapelo y sujetó a su hijo para ponerse en pie. Había sido arriesgado, pero su enemigo se alejaba. Dos hombres, cada uno en una dirección, subidos a dos trenes. Ninguno la encontraría de momento.

Se subió al andén y salió rápidamente de la estación a un cruce de caminos: tres caminos, tres posibilidades, y nada en el horizonte. Sin ningún motivo, tomó el de la izquierda y, a paso ligero, con Pat de la mano, anduvo entre la oscuridad y la niebla que matizaba la luna. No tenían frío porque no tenían tiempo ni de pensar que lo hacía. «Pobre niño», se dijo mirando a su hijo, que se había acostumbrado a no pertenecer a ningún sitio, a estar siempre huyendo y desconfiando. La desconfianza nunca había sido un buen material para crear nada, qué duda cabía, pero de momento no había otra opción, y en su éxito como madre estaría revertir aquella situación. Que todo lo malo que acarreaba su niño en sus primeros años y en su misma sangre no impidiera que fuera una buena persona. Nada más. Nada menos.

No sabía a dónde iba; tan solo se alejaba del peligro, que no era poco. Sufría por su hijo más que por ella, y no podía evitar sentirse culpable por proporcionarle aquella vida y no otra. «Te lo compensaré», pensó mirando al pequeño, que estaba muy cerca de necesitar que lo volviera a llevar a cuestas. El camino se estrechó un poco y los arcenes parecieron de pronto más cuidados, casi recortados.

Poco después, a ambos lados, dos grandes torreones acabados en pico marcaban la entrada a un recinto. En sus cumbres, dos grifos alados de piedra guardaban cada una de las construcciones, de estilo Tudor, con secciones hechas en ladrillo que Daisy, en la oscuridad, supuso rojo, y en piedra oscura, llena de moho y líquenes. A uno de ellos se abrazaba una densa enredadera. En la pared del otro, grabado en piedra blanca, quizá mármol, pudo leer: «Glenmore». Ninguna de las torres parecía destinada a nada más que a advertir que se entraba en una finca privada; no parecían habitadas. Siguió su camino, imaginando que aquellos formidables grifos giraban las cabezas para mirarla avanzar desde la altura. No tuvo miedo. Se había acostumbrado a temer mucho más el mundo real que el imaginario.

A partir de aquel punto, la naturaleza a los lados cambió un poco, y el horizonte se ensanchó, de forma que, incluso de noche y a la escasa luz de la luna, sus ojos pudieron ver mejor. Prados ondulantes salpicados de sombras oscuras proyectadas por árboles formidables, grupos de puntos blancos que supuso ovejas, y el camino, que ya no describía curvas, sino una recta perfecta y larga jalonada de grandes robles. Siguió andando. Llevaba tres horas desde que había saltado del tren y Pat dormía agarrado a su espalda cuando, con sus fuerzas agotándose, unas luces aparecieron al final del camino y, sin más ideas, aceleró algo el paso hacia ellas. Cruzó una cancela abierta, con barrotes acabados en punta y volutas aristocráticas, y, conforme se acercó, la bruma reveló la gran casa de campo que presidía el lugar. Era enorme, Daisy calculó que la fachada tendría por lo menos cien metros de largo, con dos pisos nobles con altas ventanas y un tercero inequívocamente destinado al servicio, con aberturas más pequeñas colocadas en orden justo antes de la balaustrada que coronaba la edificación.

No podía llamar a la puerta y arriesgarse a que no le dieran cobijo, pues la hospitalidad de las casas de campo hacia los que arribaban a sus puertas no seguía una norma común. Podrían haberse apiadado de ella o haberla llevado hasta la entrada de la finca para que se alejara de aquellas tierras lo antes posible.

Sin acercarse demasiado, giró y se adentró en el jardín formal que empezaba en uno de los lados del edificio, fácilmente reconocible por su arco de entrada pulcramente recortado en el seto. Sorteó varios parterres entre el rumor débil del agua de algunas fuentes y surtidores, que, como la casa, parecían dormir. Al final de una avenida de tejos con caprichosas formas, sus ojos reconocieron la sombra de una edificación. Se acercó. Era un templete cerrado, una habitación de jardín, un pequeño edificio redondo, con cúpula y rodeado de un porche. Entró por una puerta lateral y se alegró al comprobar que en el interior la temperatura aumentaba; también que la habitación estaba cómodamente amueblada, con un conjunto de tresillo y butacones de cojines mullidos. Sobre uno de ellos había una manta. Recostó a Pat y se pegó a él, tapándose. No podía pensar en nada que no fuera dormir y tampoco sabía mirar más allá de aquella noche. Jamás se había sentido tan cansada. Apenas había apoyado la cabeza en los cojines cuando se quedó profundamente dormida y sus sueños la devolvieron a la pesadilla acaecida años atrás.

1935, cuatro años antes

La señorita Headland era menos guapa de lo que se creía, pero vestía tan bien que el resultado era siempre óptimo. En cambio, ella, que era más guapa, vestía siempre con sencillez, de forma que quedaba claro que, pese a ir juntas, no eran amigas, y que Daisy era tan solo la doncella, aquella que en todo momento estaba presta a ayudar y servir a la señorita. En realidad, eran los señores Headland, los padres de Unity, los que la empleaban, pero su hija había demostrado necesitar siempre supervisión, y aunque Daisy no podía ni siquiera opinar sobre lo que aquella hacía, por lo menos intentaba que la seguridad de la joven no peligrara. Tenían una edad parecida, pero sus intereses y vidas eran opuestos.

En Londres, el nacionalsocialismo estaba en todas las conversaciones y las opiniones a favor y en contra eran frecuentes, pero Unity Headland había ido un paso más allá. O varios. Estaba completamente seducida por todo lo que tuviera que ver con Hitler y sus ideas, tanto que había alquilado un piso en Múnich para estar más cerca de aquel tremendo lío y la había llevado consigo.

La señorita sabía dónde se reunían los altos mandos del partido, así que empezó a frecuentar los mismos lugares. Cervecerías, restaurantes y clubes. Lugares que a Daisy la incomodaban y la hacían ruborizarse mientras Unity se emborrachaba y se dejaba magrear.

Al mes, muchos camisas pardas visitaban su apartamento con frecuencia. Él también. La señorita lo seducía, pero a veces, mientras se abrazaban, Daisy veía sus ojos azules clavarse en ella. Nunca nadie la había mirado así. Su mirada era tan extraña que resultaba a la vez atractiva, casi hipnótica. No era una mirada de amor, era de deseo. Deseo violento e impuesto, desprovisto de candor. Hablaba poco y se dejaba querer por los que lo veneraban. Unity se aproximaba a él de manera que no había duda de sus intenciones, pero el hombre la miraba a ella. A Daisy.

Una noche, cuando se apagaron las luces del salón finalmente y la señorita se había tambaleado hasta su dormitorio, escuchó la puerta de su habitación al abrirse. Luego alguien separó las sábanas y se metió junto a ella en la cama. Daisy no se movió. Tenía miedo. No sabía qué hacer. Él empezó a acariciarla apretándose a ella por la espalda, susurrándole palabras que no entendía. Muy pocas palabras, como siempre. El lenguaje de aquel ser eran los hechos. Deslizó las manos por debajo de su camisón. Daisy intentó resistirse, pero el hombre, sin ser demasiado fuerte, fue capaz de obligarla, de mantenerla apresada entre sus brazos. Su fuerza era su actitud, su magnetismo, sus palabras firmes. La paralizó. Su voz era dura y fuerte incluso al susurrar. Qué iba a hacer ella, una pobre campesina española frente a él. Nada. No hizo nada. Se dejó poseer aquella noche. Y luego dos noches más. La señorita no lo sospechó. No supo ver en ella el miedo, ni la desgracia, ni la vergüenza, porque jamás se había fijado verdaderamente en su doncella. Tres meses después el mundo se empezó a poner del revés, justo a la vez que su vientre y su cuerpo dieron señales inequívocas de que algo crecía en su interior.

Daisy guardó el secreto celosamente mientras Unity justificaba el alejamiento del hombre del que estaba enamorada por el fragor del momento, por las heroicas gestas en las que estaba participando. A menudo hablaba de la celebración que esperaba, de cómo volverían a encontrarse cuando los cambios se asentaran, cuando todo se adaptara al nuevo orden. Jamás imaginó que su país pudiera entrar en guerra con Alemania, porque jamás pensó que todo lo que los nazis hacían pudiera estar mal o ser injusto de alguna manera. Era tan simple, tan caprichosa, y su mente estaba tan obnubilada que solo veía la gloria y el bien en aquello. Alemania era una nación superior, igual que Inglaterra, y por ello debía dominar el mundo con un imperio tan lustroso como el inglés. Hitler aún no había alargado sus garras hacia sus vecinos, pero todos los países que estaban cerca empezaban a sentir su aliento en la nuca.

Unity se sentía profundamente británica, pero a la vez deseaba un gobierno como el alemán para su país.

Serían dos grandes imperios amigos. Estaba segura.

Como en tantas otras cosas, se equivocó.

A final de 1934, Daisy estaba de seis meses cuando Unity finalmente tuvo dos minutos para mirarla y darse cuenta de que estaba embarazada. Coincidió con uno de sus frecuentes malos humores. El hombre al que deseaba no respondía a sus cartas, jamás llamaba ni se dejaba ver en el apartamento en el que hacía pocos meses había pasado tantas noches, lo que resultaba inexplicable para la señorita Headland, que estaba acostumbrada a que todo le viniera de cara. Iracunda, apartó con el brazo un jarrón, que se estrelló contra el suelo y se rompió en mil pedazos. Antes de volver la vista hacia su doncella, calló unos segundos.

—Tú... —dijo en voz baja—. Tú... —repitió mientras ordenaba su cabeza y enfocaba la mirada al vientre de Daisy—. ¡Tú estás embarazada!

Daisy bajó la cabeza avergonzada. Pese a haber tenido muchos meses para ponerse en situación, no supo cómo reaccionar.

—Sí, señorita. Lo estoy —confesó rendida.

—¿De quién es? ¿Con quién has yacido, vulgar ramera? —«Con el mismo hombre que usted», quiso decir Daisy, pero se lo guardó—. Te he preguntado de quién es —insistió Unity, acercándose a ella, señalándola con el índice—. ¡¿De quién es?! —repitió cogiéndola por los hombros para zarandearla—. ¡¡¡De quién es te digo!!! —Luego la soltó y se acercó a la mesa para coger otro jarrón que lanzó contra ella. Daisy permaneció callada—. Recoge todo esto —dijo Unity con la cara enrojecida por la ira—, me voy a la calle. Cuando vuelva, me dirás quién te ha preñado. Si no, espero que estés fuera de la casa. Daré las peores referencias de ti. No encontrarás trabajo nunca más.

—Señorita, yo... —empezó Daisy.

—Me dirás quién te ha preñado, golfa, ramera. Me dirás con quién te has lanzado al pecado y la ignominia. Me lo dirás. De lo contrario, no vuelvas a acercarte a mí. Me voy. Tienes media hora.

Unity Headland salió del piso con un portazo. Daisy sabía que no había nada peor que contarle a la señorita que el hombre del que estaba enamorada era el padre de su hijo.

No había opción.

Hizo la maleta y, desolada pero decidida, salió de la casa, de Múnich, de Alemania, y, cruzando el canal de la Mancha, a los tres días volvía, pobre, humillada, embarazada y triste, a Londres.

Se le dio mejor de lo que esperaba y la suerte, por una vez, estuvo de su lado. No conocía los bajos fondos de la ciudad, aquellos donde los parques aristocráticos y las grandes mansiones eran casi imposibles de imaginar. Había llegado desde España directamente a la cocina de la casa de los Headland, y desde allí había ascendido poco a poco hasta convertirse en doncella de la señorita Unity. Daisy era de esas personas fáciles de leer, por sus ojos bondadosos, sus palabras escasas pero acertadas, su meticulosidad, su inteligencia. También su físico era agradable. Se notaba que no le había faltado comida nunca y sabía en quién fijarse. Siempre había intentado rodearse de gente mejor que ella, gente que la animase a esforzarse y mejorar, que era exactamente lo que había hecho. Daisy lo tenía todo menos posición.

En Londres, o en Múnich, sus grandes ojos verdes, su pelo denso y oscuro, su piel sonrosada y su boca, grande, limpia y franca, no fueron suficientes para ocultar el embarazo, ni para mejorar su honra, que estaba en entredicho. Madre soltera y pobre, pensó que acabaría en la calle; en cambio, el anciano señor Dumfries supo ver sus virtudes y la empleó en su pequeña floristería, que Daisy atendió a diario hasta dos días antes de dar a luz. Una semana después volvía a ponerse tras el mostrador, con la cuna de Pat bien cerca.

El niño creció fuerte como sus padres y educado como su madre, que supo encontrar la felicidad en aquella tienda humilde, cercana a su pequeña buhardilla, dos remansos de paz y pulcritud en una Europa que se acercaba a lo contrario. Nunca pensó que le prestarían atención. Había dado sus señas solo a dos personas: su madre, que cuidaba de su padre en la finca en la que trabajaba en España, y el ama de llaves de los Headland. Ella fue quien le remitió la carta que le había escrito Unity y, tan solo por la letra del sobre, picuda, iracunda, que casi rasgaba el papel, supo que no contenía nada bueno. Habían pasado cuatro años desde que la viera por última vez. Sus pocas palabras le cambiarían la vida.

> Ramera, sé lo que hiciste y él lo sabe también. Te encontraré cuando él lo haga. No verás a tu hijo crecer más que en los periódicos. La traición se paga, la imprudencia también.

Justo lo que temía. Unity Headland había informado al padre de Pat de la existencia del pequeño. Sería él el que se lo arrebatase. El lobo no tenía más hijos, así que reclamaría al cachorro de Daisy. Sería él el que castigara su imprudencia al marcharse y, sin saberlo, también la traición a la señorita.

Esa misma noche, Daisy empezó a planear una nueva vida. Pero a la semana, los hechos se precipitaron. El 3 de septiembre de 1939 Inglaterra declaró la guerra a Alemania. Todos se asustaron, pero, con un fondo de culpabilidad, Daisy pensó que eso dificultaría que le arrebataran a Pat. Días después, aunque no había caído una sola bomba sobre Londres, los preparativos para hacer frente a aquella amenaza no cesaban en la calle cuando el señor Dumfries entró en la floristería con el periódico del día anterior.

—Todo es terrible, querida —dijo dejando el diario sobre el mostrador—. En absoluto pensé que volvería a vivir una guerra.

—Quizá se pueda hacer algo aún. El Gobierno... —opinó ella.

—No han hecho nada. Ese Chamberlain... Le han tomado el pelo. Churchill es el único que lo ha tenido claro.

Daisy no tenía ni idea de quién era Churchill.

—El nazismo, el fascismo, ha seducido a muchos ingleses también. Ahora abrirán los ojos. —El señor Dumfries abrió el periódico por la tercera página—. Como esta tonta..., una idiota de buena familia con espíritu nazi. Se pegó un tiro el día de la declaración de guerra en un parque en Múnich. —Daisy supo que se refería a Unity Headland. Cogió el periódico ansiosa—. La muy tonta no supo ni matarse. La tuvieron cinco días en el hospital y la bala sigue alojada en algún lugar de su cabeza. Probablemente no note ningún empeoramiento en su raciocinio. El caso es que ha despertado y ya viene hacia Londres. Por lo visto es nieta del marqués de Beaumont, él habrá movido los hilos. Es una pena que no la dejen allí.

—Sí que lo es —dijo Daisy sintiendo cada palabra. En la imagen se veía a la señorita Unity incorporada en una camilla muy grande que trasladaban a hombros varios enfermeros. Su mirada era la misma y su sonrisa parecía una advertencia hacia ella. Una amenaza.

—Ya ves, querida. Una tonta que no ha podido asumir que el enemigo es Alemania.

Daisy calló. Estaba segura de que las motivaciones para suicidarse de Unity eran más complejas. Era caprichosa y complicada, y reclamaba para sí un protagonismo que sin duda estaba obteniendo. Nada como un suicidio, o mejor, un suicidio fallido, para llamar la atención del alemán al que ansiaba. Si el hombre del que estaba enamorada la quería, la retendría junto a él, pero parecía que en lo único en lo que habían conseguido ponerse de acuerdo los ingleses y los germanos era en que aquella mujer volviera a su tierra natal.

Pasó todo el día con la cabeza en otra parte. Había pocos clientes. La voz de su hijo, que jugaba en la trastienda y canturreaba, era el único sonido en el interior del comercio con olor a jacintos. Nadie compra flores en la víspera de una guerra, aunque sea la manera más sencilla de embellecer la fealdad. Cuando lo verdaderamente feo empieza, lo bonito se vuelve transparente y el ojo pasa por encima de lo que queda de él. Aquellos días no eran una excepción.

A las seis cerró la tienda y, con Pat de la mano, volvió a su buhardilla. Giró la esquina de la calle, desde la que se contemplaba el edificio de ladrillo visto y cuatro plantas en el que vivía. Fueron tan solo unos segundos, pero con total claridad vio la luz de su ventana apagarse. Alguien estaba en su casa. Una sombra cruzó tras la cortina. Supo que habían ido a por ella. Peor. A por Pat.

Sin dudarlo, aupó en brazos a su hijo y, corriendo, salió en dirección al autobús que enfilaba en ese momento la calle. A cincuenta metros, dos hombres corrieron tras ella. Media hora después, sin haber conseguido quitárselos de encima, había subido al tren.

Mucho más tarde, había acabado dormida en la casita de un jardín desconocido, en una casa desconocida, en un lugar imprevisto.

2

Lucy Epson

—No te gustará Glenmore —le había dicho su madre a Lucy casi dos años antes, cuando fueron junto con su padre a conocer a su futura suegra a aquella casa—, es una casa absurda, sin distinción. Quiere parecerse a Lyme Park, pero no tiene su elegancia; a Castle Howard, pero ni siquiera es su hermana menor; a Hardwick, pero es más oscura; a Cliveden, pero carece de vistas. No es ni victoriana ni isabelina, ni Tudor, ni barroca ni gótica, sino todo a la vez... En definitiva, un despropósito. Y el jardín es muy pequeño —añadió—: ni una rosa relevante ha salido de por aquí. Tendrás trabajo. La vida nos pide sacrificios.

Su madre pensaba que su gusto era el único aceptable; Lucy, que tan solo era limitado. Esa era la palabra. Casi nada era del agrado de la condesa Bramount, así que la mayor parte de las cosas suponían una decepción para sus ojos y sus modales. Lucy ya se había acostumbrado a ello y agradecía haber heredado el carácter de su padre, que siempre sonreía, y con el que a menudo se reía de su madre, a la que solo comprendía su hermano mayor, tan estirado como ella. Su familia, bien avenida, se había dividido siempre en dos grupos. Su madre y su hermano, que se mofaban de cualquier cosa que ella y su padre escogieran, y ellos, que también lo hacían del carácter de los otros. Se querían y se divertían juntos, quizá —o sobre todo— por esa guerra sorda entre bandos opuestos.

Lucy recordaba cada minuto de aquel trayecto en el asiento trasero del Rolls de sus padres. Cómo su madre se afanó en criticar una casa que a ella le daba totalmente igual, nerviosa como estaba por conocer a la madre de Louis. Habían quedado una decena de veces antes de decidir que estaban hechos el uno para el otro y debían casarse, así que no conocía a su familia, a saber: una madre viuda desde la Gran Guerra, una hermana y el propio Louis.

A su madre le había gustado que su futuro marido no tuviera padre. Lo había insinuado tantas veces que había acabado por quedarles a todos claro: «Tener suegro en estas circunstancias es un incordio, y tu situación nunca estaría segura del todo. Esa gente... Sencillos barones, sin historia... No sé mucho sobre ellos, esa es la verdad. Estoy harta de ver hijos desposeídos y herencias inexistentes. Estarás mejor si tu marido ya lo controla todo. Sea lo que sea ese todo».

Por aquel entonces, Lucy estaba segura de que su madre sabía mucho más sobre la posición de los Epson que ella misma, principalmente porque a su progenitora le importaba mucho, y a ella nada. Ni la casa a la que se dirigían, ni su fortuna, ni nada que no concerniera directamente a Louis como persona la inquietaban lo más mínimo. Pensaba que incluso en pobres circunstancias serían felices. Las circunstancias nunca fueron pobres, pero Louis le había dado la felicidad. Al menos el tiempo que habían estado juntos...

Aquel primer día en Glenmore todo había ido mucho mejor de lo que su madre había vaticinado, lo cual no era particularmente complicado. Habían pasado dos años ya. Dos años desde que había cruzado el espacio entre las dos torres que custodiaban la entrada a la finca sin prestarles demasiada atención, leyendo de reojo las letras talladas en piedra con el nombre de su hogar. Ahora, mientras volvía a encarar el tramo final de la larga avenida que llevaba a la casa, lo hacía sola en su pequeño Austin. Siempre sonreía cuando la veía aparecer al fondo, entre prados salpicados de grandes robles y rebaños de ovejas limpias, blancas y mullidas como bolas de algodón, en aquella simbiosis perfecta de lo refinado y lo rural del lujo campestre al que estaba acostumbrada desde niña, primero en Bramount Park y por aquel entonces en Glenmore.

Siempre se preguntó qué era exactamente lo que a su madre no le gustaba de aquella casa. A ella le pareció extraordinaria desde el primer día. Estaba edificada completamente en piedra arenisca de Bath, de un color entre amarillo y dorado, parecido al de la arena de playa cuando se moja, y, efectivamente, no respondía a ningún estilo determinado, aunque predominase el aroma neoclásico en el exterior y el barroco en el interior, en un conjunto casi armonioso. Era un edificio rectangular, largo, no excesivamente alto, con dos pisos nobles que se asomaban al paisaje con ventanales enmarcados ricamente, y un tercer piso y sótano destinados al servicio, con ventanas de menor tamaño. La entrada se realizaba a través de una cochera alta sostenida por columnas. Toda la cumbrera del edificio se remataba con una balaustrada enriquecida cada pocos metros con estatuas de estilo clásico en una piedra algo más clara, que destacaba sobre la del edificio. En el centro, culminando la fachada, ondeaba el estandarte verde y rojo de los Epson. Delante, una fuente con un chorro muy alto daba la bienvenida.

—Horrible, ¿verdad? —le había dicho su madre al acercarse a la casa.

—Espantosa —había mentido ella.

Lo recordaba bien todo. En la entrada los esperaban Louis y su madre, lady Maud. Se saludaron cordialmente pero sin exageraciones, y pasaron al interior, que no desmerecía en nada del exterior. Era, por supuesto, enorme, pero, además, conseguía ser cálido y dar la impresión de un verdadero hogar. Estaba impecablemente cuidado y el paso del tiempo y el cambio de la moda eran perceptibles en la decoración, distinta en cada estancia que cruzaban de camino a la biblioteca. Tras un salón con esculturas clásicas y suelos de mármol, pasaron a otro de colores rojizos, paredes enteladas en seda y retratos familiares. El siguiente era más femenino, e incluso los arreglos florales encajaban con aquella feminidad. Cada sala tenía algo que la hacía única. Lucy recordaba que, en todas, la chimenea estaba encendida y el aire era ligero y limpio, nada que ver con el ambiente cargado de muchas casas similares. Glenmore Hall era único por aquello. Parecía que, en lugar de resultar un lastre de incómoda manutención y escaso uso, el pasado y la historia de la casa no eran historia ni pasado. Todo parecía utilizarse y estar vívido.

Al final de la *enfilade* de grandes salones que miraban hacia el parque, llegaron a la biblioteca, enorme y repleta de libros encuadernados ricamente. Estanterías de nogal con aplicaciones doradas recorrían las paredes, el suelo de roble se cubría con grandes alfombras de dibujos bermellones y, frente a la enésima chimenea, unos sillones floreados y un lacayo con librea esperaban a la familia que estaba por formarse. Su madre y su suegra pasaron un buen rato charlando hasta la hora de comer. Se conocían bien, quizá por eso no parecían tenerse demasiada simpatía, aunque la cordialidad reinó en todo momento y enseguida hablaron de los preparativos de la boda, organizándolo todo sin que ni a ella ni a Louis les importara lo más mínimo aquel trámite con tal de estar juntos lo antes posible.

Dos años, dos años desde aquel buen día y, visto en perspectiva, entonces todo era mucho más sencillo. Infinitamente menos complicado que las horas que tenía por delante y las que seguirían.

Volvía de Londres tras una negociación que, de no haber estado fuera de casa, tendría que haber llevado a cabo Louis. Una negociación a la que habían llegado tarde y por la que pagarían algunas consecuencias. Con todo, creía haberlos salvado del desastre. Amanecía. Vio el sol brillar sobre las colinas. Le gustaban las mañanas, también cuando atardecía. A aquella hora, los marcos interiores de las ventanas, que habían cubierto de pan de oro copiando la idea de los Devonshire en Chatsworth, reflejaban el sol dentro y fuera de la casa, de manera que toda ella desprendía una luz que destacaba sobre el entorno verde y limpio que la rodeaba. Glenmore no era horrible. Glenmore era espectacular.

El día de la declaración de guerra habían apagado la fuente que presidía la explanada de la entrada y habían prometido volver a ponerla en marcha el día en que acabara la contienda. Solo si ganaban, por supuesto. La rodeó y aparcó frente a su casa. De un salto salió del coche y entró con decisión. Como cada mañana, las diferentes estancias eran un ir y venir de sirvientes diligentes, cada uno encargado de una tarea distinta. Cargar las chimeneas, limpiar los cristales, ordenar los salones, poner flores, enlucir las barandillas, quitar el polvo de las lámparas. Luego desaparecían y solo veían a una pequeña porción del personal de la casa, encargado de atenderlos durante el resto del día mientras la actividad en el piso de abajo continuaba. A las diez le traían a su hijo William y jugaba con él una hora antes de seguir con las tareas, pero hacía días que prescindía del encuentro. William tan solo tenía un año, así que no notaría ni aquella ausencia ni algunas de las cosas que estaban por venir.

Se saltó el desayuno y fue directa a su despacho, junto a la biblioteca, donde abrió la carpeta que llevaba encima. De uno de los cajones extrajo un plano de la casa. Concienzudamente, anotó sobre él.

Sí. Glenmore Hall había llegado tarde, pero no del todo. La negociación había sido dura.

Años antes de la declaración de guerra, cuando parecía claro que llegaría, muchos de sus amigos habían ofrecido sus casas de campo para el esfuerzo bélico. Los duques de Devonshire habían ofrecido Chatsworth para una escuela para niñas, y los marqueses de Salisbury o los condes de Harewood habían hecho lo mismo con Hatfield House y Harewood para hospitales militares. La lista de casas puestas a disposición del esfuerzo de guerra era larga y, para su marido, incomprensible.

Louis, igual que su madre, se había horrorizado con la idea de que su casa la ocuparan unos desconocidos. Su suegra había paseado por el salón en el que lo habían discutido señalando cada una de las porcelanas que se romperían, cada una de las alfombras que se estropearían y, en general, cada valioso objeto que los rodeaba, asegurando que acoger a extraños acabaría con la casa. Con su hogar.

A Lucy le había extrañado que aquel pensamiento no hubiera pasado por la cabeza de todos los que ofrecían sus casas, muchas de las cuales contenían colecciones mucho más valiosas que las de Glenmore Hall. Las mejores piezas de aquella casa eran una vasta serie de óleos de calidad media de paisajes ingleses, un Turner, un pequeño Canaletto y la escultura de Canova que presidía el arranque de la escalera. Una nimiedad comparada con las de las grandes casas de campo de los duques más importantes y de la élite aristocrática, que habían sido los primeros en ofrecer sus propiedades al Gobierno. Luego había entendido la jugada y la sagacidad de aquellos. Muchas de las grandes casas de campo (Glenmore también) habían sido visitadas por equipos del Ministerio de Obras desde 1935. Gentes desconocidas habían paseado por los salones con excusas vanas, en nombre del Gobierno, sin explicar su intención final, que hubiera alarmado a sus ilustres propietarios. En secreto todas aquellas mansiones habían sido marcadas y apuntadas de forma que, llegado el momento, pudieran ser requisadas para el esfuerzo de la guerra. Y el momento había llegado. En 1939, algunos propietarios habían encontrado en sus terrenos, de un día para otro y sin aviso, a hombres marcando árboles que debían ser talados para crear pistas de aterrizaje, o puertas que debían agrandarse para que algunos camiones pudieran acceder. Las quejas llegaron hasta el rey, pero él ya tenía suficientes quebraderos de cabeza como para ocuparse de aquello. Así, los que habían ofrecido sus casas para un fin específico antes que los demás habían salvado sus propiedades de males mayores.

Un colegio para niñas era manejable y, en palabras del duque de Devonshire, aseguraba que ningún oficial acercase a sus soldados a menos de unas millas de la puerta. Un hospital de soldados que apenas podían levantarse de sus camas tampoco parecía una amenaza importante para los venerables salones que lo acogerían. Todo menos soldados jóvenes e incontrolables, ávidos de lo que la juventud y la guerra traían. Todo menos la energía desbocada de un batallón aún ignorante de lo que estaba por venir. Ninguna casa estaría segura con aquellos regimientos bajo su techo.

«Bien jugado», había pensado Lucy antes de ponerse manos a la obra para ofrecer su casa. Era tarde, pero quizá aún hubiera una oportunidad para su propiedad. Tras pelearse con varios funcionarios, pasearse por despachos plagados de papeles y griterío, prometer favores imposibles y mentir descaradamente, había conseguido que destinaran al colegio de Saint Clarence, del East End, a Glenmore.

No eran niñas y algunos de los niños tenían ya trece años, por lo que serían, seguro, difíciles de lidiar, pero por lo menos no eran soldados en instrucción, aunque fueran unos doscientos niños. Un escalofrío recorrió su espalda al pensarlo: ¡doscientos!

«Todo menos soldados», se repitió de nuevo.

La segunda negociación empezó a mediodía, cuando, tras repasar toda la casa, Lucy ya tenía pensado dónde colocar a los niños. Su marido se había ofrecido voluntario en cuanto la guerra había empezado y llevaba desde entonces en un cuartel en Yorkshire, entrenándose para su pronto destino, así que, en teoría, Glenmore, la finca y la casa, estaban bajo su único control. Pero esa era solo la teoría. La realidad era que la baronesa viuda, que vivía en una casa generosa en la entrada del pueblo, seguía siendo la figura más respetada de su antiguo hogar, y parte del personal de servicio aún no había entendido que la señora de Glenmore Hall había cambiado y no era otra que la joven Lucy.

Maud Epson, lady Epson, comía cada día en la casa de su hijo, salvo los domingos, cuando tras la misa tan solo cruzaba la calle para comer en su propia casa. Estaba segura de no ser intrusiva y hacía valer su voluntad con frases de velado desacuerdo como «Si eso es lo que realmente quieres», o «No es exactamente lo que había pensado» si pretendía sonar más firme. Lucy se había acostumbrado y tenía asumido que la transición del mando de su suegra al suyo aún tardaría unos años, así que, cuando había algún tema realmente importante, intentaba que fuera su marido Louis quien lo discutiera con su madre.

Pero Louis no estaba, y ninguna de las frases cordiales y esquivas de su suegra funcionarían ante los hechos consumados que Lucy iba a presentarle.

A la una en punto, la puerta del salón que ocupaba se abrió y Stuke, el mayordomo, anunció la presencia de la baronesa viuda.

Era alta y delgada, aunque ancha de caderas, y se esforzaba por no encorvarse sin conseguirlo del todo. Su pelo en algún momento había sido rubio oscuro, pero por aquel entonces las canas habían empezado a poblarlo, de forma que el resultado óptico era el de un rubio muy claro que recogía en un moño alto bajo su sombrero ladeado. Tenía cincuenta y nueve años, treinta y uno más que Louis, al que adoraba tras haber perdido a dos bebés y dar a luz a una niña antes del ansiado heredero. Vestía impecablemente y sonreía en silencio a lo que le gustaba. Cuando algo no lo hacía, no podía evitar mirarlo de arriba abajo sin disimular desagrado. Era amable y, comparada con la madre de Lucy, tremendamente accesible, pero estaba acostumbrada a mandar, razón por la que sus dos setters, que la acompañaban a todas partes, eran mucho más educados que la mayoría de las personas que Lucy conocía.

—Mamá, me alegro de verte —dijo Lucy, no del todo segura de aquellas palabras.

—Me ves cada día, querida —contestó lady Maud—, pero eres encantadora.

—Hoy tengo algo que comentarte. —Lucy tenía todo el discurso preparado.

—Eso es intrigante. Cuéntame —dijo Maud mientras se sentaba en un sillón frente a Lucy.

—He conseguido que los soldados no ocupen la casa.

—¿Esta casa? ¿Glenmore? Ni siquiera sabía que existiera esa posibilidad. Ni Louis ni yo lo hemos autorizado. Sin duda, sería menos que perfecto.

—No es tan fácil. Me temo que, en las circunstancias actuales, las casas se requisan sin el permiso de sus legítimos propietarios.

—Pero... ¡eso está fuera de toda ley!

—Lo cierto es que no. La regulación de la defensa número 51 autoriza al Gobierno a requisar cualquier propiedad en tiempos de guerra. Cualquiera.

—Es inaudito. ¡No es posible!

—Lo es.

—Pues me alegro de que no vayan a venir por aquí, que nuestra casa siga siendo nuestra... Cielo santo... Una ya no sabe qué esperar.

—Vendrán unos niños —replicó Lucy.

—No te entiendo —dijo lady Maud, que no quería entender—. ¿Unos niños dices? ¿Qué niños?

—Un colegio. Alrededor de doscientos niños. Llegarán a finales de esta semana.

—Tienes que estar bromeando. ¡Doscientos! —Miró alrededor del salón, barriéndolo con sus brazos—. ¡¿Aquí?!

—Sí, mamá —replicó Lucy, intentando hacerse entender—. Y lo cierto es que hemos tenido mucha suerte. Casi todos los colegios de Londres estaban ya ubicados. Pero el colegio de Saint Clarence tuvo un problema con el lugar que lo iba a acoger. Por lo visto, está infestado de carcoma y amenaza ruina. De ahí la celeridad.

—Eso es una suerte —murmuró lady Maud.

—¿Los niños? —preguntó Lucy sorprendida.

—No, la carcoma. Los dueños de esa casa son afortunados. Gustosamente cambiaría a doscientos mocosos ruidosos por unos gusanitos con hambre de madera.

—Mamá...

—...

—Tienes que intentar comprender. Un colegio, dadas las circunstancias, es lo mejor que podría pasarle a Glenmore. Los soldados acabarían con la casa. Destrozarían el jardín. Harían maniobras en cualquier lugar, vendrían con camiones. Quizá incluso tanques —exageró.

—...

Lady Maud se había quedado muda. Lucy se acercó a ella y la cogió de la mano. Rara vez se tocaban, pero en aquel momento le pareció lo adecuado.

—Lo tengo todo planeado. No entrarán ni en la biblioteca ni en el comedor pequeño, que usaremos nosotros. La planta de arriba también se quedará prácticamente completa para nosotros. Los niños solo ocuparán el ala de los solteros; para ubicar a los demás en esa planta, he pensado en Santa Helena y Lord Lazarus.

—No... No sé qué decir. No me parece la idea más adecuada.

—¿Qué habitaciones sugieres? —preguntó Lucy sibilina; si lady Maud elegía las habitaciones, implícitamente estaba aceptando que los niños llegaran.

—Sencillamente, ninguna. No sé qué pintan unos niños de... ¿De dónde son esos niños?

—No lo sé exactamente. Creo que su colegio está cerca de Belgravia —mintió.

—¿Cómo dices que se llama?

—Saint Clarence.

—No recuerdo ningún colegio llamado así.

—No estoy segura de dónde está. Todo ha sido muy rápido.

—Ha sido como un rayo. Uno que me ha atravesado. No sé qué decir. No...

—No podemos hacer otra cosa —la interrumpió Lucy—. ¿Recuerdas aquel grupo de hombres que vino el año pasado? Los del Gobierno. Los que inspeccionaron la casa.

—Esos canallas..., ¿vinieron para esto? —Lady Maud recordaba perfectamente al grupo de funcionarios. Ninguno explicó el motivo de su visita, y olían mal. «A viaje largo en vagón de tercera clase», había matizado aquel día. Nunca jamás olvidaba un mal olor—. Dijeron que tan solo estaban registrando propiedades, haciendo una especie de registro.

—Eso hacían. Nos apuntaron en la lista de casas disponibles del condado.

—¡No estamos disponibles! ¡Vivimos aquí! —replicó su suegra.

—Eso no les importa. Créeme, mamá: todo es preferible a un batallón de soldados jóvenes e indomables.

Se hizo el silencio. Luego sonó el gong que anunciaba que la comida estaba servida. Al tiempo, el mayordomo entró de nuevo en el salón.

Las dos mujeres se miraron a los ojos. Lady Maud seguía aturdida. Lucy aprovechó la ocasión.

—¿Qué me dices de las habitaciones de arriba? ¿En cuáles deberíamos instalarlos? —preguntó.

Su suegra se levantó del sofá apoyándose con fuerza en el reposabrazos.

—Querida, ponlos en Lady Seveldon y Sir Lancelot. Esas habitaciones tienen nombre de caballo, y aunque aquellos corceles eran más elegantes que la mayoría de la gente que conozco, me temo que esos niños convertirán las habitaciones en cuadras, así que quizá resulte lo mejor.

La miró. Lucy sonrió tímidamente.

Lady Maud tardó un par de meses en poder volver a hacerlo.

3
Planes de emergencia

Despertar con frío siempre le había resultado muy desagradable, pero Daisy tampoco esperaba nada mejor. Por suerte, Pat era un niño fuerte y rara vez le ponía las cosas más complicadas de lo que ya eran. Habían dormido pocas horas y los planes para su futuro inmediato no existían. Ella, que siempre había sido organizada, de pronto no sabía bien qué hacer, así que decidió afrontar la incertidumbre paso a paso.

Primero: agua y comida. Se incorporó e hizo que el soñoliento niño lo hiciera también. Al mirar alrededor, sobre la mesa que decoraba una de las esquinas del templete en el que se habían guarecido, vio un florero vacío. Serviría.

Salió de la edificación llevando consigo la manta que les había salvado la noche y se acercó a una fuente que decoraba el jardín de setos recortados al que habían llegado horas antes. El sol aún no había asomado, pero su luz ya desvestía de sombras los parterres y los caminos de estilo francés. Llenó el florero y se lo pasó a Pat, que bebió silenciosamente; después, ella bebió también. La gran mansión que había intuido de noche se confirmaba al final del jardín, majestuosa, enorme y sólida. Algunas chimeneas humeaban perezosamente, y, aunque las cortinas de las ventanas que veía desde allí estaban corridas, sabía que no tardarían en dejar que la luz del día entrase en todas las estancias. Rellenó nuevamente de agua el florero y avanzó por el jardín, abandonándolo poco después con Pat a la zaga. Procurando no ser vista, dio la vuelta a la casa buscando lo que no tardaría en aparecer: el jardín de la cocina y el huerto estaban en la parte trasera, rodeados por un muro de ladrillo tapizado de hiedra. Entró rauda, extendió en el suelo la manta que llevaba, y con decisión la llenó de todo lo que le pareció comestible. Luego hizo un hatillo y salieron de allí corriendo.

Se alejaron de la casa hasta un pequeño bosquecillo donde se colocaron bajo un fresno y, recuperando un poco el aliento, Daisy desató la manta y le ofreció a Pat lo que era más rápido de comer: frambuesas y una manzana. El niño la sonrió desde abajo, mirándola a los ojos, con los mofletes sonrosados y las manitas manchadas por los frutos. Ver sonreír a su hijo era siempre la confirmación de que todo valía la pena. Le acarició la cabeza y, como pudo, se estiró para encaramarse al fresno que los resguardaba. Trepó por las ramas hasta tener una vista amplia del entorno, igual que hacían los indios de los cuentos que le leía a Pat. Desde allí podía ver la casa, los campos que la rodeaban y el paisaje de naturaleza perfecta y armoniosa que los envolvía. No vio lo que buscaba: templetes, glorietas, una alta columna coronada por figura humana, pero ningún lugar en el que resguardarse discretamente hasta saber qué hacer. Un día, quizá dos. Le gustaba aquella finca, aislada del mundo entre colinas verdes y árboles centenarios, pues difícilmente la buscarían allí quienes los perseguían, pero no podía dormir a la intemperie ni alimentar a un niño de cinco años a base de lo que robara y encontrara.

Bajó del árbol y se sentó en el suelo con Pat entre las piernas, apretándose contra su pequeña espalda mientras el niño seguía saboreando su desayuno. Le habría querido igual aunque tuviese otro carácter, pero siempre daba gracias por el pequeño que tenía. Otro le habría puesto las cosas más difíciles. Habían corrido, se habían escondido; se habían tumbado en medio de una vía mientras el tren les pasaba por encima y el niño apenas había llorado. Habían caminado mucho antes de que los grifos de las torres que flanqueaban la entrada a la propiedad los vieran pasar. Daisy había desviado la mirada al verlas entre la bruma y la oscuridad, imponentes y nada amables. Parecían pensadas para que el que cruzara aquel punto lo hiciera con cautela, como si le advirtieran de un peligro, o quizá incluso la amenazaran... Pero, pensó Daisy, también eran un buen lugar para refugiarse hasta saber a dónde ir.

Se sumó al frugal desayuno de Pat antes de ponerse de nuevo en pie en dirección a la entrada de la finca. Al rato, al final del mismo camino que había enfilado la noche anterior, aparecieron las torres. Pese a que la luz iluminaba las paredes de ladrillo enmohecido y se veían con todo detalle los grifos que las coronaban, encaramados a cada una como dragones, le siguieron pareciendo tan siniestras como la primera vez que las había visto. Una a cada lado del camino, que se iluminaba en cuanto las dejaba atrás, las dos torres de tres pisos de altura y estrecha planta estaban algo descuidadas en comparación con la finca a la que daban la bienvenida. En una de ellas, grabado en una piedra que parecía mármol, volvió a leer «Glenmore Hall», y recordó el nombre de la noche anterior. En la base de esa torre, escondida en la parte trasera y rodeada de hiedra, encontró la puerta. Al empujarla, se abrió arrastrando hojas y maleza muerta. Daisy se giró hacia Pat, que le devolvió la mirada, expectante.

—Un castillo para nosotros —le dijo tratando de que el niño se alegrara.

—Para nosotros. —Sonrió el pequeño, que en el fondo añoraba la buhardilla que había sido su casa hasta entonces. Lo cogió de la mano y subieron las escaleras, estrechas y de caracol hasta la primera planta.

La inutilidad de la construcción se confirmaba con lo absurdo de sus espacios. La primera planta tan solo era una estancia redonda, de dos metros de diámetro, exenta de muebles y con un ventanuco desde el que se veía el camino de entrada. Subieron un piso más. El espacio era el mismo, pero en un lado había una pequeña estufa de hierro colado y en el otro, una butaca con la tapicería agujereada por algún roedor. El ventanuco se repetía en el mismo lugar que en el piso inferior. Encima de aquella estancia, la torreta tenía una terraza almenada, que en el lado que asomaba al camino presidía el grifo. De cerca parecía un dragón. Pat tocó su lomo sin miedo.

—¿Te gusta nuestro castillo? —le preguntó Daisy.

Pat asintió, realmente contento. Luego corrió escaleras abajo y de un salto se sentó en la butaca. Daisy lo siguió. También estaba contenta. Nadie los encontraría allí y, en cuanto anocheciera y el humo de la chimenea no los delatara, encendería la estufa, que calentaría aquellos escasos metros en un santiamén. No era definitivo, pero era un buen sitio para estar mientras pensaba qué hacer.

Pasaron el día arreglando la pequeña estancia. Daisy barrió el suelo con una escoba de ramas y preparó la estufa para la noche. Tenía cuatro patatas que podía calentar y también más manzanas para cenar. También tenía bastante agua aún, y, dado que probablemente lloviera por la noche, pensaba dejar el florero en la terraza para que se llenara. Por la mañana volvería al huerto de Glenmore Hall a por más víveres. También se llevaría alguno de los cojines del templete que habían ocupado la primera noche. No era exactamente robar, pues en el fondo tan solo estaba trasladando un objeto de un lugar de la finca a otro, se dijo convencida.

Durmió bien aquella noche, como si los problemas no la acuciaran. Siempre había admirado a la gente que era capaz de descansar bien incluso cuando la vida no daba descanso. Por una vez ella también lo había conseguido. En cuanto el sol asomó, se despidió de su soñoliento hijo y fue al huerto de la casa grande a por alimentos. De nuevo, nadie la vio.

A mediodía, la idea de permanecer en aquel lugar algún tiempo, quizá dos o tres meses, había cobrado fuerza. Podría inscribir a Pat en el colegio del pueblo y ofrecerse para trabajar en algún lugar. Nadie la encontraría allí, estaba segura. No había visto el pueblo, pero habría uno cerca, todas las mansiones como Glenmore Hall tenían alguno al lado, muchas veces incluso dentro de la misma finca. Sus casas eran mayoritariamente de los señores del lugar, que las alquilaban y daban trabajo a los que las habitaban. Propiedades como la que había visto eran el motor de todo lo que tenían alrededor. Daban trabajo doméstico y agrícola. También eran los mejores clientes de los comercios locales. Sí, habría un pueblo cerca, seguro, así que aprovechó el día siguiente para acercarse a verlo. Le fue fácil encontrarlo, a pesar de que, ante la amenaza de una invasión de Inglaterra, se habían quitado todas las señales de las carreteras. Quizá los alemanes se perderían, pero ella no lo hizo.

Little Epson era un núcleo a medio camino entre el pueblo y la aldea, con apenas un centenar de casas y una población de aspecto acomodado que la miró con curiosidad mientras la actividad del día comenzaba. Tenía los comercios básicos. Una oficina de Correos, un *pub*, un pequeño hospital, una panadería y una tienda de comestibles que, en realidad, era una carnicería con extras. La iglesia ocupaba una esquina de la plaza principal, rodeada por el cementerio, con las lápidas torcidas y enmohecidas. En la otra esquina, bajo la estatua de un caballero con sombrero de copa, leyó: «John Epson 1st Baron Glenmore». Todo muy previsible. Algunos perros dormitaban en los portales. Un grupo de ocas picoteaba bajo un gran roble. Parecía un lugar tranquilo y seguro para vivir, aunque nada fuera del todo seguro en la Europa de entonces. Preguntó en todos los locales por trabajo, pero, uno a uno, la remitieron a Glenmore Hall. Allí siempre buscaban gente y, en tiempos de guerra, con todos los hombres jóvenes llamados a filas, el personal escaseaba.

No había considerado la posibilidad de trabajar en la casa grande, principalmente porque nunca contratarían a una madre soltera. Podría haber dicho que era viuda, pero incluso con aquella excusa, no se contrataban a jóvenes con hijos. Tampoco tenía referencias, aunque podía inventar unas de la floristería del señor Dumfries. Él siempre la había valorado. Estaría extrañado por su marcha, sin aviso, pero no hablaría mal de ella nunca, estaba segura. También podía añadir algo de trabajo en Múnich. Se acercó a la oficina de Correos y compró papel y una estilográfica, que le costó la mitad de lo que llevaba encima. «Quien no arriesga no gana», se repitió mientras veía sus monedas desaparecer.

Pasó toda la tarde dedicada a la elaboración de aquellas referencias. Añadió la dirección de Agnes Strasse y nombró a Unity Headland deseando que nunca la contactaran. También al señor Dumfries de la floristería de Londres. No era nada muy extraordinario, pero era imposible de comprobar y, al ser joven, era comprensible que no hubiera trabajado en muchos más lugares.

Cenaron pronto y, antes de irse a dormir, rezaron por que al día siguiente el engaño le abriera las puertas de Glenmore Hall. Si lo hacía, tendría que pensar qué hacer con Pat, pero todo a su tiempo.

Estaba despertándose al día siguiente cuando un rumor de motores llegó a sus oídos. Se asomó por el ventanuco para mirar a ambos lados del camino y rápidamente detectó de dónde venía. Cuatro autobuses seguidos por dos camiones llevaban una dirección inequívoca. A los pocos minutos, el primero cruzaba bajo sus ojos. Niños. Cuatro autobuses de niños llegaban a la finca. Cualquiera que viviera en Gran Bretaña habría sabido que eran niños evacuados. De Londres, de Manchester, de Birmingham...; daba lo mismo. Decían que eran casi millón y medio. Todos se estaban evacuando al campo. Muchos, a grandes mansiones como Glenmore Hall, bien comunicadas, espaciosas y ubicadas en la seguridad de la campiña. Lejos de los bombardeos que los británicos temían, pero que aún no habían llegado.

Miró a su hijo unos segundos. A Pat se le había iluminado la cara al ver fugazmente a más de los suyos, para el pequeño, una fuente inagotable de diversión que hacía algunos días que no cataba. No tenía hermanos, así que siempre estaba buscando a niños de su edad. Saludaba a los que veía por la calle y, como un perrillo, tiraba del brazo que lo unía a su madre en sus paseos para ir a su encuentro. Sin dudarlo, Daisy lo cogió y bajó las escaleras para, a paso ligero, seguir a los autobuses que rápidamente se alejaban en dirección a la gran casa. Se le presentaba una oportunidad única. Una que debía aprovechar. Pat no entendía qué era lo que sucedía, pero la perspectiva de descubrir nuevos amigos no le quitaba la sonrisa.

Al rato llegaron a pocos metros de la entrada principal de la casa, donde el trajín era tan intenso que nadie reparó en ellos, parcialmente escondidos tras la balaustrada que recorría el perímetro de la explanada frontal.

Los camiones y autobuses captaron toda la atención. Los niños habían bajado de los vehículos desordenadamente, y los profesores que los acompañaban apenas podían apañárselas para que no se les escaparan todos hacia el jardín. El personal de la casa, asustado, los veía correr entre sus piernas, temiendo que lo que acababa de llegar a aquella venerable mansión fuera incontrolable. Las risas infantiles lo llenaban todo. Del maletero de los autobuses, los conductores descargaban sin cuidado las pequeñas maletas, que amontonaban unas sobre otras. Todas llevaban su etiqueta, igual que los niños. Había algunos muchachos en la preadolescencia, con doce o trece años, pero la mayoría eran menores y un amplio grupo parecía de la edad de su hijo. Era providencial. Cogió a Pat por los hombros y lo obligo a mirarla, como hacía siempre que quería que el niño la escuchara con atención.

—Atiende, Pat. Atiende. —El niño asintió—. Te vas a quedar aquí. Yo estaré cerca. No te preocupes. En unos días estaré aquí contigo. No digas nada a nadie. Solo escucha. Si te preguntan cómo te llamas, di John. Di que te llamas John Smith y que vienes de Londres.

—Pero no me llamo John Smith. Me llamo Patrick García.

—Da igual. A partir de ahora serás John Smith. ¿Entendido?

—Pero yo no...

—¿Entendido? —lo interrumpió Daisy.

—Sí. Me llamo Pat Smith —dijo él muy serio.

—John. John Smith. —Daisy lo cogió de los brazos y lo zarandeó levemente, tras lo que se sintió de inmediato culpable, pero mantuvo la mirada severa a los ojos del pequeño—. ¿Cómo te llamas?

—John Smith —repitió el niño, triste.

—Exacto. Tú júntate con los niños. Luego, obedece a las profesoras. Ve a donde te digan. Vivirás en esta casa tan grande un tiempo. Yo te vigilaré. Te vendré a ver. Pero no quiero que me llames mamá ni digas a nadie que me conoces. ¿De acuerdo? Es muy importante, hijo. Si dices que soy tu mamá, no me dejarán volverte a ver. Todos los niños han venido solos. Sus mamás están en Londres. Yo estaré cerca, pero si le dices a alguien que soy tu mamá, no dejarán que te vea, igual que a los demás niños, y me tendré que ir a Londres como las otras mamás. Esto es un cole. En los coles no hay mamás.

—Vale —dijo el niño, prestando atención por última vez antes de girar la cabecita en dirección a un grupo de niños que corría de un lado a otro.

Daisy entendió que no podía pedirle más a un crío de cinco años. Los niños ingleses a menudo pasaban semanas sin ver a sus padres y estaban acostumbrados a vivir en internados la mayor parte del año, por lo que no era nada que entristeciera demasiado a ninguno. Al principio se añoraban uno o dos días. Luego se adaptaban, se acostumbraban y, muy a menudo, empezaban a disfrutar de la experiencia.

—Puedes ir con ellos —le dijo antes de besarlo en la frente y verlo correr hacia un grupo de pequeños de edad similar a la suya.

Después Daisy se acercó a los autobuses. Tenía la ventaja de que, entre profesores, personal de la casa, conductores y niños, nadie aún se conocía ni sabía quién era cada cual. Los de la casa pensarían que era una profesora. Los profesores, que era de la casa. Se acercó a la montaña de maletas y, simulando revisarlas, arrancó discretamente varias etiquetas identificativas, las revisó y encontró enseguida lo que buscaba. Luego se acercó a varios niños pequeños, a los que también quitó la etiqueta que llevaban prendida a la ropa. La idea era clara. Confundir. Nadie sabía quién era Pat, pero destacaría menos si muchos niños habían extraviado sus equipajes y sus etiquetas. Eran tiempos de guerra y los pequeños habían ido allí a refugiarse. No echarían a su hijo, aunque no supieran quién era. Al menos no inmediatamente.

Se dirigió al grupo donde estaba Pat y lo cogió un instante del hombro, deteniendo su carrera tras otros pequeños de edad y tamaño similar. Le ató una de las etiquetas al abrigo. Tenía otro nombre, pero el año de nacimiento era el mismo que el suyo. También indicaba de dónde venía el niño (Londres) y el colegio al que pertenecía, Saint Clarence.

Su hijo se contuvo unos segundos mientras ella le ataba la etiqueta antes de volver a correr y jugar. Discretamente, Daisy se alejó hasta colocarse detrás de un tejo. Observó. Las profesoras empezaron a agrupar a los niños por edades revisando sus etiquetas. Vio sus caras molestas cuando comprobaron que algunos niños no estaban debidamente etiquetados, pero la edad era fácil de intuir, por lo que también a aquellos los pusieron en una de las filas. A los pocos minutos, una mujer cogió a Pat y a uno de sus nuevos amigos para clasificarlos correctamente.

Daisy vio a su hijo sonreír antes de entrar en Glenmore Hall, y, aliviada, se alejó en dirección a su torre, donde planearía qué hacer con la siguiente persona a la que debía esconder.

Ella misma.

4

John Osbourne

—Es él, no hay duda.

—¿Estás seguro?

Claro que lo estaba. Cómo no lo iba a estar. John Osbourne llevaba meses siguiendo y perdiendo a aquel hombre, un espía alemán del que habían tenido conocimiento por su nombre en clave: Adler, «águila». Trabajaba a través de una red que ya había caído y de un aparato de radio que retransmitía desde algún lugar de Highgate. Todos a los que habían interrogado hablaban de Adler con reverencia, pero ninguno sabía cuál era su misión en tierras inglesas. John habría esperado más para averiguar qué era lo que tramaba aquel alemán escurridizo, pero sus superiores le habían ordenado que lo capturase sin más dilación. Conocía su cara y su forma de moverse, aunque no tenía ni la más remota idea de lo que hacía. Solo que era espía. Lo había visto seguir y vigilar a algunas personas, todas insignificantes y sin conexión con la guerra o el Gobierno. Tan extraño como sospechoso, porque todos en el MI5 y el MI6 tenían la seguridad de que se estaban perdiendo algo. Un espía de la solvencia de Adler no era destinado a minucias, pero nadie conseguía averiguar qué era lo que buscaba. Lo cierto es que se habían hartado. Si no sabían lo que hacía tras meses siguiéndolo, lo averiguarían de manera más expeditiva. Los interrogatorios podían ser muy convincentes. Luego lo matarían, por supuesto. Todos los espías de ambos bandos sabían que la tortura y la muerte eran dos de las cartas de la baraja con pocos naipes con la que jugaban a diario. Lejos de amedrentarlos, mantenían aquel pensamiento como el mayor incentivo a su profesionalidad.

Osbourne había empezado a trabajar en el servicio secreto hacía tan solo cuatro años y había viajado a Alemania con misiones de reconocimiento muy sencillas. Informaba del ambiente del país con el que todos en su departamento sabían que entrarían en guerra. Seguía a algunos oficiales, veía con quién se reunían. No se había acercado a Hitler, como habían hecho los más veteranos, los mejores. John conoció el nazismo cuando ya había pasado de tener tan solo algunos seguidores a mover a millones de personas. Fue a varios congresos de Núremberg y constató que lo que la propaganda nazi mostraba aquellos días era sustancialmente cierto. Masas de gente escuchaban a Hitler hipnotizadas, dispuestas a seguirlo a donde fuera. Con veintisiete años, mandíbula cuadrada, ojos azules y pelo rubio como el trigo, John encajaba a la perfección con el ideal de raza que los nazis (y toda Europa) consideraba superior. Pero él odiaba todo lo que limitara la libertad individual, todo lo que necesitara de malas palabras para ensalzar lo bueno. No hacía falta odiar algo para amar otra cosa. Creía en Dios, y aquel Hitler no era nada parecido a Él, por más que su escenografía y discursos mesiánicos hubieran seducido a tantos. John también era un patriota. Un patriota inglés decidido a dar la vida por su país.

—¿Qué buscará en una floristería? —preguntó a su compañero.

—Deberíamos detenerlo —respondió Alfred, más joven y menos paciente que él.

—Espera. Solo unos minutos —ordenó John.

El señor Dumfries oyó la puerta abrirse mientras rellenaba algunos grandes floreros en la trastienda. Dejó lo que hacía y se quiso acercar al mostrador, pero, al girarse, un hombre con gabardina oscura y sombrero ya había entrado en el pequeño espacio que ocupaba. Le asustó un poco verlo allí, tan cerca de él, en un espacio de apenas dos o tres metros cuadrados en el que nunca entraban los clientes. Su cara no le gustó desde el primer instante.

—Buenos días, caballero. Por favor, ¿le importaría colocarse del otro lado? Este espacio no es para clientes. ¿Qué desea? —le dijo incómodo, sin poder aguantar la mirada malvada del desconocido.

—Busco una flor —respondió él. Sus labios eran algo femeninos y tenía un marcado acento extranjero.

—Vaya a la exposición, por favor —insistió—. Aquí apenas le puedo enseñar nada.

El hombre ignoró sus palabras.

—Busco una flor. Una que me está resultando difícil localizar.

El señor Dumfries ya había decidido que lo único que quería era que aquel hombre se fuera. Maldita Daisy. Si no hubiera desaparecido de la noche a la mañana, sería ella con su energía habitual quien lo despacharía.

—Este es un negocio pequeño. Tenemos lo más vendido, probablemente no encuentre aquí lo que busca. Margaritas, rosas, petunias, fresias... Nada muy especial, aunque de muy buena calidad.

—Hace poco trabajaba aquí una flor. Es a ella a quien busco.

Daisy. Sí. Su querida y desaparecida empleada tenía nombre de flor. El que le hablaba no quería nada bueno para ella, aquel sujeto no podía disimular su carácter oscuro. Probablemente, Daisy había desaparecido porque huía de aquel hombre, al que cada gesto, cada palabra y su mismo tono de voz delataban. Sus ojos de hielo se clavaron en los suyos, cansados y temerosos. Agradeció no saber nada y, por lo tanto, no tener nada que decir. Se armó de valor.

—¿Quién es usted?

—Eso no le importa, le he hecho una pregunta y quiero que me responda. ¿Dónde está la señorita Daisy García?

—Si quiere comprar flores, estoy a su disposición. Si no, váyase. No puedo ayudarle. Daisy se fue hace varios días, sin avisar.

—Miente —replicó el desconocido casi susurrando.

—No miento nunca. Váyase, por favor. —La voz del señor Dumfries tembló y el hombre sonrió. Luego se acercó un poco más a él. Lo miró unos segundos. De pronto alargó el brazo y lo empujó con su mano enguantada en cuero hasta apretarlo contra la pared cogiéndolo por el cuello. Apretó. La cara del señor Dumfries tornó en una mueca de angustia—. No sé dónde... No sé dónde está, se fue sin avisar —balbuceó. El desconocido apretó más aún, mientras su víctima ni siquiera era capaz de intentar zafarse con los brazos. Estaba tan asustado que no ofrecía la más mínima resistencia—. No..., se lo prometo..., no... No sé.

—¿Dónde está el niño? —preguntó el desconocido, tan cerca de su cara que, mientras Dumfries se ahogaba, pudo reconocer el licor en su aliento.

—¿Pat?... No sé dónde está..., no lo he visto..., supongo que se fue con su... Me está ahogando. Señor, se lo pido, me está..., no puedo...

—Sé que no puede —susurró al oído del florista. El señor Dumfries empezó a tener serias dificultades para respirar mientras su cara se teñía de magenta—. Le creo —siguió el desconocido—, aunque no puedo permitir que hable de nuestra pequeña conversación.

Apretó con fuerza. Poco después, agotada toda resistencia, ya sin vida, el florista caía al suelo rodeado de flores, cristales rotos y con la ropa mojada por el agua con la que alimentaba a su mercancía. El alemán lo miró sin pena. La gente vivía demasiado.

Revisó los cajones del mostrador sin encontrar nada y salió de la tienda con la misma tranquilidad con la que había entrado.

—Ya sale —comentó John.

—¿Qué hace uno de los espías más buscados de Europa en una floristería de Whitechapel? —preguntó Alfred, verbalizando lo que sabía que su compañero también pensaba.

—Tendremos que preguntárselo a él. Síguelo y detenlo, ya hemos tenido bastante. Yo preguntaré al florista.

Alfred asintió y de inmediato se puso en marcha tras el alemán, que caminaba sin prisa por White Lion Street en dirección a Commercial Street, probablemente para coger el tranvía. Osbourne entró en la tienda, cargada de olor a flores, hojas, agua y silencio. Se hizo notar saludando, pero nadie respondió. Al asomar la cabeza por detrás del mostrador, descubrió unas piernas sobre el suelo. Aunque sabía lo que esperar, se aproximó rápidamente. El señor Dumfries estaba sentado en el suelo, apoyado contra la pared, con la cabeza caída hacia un lado y el color y el gesto de la muerte en la cara. Corriendo, John salió del comercio en busca del espía que su compañero perseguía. «Si hubiéramos detenido a Adler antes, el anciano seguiría vivo», se recriminó.

Enfiló a toda prisa Lamb Street, que discurría paralela a White Lion, para poder correr sin despertar las sospechas del espía, que avanzaba por la otra calle con Alfred en los talones. Cuando llegó a Commercial Street, su objetivo acababa de perder el tranvía y se acercaba a la parada para esperar al siguiente. John le hizo un gesto a Alfred para indicarle que se acercara mientras él hacía lo mismo: no tenía escapatoria.

Osbourne se llevó la mano al bolsillo de la gabardina, donde guardaba su Wembley. Raras veces había disparado, pues a menudo solo con mostrarla su adversario levantaba las manos y se rendía. Temió que no fuera lo mismo con Adler. Alfred se acercó por un lado mientras John lo hacía por el opuesto. Diez, quizá quince metros antes, el espía sabría que iban a por él. Diecisiete le bastaron. Una sola mirada cruzada con Alfred lo puso en marcha y corrió hacia John, que simuló mirar hacia otro lado, distraído. Cuando el alemán ya estaba cerca, abrió los brazos y se lanzó sobre él tirándolo al suelo. Adler se revolvió solo un poco. Los espías sabían cuándo no había nada que hacer. La presión de la Wembley en la nuca lo acabó de convencer.

Pasó aquella noche solo, sin ninguna visita, sentado en una silla, en uno de los sótanos del 54 de Broadway, la sede del servicio secreto, hasta que John Osbourne fue a verlo.

John tendría que haberse acostumbrado a aquello hacía años, pero aún no lo había hecho del todo, quizá porque sabía que muchos de los suyos estarían en sótanos similares, en los cuarteles de la Gestapo. Él mismo podía acabar en un lugar así.

Entró en la sala con un guardia que liberó a Adler de la cadena que lo sujetaba por las muñecas a la silla y lo acercó, cogiéndolo por las esposas, a una mesa, donde lo volvió a encadenar para que no pudiera levantarse. Luego salió de la habitación para dejarlos solos. John sabía que la mayoría de los interrogatorios no se hacían así. Sus compañeros habrían dejado a Adler donde estaba, lo habrían amenazado primero y torturado después. El espía habría confesado algunas cosas y se habría callado otras. El problema era que no tenían ni idea de cuál era su misión, tan solo algunos datos difusos. John se había pasado toda la semana, especialmente los últimos días, interrogando a varios enlaces de la red de Adler, que suponía prácticamente finiquitada, sin averiguar nada. La mejor pista vino al registrar su ropa y su cartera. En el dorso de una tarjeta del hotel Savoy había marcada parte de una dirección de Belgrave Square. Tiraría de ese hilo más tarde. No esperaba demasiado, pero era lo único que tenía.

Miró a Adler. El espía no demostró miedo.

—¿Tiene sed? —empezó John.

—Sí —respondió él. John se levantó y sirvió agua de la jarra que había sobre una mesita en el extremo de la habitación. El alemán cogió el vaso con ambas manos y lo bebió sin ansia.

—No voy a poder hacer demasiado por usted —le informó John.

—Lo sé —respondió Adler.

—Puedo intentar librarlo de la muerte si colabora. No sabemos lo que hace aquí. Solo que ha matado a un hombre.

—Ese hombre no tenía importancia.

—No para usted.

—Tampoco para ustedes. Un florista anciano.

—¿Por qué lo mató? —Adler permaneció en silencio—. No lo podré ayudar si no habla.

—Tampoco podrá si lo hago. Mi futuro es negro haga lo que haga. Pero no entregaré el futuro de mi Reich.

—Se da usted mucha importancia —apuntó John—, pero nada de lo que ha hecho últimamente parece tenerla. Ha estado en todas las misiones relevantes de los últimos años... Nadie comprende qué es lo que hace aquí. Esto parece pequeño para usted.

—¿Pequeño? —El alemán sonrió con un deje irónico que John supo detectar—. Sí, sin duda lo es. Pero a veces lo pequeño puede ser grande.

—¿Quiere vivir?

—Por supuesto. Otra cosa es que lo crea posible.

—Lo es, pero debe hablar.

—¿Puede servirme un poco más de agua? —dijo Adler.

—Puedo. Pero luego hablará. No hace falta que le explique cómo pueden ser los interrogatorios. Son ustedes expertos.

—En eso nos parecemos.

John Osbourne calló. Se avergonzaba de algunas de las cosas que ocurrían en aquel edificio. Se levantó y sirvió otro vaso de agua que le llevó al interrogado. Este alzó las manos lo que pudo para cogerlo, apenas palmo y medio de la mesa a la que estaban encadenadas, pero al acercárselo John, el alemán, torpemente, lo dejó caer, y el vaso se rompió al chocar contra la mesa y el suelo.

—Pediré otro —apuntó John mientras apartaba algunos cristales de la mesa, los dejaba caer al suelo y se daba la vuelta para avisar a quien aguardara fuera de la sala de que necesitaban otro vaso.

Fueron solo unos segundos, los suficientes para que su juventud traicionase su profesionalidad. Adler, con un trozo de cristal en las manos, lo apoyó en la mesa y acercó la yugular para clavárselo en el cuello sin atisbo de queja, sin modificar su expresión, una, dos, tres, cuatro veces. Cinco segundos bastaron para que todo se tiñera de rojo con la arteria sangrando a chorros. Seis segundos para que John pidiera a gritos ayuda desde la puerta al pasillo y volviera al lado del alemán, que sonrió mientras él intentaba en vano taponarle la herida con las manos. Cuando la ayuda llegó, había poco que hacer. Sacaron al espía de la sala, lo tendieron en el suelo y con una venda taparon aquel cuello que poco después sería el de un muerto.

—Excelente trabajo —le dijo su superior, de rodillas al otro lado del cadáver—, la has jodido bien.

A las seis de la tarde de aquel día, John Osbourne salió del edificio enfadado tras una conversación que había sido en realidad un monólogo lleno de amenazas y gritos. Una humillación. Una advertencia. Miró la placa dorada que, colocada en la fachada, trataba inocentemente de desviar la atención del viandante de lo que en realidad ocurría tras aquellas paredes. «Compañía de extintores Minimax», leyó mentalmente. Ojalá hubiera bastado con uno de aquellos inexistentes extintores para apagar el fuego que su superior tenía dentro.

Con todo, aquel fracaso, aquel despiste que lo había dejado sin una valiosa fuente de información, lo animó a dar con más cautela sus siguientes pasos. Aún tenía la dirección de Belgravic Square escrita en la tarjeta de Adler. No volvería a casa sin pasar antes por allí.

La plaza era conocida como una de las más elegantes de la ciudad. Perfectamente cuadrada, en el centro tenía un jardín frondoso lleno de árboles de buen tamaño. Mirando hacia él, separadas por la calle que lo rodeaba, las casas, pegadas unas a otras, eran aristocráticas propiedades de estuco blanco con altas ventanas y columnas en la entrada. Muchas personalidades vivían en aquella plaza que formaba parte del extenso patrimonio del duque de Westminster: el duque de Kent, el duque de Abercorn, el de Devonshire... También había varias embajadas. Quién ocupaba el número 14, pegado a la casa del conde de Beauchamp, era el misterio que John debía desentrañar.

Llamó al timbre y enseguida un mayordomo de aspecto serio y digno le abrió la puerta. Empezaba a lloviznar, así que, tras comprobar su impecable aspecto, dejó entrar a John al vestíbulo.

—Soy el agente John Osbourne —dijo sin detallar el departamento al que pertenecía—, me gustaría hablar con el señor.

—Avisaré al señor Headland. Está muy ocupado, pero espero que pueda atenderlo. Si no, tendrá que volver en otro momento.

«Headland», apuntó John mentalmente. Aquel nombre resonó en su cabeza. Lo había visto en alguna parte. Esperó de pie en el vestíbulo mientras el mayordomo desaparecía escaleras arriba. A los pocos minutos volvía a por él y le acompañaba al piso superior, y de allí a un salón grande y rojo con bonitas cornisas, cuadros de caza, techo pintado y una gran lámpara dorada iluminándolo todo. Un hombre corpulento, con bigote y frente despejada, se acercó a él extendiendo la mano.

—Gregory Headland. ¿Como está, señor...?

—Osbourne. John Osbourne. Agente del...

—Sí, sí —dijo el señor Headland moviendo la mano, como si aquello no le importara lo más mínimo y lo hubiera vivido con anterioridad—. Pero me temo que no hay ninguna novedad. Supuse que volverían. Mi hija aún no ha recuperado el estado de antes de... Bueno, de todo lo que le pasó.

—Comprendo —mintió John.

—De todas formas, se lo he dicho ya muchas veces: Unity no es observadora y todo lo que podría detallarles de Alemania no creo que tuviera mayor interés. En cualquier caso, ahora no puede razonar. Deberán esperar. Supongo que mi hija ha pagado por su inconsciencia. Por juntarse con quien no debía.

De pronto lo recordó: Unity Headland, la nazi inglesa. La que había alternado con toda la cúpula nazi. La que se había intentado matar pegándose un tiro el día de la declaración de guerra. La misma que había vuelto al Reino Unido en camilla, con la bala aún alojada en la cabeza y la mente perdida. Si un espía alemán tenía interés en aquella chica, él empezaba a tenerlo también. Si Adler había apuntado la dirección de aquella casa, era por alguna razón.

—Debió de ser difícil organizar la vuelta de su hija —dijo por decir algo.

—Sí —respondió Headland volviendo la vista a la ventana—. Habría ayudado si su acompañante, la señorita García, Daisy, no hubiera desaparecido y se hubiera quedado con ella como era su obligación. A ella es a quien deberían buscar. Sin duda, les daría una visión más exacta de Alemania y de los nazis que mi hija. Siempre fue más lista.

—Me gustaría ver a su hija —lanzó John.

—No tengo inconveniente —respondió Headland—. Apenas duerme. Pero no sacará nada de eso. —Cogió una campanilla de un velador y la hizo sonar. Enseguida volvió a aparecer el mayordomo—. Acompañe a este caballero al dormitorio de la señorita Unity —ordenó. Luego se dirigió a John—: No la altere demasiado. Se vuelve insoportable. Siempre lo fue un poco, pero ahora más. No tendría por qué, pero no le hable de la señorita García; la pone muy nerviosa.

John asintió, pensando en desobedecer aquella indicación en cuanto entablara conversación con Unity.

Siguió al mayordomo al piso superior. Allí llamaron a la puerta y enseguida se oyeron gritos ininteligibles desde el interior. Una enfermera salió corriendo de la habitación. John entró.

Los visillos atenuaban la luz de la calle y tan solo dos lamparitas iluminaban mortecinamente la habitación, presidida por una cama enorme sobre la que descansaba, incorporada y apoyada en el cabecero, Unity Headland. A primera vista, a John no le pareció que tuviera mala cara. Todo lo contrario: sonreía y su expresión era dulce. Se acercó a ella cauteloso. Luego se sentó en una butaca colocada cerca de ella.

—Soy el agente John Osbourne —se presentó.

—Unity Headland —respondió ella—, aunque eso ya lo sabe.
—Tiene razón. La veo bien.
—No lo estoy. Pero nadie lo estará pronto. —Giró la cabeza mostrando su lado derecho, completamente pelado y con una cicatriz grande. Sonrió—. No se asuste. Fue mucho trabajo para nada. La bala sigue ahí.
—Lo lamento.
—No lo haga. Yo solo lamento que no sea otra persona quien la recibiera. Pero todo llegará. Para esa. Y para su bebé. Lo ha llamado Patrick. Pat.

John decidió arriesgarse.

—¿Habla de la señorita García?

Unity cambió de expresión. Luego cerró los ojos y empezó a enrojecer de ira. Apretó los puños. Con una mano se cogió del pelo. Después empezó a gritar y, enrollándose un mechón entre los dedos, se lo arrancó. Gritó tan alto que John, que rara vez tenía miedo, sintió que estaba ante una chica endemoniada y se quedó paralizado observándola.

—¡¡Puta!! ¡¡Puta!! —repetía la joven—. ¡Me lo quitó! ¡Ese bebé! ¡Ese bebé es mío!

Enseguida la puerta se abrió y la enfermera entró con una criada. Entre ambas la sujetaron como pudieron y después la inmovilizaron con las correas que John no había visto hasta ese momento, unidas a la cama. Levantando la cadera, moviendo la cabeza de un lado a otro, Unity Headland era como un animal salvaje. Salió de la habitación impresionado. Fuera, Gregory Headland lo miró censurador.

—Le dije que no la nombrara.
—Yo... —intentó disculparse John.
—Se lo dije —lo interrumpió Headland.
—Siento si...
—Señor Osbourne —volvió a cortarlo Headland—, mi hija no está bien. No sacará nada en claro por la vía rápida. Por lo visto, la señorita Daisy García quedó encinta mientras acompañaba a mi hija en Alemania. Unity no se lo perdona, por eso se enfurece durante días cada vez que cualquiera la nombra. Se lo dije, pero está claro que usted no sabe lo que hace. Váyase. Ya hemos tenido suficiente.

Hizo lo que le pedían. Por segunda vez ese día lo amonestaban, pero aquella vez era diferente. Había encontrado un hilo del que tirar. ¿Quién era esa doncella que había abandonado a su señora en el peor momento en Múnich, y, al parecer, embarazada de un alemán? ¿Por qué Unity Headland se alteraba solo con que la nombraran y afirmaba que el niño era suyo? ¿Iba Adler tras ella y el niño?

No lo sabía, pero estaba claro que Daisy García parecía más de lo que aparentaba.

Debía encontrarla.

5

Glenmore School

Que no habían tenido tiempo para prepararse era algo que Lucy ya sabía, pero esperaba que su suegra no se lo recordara demasiadas veces. Cuando uno se disculpa por sus errores, debería poder pasar a solucionarlos sin que le recordaran constantemente lo que ha hecho mal, pensaba ella. En eso estaba y, al menos de momento, lady Maud se estaba conteniendo.

La mayoría de los que, como ella, habían abierto las puertas de sus casas a colegios o a cualquier otra institución habían tenido semanas para prepararse. Ella tan solo dos días y todo el trabajo estaba por hacer. Sus amigos habían puesto moquetas sobre los suelos de roble de sus casas, habían tapado las paredes tapizadas con paneles y retirado los muebles, pero Glenmore Hall seguía prácticamente igual que cualquier otro día. Tras hablar con las profesoras que acompañaban a los niños, decidieron que, antes de ponerse a enseñar y a estudiar, debían proteger y ordenar. Todos. Los niños, los profesores, el servicio y la misma Lucy. Lady Maud no daba crédito.

Lo que sí estaba decidido desde el principio era dónde se alojarían los niños, así que Lucy marcó con una cinta cada uno de los muebles y cuadros que debían ser retirados de aquellas estancias para que fueran llevados al gran comedor, que haría de almacén. Algunas camas eran tan grandes que resultaron imposibles de sacar y quedaron donde estaban, como barcos varados en medio de los dormitorios, así que, con cierto humor, decidieron que en cada una de ellas dormirían dos niños. El gran *hall*, del que partía la escalera hacia el piso superior y que articulaba la casa desde su centro, sería la sala de reuniones del colegio, pues era la única estancia en la que cabían todos los alumnos a la vez. Retiraron las alfombras y Lucy exigió que las paredes se cubrieran con tablones para proteger las tapicerías. Los niños, distribuidos en parejas, llevaban los tablones desde la serrería, en la parte trasera de la casa, y se los entregaban al señor Stuke, que comandaba a los hombres del servicio, para que los clavaran sobre rieles colocados en las paredes. Los salones que daban al gran vestíbulo serían las diferentes clases, así que también se acondicionaron. Otra de las tareas a realizar en todas las habitaciones era prepararlas para que por la noche se pudieran oscurecer totalmente, igual que la mayoría de los edificios del país. Aquello implicó también a muchos alumnos, que con tijeras cortaban la tela que las profesoras marcaban con las medidas de las ventanas. Durante el día tendrían luz, pero, por la noche y desde el aire, aquella gran mansión imposible de camuflar debía destacar lo menos posible. El primer día montaron las camas a medida que las habitaciones destinadas a dormitorios se vaciaban. Con los niños había llegado un camión que transportaba pupitres y sillas. La ropa de todos, escasa, se colgaría de percheros que compartirían cada cuatro niños. A los cursos superiores los colocarían en la cochera. El gimnasio sería el invernadero.

Tardaron cuatro días en tenerlo todo listo, lo que se consideró una auténtica proeza. Cuando Lucy y el señor Wigum, el afable anciano que dirigía el colegio, dieron el visto bueno a la instalación, reunieron a todos los niños en el gran *hall* para explicarles lo que debían esperar. Las profesoras pidieron silencio mientras los alumnos se sentaban en el suelo con las piernas cruzadas. Hacía frío, como siempre en aquel espacio fallidamente calentado por una chimenea enorme pero insuficiente. Lady Maud, a la que el *shock* de aquella invasión había dejado sin habla, observaba la escena desde el piso superior. Junto a ella, sostenido en brazos por la *nanny*, su nieto William también la contemplaba con curiosidad.

El señor Wigum habló desde la escalera, al lado de Lucy.

—Queridos alumnos, antes de nada quiero que todos agradezcamos a lady Epson su hospitalidad.

Al unísono, los niños dijeron:

—Gracias, lady Epson.

Lucy sonrió nerviosa. Más de doscientas caras la observaban.

—Estoy muy contenta de teneros a todos aquí. En tiempos difíciles debemos estar todos juntos y ayudarnos. Espero que vosotros también estéis contentos en Glenmore, que ahora también es un poco vuestra casa. Por eso deberéis ayudarme a cuidarla y mantenerla. Antes de que los padres de vuestros abuelos nacieran, ya vivía gente aquí. A partir de hoy formaréis parte de la historia de este lugar. Espero que lo respetéis. Sed bienvenidos. —Se hizo el silencio unos segundos antes de que los profesores forzaran un aplauso. Luego el director tomó la palabra de nuevo.

—Gracias, lady Epson. Le garantizo que nadie estropeará la casa. A tal efecto hemos establecido algunas normas. Alumnos, escúchenme atentamente. Conocen ya las zonas que hemos ocupado y deberán permanecer en ellas sin acceder al resto de la casa. Ningún niño podrá utilizar la escalera principal. Tampoco deben tocar para nada las chimeneas, aunque crean que el fuego necesite ser reavivado. Cualquier estancia que no esté marcada en la puerta con un círculo azul está prohibida. Pueden salir al jardín en su tiempo libre, pero en ningún caso deberán alejarse más allá del lago. La campana repicará cuatro veces para llamarlos a comer o de vuelta a las clases. Seis veces cuando todo deba oscurecerse. Ocho veces para mandarlos a dormir o despertarlos por la mañana. Si repica continuamente, saldrán en orden al exterior, pues alertará sobre un incendio, que deberemos sofocar conforme a lo planeado por los responsables. La sirena solo sonará en caso de amenaza aérea. Entonces deberán bajar al refugio antiaéreo que hemos instalado en el sótano.

Un refugio antiaéreo, sí. Aquel había sido uno de los elementos que había decantado la balanza hacia Glenmore Hall sobre otras opciones de alojamiento para el colegio de Saint Clarence. Glenmore había sido edificado sobre una casa anterior posmedieval, del siglo XVII, cuando la moda era nueva y el dinero también, pero los sótanos, casi mazmorras, profundos y sólidos, pertenecían a la primera construcción y seguían sosteniendo la casa como desde el primer día. Tenían, además, la ventaja de una entrada desde la edificación principal y otra a través de un túnel excavado en el jardín, por lo que serviría tanto de refugio como de salida de emergencia. Habían colocado víveres y mantas y despejado el espacio de trastos para dar cabida a todos los habitantes de la casa en una eventual emergencia, que Lucy creía muy improbable.

Pero todo lo improbable se había mostrado, año tras año, terriblemente real y nadie podía creer que, cuando aún se recordaba la Gran Guerra, estuvieran de nuevo en los albores de otra.

El señor Wigum habló un rato de la historia de la casa y de lo afortunados que eran todos de estar allí, entonó una oración y, acto seguido, pidió a los alumnos que se pusieran de pie para cantar el *Dios salve al rey*. Luego mandó a todos a sus clases, pero, antes de retirarse él también a su despacho, tenía algo importante que hacer.

Estaban dispersándose, cada cual en una dirección, cuando una profesora se acercó al director. Junto a ella había un niño de unos cinco años con el pelo castaño y muy rizado, que miraba al suelo avergonzado. Cruzaron unas palabras y el señor Wigum miró a Lucy. Ella se temió que el primer desastre acabara de suceder.

—¿Podemos hablar? Hay algo que no alcanzamos a comprender y quizá usted pueda solucionar —le dijo.

—Por supuesto —Lucy cogió al niño del mentón para mirarlo, compadeciéndose de él cuando vio sus ojos azules y culpables—, no puede ser tan grave —le dijo sonriendo.

—Es extraño —concluyó Wigum.

El director, la profesora y el pequeño siguieron a Lucy hasta una salita y allí el hombre le explicó el misterio.

—Este niño no pertenece a nuestro colegio. No aparece en ninguno de nuestros listados y ningún profesor lo había visto antes.

Lucy miró al pequeño sorprendida. El niño podría haber llorado, pero tan solo ofrecía una cara triste.

—Eso es imposible.

—No es de nuestro colegio —repitió el director.

—¿De dónde es entonces?

—Eso nos gustaría saber a nosotros. Pensábamos que quizá usted...

—Conozco a todos los niños de la finca. También a los de Little Epson. Este niño... —Lo volvió a mirar—. ¿Dónde están tus padres?

El pequeño se encogió de hombros.

—No le sacará nada. Ya lo hemos intentado. No lo sabe o no lo quiere decir. Tampoco sabe de dónde es. Asegura haber venido en tren y luego en autobús, igual que los demás.

—Eso es lógico.

—Pero no es posible. Mis profesores son disciplinados.

—¿Quiere decir que no se equivocan? Eso resulta un poco vanidoso, señor director.

—Es... Sencillamente, no sé...

—Le aseguro que no es de aquí. Al menos no más que el resto de niños.

—En ese caso mañana lo llevarán a Londres. No puede quedarse.

—¿Disculpe? —Lucy cogió instintivamente al niño de la mano. Él se la apretó con fuerza infantil.

—Se tiene que ir. Mañana lo dejaremos en Barnardo's. Mandé un telegrama desde Little Epson esta mañana para avisar de su llegada. Ellos sabrán qué hacer. Puede que alguien lo esté buscando.

Barnardo's era una importante organización con más de cien orfanatos y miles de niños que había empezado con una casa en el East End londinense. Lucy contuvo su ira.

—Señor Wigum, hay algo que creo que es importante que dejemos claro desde el principio; es decir, desde ahora. —Apoyó las manos sobre los hombros del niño, que se pegó a sus piernas, de espaldas a ella—. No es usted el que decide quién debe quedarse o quién debe irse de Glenmore. Esta es mi casa, no la suya.

—Por... Por supuesto —balbuceó Wigum.

—Tampoco usted —dijo Lucy dirigiéndose a la profesora, que no había abierto la boca y tampoco lo hizo entonces—. Esta es mi casa —miró al niño—, y si este joven se va, pueden irse todos ustedes también.

—Lady Epson, creo que me ha malinterpretado. Yo solo...

— ... quería devolver a este niño al mismo lugar del que ha evacuado a todos sus alumnos porque temía que les cayera una bomba alemana encima. No lo hará.

—No.

—Este niño se queda. —Se dirigió a él—: ¿Cómo te llamas?

—No se lo dirá —los interrumpió por primera vez la profesora.

—Pat Smith —se oyó decir al pequeño, que, nervioso, había olvidado su nombre fingido y había dado al suyo real el apellido falso que su madre le había indicado. Ya nunca sería John Smith como su madre quería, sino Pat Smith.

—Pat Smith —repitió Lucy con mirada triunfal—. No podría haber un nombre más común. —Sonrió mientras revolvía el pelo al pequeño—. Pues el pequeño señor Smith se quedará aquí. Y se le tratará exactamente igual que a todos los demás alumnos. Yo averiguaré dónde está su familia.

—Muy bien —musitó Wigum.

—Muy bien —confirmó la profesora.

—Pues si no hay nada más, me temo que ustedes tres están llegando tarde a clase y yo tengo mucho trabajo.

Los vio partir en silencio. Antes de que la puerta se cerrara tras ellos, el pequeño Pat Smith le lanzó una mirada traviesa. Lucy le devolvió la sonrisa. Había mentido. Pat Smith ya nunca podría ser un niño más. Pat sería su favorito.

6

Félix Zurita

—Lo que le voy a contar es alto secreto —recalcó Wilhelm Leissner mientras se encendía un cigarro largo y fino.
—Entendido —convino Álvaro.
Confiaban el uno en el otro y el comentario podría haber sobrado. Todo lo que pasaba entre las paredes de la embajada alemana en Madrid era absolutamente confidencial, más aún si el que hablaba era el responsable del aparato de espionaje en suelo español, el más importante de todos los que se encontraban fuera de Alemania, con cientos de agentes, miles de colaboradores y la mayoría de los alemanes residentes en el país como simpatizantes dispuestos a ayudar. Su aspecto era pulcro: frente despejada con el pelo en retirada, peinado hacia atrás, mandíbula cuadrada, manos finas y ojos claros que siempre parecían estar apuntando lo que veían. Ocupaban dos mullidos sillones en una salita de luz atenuada de la primera planta y solo el sonido del lento crepitar del fuego se sumaba a aquellas relevantes palabras.
—Los alemanes somos previsores. Va en nuestra identidad y probablemente sea uno de los ingredientes fundamentales de nuestros históricos éxitos. —Álvaro calló, aunque aquello fuera rebatible—. Ustedes son más espontáneos. Más de última hora. Nosotros no somos así. Muchas de las cosas que veremos en los próximos años se prepararon décadas antes. Hay operaciones que fueron meticulosamente trazadas años atrás. Y los mandos... Muchos de los que estaban entonces siguen ocupando puestos de importancia. ¿Conoce al almirante Canaris?
—Cómo no, de la Abwehr.

—Sí, detenta la jefatura de nuestro servicio de inteligencia con brillantez. Su experiencia es extensa y ha paseado por medio mundo valiéndose de ella. Es un excelente espía, un hombre cauteloso y extremadamente inteligente. Bien. Estuvo destinado en esta embajada.

—No lo sabía.

—Mantiene una relación cordial con Franco, que le consulta a menudo. Canaris habla un español excelente y entiende su cultura. Hizo buenas relaciones por aquí. Cuando le pedí que contactara con el señor Zurita, le oculté algunas cosas.

Félix Zurita era amigo de Álvaro Oliver desde hacía años. Aunque Félix había viajado mucho y vivido en diferentes lugares, siempre se reencontraban cuando volvía a Madrid. Que le pidieran que organizara un encuentro con él le había sorprendido, pues no le habían explicado el motivo, pero había aprendido a no impacientarse y a esperar a tener todos los datos para entender el porqué de las cosas. La secuencia era clara: Wilhelm Leissner, el agregado de negocios de la embajada alemana, pedía algo y él simplemente lo ejecutaba sin preguntar.

A tan solo unos minutos de que el mismo Félix Zurita llamase a la puerta de la legación, el misterio estaba a punto de desentrañarse.

—Su amigo Félix es hijo de Leandro Zurita.

—Cierto.

—El caso es que don Leandro estableció amistad con el almirante Canaris cuando estuvo en Madrid. De eso hace veinticuatro años.

—Leandro Zurita murió antes de la guerra española.

—Lo sé, pero hasta entonces fueron más de veinte años de amistad. Una amistad verdadera y de profunda confianza. Encajaban bien, ambos eran grandes viajeros, conocían mundo, amaban Latinoamérica y tenían pasión por los perros.

—¿Los perros?

—Sí, el almirante los adora. Hablarle de fidelidad canina y esas cosas es garantía de éxito si se ha de captar su atención. El caso es que el padre de su amigo compartía esa afición. Canaris asistió a varias cenas en su casa, conoció a su familia... En fin, hizo todo lo que los buenos amigos hacen. Por eso hemos pensado en Félix.

Necesitamos a alguien que, además de tener todas las cualidades que usted nos ha relatado de él, sea de plena confianza para el Reich. Como hijo de Leandro Zurita, ya tiene excelentes credenciales en la Abwehr. El mismo Canaris sugirió que contactáramos con él. Fue premonitorio que resultase ser buen amigo suyo.

—Le gustará Félix. Es hábil, inteligente, un seductor y un hombre de mundo.

—Justo lo que necesitamos —añadió Leissner—. No debería tardar en llegar.

—No lo hará —aseguró Álvaro.

Madrid es la capital más alta de Europa. Puede ser tan fría como Viena o París, y aquel invierno de 1939 no fue una excepción. La mayoría de los días de diciembre el termómetro no superó los cinco grados y la población, empobrecida tras tres años de guerra civil, que había acabado hacía apenas ocho meses, se las arreglaba con dificultad para superar aquellos días aciagos.

Había oscurecido y las brumas se colaban entre las calles del barrio de Salamanca mientras la ciudad se preparaba para la noche. La vida había retornado a algunos de los grandes palacios de la capital y no era difícil encontrar alegría si uno la buscaba en los lugares adecuados, pero el semblante de la villa y corte era gris y triste cuando se la miraba a vista de pájaro. «Malditas guerras», dijo para sí Félix Zurita, de camino al número 4 del paseo de la Castellana.

Comprobaba las penurias de aquella época igual que las de los años de la contienda: sin participar. No, a pesar de tener veintidós años, no había ido a la guerra. Su madre había movido los hilos para que Félix, como ella, no viera una sola trinchera. Su padre no se habría sentido orgulloso, pero por suerte hacía cinco años que no estaba vivo para verlo. En 1935 se instalaron en el Claridge's de Londres y poco después, justo antes del alzamiento, empezó un trabajo insustancial pero seguro en la embajada española, donde había permanecido hasta hacía pocos meses, cuando muy convenientemente su trabajo se había acabado y había vuelto a Madrid.

Si lo pensaba, se sentía muy cobarde y a menudo evitaba los eventos en los que sabía que encontraría a gente que le preguntaría por su guerra. Cada joven de su edad tenía la suya, con sus heridas, paisajes y aventuras, pero la de Félix se limitaba a una vida de lujo, cacerías, fiestas y trabajos de poca importancia entre la alta sociedad inglesa, donde el frente español era algo lejano, un tema de conversación más que una realidad. Muchos pensaron que había sido espía y él no les aclaró la verdad.

Al margen de su imponente físico, su pelo denso y oscuro, sus ojos verdes y su planta elegante, cuando se comparaba con los demás, Félix comprobaba que lo único que lo distinguía, lo único en lo que destacaba respecto de los de su edad, era en su vida nómada. Su formación, su amplitud de miras, su tolerancia y su carácter abierto se lo había dado el mundo. Había vivido en Buenos Aires, Caracas, Barcelona, Hamburgo, Londres y Madrid. También conocía la mayor parte de las capitales europeas y muchas de las de Hispanoamérica. Hablaba bien el alemán y su inglés era casi perfecto. Todo por culpa de su padre, o mejor dicho, de su abuelo, que había plantado la semilla de un imperio naviero que llevaba grano argentino a Europa, maquinaria alemana a Sudamérica, cuchillos de Sheffield a Barcelona, telas catalanas a Filipinas, asbestos de Rodesia a Bilbao...; lo que fuera, a donde fuera. Una empresa próspera que llevaba sin incordiar demasiado a su tío Borja, al que apenas veía. La empresa que su padre había dirigido durante años desde diferentes puntos del globo. La que le permitía no tener que preocuparse por sus cuentas y vivir a todo tren.

A sus veinticinco años, Félix había cazado en cuatro continentes, conquistado a mujeres de todas las pieles, probado todas las comidas y bebidas. Era un hombre de mundo. Y, sin embargo, el peso de no haber hecho nada por su país cuando debió era una pesada losa en su corazón. Su padre le había dicho una vez que se arrepentiría más de lo que no había hecho que de lo que sí, y no le faltaba razón.

Llegó a la reja coronada por dos grandes águilas que custodiaba la embajada alemana y llamó al timbre. Enseguida le abrieron y cruzó el jardín por un camino empedrado hasta la puerta de entrada al edificio, un sólido palacete de dos plantas de ladrillo visto al que se accedía por una puerta con marquesina de tela. Dentro, le recogieron el abrigo y el sombrero y lo acompañaron escaleras arriba, a una salita pequeña, donde se acomodó en una butaca. En un rincón, la mirada inquisidora de Hitler captó su atención. «No parece contento», se dijo, una vez más tomándose a broma lo que en realidad no tenía ninguna gracia.

Se levantó cuando dos hombres entraron poco después. A uno lo conocía: Álvaro Oliver, amigo de la infancia y quien lo había citado allí. El otro era mayor que ellos. Tendría cuarenta años, quizá más, y le dio la mano con decisión. En la solapa del traje de raya diplomática observó la insignia roja con la esvástica, el mismo símbolo que coronaba la escalera y que había visto colgado del balcón de la embajada.

—Wilhelm Leissner —se presentó—, agregado de negocios en la Embajada del Tercer Reich en Madrid. Su amigo Álvaro Oliver me ha hablado mucho de usted —Álvaro llevaba meses haciendo de enlace especial entre el Ministerio de Asuntos Exteriores español y la embajada alemana—, por eso creo que nos puede ayudar —continuó el alemán—, pero también me manda un afectuoso saludo para usted y para Zar, WC. Me ha dicho que son ustedes buenos amigos.

Félix sonrió. Había supuesto que la idea de aquel encuentro podía venir de Wilhelm Canaris, amigo de su padre.

—El gran WC, siempre nos reímos con el apodo. En contrapartida, él llamaba a Churchill el pequeño WC. En el orden de afectos del almirante, yo siempre fui el tercero, tras mi padre y Zar, nuestro fiel *dachshund*. ¿Cómo se encuentra *herr* Canaris?

—Atareado, pero les recuerda con afecto a usted y a su familia. Es buen amigo mío, y también quien lo recomienda para la misión que tenemos entre manos.

—Me conoció de niño, casi de bebé, cuando él estaba en Madrid. Ha venido varias veces después y siempre ha encontrado tiempo para visitarnos. También coincidimos en otros destinos. Cuando mi padre enfermó, se interesó y acompañó a mi madre. Es un gran hombre. Haré lo que me pida si está a mi alcance, pero le confieso que no sé bien cómo alguien como yo puede ayudarlos —dijo Félix—. El almirante ha visto algo en mí que yo desconozco.

—Eso ya lo veremos —opinó Wilhelm—. Su amigo, el señor Álvaro Oliver, aquí presente, también ha tenido buenas palabras para usted. Dice que es un incesante viajero. Un conocedor del mundo.

—He viajado mucho. Mi padre era naviero. Supervisó la instalación de su empresa en cada país. Mi madre lo acompañó siempre, y, cuando él falleció, ha seguido sin poder estar demasiados años seguidos en el mismo lugar.

—Eso es lo que necesito. Alguien de mundo —confirmó satisfecho Leissner. Se inclinó hacia la mesa que había frente a los sillones y abrió la carpeta que descansaba sobre ella. Luego extendió algunas fotografías, y las giró para que Félix las pudiera ver. Cuando todas estuvieron una al lado de la otra, preguntó—: ¿Me sabría decir a dónde pertenece cada una de estas imágenes?

Félix sonrió. Era muy bueno para esas cosas. Tenía memoria fotográfica para los sitios, los paisajes, la arquitectura. Era peor para recordar caras, pero excelente para reconocer lugares, y sus amigos, entre los que estaba Álvaro, lo sabían bien.

Cogió la primera foto.

—Londres —dijo seguro, mirando la foto oscura de una calle estrecha—. Esto es St. James Place. La calle se ensancha en ese extremo. Reconozco las farolas al fondo. Son las de la entrada a Spencer House. He ido a algunas fiestas allí.

—Exacto —dijo Leissner.

—Esto tiene que ser la Patagonia... —dijo al observar la siguiente fotografía, en la que aparecía una casa de madera en medio de un paisaje montañoso con un lago.

—¿No podría ser Suiza quizá? —intervino Álvaro.

—No. La madera de la casa. El techo. Las suizas no son así. Esta es más oscura. Y el lago. Su brillo es diferente. El horizonte suizo también es distinto. Esto tiene que ser la Patagonia, incluso Chile... Los Andes son diferentes, sin duda no es Europa. Mi apuesta es la Patagonia. Quizá el lago sea el Nahuel Huapi. El almirante lo conoce.

—Lo es —dijo Leissner. Álvaro le sonrió.

—Esto es Estocolmo —aseguró Félix cogiendo rápidamente otra foto—. Es fácil. —En la foto solo se veía a una mujer con un niño apoyada en una pared—. Reconocería las paredes almohadilladas del palacio real en cualquier lugar. Solo estuve una vez, pero son características.

—No se equivoca.

—Y esto Barcelona. El Barrio Gótico. No sé qué calle, pero diría que no está lejos de la iglesia del Pino. En cualquier caso, reconocería esas casas ennegrecidas entre un millón.

Así, uno a uno, Félix Zurita reconoció todos los lugares. Con tan solo un buzón, las aceras o las personas, reconocía la ciudad en la que se encontraban. Si había pisado la calle, concretaba el lugar exacto. Al acabar, sonrió a sus anfitriones como el niño que termina un examen sabiendo que obtendrá un sobresaliente. Se hizo el silencio unos segundos.

—Le dije que era el mejor —terció Álvaro.

—Es formidable —convino el otro—, inaudito.

—Nadie conoce el mundo como el señor Zurita, herr Leissner. Ha viajado mucho, pero lo más importante es que se ha fijado en lo característico de cada lugar.

—Es algo que no puedo evitar —intervino Félix.

—Ya lo veo —dijo Leissner. Miró a Álvaro—. Señor Oliver, ¿nos podría dejar solos? Continuaré con el señor Zurita sin su ayuda.

Álvaro se levantó inmediatamente y, tras despedirse de Félix con un abrazo, abandonó la salita. Wilhelm Leissner acercó un poco su butaca y la encaró con la de su invitado.

—Lo que le voy a contar es absolutamente confidencial. No puede salir de estas paredes. Si cree que no podrá mantener el secreto de esta conversación, le ruego que me lo comunique ahora.

Félix tenía secretos, suyos y de los demás y nunca le había sido difícil mantenerlos. Nunca había necesitado contar nada indebido para parecer interesante.

—No hay problema —respondió firme.

—Los habrá para usted si habla de lo que no debe. Contamos con el beneplácito del almirante Canaris y con el de las más altas esferas del régimen. Si habla, será duramente castigado.

—No me gusta que me amenacen —replicó Félix, contrariado.

—No se lo tome como una amenaza. Si mantiene el secreto, todo serán beneficios. Beneficios muy grandes para usted. Esta operación le hará rico si la ejecuta bien.

—Ya soy rico.

—Amigo mío, nunca se es demasiado rico, ni demasiado guapo, ni demasiado listo. En cualquier caso, la misión está hecha para usted. Me atrevo a decir que la disfrutará.

—Lo escucho —dijo Félix, sintiendo cómo el cosquilleo de la emoción le subía por el estómago.

Leissner se puso serio.

—Lo que le voy a contar es un secreto estratégico, fundamentalmente porque contradice una de las grandes verdades sobre las que se asienta el Tercer Reich. También porque alguno de mis colegas de las altas instancias está en completo desacuerdo con él. Afortunadamente otros están de acuerdo. Es de su amigo el almirante Canaris de quien he recibido el encargo.

—Me intriga usted.

—Lo comprendo. Digamos que lo mejor para todos sería que este plan nunca se ejecutara. Además, es lo más probable.

—Me pagarán por nada entonces.

—Le pagaremos porque somos previsores. Porque tenemos una solución para los imprevistos, porque, a diferencia de los españoles, planificamos con antelación para que siempre haya una salida. Hasta para las situaciones más remotas. No improvisamos, como constantemente hacen ustedes. —Félix no se molestó. Consideraba la improvisación una de las mayores virtudes de sus compatriotas. Siguió callado—. Vamos a ganar la guerra y a establecer un nuevo orden. Uno que merece el mundo. Uno mejor...

—Para ustedes —añadió Félix interrumpiéndolo.

—Para todos. Para que todo el mundo ocupe el lugar que le corresponde. Un barco no navega bien si el capitán está en el palo mayor y el maestre al timón. Cada uno debe ocupar la posición para la que está preparado. Estamos en ello. Y vamos a ganar.

—Lo parece.

—Sí. Estoy seguro. Todo apunta a ello, pero las guerras se tuercen por imprevistos. La Armada Invencible era realmente invencible para los ingleses. No habrían podido acabar con ella, pues era mayor, más moderna y estaba mejor comandada. Pero el mar decantó la balanza, la peor tormenta que se había visto entonces sobrevino y lo que estaba ganado se perdió. La historia está plagada de imposibles.

—Y usted quiere atenuar eso —intervino Félix.

—Quiero prevenir lo imprevisible; ocuparme por si tengo que preocuparme. Atienda. Nuestra ambición es mayor que la de cualquier otro imperio que haya visto la historia. Nuestro esfuerzo en todo es el mayor y alcanza a todos los ámbitos, desde la economía a la sociedad, la religión, las artes, las ciencias... Todo.

—Comprendo.

—Creo que no. Es una revolución. Un cambio total de todo lo que conocemos, pero también un retorno a la esencia germana y aria. Por eso, si fracasa, el mundo actual, los parias con los que queremos acabar, nos buscarán para vengarse. No tendrán piedad.

Félix se guardó de dar su opinión. Hacía tiempo que el nazismo le había dejado de parecer ridículo: por aquel entonces, le empezaba a asustar.

—El asunto es que todo buen castillo siempre tiene una puerta secreta —continuó Leissner.

—Una entrada.

—Más bien una salida —matizó el alemán—. Quiero que organice una vía de salida. Usted conoce Europa y América. Quiero que, si todo falla, si el imprevisto más remoto sucede, algunos puedan llegar a territorio seguro. Unas diez personas.

—Escapar.

—Trasladarse. Trasladar a personas relevantes a un lugar seguro. Uno desde donde poder reponerse para volver. Hay lugares donde nuestro movimiento se ve con mejores ojos que en otros.

—Aquí, por ejemplo —confirmó Félix.

—Sí, España es, sin duda, una opción, pero está demasiado cerca de Alemania. Deberíamos plantearlo como una escala hacia un destino más lejano: Argentina, Chile, Brasil. Países grandes en los que sería fácil establecerse discretamente. Usted los conoce bien.

—Sí. Los conozco todos.

—Si acepta, deberá ocuparse de todo lo que le solicitemos: alojamiento, traslados, seguridad, servicio, documentación... Le pagaremos bien. —Leissner sacó un papel doblado del interior de su chaqueta y lo puso delante de Félix, sobre la mesa—. Puede abrirlo.

Félix miró al alemán a la cara unos segundos antes de extender la mano, desdoblar el papel lentamente y leerlo. Tan solo un número, pero uno muy largo. Dejó el papel sobre la mesa de nuevo.

—La misma cantidad le será entregada una vez acabe su trabajo —añadió Leissner.

—¿Cuándo será eso?

—Cuando haya identificado los diferentes lugares, comprado y construido las viviendas necesarias, organizado el transporte y establecido la red de personas de confianza necesaria para que todo discurra sin problemas. Le será fácil y, además, tiene una enorme ventaja: con casi total seguridad, nunca se comprobará la eficacia de su plan, ya que nunca tendremos que utilizarlo.

—Entiendo.

—Solo cuatro personas conocen esta operación: el almirante Canaris, usted, el que le habla y un alto mando que nos visitará el próximo octubre. Para entonces deberá tener ya avances que comentarle. No debe hablar de esto con nadie, por su seguridad y la de toda la operación, cuyo nombre en clave será Akela.

—No diré una palabra. No es mi manera de ser. La operación Akela será un secreto absoluto —insistió Félix.

—¿Entiendo que acepta el encargo? Es una cifra importante.

Lo era. Una con la que comprarse una buena casa en el barrio de Salamanca y poder olvidarse durante muchos años de sus finanzas. También el primer dinero de relevancia que provenía de su propio trabajo.

—Lo quiero en oro —dijo sabedor de que, si perdían la guerra, el marco alemán se hundiría.

—El almirante me dijo que era usted muy inteligente —le dijo Wilhelm Leissner ladeando una sonrisa—. Pero el marco será la moneda más fuerte del mundo.

—Probablemente. Pero, como usted, yo también quiero protegerme de lo improbable.

Alargaron la reunión casi una hora más. Luego, Félix Zurita salió a las brumas de la noche y las sombras del barrio de Salamanca; a las calles madrileñas. Escondida bajo el arco de un portal cercano, una mujer se dispuso a seguirlo a pocos metros.

7
Bajo el mismo techo

Daisy se peinó con la mano y se pellizcó las mejillas. Luego se miró por encima con su vestido color crema. Se abrochó el botón del cuello; se lo desabrochó: «Mejor así», pensó mientras se miraba en el reflejo del cristal de la ventana. Se había propuesto abandonar la torreta ese día y solo había una posibilidad: un trabajo en Glenmore Hall. Tenía las falsas referencias y también su falsa historia para justificar aquella llegada a puerta fría. Por suerte, su aspecto era perfecto, el de la clase de personas que gustaban para servir en las casas de la alta sociedad. Joven pero no aniñada, guapa pero no exuberante, pulcra: un físico agradable y sin estridencias. También era educada, pues sus padres se habían empeñado en ello. Una española que hablaba perfecto inglés, sin apenas acento, que cocinaba bien, servía bien, cuidaba bien y trabajaba bien. La cogerían, estaba segura. Contempló de nuevo en el cristal su cara ovalada como una almendra, su pequeña nariz, su boca mínima, sus grandes ojos color miel y su pelo, liso, abundante y de color castaño. Era alta, pero no demasiado, casi un metro y setenta y cinco centímetros. Era importante ser alto si se quería salir de las plantas del servicio o acompañar a los señores. En las plantas nobles uno parecía ridículo si era demasiado pequeño. En palacios como Blenheim, que no estaba demasiado lejos, los Marlborough no aceptaban a lacayos que midieran menos de un metro y ochenta centímetros, lo que hacía muy complicado encontrar personal, pues la media de altura de la población era de once centímetros menos. Tras bajar las escaleras de la torre y emprender el camino, esperó que en Glenmore Hall no fueran tan exigentes.

Había buscado insistentemente trabajo en los pueblos cercanos. Había ido a Little Epson varias veces y ya había algunos que la saludaban cordiales y se preguntaban de dónde venía exactamente. También fue a High Glenmore, que era un pueblo algo más alejado, también dependiente de la finca del mismo nombre. Todos le señalaron una y otra vez el único lugar donde podría ser empleada.

No tardó en estar frente a la fachada. La mañana ya estaba avanzada. Había observado la mansión cada día desde su llegada con Pat dos semanas antes. A esa hora todos los niños estaban en clase y el sótano funcionaba, seguro, a pleno rendimiento, pero el ama de llaves encargada del personal femenino estaría algo más tranquila, revisando cosas aquí y allá. Dio la vuelta a la casa y llamó a la puerta trasera. Un lacayo con delantal manchado de betún abrió enseguida. Tras él, un largo pasillo con opalinas se perdía hacia el interior de la casa. La miró de arriba abajo unos segundos y sonrió como sonríen los jóvenes que no pierden las oportunidades. No había abierto la boca cuando tras él alguien llamó su atención.

—¡Tomas!

El joven inmediatamente se giró.

—¡¿Cómo te atreves a abrir la puerta con semejante aspecto?!

—Se... Señora Gold... Estaba limpiando los zapatos justo aquí y pensé...

—¡Jamás vuelvas a mostrarte en la puerta de esta casa con ese aspecto! ¡Vuelve a tu trabajo!

Tomas se retiró avergonzado y, en su lugar, la señora Gold la recibió. Iba completamente vestida de negro y su aspecto era severo e inteligente. Habría rebasado la cincuentena, pero transmitía, junto a la serenidad de los años, la energía de una adolescente. Su aspecto era pulcro: moño alto, arrugas simétricas, ojos oscuros y piel clara en un cuerpo ni grueso ni delgado, y desprovisto de cualquier intento de parecer atractivo. La miró y contuvo una sonrisa amable.

—¿Puedo ayudarla? —dijo con voz grave y acento galés.

—Espero que sí. Busco trabajo —respondió Daisy sin dar rodeos.

—Acompáñeme —le ordenó la señora Gold.

Daisy la siguió por el pasillo. A los lados pudo ver la cocina, la despensa, el comedor de servicio. Todo era un hervidero de personas trabajando ordenadamente. A la izquierda, la señora Gold abrió una puerta y accedió a un despacho con un pequeño ventanuco, un escritorio con algunos papeles y dos sillas. La invitó a sentarse.

—¿Tiene referencias? —le preguntó directamente.

Daisy sacó la carta que ella misma había manufacturado. La señora Gold la leyó atentamente.

—Usted ha sido doncella personal de la señorita Headland. Me temo que no puedo ofrecerle un trabajo igual. Solo tenemos una mujer en la casa, lady Epson, y ya tiene doncella. La *nanny* del señor William también es la misma desde que nació.

—Puedo hacer cualquier cosa.

—Eso me gusta. Aunque preferiría no ofrecerle cualquier cosa. Tenemos carencia de hombres. La mayoría están en el frente, así que tenemos a doncellas sirviendo la mesa y ocupándose de cosas que antes hacían ellos. Además, está lo del colegio. Habrá visto que tenemos a muchos niños alojados en Glenmore.

—Sí.

—Los profesores dijeron que no nos necesitarían, pero lo cierto es que el personal del colegio solo sirve para enseñar y nada funcionaría si el servicio de la casa no estuviera ocupándose. Estamos desbordados.

—Se me dan muy bien los niños —dijo Daisy, esperanzada de que la destinaran cerca de su hijo.

—Apuesto a que sí —dijo la señora Gold mirándola y asumiéndola como un miembro más del servicio a su cargo—. Te voy a encargar el cuidado de los tres dormitorios de la planta superior, son ciento tres camas. No las tienes que hacer, por supuesto, pero debes ocuparte de la limpieza y de que nada que no deba pasarle a la casa le pase. No pretendas educar a los niños, pero anota si hay algo que no sea como es debido, peleas, escapadas; actitudes que los profesores deban saber, y me lo comunicas a mí. Yo se lo transmitiré a los responsables. También, como he mencionado, has de vigilar que no se produzca ningún daño a Glenmore Hall. Además, te ocuparás de las chimeneas de esa planta. Un mozo te traerá la leña, pero tú prepararás el fuego y lo vigilarás todo el día hasta la noche, cuando tenemos a otros dos mozos supervisándolas. Ya sé que no es trabajo para ti, pero, sencillamente, no tengo personal suficiente. Puede que te encargue más tareas, pero empezaremos por esto. Dormirás en la planta superior y comerás con el personal de la casa, después del de la cocina. No cobrarás hasta haber demostrado que lo mereces. Las normas esenciales de esta casa no son diferentes a las de la casa de tus antiguos empleadores, así que no abundaré en ellas. El resto te lo iré indicando. El primer mes será de prueba. Luego cobrarás dos libras y media al mes.

—Me parece bien —dijo Daisy, aunque fuera la mitad de lo que había cobrado acompañando a Unity Headland.

—Te gustará Glenmore. —La señora Gold sonrió—. Somos gente de verdad, que es lo mejor que se puede decir de cualquier persona.

La señora Gold le dedicó toda la mañana. Le mostró la casa de arriba abajo, las zonas nobles y las del servicio, las habitaciones, la cocina, la despensa, las diferentes estancias dedicadas a cada trabajo: la sala de la plata, la de los zapatos, la de las escobas, la de los chóferes, la de la porcelana, la de costura, la bodega... Todo estaba ordenado y pulcramente colocado. La casa era grande y fastuosa, pero incluso sin los niños del colegio de Saint Clarence habría resultado acogedora. Cada generación de los Epson había dejado su huella en ella, lo que en ocasiones la hacía parecer sobrecargada, pero también vivida y amable. Alfombras, lámparas, cómodas y cuadros; Glenmore era como un cofre repleto de tesoros mantenidos a la perfección y sin una mota de polvo. Los colores de las paredes cambiaban de un salón a otro: rosas, verdes, azules, rojos... Nada se había dejado al descuido, todo había necesitado de la dedicación de los propietarios para llegar a ese estado. Se tardaba bien poco en comprender el amor de la familia por su casa de campo. En las mesas, muchas fotos daban una idea de lo que la vida en la finca había sido: cacerías, visitas reales, puestas de largo, fotos dedicadas de señoras con espectaculares tiaras y señores con uniformes y condecoraciones. Uno de los salones tenía retratos de toda la familia en diferentes épocas: tres jóvenes tocando el piano, el violín y la flauta; un gran jinete saltando, un hombre apuesto cazando con la casa de fondo. Incluso varios caballos y perros tenían sus propios grandes óleos ricamente enmarcados con molduras doradas.

—Actualmente solo tenemos a doce personas trabajando en la casa, sin contar con el personal del exterior: una cocinera, dos pinches, el señor Stuke, nuestro mayordomo; dos lacayos, una doncella personal, cuatro doncellas, entre las que te incluyo, y yo misma como ama de llaves. Estamos cinco por debajo de lo que teníamos antes de la guerra y con el doble de trabajo.

—Espero aliviar en lo posible esta situación.

—Eres muy amable por pretenderlo. No puedes solucionar el asunto tú sola, pero, sin duda, puedes ayudar un poco. Toda ayuda es bienvenida. Descubrirás que la buena voluntad se valora mucho aquí. La casa está irreconocible, esa es la verdad —dijo mientras abría una puerta de doble hoja y *boiseries* doradas—. En una semana, en un año normal, celebraríamos el cumpleaños de lord Epson. —La señora Gold miró hacia el artesonado y la lámpara del salón de baile de la casa, un espacio enorme, diáfano y de mucha altura, con grandes ventanales que daban al jardín y cortinas de terciopelo azul con pasamanería dorada, ocupada completamente por pupitres. Suspiró—. Ah..., tendrías que haber visto este espacio entonces. Eran ocasiones en las que todo brillaba, todo era bonito. Flores, cristalería, candelabros, joyas. Los lacayos se ponían el uniforme de gala, librea azul oscuro bordada en plata, y la orquesta se colocaba en aquella zona, junto al piano. —En una esquina no uno, sino dos pianos de cola habían sido arrinconados para dar espacios a los alumnos—. Lord Epson es un gran aficionado a la música y su madre lo es también, así que siempre tuvimos excelentes grupos. Si todo estaba organizado, algunos de los del servicio nos colocábamos al otro lado de la puerta y bailábamos también. Era divertido. También salíamos al jardín para contemplar los fuegos artificiales, que siempre eran el colofón de la noche. Dicen que hay casas más importantes que Glenmore Hall, pero me extrañaría mucho que sus bailes fueran mejores que el nuestro. Lady Maud es una señora muy elegante y tiene lo mejor de lo mejor, quizá no en tanta cantidad como otros, pero sí en calidad. Para las grandes ocasiones, la viste madame Isobel, la afamada modista de Londres. La decoración en azul del salón se hizo para que combinara con el aderezo de la baronía, todo en zafiros maravillosos de Garrard. —Se detuvo unos segundos y la miró sonriendo, volviendo de pronto a la realidad, y el brillo de sus ojos se matizó mientras se situaba de nuevo en el presente—. Ojalá puedas ver todo eso algún día... En fin, vayamos a las otras zonas ocupadas.

«Zonas ocupadas» era el nombre que había elegido lady Maud Epson para designar a los espacios que habitaba el colegio de Saint Clarence, utilizando la terminología militar con toda la intención, pues sentía que había sido invadida contra su voluntad, pero la señora Gold no entró en detalles mientras le enseñaba los dormitorios a Daisy. Ella observó con atención, sin poder evitar perderse unos segundos en sus pensamientos ante el mar de camas. ¿Cuál sería la de Pat? Seguro que no tardaría en averiguarlo, pero, mientras llegaba el momento, se alegró de que su hijo estuviera allí. A diferencia de en los salones de la familia, en aquellas salas hacía frío, y las chimeneas no serían suficientes para atenuar la temperatura cuando el invierno se volviera más crudo, pero también eran el escondite perfecto para el hijo de una madre soltera que huía. Había observado a Pat muchos días. Acostumbrado a estar sobre todo con ella, lo estaba pasando bien rodeado de amigos, en una casa tan grande, con jardines y campos que no acababan nunca. A la mayoría de los demás alumnos les pasaba lo mismo. El East End de casas insalubres y aire denso quedaba muy lejos de allí.

Tras acabar la visita, la señora Gold la acompañó al jardín y de allí a la rosaleda.

—Lady Epson siempre está aquí a estas horas. Te la presentaré. Es una mujer extraordinaria y con mucha determinación. Al parecer, su madre dijo que en Glenmore no había rosas relevantes, así que está decidida a dejar esa mala fama atrás. Ya sabe lo importante que son cosas como estas para el prestigio de una casa.

—Por supuesto —convino Daisy sin atreverse a opinar.

La rosaleda no tenía rosas, tan solo pequeños tronquitos secos y pinchudos que salían de la tierra a la espera de la aún lejana primavera. Arrodillada en el suelo, ataviada con sombrero de paja y delantal, encontraron a la dueña del lugar. Esperaron a que reparara en su presencia, algo que sucedió enseguida.

Lucy Epson se puso de pie y esperó a que la señora Gold hablara. Daisy hizo una pequeña reverencia.

—Señora, perdone que la moleste —dijo respetuosa el ama de llaves.

—Nunca lo hace, señora Gold. ¿Cómo puedo ayudarla? —Miró unos segundos a Daisy y sonrió levemente.

—Esta es la señorita Daisy García. Ha solicitado trabajo en Glenmore y creo que nos puede ser de gran ayuda. Como sabe, estamos muy escasos de personal.

—Lo sé.

—La señorita García se ocupará de las chimeneas y las habitaciones del piso superior. Ayudará en muchas otras tareas. Está capacitada para labores de mayor relevancia, pero lamentablemente no podemos ofrecerle nada en esas áreas. Ha trabajado como doncella personal de la señorita Unity Headland, la hija de...

—Sé quién es la señorita Headland. Ha estado más veces en la portada del *Times* en los últimos años que algunos de los más prominentes lores. La chica que estuvo en Alemania, ¿no es así?

—La misma, señora —confirmó Daisy.

—No tengo relación con los Headland. Nunca los he visto. Formamos parte de otro círculo, supongo que mucho menos emocionante, ya ve. Gente de campo.

Daisy lo sabía. Los Headland se relacionaban con amigos en Londres, principalmente empresarios. Rara vez iban al campo, y casas sin fama como Glenmore eran el último de sus destinos. Por eso no se le había pasado por la cabeza cambiarse el nombre. Sencillamente, no hacía falta. Lucy la miró en silencio unos segundos antes de volver a hablar.

—Sea bienvenida, señorita García.

—Gracias por la oportunidad, señora.

—Hágase merecedora de ella. Ha dicho que se apellida García. Eso es muy mediterráneo.

—Español, señora —respondió Daisy—. Soy originaria de España.

—Me gustan los españoles —dijo Lucy—, son orgullosos y nobles.

—Gracias, señora.

—Supongo que vino a trabajar a Inglaterra hace años. Su acento es prácticamente irreconocible.

—Mi madre puso mucho esfuerzo en que aprendiera. La señora de la casa en la que viví de niña era inglesa. Tengo buen oído.

—Eso está muy bien, Daisy. Espero que sepamos tratarla como merece.

—Gracias, señora. La dejaremos tranquila —intervino la señora Gold.

Un cruce de sonrisas bastó como despedida.

Y así, Daisy García empezó a trabajar en Glenmore Hall.

8
Encuentros en la cumbre

1940

La abadía benedictina de Montserrat se erige a setecientos metros sobre el nivel del mar en una grieta del macizo del mismo nombre, una mole de granito de enormes dimensiones, con picos que se asemejan a dedos redondeados y formas caprichosas que le dan un aire único, a pocos kilómetros de Barcelona. Ha sufrido muchas reformas desde que en el siglo IX se instalara el primer monje, y ha sido testigo en primera persona de los avatares de las guerras y las desgracias que han barrido Europa desde antiguo. En octubre de 1940 recibió la visita más inesperada. Eran casi las cuatro de la tarde y un incómodo viento movía las sotanas de los dos monjes más cercanos al grupo que se aproximaba.

—Ya llegan —dijo con tono sombrío el padre Álvaro Ripoll mientras observaba a la amplia comitiva acercarse a la explanada—, parece una procesión. Esa gente no debería estar aquí. Tampoco encontrarán lo que buscan.

—No lo tenemos —observó don Ángel, que también dirigía su mirada sobre el grupo.

—No se lo daríamos —determinó don Álvaro—. Esa gente busca objetos sagrados con ambiciones satánicas.

El monje que lo escuchaba se santiguó.

—No son bien recibidos aquí. Supongo que lo notarán.

—Debemos hacer que lo hagan. Esta es la casa de Dios. No sé qué titula que estos hombres sean recibidos en ella —se lamentó Ripoll.

—Pisamos terreno pantanoso. Debemos ir con ellos. Usted es el único que conoce su idioma —le recordó don Ángel.

—Vamos —dijo serio—, rece por nosotros.

Desde algunas ventanas varios monjes de la congregación vieron las dos sotanas negras dirigirse hacia el grupo. Nadie más había aceptado formar parte de la recepción y todos esperaban que Álvaro y Ángel se los quitaran de encima lo antes posible. Incluso las nubes que ennegrecían el cielo parecían indicar el disgusto de Dios por aquella visita. A los lados algunos asistentes, muy pocos, alzaron el brazo con el saludo fascista. Cuando llegaron a él, se lo presentaron. Álvaro no sonrió, y tampoco el alemán que encabezaba el grupo esbozó una expresión de afabilidad. Iba uniformado con abrigo de cuero, del que sobresalía una corbata oscura. Su cara, quizá cuando era más joven, o un niño, con sus pequeñas gafitas y sus facciones insulsas, habría revestido algo de inocencia, pero la había perdido por completo. Sobre la cabeza, una gorra con la calavera en el frontal.

Heinrich Himmler.

Respondiendo a la invitación del director general de seguridad, el líder nazi llevaba desde el día 19 de octubre en España, y había sido recibido en loor de multitudes en muchos sitios, aunque la abadía de Montserrat no iba a ser uno de ellos. Había entrado al país por Irún, visitado San Sebastián, Burgos, Madrid, Toledo y finalmente Barcelona, donde había aterrizado el 23 de octubre. El propósito del viaje, en el que había habido tiempo para desfiles, corridas de toros y visitas culturales, era reforzar los lazos diplomáticos entre Alemania y España, era inspeccionar los dispositivos de seguridad y preparar el encuentro de Franco con Hitler, pero parecía que aquello no era todo. Himmler era una persona de personalidad compleja, con aristas. Racional en lo superficial, pero, desde muy temprana edad, interesado en el ocultismo y el misticismo. La búsqueda de los orígenes sagrados de Alemania y de la raza aria habían hecho el resto. En 1935 se había fundado la Anherbe (herencia ancestral), organización dedicada al estudio de la genealogía alemana. Buscaban el origen antiguo y sagrado del Reich, lo que incluía también la búsqueda de objetos sagrados. Quizá el más importante de todos fuera el santo grial, la copa de la que Jesucristo había bebido en la última cena.

La Anherbe lo había buscado en diferentes lugares, y habían llegado a la conclusión de que su rastro conducía a Montserrat. El primer indicio remitía a la leyenda de Parsifal, el caballero de la corte del rey Arturo encargado de encontrar el grial. El poema medieval había servido de inspiración para la ópera de Wagner del mismo nombre. En la misma se situaba el objeto en la sierra de Montsalvat, cercana a los Pirineos, y todos estuvieron seguros de que aquel nombre se refería a Montserrat. El segundo indicio resultó más claro aún. En la tradicional canción catalana *El Virolai*, dedicada a la virgen de Montserrat, una estrofa se refiere a una «mística fuente de agua de vida». Una frase que para los nazis evocaba claramente el santo grial, pues el que bebía de él alcanzaba la vida eterna.

Así que estaba claro. La copa estaba al cuidado de aquellos monjes benedictinos, aislados en su ancestral abadía.

También quedó claro que nada salvo aquello despertaría el interés de Himmler durante la visita. Muchos edificios religiosos habían sido severamente dañados durante la Guerra Civil, pero Montserrat y la mayoría de sus obras habían sido protegidas, escondidas, y volvían a lucir en el monasterio. Ninguna llamó la atención de Himmler, ni siquiera las pinturas atribuidas al Greco o el cristo de marfil de Miguel Ángel. Escudriñó la basílica en busca de lo que había venido a llevarse, pero no parecía estar a la vista. Tampoco le causó ninguna curiosidad la Virgen, que, además, era negra. Al poco rato, impaciente, interrumpió las explicaciones del padre Álvaro, que se esforzaba por hacerse entender en alemán.

—Queremos ver los archivos —le indicó.

—¿Los archivos? —respondió el monje.

—Sí.

—Nuestros archivos son inacabables, herr Himmler.

—Los del grial.

Álvaro sabía a lo que se refería, pero disimuló.

—¿El grial? ¿Se refiere a nuestro cáliz?

—Me refiero al de Cristo. Me refiero al santo grial. Está aquí.

—¿El santo grial?

—Sí. Muéstremelo.

De haber estado en la abadía, Álvaro nunca le habría dejado poner las manos sobre la pieza, pero se expresó armándose de la firme amabilidad que a veces lograba.

—Le puedo asegurar que el destino de esta abadía habría sido completamente diferente y su historia de mayor importancia de haber contado con ese objeto. —Lo miró a los ojos, que por primera vez parecieron cobrar vida, quizá por la ira—. Y no lo esconderíamos. Lo mostraríamos y convertiríamos estas paredes en un lugar de mayor relevancia. No tenemos el santo grial. Qué más quisiéramos.

A su alrededor se hizo el silencio y el tiempo pareció congelarse. El padre Ángel temió que sobrevinieran los problemas. Era todo o nada. Himmler se giró hacia su séquito. Tres de sus hombres se adelantaron.

—Me gustaría que me enseñara los archivos igualmente.

—Por supuesto —contestó el padre Álvaro, tranquilo.

—Pero antes necesitaremos una sala donde reunirnos.

—Tampoco hay problema. El padre Ángel los acompañará.

Con un gesto el padre Ángel se acercó a él y, tras recibir unas cortas instrucciones, se hizo seguir por Himmler y dos hombres más. Uno de ellos, claramente español, lo miró a los ojos al pasar junto a él, y el monje estuvo seguro de ver complicidad en sus pupilas.

Félix Zurita no quiso sonreír, pues no tenía duda de que el alto mando nazi estaba irritado por lo infructuoso de aquella excursión, pero estaba impresionado con la firmeza del monje. «¡El santo grial! —pensó—. Realmente estos hombres saben cómo perder el tiempo».

Él no lo había hecho y, mientras los dejaban solos en una salita abovedada y se sentaban en torno a una mesa, abrió el maletín que llevaba con él y sacó un dosier extenso. Había acompañado al grupo desde su llegada a Montserrat, pero nadie le había presentado a Himmler aún, tan solo se había saludado con Wilhelm Leissner, con quien trabajaba en la operación Akela desde hacía un año. Fue Leissner quien apartó a Himmler de la ofuscación que le estaba causando la visita a Montserrat.

—*Meine* Reichsführer, este joven es Félix Zurita. Es el hombre a cargo de la operación Akela. Como sabe, vino recomendado por el almirante Canaris, que conoció y fue buen amigo de su padre.

—Sí, sí... —dijo Himmler moviendo la mano, dejando claro que no necesitaba recordatorios, sino resultados—. Y bien, ¿qué es lo que ha estado haciendo?

Félix abrió la carpeta y extrajo varios planos que resumían su trabajo. Nadie podría haberlo hecho mejor. Lo explicó con el detalle que los alemanes le reclamaban.

Había pasado casi un año viajando, planificando una ruta de escape por etapas. La primera lo llevó al norte de España en busca de una comunidad aislada, autónoma y discreta que pudiera alojar a los refugiados. Había muchos pueblos desconocidos y virtualmente desconectados del mundo en Galicia, también en Asturias, pero no podía preparar el refugio de los altos mandos nazis en un pajar. Las casonas que vio y los propietarios que las moraban no le parecieron capaces de mantener la discreción necesaria. Sus casas y sus vidas habían sido diseñadas para impresionar, incluso con artificios. Algunas mostraban en sus fachadas imponentes un lujo que luego se desvanecía en interiores vetustos y polvorientos, una señal que no auguraba contención, sino alarde. No, aquellos pazos, casonas y palacios no eran lo que buscaba.

La idea de un convento enseguida cobró fuerza, pues los religiosos hacían lo contrario que los caciques rurales. Sus sobrias paredes escondían tesoros. Monjes que simulaban pobreza vivían rodeados de obras de arte y oropeles. Sí. Una comunidad religiosa era exactamente lo que buscaba. Personas discretas que ocultaban con celo sus riquezas, sus vidas y sus actos. Que ocultarían también a sus invitados sin hacer preguntas, sin informar a nadie, sin tan siquiera comentarlo entre ellos.

Identificó varios monasterios, pero finalmente se decidió por el de San Julián de Samos, que visitó en diciembre. Aislado junto a un río, la localidad de importancia —muy poca— más cercana era Monforte de Lemos, a cuarenta kilómetros por una carretera serpenteante y descuidada. Alrededor, todo eran valles, brumas, lluvia y desamparo, tanto que la sólida mole, realizada en mampostería, resultaba amable y acogedora pese a su rusticidad. Dentro, mientras seguía al padre que lo guiaba, descubrió un entorno distinto y elegante, con claustros de granito decorados con hermosos jardines e interiores de una riqueza inusual. Por supuesto, había investigado a la congregación y a sus rectores antes de llamar a la puerta. Todo lo que supo de ellos le gustó. Durante la Guerra Civil, Galicia había sido rápidamente ganada por el ejército de Franco, por lo que los monasterios no sufrieron la destrucción habida en otras partes del país. Así, muchos religiosos sentían que Franco los había salvado y que el comunismo, que encarnaba como un demonio en el este de la Unión Soviética, solo podía contenerse a través de un régimen afín al que los gobernaba en España: el nacionalsocialismo alemán. Félix no supo discernir la postura que el abad del monasterio, el padre Mauro, tenía al respecto, pero en sus inferiores enseguida detectó afinidades de las que podía sacar provecho. A través de un contacto, le había recibido el padre Luis, encargado de las finanzas, que lo guiaba por el laberinto de pasillos hablándole entre susurros cada vez que se cruzaban con los cenobitas.

—Los benedictinos vivimos aislados y de forma autosuficiente, pero somos menos ajenos al mundo de lo que se figura. Siempre ayudaremos a quien lo necesite.

—Eso me dijo monseñor Jacobo, quien me dio su nombre —comentó Félix.

—Estuvimos juntos en el seminario de Barbastro. La providencia quiso que ni él ni yo estuviéramos ya allí cuando los rojos lo arrasaron.

—Se refugiaron en una granja. —Félix conocía la historia de principio a fin. Le interesaba porque colocaba a su interlocutor en una posición más propensa a acoger refugiados, especialmente a todo aquel que se opusiera al comunismo.

—Sí, desde entonces el olor a cerdo me persigue. Pero también la esperanza en la humanidad, en gente bondadosa como la que nos ofreció refugio.

—Puede que en un tiempo le pida refugio yo también, padre —aprovechó para decir Félix.

En una hora, el trato estaba cerrado y el padre Luis había saneado las cuentas del monasterio con el buen dinero que Félix le había ofrecido.

—Se tendrán que acometer algunas obras —dijo el español volviendo al presente.

—No será problema —aseguró Wilhelm Leissner.

—Ninguno —confirmó Himmler—. Y un monasterio parece un buen primer escondite. Un buen lugar donde planificar la siguiente etapa.

—También localicé una zona de aterrizaje. Está algo alejada pero es perfecta, cerca de Córneas, una aldea en una hondonada profunda y deshabitada. Las laderas están llenas de manzanos, pero la tierra del valle acoge cultivos de patata, o está en barbecho. Una avioneta aterrizaría allí sin ser vista. —Félix mostró el lugar en el plano y los alemanes se acercaron—. Por su localización, al monasterio también puede llegarse tras una travesía en barco o submarino, y un viaje por carreteras secundarias en automóvil.

—¿Y luego? —preguntó Himmler.

—Esperaremos el momento oportuno para seguir el viaje. Eso se puede decidir con pocos días de antelación, dependiendo de la vigilancia. La siguiente parada será Canarias. Según los medios de los que dispongamos llegado el momento, las opciones para llegar allí son diversas. La ría de Vigo no está lejos y es un lugar perfecto para iniciar un viaje por mar, por encima o por debajo. También se podría volar. He alquilado una casa en la costa este de la isla de Fuerteventura. —Abrió la carpeta y extrajo algunas fotografías y otro plano. La casa era una villa aislada, grande y fea frente a un terreno escarpado y rocoso que daba al mar. En un lado tenía un torreón.

—No parece muy... —dijo Himmler

—Es perfecta —interrumpió osadamente Félix—. Bajo la casa hay unas cavidades volcánicas enormes que llevan hasta el mar. El propietario las descubrió por casualidad.

—Un muelle secreto —apuntó Wilhelm Leissner, cada vez más seguro de la idoneidad de haber encomendado a Félix Zurita aquella misión.

—Aún no, pero sí en el futuro si lo aprueban ustedes. He contactado con un constructor local, él podría adaptar la casa y las cuevas a lo que hiciera falta. También tiene acceso por carretera. Varios kilómetros de camino privado que nadie usa. En el pueblo más cercano, apenas una aldea, hay un matrimonio de avanzada edad que podría ocuparse de la limpieza y de los asuntos domésticos. Han vivido siempre en la isla.

Los dos alemanes se miraron. Luego Himmler movió la mano con impaciencia, indicando que debían seguir adelante.

—Me llevaré toda la documentación y le haré saber lo que decidimos. Pero no parece mal.

—Fuerteventura es un buen lugar para pasar desapercibido —apuntó Wilhelm Leissner.

—Conozco el archipiélago —dijo Himmler sin extenderse—, es un buen lugar para muchas cosas. ¿Después?

—Argentina —contestó Félix.

—Por supuesto. —Himmler sonrió por primera vez.

—Aún estoy elaborando la ruta. Hay una bahía perfecta para el fondeo de submarinos. También una red de personas que, llegado el momento, podría ayudarnos a llegar al destino final: la Patagonia. He localizado un terreno donde establecerse. Es muy bonito, parecido a Alemania, alpino en algunas zonas. Aislado pero no triste. La población local de alrededor no reconocería a Jesucristo de tenerlo en frente y también hay un buen número de alemanes. Amigos.

—Lo sé —apuntó Himmler.

—Hay unos terrenos a orillas del lago Nahuel Huapi. Una gran finca de cuatrocientas cincuenta hectáreas, con cinco kilómetros frente al lago. Un lugar perfecto para un buen retiro, o para un descanso. Este es el lugar —Félix extrajo fotografías de un entorno de colinas y pinos a orillas de un lago inmenso—, la bahía de Inalco. Frente a una de las playas hay un islote que podría servir de punto de vigilancia. El acceso no es fácil, tan solo unos caminos estrechos que habría que arreglar para el paso de vehículos. La población local apenas conoce el lugar, a pesar de su belleza.

—No basta con que sea bonito. Pero nada de lo que dice suena mal. Lo estudiaré y le haré saber a herr Leissner mis impresiones. —Lo miró unos segundos a los ojos y Félix sintió que por primera vez lo tomaba en consideración—. Este es un buen esquema, pero falto de muchos detalles, especialmente en lo concerniente a Canarias y Argentina. Amplíe la información. Y reserve la finca del lago, dé una paga y señal... Debe sondear más opciones, pero, si esta resulta ser la mejor, no queremos que se nos adelanten. Antes de marzo me gustaría tenerlo todo avanzado. —Miró a Wilhelm Leissner—. Y ahora vámonos de este maldito lugar.

A la media hora, tras confirmar con el grupo que habían enviado a los archivos que nada que tuviera que ver con el santo grial estaba en Monserrat, y que lo más antiguo de la abadía era la Virgen negra que veneraban, Himmler abandonó el lugar para no regresar jamás.

Y Félix Zurita volvió a prepararse para cruzar el Atlántico.

9
Clara Galán

Mes y medio después, Clara Galán entró en un edificio de la calle del Marqués de Riscal y subió por la escalera hasta el principal, donde vivía su familia. Era una vivienda clásica, con yeserías de motivos vegetales y suelos de parqué de roble que se mezclaban con otros de intrincados mosaicos, amueblado con muebles recios y retratos de antepasados. «Decoración clásica de preguerra», la llamaba su madre. Medio Madrid odiaba aquel estilo; la otra mitad lo añoraba. Ella se había acostumbrado sin opinar demasiado. Cuando algunos de sus amigos opinaban que su casa era horrible, ella les decía que tenían razón; cuando otros la alababan, también los secundaba. ¿Qué importaban aquellas tonterías cuando el mundo se desangraba?

Como siempre, la casa estaba sumida en un silencio casi sepulcral, solo roto por el tictac del reloj del pasillo y los pasos del servicio que atendía a la familia. Su padre había ido a montar al club y su madre estaría en casa de su hermana, que vivía al otro lado de la calle. Abrió la puerta de la cocina para comprobar que la vida seguía y se sentó en una de las sillas del *office*, donde nunca comía la familia. Le gustaba esa zona, ruidosa y alegre, repleta de chismes, chistes, risas y algunas vulgaridades. Las dos camareras no habían cumplido los dieciocho y solo hablaban de hombres. La cocinera andaluza, a la que llamaban «ama» porque antes lo había sido, constantemente las reñía y las censuraba. A sus padres no les gustaba que estuviera allí, razón principal por la que Clara siempre frecuentaba la zona. Le hicieron algo de comida y le prepararon una sopa antes de que decidiera retirarse a su habitación, aislada en uno de los extremos de la vivienda, con vistas al gran patio de manzana desde el que veía las fachadas traseras de los edificios de la calle Monte Esquinza. Nadie sabía lo que hacía y a nadie parecía importarle.

Sacó de un sobre las fotos que ella misma había hecho y revelado. Acercó la lupa a la que mostraba con mayor claridad la faz del hombre al que llevaba tiempo vigilando: Félix Zurita. Sabía ya algunas cosas sobre él. Sabía de su familia y su relación con el almirante alemán Wilhelm Canaris, sabía de su vida en varios puntos del globo, de sus viajes, de su carácter afable y de su estilo de vida despreocupado. Sabía muchas cosas, pero no por qué se había reunido, primero casi a escondidas, en la embajada alemana en Madrid con Wilhelm Leissner, y, más importante aún, qué era lo que había tratado con Heinrich Himmler en Montserrat. No sabía nada, pero tan solo aquello era suficiente para que los aliados insistieran en que lo vigilara día y noche.

Félix Zurita no era espía, así que era relativamente fácil acercarse a él y seguirlo sin que se percatara.

Lo había visto acudir a una agencia de viajes trasatlánticos y comprar un billete a Buenos Aires para febrero. Había informado al enlace del MI6 y le habían ordenado que subiera al mismo barco. La perspectiva resultaba emocionante. Con veintidós años, había viajado poco y su mayor estancia en el extranjero había sido durante la guerra española, cuando sus padres se refugiaron en Nápoles huyendo de los republicanos. Luego, con la guerra acabada satisfactoriamente para su familia, habían vuelto a Madrid. Sus padres adoraban a Franco: la foto del generalísimo con su padre que les habían tomado cuando aquel visitó la fábrica de muebles de la familia decoraba orgullosamente la entrada. Clara no discutía sobre Franco. No le gustaba, pero se guardaba sus opiniones para alguien que las apreciara.

No era tan medida en su opinión sobre Adolf Hitler. Hacía dos años había sido expulsada de una tertulia en la universidad en la que había hecho una airada defensa de la lucha contra él cuando muchos en España lo admiraban. No todos. Había contactado poco después con un grupo de jóvenes que se decían subversivos, muy apasionados pese a que en realidad hacían poco más que pegar carteles antifascistas en las calles y dejar información prohibida en los buzones. No habría sentido que aquello tuviera utilidad si no hubiera sido porque al tiempo se les acercó un hombre, periodista inglés, que cubría sus acciones con pretendido interés y acudía a alguna de sus reuniones clandestinas. Dijo llamarse Frederick Hard y ser corresponsal de *The Evening Standard*. Los tenía al corriente de lo que sucedía en Europa, de todo lo que los medios españoles no explicaban, de todo lo que se les ocultaba. Clara, la más madura, captó su atención, y empezaron a quedar a solas. Hablaba y hablaba con aquel hombre que parecía saberlo todo. Al tiempo que Frederick la informaba, empezó también a pedir información a la joven. Al principio eran pequeñas cosas, detalles, quién era quién en la sociedad madrileña. La utilizaba como una especie de guía de la ciudad, unos ojos en el Club Puerta de Hierro, en las reuniones sociales y en los lugares a los que él no podía acceder.

Cuando la confianza creció y él la hubo investigado secretamente hasta estar seguro de todo lo que Clara era, le explicó la verdad. Era un agente del MI6 en misión en España. Seguía los pasos a diferentes personas y sabía que se había citado a Félix Zurita en la embajada alemana. El joven Zurita había pasado tiempo en Londres, su familia tenía vínculos con los altos mandos alemanes y aquella cita lo convertía en sospechoso. Una operación de seguimiento estaba en marcha. Necesitaba que Clara se encargara. Que lo fotografiara. Meses después, cuando el MI6 supo que Zurita se encontraba en el grupo que había acompañado a Himmler en su visita a Montserrat, la operación se intensificó y Frederick instó a Clara a que su seguimiento fuera aún más intenso y a que, si podía, estableciera una relación de amistad —no se atrevió a pedir más— con él.

Se unió más gente a la operación, pero Clara no conocería a ninguno. Cada uno tendría su parcela de trabajo, independiente de la de los demás. Frederick Hard ordenaría y procesaría toda la información. Y ella, por fin, sentía que estaba haciendo algo importante.

Cuando el agente quería que se reunieran, dejaba cerradas las contraventanas de un piso en el número 6 de la calle Jenner, a pocas manzanas de la casa familiar de Clara, y ella se acercaba por la tarde. Nunca se reunían si él no lo pedía y no tenía forma de contactarlo si Clara necesitaba verlo. Frederick no vivía en el piso donde se reunían.

Volvió a mirar las fotografías que había realizado en Montserrat mientras pretendía ser una turista más. Habían cerrado el acceso al interior del monasterio solo para la visita de Himmler, pero, paseando por el exterior, pudo hacer fotografías con su cámara camuflada en el bolso. Por la tarde, uno de los monjes, poco contento con la visita, le dio todos los detalles de lo que había sucedido dentro, también de la reunión a tres entre Wilhelm Leissner, Félix Zurita y el jerarca alemán. Todo era un tremendo misterio. Uno que animaba a Clara a aplicarse aún más para desentrañarlo.

Revisando con la lupa la cara del hombre al que seguía, se dijo, irónica, que no era mala presa. El señor Zurita era un hombre joven y guapo, con aspecto divertido y mirada inteligente. El espejo del tocador le devolvió su sonrisa pícara. Ella también era guapa, pelo largo castaño que ordenaba en una gruesa trenza, ojos color miel, piel fina, mentón altivo y cuello largo. Le acomplejaba un poco su altura, casi un metro ochenta, por lo que siempre llevaba zapato plano. Era delgada y, aunque comía sin límite, no engordaba, cosa que molestaba a su madre, que decía que parecía una masái, una mujer de una tribu africana de la que le habían hablado en una ocasión pero jamás había visto.

Hizo la maleta con cuidado de colocar sus mejores atuendos veraniegos. En Madrid el frío del invierno se dejaba notar con fuerza y el aire seco y rasposo de la Meseta movía las hojas secas a sus pies en cada paseo, pero en Argentina era verano. No conocía el país, pero había estudiado a fondo el único lugar al que sabía que iría. Después, seguiría como pudiera a Félix Zurita.

Clara estaba segura de que no tendría dificultad para seguir los pasos de alguien que únicamente miraba hacia delante y solo de vez en cuando hacia atrás. Haría lo que fuera necesario. *Todo* lo necesario.

En dos meses partirían.

10

Arthur Dunn

Londres mostraba las heridas de los bombardeos en cada esquina. El Blitz, como lo llamaban los ingleses adoptando la palabra alemana para «relámpago», había dañado la ciudad de tal manera que era imposible abstraerse de la desesperada situación que vivían sus habitantes. La capital del Imperio había sufrido bombardeos desde dirigibles durante la Primera Guerra Mundial, pero, aunque terribles y sin precedentes, lo que vivían los londinenses aquellos días tenía una magnitud que ridiculizaba todo ataque recibido con anterioridad. La guerra había llegado a los hogares y lo había hecho de forma despiadada. La población se había movilizado: había vigilantes de incursión aérea que cuidaban de que todas las casas estuvieran debidamente oscurecidas por la noche, o informaban sobre los impactos que se producían en sus barrios; había dotaciones de bomberos siempre pendientes de extinguir los incendios que las bombas producían e ingenieros que desactivaban las que no habían explotado. Hyde Park se había llenado de huertos para abastecer de alimentos a la población; los sacos de arena protegían los edificios oficiales y los monumentos, y la National Gallery había evacuado a Gales sus grandes obras de arte. Todos se preparaban, pero la mayoría se sentía como una hormiga a la espera de ser pisoteada por una bota alemana.

Muchos habían instalado en sus casas los refugios Anderson y Morrison, que se habían repartido gratis por millones, y también se habían excavado parques y jardines. Los andenes del metro, que se utilizaban frecuentemente para dormir, acogían a personas que a la mañana siguiente descubrían lo que las bombas habían convertido en escombros, a menudo sus viviendas. En septiembre se había bombardeado Buckingham y la reina había declarado que finalmente podría mirar a los ojos a los habitantes del East End, que era una de las zonas más dañadas. El país se conjuraba para que la moral no decayera, y la misma reina, al ser preguntada por los rumores sobre la evacuación de la familia real, había afirmado sólida: «Mis hijas no se irán sin mí, yo no me iré sin el rey y el rey no se irá nunca». Churchill arengaba a la población con sus mensajes radiofónicos, en los que aseguraba que jamás se rendirían.

Pero los bombardeos no cesaban.

Por aquellas calles llenas de escombros, paseaba el agente del MI6 John Osbourne, que había vuelto a pecar de inexperto. Llevaba un año buscando sin éxito a la tal Daisy García, pero la española parecía haberse desvanecido por completo. Ella y su hijo, que, por lo que había averiguado, tendría unos seis años. A menudo se maldecía por haber permitido que Adler, el espía alemán que lo sabía todo sobre la mujer, se hubiera quitado la vida cuando lo interrogó. La situación había conllevado que sus superiores no confiaran en él, y que, al considerarlo incapaz de llevar a cabo una misión de importancia, le hubieran asignado la de encontrar a la señorita García, asunto lo bastante irrelevante para no malgastar a un buen agente, y lo bastante intrigante como para no olvidar. El misterio sobre por qué un destacado espía alemán quería capturar a Daisy seguía sin desentrañarse. Unity Headland continuaba con los arranques de histeria y locura con los que la había conocido, y no había podido entrevistarla de nuevo en busca de más pistas sobre el paradero de la mujer. Lo único que había encontrado era un recorte del *Times*. En él se informaba de la nazi inglesa y se incluía una foto de ella acompañada por una mujer de rasgos latinos que, vestida sobriamente y sosteniéndole el bolso, tenía que ser Daisy, la joven que la servía. Había memorizado su cara mil veces. La veía en sueños y de día. La buscaba en cada persona con la que se cruzaba.

Probablemente preparándose para sustituirlo, le habían asignado a Arthur Dunn, un espía más joven que él, que se limitaba a tomar notas y a reflexionar sobre lo que él decía para llegar a las mismas —nulas— conclusiones.

Dunn era un joven despeinado y con cara de tener pocas luces. Alto, desgarbado, con el cuello largo y la cabeza pequeña, los trajes no le sentaban bien. Trataba a John como si este fuera un genio, cosa que le molestaba mucho más que si lo hubiera tratado de estúpido. De vez en cuando, cuando Dunn lo miraba mientras él le exponía una nueva teoría, creía ver un brillo, una pequeña chispa de inteligencia en sus ojos, pero el gesto se desvanecía rápidamente y su expresión volvía a quedar subrayada por la sonrisa bobalicona que frecuentaba.

Habían buscado a Daisy García por todos los lados. Recientemente se habían centrado en su hijo Pat, al suponer que donde estuviera el niño estaría también la madre. John había elaborado un listado de todos los colegios de Londres. Eran pocos los que aún no habían sido evacuados, por lo que, mientras él revisaba los listados de alumnos, destinó a Dunn al registro de los orfanatos, pensando que quizá Daisy hubiera internado a su hijo en uno mientras ella se escondía. Llevaban tres días trabajando por separado cuando Arthur ascendió las escaleras del centro Barnardo's de Stepney Causeway. Era un edificio triste y grande, de ladrillo visto, situado en una calle de aspecto industrial, con puentes peatonales cubiertos que la cruzaban por encima de su cabeza, conectando edificios de ambos lados. A Dunn le trajo a la memoria una perrera llena de cachorros deseosos de ser adoptados por alguien. En las paredes un anuncio recordaba que se necesitaban fondos para alimentar a los más de ocho mil niños acogidos. La institución repartía veinticinco mil comidas al día y se jactaba de no haber rechazado a un huérfano nunca. También incidía en que casi tres mil soldados británicos procedían de esos orfanatos y que treinta y dos ya habían dado su vida por el imperio en la presente guerra.

Lo llevaron a un despacho en cuanto se identificó y, sin entretenerse, preguntó por el registro de los niños que había acogidos. Revisó el listado que le facilitaron ante la mirada aburrida de una mujer velluda, que mascaba algo lentamente como un rumiante mientras esperaba. Muchos no tenían apellido. Ningún niño respondía al nombre de Patrick García. De hecho, no había ni un solo García entre aquellas paredes. Cerró despacio la carpeta tras repasar cada nombre por última vez y se la tendió a la mujer. Se miraron unos segundos.

—¿Nada? —preguntó ella.
—Nada —respondió Dunn.
—Nadie encuentra nada estos días. Hay niños nuevos cada día, de familias cuyas casas han sido bombardeadas, que han perdido a sus madres mientras sus padres están en el frente; niños que se extravían, niños de los que tenemos aviso de llegada pero luego nunca aparecen. Es un caos. También tenemos un listado de niños que han dejado aquí y nadie sabe de quién son. Puede revisar eso también. Hay incluso bebés.
—El niño que busco tiene seis años.
—Quizá estuviera aquí y haya sido adoptado.
—Tendría que haber sido recientemente.
—Le pasaré el registro de las adopciones recientes.

Una nueva lista arrojó otra gran cantidad de niños desconocidos. Patrick García tampoco figuraba allí. Dunn se desanimó. Pero la mujer que lo atendía era tenaz y aún le quedaba algo más que ofrecerle

—Quizá estemos esperando la llegada del crío, tenemos un registro de los que vamos a acoger en estos días, le pasaré esos nombres también.

Se giró para buscar entre el desorden de la oficina una nueva carpeta. Al abrirla, Dunn descubrió un listado diferente, en el que, como en los anteriores, se especificaba el nombre y la edad del niño, pero además la fecha de entrada, el lugar de procedencia y lo que denominaban «estatus».

Había muchos Pat, pero solo uno con la edad del que buscaba aparecía tachado: Pat Smith.

—¿Y este? —preguntó sin pensar que fuera nada extraordinario.

Ella miró por encima.

—Número 158/39... Buscaré la ficha.

Se levantó para abrir un armario archivador y, tras sumergirse entre carpetas y folios, extrajo una ficha de cartón.

—Ese niño nunca llegó. Mandaron un telegrama, un tal señor Wigum, director del colegio Saint Clarence. Por lo visto, entre los niños evacuados de su colegio apareció este que ellos no tenían matriculado. Pidió plaza para él. También mandó nota al registro de desaparecidos, pero, como no apareció por aquí, está tachado en la lista. El telegrama se recibió desde Little Epson, un pequeño pueblo de Cambridgeshire.

—¿El colegio es de ese pueblo? —Cambridgeshire era el condado donde habían visto a Daisy por última vez.

—Oh, no, no... El colegio estaba a pocas calles de aquí, imagino que lo evacuaron a alguna casa de campo cercana. Ya sabe que la mayoría de los niños sigue a salvo, lejos del Blitz.

Dunn tuvo la intuición de que podría haber encontrado algo. Agradeció a la mujer su atención y la dejó donde estaba, con su cara de aburrimiento renovada. Luego fue a su casa a paso ligero. Como hacía siempre, dio varias vueltas antes de decidirse a entrar. Se cercioró de que nadie lo seguía, cruzó la puerta del edificio y, atravesando el patio, entró en su vivienda. Por fuera parecía humilde, como la mayoría de las que poblaban el barrio de Fulham: una especie de cochera de dos pisos en ladrillo visto, oscuro y húmedo, por el que trepaba una hiedra, pero en el interior sobrevenía la sorpresa. El desorden que mostraba Arthur Dunn al mundo contrastaba con la pulcritud de la casa. Un espacio diáfano presidido por una gran mesa, con una cama en la esquina y las paredes plagadas de recortes de periódicos, fotos, planos, diagramas y una gran pizarra con texto en alemán. Allí se trabajaba más que se descansaba. Sobre la mesa extendió un plano de Gran Bretaña. Aparecían todas las carreteras, líneas de tren y poblaciones. Con el dedo recorrió la vía de tren de Londres a Cambridge. No tardó en localizar la estación de High Glenmore. Luego, sondeando los alrededores, localizó, escrito sobre una población menor, Little Epson. Cerca, leyó: «Glenmore Hall».

Se echó hacia atrás y sonrió. Había estado en la estación de High Glenmore. Había perseguido a una mujer que saltó de un tren a otro para partir en dirección contraria. Habría jurado que la había visto subirse a aquel convoy, pero lo cierto era que se había esfumado por completo y siempre pensaron que había descendido en algún momento del trayecto o saltado en marcha, porque no había señales de que hubiera vuelto a Londres. Ahora estaba seguro de que Daisy García no había subido a ningún tren, sino que había huido hacia Little Epson.

Se acercó a la cocina y se sirvió un vaso de licor. Le ayudaba a pensar. «Jaggermeister», leyó en la etiqueta, «jefe de cazadores», tradujo mentalmente sintiendo que también él estaba de caza. Quizá ese niño, Pat Smith, no era quien decía ser. Dunn sonrió para sí: «De todas formas, ¿quién lo es en estos días?».

Tres días después John Osbourne se empezó a extrañar de la falta de noticias de Dunn. Nunca le había interesado la gente simplona y su compañero de investigación se lo había parecido desde el mismo momento en el que había aparecido, desgarbado y con mirada confusa frente a él. No le interesaba aquel joven, así que no había ahondado en nada demasiado profundo con él y sus conversaciones se habían limitado a la búsqueda de la madre y del niño que tan pocos resultados parecía estar dando.

Pidió la dirección del agente en la central y fue al apartamento cerca de Piccadilly donde tenía registrado su domicilio. La primera sorpresa vino cuando preguntó a la portera. La mujer, ocupada encintando las ventanas en previsión de una nueva noche de bombardeo, le comentó que apenas había visto a Dunn.

—Debe de volver a casa tarde y salir pronto por la mañana. Por lo que sé, paga puntualmente y ningún vecino se ha quejado nunca de él; de hecho, la mayoría no lo conoce.

—Hace tres días que no aparece por la oficina.

—Hace muchos más que no lo veo yo. Y hace semanas que tampoco deja basura para que la tire.

—¿Dice que vive aquí?

—Como le he dicho, paga cada mes. ¿Quién lo haría si no viviera aquí? No tendría sentido. Y recoge el correo, aunque no le llegan muchas cartas. Ojalá todos los vecinos dieran tan poco trabajo.

En ese punto, John decidió ser más expeditivo.

—Soy policía —dijo enseñando rápidamente el interior de su cartera a sabiendas de que la portera, distraída en sus tareas, apenas lo miraría—. ¿Tiene llaves de la casa?

Ella se giró.

—Por supuesto —respondió algo azorada—. ¿Se ha metido en problemas el señor Dunn?

—Ninguno —adelantó él sin estar seguro de lo que decía—, pero debo ver su casa. Temo que le pueda haber pasado algo.

—Oh, esperemos que no sea así —dijo ella dejando lo que estaba haciendo—. Le daré las llaves ahora mismo, señor...

—Agente John Osbourne.

—Bien, bien —respondió ella entrando en su vivienda.

Al poco rato John abría la puerta del quinto piso. Dentro todo estaba ordenado. Más que eso, estaba virgen, sin uso. La cama desprovista de sábanas, el cuarto de baño sin jabón, la despensa y los armarios vacíos. Medio dedo de polvo sobre todo. Nadie vivía allí desde hacía tiempo y no encontró ni un solo enser personal del agente Dunn, ni una tarjeta, ni un papel, nada.

Volvió a la oficina seguro de que había pasado algo por alto. Los siguientes días lo confirmó: los padres de Dunn no vivían donde él había indicado, en su universidad había un alumno con su mismo nombre que había fallecido hacía años... No había ni rastro de él en lo que afirmaba que era su vida cotidiana.

Sus superiores lo empezaron a tomar en serio dos días después de que él diera la alarma. Al quinto día, Arthur Dunn era ya una de las personas más buscadas por el MI5 y el MI6.

Y John Osbourne sintió que había sido terriblemente engañado.

11
Luto en Glenmore

Diciembre de 1940

Tras un año con los niños bajo su techo, Lucy había organizado la vida en Glenmore con la perspectiva de que la guerra durara varios años y los tiempos empeorasen dramáticamente. Su marido había partido con el Ejército de Tierra a Egipto y las noticias sobre él se habían reducido a cero. La inquietud crecía, por lo que Lucy se cargaba de tareas que apartasen sus pensamientos de la suerte de Louis. Era difícil. La Gran Guerra aún ocupaba las cabezas de sus mayores, y aquel miedo terrible y las pérdidas que había provocado en tantísimas familias estaban marcados a fuego en todos los hogares. En el suyo también, por supuesto. Los tres hermanos de su padre habían fallecido en los campos europeos y su madre jamás había vuelto a reír de la misma manera. La historia se repetía y Lucy rezaba constantemente para que la desgracia no cayera sobre Louis y la dejara viuda cuando apenas habían iniciado una vida juntos.

Los niños estaban contentos y eso creaba un ambiente especial en la casa. Cada día había anécdotas y asuntos nuevos; incluso las travesuras daban vida a la finca, que, aislada en medio de la campiña, hubiera resultado tediosa de no haber estado repleta de los alumnos del colegio de Saint Clarence. El director, el señor Wigum, se había mostrado enseguida más pusilánime de lo que cabía esperar, así que, salvo para los asuntos académicos, la mayoría de las decisiones recaían en ella, y cuando alguno de los niños se portaba realmente mal, la mayor amenaza era la de llevarlo al despacho de Lucy, que pretendía una severidad de la que no era capaz de armarse en la mayoría de las ocasiones.

Había incorporado al plan de estudios lo que se dio en llamar «módulos». Así, los niños, a la vez que aprendían las materias habituales, incorporaban a su día a día aprendizajes y trabajos nuevos que tenían el doble objetivo de enseñar y de ayudar al funcionamiento de la casa.

El módulo del huerto era especialmente popular. Habían plantado uno enorme, que incluía un extenso campo de patatas y bancales de todas las legumbres que el tiempo en Cambridgeshire permitía. Había un módulo de limpieza, al que se asignaban alumnos que se ocupaban de diferentes partes de la casa; también un módulo de establos y otro de granja. Incluso aprendían costura entre risas. También algo de cocina, especialmente la fabricación de mermeladas o conservas en sal, escabeche y almíbar. Las despensas estaban repletas de productos que los salvarían —por lo menos del hambre— llegado el caso. Además, cada día, a primera hora, antes de que Lucy actualizase el parte de guerra, rezaban y cantaban juntos el *Dios salve al rey*.

Descubrió que los niños apreciaban ser tratados como adultos responsables y que se les dijera la verdad sin paños calientes. El Reino Unido estaba realmente unido y listo para resistir, y Lucy estimó que los niños debían comprender cuál era la situación.

Había implicado a su suegra en algunas tareas que lady Maud se tomó muy en serio. Fue la única manera de que la mujer dejara de andar por la mansión de sobresalto en sobresalto y aceptara que acoger al colegio era lo que debían hacer. De la necesidad surgió la oportunidad. La baronesa viuda no había tardado en averiguar que los niños de Saint Clarence eran de origen humilde. Sus modales lo eran y la carestía de sus hogares se había marcado desde hacía tiempo en las caras de muchos, así que la baronesa viuda decidió dirigir un módulo que corrigiera precisamente eso. Era el menos popular, pero Lucy tuvo que admitir que podía ser muy útil para la vida futura de los niños. «No podemos corregir su origen, tampoco sus posibles, pero podemos disimularlos», había afirmado su suegra.

Les enseñaba a coger los cubiertos, a comportarse ante un caballero o una dama, a pulir o dejar atrás el acento *cockney* que la mayoría arrastraba, a hablar en público. En fin, a hacer todo lo necesario para que, sentados a la mesa de un lord, si este no prestaba demasiada atención, jamás se diera cuenta de que tenía en frente a alguien de los suburbios.

Para todo, Lucy contaba con una ayuda que agradecía a diario. Daisy García era una fuerza de la naturaleza: incansable, inteligente, discreta y dispuesta. Había empezado a confiar en ella tan pronto comprobó su dedicación a la casa y a los niños. Nada era demasiado para Daisy y jamás oyó una queja o un suspiro de cansancio cuando las jornadas resultaron largas y extenuantes. Cuando todos se iban a dormir y la casa se quedaba en silencio, la encontraba en las habitaciones de los niños, tapando a uno u otro y ocupándose de que el frío, que era un compañero habitual en los grandes dormitorios, no perturbara el descanso de los pequeños. Además, enseguida resultó evidente que su actitud y sus modales excedían con mucho los habituales de quienes realizaban las tareas del escalafón más bajo del servicio. Daisy los ejecutaba de manera distinta, ordenada y diligente, y su aspecto y actitud se mantuvieron siempre alejados de toda vulgaridad. Todo ello sedujo a Lucy, que en el fondo estaba algo sola en aquella vasta propiedad, pues los que trabajaban allí habían llegado antes que ella y aún no estaban acostumbrados a recibir órdenes de la nueva lady Epson.

Se había hecho de noche y Lucy recorría los pasillos, comprobando que todas las contraventanas estuvieran cerradas y las luces del exterior completamente apagadas. Las noticias de los bombardeos eran constantes, y aunque Glenmore, *a priori*, no fuera un objetivo relevante para el enemigo, no habría sido la primera casa de campo bombardeada por error —o no—, así que convenía seguir todas las directrices para que los riesgos fueran los mínimos. Todo estaba como debía, de manera que subió las escaleras para echar un vistazo a los niños. Verlos dormir plácidamente la reconfortaba.

En el segundo dormitorio distinguió la tenue luz de una vela al fondo. Daisy. Se acercó a ella, que volvía a estar junto a la cama del pequeño Pat, que también parecía su favorito. El niño dormía con una sonrisa pícara en la cara mientras Daisy tan solo lo miraba.

—A mí también me gusta verlo dormir —dijo Lucy sobresaltando un poco a la doncella, que no la había oído llegar.

—Sí, sí... Me gusta verlos a todos.

—Te gusta más ver a Pat —replicó Lucy—, está claro que es tu favorito.

Daisy se apartó un poco del niño.

—No, no, lady Epson; Pat es un niño más —dijo negando la evidencia.

—Daisy, no lo es, para mí tampoco. Es un niño perdido, que no sabemos de dónde viene. No es la primera vez que te veo con él. —El tono de Lucy era amable, casi jocoso, pero la cara de Daisy, oculta entre las sombras, no era de alegría, sino de nerviosismo. Por suerte solo su tono la delató.

—Bueno, si me lo permite, me iré a acostar yo también. Es un poco tarde.

Lucy se sorprendió. Daisy nunca estaba cansada y siempre hablaban un rato por las noches.

A la mañana siguiente, lady Epson acabó de leer el *Times* con preocupación e ira. Era 30 de diciembre y parecía claro que para el Reino Unido sería imposible, por más que se empeñaran, dejar las penas momentáneamente de lado para celebrar el fin de año. Por la noche, Londres había recibido uno de los peores bombardeos desde el inicio de la guerra en un nuevo —y casi fructífero— intento de reducir la capital del Imperio británico a cenizas. Los alemanes no lo habían logrado, pero la ciudad había ardido en mayor superficie que durante el primer gran incendio de Londres, en 1666. Se habían lanzado diez mil bombas incendiarias. Las llamas habían consumido Guildhall y varias iglesias habrían sido destruidas por completo. La catedral de San Pablo se había salvado gracias a la permanente vigilancia que, por orden expresa de Churchill, los bomberos ejercían sobre ella, pero una bomba había atravesado su cúpula. Los nazis habían bombardeado también la principal infraestructura que suministraba agua a la ciudad, así que la extinción de los fuegos se había visto doblemente dificultada al escasear esta. En la oscuridad de la noche, Londres se había iluminado con el color de la destrucción mientras almacenes inaccesibles y edificios con entramado de madera ardían sin descanso.

Las fotos evitaban lo que Lucy sabía: miles de personas tenían que haber fallecido.

Apartó la mirada del diario cuando una lágrima mojó la tinta del texto. Lo dobló y se dispuso a encaminarse al jardín, pero, al abrir la puerta para salir, frente a ella, a punto de llamar a su despacho, Stuke, el mayordomo, aguardaba en silencio junto a un hombre alto y delgado, erguido, con una venda que le tapaba el rostro desde la nariz hasta la parte superior de la cabeza y que se apoyaba en un bastón de ciego. Stuke habló.

—Señora, este es el alférez Harrison. Ha llegado a Glenmore Hall hace unos minutos en una ambulancia que se ha quedado esperándolo y solicita hablar con usted. Supuse que no querría hacerlo esperar.

Lucy sintió que un escalofrío le recorría la espalda. Miró fugazmente al recién llegado. Su expresión era seria, casi triste. Supo que el día, que ya había empezado mal, empeoraría. Aceptando la realidad, con un gesto pidió al mayordomo que los dejara solos, y, cogiéndolo del brazo, lo acompañó a una butaca. El alférez fue hasta ella arrastrando una pierna y se sentó descargando todo su peso sobre el asiento. Lucy se sentó frente a él. El sol de la mañana había desaparecido y por las ventanas se colaba una luz gris de tormenta. Nada más oportuno. Harrison habló.

—Mi nombre es James Harrison y soy alférez de la Séptima División blindada del general Archibald Wavel. Mi grupo estaba destacado en las proximidades de Sidi Barrani, en Egipto, cerca de la frontera con Libia. Su marido estaba al mando. —Los ojos de Lucy se humedecieron al oír nombrar a Louis en pasado, pero esperó—. Hace un mes tuvimos una escaramuza con una avanzadilla del ejército italiano, con la Cuarta División de camisas negras al mando del general Marzani... Bueno, qué más da. El asunto es que se suceden las escaramuzas a la espera de que empiece un ataque general y esa tampoco fue la primera. Penetran en territorio británico en busca de información, capturan a quien creen que pueden dársela. Los descubrimos a las afueras de Byut Fadit. El teniente Epson dividió a los hombres y los perseguimos en dos grupos. Dos personas cayeron enseguida y también un par de los nuestros, así que en mi grupo solo quedamos otros dos, su marido y yo mismo.

No nos dimos cuenta de que entrábamos en territorio italiano. —Harrison respiró profundamente.

—Siga —dijo Lucy intentando que su voz no se rompiera, y con las lágrimas derramándose lentamente por sus mejillas.

—Su marido pisó una mina...

—Y...

—Lamento decirle que el teniente Louis Epson murió casi instantáneamente. Yo fui acribillado por la metralla, pero el cuerpo del teniente me salvó la vida. Mis compañeros me recogieron poco después. Sin vista, claro, pero vivo.

Lucy cobijó su cabeza entre sus manos mientras lloraba silenciosamente, rota de dolor, desprovista de pronto de planes, de ilusiones y de metas. No imaginaba el futuro sin la persona con la que lo había planeado. Notó que Harrison se le acercaba. El hombre dirigía su cara hacia el techo, como hacen los que no pueden ver con los ojos, pero sí de otra manera.

—He pedido ser yo quien le dé la noticia. Su marido fue una gran persona, muy valiente y un excelente compañero. Un amigo. La amistad no se juzga por el tiempo, sino por los actos, y su marido hizo demasiado por mí como para que no lo considere el mejor amigo que haya tenido. Me duele todo el cuerpo y la convalecencia en el hospital de Ipswich me ha acostumbrado a convivir con las consecuencias de esta guerra. Estar entre esas paredes es una pesadilla de gritos, lamentos y amputaciones que no le deseo a nadie..., pero quería darle la noticia yo mismo. Me quedan aún cuatro meses de reposo antes de volver a..., bueno, hasta salir del hospital, pero ha valido la pena interrumpir mi estancia para poder explicarle lo que sucedió.

Lucy levantó la cabeza para mirarlo.

—Se lo agradezco de veras, alférez. No saber qué es lo que pasó habría podido con mi salud.

—Siento de veras no darle mejores noticias. Si le parece, me iré ahora mismo. Puede localizarme en el hospital de Ipswich si necesita cualquier cosa los próximos cuatro meses, como le he dicho.

—Me alegro de que los suyos por lo menos tengan a alguien a quien cuidar.

El alférez sonrió tímidamente.

—Yo no tengo a nadie. Por eso estoy en Ipswich. Mi madre murió hace unos meses en el Blitz, en Londres. Mi casa fue completamente destruida. Estoy en la casa de convalecencia del hospital casi como un favor a un soldado. Uno un poco torpe, como ve.

Se levantó de la butaca y, arrastrando el bastón de lado a lado, se guio certeramente hacia la puerta. Lucy levantó la mirada y lo vio marchar.

—¡Alférez! —dijo haciéndole parar en seco—. De veras le agradezco mucho su gesto. Me habría horrorizado recibir un escueto telegrama del ministerio.

—Lo supuse. A menudo, en situaciones de urgencia, olvidamos la humanidad, cuando es la humanidad lo que debería ser urgente. Me alegro de haber podido ayudarla. Tiene una casa muy bonita. Su belleza se percibe aún sin verla. El aire es nuevo y fresco, y mi bastón y mis pies tocan suelos limpios, no como en Ipswich. Le será más fácil pasar el luto aquí, recuperarse.

—Gracias —dijo Lucy. Luego, un pensamiento fugaz pasó por su mente y salió de pronto por su boca—. Alférez, en esta casa hay mucho espacio. Si no está obligado, no tiene por qué volver a ese hospital.

El hombre sonrió, dispuesto a aceptar sin remilgos aquella propuesta.

—Lady Epson, estoy únicamente obligado por la necesidad. Me acogen porque no tengo a donde ir. Esperarán a que todas mis heridas estén sanadas para mandarme a la calle, en cuatro meses a lo sumo. Una enfermera ya está buscando un hogar de refugio para militares como yo.

—Hasta que lo encuentre, debe quedarse aquí entonces. Aguarde un instante—. Lucy se acercó a la pared y, tirando de un llamador de terciopelo, hizo que Stuke se presentara en el despacho.

El mayordomo esperó instrucciones.

—Stuke, el señor Harrison se quedará con nosotros una temporada. ¿Quizá haya alguna habitación en el parque?

—En la zona de las casitas la casita del molino lleva vacía desde que el señor Gordon fue llamado a filas —respondió el mayordomo.

—¿La que está junto a su casa y la de la señora Lawrence?

—Sí, señora, junto al arroyo. Pegada al molino. Tiene el problema del ruido de la maquinaria, pero el señor Gordon parecía muy feliz de vivir allí.

—¿Le parece bien, señor Harrison?

—Todo me parece maravilloso, lady Epson.

—Entonces no hay más que hablar... Stuke, llame por favor a Daisy. Nadie mejor que ella para atender al alférez.

El hombre se adelantó un poco.

—Ahora mismo, señora. También llamaré a Henry para que ayude al caballero con... —Stuke miró a Harrison, que no traía nada consigo—. ¿Tiene el caballero equipaje? —dijo sorprendido.

—No. No tengo nada.

—Bájele algo de ropa —ordenó Lucy. Luego se giró hacia la ventana desde la que el paisaje se perdía en una sucesión de prados salpicados de grandes árboles, para que no la viera llorar—. Y vaya a Little Epson y avise a lady Maud, me temo que tenemos malas noticias. Lord Epson ha muerto. Comunique a todos que la casa está de luto.

Se hizo el silencio unos segundos.

—Llevaré al alférez Harrison con Daisy —dijo el mayordomo bajando la voz—. Pero permítame que le dé mi más sentido pésame, señora. Trabajar para lord Epson ha sido un grandísimo honor. Lo recordaremos a diario.

—Sé que lo hará, Stuke. Usted lo vio nacer. Yo también le doy el pésame, sé lo que era para usted. —Se apoyó contra el marco de la ventana y escondió la cara entre los pliegues de la cortina, rota de dolor.

Stuke, intentando no romperse también, cogió a Harrison del brazo y lo sacó de la habitación dejando a Lucy sola. Fueron hasta la entrada, donde la ambulancia seguía esperando. Harrison llamó al conductor y este se acercó. Hablaron un poco, el conductor asintió varias veces y partió dejando a Harrison en Glenmore. Poco después llegó Daisy.

—Señorita García, este es el alférez Harrison, un héroe de guerra. —Harrison quiso protestar—. Un héroe de guerra —repitió Stuke —. Lady Epson ha tenido a bien acogerlo el tiempo que el alférez desee en la casa del molinero. Por desgracia, las heridas provocadas por una acción en el frente africano lo han dejado sin visión. ¿Podrá ocuparse usted de él?

—Por supuesto —afirmó Daisy.

—Espero no ser una carga —dijo Harrison algo preocupado.

—No lo será, estaré encantada de atenderlo —replicó acercándose a él y cogiéndolo del brazo—. Lo acompañaré siempre que usted quiera, pero intentaré enseñarle también a manejarse lo mejor posible sin mi ayuda. Seguro que lo preferirá.

—Todos preferimos decidir a depender, señorita. Aunque presiento que disfrutaré de su compañía —dijo él con una sonrisa triste.

Mientras, Stuke se encaminó a Little Epson para avisar a lady Maud. Odiaba ser portador de tan malas noticias.

Aunque la imagen era cómica, el mayordomo a menudo se desplazaba en bicicleta, un vehículo que había descubierto en plena madurez y que le había conquistado. Desde entonces su Colson verde oscura se había convertido en su bien más preciado y siempre lucía brillante, hiciera el tiempo que hiciera. Pedaleando, cruzó Little Epson hasta el extremo donde el pueblo empezaba. Cerca de la iglesia y la vicaría se elevaba la casa de la baronesa viuda.

Cruzó la cancela siempre abierta de la casa y, esquivando a dos gatos que rechazaron esquivarlo a él, llegó a la puerta.

Lady Maud vivía en una casa de estilo georgiano que, a diferencia de Glenmore Hall, no había cambiado estéticamente desde su construcción en piedra gris y vieja, tejado de pizarra, ventanas de guillotina con carpintería blanca y fachada tan cubierta de hortensias que apenas se distinguía la estatua de san Jorge que la presidía. Estaba en un estado impecable, pese a que en Little Epson algunos la llamaran «Creeping House», haciendo referencia a aquellas trepadoras, pero también, maliciosamente, al aspecto algo denso y misterioso que proporcionaban a la casa. La baronesa, ajena a los comentarios de sus vecinos, la definía en cambio como «la Bombonera», sosteniendo que era discreta por fuera, pero estaba repleta de cosas buenas por dentro. No se refería a los muebles ni a los cuadros, sino (no muy modestamente) a ella, a su servicio y a sus perros, todos de avanzada edad y con la eficiencia en declive. Según lady Maud, los mejores estaban entre sus paredes, cada uno en su categoría: la mejor cocinera, lo que era discutible; el mejor mayordomo, lo cual era absolutamente falso; el mejor jardinero, lo que era cierto, y los mejores perros, algo que no estaba del todo claro tras los cruces de los antepasados de estos con algunos de los más célebres chuchos de la zona. Con todo, nadie podía negar que pocas propiedades se parecían más a su dueña.

Stuke llamó fuertemente durante varios minutos hasta que Dickens, el octogenario mayordomo, lo oyó y atendió la llamada. Le abrió con los ojos casi cerrados bajo sus pobladas cejas blancas y, haciendo alarde de otro de sus escasos sentidos, tardó unos segundos en reconocerlo. Luego lo llevó al salón donde lady Maud estaba revisando su correspondencia, rodeada de sus dos perros y de su gato, que incluso los canes consideraban un poco perro porque se comportaba como un setter más. Ninguno de los animales, arremolinados unos junto a otros a los pies de la viuda, despertó.

Dickens anunció a Stuke y lady Maud se giró y le sonrió.

—Qué agradable es verlo por aquí, Stuke —dijo cordial, reconociendo inmediatamente la expresión triste en la cara del mayordomo—, aunque me temo que no viene por nada bueno.

—Lady Lucy me pide que le...

—¿Qué ha pasado? —lo interrumpió ella dejando las cartas sobre la mesa y quitándose las gafas de lectura, que colgaron sobre su pecho—. ¿Están bien en la casa grande? —A Stuke no le dio tiempo a negar—. Oh, no, no... Demonios, es algo peor. Algo que no tiene remedio, de lo contrario desprendería usted urgencia y no rendición. Cielo santo, ¿qué le ha pasado a mi hijo?

Stuke estaba seguro de que todo iba a suceder como lo estaba haciendo.

—Señora, lady Lucy solicita que...

—Dios mío. Lo han herido —dijo la baronesa viuda, rectificando inmediatamente al leer de nuevo la cara del mayordomo—. No, ha muerto. Es eso.

Stuke bajó la mirada. Lady Maud confirmó sus peores sospechas, pero, estirando el cuello e irguiéndose, solo dijo:

—Le agradezco su tarea, Stuke, y valoro la dignidad con la que la ha efectuado. A nadie le gusta ser portador de esta clase de noticias. Dígale a lady Lucy que me cambiaré e iré a Glenmore Hall lo antes posible. Llame a Dickens.

El mayordomo de Glenmore Hall fue a buscar al de lady Maud, que se presentó enseguida.

—Dickens, lord Louis ha muerto —dijo bien alto.

—Señora, lo siento muchísimo —respondió él, más alto aún, apenándose sinceramente.

—Me quedaré aquí un rato. Dígale a Pauline que prepare mi luto. Tenga el coche listo en una hora. Ahora déjeme.

Cuando la puerta se cerró tras Dickens y Stuke, lady Maud se arrodilló frente a sus animales. Luego, lentamente, se tumbó en el suelo junto a ellos y se dispuso a llorar todo lo que no lloraría nunca más, en una postura en la que tampoco nadie la vería jamás, dispuesta a desahogarse en una hora de una pena que estaba resignada a llevar en su interior —solo en su interior— el resto de su vida.

Sus recuerdos volaron al día del bautizo de Louis, que celebraron en la iglesia de Little Epson. Todo un poco exagerado para el gusto de lady Maud, pero desde el principio, y por su culpa, le habían dado más importancia de la necesaria al evento. La madrina, por una serie inesperada de acontecimientos, fue la gran duquesa Elena de Grecia, nieta del zar Alejandro II de Rusia y casada con el príncipe Nicolás de Grecia, con el que, hasta la fecha, había tenido dos hijas. Habían coincidido en Ascot en la época en la que lady Maud ahogaba las quejas por las molestias de su cuarto mes de embarazo con las carreras y las apuestas. La gran duquesa le había preguntado sobre su embarazo, pues ella creía estar embaraza de nuevo. En broma, habían quedado que debía pasarse el boleto de su apuesta por el vientre, pues, de estar embarazada, tendría suerte. Si su caballo ganaba, significaría que estaba embarazada. «Si mi caballo gana, además, me harás madrina de tu hijo», había añadido divertida Elena. Minutos después, White Knight adelantaba al caballo de Leopold Rothschild y a Louis Epson se le adjudicaba madrina. Una alteza real e imperial, nada menos. Una bastante esnob y complicada a la que, no obstante, le divirtió desde el principio la idea del bautizo.

Como siempre que una casa recibía un honor similar, la hospitalidad de la familia se puso a prueba y durante días todos maldijeron que la madrina del heredero no fuera una tía, una prima o alguien más cercano y acostumbrado a las imperfecciones de Glenmore. Recortaron los setos del jardín y plantaron tres camiones de flores en la rosaleda. Cambiaron el surtidor de la fuente de la explanada central por uno nuevo, mucho más potente, que elevaba el chorro a casi quince metros de altura, y repasaron los puntos en los que el pan de oro de la fachada se había matizado. A la vez, se contrató a tres lacayos más y el cocinero francés de los Ogilvy fue a aleccionar al inglés de la casa. La habitación donde dormirían los príncipes de Grecia fue redecorada completamente en azul y blanco en honor a su bandera, y la orquesta aprendió partituras de compositores griegos y rusos por si acaso. El pueblo se engalanó para la ocasión. Todos los balcones lucieron banderines con los emblemas de la familia imperial y con la Union Jack.

El esfuerzo resultó en un gran éxito y, cuando la gran duquesa partió, estaba tan enamorada de Glenmore que decidió que, si el bebé que esperaba era niño, lo llamaría Louis, igual que su nuevo ahijado. Lamentablemente, meses después tuvo una niña, a la que llamó Marina. Poco antes de la guerra, Marina se había casado con el duque de Kent, hermano del rey.

Lady Maud se alegró de haber consentido a su hijo, de no haberle negado nada, porque, además, Louis jamás había alardeado de su posición ni había sido caprichoso. Había aceptado la vida como venía y disfrutado de cada privilegio.

A los cuatro, le regalaron un pony pío. A los seis, le construyeron una cabaña en un roble que no tenía nada que envidiar a muchas de las casas de Little Epson. A los diez, le organizaron una fiesta de indios y vaqueros en una aldea siux con ocho tipis construida junto al bosque. A los once, Louis se despertó con la sorpresa de una lanchita a motor con la que navegar por el lago. A los quince, se quedó huérfano de padre y se convirtió en barón de Epson, pero ni siquiera entonces dio preocupaciones a nadie que ella conociera. Louis había sido un buen hijo. Uno con gran dignidad, al que no le habría gustado ver a su madre llorar y derrumbarse por su pérdida.

«Llora sola, ríe acompañada», decía Maud siempre. Ahora le tocaba aplicárselo a ella misma.

Las semanas siguientes fueron tristes en Glenmore. Incluso los niños comprendieron lo que había sucedido y, aunque las risas y los juegos eran inevitables, los profesores se esforzaron en que el recato dentro de la casa se mantuviera y el respeto al dolor de lady Epson y lady Maud se mostrara en todo lo posible. William, el hijo de Lucy, era el nuevo lord Epson, y de pronto había dos baronesas viudas. Por supuesto, el pequeño, que contaba con casi cuatro años, tardaría aún algún tiempo en entender que nunca conocería bien a su padre y que ni siquiera estaría cerca de él nunca más. En el cementerio de Little Epson, en la parcela reservada a los barones, una cruz y una tumba vacía fueron el lugar que se designó para el descanso final de un cuerpo que nadie sabía dónde estaba. Solo el personal de la casa, su mujer y su madre asistieron al sepelio de Louis. Ninguno se veía capaz de comunicar aquella noticia hasta asimilarla del todo. Y Lucy se volcó aún más en su trabajo.

Harrison se adaptó rápidamente a la casita del molinero. Por la mañana, Daisy le llevaba una cesta con comida para todo el día y cada viernes lo ayudaba con las labores básicas de la casa. También le preparaba la chimenea y, muy a menudo, lo acompañaba al jardín de la casa grande, que estaba a apenas kilómetro y medio. Allí lo sentaba cerca de donde jugaban los niños. Aunque las labores de Daisy eran numerosas, siempre encontraba tiempo para hablar con el alférez, al que enseguida encontró extremadamente agradable. Daisy era afable, pero trabajaba en una casa donde las relaciones entre el servicio llevaban años forjándose y todos se conocían más íntimamente. La española resultaba un poco misteriosa para aquellas personas, que no sabían bien de dónde venía ni qué era lo que había hecho antes, pero tampoco se esmeraban en saber más, algo que, por otro lado, ella agradecía.

Con Harrison era diferente. Ambos venían de fuera de Glenmore, con historias pasadas que preferían olvidar y sin demasiados amigos con quienes hablar. Daisy llevaba tanto tiempo huyendo que los suyos desaparecían cada vez que ella se veía obligada a mudarse, así que la llegada del alférez la alegró. El hombre era digno de admiración, pues lo aprendía todo a una velocidad increíble, y había pasado del caminar inseguro a uno certero en pocos días. Había organizado su casa para que no hubiera más que lo necesario, que nada pudiera caerse al suelo y que los muebles estuvieran bien localizados para que nunca tropezara con ellos. Su habitación estaba en el piso de arriba, pero eso no resultó un inconveniente, y subía y bajaba las escaleras sin temor a caerse. Hablaban del presente y del futuro, y a menudo a Daisy le habría gustado quedarse sentada junto a él más rato. Por desgracia, su carga de trabajo seguía siendo enorme y no tenía tiempo para aquel placer.

—¿Tiene usted marido? —le dijo de pronto una mañana, mientras ella lo ayudaba a acercarse a Glenmore Hall, donde pasaba horas sentado frente a la gran mansión. —Daisy no contestó—. Lo lamento —dijo el alférez enseguida—, la guerra nos embrutece. En las trincheras nunca nos andamos con rodeos. Es una forma de que la conversación no se quede a medias.

—No tengo marido, no —dijo ella—. Puede preguntar lo que quiera.

—Es usted muy guapa —continuó—, seguro que habrá muchos hombres deseosos de estar con usted.

—Usted no me ha visto —replicó Daisy—. Lamento recordarle que no puede hacerlo.

—Veo con el corazón —contestó Harrison—, y con la nariz, y con los oídos. Antes de quedarme ciego, vi. Sé reconocer una voz bonita. De las latas solo sale ruido. Es de los instrumentos bellos, brillantes y refinados de los que sale una voz como la suya.

—Lo cierto es que hace mucho tiempo que nadie me dice que soy bella. Así que, aunque venga de un ciego, gracias.

Él se rio

—Suena muy desesperado. Quizá lo sea un poco. Le vuelvo a pedir perdón.

—No lo haga. Todas podemos ponernos un bonito vestido y un lazo en el pelo, apretarnos el corsé y pellizcarnos las mejillas... Me alegro de que me encuentre guapa por lo que la mayoría no puede ver.

—Señorita, siempre me ha parecido sorprendente la cantidad de personas que se avergüenzan de su físico y las pocas que lo hacen de lo que tienen por dentro. A veces hay que taparse los ojos para ver de verdad.

—Eso es muy bonito.

—Como la mayoría de las cosas que son ciertas —concluyó él.

Llegaron al lugar donde Daisy lo instalaba siempre que hacía buen día, un banco de madera gris y enmohecida que, bajo un gran cedro, ofrecía una bonita vista de Glenmore Hall. Allí Harrison pasaba horas. Desde la casa, Daisy lo observaba entre una tarea y otra. Suponía que la paz del lugar, la maravilla de no tener preocupaciones, de poder pensar tranquilo, era algo que se disfrutaba más tras estar en el frente, donde cada segundo podía ser el último y cada pensamiento podía ser el final. Harrison se sentaba y respiraba sonriente frente a una vista única que decía percibir de una manera diferente a los demás.

Durante los recreos, se divertía hablando con los niños. Había curiosidad mutua. Ellos se acercaban a él y le preguntaban por sus heridas, por la guerra y por su vida. Él siempre les preguntaba su nombre y detalles sobre su estancia allí, y ellos respondían a trompicones, pisándose los unos a los otros. Los pequeños eran simpáticos y también lo era él, que sabía cómo cambiar el tono y tenía ciertas virtudes camaleónicas para adaptarse a diferentes personajes en función del interés que cada niño tenía. Podía hacerse pasar por fiero o gamberro, por bromista o profesor. Cuando volvían a las clases, el alférez permanecía horas sentado en el mismo banco hasta que Daisy lo recogía para regresar a su casa, donde se refugiaba hasta el día siguiente. Pese a que el camino que iba de la casa grande a la del molino era bastante recto y de una tierra que lo distinguía de los prados que lo rodeaban, a Daisy le sorprendía la destreza del ciego para mejorar su autonomía día a día. Cada vez necesitaba menos su ayuda y, de no haber estado ella, estaba segura de que Harrison habría acabado por llegar a su casita sin más que uno o dos tropiezos.

Era admirable. Muchos que veían eran torpes y, en cambio, Harrison rara vez erraba a pesar de no ver nada. Los primeros días lo habían visto contar los pasos hacia un lado u otro, los escalones, tocar paredes y barandillas memorizando, pero cada vez lo hacía menos. Su aspecto también había mejorado. Seguía estando delgado, pero su piel tenía más vida y su cojera había disminuido notablemente. A pesar de que le ofrecieron ayuda, él mismo se hacía las curas en la intimidad de su casita, con el alcohol, el yodo y las vendas que le proporcionaron. El hombre parecía decidido a no ser una molestia y lo cierto es que a Daisy enseguida le pareció todo lo contrario.

En la casa, la española se acercó aún más a Lucy, a la que acompañaba silenciosamente cuando no estaba con el alférez, ayudándola en todas sus tareas y preparada para consolarla cuando ella se acercaba a la pena. No hubo llantos en el hombro ni abrazos desasosegados, pero la tristeza de vez en cuando avanzaba por la cara de lady Epson y entonces Daisy se afanaba en intentar mostrarle algo que hacer o incluso en comentarle con humor alguna anécdota de las que cada día acaecían en el colegio. A la vez, la criada se apartó estudiadamente de su hijo Pat. Tenía muy presente que la noche anterior a la de la noticia de la muerte de lord Epson Lucy le había dicho que se había fijado en que atendía con especial devoción a Pat y que notaba que, igual que para ella, aquel niño era su favorito de entre todos los del colegio. Daisy se había asustado. No podía arriesgarse a que nadie la relacionara con su hijo, a que nadie averiguara la verdad, y, pese a todo, se arriesgó por última vez una noche más, a modo de despedida.

Lo encontró durmiendo profundamente, con la boca abierta y la cabeza apoyada en los brazos, en paz. En el dormitorio algunos niños hacían ruidos, otros hablaban en sueños, la mayoría caían rendidos tras otro extenuante día. Daisy se acercó a la cama de su hijo al tiempo que extraía de su bolsillo unas pequeñas tijeras. Rápidamente le cortó uno de sus rizos para guardárselo enseguida en el guardapelo que llevaba siempre colgado del cuello, el mismo en el que había una pequeña imagen de su padre y de su madre. Desde entonces tendría un poquito de su hijo entre ellos. Quizá sus padres lo protegieran. Luego se convenció de que nunca más volvería a prestar a Pat más atención que al resto. Si su hijo se convertía en un niño más, uno de los doscientos que estaban en Glenmore, estaría protegido y escondido incluso si a ella la encontraban. Así que no podía seguir acercándose tanto, debía tratarlo como a los demás.

Al pequeño, que disfrutaba de la vida rodeado de amigos en aquella gran mansión, no le afectaría el cambio.

Aunque el peligro estuviera más cerca que nunca.

12
Buenos Aires

Quizá algún día podrían viajar al otro lado del Atlántico de manera más rápida, pero para Félix, que comía sin controlarse, observaba los detalles, reía con ganas y amaba con pasión, la vida estaba hecha para disfrutar, sin prisas. También aquel viaje, cómo no, aunque le llevara una semana llegar a Buenos Aires desde Cádiz. El Hispania era un crucero cómodo y grande, y él tenía uno de los mejores camarotes de primera clase. Nunca le había importado pasar tiempo solo, pues era capaz de acabar con la soledad en un santiamén, sonriendo, mirando con picardía y acercándose a quien quisiera seducir. A las mujeres les gustaba su físico, pero sobre todo apreciaban su talante de aventurero y la sensación de estar acercándose al peligro y a las emociones que Félix Zurita representaba. A los hombres les divertía también su compañía, pues mostraba siempre genuino interés en lo que quisieran explicarle y rara vez se sentían ensombrecidos por el joven, que jamás alardeaba de su vida, aunque a menudo tuviera más brillo que la de ellos.

Los barcos como el Hispania estaban pensados para que las diferentes clases fueran estancas y los pasajeros viajaran sin tener que relacionarse con los que ocupaban camarotes en clases inferiores. Los de primera tenían las cubiertas cómodamente amuebladas con tumbonas de teca y sillones de mimbre que atendían impecables camareros con guerrera blanca de botonadura dorada. Desde donde estaban, tenían que bajar la mirada para ver la cubierta inferior, en la que viajaban los de segunda. Los de tercera apenas tenían una pequeña terraza en la popa; al menos eso le dijeron a Félix cuando se interesó.

El día había transcurrido de manera desapacible y, como animalillos del bosque durante la tormenta, la mayoría de los pasajeros había aguardado en sus habitaciones a que el tiempo les diera un respiro y el barco se moviera menos para asomarse a los pasillos. Félix ya estaba harto de leer en su cama cuando llegó la hora de la cena.

Salió a la cubierta ataviado con un esmoquin de chaqueta crema y el pelo engominado con raya a un lado. Su tez acusaba los días de sol anteriores. Se apoyó en la barandilla de la cubierta y encendió un cigarrillo mientras observaba la luna platear el océano, que se perdía en el horizonte recordándole lo pequeño que era y lo solos que estaban en aquel punto.

«Solos en medio del mar, pero acompañados en el barco», pensó al ver a una mujer salir a la cubierta, algunos metros más allá. Habría sabido que era de su gusto a mucha más distancia y con menos luz. Su porte era femenino y duro a la vez, muy alta, con el pelo recogido en una gruesa trenza que le caía por encima de su hombro desnudo, únicamente decorado con una flor blanca. Sus andares y las cuentas de su vestido plateado sonaban acariciando el suelo al arrastrarse por la madera. No se cubría con pieles, su escote en pico dejaba intuir un pecho firme, y sus brazos, blancos y finos, no parecían necesitar de nadie a quien agarrarse. Le encantaban las mujeres independientes. Las que se dejaban abrir la puerta pero también eran capaces de tirarla abajo. Las que sabían cómo bajar la mirada seductoras pero más aún aguantarla desafiantes. Las que manejaban bien las reglas del juego y las utilizaban inteligentemente. Las que se sabían diferentes y apostaban por aquella diferencia ventajosa para embrujarlos. Se acercó a ella sin saber si tenía al menos una décima parte de las ganas que él tenía de conocerla. Probablemente no.

—Bonito, ¿verdad? —le dijo apoyándose en la barandilla, cerca, pero mirando hacia el océano.

Ella sonrió, también sin mirarlo.

—Mucho. Sobre todo ahora. Medio barco ha pasado un día horrible con tanto vaivén.

—Usted no parece haber sido una de ellos.

—A mí es más difícil impresionarme.

—Lo tendré en cuenta —dijo Félix volviéndose hacia ella, que aceptó el desafío e hizo lo mismo.

—Clara Galán —dijo mirándolo a los ojos, detectando enseguida el efecto que su mirada provocaba en Félix.

—Félix Zurita. ¿Viaja sola?

—Sí. En un barco lleno de gente, pero sí. Me gusta hacerlo.

—¿Estar sola?

—Sí. Tengo esa suerte. Nunca he necesitado a nadie demasiado. Nunca he dependido de los demás para estar bien.

—¿Qué la lleva a Argentina? —preguntó Félix con auténtico interés.

—La curiosidad. Me gusta viajar..., pero el mundo no es un lugar fácil para hacerlo ahora mismo. Siempre he querido conocer Sudamérica. Siempre admiré a los españoles que viajaron allí, en diferentes épocas, sin saber qué era lo que encontrarían, dispuestos a arriesgarlo todo.

—¿Me está diciendo que no la lleva nada en concreto? No va a ver a nadie, ni a cerrar ningún negocio, ni de viaje de novios, ni...

—Señor Zurita. Yo no diría tanto. La curiosidad puede ser un motor mucho más potente que el amor, o el dinero. La curiosidad, a menudo, es lo que viene antes de todo eso. Es la llama que prende la acción. Sin curiosidad, nunca conoceríamos a nadie ni emprenderíamos nada.

—Tiene razón. —Se la quedó mirando unos segundos. Luego soltó una carcajada—. ¡Es usted extraordinaria! —dijo espontáneo.

—Bueno, no sé si tanto. Pero le agradezco el cumplido. De todas formas, entiendo que usted tampoco viaja acompañado.

—Está en lo cierto. Pero en mi caso voy a recorrer el país con objetivos más concretos. Estaré unos días en Buenos Aires, por supuesto, pero mis quehaceres me reclaman más al sur, en la Patagonia.

—He oído que es una zona magnífica.

—Lo es. Pero también le gustará Buenos Aires. Hay partes hermosas que le parecerán París.

—Entonces me interesará menos —dijo algo seca, rectificando enseguida, mostrando su sonrisa amplia, perfecta y blanca—. Entiéndame. Viajo para ver cosas nuevas. No para contemplar una versión imperfecta de una ciudad perfecta que ya conozco. Me gusta crear recuerdos, no volver sobre los antiguos. Seguro que Buenos Aires tiene cosas únicas que ofrecer.

—Las tiene, sin duda que sí. Y si se cansa, podría acompañarme al sur —dijo Félix tentando a la suerte.

Ella lo miró, escrutando sus ojos. Buscando honestidad más que seducción.

—Espere a conocerme mejor, señor Zurita. Puede que se arrepienta de proponer esas cosas a una desconocida. Los que apreciamos la soledad somos los que peor llevamos las malas compañías. —No había severidad en sus palabras. Solo, de nuevo, curiosidad.

—Entonces no me responda aún. Si nos aburrimos el uno del otro, siempre podrá pretender que no le propuse que me acompañara, y yo podré olvidar que lo hice.

—Me parece bien. Pero no parece usted de los que olvidan. —Volvió a sonreír ella.

A su alrededor la cubierta se había empezado a llenar de pasajeros que acudían al comedor a cenar envueltos en sus mejores galas. Él calló, le ofreció el brazo y la acompañó al comedor. No, no sería fácil que Félix Zurita olvidara a Clara Galán. Volvieron a verse cada día. Ambos querían hacerlo, aunque por motivos distintos. Comían y cenaban juntos y, cuando no lo hacían, ninguno podía evitar levantar la cabeza de vez en cuando buscando al otro entre los demás pasajeros del Hispania.

Cuando, casi una semana después, supieron que entraban en el estuario del Río de la Plata, Félix se aseguró de que la llegada a Buenos Aires no fuera ligada a la despedida de Clara. No habían pasado de las palabras, pero todo su cuerpo le decía que insistiera, porque aquella amistad tenía que guardarle aún muchas satisfacciones. Tenía muchas amigas, pero en todas pesaba un lado más que el otro, el de la amistad, que no le permitía amar como le gustaba, o el del amor, que no le permitía establecer una relación tan franca como la que encontraba en la camaradería. Sin embargo, en Clara aquellas dos facetas estaban perfectamente equilibradas y ansiaba tanto su mente como su cuerpo, sus palabras tanto como sus silencios. Era la primera vez que le pasaba, y aunque estaba seguro de que no estaba —aún— enamorado, la perspectiva de no volver a verla era algo imposible de aceptar.

Por suerte para él, como en todas las ocasiones anteriores, ella se lo puso fácil. Félix solo iba a pasar dos noches en Buenos Aires, pero lo haría en el hotel Plaza, el mejor de la ciudad. Entre el Plaza y el Alvear Palace se distribuían la mayoría de los pasajeros de primera clase que visitarían la ciudad por turismo. Estaba dispuesto a cambiar su reserva para ocupar el mismo hotel que Clara si ella se alojaba en el Alvear, pero no hizo falta, pues también tenía su reserva en el Plaza, así que Félix se preparó para que los dos días que le quedaban fueran el prólogo y no el epílogo de su relación.

Clara reconocía la ironía: casi todos solían recurrir a un guía para conocer la ciudad, pero ella utilizaba la ciudad para conocer al guía. Esa era su misión y tenía que reconocer que no podía estar resultando más fácil. Tampoco más placentera. Félix era un hombre encantador, elegante y cortés, interesante, inteligente, guapo... y poco invasivo. Le dejaba su espacio y parecía detectar cuándo quería tenerlo cerca y cuando no. Ella era una espía aliada, más o menos. Seguía a un hombre que no lo era, ni aliado ni alemán, que ni siquiera llevaba un arma encima y cuya participación más activa en la guerra —fuera cual fuera— era aquel viaje del que ella debía averiguarlo todo y aún no sabía nada. O poco. Desde que habían llegado a Buenos Aires, Clara había empezado a preguntarle a Félix sobre sus planes y asuntos, y él, que no tenía por qué desconfiar de Clara, le explicaba sin problema parte de aquella información.

Al principio había temido no poder resistirse a sus encantos. Que la parte que podía ver de él la despistara de la que debía desentrañar, pero tras varios días se convenció de que Félix no era hombre para ella. *A priori* lo tenía todo, pero, cuando lo pensaba, le faltaba lo más importante. En un mundo como en el que vivían, Clara no podría estar con alguien que simplemente siguiera su camino empedrado en oro sin prestar atención a las desgracias que se sucedían a los lados. Desde que se habían conocido, el tema de la guerra, de la invasión alemana de Europa, incluso de la situación de España en todo aquel maremágnum, no había formado parte de la conversación. Para Félix la vida seguía tranquilamente como si nada ocurriera: reía, bebía, hablaba de viajes y de placeres, pero jamás mentaba la desgracia y la oscuridad. Clara amaba a la gente positiva, pero detestaba a la simple, y no ser consciente

—o pretenderlo— de la catástrofe del momento le parecía de una simpleza mayúscula.

Félix no era su hombre. Su hombre estaría, casi seguro, en un campo de batalla luchando por sus ideales.

En cualquier caso, estaba dispuesta a venderse a cambio de la valiosa información que debía obtener. Si tenía que pretender una atracción que no sentía, lo haría sin problemas. Eso tenía un nombre, pero se dice que en el amor y en la guerra todo vale, así que, si hacía falta falsear el amor para ganar la guerra, estaba dispuesta a ello. Estaba dispuesta a TODO.

Pasaron dos días en Buenos Aires, en los que Félix solo la abandonó medio día y media tarde, pero ella no lo hizo en ningún momento. Lo siguió a poca distancia hasta un edificio de oficinas. Se fijó en el piso al que llegaba el ascensor y buscó al ocupante de aquella planta en el listado de nombres que, grabados en mármol, se detallaban en la entrada del inmueble: Mercedes-Benz. Félix pasó en las oficinas de la marca varias horas mientras ella esperaba en una plaza desde la que veía la entrada. A mediodía su objetivo salió por donde había entrado con un hombre alto, de aspecto germánico. Comieron cerca y más tarde los vio entrar en un edificio de estilo *belle époque* del paseo de la Recoleta. Hizo fotos de todo. Cuando se hubieron ido, se acercó a la portería. Una mujer mayor barría la entrada. Clara habló primero.

—Estoy esperando a mi marido. No sé si ha salido ya —mintió.

—Ah, claro. Usted es la mujer del gallego —le dijo al reconocer su acento español. La miró de arriba abajo, satisfecha ante el aspecto elegante, el sombrero ladeado, la falda de tubo y la chaqueta rosada con cinturón—. Yo soy Martina, la portera, quizá nos veamos más próximamente. Me alegro de que hayan comprado el piso. No hay nada mejor en el edificio. Es perfecto para una pareja como ustedes.

Clara le tiró de la lengua.

—Le agradezco el cumplido, la verdad es que estoy ilusionada. ¿Entonces no hay nada parecido en el edificio? —preguntó.

—¿Un tercero y un cuarto de quinientos sesenta metros cuadrados en dos plantas, renovados completamente? No, señora, claro que no hay nada igual. No me extraña nada que le guste el piso habida cuenta de sus características: apenas un año de obras desde la primera vez que lo vio su esposo.

—¿Tiene llaves? Mi marido no me ha dado una copia aún.

—Por supuesto, por supuesto —dijo la portera apoyando la escoba y desapareciendo de su garita un minuto—. Aquí las tiene —dijo entregándole una única llave dorada—. Puede dejarla en el buzón cuando salga si no me ve.

Clara cogió la llave y subió al tercero. Allí escuchó unos minutos apoyando la oreja en la puerta hasta estar casi segura de que no había nadie dentro. Luego hizo girar la llave y, con cautela, puso un pie en el *hall* de la vivienda.

Se trataba de un piso palaciego, con techos altos de los que colgaban grandes arañas de cristal, suelo de madera de roble en espiga y una escalera curva que ascendía al piso superior. Estaba completamente amueblado, con un lujo que evidenciaba que no se había reparado en gastos. Todo relucía. Cómodas de patas doradas, cortinajes de terciopelo, alfombras inmensas, sofás de las mejores telas. En el piso superior descubrió las habitaciones. Estaban pensadas para una familia, no para un soltero como Félix. Dos grandes dormitorios comunicados por una puerta y otro infantil con una única cama y una habitación menor pegada a él, pensada para un adulto, quizá una niñera. En las paredes de los dormitorios principales había grabados de paisajes reconociblemente alemanes: Dresde, la puerta de Brandeburgo, el castillo de Neuschwanstein. En el infantil, las paredes estaban pintadas con montañas, niños con *lederhosen*, vacas y cabritas sonrientes. Todo también muy alemán.

En algunos ceniceros distinguió la esvástica. La casa de un nazi.

Clara sintió que tras la sonrisa de Félix se escondía algo oscuro, peligroso y malvado. Revisó los armarios, vacíos; la cocina, vacía también... La casa nunca había sido usada, pero estaba lista para que llegaran sus huéspedes. Después de fotografiarlo todo, cerró la puerta tras ella y volvió a la calle.

Aquella noche cenó con Félix con un propósito. Que él la convenciera para que lo acompañara a la Patagonia. No le iba a resultar nada difícil, pero debía hacerse de rogar lo suficiente para no despertar sospechas. Se reunieron en el Grill del hotel Plaza, su hotel. El restaurante era uno de los mejores de la ciudad y a Félix le gustaba también por lo conveniente de que estuviera tan solo unos pisos por debajo de su cama, donde alguna vez había tomado el mejor de los postres. Estaba seguro de que Clara no iba a conocer —aún— su *suite*, pero no había que cerrar la posibilidad a nada. Había conquistado a muchas mujeres, pero sabía que nunca sería capaz de desentrañar sus mentes.

Se sentaron cerca de la chimenea apagada, en torno a una mesa de mantel blanco y sillas de terciopelo rojo. La comida, como su conversación, fluyó sin complicaciones, pero en esa ocasión cada palabra que Clara pronunció había sido estudiada.

—Tengo ganas de ir al sur —dejó de mirarla a los ojos unos segundos, con desinterés—: sus montañas, sus lagos, toda esa naturaleza virgen e inexplorada. Es uno de los lugares más bonitos del mundo.

—Buenos Aires me está gustando —respondió ella.

—Sí, te lo dije. Es muy especial. Solo espero que no te quedes muy sola estos días.

—Todo lo contrario —dijo sin demasiado entusiasmo—: no me importaría nada estar unos días sola, pero se ha puesto en contacto conmigo el hijo de unos amigos de mi padre. Es jinete y tiene una finca cerca. Me ha invitado a pasar unos días en el campo. Creo que es maravilloso.

Félix sintió que ardía por dentro.

—En realidad, no mucho. No tengas grandes expectativas. —Clara quiso reír, pero contuvo hasta la sonrisa—. El campo es monótono —continuó él—: prados llanos que no acaban nunca. Es uno de los lugares más aburridos de la Tierra.

—Salvo que te guste montar a caballo.

—Incluso si te gusta —insistió Félix—, no te lo recomiendo. —La miró unos segundos a la cara y clavó el cuchillo en la carne que tenía en el plato antes de mirarla de nuevo intentando disimular sus intenciones—. La Patagonia, eso sí vale la pena. Deberías acompañarme. La conozco bien.

—No me has dicho para qué vas. No querría molestarte. Además, estoy de vacaciones, no quiero interferir con tus reuniones de... ¿trabajo?

—Bueno, no tanto como trabajo. Tan solo estoy recorriendo la zona. Tengo unos..., unos amigos... que están pensando en instalarse por aquí.

—¿En Buenos Aires o en la Patagonia? —preguntó Clara para obtener la información de forma natural.

—En ambos. Quizá primero en la ciudad y luego definitivamente en el campo.

—En la Patagonia.

—Sí, en la Patagonia. Por eso debo ir. Revisaré algunos de los lugares más bonitos de la zona. Sitios a los que nadie ha llegado antes y que solo podrías conocer conmigo.

—¿Tus amigos van a vivir solos en un lugar en el que nunca ha estado nadie?

Félix la miró a los ojos y por unos segundos a Clara le dio la sensación de que pisaba terreno peligroso, de que se había excedido con sus preguntas. Luego él cambió la expresión y sonrió de nuevo.

—Lo que el hombre no ha tocado suele ser más bonito. Mis amigos quieren eso: un lugar bonito, en plena naturaleza.

«Un lugar inaccesible y secreto», pensó ella. Se hizo el silencio unos segundos mientras se escudriñaban la mirada, tentándose, intentando conocerse por dentro.

—En ese caso, tendré que comprar calzado cómodo —le dijo aceptando.

—¡¿Vendrás?! —preguntó Félix con una alegría que a Clara casi la enterneció.

—Parece que haría mal en no hacerlo. Solo te pido que no me dejes sola. No conozco nada de esa zona y no sé si sabría desenvolverme. Estaré en tus manos.

—Ningunas mejores —respondió Félix.

Al día siguiente partieron, satisfechos ambos. Félix estaba convencido de que conseguiría lo que buscaba de Clara.

Ella llevaba varios días haciendo exactamente lo mismo.

13
A un paso

De vez en cuando, Lucy iba a Londres, casi siempre no por gusto, sino por necesidad. Había hablado con los abogados y empezaba a intentar organizar su patrimonio y fincas. El dinero era lo más sencillo. Había tanto, sus rentas proporcionaban entre tanto y tanto, y sus gastos fluctuaban entre tanto y tanto. Lo complicado eran las propiedades, cada una con infinidad de detalles y casuísticas tan distintas que cada mes aparecía alguna sorpresa. Cada finca tenía su administrador, pero, aun con aquella figura imprescindible al mando, Lucy se veía obligada a tomar decisiones constantemente.

Tardó poco en asimilar que era mejor decidir y equivocarse que no decidir nada, lo cual era en sí también una decisión. Cada semana pasaba algo: un granero que ardía, una tubería que se reventaba, una cocinera que se iba, un mayordomo que enfermaba, un arrendador que moría. El patrimonio que había recibido de su marido constaba de varios terrenos y casas sin importancia, y de dos grandes propiedades: Graze Point en Escocia y Glenmore en Cambridgeshire, cada una con sus respectivos pueblos y granjas; además, en Londres disponía de Epson House en Eaton Square. Por parte de su abuela, había heredado Longview Grange, una propiedad de menor importancia de casi 600 acres frente al paso de Calais, cerca de Westcliffe. Lucy estaba decidida a conservarlo todo, pero, a la vez, comprobaba lo tremendo que iba a ser gestionarlo de manera efectiva. Probablemente, en lugar de disfrutar de cada propiedad, se pasaría la vida buscando tiempo para atenderlas.

Se había cargado de trabajo para olvidar la muerte de Louis y, aunque siempre le había parecido absurdo y luchaba contra aquella idea, pensar que no estaba sola en aquel luto la ayudaba un poco a no sentirse completamente desgraciada. ¡Había tantas como ella! Llegó a creer que tan solo mirando a los ojos de una viuda era capaz de comprender lo que pasaba, porque ella lo sentía igual. Quizá eso también fuera absurdo. Tan solo esperaba que el hielo que la cubría se derritiera algún día.

Cuando lady Epson estaba en Londres, el trabajo en Glenmore se aligeraba un poco; aquel día lo suficiente para que, con toda la ilusión, Daisy decidiera cargar un carro y llevar a Harrison de pícnic a uno de los lugares que más le gustaban de la finca. Preparó una cesta similar a la que le llevaba cada mañana a la casa del molinero, pero más abundante. También pidió a Stuke una botella de vino, y el mayordomo, que admiraba profundamente a todos los que estaban luchando por el imperio, no dudó en ofrecerle una botella de borgoña que la baronesa no echaría nunca en falta. Con todo cargado, la doncella fue a buscar a Harrison a su casita. Lo encontró sentado a la puerta con la cara al sol, sonriente. Seguía llevando parte del rostro vendado, pero su aspecto era mucho mejor del que cuando llegó.

Daisy lo ayudó a subir al pescante y empezaron la excursión. Estaba contenta. Solo haber podido llevar a Pat habría mejorado el plan.

—El campo está brillante hoy. Limpio por la lluvia, iluminado por el sol. Tenemos mucha suerte —le dijo describiéndole el paisaje.

—Hace tiempo que me di cuenta de que era afortunado. Cada día que me despierto en la casita me lo recuerdo. No podré agradecer nunca a lady Epson lo que ha hecho por mí.

—Es una buena persona.

—También lo eres tú. Gracias por cuidarme como lo haces. Espero que no estés demasiado harta de mí.

—No lo estoy. —«Nada harta», pensó.

Hacía días que había diseccionado su relación con el alférez. Nunca se había enamorado, así que no sabía si lo que sentía por él era eso. Estaba casi segura de que no. El amor conllevaba una serie de sentimientos íntimos que no se ponían en marcha al estar con Harrison. No quería besarlo ni lo encontraba físicamente atractivo, si eso era lo que el amor provocaba. Sin embargo, en ocasiones pensaba que muchos de los matrimonios que conocía ni siquiera tenían una amistad como la que ellos disfrutaban, es decir, que había parejas edificadas sobre mimbres más débiles de los que a ella la unían al alférez, así que quizá no debía descartarlo como pareja. Le divertía, le caía bien y le interesaba, pero... ¿era eso todo? En Inglaterra y en España a las personas de su clase les era fácil casarse con quien amaban. No tenían que pensar en rentas y estirpes, como lady Epson y los de la suya. ¿No iba a aprovechar la oportunidad?

—Estás muy callada —dijo él interrumpiendo sus pensamientos.
—Perdona.
—No me importa. Contigo estoy cómodo hasta en silencio. Siendo ciego, es un halago aún mayor.
—En ese caso, gracias. Estaba pensando en qué haré con mi vida cuando todo esto acabe.
—Dependerá de cómo acabe y de si llegamos a verlo.
—Sí, claro.
—En cualquier caso, será un buen momento para que todos arropemos a nuestras familias y amigos. De las guerras se aprende a valorar lo importante. Lo que queda. La familia... Muy rota tiene que estar para que, pasado un trance como este, no tengamos todos ganas de juntar las piezas y volver a querernos. Cuando sobreviene algo tan grande, una muerte, una enfermedad, las familias que se quisieron tienen la oportunidad de volver a hacerlo.
—Tú no tienes familia —dijo ella recordando lo poco que sabía de Harrison.
—¿Tú sí? —preguntó él.

Ella no supo qué decir. Quería abrirse a él, explicárselo todo, pero controló aquel impulso por el bien de su hijo. A pesar de ello, su silencio habló elocuentemente.

—¿Prefieres no hablar de ello?
—Sí, es complicado.

Él le pasó la mano por la espalda.

—Cuando quieras hacerlo, aquí estaré, querida amiga.

Aquellas palabras, acompañadas de la cercanía del alférez, estuvieron a punto de desarmarla. ¿Quizá sí se estaba enamorando?

Llegaron a una colina desde la que se veía Glenmore Hall, las granjas, la casita del molinero, el bloque de los establos y toda la finca. A Daisy le gustaba el lugar porque le recordaba a un mapa del tesoro, o del País de Nunca Jamás, con todos los elementos bien distinguibles y la sensación de perfecta armonía por la que los Epson llevaban siglos luchando.

Hablaron mucho rato y Harrison la hizo reír. Se acabaron el vino y los sándwiches. Tampoco quedó nada del pastel de manzana que la señora Sandpond había hecho esa mañana y le había entregado entre sonrisas cómplices. Estaban echados en una manta que los aislaba de la humedad cuando él le preguntó.

—¿Te puedo tocar?

Ella se incorporó inmediatamente.

—No —dijo nerviosa, sin elevar la voz.

—Entiéndeme. No pretendo ser impropio. Pero tocarte es mi manera de verte. Tan solo quiero pasar la mano por tu cara, tu cuello. Tus manos —explicó Harrison. Se hizo el silencio, por primera vez realmente incómodo—. Lo siento. No debería haberte...

—Hazlo —dijo ella de pronto, sin poder creer que lo había dicho.

Harrison alargó la mano y ella se la dirigió a la cara. Con sus manos suaves, empezó a pasar los dedos por su piel, y le tocó con delicadeza el pelo, la frente, la nariz, el pliegue que quedaba antes de los labios, como si se fuera a romper. Él le sonrió.

—Tienes hoyuelos —dijo—, me encantan, son de gente feliz.

—Lo soy ahora mismo —replicó ella arrepintiéndose enseguida de su descaro.

Sus manos olían a hierba, a cuero, a limpio. Eran fuertes y suaves a la vez. Harrison le pasó la mano por la barbilla y luego recorrió su cuello, largo y delgado, terso y joven. Con el índice, pasó por encima de la cadena y luego, con un rápido movimiento que pareció involuntario, abrió el guardapelo. Enseguida los dos lados de la medalla se separaron dejando a un lado la pequeña foto de su padre y al otro la de su madre. Cayendo de dentro, el rizo de Pat, castaño y perfecto como un muelle, se posó sobre el pecho de Daisy.

—Perdona, no quería... —dijo Harrison—. Espero no haberlo roto.

Daisy se afanó en recuperar el rizo y en meterlo otra vez en el colgante.

—No te preocupes, pero ya hay suficiente por hoy. Estoy ruborizándome —dijo arrepintiéndose de sus palabras.

—Lo comprendo, pero gracias por esto. Sabía que eras guapa. Pero no que lo fueras tanto.

De haber querido besarse, aquel habría sido el momento. Harrison lo pensó. Daisy estuvo a punto de desearlo. Pero hacía falta más que eso para besarse.

De vuelta a la casa, Daisy sintió que le faltaba algo.

Harrison, que ya lo tenía casi todo.

14
De Blenheim Palace a Glenmore Hall

La noche del 10 de enero de 1941, Londres fue nuevamente bombardeada. Desde septiembre los habitantes de la ciudad habían tenido pocas noches de tranquilidad y las víctimas se contaban por miles. Un enorme cráter dejó al descubierto la estación de metro del Banco de Inglaterra y otras heridas nuevas surgieron en un terreno ya dramáticamente marcado. Pero para el agente John Osbourne una de las bombas que cayó en el barrio de Fulham supuso una suerte. Al explosionar en un patio, había destruido por completo las paredes de las casas que lo rodeaban, dejando las habitaciones a la vista, como en una casa de muñecas. Uno de los pisos había llamado la atención de un bombero, que avisó a la Policía al descubrir una pizarra llena de textos en alemán. El caso había sido remitido al instante al servicio de inteligencia, que enseguida relacionó los enseres y la documentación encontrada bajo una tabla del parqué con Arthur Dunn, el compañero desaparecido de John. Este acudió raudo a ver la vivienda.

    Se había acostumbrado a circular por calles cortadas, comercios que abrían con los escaparates rotos y mujeres buscando entre montañas de cascotes. Entre tanta destrucción, encontró la dirección que buscaba y a través de un arco entró al patio donde se erguía, severamente dañada, la vivienda. Estaba presidido por un agujero de buen tamaño y rodeado de paredes destruidas, marcas de metralla y habitaciones sin paredes. Apoyada en un forjado, una escala permitía el acceso al lugar que se disponía a inspeccionar; en una esquina, varios niños se encaramaban a un montón de ladrillos. Mostró al jefe del retén de bomberos que trabajaba allí su placa y subió al piso.

Estaba claro que había juzgado mal a Dunn. Aun con la casa destruida, el orden perdido se apreciaba, también el trabajo en paralelo que aquel hombre realizaba. Una parte del contenido de la vivienda se había quemado, pero, por suerte, la gran mesa que presidía uno de los lados estaba entera y los planos que la onda expansiva había amontonado en una esquina aparecían arrugados pero intactos. No leyó nada relevante en el alemán de la pizarra, pero todo daba pistas de una persona desconocida para él. Anotó lo que vio y dobló meticulosamente varios documentos que le parecieron interesantes para estudiarlos después. El MI5 ya le había entregado la documentación del que había sido su colega. Pasaportes con varios nombres; uno alemán con el que debía ser el verdadero: Oskar Klein. Hizo varias fotografías hasta que la luz del atardecer empezó a desvanecerse y se retiró a su casa en la otra punta de la ciudad.

Frente a la evidencia de su nuevo fracaso, se abría la posibilidad certera de hallarse frente a algo de mayor importancia de lo que inicialmente hubiera pensado. Si Dunn era, en efecto, un espía; si era, como todo apuntaba, Oskar Klein, sería ya el segundo agente alemán que buscaba a Daisy García, lo que asentaba la idea de que aquella mujer era relevante por alguna razón que él desconocía. Adler había escapado suicidándose en pleno interrogatorio, pero a Arthur, o mejor, a Oskar, lo atraparía como fuera.

Se sentó a la luz de una lamparita en su piso de Forest Gate y observó los documentos que había desplegado uno a uno sobre la moqueta roja. Estaba decidido a que no se le pasara nada. Apuntó los nombres que aparecían en cada documento, las tres identidades que había utilizado alguna vez el tal Oskar Klein, o como se llamara en realidad. Los revisaría al día siguiente. Luego observó algunas fotografías. En una de ellas reconoció a Unity Headland y, junto a ella, redondeada con un círculo, una mujer. En el dorso, leyó: «Daisy García». Luego se arrodilló sobre el gran plano del sur y el centro de Gran Bretaña que se había llevado de la casa. Había bastantes anotaciones, fechas y datos. Algunos eran ilegibles y antiguos; otros, al ojo del buen investigador, eran claramente más recientes. Volvió a su sillón a pensar.

Oskar Klein, el hombre que él había conocido como Arthur Dunn, había desaparecido porque había encontrado algo y ya no le necesitaba. Porque sabía dónde encontrar a Daisy. Los días anteriores a su desaparición había ido a varios orfanatos. Debía hacer lo mismo.

Volvió sobre el plano. Detectó una línea de tren señalada, repasada por encima a lápiz. La siguió con el dedo leyendo las diferentes estaciones. A partir de la desconocida High Glenmore, la marca desaparecía. Desde esa estación hasta Londres, abarcando casi el ancho de la isla, había varios puntos marcados. La mayoría eran casas de campo. «Claro —se dijo John—, Dunn busca al niño en una de las mansiones a las que han sido evacuados los colegios». No se preguntó por qué habría delimitado aquella zona en concreto: si Dunn buscaba allí, él también debía hacerlo. Le llevaba ventaja, pero estaba decidido a recortársela. Había tres millones y medio de niños evacuados al campo, pero John limitaría la búsqueda a lo que indicaba el plano del agente alemán: los condados del sureste de Inglaterra. Y solo revisaría colegios evacuados que acogieran entre sus alumnos a niños de seis años. En paralelo, destinaría a un agente a revisar los orfanatos de Londres igual que había hecho Dunn para cerciorarse de que iban por el buen camino.

Una duda asaltó su mente: ¿Y si el espía ya había encontrado a sus objetivos? ¿Y si Daisy y su hijo habían sido capturados? Le costaba creer que estuvieran en Londres, pues llevaban meses buscándolos sobre todo allí, pero nada era imposible y la ciudad no era un mal sitio para desaparecer. No se habían decidido a buscar al niño fuera de la ciudad porque requería de un tiempo que nadie estaba dispuesto a perder en aquella misión. Un tiempo que ningún superior le habría autorizado a dedicarle. Pero los descubrimientos en casa de Oskar Klein lo cambiaban todo. Por un lado se confirmaba que aquella era una operación importante; por otro, les ponía sobre la pista de un espía infiltrado, con el que habían trabajado codo con codo. Además, el mismo espía les había acotado el territorio a investigar. Había que encontrar a Oskar y, al hacerlo, encontrarían a Daisy..., o viceversa. Necesitaba ayuda.

Era tarde y Londres se ocultaba bajo el manto de negrura con el que la población la cubría cada noche, cuando John Osbourne salió de su casa en dirección al 54 de Broadway. El MI6 no dormía nunca y debía informar de todo lo que había averiguado.

Ojalá no fuera demasiado tarde.

Su reputación en el departamento de inteligencia seguía mellada, y, como siempre, su superior se tomó un rato, primero para recibirlo, y luego, una vez lo tuvo en frente, para dedicarle su atención. Pero aquella vez John tenía una historia lo suficientemente bien armada como para que lo tomaran en serio, y poco a poco la cara del teniente Higgins mudó de la indiferencia al interés y del aburrimiento a la preocupación. En un momento en el que todos miraban al cielo con miedo y muchos esperaban un desembarco en las grandes islas británicas (varias de las pequeñas ya habían sido invadidas), los espías alemanes que atrapaban constituían a menudo la fuente de información más valiosa sobre los planes de Hitler. John debía localizar al hombre que los había engañado a todos bajo el nombre de Arthur Dunn y, ahora sí, a la señorita García.

Consiguió ser él a quien encargaran la investigación en los colegios evacuados y los pueblos que separaban Londres de High Glenmore. Mientras, otro inspector a su cargo seguiría los pasos del espía infiltrado por todos los orfanatos de Londres. El círculo se cerraba.

Los días siguientes averiguó cuál había sido el destino de cada una de las grandes mansiones enclavadas entre High Glenmore y Londres. Había muchísimas casas, la mayoría magníficas, tantas que parecía imposible que aquella sociedad con pinceladas casi feudales sobreviviera a la época que sobrevendría tras la guerra. En una libreta escribió los nombres de las que parecían más probables, mansiones enormes y bien mantenidas. Investigó para qué estaban siendo usadas:

Audley End acogía a la sección de Operaciones Especiales de las fuerzas armadas polacas. Wimpole Hall, un hospital militar. Lo que se hacía en Woburn Abbey era alto secreto y no pudo averiguarlo, pero no acogía a niños, al contrario que Blenheim Palace, que, además de a algunos departamentos del MI5, hospedaba a los cuatrocientos evacuados del Malvern College. Subrayó aquel nombre y planificó la primera visita. Boughton House y muchas otras casas se utilizaban para albergar a prisioneros de guerra; Cottesbrooke, como hospital. Casi todas las mansiones de la zona estaban implicadas en el esfuerzo de guerra.

Apuntó cinco casas más. Una era actualmente un hospicio. Cuatro de ellas eran colegios. Entre ellas, en el último lugar de la lista, señaló una casa de la que no había oído hablar: Glenmore Hall.

Al día siguiente condujo hasta Blenheim Palace, el ancestral palacio de campo de los duques de Marlborough, donde había nacido Winston Churchill. Todo el mundo conocía o había oído hablar de Blenheim, pues era una de las más impresionantes mansiones de Europa, continente poco dado a dar la denominación de palacio a edificios que no ocupasen familias reales. Pero a aquel lugar no le hacía falta ningún personaje ilustre (aunque lo tenía) para ganarse un sitio entre las más opulentas construcciones del país. Su magnificencia era imposible de pasar por alto. En medio de un paisaje de praderas verdes, árboles centenarios, ríos, arroyos y un enorme lago, la casa, con sus paredes de piedra arenisca dorada, parecía brillar incluso en un día tan triste y gris como el que acaecía.

John enfiló la avenida que acababa en el mismo centro de la fachada, con frontis palladiano y columnas monumentales. Todo era de dimensiones descomunales, y él, que como muchos ingleses había visto casas espectaculares, pensó que en aquella sería complicado no sentirse apabullado y llevar a cabo una auténtica vida familiar. En el punto más alto de la construcción una esfera dorada brillaba como el sol.

La mansión era tan grande que su coche parecía encoger mientras se acercaba y, una vez hubo aparcado, tardó varios minutos en rodearla hasta llegar a la zona a donde se dirigía. Blenheim había sido requisado al principio de la guerra y el décimo duque de Marlborough había ayudado en todo para que se adaptara la propiedad a la nueva situación. El MI5 ocupaba un ala, pero era el colegio lo que daba una actividad inusual al conjunto.

El aire ya estaba impregnado de la humedad, el olor y la brisa que preceden a toda tormenta, pero, aunque el cielo plagado de nubes negras parecía presto para descargar, la lluvia no había empezado. Varios grupos de niños jugaban en el extenso jardín que encontró al otro lado de la casa. Muchos rondarían los seis, justo la edad del que buscaba. Su superior había avisado de su llegada y uno de los agentes destinados a la sección del MI5 que ocupaba el palacio se encargó de recibirlo. Tendría su misma edad, pero, de entrada, no hubo complicidad entre ellos. Tan solo la eficaz ayuda que John Osbourne necesitaba.

—Desde aquí llevamos el seguimiento de los bombardeos de la Luftwaffe sobre el país —explicó brevemente—; así que, desgraciadamente, estamos muy atareados. En cualquier caso, siempre hay tiempo para los colegas y he recibido instrucciones muy precisas sobre lo que necesita. Ha sido muy fácil, la verdad. He revisado los listados de niños. Hay treinta y cuatro Patricks. Veintitrés tienen entre cinco y ocho años. Ninguno se apellida García, pero tenemos varios Smith, dos Taylor, cinco Brown, cinco Jones... Puedo llamarlos a todos para que los vea —informó el teniente Colliers.

—Llegado el caso, preferiría verlos en las clases; a esas edades todos parecen similares...

—Son exactamente iguales por lo que a mí respecta. Y van uniformados, lo que tampoco ayuda.

—Lo que necesito es revisar la información que tengan sobre los niños. Supongo que en algún lugar se detallará quiénes son sus padres, dónde viven, etcétera. Busco a hijos de madres solteras o viudas.

—Hay un listado en el que se detalla todo eso. Nos lo facilitó el señor Woolbridge, el director del colegio, en cuanto se lo pedimos. Es un buen colegio, para niños de clase acomodada, provenientes de familias sin dificultades económicas.

John pensó que aquello no era una buena noticia. Daisy García era de origen sencillo y su mejor época en lo económico había estado ligada a su trabajo como señorita de compañía de Unity Headland. No encajaba en aquel colegio, pese a lo que pidió ver los registros. El teniente captó su mirada dubitativa.

—No le llevará demasiado tiempo revisar la información. Si busca al hijo de seis años de una madre soltera o viuda, no debería encontrar muchas posibilidades. Puede empezar con los Patricks que hemos encontrado; no son García, pero, si no tienen padre, quizá sea alguno de ellos, aunque se haya inscrito con otro apellido.

—Seguro que no se ha inscrito con su apellido real.

—Quizá también lo haya hecho con otro nombre.

—Sí, es posible —respondió John.

—¿Tiene una foto?

—La tengo —mintió John. Demasiados errores lo habían vuelto desconfiado y no quería dar la sensación de estar buscando una aguja en un pajar, aunque fuera exactamente lo que hacía. Seguía guardando el recorte del *The Times* con la foto de Unity Headland y su objetivo, la joven Daisy García, pero no tenía ninguna foto de su hijo.

—Bueno, si me acompaña, le enseñaré lo que tenemos.

Entraron en el palacio y recorrieron los pasillos de la planta inferior, con habitaciones que se abrían a salones plagados de mesas y despachos donde el MI5 trabajaba. A partir del gran *hall* de entrada, se habían instalado las aulas del Malvern College. Los alumnos, con pantalón crudo, chaqueta azul y corbata, eran la viva imagen de la élite estudiantil, y John enseguida supo que sería difícil que Patrick García estuviera allí. Pese a todo, entró al pequeño despacho con paredes paneladas en madera oscura y vistas al jardín para revisar las listas.

Ningún Patrick encajaba. Todos tenían el nombre de padre y madre anotados en una ficha que también especificaba dirección en alguna calle de Mayfair, Chelsea, Belgravia... Ninguno de los sitios que Daisy hubiera habitado siendo madre. Junto a algunos de los nombres de los padres había una cruz que indicaba que habían fallecido.

Había treinta y dos viudas anteriores a la guerra con hijos de seis años, así que estudió detenidamente las fichas de cada uno de sus hijos. Por una razón u otra, descartó a todos los alumnos. No, estaba casi seguro de que Daisy y su hijo no estaban allí. Era una pena, especialmente porque con Dunn —«no, demonios, con Oskar Klein», dijo para sí— al acecho, pocos sitios habrían sido más seguros para la señorita García que Blenheim, donde el colegio convivía con la inteligencia militar. Dejó los papeles sobre la mesa y se reclinó desanimado, convencido de la inutilidad del viaje, de que el tiempo apremiaba y de que era dificilísimo encontrar al niño entre los cientos de casas que podían acogerlo. Edificaba su investigación sobre pobres cimientos, suposiciones vanas y pistas que podían no tener ninguna importancia. Sí, el espía alemán Oskar Klein había señalado un trayecto de tren y había marcado una zona en un plano de Inglaterra. Pero ¿tendría alguna importancia para el caso? El teniente Colliers interrumpió sus divagaciones.

—Nada, ¿eh? —le dijo abandonando por primera vez su rígida frialdad.

—No, nada —replicó John mientras giraba sobre su silla para encararse con la ventana.

—Por lo menos ha conocido Blenheim. Es magnífico, ¿no cree?

—Magnífico, sin duda.

—Si tiene tiempo, puedo mostrarle el jardín. —John se sorprendió de la afabilidad de su compañero, pero dudó—. Hoy no avanzará más en sus pesquisas, agente Osbourne. Aproveche la visita —dijo decidido su anfitrión mientras abría la puerta del despacho y lo invitaba a acompañarlo.

Anduvieron por los pasillos de mármol del palacio y salieron por una de las alas laterales, que se abría a una extensa terraza llena de fuentes con enormes surtidores que se elevaban hacia el cielo encapotado.

—La llaman «la terraza del agua». No hace falta que le diga por qué.

—No, desde luego. —La bruma formada por los surtidores le mojaba la cara.

—Los niños no vienen mucho por esta zona. Especialmente si está la familia, intentamos ser los menos posibles. No queremos abusar demasiado de su generosidad. Los Marlborough están hoy por aquí. Han venido a pasar unas semanas, según creo.

—Entonces quizá deberíamos...

—Oh, no, no... —le interrumpió el teniente—. Mis padres son buenos amigos de los duques. Conozco la casa desde niño y tengo una excelente relación con ellos. Puede estar tranquilo.

Pasearon por la enorme terraza hasta el extremo y desde allí accedieron a un pequeño bosquecillo que crecía entre la casa y las tranquilas aguas del gran lago de la propiedad. A poca distancia se veía un pequeño templete neoclásico.

—El templo de Diana. Dicen que Churchill le pidió la mano a su mujer ahí.

Se acercaron un poco más. Junto al templo, sentadas en sillones de mimbre, había cuatro personas. A un lado, dos lacayos esperaban atentos para atenderlos. John se detuvo en seco.

—Quizá no deberíamos...

—No se preocupe. Conocerá a los duques. Será solo un momento, estarán encantados.

El grupo se dio cuenta de su presencia cuando estaban a pocos metros. El teniente Colliers se adelantó.

—Excelencia, este es el teniente Osbourne del MI6.

El duque se puso de pie. Su aspecto era el de exactamente lo que era, un duque, con traje de excelente paño, piel rosada, cuerpo bien alimentado y peinado con raya al lado. Era el décimo duque de Marlborough y llevaba, como el primer duque y el que le sucedería, el nombre de John. Le sonrió y le tendió la mano con energía.

—Encantado, joven. Siempre es un orgullo conocer a miembros de nuestro ejército. Inglaterra, Gran Bretaña; todo el imperio está pendiente y reza por ustedes.

—Se lo agradezco mucho, excelencia —respondió Osbourne.

—Le presento a mi mujer, lady Alexandra. Junto a ella están nuestras queridas amigas lady Maud Epson y lady Sarah Cadogan, prima de mi mujer.

Las tres mujeres, ataviadas con grandes pamelas y vestidas elegantemente, asintieron con la cabeza, sin levantarse, desde donde estaban.

—Entiendo que el teniente Osbourne se quedará con nosotros una temporada —preguntó el duque—. Lamento de veras no poder ofrecerles mejor alojamiento. Esta casa no es tan grande como parece cuando uno pretende acoger a tanta gente bajo su techo.

—Oh, no, no, milord —intervino Colliers—. El teniente solo ha venido por un asunto relacionado con los niños. Pero volverá a Londres hoy.

—No me extraña lo más mínimo —intervino una de las mujeres—, nuestras casas se han convertido en lugares de los que huir —remató provocando la hilaridad de las otras dos damas. El duque las miró sonriente unos segundos.

—Lady Maud también ha abierto las puertas de su casa a un colegio —explicó.

—Nada que ver con el vuestro —intervino la aludida—. Preferiría un millón de veces tener a estos cuatrocientos niños bien educados que a mis doscientos niños del East End. Son incontrolables.

El Malvern College tiene otro tipo de alumnos. Visto lo visto, puede decirse que has tenido mucha suerte —insistió lady Maud.

Sus palabras despertaron de inmediato el interés de Osbourne.

—¿Dónde está su casa, si me permite la pregunta?

Lady Maud lo miró unos segundos de arriba abajo, analizándolo antes de contestar.

—Oh, no está lejos de aquí. A ochenta millas a lo sumo. Pero no le puedo indicar ninguna población de importancia cerca. La realidad es que está en medio de la nada, pero es un lugar agradable. Nada que ver con donde estamos, por supuesto, pero le tenemos cariño, igual que el vaquero a su granja y el molinero a su molino.

—Glenmore es una propiedad maravillosa —intervino lady Alexandra—, un remanso de paz en el condado de Cambridge. Diferente a Blenheim, por supuesto, pero acogedor y entrañable. Cuando todo esto acabe, debería visitarlo algún día, teniente...

—Osbourne —completó John realmente excitado—. ¿Y dice que tiene niños allí?

—Sí. Doscientos —exageró lady Maud—. Mi nuera me dijo que eran de un colegio de Belgravia, pero no tardé en averiguar que eran del Saint Clarence, una institución de muy poco nivel. Hay niños..., que ni siquiera los profesores saben de dónde proceden.

El interés de John era ya difícil de disimular.

—Me gustaría mucho visitarlos. El ejército me ha encomendado una misión en la que creo que me pueden ser de gran ayuda. ¿Quizá pueda acercarme esta semana?

—La última vez que el ejército se presentó en Glenmore fue con una agenda oculta, teniente —replicó lady Maud con severidad—. Nuestra vida se ha visto trastocada a traición cuando menos lo esperábamos.

—¿Su vida? —preguntó Osbourne.

—Sí. La de unos pobres campesinos sin importancia —suspiró, convencida de lo que decía—: eso es mi familia a la postre. Los niños llegaron a casa sin que nadie lo esperara y, por lo visto, como mal menor respecto a lo que ustedes, el ejército, habían planificado. Me sentí traicionada, esa es la verdad. Nadie nos había informado de nada, pero estábamos en la lista de propiedades a requisar... Y ya le he dicho que Glenmore no es como Blenheim. Allí hay siete veces menos espacio. Es por eso por lo que se me ponen los pelos de punta solo de pensar en las nuevas sorpresas que una visita de ustedes puede acarrearnos.

—En cualquier caso, querida Maud —intervino el duque—, en tiempos de guerra uno no puede negarle nada a los encargados de defender el imperio.

—No, no —respondió ella—, por supuesto que no. Es solo que no entiendo por qué el teniente se dirige a mí con rodeos, cuando mi opinión realmente no tiene importancia y la decisión está tomada. —Miró a los ojos a John—. Teniente Osbourne, ya sabe que no hay ninguna puerta cerrada a ustedes..., así que vaya a Glenmore Hall cuando estime. No sé por qué pregunta algo que ya está decidido. Yo vuelvo en un par de días, sin duda podré recibirlo.

John se acercó un poco y le regaló una sonrisa amable a la dama.

—Lady Maud, aunque, efectivamente, tanto usted como yo estemos a las órdenes del ejército, los cordiales merecen ser tratados con cordialidad, y usted lo ha sido conmigo. —Calló unos segundos hasta que su interlocutora forzó una sonrisa de vuelta—. Me acercaré a su finca en dos días, cuando usted esté allí —concluyó.

Lady Maud deseó haber estado callada. Se acababa de cargar con un trabajo y una visita que no deseaba.

Al día siguiente, ya en Londres, John Osbourne recibió una nueva información. En uno de los orfanatos Barnardo's habían estado esperando la llegada de un niño llamado Patrick que nunca se había producido. Tenía seis años y el telegrama anunciando su llegada procedía de la oficina de Correos de Little Epson, un pueblo sin importancia del condado de Cambridge. Tras llamar a la oficina, les informaron de que el telegrama lo había mandado un tal señor Wigum, director del colegio evacuado a la cercana Glenmore Hall, la casa solariega de los barones de Epson.

Por primera vez, John pensó que estaba haciendo un buen trabajo. En dos días averiguaría cómo de bueno.

15
Una comida con Harrison

El alférez Harrison era ya capaz de recorrer la distancia entre la casa del molinero y Glenmore Hall sin ayuda, y su presencia se había vuelto familiar para todos los que trabajaban y habitaban la finca, que lo saludaban cordialmente al verlo pasar y se habían acostumbrado a nombrarse para que el ciego supiera quién era el que se dirigía a él. Nadie sabía cuánto tiempo permanecería en la finca y a nadie parecía importarle, pues tan solo era una boca más que alimentar y el espacio que ocupaba estaba vacío desde que el molinero había acudido a la llamada del ejército. Lady Epson estimaba que estaría allí hasta el fin de la guerra, o como poco hasta que el año acabara y las vendas que aún cubrían parte de su cara ya no fueran necesarias. No había prisa, las heridas debían sanar.

La comidilla de la finca era, por supuesto, la naturaleza de su relación con Daisy, por la que a menudo le preguntaban a la española. Daisy no sabía qué contestar. Sus relaciones sentimentales habían sido prácticamente nulas, pues había alternado con pocos chicos y ninguno la había besado de verdad. La relación que había desencadenado el nacimiento de su hijo no había tenido nada de sentimental, ni siquiera de pasional, al menos en su caso. Que de quella pesadilla pudiera salir algo tan bello le devolvía la esperanza en el mundo y en la naturaleza. Bendito Pat.

Recordaba constantemente el pícnic con Harrison y cómo la había tocado. Nadie la había tocado antes así, aunque, claro, ninguno de sus pretendientes era ciego. El momento había tenido algo de sensual, algo realmente físico difícil de interpretar. Quizá Harrison hiciera eso con todos sus amigos, y no cabía duda de que ella lo era. Le apenó pensar que unos gestos que podían haber sido completamente inocentes dieran tanto margen a la malinterpretación.

Se seguían viendo casi a diario y conversaban siempre que podían, pero, como un paraguas, aquella secuencia en el campo cubría imperceptiblemente su relación. Daisy necesitaba saber qué era lo que había pasado, saber cómo estaban las cosas entre ellos, para poder decidir si sincerarse o no con él. Harta de sus dudas, se acercó a la señora Gold para ver si ella podía aclararle las cosas.

Le explicó todo con detalle y el ama de llaves la escuchó palabra por palabra, en silencio, sonriendo a veces ante la inocencia de la joven. Daisy pensó que quizá la señora Gold la amonestaría por su descaro, pero, en cambio, cuando hubo acabado, le dijo:

—Daisy, esto es lo más entretenido que he oído en tiempo. Deberías escribirlo.

—No es entretenido, es misterioso, intrigante. No sé lo que es —dijo ella muy en serio.

—Querida, te haré una sola pregunta: ¿qué sientes tú? Luego hablaremos del alférez. De momento, hagámoslo de ti. ¿Qué sientes?

—No lo sé —dijo ella.

—Entonces está todo dicho. Cuando tienes miedo, ¿lo sabes?

—Claro.

—Cuando sientes pena, ¿lo sabes?

—Sin duda.

—¿Y cuándo sientes odio?

—Intento no...

—Cuando sientes odio, ¿lo sabes o no?

—Sí, claro, claro que lo sé.

—Pues escúchame bien, querida. No hay nadie que no sepa cuándo ama a una persona. No existe alguien así sobre la faz de la tierra. Cuando se ama, se sabe. Es un sentimiento tan primario, tan fuerte, tan intenso, tan avasallador... que no hay duda alguna. Tú no amas a ese hombre. No como se ama a un novio.

—Me entiendo muy bien con él.

—Y conmigo, y con mucha gente. Te entenderías bien con cualquiera que quisiera entenderse contigo. Eres buena, simpática y capaz de relacionarte con todos. Con lady Epson, o con Dan, el mozo de cuadra. Tienes ese don y es lo más bonito que cualquiera puede tener. Pero no amas a Harrison, no como se debe amar a una pareja.

—Parece convencida.

—Eso es porque lo he sentido. Porque lo he vivido. Cuando el difunto señor Gold apareció en mi vida, supe enseguida que lo amaba. No creo en el amor a primera vista, pero sí que hay personas hechas para uno. Seguramente más de una, pero si después de tantos días paseando y dejándote acariciar...

—Yo no me dejé aca...

—Es broma. —Rio—. Si después de tantos días dudas de si lo amas, no le des más vueltas. Quizá dentro de ti te gustaría amarlo, pero las cosas no van así. Es algo que no se puede decidir. Simplemente..., ¡surge! —dijo dando una palmada—. Fíjate si es fuerte el verdadero amor que gana siempre a la voluntad. —Daisy se quedó algo apesadumbrada—. Sé que no es lo que querías oír —le dijo la señora Gold poniéndole la mano en el hombro y sonriéndole—. Es lo que ya sabías. Siento no haberte podido convencer de una mentira. No es mi estilo.

—Se lo agradezco.

—En cualquier caso, creo que la señora ha invitado al alférez a comer. Tendrás la oportunidad de verlo ahora mismo, porque estamos cojos de lacayos y te tocará servir.

—Pero...

—Tener a una doncella sirviendo el comedor me duele más a mí que a ti. Pero ve a por el uniforme. No te queda otra.

Mientras, el alférez acudía, solo y lentamente, al almuerzo al que la señora de la casa le había invitado aquel soleado día.

Había llovido toda la noche y el aire y el entorno estaban limpios y brillantes como si hubieran sido barnizados. En las plantas y las flores, los insectos se afanaban en su trabajo y los caracoles paseaban por las hojas alimentándose. El ganado que pastaba en diferentes puntos, sobre todo ovino, parecía rumiar con más brío, y la finca ofrecía, un día más, el aspecto de un paraíso en equilibrio.

Harrison notó en su bastón el tacto de la grava que ocupaba la explanada delantera de la casa y con decisión y en línea recta lo siguió hasta que topó con el primer escalón de los tres que precedían a la puerta de entrada. Al llegar, solo hizo falta tocar una vez para que Stuke le diera la bienvenida y lo acompañara hasta el salón malva, donde lo esperaba lady Lucy Epson. Parecía más relajada que habitualmente y, por una vez, con tiempo para hablar con él, lo cual Harrison agradeció.

—Alférez, qué alegría es poder compartir una mañana con usted. No sabe lo que lamento no haber podido hacerlo hasta ahora, pero..., bueno, ya sabe que el trabajo aquí no cesa —dijo la baronesa, cordial.

—No tiene que disculparse, lady Epson. Comprendo su trabajo, es más, me parece admirable. Pocas serían capaces de tanto como usted.

—Supongo que a veces no hace falta que uno se pregunte tanto lo que es capaz de hacer preparándose retos y marcándose objetivos. La vida los pone frente a nosotros, y es ella la que descubre aptitudes y defectos que desconocemos. Los buenos y los malos. Esta época... —Reflexionó unos segundos—. Creo que todos acabaremos por saber más sobre los demás, pero, sobre todo, sobre nosotros mismos.

—Tiene razón. Además, permítame que le diga que admiro su manera de sobrellevar la muerte de lord Epson —opinó el alférez.

—Ya, se lo agradezco, pero no es nada extraordinario. No he sido la primera ni seré la última viuda que deje esta guerra..., pero sí, pienso mucho en él, en Louis. Me apena que su vida haya acabado tan pronto, pero sobre todo me molesta no haber sido mejor con él. Haber esperado. Haber aplazado planes y demorado palabras. Deberíamos vivir siempre pensando que nos quedan cinco minutos. Prever es bueno, pero a menudo posponemos cosas para las que luego ya no hay tiempo.

—Su marido sabía que lo quería mucho, que pensaba en él. Hablamos a menudo de usted en el frente africano.

—Sé que lo sabía, pero debí habérselo dicho. Es curioso. Nos educan para querer, pero no para expresarlo con palabras. Esa contención... A menudo nos cuesta mucho menos decir «te odio» que «te quiero». No tiene ningún sentido. ¿Por qué nos ruborizamos al expresar buenos sentimientos y en cambio no lo hacemos con los malos? A algunos nos es más fácil querer que decir «te quiero». —Lucy Epson se había quedado mirando al jardín por la ventana, olvidando mientras hablaba que lo hacía con un desconocido. De pronto se recompuso y se dio la vuelta para mirar de nuevo al alférez—. En fin, no le quiero aburrir.

—No lo hace.

—¿Tiene usted familia? —preguntó ella.

—No, en realidad no. Tuve una novia, pero lo dejamos antes de que me destinaran al frente. Supongo que ambos quisimos evitar lo que usted está pasando.

—Ah, pero eso es un error, amigo mío. No hay ganancia sin riesgo —le dijo sonriendo mientras apuntaba al cielo.

—Lo sé. Probablemente nuestra relación no fuera tan importante; lo cierto es que no lo sé. No pienso mucho en ella.

—¿Qué tal la casita del molinero? ¿Está cómodo allí? —dijo Lucy cambiando de tema.

—Es más de lo que podría haber soñado nunca. Esa casita es perfecta para mí. Si no fuera por mi ceguera, me postularía al puesto de molinero.

—Es una casa muy coqueta, pero ruidosa.

—No me importa el ruido. Se ha convertido en la banda sonora de mis pensamientos. La rueda girando incansable, el arroyo creciendo y decreciendo, haciéndola moverse más o menos rápido, los patos descansando en la otra orilla. La casita no tiene ningún inconveniente y Daisy está siendo muy amable.

—Le lleva la comida.

—Sí. Cada mañana, antes de acompañarme a Glenmore Hall.

—Creo que se han hecho buenos amigos.

—Sí, mucho. Es una chica muy agradable, lo pasamos bien juntos.

—Eso es importante —dijo Lucy agradeciendo que el alférez no viera la sonrisa pícara que se había dibujado en su cara.

—Están siendo muy generosos conmigo. No lo olvidaré.

—No tiene que agradecernos nada. Usted es un herido de guerra. Ha luchado por nuestro país. Es más lo que le debemos nosotros a usted... y, en lo personal, siempre le agradeceré que me informara en persona de la muerte de mi marido.

—Nadie debería recibir noticias así por carta —apuntó Harrison.

—Es cierto, pero a menudo lo fácil y lo práctico están reñidos con lo caritativo y lo amable. Se tiene más cuidado en no dañar la piel que en no romper el corazón. En fin. —Lucy suspiró.

En ese momento se abrió la puerta y Stuke anunció que la comida ya estaba lista en el comedor. Lucy se acercó al alférez y lo cogió del brazo, aunque por alguna razón el hombre parecía conocer la casa mejor que ella misma, incluso sin verla.

Utilizaban el comedor pequeño, que no era realmente pequeño, pero sí mucho menor que el principal, que se usaba como aula de Biología y en el que lady Maud había visto diseccionar una rana sobre la mesa en la que había comido en centenares de ocasiones. La mesa a la que se sentarían aquel día era una pieza ovalada para no más de diez comensales, de madera de caoba oscura, suave y brillante, sobre la que habían colocado dos servicios de porcelana de Meissen con dibujos azulados. Stuke separó la silla de lady Lucy y Harrison se sentó frente a ella. Luego el mayordomo se puso junto a la consola de las bebidas y sirvió el vino. Enseguida la puerta se abrió y Daisy entró portando una bandeja con el primer plato.

Frente a otro comensal, Lucy se habría disculpado. Las mujeres no servían la mesa en casas como aquella, igual que los lacayos no acompañaban a las hijas de los lores, pero, en plena guerra, la carestía de hombres en la plantilla de Glenmore era notable y algunas labores se habían tenido que dejar en manos inesperadas. Las de Daisy estaban entre las más válidas de todo el servicio. El alférez no se percató de su presencia hasta que los pasos silenciosos de ella se acercaron a la mesa con el primer plato, una sopa que le sirvieron a la anfitriona antes que a él. La cara de Harrison se alzó unos segundos en dirección a Daisy, como si pudiese olerla o percibirla de alguna manera. No era la primera vez que los que habían coincidido con él tenían la impresión de que los sentidos que le quedaban al alférez, una vez perdida la vista, se habían desarrollado para llenar el hueco que esta había dejado.

Lucy intervino.

—Daisy, olvidé decirte que hoy tenemos a nuestro amigo comiendo con nosotros.

—El alférez siempre es una buena compañía, milady —respondió ella.

—¿Qué tal está hoy, amiga? —le dijo el alférez.

—Muy bien, alférez. Muy feliz de estar aquí —contestó ella con cordialidad, pero contenida.

Lucy decidió hacer las cosas más fáciles.

—Hábleme de la zona de África donde estaban —pidió.

—No quiero entristecerla —replicó él tras unos segundos en los que parecía haber desconectado del encuentro.

—No lo hace. Necesito saber más. El conocimiento me da paz, es la ignorancia lo que me crea desazón —afirmó Lucy.

—Es una zona yerma, realmente un desierto rocoso, en el que no crece nada. Los pueblos parecen agazapados entre la inmensidad, resguardados tras cualquier accidente geográfico que los proteja un poco de las tormentas de arena y de los vientos. De día el calor es insufrible y de noche el frío es sorprendente, pero al cabo del tiempo todos aprenden a sobrellevarlo. Las noches son preciosas. El cielo se llena de estrellas, más que en ningún otro lugar que haya conocido.

—Es bonito pensar que Louis descansa bajo ellas.

Se hizo el silencio unos segundos.

—En realidad, hay muy poco que ver en los alrededores —siguió el alférez—. No hay árboles, ni monumentos, ni grandes ciudades. Sidi Barrani es la localidad más importante, pero no tiene demasiado interés. Sus tranvías van de un lado a otro, cargados de caras tristes, haciendo que uno se pregunte qué hace allí.

—Cuénteme sobre los últimos días de mi marido.

—Hablaba mucho de usted y de su hijo. Decía que le reconfortaba pensar que, pasara lo que pasara, usted seguiría adelante, que no se detendría. También nombraba a lady Maud. Supongo que todos pensamos en nuestras madres en la guerra, cuando buscamos cierta protección, no importa la edad. Por supuesto, Glenmore ocupaba frecuentemente sus pensamientos. Me describió sus jardines, el hogar que tienen ustedes aquí. Aun sin verlo, puedo imaginarlo bien gracias a lo que su marido me explicó. Los cedros centenarios, la rosaleda, el lago, el enorme campo de patatas del jardín amurallado...

Lucy dejó de manejar los cubiertos unos segundos. Miró a Harrison, que seguía hablando y mirando hacia la nada. Tras él, pegada a la pared, junto a la comida que estaba por servir, Daisy cruzó la mirada con ella.

La comida duró poco más de una hora y, tras ella, más extrañada que reconfortada, Lucy se retiró a su habitación y el alférez volvió lentamente a la casita del molinero. De pie, frente a la ventana del primer piso, lo vio recorrer la explanada de la casa moviendo su bastón de ciego de un lado a otro, llegar al sendero que llevaba a su vivienda y certeramente encararlo sin tropezar apenas un par de veces. Cuando el bosque lo ocultó, se levantó y llamó a su doncella, a la que pidió que fuera en busca de Daisy. La española tardó pocos minutos en presentarse, cerrar la puerta tras ella y acercarse un poco.

—Daisy, ¿has escuchado la conversación?

No tenía ningún sentido que lo negara.

—Sí.

—¿Y?

—No es posible que lord Epson conociera el campo de patatas. Lo plantamos poco antes de que el alférez Harrison llegara a Glenmore. Cuando ha dicho que habló con su marido sobre el campo, mentía o se confundía.

—Eso he pensado yo, querida, me he quedado muy extrañada.

—Puede haberse confundido. Puede que lord Epson hablara del jardín y que el alférez haya añadido cosas que él no le dijo para alargar la conversación.

—Lo cierto es que parece un hombre encantador, y me alegro de que le guste tanto la casita, que esté bien allí. Pero... —Lucy cambió el gesto al recordar algo—. Los patos —dijo.

—¿Los patos? —replicó Daisy.

Lucy se llevó la mano a la frente mientras ordenaba sus pensamientos.

—Antes de que llegaras, en el salón malva, dijo que los patos dormían en la otra orilla del río, frente a la casita del molinero. Ese hombre no...

—No puede haberlos visto. Es ciego —la interrumpió Daisy.

—Dios mío, Daisy, ¿a quién tenemos aquí? ¿Quién es Harrison?

Daisy no supo qué decir. Como hacía siempre, intentó buscar la posibilidad menos mala.

—Los patos hacen ruido y el arroyo es estrecho. Quizá Stuke, o alguno de los que ocupan las casitas contiguas, lo comentara. Creo que no debemos alarmarnos más de la cuenta. Yo... lo he conocido un poco, parece un buen hombre. Ya sabe que paseamos frecuentemente. El alférez Harrison desprende bondad.

—Hay algo extraño. Algo que nos estamos perdiendo. Llegó tan... Me contó lo de Louis, le dije que se quedara aquí sin saber nada de él, sin ni siquiera preguntar. Necesito que intentes saber más de él. Hazlo, Daisy. Y cuéntame lo que averigües. Iré a Londres, tengo algún contacto en el ejército, preguntaré por él. Espero que ese hombre sea quien dice ser, que no nos haya engañado.

—No ha pensado en algo, milady.

—La escucho.

—Si no es quien dice ser, quizá sea todo mentira. Y quizá...

—Louis no haya muerto.

—Exacto. Empiece por allí. Si su marido sigue vivo, todo lo demás será mentira.

La cara de Lucy no se iluminó con aquella posibilidad. Había asimilado que su marido había muerto y su mente se defendió de lo contrario. Si creía que Louis no había muerto y luego le confirmaban la información que Harrison le había dado, la tristeza y el luto que poco a poco iba superando volverían a empezar y sería como si su marido hubiera muerto dos veces.

—Creo que nos estamos precipitando en nuestras conclusiones. Que estamos exagerando. Es absurdo. Si mi marido no ha muerto, si Harrison no es quien dice ser, ¿qué diantres busca en Glenmore?

Mientras Lucy parecía serenarse, Daisy sintió que un escalofrío le recorría la espalda. Si ese hombre no era quien decía ser, ella sabía *exactamente* lo que buscaba.

16
Mentiras en Bariloche

Clara y Félix proseguían su relación desigual embarcados en el Virgen de Luján, un barco de carga de poca elegancia y apenas sesenta metros, dos cubiertas, proa afilada y popa redondeada, propiedad de la naviera de la familia Zurita. La embarcación los trasladaba desde Buenos Aires por mar a la provincia de Río Negro, al sur, desde donde tenían previsto cruzar el país hasta la localidad de Ingeniero Jacobacci, situada en el centro. En ese punto se subirían al tren que los dejaría en San Carlos de Bariloche, su destino final. Para Clara el misterio se acentuaba con cada milla que se alejaban del Río de la Plata. ¿Qué era exactamente lo que hacía Félix Zurita en Argentina para los alemanes? Cuando no estaba ocupado en seducirla, su comportamiento era intrigante.

Pasada la provincia de Buenos Aires, a partir de la localidad de Monte Hermoso, el barco se acercó más a la costa y aminoró la marcha, de forma que todas las bahías y playas se mostraron ante sus ojos. No era una ruta común ni lógica. Costeaban en lugar de ir en línea recta, que habría sido lo más lógico dada la distancia que debían recorrer. Cuando ella le preguntó por aquello, Félix respondió con excusas vanas, dando a entender que quería que descubriera aquella costa maravillosa. Sin duda lo era, pero seguía sin tener sentido tal rodeo, y, cuando vio a su acompañante tomar fotos, observar los mapas con el capitán del Virgen de Luján y apuntar en su libreta con fruición, supo que debía hacerse con aquellas anotaciones si quería entender qué era lo que sucedía.

Así que planificó una trampa basada en dos cosas que había descubierto que a Félix, igual que a la mayoría de los hombres, le encantaban: el vino y las mujeres; el vino y el sexo, para la noche anterior a su llegada al puerto de San Antonio del Este, donde tenían previsto iniciar el viaje por tierra.

Durante el día pretendió que la idea había surgido de forma espontánea, al acercarse a Félix mientras él, nuevamente, observaba la costa con sus prismáticos.

—Bonito, ¿verdad? —le dijo al verla acercarse.

—Mucho. Increíble país. Pero supongo que tú también tienes ganas de pisar tierra de nuevo.

—Sí, sí, claro. Los viajes en barco acaban por resultar un poco monótonos.

—Un poco —confirmó ella—, pero tan solo queda una noche. —Miró al horizonte—. En unos días echaremos de menos esto.

—Seguramente —dijo él mirándola mientras ella bostezaba discretamente—. ¿Cansada? —preguntó.

—Un poco —respondió Clara—. Las noches aquí han sido increíbles y ayer fue la mejor de todas. Me quedé hasta tarde tumbada allí —dijo señalando una de las dos tumbonas de la cubierta—. El cielo parecía un cuadro. Deberíamos haber cenado en cubierta.

—Podemos hacerlo hoy si quieres. El barco...

—Es tuyo.

—De mi familia, sí. De la empresa familiar. De mucha gente en realidad, pero bueno, un poco mío también.

—Pues hagámoslo. Invítame a un restaurante bonito. A una cena bonita solo para dos en este barco tan...

—No. Ya sé que no es bonito —la interrumpió—. Es un barco de carga. Pero es solo para nosotros. Espero que estés cómoda en tu camarote.

—Lo estoy, mucho.

—Pues hoy vístete bien. Te prometo que cenarás en un buen restaurante. Uno privado y elegante.

Había sido *tan* fácil.

El sol se ponía aproado al Virgen de Luján cuando ambos asomaron a la cubierta. Félix se había puesto un esmoquin; Clara, un vestido de tirantes de satén azul hasta los tobillos que su madre le había censurado en varias ocasiones. La brisa del mar hacía que se pegara a su cuerpo marcando sus curvas, jóvenes y perfectas. A Félix le fue imposible no cambiar de expresión y repasarla de arriba abajo con la mirada. Habían dispuesto la cena en la popa, desde la que se veía el pequeño salón del barco, nada lujoso, pues no estaba pensado para pasajeros como ellos. La mesa, en cambio, sí era exquisita, con su mantel de hilo, cubiertos de plata y fina cristalería. En el centro a Clara le sorprendió ver flores. Parecía claro que Félix conseguía todo lo que quería.

«Casi todo», pensó ella.

Los dejaron solos. No hubo camareros más que para dejar la comida y que se sirvieran ellos mismos. También se ocuparon del vino. Ellos lo llevaban, pero Félix era quien lo consumía. Clara también, por supuesto, pero se notaba que él era un hombre de vida entregada al ocio. Los trabajadores de horario fijo siempre piensan en lo que vendrá después, en cómo se despertarán, en cómo afrontarán las labores pendientes. Los que, como Félix, trabajaban cuando querían, sin supervisión y sin verdadera necesidad, bebían más alegremente. Eso era él. Alegre. A Clara le resultaba imposible no pasarlo bien con Félix, no contagiarse de sus carcajadas, no reír con sus bromas, no prestar atención a las anécdotas. «No, no me gusta», se repitió.

El plan no era que Félix perdiera la consciencia en una borrachera, rara vez lo hacía, sino ponerle un poco de láudano en la copa para que se adormeciera y le echara la culpa al vino.

Al final de la cena ya había tomado tres copas de vino con el somnífero en su interior, pero en lugar de agotarlo, aquella sustancia parecía haberle excitado. Nada fuera del orden, nada de lo que sonrojarse demasiado, tan solo una punta de cariño, algunos roces intencionados, la cara y los ojos cada vez más cerca de ella. Clara supo que debía responder.

Estaban hablando de música, otra de las pasiones de Félix. Le hablaba de los Mills Brothers, un cuarteto de voces negras cuyo repertorio pasaba del *jazz* más animado al melódico. Félix recordaba uno de sus conciertos en Nueva York, lugar que Clara no conocía, pero del que él hablaba sin darse importancia. Empezó a tararear una canción del grupo, cerrando los ojos como si la estuviera escuchando, sonriendo mientras elevaba la cara hacia el cielo, extasiado, moviendo rítmicamente las manos. Se levantó sin abandonar la emoción y la cogió de las manos para que lo acompañara. Luego se aproximó a ella y, aún tarareando, la agarró de la cintura para llevarla bailando de babor a estribor y de estribor a babor. Clara reía, lo miraba a la cara y tarareaba con él cuando las estrofas empezaban a serle familiares por la repetición. De pronto callaba y paraba de bailar. La miraba unos segundos y volvía a tararear, deslizándose por la madera con soltura, llevándola de tal forma que Clara sentía que eran la pareja de baile perfecta. No tenían tocadiscos, pero no les faltaba nada. En una de las paradas, él la besó. Rápido, con naturalidad, como si ambos lo esperasen y ninguno le diera importancia. Luego volvió a bailar, pero Clara, en sus brazos, supo que no sería el último beso.

No lo fue.

Tras el postre, ambos estaban ya algo ebrios, y él, al que el láudano aún no le había hecho efecto, la llevó a su habitación, donde se besaron de otra forma. Clara sabía que el plan no estaba funcionando. Intentaba centrarse, pero era difícil mientras él acariciaba su espalda y la besaba como nunca nadie la había besado. Conseguía que sintiera la intensidad del momento sin sentir que el tiempo se acababa, sin la urgencia con la que sus anteriores (muy pocos) amantes la habían tratado. Félix la manejaba con el mismo ritmo con el que habían bailado, disfrutando de cada momento, mirándola a los ojos divertido.

Sus ojos. Los vio parpadear más despacio. La cogió de la cintura para acercarla más a él y llevarla a la cama. En el borde, cuando la iba a ayudar a sentarse junto a él, Félix se venció de espaldas sobre la cama. Ella apoyó la cabeza en su pecho. Oyó latir su corazón y notó que su respiración bajaba de frecuencia, cómo se relajaba mientras con una mano le acariciaba la melena. Sus dedos dejaron de moverse. Se quedó dormido.

Clara se levantó y lo miró. Parecía más joven de lo que era en realidad, profundamente dormido con una sonrisa en la cara. Le caía bien. Muy bien, aunque intentara que esa simpatía no la hiciera desviarse de sus planes. Esperó unos segundos mirándolo, asegurándose de que no se despertaba. Luego se dio la vuelta y rebuscó en el pequeño escritorio. No le costó encontrar la libreta que Félix llevaba siempre encima. Fotografió cada hoja con la pequeña cámara que guardaba en su bolso de mano y, al hacerlo, observó también rápidamente lo que había apuntado en ellas:

Cala San Andrés — fondo 25 metros — arena — acceso fácil — ancho óptimo.

Bahía de Ramales — orientación sur — fondo 15 metros — ancho óptimo — acceso discreto.

Bahía San Blas — canal anegado — poco discreta.

Estancia Dos Mares — Necochea — fondo arenoso 16 m — ancho y acceso óptimos.

Y así con muchos de los lugares por los que habían pasado. Anotaciones que no entendió bien, pero que estaba decidida a investigar. Cuando acabó, volvió junto a Félix, le desabrochó la camisa, le quitó los zapatos y lo tapó. Luego regresó a su camarote, satisfecha con el resultado de la noche. Al menos con el profesional.

A la mañana siguiente, cuando Félix despertó, estaban ya atracando en el puerto. Salió a cubierta con la sensación de que se había perdido algo y la sonrisa con la que solía amanecer algo atenuada. Clara desayunaba en la popa. Se acercó y le puso las manos sobre los hombros antes de sentarse frente a ella. Recordaba lo importante, más o menos. Los besos. No sabía exactamente lo que había pasado en su camarote. Pero estaba seguro de que no habían intimado. No del todo. Ella le devolvió la sonrisa y, sin hablar, le sirvió una taza de café.

—Parece que no serás tú el que controle lo que bebo —dijo Clara.

—Estoy seguro de que tú tampoco lo harás —respondió él—. No puedo decir que me encuentre bien, pero repetiría la noche de ayer mil veces.

—Ya veremos. Eres más peligroso de lo que me pareciste en Buenos Aires.

—Lo bueno del viaje empieza ahora. Te gustará la provincia de Río Negro.

—Estoy segura.

—Y Bariloche... Nunca has visto nada igual.

Recordó esa frase y supo que era cierta dos días después, cuando, subida al tren que llegaba a San Carlos, el olor a naturaleza feraz, el frescor de la montaña, el clima suave y la explosión de color empezaron a deleitar sus ojos. A Clara no le cupo duda de que la villa, fundada en 1903, en unos años sería una ciudad, habida cuenta de la actividad constructiva que se veía por todas partes. Pese al desorden que reinaba en la población, le pareció imposible que alguien pudiera estropear aquel paraje. Por más feo que fuera lo que estuviera por venir, el entorno era tan extraordinario que pensó que Bariloche siempre sería bonito. Se situaba a más de setecientos metros de altura, en una ladera a orillas del lago Nahuel Huapi, un lago glacial enorme, de más de medio millar de kilómetros cuadrados, con ocho brazos y un resplandor azul claro, rodeado de bosques de abetos. La ciudad se abría camino entre esos bosques con un urbanismo poco denso. Había terreno para todos y, entre las casas, muchas de estilo alpino, había manchas de verde sin construir. El edificio más alto y uno de los más antiguos era la iglesia de la Inmaculada. Todo parecía estar edificándose y la actividad era frenética, especialmente por la mañana, cuando llegaron. El chófer del hotel, que los recogió en la estación y era oriundo del lugar, les explicó con orgullo dónde estaban y les dio datos que no habían pedido, pero que les interesaron.

—Esto no para de crecer. Hace años los suministros eran escasos, no llegaba nada y las carreteras eran malas también, pero el tren lo cambió todo y abrió la puerta a que viniera mucha gente. También han empezado a llegar aviones. Junkers de pasajeros. Con una escala y diecisiete horas se plantan aquí desde la capital.

Clara miró a Félix. Ellos habían tardado cinco días en llegar. Él le susurró al oído:

—No me digas que te arrepientes. Te habrías perdido la costa de la Pampa, nuestras cenas en el barco, el paseo por el centro del país...

Sonrió seductor, pretendiendo que el viaje que habían realizado tenía motivos románticos, cuando parecía cada vez más claro que aquel periplo era profesional, y ella, tan solo el elemento necesario para que el trabajo fuera más ameno. Clara alzó la voz evitando su mirada.

—¿Y quién viene hasta aquí? —preguntó curiosa.

—Inmigrantes en busca de una nueva vida, ni bandidos ni atracadores como hace unas décadas. Ahora vienen eminentes ingenieros, arquitectos, investigadores. Muchos europeos como ustedes.

—¿Españoles? —preguntó ella.

—Alemanes, suizos. Sobre todo alemanes. Hay varias colonias. Abren colegios, hoteles, empresas. Están por todos los lados. Gente muy seria, con muchas ideas. Pero aquí han venido sin tanques, no como en Europa, ya saben —respondió él—. A esta zona se la conoce como la Pequeña Suiza.

—Aunque no sea pequeña —apuntó Félix.

—¡Ni suiza! —El conductor rio—. ¡Si acaso alemana! —«Alemanes», se dijo Clara. «En todo lo que rodea a Félix siempre hay alemanes». El lago es muy profundo —continuó el chófer—, lleno de leyendas. Eso también ha atraído a los científicos.

—El Nahuelito —apuntó Félix dándole un codazo cómplice a Clara.

—Sí, sí. Estuvieron buscándolo. Dicen que es un ser prehistórico que se salvó de aquella época. Duerme en el fondo del Nahuel Huapi, a más de cuatrocientos metros, en un lugar inaccesible. Hace algunos años estuvieron tras él. Es del color del cuero, con el lomo redondeado.

—¿Lo encontraron? —preguntó Clara.

—No, no. Así que ahí sigue. No creo que haya un lago mejor en el que esconderse, pero asoma de vez en cuando. Quizá lo vean desde el hotel. El Llao Llao tiene excelentes vistas sobre el lago.

Llegaron al establecimiento poco después, sorteando una carretera forestal desde la que de vez en cuando se vislumbraban las aguas del lago, que aparecieron poco después en todo su esplendor a través de los ventanales que se abrían en sus habitaciones, lujosas, montañeras y —nuevamente— de estilo alpino. Félix no había propuesto ninguna actividad aludiendo a una cita poco después de que se instalaran. Una cita que Clara supo que debía investigar, por lo que dejó la maleta en su habitación y rápidamente se colocó en una mesa del *hall* del hotel desde donde podía ver todo lo que sucedía.

A los quince minutos, un hombre alto y trajeado, con bigote, de aspecto europeo, entró en el hotel con una carpeta bajo el brazo, y con la mirada repasó a todos los clientes buscando a su cita. Se acercó a la barra. Clara no quiso desaprovechar la ocasión y se acercó también a donde él estaba. Acababa de pedir un Campari, que a ella le horrorizaba.

—Tomaré lo mismo que el caballero —dijo poniéndose lo bastante cerca como para que la oyera.

El hombre giró la cabeza hacia ella y la miró de arriba abajo.

—Supongo que a todos nos gusta volver a Europa de vez en cuando, aunque sea a través de la bebida —dijo ella sonriéndole y arriesgándose.

—Supongo que tiene razón —dijo él con marcado acento germano.

—¿Turismo? —preguntó Clara con fingido desinterés.

—Negocios —respondió él poniendo el dedo sobre la carpeta que había dejado sobre la barra.

—Déjeme adivinar. —Miró hacia el techo y pronunció sus labios, seductora, simulando que pensaba—. Abogado. Viene usted a divorciar a un importante alemán que se ha enamorado de una argentina y pretende abandonar a su mujer.

Él contuvo una carcajada. Parecía el tipo de hombre al que ninguna mujer como Clara se le había acercado nunca.

—Mucho más aburrido. Tan solo soy arquitecto, he venido a Bariloche a una reunión. —Se giró hacia las mesas—. Y me temo que mi cliente acaba de llegar —dijo levantando la mano para saludar a Félix.

El español no lo vio hasta que el arquitecto fue hacia él. Ni siquiera reparó en Clara, que, en segundo plano y de espaldas, no llamaba la atención. Tampoco se fijó en ella cuando se colocó en una mesa a su espalda, pretendiendo leer *El Orden*, que informaba sobre la guerra en Europa, mientras observaba la reunión.

Habían extendido planos sobre la mesa. Varios, que revisaban concienzudamente. El arquitecto señalaba algunos puntos y Félix asentía a casi todo. Se habían puesto serios y se notaba que la reunión era importante para ambos. Clara pensó que el proyecto debía de ser lo bastante grande como para justificar el desplazamiento de aquel arquitecto hasta el remoto Bariloche. Cada pequeño dato que recopilaba, cada pequeña pieza, le indicaba que Félix tenía entre manos una misión de mayor importancia de lo que le había parecido al verlo salir meses atrás de la embajada alemana en Madrid. Una reunión con Himmler, un viaje apresurado a Argentina, de gasto ilimitado, un piso palaciego, un trayecto inexplicable por la costa. ¿Qué tramaba? Los vio levantarse a la vez y acudir al exterior del hotel. Decidió que se haría la encontradiza. Salió por otra puerta y los alcanzó de frente. Los dos hombres sonrieron al verla. Ella también.

—Pero... ¡entonces su reunión era con el señor Zurita!
—¿Os conocéis? —preguntó Félix extrañado.
—Compartimos el gusto por el Campari —respondió el arquitecto.

Clara aclaró las dudas de Félix.

—Nos hemos conocido en la barra, hace un rato. Hemos pedido lo mismo. A ambos nos encanta el vermú —mintió.
—Es una graciosa coincidencia. Hans Sigfried es arquitecto. Es el socio europeo de un estudio de Buenos Aires. Tenemos asuntos que tratar. ¿Te parece que comamos juntos más tarde? —preguntó Félix amable, pero empujándola a abandonarlos.
—Me encanta la arquitectura —dijo ella—. ¿Hay algo que deba conocer de su obra, señor Sigfried?
—Bueno, mi obra está mayoritariamente en Europa, pero el estudio argentino es bastante célebre... De hecho, este hotel, el Llao Llao, es obra suya, de Alejandro Bustillo, nuestro socio en Argentina.
—Oh, es realmente maravilloso —continuó Clara—. ¿Y qué es lo que planea por Bariloche?
—Eso no es importante, querida —intervino Félix antes de que Sigfried hablara de más.

Se hizo el silencio un momento. Hans miraba a aquella chica algo embelesado.

—Tenemos que ir a ver el lago. Espero que podamos quedar luego —insistió Félix, apartándola claramente del plan. Ella insistió más.
—Oh, pero... me encantaría acompañaros. —Nadie habló—. Me aburriré aquí sola.
—No creo que haya problema —se adelantó Hans.
—Sería mejor que... —intentó Félix por última vez.
—Voy con vosotros. No hablaré. Pero no quiero quedarme sola. Podéis abandonarme en cualquier islote si os molesto. O entregarme a las fauces de... ¿Cómo era?

—El Nahuelito... —dijo Félix—. Quizá te lances tú misma. Va a ser largo y aburrido.

—Me aburriré más aquí sola. Os acompaño —sentenció.

Bajaron hasta el embarcadero del hotel y se subieron a una lancha Boesch, de línea esbelta, poca eslora y buen motor. Ella se sentó con las piernas cruzadas en la colchoneta de popa mientras Félix y Hans se pegaban al pequeño parapeto de cristal que remataba el *tablier* de mandos.

Navegaron por el lago dejando las zonas pobladas de la orilla atrás. Todo era verde, azul, virgen, intimidante. Las enormes montañas, los bosques que no se acababan, las islas deshabitadas... Para Clara, acostumbrada a la naturaleza domada, humanizada y dócil de Europa, aquel rincón de la Patagonia parecía el fin del mundo. Alrededor de una hora después aminoraron la marcha y oyó a Félix decirle a Hans: «Aquí empieza».

Ella llevaba las gafas de sol puestas y miraba de un lado a otro pretendiendo que nada le importaba demasiado mientras tomaba nota mentalmente. No había llevado su pequeña cámara, habría sido imposible, pero memorizó el paisaje. Después de un trayecto más pausado, sortearon un islote que cerraba una pequeña bahía con una playa de arena oscura. En un lado había un pequeño muelle, ubicado en medio de la nada, edificado recientemente como delataba la madera, rubia y nueva. Se acercaron y Félix saltó para amarrar la barca. Decidió dejar de susurrarle a Hans. Clara se habría extrañado. No sabía que era algo más que su próxima conquista.

—Es un lugar fantástico, ¿no creéis? —dijo extendiendo las manos, de pie sobre el muelle.

—Mucho —respondió Hans.

—¿Para qué? —preguntó Clara. Habría sido sospechoso que no lo hiciera.

—Para unos amigos. Buscan un lugar para edificar una casa. Un lugar de retiro, sin ruido, tranquilo.

—En ese caso, aquí nadie los molestará. Apuesto a que nadie los verá siquiera. Nadie sabrá que están aquí —apuntó Clara. Félix se contuvo de decir que era exactamente lo que buscaba.

Anduvieron por la playa y Félix y Hans se apartaron para abrir los planos del proyecto y comentarlos mientras ella se descalzaba primero por la arena fría y húmeda y se calzaba de nuevo para adentrarse un poco en la espesura de árboles que la rodeaba. Descubrió un camino pequeño, poco más que un sendero que se perdía en el bosque. Observó que todo en aquel lugar era perfecto para alguien que quisiera ocultarse. La vista de la casa que iban a construir desde el lago estaba protegida por la isla que tenía enfrente. A su espalda, nadie podría verla tampoco, y los promontorios que tenía cerca servirían para vigilar bien el espacio. Recopiló los datos que tenía:

1. Piso palaciego en Buenos Aires. Decorado para un nazi.
2. Investigación de lugares de desembarque en la costa argentina. ¿Punto de desembarque discreto para ir directamente a Bariloche? En ese caso, ¿sería el piso de Buenos Aires para otra persona? ¿Para otro plan?
3. Bariloche tenía una comunidad germana importante.
4. Arquitecto alemán asociado con estudio argentino prestigioso.
5. Finca para construir casa-escondite.

Había un nazi que quería huir, desaparecer. ¿Sería Himmler, que se había reunido con Félix en Montserrat? Debía informar a su enlace con los aliados.

La idea de su descubrimiento la excitó. ¿Sería posible que ella, una informadora (aún no se atrevía a considerarse espía) de Madrid, hubiese descubierto algo de tal importancia? Si Himmler dudaba, si pensaba que podían perder la guerra y por ello se preparaba para huir, podía ser manipulado por los aliados. Intentó serenarse. Vio a Félix llamarla desde la otra punta de la playa. La visita había concluido.

Cuando, a las puertas del hotel Llao Llao, se despidieron de Hans, sus ojos se posaron en la carpeta que este le había entregado a Félix. La que contenía los planos. Tendría que volver a su habitación para fotografiarlos y, por alguna razón, la perspectiva no se le hizo nada sombría.

17
Dos notas

Lucy partió esa noche a Londres. Al día siguiente tenía una reunión con un contacto del ministerio de guerra en la que pretendía averiguar cuál había sido el destino de su marido. Se había cargado de fuerza para recibir la confirmación de su muerte, pero la misteriosa comida con Harrison y la posterior conversación con Daisy habían agrietado sus seguridades y, aunque lo negara, una pequeña esperanza, preparada para hacerle daño, se había instalado en su cabeza. Le daba rabia pensar en su tristeza cuando aquella esperanza fuera pisoteada. «Así es la guerra», se dijo mientras subía malhumorada al asiento trasero del Jaguar Mark negro que la llevaría a la capital.

En la entrada de Glenmore Hall la despidió Daisy intentando ocultar su intranquilidad y sus secretos. Desde la conversación que habían mantenido, estaba nerviosa. Se había acostumbrado a la vida en Glenmore y, aunque aquel fuera un sentimiento falso, había tenido días en los que pensaba que su existencia de fugitiva, de escondites y miedos, había acabado. De pronto volvía a temer por Pat, por que se lo quitaran, por que se lo llevaran a Alemania y lo alejaran de ella para que estuviera junto al peor de los padres que nadie pudiera tener, en el centro del mal mayor que la humanidad había conocido en siglos. «No lo harán —se dijo—, no podrán conmigo».

Vio el coche alejarse por el camino y entró en la casa, donde ayudó a acostar a los niños. Como precaución, antes de que se fueran a dormir, cogió a Pat y lo acompañó a su habitación. El niño era feliz en Glenmore, tenía amigos de su edad, jugaba sin parar y conocía cada rincón de la casa. Era lo más parecido que había tenido a un hogar, y no era el único. A muchos otros les pasaba lo mismo. La mayoría habría deseado quedarse a vivir allí para siempre. Jardines infinitos, amigos, nuevas actividades y comida sencilla, pero mejor de la que tenían en sus humildes casas. El aburrido director Wigum había sido sustituido *de facto* por miss Nightingale, una profesora joven y enérgica que había formado equipo con lady Lucy Epson, y ofrecía a los alumnos posibilidades nuevas en cuanto a su educación, y actividades que ningún otro colegio tenía. Sí, todo funcionaba, pero todo estaba en peligro.

Pat le sonrió. Se había acostumbrado a no llamarla mamá y solo respondía a sus afectos cuando ella era la que los iniciaba. Se abrazaron y Daisy le acarició la cabeza. Luego sacó unas tijeras y le cortó el pelo lo más corto que pudo. Lo miró. No había cambiado mucho, pero menos era nada. Cogió una cuchilla y le pidió que estuviera quieto. El niño no se asustó mientras ella le afeitaba el medio de una ceja para que quedara en dos trozos. Si alguien había localizado a Pat, tendría una descripción detallada de su fisonomía. Una en la que aquella ceja en dos trozos no aparecería a pesar de ser evidente. No era un gran disfraz, pero quizá el cambio de peinado y aquella ceja sirvieran al menos para despistarlos temporalmente. Le dio un beso y lo llevó a otra cama del gran dormitorio, diferente a la que ocupaba siempre el niño, y allí lo acostó.

Luego salió decidida al exterior. La casa estaba a oscuras, de forma que desde fuera parecía desocupada y la luz era la de una noche nubosa, con apenas una fina media sonrisa en la luna, que atenuaba a intervalos el manto negro con el que se cubría la finca. Llevaba una linterna, pero se había decidido a utilizarla solo si era imprescindible, cosa que de momento no sucedió. Conocía bien el camino que llevaba a uno de los pequeños núcleos de viviendas que tenía Glenmore, dos hileras de cuatro casitas enfrentadas donde dormía el personal de la casa que tenía familia. Stuke y su mujer, Jarvis, el jefe de jardineros, y el menor de sus hijos. El señor Poore, que ya era viudo y se ocupaba de la leña. Los ocupantes de las demás casas estaban alistados. Solo la casa del molinero, al fondo, estaba habitada también, excepcionalmente, por el alférez Harrison. Cada mañana le había llevado la comida del día. En el silencio solo roto por el viento que movía las ramas de los árboles, el sonido de la rueda del molino de agua era un rumor de fondo constante. La vivienda estaba al final del conjunto, cerrando las dos hileras de forma transversal, pegada al río. Del lado que daba a las casitas, no tenía más que una puerta verde claro que permanecía cerrada a aquellas horas. Todas las ventanas estaban en el lado del río.

Daisy rodeó la casa y se asomó al agua, que movía lentamente la rueda del molino. El pequeño cauce se había desviado en dos ramales. Uno pasaba por un canal, y ahí cogía fuerza al caer a un nivel inferior, donde hacía girar la rueda. El otro ramal mantenía la trayectoria natural del riachuelo. En verano, cuando el nivel del río bajaba, hacían pasar toda el agua por la rueda. En invierno, solo un ramal era suficiente. Daisy se arremangó la falda por encima de las rodillas y se metió en el agua helada de la zona menos profunda. Necesitaba acercarse a las ventanas, ver lo que sucedía en el interior de la casa, descubrir quién era Harrison. Era su amigo... ¿o todo lo contrario? La zona era oscura. De un lado, la pared de piedra de la casa; del otro lado del río, el bosque. Deseó que saliera la luna para ver mejor. No encendió la linterna. No aún. De pronto las nubes dejaron que la luna lo iluminara todo un instante, lo suficiente para ver que las contraventanas de la casa estaban cerradas. Enseguida la luz se volvió a esconder tras las nubes. «Canastos», se dijo, no iba a poder mirar dentro. Se movió a la otra orilla intentando no hacer ruido. Negra noche. Observó la casa del molinero frente a ella. Se veía bien poco, pero al rato sus ojos percibieron una ínfima línea dorada colándose entre dos contraventanas del piso superior. Luz. Harrison estaba despierto. Sintió miedo; ¿la habría oído? Volvió a cruzar el riachuelo y, discretamente, pero a paso ligero, enfiló hacia Glenmore Hall. A mitad de camino se detuvo en seco. El vello de los brazos se le erizó y un escalofrío recorrió su espalda. En el piso superior de la casa del molinero no había chimenea, así que esa luz provenía con toda seguridad de una lámpara o de una vela.

Daba lo mismo. ¿Para qué querría un ciego encender la luz?

Corrió hasta la casa grande e inmediatamente se puso a hacer la maleta. Debía huir, esconderse, desaparecer. De pronto se detuvo en seco. Recordó cómo hablaba Harrison con los niños, sentado en el jardín durante horas, observándolos. Eso había hecho, observar pretendiendo que era ciego, tranquilamente, sin levantar sospechas. Buscar. *Eso* había hecho. Buscar a Pat, intentar localizarlo. Recordó también que la expresión del alférez había cambiado al verla en el comedor de Glenmore Hall el día que había ido a comer con lady Epson y ella les había servido. Escapar, debía escapar, se repetía frenética mientras recogía sus cosas. Pero una idea repentina la apartó de todo aquello.

«No. No», se dijo. No huiría más. No intentaría repetir lo que se había demostrado imposible. Se defendería. Tenía al enemigo en casa y estaba rodeada de buena gente que podía ayudarla. Al día siguiente lady Lucy estaría de vuelta con más información. Si las sospechas se confirmaban, llamarían a la Policía o al MI5 para que detuvieran al alférez.

Un día.

Cuando lady Lucy volviera a Glenmore, decidirían.

En Londres, a punto de salir de Epson House, Lucy se colocó el sombrero y se miró unos segundos en el espejo de la entrada. Estaba de mal humor porque las preguntas y la incertidumbre se arremolinaban en su cabeza. Odiaba no saber el terreno que pisaba. Odiaba sentir que la engañaban. Había quedado con Robin Soliden, el hijo de lord Soliden, que tenía un cargo lo suficientemente bajo en el Ministerio de Guerra como para ocuparse de aquella minucia, pero una influencia lo suficientemente alta como para dar respuesta a sus dudas sin problema. Se encontrarían en la cafetería del hotel Dorchester, ya que la localización del lugar donde Robin trabajaba era alto secreto y solo unos pocos la conocían. El Dorchester estaba a pocas manzanas de Epson House, también en Mayfair, y era el hogar de algunos de los más distinguidos refugiados. Lucy se plantó allí tras un corto paseo. A pesar de la austeridad reinante, el hotel lograba que, entre oropeles y suelos brillantes, el sueño de tiempos mejores no se disipara demasiado. Por la solidez de su construcción, se había extendido el rumor de que era uno de los edificios más seguros de Londres; de hecho, en su inauguración, una década antes, habían declarado que estaba a prueba de bombas. Lucy no lo creyó entonces y tampoco aquel día. En realidad, cada vez creía menos cosas. Su cita entró en el establecimiento poco después de ella, saludándola desde la entrada al verla.

Era muy joven, con la piel sonrosada y la mirada enérgica de quien piensa rápido y desea actuar: justo lo que Lucy necesitaba.

Le explicó sus sospechas una por una, mientras la cara del teniente adquiría una sombra de preocupación. Al acabar, se hizo el silencio y Robin tomó aire antes de hablar.

—Hay espías infiltrados en todas partes. Cada día descubrimos alguno. A veces no comprendo cómo podemos mantener tantos secretos importantes. Defenderlos es una tarea a la que se dedica más gente de la que puedes imaginar. Es una prioridad absoluta. Churchill no perdona la traición y las prisiones reciben espías cada día. Lo que debemos preguntarnos es qué ha llamado la atención de esa persona en Glenmore Hall. Esta misma noche iré a visitarte a Epson House con más información. Sabré la suerte que ha corrido Louis. Si, como dice ese Harrison, está muerto, las sospechas sobre él se disiparían. Si está vivo, se reforzarán. En cualquier caso, volverás a Glenmore con un agente, o varios. No te dejaremos sola.

—Te lo agradezco mucho, Robin. Sabía que podía contar contigo.

—Vuelve a casa y descansa, esta noche nos volveremos a ver.

Se despidieron en la puerta del hotel y ella volvió andando a su casa londinense, donde pasó la mayor parte del día sin poder concentrarse, mirando el reloj cada cinco minutos. A las nueve llamaron a la puerta y, ansiosa, adelantó al mayordomo para abrir. En el umbral encontró a Robin Soliden y a otro hombre.

Se sentaron en torno a la mesa del salón después de que Soliden le presentara a su acompañante como John Osbourne, agente del servicio de inteligencia. No se extendieron antes de darle la primera noticia.

—Las noticias que tenemos sobre lord Louis Epson no son de su muerte, sino de su desaparición tras una incursión italiana en el norte de Egipto, cerca del frente con Libia —dijo Robin.

—¿Entonces? —Lucy no sabía qué decir.

—Hay esperanza.

—¿Quizá esté muerto?

—Quizá esté vivo —replicó Robin—. Puede ser prisionero de los italianos. Puede haber sido herido y rescatado por alguna tribu local, puede haberse perdido. Puede estar escondido... Y, sí, por supuesto, puede haber muerto.

—¿Estará en Sidi Barrani?

—Tal vez. Todo es posible. Los italianos han recuperado la plaza. ¿La conoce?

—Harrison habló de ese lugar. Lo dibujó como una ciudad áspera, en medio de la nada, donde los tranvías circulan cargados de gente triste.

—¿Tranvías? —dijo John Osbourne.

—Sí, es un detalle que me comentó —replicó Lucy sin entender la importancia de sus palabras.

—No hay tranvías en esa ciudad. Mussolini dijo en un discurso (y la propaganda italiana rápidamente se hizo eco) que, tras hacerse con Sidi Barrani, la prosperidad y la vida habían retornado, y que incluso los tranvías habían vuelto a circular, pero jamás ha habido un tranvía en esas calles. Es pura propaganda. Parece claro de dónde saca la información ese Harrison..., pero ahora iremos a eso. De momento, le reitero que no hay datos referentes a la muerte de lord Louis Epson.

Las noticias alimentaron la incertidumbre de Lucy, un monstruo que crecía en su interior y que amenazaba con acabar por bloquear su iniciativa y sus pensamientos, pero se alegró. Contuvo las lágrimas en sus ojos húmedos. De haber estado sola, habría estallado de emoción. John Osbourne continuó.

—Lady Epson, hay dos cosas que nadie le puede negar. La primera es que mantenga la esperanza. Su marido está desaparecido, por lo que cabe... —calló unos segundos y rectificó—, *se impone* la esperanza. Se está buscando a su marido, igual que a otros desaparecidos, así que nada está decidido aún y debe tener esperanza —insistió Osbourne—. No debe perderla. No debemos perderla nunca si queremos que estos años no acaben con el mundo que conocemos. La segunda cosa está más clara aún y no admite discusión: el hombre de la casa del molinero no es quien dice ser. El alférez James Harrison murió en Dunkerque. Nunca estuvo en África. Creemos que la persona que tiene en Glenmore es el espía Oskar Klein. Encontramos documentación a su nombre escondida en su piso. En el que ocupaba bajo el nombre falso de Arthur

Dunn. Sabemos de su existencia hace tiempo, pero estaba desaparecido. Hace meses que sospechábamos que estaba en una misión en Gran Bretaña. Todo lo que le ha contado es falso.

—¿Y qué es lo que quiere de mí? ¿Por qué, de todos los lugares de Inglaterra, de todas las casas de campo y familias, ha escogido la mía?

—Creo que tengo una respuesta para eso también. —John abrió lentamente el portafolios que llevaba consigo y extrajo una foto. Un recorte del periódico que puso sobre la mesa y le acercó a Lucy empujándolo levemente con la mano—. ¿Conoce a esta mujer?

Lucy miró la imagen con interés.

—Es Unity Headland, ¿no es así? La chica que volvió de Múnich con un tiro en la cabeza.

—En efecto, es ella. Pero le pregunto por la otra. La que está detrás de la señorita Headland.

Lucy volvió a mirar la fotografía y a los pocos segundos abrió los ojos y musitó.

—Daisy.

Luego miró a Robin y a John. El segundo habló.

—No tenemos ni idea de qué es lo que oculta la señorita Daisy García, pero es, desde hace un tiempo, uno de los objetivos de la Abwehr, el servicio de inteligencia alemán. Sabemos que al menos dos espías de primer nivel la están buscando. Oskar Klein puede ser uno de ellos. Estamos casi seguros.

—Daisy es una buena chica —dijo Lucy, segura de ello.

—No lo ponemos en duda. Pero oculta algo de suma importancia para los alemanes. Ningún servicio de inteligencia destinaría recursos tan importantes a la búsqueda de alguien si no fuera así. Para nosotros es un rompecabezas que solo podremos desentrañar si la señorita García nos lo explica. Esa mujer es española, no ha tenido contacto con el Gobierno británico ni con personas influyentes en el Reino Unido. Lo único que tiene sentido para nosotros es que guarde un secreto de su estancia en Múnich como acompañante de la señorita Headland. Debe ser ella quien nos lo explique. La capturaremos junto al falso alférez Harrison, a Oskar Klein, para que confiesen lo que saben.

«Capturar», pensó Lucy. Daisy no era ninguna maleante. No le gustaba que utilizaran ese término con ella.

Se hizo el silencio unos segundos.

—Creo que mañana tiene previsto volver a Glenmore Hall —continuó Osbourne—. Lo cierto es que, a raíz de diferentes informaciones sobre la señorita García, mi intención era ir a visitarlos hoy mismo, hasta que el agente Soliden me informó de su presencia aquí. En cualquier caso, creo que no cabe duda de que este es un asunto prioritario. Ahora mismo volveré con mis compañeros y organizaremos el dispositivo para detener al espía. Necesitaré de su ayuda para orientarnos en su finca. Espero tenerlo todo organizado en pocas horas. De madrugada deberíamos poder echar el guante a ese indeseable. Luego hablaremos con la señorita Daisy García.

—Los detendrán a ambos —dijo Lucy con toda la intención.

—Eso mismo —confirmó Osbourne.

—En ese caso, yo también haré las maletas. Me iré a Glenmore ahora mismo y los esperaré allí —aseguró.

—No haga nada por su cuenta. Creo que no calibra usted el peligro con el que ha convivido. Ante la duda, una de las consignas de los espías es no vacilar... No sé si me entiende.

—Estaré perfectamente. Cuando lleguen, los estaré esperando y lo habré preparado todo para que no causen una revolución en mi casa.

—No haga na...

—Eso ya me lo ha dicho —lo interrumpió Lucy poniéndose de pie—. Les agradezco muchísimo las excelentes noticias: no sé si soy viuda o soy aún una mujer casada, pero, como recomendaba, estoy esperanzada. En cualquier caso, debo volver a Glenmore ya. Robin —dijo acercándose a su amigo, que le besó la mano—. Señor Osbourne —dijo repitiendo la acción—, ha sido una tarde muy intensa, pero les agradezco la visita.

—Nos veremos en unas horas —insistió John.

—Eso espero —respondió Lucy mientras los acompañaba a la puerta. La noche ya estaba avanzada y Londres volvía a ser la ciudad vacía y apagada que intentaba esconderse de los bombardeos alemanes.

A las tres de la madrugada, Lucy distinguía el tenue filtro de la luz de la luna sobre la fachada de arenisca de su casa. No esperó a que le abrieran la puerta del coche para hacerlo ella misma y enfilar hacia el dormitorio de Daisy, que se encontraba en la planta más alta de la casa. La encontró despierta, apoyada en el cabecero de la cama, a oscuras. Sus miradas se cruzaron. La de Daisy tornó en sorpresa y expectación; la de Lucy no era la de siempre. Daisy intentó leerla.

—¿Lord Epson?

—Desaparecido.

—Lo siento.

—No me entiendes. Nadie en el Ministerio de Guerra ha sido informado de su muerte. Es imposible que Harrison lo supiera.

—¿Entonces está vivo?

—Quizá lo esté.

—¡Felicidades! Es una buena noticia —dijo Daisy sonriendo con franca alegría.

—Tal vez..., pero ahora vamos a hablar de otras cosas. El alférez James Harrison murió en Dunkerque. El MI5 cree que la persona que está en la casa del molinero es Oskar Klein, un importante agente nazi.

Daisy se horrorizó. Había compartido mucho tiempo con Harrison y, aunque también había acumulado sospechas sobre el misterioso hombre, en el fondo quería que todo fueran falsas alarmas, que existiera una explicación que le devolvieran la fe en... ¿su amigo?

—También me han dado información reveladora sobre ti —continuó Lucy—, así que debes tomar una decisión: sospecho que ese hombre, Klein, está aquí por ti y sospecho que sabes por qué. Así que debes decidir si me vas a contar la verdad a mí o a las autoridades. Si te decides por mí, me lo contarás todo sin omitir detalle. El MI5 viene hacia aquí. Quieren apresar al falso alférez y también a ti. Llevan mucho tiempo intentando localizarte, tratando de entender por qué te buscan los nazis. No tengo claro que sea bueno para ti que ellos den contigo. Así que me he adelantado, pero debes entenderme, no quiero llevarte a equívocos: si sales corriendo, o si lo que me cuentas no me satisface, en dos minutos puedo hacer que mi personal te atrape, te inmovilice y te entregue.

—Yo no... —intentó decir Daisy, atrapada por el pánico.

—No, Daisy, tú sí. Tengo buen ojo para las personas y juraría que eres una buena mujer. También debes pensar en mí como una buena persona, una que quiere ayudarte. Soy tu amiga. Pero no haré nada hasta saber qué es lo que te conviene a ti, lo que me conviene a mí y, por supuesto, lo que le conviene a mi país. Cuéntamelo todo y, si me convences y me queda claro que no me ocultas nada, te ayudaré.

Daisy miró al suelo. Apoyó los brazos sobre las piernas y con las manos se cubrió los ojos. No lloraba. Tan solo pensaba rápidamente en qué hacer, pero había tomado la decisión de no huir y aquella situación solo reforzaba su determinación. Levantó la cabeza y la miró, cargada de fuerza.

—Hace tiempo que aprendí a huir. Ahora necesito que me enseñe a quedarme —dijo—. Se lo contaré todo.

Y lo hizo. Le explicó que huía de los alemanes porque querían apresar a su hijo, que había tenido de una relación forzada con un alto mando nazi y que el resultado de aquella relación era el pequeño Pat, que estaba en Glenmore junto a los otros alumnos del Saint Clarence. No dijo quién era el padre y Lucy no preguntó. Todo era tan inaudito que su solidaridad con Daisy se reforzó instantáneamente. No porque, como ella, fuera madre: tan solo con ser humano había suficiente para empatizar con la española.

A las seis de la madrugada, cuatro coches del MI5 cruzaron las torres que marcaban la entrada a Glenmore en lenta y silenciosa procesión. Dos coches más se habían quedado en la puerta y otro coche vigilaba el camino de Stonebridge, que era el que todos los habitantes del lado oeste de la finca utilizaban para llegar a Little Epson. John estaba seguro de que capturarían a Oskar Klein, el espía que se escondía tras las identidades de Arthur Dunn y James Harrison. El hombre que los había engañado a todos.

Lucy salió a recibirlos. Había esperado varias horas, mirando a través de una de las ventanas de la planta baja hacia esa oscuridad que poco a poco se desvanecía. John saltó del asiento del copiloto de uno de los coches y se adelantó con paso decidido hacia ella. Le explicó rápidamente el plan.

—Primero detendremos a Klein. Estará durmiendo a estas horas. Despertándose a lo sumo.

—Sin duda.

—Luego, a Daisy García.

—Avisaré a la señora Gold, nuestra ama de llaves, para que la cite en mi despacho.

—Hágalo, por favor. Entiendo que no tardará en ponerse en marcha toda la casa.

—La casa ya está en marcha. La cocina, la limpieza..., y el colegio en hora y media también habrá amanecido —afirmó Lucy.

—Para entonces ya habremos realizado la mitad de la misión que nos ha traído aquí. Por favor, llévenos a la casa del molinero.

Lucy se puso a la cabeza de un grupo de once hombres vestidos con traje oscuro, uno de ellos con uniforme de cartero. Cuando llegaron al núcleo donde estaba la casita, ocho se dispersaron rodeándolo y cuatro se aproximaron a la puerta. El señor Stuke, que salía de su vivienda en ese momento en dirección a Glenmore Hall, fue obligado a entrar de nuevo, a la vez que le indicaban que no hablara ni hiciera ruido. Poco después, el hombre disfrazado de cartero llamó a la puerta del molinero y la tensión se palpó en el ambiente de tal forma que hasta el río que corría tras la casa pareció detenerse. No hubo respuesta. El falso cartero miró a John Osbourne, que con la cabeza le indicó que volviera a llamar, pero, tras hacerlo, de nuevo nadie abrió. Todos imaginaron al espía alemán esperando el asalto, preparándose para morir llevándose por delante a cuantos más ingleses pudiera, pero aun con aquella amenaza cierta frente a ellos, los agentes se prepararon para derribar la puerta.

Con una mano en alto, John Osbourne inició una cuenta atrás con los dedos: tres..., dos..., uno... No había hecho aún el gesto de adelante cuando los agentes derribaron la puerta y entraron en la casa. Se oyeron varios gritos pero ningún disparo. John siguió a sus hombres para descubrir que la casa estaba vacía.

—Ha huido —dijo un agente.

—No —le contradijo John—. Este hombre se ha ido horas antes de que llegáramos. No hay rastro de ninguna urgencia. Todo está ordenado. La cama hecha. No ha huido, quizá pretenda volver.

Revisaron el dormitorio que el alférez ocupaba. Junto a la cama, sobre la mesilla de noche, una vela apagada que aún podría durar un par de horas más. Osbourne tocó la mecha y se manchó los dedos con el hollín. Luego apretó el índice sobre la cera derramada en el candelero, que se hundió bajo la presión.

—Se ha ido hace apenas unas horas. No creo que nos esperara, ha apurado el tiempo, nadie arriesgaría de esta manera... —Dejó de hablar al descubrir una nota sobre la cama. La letra era la de alguien que no ve, aunque John estaba convencido de que Oskar Klein tenía la vista perfectamente. La leyó rápidamente.

Querida lady Epson:

Hace días que siento un dolor punzante en la cabeza, cerca de los ojos. El médico que me trajo y ha venido a verificar mi estado ha recomendado que me internen urgentemente unos días en Ipswich. Dios mediante, volveré pronto a agradecerle su hospitalidad y a despedirme.

Sinceramente,

JAMES HARRISON

Salieron al exterior, donde Lucy los esperaba impaciente.

—Oskar Klein ha abandonado este lugar hace pocas horas, pero creemos que puede volver. Quizá haya ido y venido desde aquí a otros lugares en otras ocasiones. Ha dejado una nota. Supongo que es una especie de coartada por si entrábamos en la casa antes de que volviera. Algo que justifique que un hombre ciego pueda ir y volver de Glenmore sin ayuda. ¿Es posible que no sea la primera vez que se ausenta unos días? —preguntó Osbourne

—No le sabría decir. No lo vemos cada día. Hay semanas que a diario visita el parque y se queda cerca de los niños, y días en los que nadie repara en su presencia o en su ausencia. Pensábamos, sencillamente, que se quedaba en casa —respondió Lucy—. Nadie entra en la casa del molinero si el alférez no solicita alguna ayuda; ya imagina, para poner la chimenea o algún otro quehacer.

—¿Qué hay de la comida? ¿Qué es lo que come? —inquirió el agente.

—Daisy o alguna otra doncella le deja una cesta cada mañana en su puerta. Otros hacen lo mismo con los pastores y los trabajadores que comen a la intemperie o están impedidos por alguna razón. Se preparan en la cocina de la casa grande. A la mañana siguiente se recoge la anterior y se lleva una nueva. La mayoría de las veces Daisy le entrega la cesta en mano, alterna con el alférez y lo acompaña en su paseo, pero, de vez en cuando, al no oír ruido en el interior, o tener ella un día atareado, la deja en la puerta y vuelve a su trabajo.

Lucy pudo ver la decepción y la rabia en la cara del joven agente. También el hastío. Supuso que Osbourne necesitaba un éxito que se estaba demorando demasiado. Le dio pena pensar que el segundo fracaso del día no tardaría en llegar.

—Bien —dijo el agente recomponiéndose—. Daisy García. Vamos a por ella.

La sola expresión hizo que Lucy se alegrara de lo que había hecho.

—Le dije a la señora Gold que a las siete la convocara en mi despacho. Conociéndola, Daisy estará esperándonos allí.

Volvieron a la casa a paso ligero. El sol ya iluminaba la fachada y los alféizares dorados brillaban como espejos a su luz. A Lucy le gustaba tanto Glenmore Hall que se sorprendía, incluso se molestaba un poco, cuando algún recién llegado parecía inmune a su belleza. En cualquier caso, parecía claro que el agente Osbourne no estaba destinado a ser uno de sus grandes amigos.

Llegaron a la casa y fueron directos al despacho, pero, al entrar, solo el orden y el silencio ocupaban la estancia: Daisy no estaba allí. John miró a Lucy extrañado. Ella fingió estarlo también. Se acercó al llamador y tiró de él. Un piso más abajo, la campana de aquella estancia tintineó y la señora Gold, que sabía lo que tenía que hacer y habría hecho cualquier cosa que un Epson le solicitara, encaró la escalera y al poco se presentó ante Lucy.

—Señora, la señorita García abandonó la casa hace unos días; soy yo quien ha estado dejando la cesta del alférez en la puerta de su casa —dijo de forma que cualquiera que conociera al ama de llaves habría sabido que era la primera vez que mentía en toda su vida.

Por suerte John Osbourne no era una de esas personas. Se indignó.

—¡¿Cómo?! —dijo alzando el tono.

Lucy tomó el mando.

—Agente Osbourne, está en mi casa, conténgase. La señora Gold no es ninguna delincuente y, por lo que sabemos, tampoco lo es la señorita García, que puede abandonar Glenmore Hall cuando estime oportuno.

—Su habitación está recogida. Dejó una nota en mi despacho por la mañana —siguió mintiendo la señora Gold—, yo no estaba en casa, había ido a visitar a mi sobrino Cedric a Brighton. No encontró a Stuke, de lo contrario Daisy le habría informado a él.

—Sí, no es propio de Daisy irse así —afirmó Lucy.

—En la carta explica la urgencia y también se disculpa por no haberse despedido como debía.

—Enséñeme la carta —ordenó ansioso John Osbourne.

—Por favor —le recriminó Lucy.

—Sí, claro, por favor —repitió Osbourne.

La señora Gold metió la mano en el bolsillo de su uniforme negro y extrajo una nota manuscrita. John la leyó.

Estimada señora Gold:

Lamento mucho comunicarle de esta manera que debo abandonar el servicio de Glenmore esta misma noche. Hoy, alrededor de las diez, al volver a mi habitación, encontré el telegrama que se recibió en Little Epson y que el cartero dejó esta mañana en Glenmore Hall. En él se me informaba del delicado estado de salud de mi padre, en España, por lo que inmediatamente hice las maletas para ir a su encuentro, en lo que entiendo serán sus últimos días. Busqué al señor Stuke, pero, por desgracia, ya se había ido a su casa y, cuando está allí, sé que todos los que estamos a su mando solo debemos molestarle si algo crítico le pasa a la casa grande o a la familia. Con suerte, mi partida no afectará demasiado a ninguna de las dos.

Ojalá tenga tiempo de abrazar a mi padre antes de que se reúna con los suyos allá donde no hay dolor ni guerra.

Me gustaría mucho volver a Glenmore y trabajar de nuevo entre su excepcional servicio. Lamentablemente, este, como muchos otros deseos que guardo en mi corazón, son de momento solo eso, deseos en un momento incierto.

Por favor, extienda mis disculpas y mi agradecimiento a lady Epson.

Respetuosamente,

Daisy García

La expresión de John había cambiado en el transcurso de la lectura. De la incredulidad a la rabia y de la rabia a la decepción, todo en aquel breve tiempo. Cuando acabó de leer, miró a Lucy, que simulaba la misma sorpresa.

—Se ha ido.
—¿De qué está hablando? ¿Adónde ha ido? —fingió ella.
—A España, o eso es lo que da a entender.
—Su familia es española. Daisy es española. Debe de haber surgido algún problema allí. —John le tendió la carta con desgana a Lucy—. Exactamente. —Miró a la señora Gold—. ¿Y el niño?
—¿Qué niño? —preguntó Lucy.
—Su hijo. Patrick García. Está en este colegio.

La señora Gold intervino.

—No sabemos nada de un hijo. Daisy vino sola.
—En el colegio estaba su hijo —insistió John.
—No lo creo.
—Lo creerá cuando compruebe que falta un niño —insistió Osbourne.

Lucy tomó el mando.

—Señora Gold, puede dejarnos. Si tenemos cualquier asunto que requiera de su ayuda, la llamaremos. Llame, por favor, a miss Nightingale.

La mujer llegó enseguida y, al ser preguntada por los niños, aseguró, extrañada, que no faltaba ninguno.

—Se recibió una petición en un orfanato del señor Barnardo para acoger a un niño del colegio de Saint Clarence. ¿Ese niño sigue aquí? —preguntó John.

—No —intervino miss Nightingale—, nos abandonó hace mucho tiempo, no pertenecía a Saint Clarence, pero estuvo aquí una semana.

—Si se refiere a ese niño, recuerdo que el señor Wigum hizo gestiones para que se fuera, es cierto —dijo Lucy tomando de nuevo la iniciativa—. Yo preferí dar voces en Little Epson, en High Glenmore, en Corrington y algunos otros pueblos. A la semana vinieron a recogerlo.

—¿Quién?

—Sus padres, por supuesto. Estaban preocupados. El niño se tiró a sus brazos en cuanto aparecieron. Y no había duda de que eran sus progenitores. Ambos tenían la mitad de las facciones del niño en sus caras.

—Comprendo.

—No sé si lo hace. Pero sepa que nadie mira a sus padres como un hijo. Ni siquiera cuando son padres no queridos. La mirada con la que miramos a nuestros padres es única. Lo sabría si tuviera hijos.

—Quizá los tenga.

—No lo creo. Nadie que tenga hijos busca a un niño, o a una madre, como usted lo hace. Pero eso es secundario. Parece claro que, al menos en lo que respecta a Daisy García, sus pesquisas aquí han llegado a un callejón sin salida.

—Supongo que no tendrá inconveniente en que registremos la casa —aseguró John, cada vez con menos recursos.

—Ninguno. Soy una mujer de orden y esta casa también lo es. Además, nunca libro batallas que sé de entrada que están perdidas. Hagan lo que quieran, ya que están facultados por ley para ello.

John y sus hombres registraron la casa de arriba abajo, cada rincón y cada recoveco de las habitaciones, sabiendo que era como buscar una aguja en el pajar; con esmero al principio, y con agotamiento y desidia cuando se dieron cuenta de que aquella mansión era un paraíso para cualquiera que quisiera esconderse.

Por la tarde, cuando sus caras se ablandaron de agotamiento y se extendió la sensación de que aquellas paredes se reían de ellos, decidieron irse y planificar la vigilancia de la finca, con la esperanza de que Oskar Klein volviera a ella para atraparlo. Aferrándose a aquella posibilidad, antes de partir, John reservó una habitación en el Epson Arms.

Sabía que lo habían engañado.

Pero ningún engaño duraba eternamente.

18
Un vuelo misterioso

Augsburgo, sábado 10 de mayo de 1941

Atardecía a las afueras de Augsburgo, cerca de Múnich, cuando Rudolf se subió, solo, a un Messerschmitt Bf110. Era un caza bimotor, pintado de caqui y gris, con las cruces alemanas en las alas y los costados. Él tampoco se disfrazó: uniforme azul grisáceo de la Luftwaffe, camisa azul, corbata azul oscuro, botas. Atrás había quedado Ilse, la pobre Ilse, que creía todo lo que él decía y hacía, como si fuera Hitler. Le había dicho que volvería al día siguiente, o quizá el de después. Que iría a Augsburgo, lo cual era verdad, y de allí a Berlín, lo cual era mentira.

Había estado en la élite del partido algunos años, pero su poder declinaba y su influencia también. Quizá la audacia de aquella doble misión lo cambiara todo; no en vano, se iba a jugar la vida.

Encendió los motores del caza y los oyó rugir unos minutos. Luego desvió la mirada a la torre de control y pidió permiso para recorrer el kilómetro de pista de despegue. Cuando estaba llegando al final, un suave movimiento de la palanca lo elevó sobre el mar de campos verdes, lagos y pueblecitos de la rica Baviera.

Llevaba meses preparando en secreto y en solitario la misión. Había estudiado los mapas de guerra, los del norte de Europa, los de Inglaterra. También había estudiado detenidamente su destino y tenía tan presente su imagen en la cabeza que estaba seguro de que, al verlo, no podría confundirse.

Pasada una hora, la negrura del mar del Norte apareció bajo el avión. La RAF lo detectaría, claro que lo haría, pero esperaba ser más rápido. Un solo caza era más difícil de localizar que un escuadrón, por supuesto. Además, su destino no era una ciudad, sino una casa, y su propósito no era bombardear Gran Bretaña, sino todo lo contrario. También traería un regalo de vuelta, uno que agradaría a quien podía volver a colocarlo en la posición que merecía, en la cima de la pirámide.

Tras la negrura brillante del mar, la mate reconocible de los campos de Northumberland apareció bajo el caza. Bonito país, en muchas cosas parecido al suyo. Sabía que las manchas más claras eran rebaños de ovejas durmiendo a la intemperie, que las grandes sombras serían fresnos o robles, y que bajo los tejados de las granjas que veía olería a paja, a madera, a hoguera y sopa. Igual que en Baviera. Rudolf no sentía a los ingleses como enemigos, al menos no como a los que planeaban aniquilar en el este. El Reino Unido era un país que debería haber sido su aliado. Por desgracia, los británicos habían escogido oponerse a Alemania y pretender que les importaban sus vecinos más de lo que realmente lo hacían. Enfiló hacia el norte. A las diez y media de la noche cruzó la frontera escocesa.

Aterrizaría cerca de Dungavel House y allí hablaría con el duque de Hamilton. Se habían conocido en las Olimpiadas de Berlín. No eran amigos, pero Rudolf se había convencido de que ambos estaban en posición de tender un puente entre Churchill y Hitler, uno que les hiciera comprender que debían iniciar conversaciones de paz, máxime cuando los alemanes estaban a punto de lanzarse sobre Rusia y necesitaban que todos sus recursos y energía se concentraran en derribar al gran oso del este. Recordó la casa que había grabado en su memoria. Estilo *baronial* escocés, de larga fachada, con torretas y agujas. Descendió en altura y oteó el horizonte, miró a su alrededor después y luego otra vez a lo lejos. Sabía lo que buscaba, se había hecho una imagen clara del perfil del edificio asomando por encima de los bosques que lo rodeaban..., pero no lo encontraba. La casa debía de estar encendida, a diferencia de las de todo el país, precisamente para lograr lo que el resto de hogares británicos se esmeraba en evitar: que aviones como el suyo detectaran sus objetivos. Maldita noche. Maldita oscuridad obligada.

A varias millas tras él, la Royal Air Force había mandado a dos Spitfire a derribarlo en cuanto habían detectado su presencia, incluso antes de que sobrevolara Gran Bretaña..., pero tampoco ellos daban con su objetivo.

No era el caso de Oskar Klein, que estaba exactamente donde debía estar, a la hora acordada, por fin con su propia identidad. En sueños, a veces mezclaba todas las que había tenido. El republicano español, el diplomático portugués, el despistado agente Arthur Dunn, el heroico alférez Harrison. Resultaba increíble que fuera tan fácil convencer a la gente. Oskar sabía cómo hacerlo; tan solo tenía que adaptar la identidad que necesitaba él a la que necesitaban las víctimas de sus engaños. Un joven agente del MI6 capaz de ayudar a otro agente inseguro de sus capacidades sin hacerle sombra, como Arthur Dunn; o un alférez herido y solitario, capaz de enternecer el corazón de una baronesa que acababa de perder a su marido, como James Harrison. Nadie había sospechado nada. El camaleón se adapta a la rama, no la rama al camaleón, recordó.

Recordó también los momentos que había pasado con Daisy García. Cómo había llegado al extremo para que ella le facilitara la localización de su hijo entre los alumnos de Saint Clarence. No había sido fácil y Daisy jamás había hablado del pequeño, pese a que habían tenido momentos de casi sensual intimidad. Habían conversado, él la había tocado. De haber querido, incluso podría haber llegado a más. Ella lo miraba con pena al principio, pero enseguida con admiración. No se ama por pena, en cambio, frecuentemente, se ama por admiración, y cuando aquella mirada cambió, Oskar estuvo seguro de que Daisy estaba a punto de caer en sus brazos. Inocente. Una buena chica que escuchaba todo lo que él decía, aunque, por supuesto, todo fuera impostado. No había sentido nada por la joven, aunque era guapa y amable. No abandonaba por tan poco. No era un perro al que despistar con un filete. Una vez olía la sangre, nada era más atrayente, y para él Daisy era un rastro de sangre hasta Pat. Había intentado que los niños le señalaran al pequeño, pero sus mentes dispersas le ofrecieron poca claridad. Tenía un grupo acotado de niños de la edad del pequeño, pero fue Daisy, por pura casualidad, con el rizo que encontró en su guardapelo, quien al fin le indicó quién era su hijo. Al mirarlo, le pareció que se asemejaba a ella. Una vez localizado, solo quedaba organizar su transporte a Alemania.

En eso estaba.

Buscaba en el cielo el avión a unas millas de Dungavel House, frente a un prado largo, llano y verde. Con una linterna, había lanzado alguna señal al cielo, esperando orientar a quien parecía totalmente desorientado. Oskar no sabía quién aterrizaría. Tampoco lo que venía a hacer a Escocia. Tan solo sabía que, una vez en tierra, debía establecer contacto con un tal Alfred Horn (nombre que supo desde el primer momento que probablemente fuera falso) y, dos días después, entregarle al niño Patrick García, que, tras meses de observación, tenía perfectamente localizado en Glenmore Hall, listo para ser secuestrado y entregado a Alemania.

Oyó el aparato acercarse, dar vueltas, alejarse... Comprendió que había perdido por completo la orientación. Luego escuchó cómo el sonido se agudizaba y se alejaba de otra forma, y dedujo que estaba cogiendo altura. También supo lo que el piloto pretendía: saltar en paracaídas. El Messerschmitt se estaba quedando sin combustible.

A los pocos minutos oyó el aparato estrellarse, explotar e iluminar el entorno con sus llamas. Poco después vio el reconocible balanceo de un paracaídas que descendía cerca del avión. Ambos estaban a varias millas de distancia de donde él se encontraba, y por lo menos a quince millas del destino final que habían planificado. Subió a su coche tan rápidamente como pudo y se afanó por acudir raudo al encuentro de su compatriota. Estaba seguro de que no sería el único que había oído el avión. Para su desgracia, los británicos reconocían el sonido de los cazas alemanes a la perfección y muchos, como cuando uno espera el sonido del despertador, se desvelaban en cuanto los primeros acordes de aquella sinfonía mortal empezaban a sonar. Así que debía recoger al piloto antes de que otro lo hiciera o cualquier división del ejército lo capturara.

Sorteó veloz las curvas de la carretera. Odiaba las vías como aquella, hundidas en la tierra y rodeadas de árboles y muros que hacían imposible que uno se orientara con el paisaje de alrededor. Al final de una recta giró a la izquierda y se detuvo para bajarse del vehículo y abrir con decisión una valla de madera enmohecida. Subió de nuevo al coche y entró en un prado. Miró alrededor.

A continuación se maldijo al ver que el avión seguía ardiendo, tres o cuatro prados por delante, al otro lado de un riachuelo.

Dio marcha atrás y, a toda velocidad, buscó que la carretera llevara a un puente, pero, al contrario, vio como lo obligaba a alejarse del eje que debía cruzar.

Llegó al campo veinte minutos más tarde de lo que debía. Desde lejos, vio a un granjero ayudar al piloto, que cojeaba, a subir a su tractor. Poco después el Scottish Royal Observer Corps apareció en escena y Oskar supo que el tal Alfred Horn sería detenido.

Había cumplido con su parte. Tenía localizados tanto a Daisy como a Patrick García. Había planificado el secuestro del niño con precisión, desde el somnífero que había adquirido para inyectarle hasta el recorrido por el sótano de Glenmore Hall por el que lo sacaría al exterior. Pero de nada servía aquella parte si luego el niño no podía volar hasta Alemania. Tendría que esperar.

Decidió aguardar unos días por la zona, cerca del hombre al que debía haber entregado el niño, a la espera de ver qué hacían con él. Si quedaba libre, cosa extremadamente improbable, Oskar estaría cerca para seguir con la misión.

Enseguida empezó a averiguar informaciones que confirmaron la imposibilidad de aquello.

Al ser detenido, el piloto había solicitado reunirse con el duque de Hamilton, para el que tenía un importante mensaje. Tras recibir atención médica, ya encarcelado, volvió a insistir en aquella petición, pero, mientras valoraban qué hacer, los escoceses decidieron comunicarse con Douglas Douglas-Hamilton, decimocuarto duque de Hamilton, que, aparentemente sorprendido, fue informado de que un piloto alemán derribado reclamaba su presencia. Ante él, el piloto se presentó con su verdadero nombre: Rudolf Hess.

Oskar tuvo que verificar la información a través de varias fuentes. Era algo tan inaudito e inesperado que resultaba difícil de creer. Hess había sido uno de los favoritos de Hitler. Se conocían desde hacía tiempo, habían compartido celda en 1924 en la prisión de Landsberg, donde Hess había ayudado al Führer a corregir su libro, *Mein Kampf*. Eran amigos incluso desde antes, y esa amistad se había visto recompensada con el ascenso al poder de Hitler, que lo había nombrado número dos del partido y su sucesor. Pero, con el inicio de la guerra, la estrella de Hess se había ido apagando.

El nazi había insistido en que tenía una relación con el duque, que este no reconoció. Sí, claro que había estado en las Olimpiadas de Berlín, y sí, desde luego que había asistido a eventos con los jerarcas del partido nazi. Pero el duque negó cualquier relación con Hess más allá de un breve encuentro en el que había otras personas. Oskar pensó que aquello podía ser o no cierto, y que no era imposible que el duque renegara de una relación que le habría marcado como sospechoso en el Reino Unido. El mismo Oskar había visto las luces del jardín de Dungavel House encendidas la noche del suceso, algo realmente inusual cuando el oscurecimiento era obligatorio. En cualquier caso, los rumores sobre la creciente inestabilidad de Rudolf Hess eran recurrentes entre los que manejaban la información en el Reich. ¿Sería aquella la última de sus locuras?

En su reunión, Douglas Douglas-Hamilton escuchó con atención y sorpresa lo que Hess, encarcelado, había ido a decirle. Quería establecer negociaciones de paz. Al duque le pareció que desde aquella celda tenían tanto poder para parar la guerra como para hacer que las mareas cesasen; es decir, ninguno. La mirada de Hess era la de un hombre que se aferraba a la idea de un poder que ya no tenía, y sus ojos, abiertos, inquietos, miraban a uno y otro lado como los de un loco.

De todas formas, aquella noche Douglas voló a Ditchley Park, en Oxfordshire, donde el primer ministro pasaba los fines de semana, y le explicó la situación. Churchill, que sabía que aquella hazaña no podía haber sido autorizada de ningún modo por Hitler, encomendó a su equipo una entrevista con Hess, quien, al ver que pasaban los días y nada salía como había planeado, sintiéndose ninguneado, se mostraba cada vez más irritado. El Gobierno inglés daba al asunto la importancia de una anécdota.

Al mes, Rudolf Hess era encerrado en la Torre de Londres. Quizá aquello fuera lo único que los ingleses estuvieran dispuestos a concederle. Le encerrarían las mismas paredes que a los enemigos históricos del imperio. En Alemania habrían hecho algo similar. Hess se había convertido allí en un indeseable. Al día siguiente de la misión fallida, el 11 de mayo, a primera hora, le había sido entregada una carta lacrada a Hitler en la que, de su puño y letra, el que había sido número dos del partido le explicaba sus intenciones. La expresión del Führer fue cambiando a medida que las palabras contenidas en el breve texto se amontonaban ante sus ojos entre la sorpresa, la incredulidad y la estupefacción. Luego todo quedó aplastado por la ira y los gritos. De haber estado frente a él, Rudolf Hess habría temido seriamente por su vida. Al día siguiente, cuando a ambos lados del frente todos se preguntaban qué era exactamente lo que había sucedido aquella noche, el partido nazi declaró que Hess estaba loco. Lo creían, pero además era lo que él había pedido que declararan si su misión resultaba un fracaso. También se anunció que todos los ayudantes de Rudolf serían arrestados inmediatamente. No se tramaba nada a espaldas del Führer.

En el Reino Unido, nadie había tomado en serio la misión de la que el alemán les había hablado, pero todos se la hubieran dado a la que se había guardado para sí.

Oskar, que, como la mayoría de los espías, estaba acostumbrado a actuar con cautela y previsión, pensó que la mayor prueba de la locura de Hess había sido no saber distinguir lo que era realista e importante de lo que, al ser imposible, carecía de cualquier valor.

En cualquier caso, todo aquello lo dejaba a él en una situación incierta. Dependía de la ayuda externa para sacar al niño de Inglaterra y llevarlo a Alemania, pero, aun ocupándose él de todo, no sabía a quién entregar el niño porque desconocía quién lo reclamaba ni cuál era la importancia real del pequeño Pat. Probablemente fuera hijo de Hess, uno ilegítimo, fruto de un escarceo con Daisy García. Ella había estado en Múnich y Rudolf también. Era lógico que un alto mando nazi temiese que su hijo estuviera en territorio enemigo. De capturar a Pat, de saber quién era, los aliados podrían extorsionarlo. Eso suponiendo que Hess tuviera algún cariño por el niño, cosa que tampoco era muy normal. Un niño ilegítimo rara vez despertaba alguna emoción en personas como aquellas. De hacerlo, quizá entonces debería entregárselo a su esposa, Ilse, pero... ¿en qué situación quedaba el prisionero respecto al partido, respecto al Gobierno alemán tras aquel vuelo? ¿Seguirían apoyándolo?

Demasiadas preguntas.

Oskar decidió volver a establecer contacto con su enlace para recibir instrucciones sobre lo que debía hacer. Planificó su vuelta a Londres. Antes, tendría que pasar por Glenmore.

Debería esperar.

No sabía que, más al sur, en una gran casa de campo repleta de niños, vigilada por la Policía y con cada vez más secretos entre sus paredes, era a él a quien esperaban.

19
Adiós en Buenos Aires

A Clara no le dolía reconocer que muchas de las cosas no habían salido como esperaba porque habían salido mejor. Su estancia en Argentina se había alargado mucho, pues, en lugar de volver al mes de su llegada, en marzo, su barco a España saldría a mediados de aquel mes de mayo. Igual que el de Félix. La última noche en el hotel Plaza de Buenos Aires tendría, en esencia, los mismos compases que la primera que pasaron juntos en el hotel Llao Llao de Bariloche.

La recordaba a la perfección. Había dejado que Félix pensara que la había seducido cuando había sido ella la que lo había orquestado todo. Era buena para eso. También para todo lo que implicaba y, aunque estaba dispuesta a acostarse con el mismo Goering si con ello ayudaba a derribar a los nazis, era cierto que hacerlo con Félix era sin duda más agradable. Necesitaba fotografiar los planos que el arquitecto le había llevado a Félix a Bariloche, los de la casa (o lo que fuera que el español estuviera planeando construir) de la bahía de Inalco que habían visitado. Sabía que era una información de importancia, así que se aplicó para conseguirlos.

Cenaron en la terraza del hotel, con vistas al lago, y, sutilmente, ella empezó a soltar las redes entre las que pensaba atrapar a Félix. Su vestido ligero, su escote en los límites de la elegancia, sus labios rojos. La manera de mirarlo, de reír, de interesarse por todo lo que él hacía. Funcionó, porque en todo, tras un fin determinado, había también una realidad cierta, y Clara sabía que en el fondo no estaba solo fingiendo. El sol había tostado un poco la cara de Félix dándole el brillo dorado de los que no son ni demasiado rubios ni demasiado morenos, marcando sus ángulos, resaltando los blancos de su faz. Era atractivo y Clara estaba segura de que triunfaba con las mujeres, pero su actitud era diferente porque no parecía encaminada únicamente a llevársela a la cama. Félix disfrutaba sinceramente de cada minuto que pasaban juntos; de la cena, de las copas que vinieron luego, del paseo por el muelle en el que la besó de nuevo, de la conversación.

No. No le gustaba, se convenció por enésima vez. Quería un luchador, no un vividor, aunque los vividores eran excelentes compañeros para un rato.

Félix lo había sido.

Era ya tarde, pero las palabras y las ganas de estar juntos no se les habían acabado cuando recorrieron los pasillos del primer piso del hotel en dirección a sus habitaciones. Para entonces ya se habían besado varias veces, sin necesitar declararse nada especial, simplemente que eran jóvenes, estaban en la otra punta del mundo y tenían ganas de divertirse. Clara llegó a su *suite* y él se apoyó en la pared mientras ella abría la puerta. Se sonrieron.

—Me han dejado una botella de Fernet en la mesita —apuntó ella.

—La misma que a mí —dijo Félix—. Podemos acabarnos la tuya primero... y luego ir a por la mía.

Sonrió unos instantes a aquel canalla. Mantuvo la tensión en la mirada, clavados los ojos en los de él.

—Siempre te sales con la tuya, ¿no es así? —dijo al fin.

—Sospecho que en esta ocasión nuestros planes convergen —replicó él empujando con el brazo la puerta que la española acababa de abrir.

Clara entró y, sin encender la luz, se acercó a la ventana, mirando hacia el lago oscuro y el cielo estrellado, dándole la espalda a Félix. A un lado de la habitación, la botella de Fernet aguardaba en un velador, junto a dos copitas de filo dorado. Oyó a Félix abrir cajones en busca de un abridor y, poco después, descorchar la botella.

Para entonces ella ya se había desanudado el vestido y lo había dejado caer al suelo permitiendo que su piel se contornease a la luz de la luna que entraba del exterior. Al levantar la cabeza para ofrecerle una copa, Félix pareció sorprenderse un instante. Luego, recomponiéndose, sonrió pícaro y, sin comentar nada, bebió un pequeño sorbo, la miró a los ojos y, sin vergüenza, le acercó la bebida. Poco después se quitó la camisa. A media botella, pretendiendo que el deseo no recorría ya sus cuerpos, habían logrado estar completamente desnudos sobre la cama. Ebrios de alcohol y de ganas, aún quedaba algo de licor cuando bebieron una vez más de los labios del otro. Poco después se entregaban a lo que era imposible demorar más.

Descubrieron que se acompasaban a la perfección, que sabían alargar los momentos álgidos, reír cómplices en los que los sucedían, y disfrutar de cada uno de los rincones de unos cuerpos que descubrían por primera vez. Ninguno era nuevo en aquello, pero ambos tuvieron que reconocer que aquel encuentro no se parecía a ninguno de los anteriores. El cuerpo de Clara era como el de una gata, flexible, elegante, terso, fino y nuevo. Sus pechos redondos, sus pezones pequeños, su cuello, sus piernas largas, que podían abrazar el cuerpo de Félix entre y dentro del suyo. Parecía diseñada para aquello, o quizá para Félix, que, delgado y fibroso, la movía a donde ella se dejaba y la tomaba como ella le pedía.

Cuando terminaron, supieron que acababan de empezar y, observando el paisaje desordenado que mostraba la habitación, decidieron ir a un nuevo campo de batalla. Aquel había sido el plan desde el principio, acabar las dos botellas de Fernet... y llenarse el uno del otro.

Antes de cambiar de habitación, una conveniente ducha de su amante permitió que ella fotografiara los planos del proyecto de una gran mansión en la bahía de Inalco, Bariloche. Unos planos completamente escritos en alemán.

Por la mañana, con las botellas vacías, las camas de ambas suites amortizadas y el deseo aún sobrante, decidieron alargar la estancia dos semanas. Clara pensó que no podía haber trabajo más placentero.

Tras Bariloche, el viaje se desarrolló de forma similar hasta que volvieron a Buenos Aires. Lugares de una belleza extraña, de horizontes que se perdían, de montañas inmensas, de cascadas abundantes. Visitaban un país extraordinario, comían y bebían, y por las noches se entregaban el uno al otro. Parecían alineados para no hablar de lo que hubiera subyacido en otra situación, de lo que vendría luego, de lo que esperaban el uno del otro, de a dónde les llevaba su relación. En ningún momento la tensión por aquella conversación inexistente apareció, porque estaba claro que ni estaba ni se la esperaba.

Habían llegado tres días antes a Buenos Aires. Clara había hecho su trabajo y podía relajarse. Lo sabía porque Félix no se había vuelto a reunir con nadie y pasaban las horas juntos como habrían hecho de haber sido novios. Al día siguiente partirían a España. Quedaba el viaje; luego, lo desconocido.

Félix también había disfrutado. Atándose el lazo de la pajarita frente al espejo, pensaba en adelantarse al bar mientras Clara acababa de arreglarse. Estaba dispuesto a alargar las duchas siempre que las compartía con ella, pero lo de arreglarse era otro asunto. A lo largo de su vida se había puesto tantas veces el esmoquin que lo hacía igual que un futbolista se abrochaba las zapatillas de tacos, rápido, sin error y sin importancia. En cambio, Clara tardaba casi una hora en cambiarse y arreglarse. «No para ti, sino para mí», le había matizado, haciendo una vez más hincapié en la dura feminidad que la caracterizaba.

Así que Félix bajó al bar del hotel y se apoyó en la barra para pedir un jerez, temiendo que tuviera que atacar el tercero antes de volver a verla.

El bar del hotel Plaza se animaba a aquella hora y el «todo» Buenos Aires se mezclaba con los extranjeros y los hombres de negocios que se alojaban allí. A Félix no le importaba estar solo. Tenía tantos buenos recuerdos de aquellos días que con solo revivirlos habría llenado satisfactoriamente varias horas. Se reía cuando recordaba todo lo que habían hecho, especialmente cuando volvía a pasear por el cuerpo desnudo de aquella pura sangre española. No era enamoradizo, al menos eso creía, porque muchas mujeres extraordinarias habían paseado por su vida sin que él hubiera sentido depender de ellas en lo más mínimo. ¿Eso era el amor? ¿Dependencia?, ¿necesidad? No estaba seguro de que fuera así, pero, de serlo, era exactamente lo que él no quería.

Absorto en sus pensamientos, observó al barman servirle el segundo jerez cuando alguien se sentó a su lado.

—Señor Zurita —dijo reclamando su atención. Félix se giró hacia él sin decir nada—. Debería ser más cuidadoso —siguió hablando el desconocido con marcado acento alemán, lo cual le puso alerta. Apoyó un pequeño sobre sobre la mesa y colocó una servilleta encima, tapándolo—. Abra la documentación en el cuarto de baño. Luego, deshágase de ella o lo haremos nosotros. Que no llegue a Madrid. —El desconocido se levantó y abandonó el lugar sin prisas.

Félix obedeció. Cogió el sobre y discretamente se lo metió en el bolsillo interior de la chaqueta antes de encaminarse al cuarto de baño, situado en una de las esquinas del salón. Entró y se encerró en uno de los cubículos para ver qué era lo que contenía. Eran fotografías. Varias. Como le pasaba siempre, reconoció cada uno de los lugares, todos de España. Madrid, Barcelona, Montserrat. Fotos de él en cada uno de esos sitios. Entrando en la embajada alemana, paseando por la estación de tren de Barcelona; en una esquina, entre la comitiva de Himmler en Montserrat. Recordaba a la perfección cada instante inmortalizado por la cámara. No le sorprendió demasiado que lo hubieran vigilado. Estuvo seguro de que no había sido más que una comprobación de que era quien decía ser y hacía lo que le habían encomendado, pero una cara se repetía en cada imagen. Clara. Mezclada entre la gente de Montserrat, sentada en una mesa en el café desde el que se veía la entrada a la embajada, leyendo la prensa en un banco de la estación de Francia en Barcelona. Siempre a su espalda, más cerca o más lejos, Clara aparecía vigilándolo.

Recordó las palabras del alemán que le acababa de entregar aquellas imágenes: «Deshágase de ella o lo haremos nosotros. Que no llegue a Madrid». Había pensado que se refería a la documentación, pero parecía claro que aludía al mismo origen del problema: querían que se deshiciera de Clara.

Un pinchazo en su orgullo, en su hombría y en su inteligencia le sobrevino. Sabía que no todo había sido mentira; en realidad, él también le había ocultado cosas, pero Clara lo había engañado aún más. Le había hecho creer que disfrutaba de su compañía y había usado su atractivo para que él no cayera en la cuenta de que estaba siendo espiado. Félix la había llevado a Inalco, incluso había conocido al arquitecto encargado de levantar ahí el complejo donde, si todo iba mal, acabarían recalando algunos nazis para escapar de las consecuencias de una derrota.

Decidió tomar cartas en el asunto en el viaje de vuelta. Ahí todo sería más fácil. Muchos problemas habían sido solucionados entre las olas del mar.

Aquella noche, Clara notó que hacían el amor de manera diferente, más violenta y desprovista de ternura. A la mañana siguiente, Félix volvió a fingir. Le era mucho más fácil hacerlo cuando estaba vestido.

Había tenido tiempo para pensar. Su madre le decía que pensar en los demás siempre da una oportunidad para hacerlo en uno mismo, y Félix no la desaprovechó. Era evidente que tanto Clara como él estaban involucrados en una guerra de la que España había escapado de puntillas. También que estaban en bandos opuestos. Clara ayudaba a los aliados y él..., bueno, él tan solo ayudaba a los alemanes por una antigua amistad familiar. Los contactos lo eran todo, y que su padre hubiera sido amigo del almirante Canaris lo había involucrado en la agradable misión que estaba realizando. Una que además le reportaba pingües beneficios económicos.

Pero las cosas se habían complicado inesperadamente. La frase «deshacerse de Clara» retumbaba entre las paredes de su cerebro. Aquel pensamiento le hacía enfrentarse por primera vez a la verdad de la guerra, una verdad que no había vivido en la guerra civil española y de la que había querido apartarse también en la presente guerra mundial. Llevaba meses girando la cara a la fealdad, cerrando los ojos a las noticias de los periódicos que no hablaran de lo que atañía a sus gustos, a la vida banal y divertida, esa en la que no había problemas. Félix amaba nadar entre la ligera espuma, pero sumergirse en el denso líquido que había bajo ella era otra cosa.

De pronto tendría que actuar, que implicarse, que mojarse.

Embarcaron a mediodía, pero el barco permaneció aún varias horas amarrado mientras cargaban los equipajes y la tripulación organizaba la partida. Por la tarde, Félix estaba en el camarote deshaciendo su maleta cuando un nuevo recordatorio de lo que debía hacer apareció entre sus camisas: una Walther P38, brillante, afilada, que no le pertenecía. Negra como sus intenciones. La miró unos instantes. La pistola parecía retarlo, recordarle que, aunque hasta entonces no había tenido arrestos, debía enfrentarse a lo que se le pedía. Que había cometido un fallo que debía solucionar. Que toda la misión corría el riesgo de estropearse porque él había metido entre sus sábanas a la enésima chica guapa de la que no sabía nada. Le revolvió el estómago pensar que alguien hubiera entrado en su habitación, en el hotel o en el mismo barco, abierto su maleta y tocado su ropa para meter dentro la pistola.

La cogió hipnotizado y se sentó al borde de la cama mientras decidía qué hacer. Aquello no formaba parte del trato. Nadie le había hablado jamás de matar. No le pagaban por aquello, pero desde hacía meses sabía que su misión era más importante de lo que él se empeñaba en creer. La había discutido con uno de los delfines del mismo Hitler en Montserrat. Nada en lo que Himmler estuviera implicado era de escasa importancia. Por aquella misión los nazis se quitarían de en medio a quien fuera necesario, él incluido.

Por primera vez en años echó de menos el consejo de su padre. Probablemente él le habría aconsejado que rechazara de entrada la misión, pero Félix era experto en meterse en líos.

Respiró hondo y se tumbó en la cama mientras escuchaba a los motores soñolientos aguardar el inicio del viaje. Al rato el ronroneo de la maquinaria tornó en rugido y los pasajeros se asomaron a las cubiertas para ver cómo, poco a poco, dejaban Buenos Aires atrás. Félix permaneció en el camarote y pasó las horas pensando. Anochecía cuando acudió al encuentro de Clara, decidido a asumir sus responsabilidades. Llamó a su puerta levemente y la convocó para pasear por cubierta. A Clara nada le hacía pensar que aquel encuentro no fuera para seguir disfrutando el uno del otro, pero Félix estaba seguro de que el trance no les iba a reportar placer a ninguno de los dos.

La joven estaba relajada con él, de forma que la impostura con la que se había acercado a Félix cuando quiso conocerlo se iba desvaneciendo y cada vez fingía menos. Le era fácil separar la misión que la había llevado hasta Félix de los buenos ratos que pasaban juntos. Para él era completamente distinto: estaba tenso, se sentía engañado, molesto, y, cada vez más, preocupado por lo que tenía que hacer. Las tornas habían cambiado y, como en una carrera, ahora era él quien tomaba la iniciativa. Quien sabía más. Quien decidiría.

Las olas eran apenas un rumor ahogado por el sonido del trasatlántico, que las cortaba con decisión. Estaba oscuro. El paisaje era un cuadro de matices de negro: el mate de la costa que aún se intuía, el brillante del mar, el azulado del cielo plagado de estrellas. Hablaron mientras paseaban y recostados en las tumbonas. Habló más Clara, pero Félix también participó de forma natural, sin levantar ninguna sospecha sobre sus intenciones. Como les pasaba siempre, se hizo tarde. Félix la invitó a conocer la proa del buque. Estaba dos cubiertas por debajo de donde se encontraban y los pasajeros rara vez la frecuentaban, pues estaba llena de estructuras, cabos y aparejos del barco. Siempre había poca gente, pero a aquella hora no había nadie. La cogió de la mano y, antes de llegar a su teórico objetivo, la empujó al oscuro espacio que quedaba entre dos de los botes salvavidas que colgaban sobre pescantes. La giró hacia sí de forma que Clara quedó apoyada en la barandilla y de espaldas al mar, convencida de que Félix la iba a besar. Tardó apenas unos segundos en notar el cañón de la pistola en su vientre. Unos segundos más en comprobar la expresión extraña de Félix. Tres segundos más en estar segura de que su vida había acabado.

20
La alianza

Dos días después del intento de captura de Oskar Klein en Glenmore, John Osbourne volvió a visitar a Lucy. La mañana ya era plena y el sol que se colaba entre las cretonas y los terciopelos de la casa daba una alegría que contrastaba con el ánimo del agente. John no estaba contento. Había ido a capturar a un espía y a una misteriosa mujer y no había cazado a ninguno. El nuevo plan era esperar, pero estaba enfadado, harto de fracasar, y lo mostraba en cada una de sus palabras y gestos, de forma que Lucy tenía la ventaja de su serenidad sobre él.

Le ofreció una taza de té que Osbourne rechazó. Luego se sentó inquieto frente a ella.

—Lo cazaremos, no tenga usted ninguna duda. —Lucy supo que a quien intentaba convencer Osbourne era a sí mismo—. Necesitaremos que nos ceda algún espacio donde instalarnos. Cuatro agentes y yo mismo. Controlaremos la finca para atrapar al espía. A Oskar Klein.

—¿Saben algo más de ese hombre?

—Hace unos meses que se da por hecho que está en Inglaterra, pero nadie sospechó que fuera el tal Arthur Dunn.

—Tampoco yo sospeché que fuera el alférez Harrison.

—No. Pero no se aflija, usted no es una profesional de esto.

—Usted sí lo es en cambio. —Lucy se arrepintió enseguida de sus palabras, que venían a recalcar la incompetencia de Osbourne. Rectificó como pudo—: Realmente me parece imposible que alguien lo hubiera hecho mejor que usted. Ese Oskar es muy escurridizo.

—Por eso debemos instalarnos y esperar.

—Sé que por el momento se aloja en el Epson Arms, en Little Epson —dijo Lucy.

—Así es, pero, si no tiene inconveniente, debería instalarme en la misma finca: cuanto más cerca de la casa del molinero, mejor.

Lucy no lo podía permitir.

—¿En Glenmore Hall?

—Sí. O mejor aún en alguna de las casas del parque. Investigaremos desde aquí. Tendremos el dispositivo organizado y todo planeado para que no escape. Bloquearemos las carreteras, revisaremos las posadas, los *pubs*... Lo vigilaremos todo.

—¿Y pretende que nadie se dé cuenta? —inquirió Lucy.

—Lo intentaremos, por supuesto —replicó él.

—No lo conseguirán. Es sencillamente imposible. —suspiró Lucy—. Agente Osbourne, en esta casa trabaja mucha gente. En la finca vive otra tanta y, en general, Glenmore es el corazón que bombea actividad a Little Epson y gran parte de los otros pueblos de la zona. Todos nos conocen. Todos nos miran. Todo el mundo lo sabe todo de todos. Es imposible que tantos hombres se instalen aquí discretamente, y, a mi modo de ver, resultaría inaudito que un espía de la eficacia que suponen a Oskar Klein vuelva si ustedes se han quedado esperándolo a la vista de todos. —John se ofuscó un poco. Estaba cansado e irritado. Lady Epson tenía toda la razón. Dejó que siguiera hablando—. Le sugiero lo siguiente: le proporcionaré un alojamiento a usted en Little Epson. Hay una casita en el jardín de la baronesa viuda donde podría instalarse discretamente. Mi suegra no le hablará, hará como si usted fuera transparente sin ninguna dificultad. —Lucy sabía que lady Maud ignoraba a toda la gente que no le interesaba, más o menos el noventa por ciento de la población que no tenía título nobiliario—. En High Glenmore, que está a apenas unas millas y es mayor que nuestro pueblo, puede instalar al resto de sus hombres. Allí pueden quedarse con cualquier pretexto. En cuanto veamos actividad en la casita del molinero, cuando Oskar Klein vuelva, le llamaremos. Será casi instantáneo. Probablemente vuelva. Cree que Daisy está aquí.

—Haremos lo siguiente —dijo John—: yo me instalaré en Little Epson y mis hombres en algún pueblo cercano. La visitaré discretamente. Pero necesitaré de su colaboración. Cuando detecten actividad en la casa del molinero, deben avisarnos enseguida.

—Lo haremos —dijo ella, satisfecha porque John había repetido exactamente lo que ella había propuesto—; de todas formas, entiendo que su búsqueda abarca toda Inglaterra —siguió apuntando.

—Por supuesto, por supuesto, pero, como usted ha mencionado, es muy probable que Oskar vuelva a estas tierras. Así que lo mejor será tenerlo todo preparado.

—Sin duda, agente Osbourne.

—Entonces está decidido. No la entretendré más. —Se levantó—. Muchas gracias, lady Epson, y no tenga miedo: ese hombre no se acercará a usted, antes lo habremos capturado.

Lucy los vio partir desde la ventana. Cuando los coches se perdieron en el horizonte, fue a la cuadra y a caballo se acercó hasta el final del camino, donde las dos torretas de tres alturas custodiaban la entrada a su finca. Ató su montura y golpeó suavemente la puerta de una de ellas. Enseguida, la cara de Daisy asomó.

—Los he visto pasar —dijo serena.

—Sí. Ya puedes volver a casa —ordenó Lucy—, tenemos que estar preparadas. Nuestro enemigo vendrá. John Osbourne afirma que es un espía importante.

Daisy agradeció en silencio que Lucy identificara al agente alemán como un enemigo de ambas. Reforzaba su idea de que la bondad surge en los rincones más inesperados. Con todo, no podía evitar entristecerse ante la ilusión de que el falso alférez Harrison la hubiera engañado. Daisy no necesitaba pareja, al menos no en ese momento de su vida, pero su relación con aquel desconocido le había parecido honesta y había supuesto un soplo de aire fresco en su día a día, demasiado cargado de miedos e incertidumbres. Harrison, a quien había relacionado con la paz de espíritu, había demostrado ser todo lo contrario. No le dio rabia ser buena y no se avergonzó de su inocencia, aunque se hubiera mostrado como una peligrosa debilidad. En cambio, la fuerza de Harrison radicaba en presentarse con la inocencia de una flor, pese a ser la serpiente que se escondía dentro.

—¿Qué hay de Pat? —preguntó ordenando prioridades.

—Miss Nightingale hizo exactamente lo que le pedí. John Osbourne no dudó de que lo que le decía era cierto. Su confusión ahora mismo es mayúscula. No sabe dónde estás tú, no tiene ni idea de dónde está tu pequeño... Pero parece inteligente, así que debemos ser cautas. No valorarlo por sus fracasos, sino por sus aciertos. No olvidemos que ha estado muy cerca de lograr sus objetivos.

—Quizá debería...

—No. Ni se te ocurra. Si averiguan de quién es hijo Pat, lo utilizarán. Te lo quitarán para presionar a los alemanes. No queremos que tu hijo sea un escudo humano. Tenemos que deshacernos del tal Oskar Klein y luego pensar en los siguientes pasos. En el momento en que sea beneficioso para ti y para tu niño desvelar su identidad, lo haremos. Por ahora nos guardaremos esa baza. Y seguiremos con nuestro plan. Si el MI5 captura a Oskar, puede que acabe confesando el motivo por el que te persigue y te arrebaten a Pat. Si cogen al malnacido ese, los nazis mandarán enseguida a otro espía para capturar a tu hijo. Hagamos lo previsto. No dejemos que nadie arregle a medias un problema que afectará a tu vida y la de Pat. Ganarás tiempo para...

—Seguir huyendo.

—Sí. Me temo que sí. Daisy, no estarás segura hasta que la guerra acabe.

—Y ganemos —volvió a interrumpir Daisy.

—Ganaremos —aseguró Lucy cogiéndola de los hombros y mirándola a los ojos—. ¿Has oído? No tengas ninguna duda. Ganaremos cueste lo que cueste. Los ingleses tenemos, bajo la flema y la elegancia contenida, espíritu pirata. Tenemos resistencia y siempre guardamos algún as en la manga. Cuando nos persiguen, nos escondemos, y cuando ya nadie sabe dónde estamos, atacamos. Como piratas. Los españoles, con el imperio más fuerte del mundo, no pudisteis con nosotros, que resistimos. Ahora nosotros somos ese imperio atacado, así que con más razón aún venceremos.

Lo decía con tanta seguridad que era imposible no creerla, al menos un poco.

—Venceremos —repitió Daisy—. Ese Oskar no podrá conmigo.

—Con nosotras —replicó Lucy—. Tan solo tenemos que estar dispuestas a todo. Conseguir que, como le pasa a él, no nos tiemble el pulso. Eso es lo más importante, lo que debemos trabajar, lo que debemos conseguir que nuestra cabeza comprenda para que no nos traicione en el momento clave. Cuando llegue, deberemos recordar que solo bajando al barro donde él se mueve conseguiremos acabar con Oskar.

Esa noche Daisy volvió a su habitación en Glenmore Hall. Solo la señora Gold, miss Nightingale y la misma Lucy sabían que la estaban buscando y solo la última sabía por qué. Ninguna hablaría.

Mientras, Oskar Klein había vuelto a Londres. Su facilidad para disfrazarse lo había convertido aquellos días en un hombre encorvado y algo entrado en carnes, con el físico de quien come mal y a deshoras y realiza poca actividad física. Irreconocible para todos los que lo buscaban. Paseaba por Sloane Street en dirección a Hyde Park, donde tenía previsto reunirse con su mando en el Reino Unido. Blaz Munter era la única persona con la que se comunicaba y apenas se habían visto, pues Oskar le dejaba la información en los sitios acordados y recibía instrucciones en otros lugares elegidos por su discreción. En las raras ocasiones en las que se habían encontrado, el hombre le había causado una impresión extraña. A pesar de ser la única persona en la que podía permitirse confiar en todo Londres, su sola mirada le causaba temor. Munter tenía los ojos muy negros, hundidos bajo unas cejas también oscuras y pobladas que obligaban a cualquiera, incluso a él, a retirar la mirada en cuanto él lo escrutaba. Respiraba maldad, aun cuando cada vez su apariencia era diferente. Con barba o sin ella, elegantemente vestido como un aristócrata o sencillamente como un tendero, sus ojos, como los de una cobra, tenían el poder de hacerlo sentir como un ratón.

Entró en el parque pasando junto a varios huertos que se habían plantado para aliviar la hambruna que aguardaba. También pasó junto a un refugio antibombas. Muchos de los monumentos más importantes del vergel estaban protegidos por sacos de tierra. A lo lejos se veían el cráter y los árboles quemados que una de las incursiones alemanas había provocado en ese punto de la ciudad, pero, pese a todo, el verdor del entorno y algunos de los niños que jugaban entre los árboles le amenizaron el paseo hasta Kensington Gardens. Deambulando cerca de la estatua de Peter Pan, reconoció la figura de su enlace, vestido como un anciano con ropa pasada de moda y un abrigo colgado del brazo. Lo siguió al banco que un gran sauce llorón escondía y sombreaba no lejos del estanque de Long Water. No había tiempo para entretenerse. Blaz siempre iba al grano.

—Hess está en la Torre, pero lo van a trasladar. No deja de decir estupideces. La misión ha sido un absoluto fracaso, como era de esperar de ese loco. Lamento haberlo involucrado en ella. Recibí órdenes confusas. El Führer está furioso. Por supuesto, el que me hizo llegar la información, sin explicar que aquella no era una misión autorizada, ha recibido su castigo... No debe preocuparse, no fue culpa suya, ni tampoco mía. A los altos mandos se les obedece sin preguntar... En cualquier caso, el niño sigue en Glenmore Hall, así que está localizado.

—Así es —confirmó Oskar—, le hice una foto. Es un niño fácil de reconocer. Ojos azules, pelo muy rizado...

—Démela —le interrumpió Blaz.

Oskar rebuscó en su bolsillo y obedeció. La había llevado para entregársela a Blaz, pero le molestó el tono de su mando, que la cogió sin mirarla y la guardó antes de seguir hablando.

—Lo llevaremos a Alemania. No por el aire, sino por las profundidades del mar. En tres días un submarino llegará a La Hague. Debe llevar al crío allí. Tenemos un barco pequeño en Weymouth con el que cruzará el canal hasta la isla. Tiene todos los datos de su localización en el bolsillo del abrigo que dejaré aquí al levantarme. También tiene una cápsula para inyectarle al crío; se quedará dormido unas cuantas horas. Cuando esté embarcado, le inyectará otra que le proporcionaremos en el barco. No tendrá problemas para cruzar, está organizado. Y habrá niebla a partir de las cinco.

Oskar se había acostumbrado a no preguntar demasiado. Si aquel hombre decía que estaba organizado, lo estaba. Habría un marinero de confianza para llevarlo, las cápsulas para inyectar al niño estarían donde le había indicado y en la costa de La Hague todo estaría listo para recibir a una pequeña embarcación sin que los destructores alemanes la convirtieran antes en un queso gruyer. Se giró hacia él y, cuando sus ojos negros se clavaron en los suyos, rehuyó enseguida la mirada volviendo la vista al parque. Antes, le pareció detectar una pequeña sonrisa en su superior.

—Eso es todo —le dijo con frialdad—; no falle.

Sonó como una advertencia, cuando Oskar no había fallado jamás, pero, lejos de reafirmarse, se levantó y se alejó notando cómo aquellos ojos lo seguían.

Ya de noche, pocas horas después, aparcó el coche en la entrada de un camino pasado Little Epson y, sin ser visto, se acercó, campo a través, a la casita del molinero, donde esperaba concluir su papel de alférez Harrison en pocos días. Todo estaba como lo había dejado. Sus cosas, su nota de despedida, nadie había tocado nada. Nadie se había dado cuenta de que había pasado cuatro días fuera de Glenmore, tal y como sospechaba. Sonrió, seguro de que el pequeño Patrick García no tardaría mucho en dejar para siempre Gran Bretaña.

A poca distancia, en la casa grande, Lucy se estaba despertando cuando llamaron a su puerta e, incorporándose en la cama, dejó entrar a la señora Gold en la habitación. Enseguida le dio la noticia que esperaba.

—Tal como nos dijo, hemos revisado a diario durante las últimas semanas la cesta de comida que dejan en la puerta de la casita del molinero. El alférez llevaba muchos días sin tocarla y nadie ha llamado a su puerta para preguntar si está bien, tal y como ordenó usted, pero esta mañana la cesta estaba vacía. En la cocina están preparando la que dejarán en una hora en su puerta.

Así que el hombre al que llamaban Harrison estaba de vuelta. Lucy no pudo evitar que el vello se le erizase y una sensación de miedo recorriera su cuerpo de arriba abajo. Enseguida, la determinación aplacó aquel sentimiento. Tomó aire antes de responder a la señora Gold.

—Muy bien. Cuando esté lista, por favor, llévala a mi despacho. No tardaré en bajar.

—¿No desayunará hoy?

—No, señora Gold, no lo haré. —«Pero el alférez sí que lo hará», quiso concluir.

Poco después la cesta estaba en su despacho. La abrió: leche recién ordeñada, pan acabado de hacer, un poco de queso y algo de carne a la sal, de la que se estaban acabando las existencias; dos manzanas. Lo suficiente para pasar el día sin lujos, pero sin que el estómago rugiera demasiado. Perfecto para los pastores y perfecto para un supuesto ciego que tan solo tenía que abrir la cesta y comer sin necesidad de cocinar. Del cajón de su escritorio extrajo un recipiente de farmacia repleto de píldoras. «Dial», leyó al pasar su mirada por la etiqueta. Aplastó varias y, haciéndolas polvo, las introdujo en la botella de leche. Agitó el líquido hasta que se disolvieron y volvió a colocar la botella en la cesta. Luego solicitó que la llevaran a la casa del molinero. «Aplastar los problemas antes de que ellos le aplasten a uno», pensó. Solo tenía que esperar.

Al atardecer, siguiendo las instrucciones de Lucy, Daisy fue a las cuadras, donde ya estaban preparados el carro y la mula. Lady Epson la había citado antes y le había dado una de las escopetas que su marido había heredado de su padre. Era vieja, de antes de la Gran Guerra, pero disparaba y mataba, así que, si las cosas se complicaban, eso debía hacer Daisy: disparar y matar. Con el corazón a punto de salírsele del pecho, Daisy se subió al carro y animó al animal a que la llevara al mismo centro de sus problemas.

A la misma hora, adelantándose a la española, Lucy Epson llamaba a la puerta de la casa del molinero. Tenía miedo, pero esperaba que no se le notara. Llamó varias veces hasta decidir que probablemente su aportación a la cesta de Oskar Klein había actuado con eficiencia. Extrajo la llave de su bolsillo y abrió la puerta de la casa. Estaba a oscuras, así que dejó la puerta abierta para que la menguante luz del día la guiara. Todo estaba muy parecido a como lo había visto por última vez, pero sobre la mesa, en un lado, descansaba la cesta de comida. No vio al espía hasta que una respiración ronca le hizo girar la cabeza hacia la butaca del saloncito. Estaba dormido. Deseó que profundamente, pero el Dial tenía efectos diferentes en las personas y lo mismo mataba a los que se pasaban de dosis que causaba nulo efecto en los que no tomaban suficiente. Lady Maud tomaba un tercio de lo que Klein había ingerido y se quedaba profundamente dormida. La hija de los Warwick se había suicidado tomando medio bote. Esa era la guía. Pensó que había sido muy osada, pero sus ganas de resolver a menudo la llevaban a la osadía y aquella vez no era diferente, solo muchísimo más peligrosa que ninguna de las anteriores.

Se acercó a Klein lentamente, fijándose en su cara vendada. Su expresión, que siempre le había parecido amable, de pronto la inquietaba, como le pasaba con todo lo que sabía falso. Trató de tranquilizarse. Si no hubiera estado tan dormido, habría abierto la puerta cuando ella llamó, dado que no sabía ni que lo habían descubierto ni que lo pensaban capturar. De haberlo sabido, Oskar Klein, sencillamente, no estaría allí.

Puso su cara tan cerca de la del alemán que pudo percibir su olor a tabaco y a lo que había comido. Sobre la mesa, la botella de leche vacía le dio más seguridad. Mientras esperaba a Daisy, revisó la casa. Todas las contraventanas permanecían cerradas y un silencio sepulcral reinaba en el ambiente. Solo se oía la rueda del molino al girar, el agua que lo hacía moverse circulando y la vida que seguía mientras los humanos en tantos sitios intentaban detenerla.

En el piso superior vio a un lado de la cama una vela parcialmente consumida. ¡Qué tonta había sido! Sintió la tentación de volver a encenderla, pues estaba oscuro, pero, en cambio, se acercó a la ventana para abrir las contraventanas mientras el sol de la tarde se escondía poco a poco. Contempló aquella bonita vista, a la que no estaba acostumbrada. El río que pasaba pegado a la casa, el bosque del otro lado, los cisnes y los patos que se colocaban para pasar la noche.

De pronto, el suelo crujió detrás de ella y, sin tiempo a reaccionar, recibió un golpe en la cabeza. Luego sobrevino el terror. No se había dado la vuelta cuando dos manos la cogieron por el cuello. No le hizo falta ver la cara de su asaltante para saber que solo Oskar Klein podía ser el dueño de la piel áspera y seca que le cortaba la respiración. Se cogió como pudo a los brazos del espía, intentando zafarse de él sin ningún éxito. Oskar no era débil, aunque su disfraz se lo hubiera hecho creer a todos. Lo oyó gruñir. Lo oyó odiarla. No había puesto Dial suficiente. Tan solo lo justo para que el espía se diera cuenta de que habían tratado de sedarlo. El suficiente para que se hubiera dormido hasta oír los pasos de Lucy sobre su cabeza. En aquel lapso había tenido tiempo para ver que la puerta era nueva y comprobar los detalles que la noche anterior no había percibido. Alguien había estado en su casa, aunque al principio no se hubiera dado cuenta. Apretó las manos con más fuerza, notando cómo las venas del cuello de Lucy se hinchaban y todo el cuerpo de la distinguida señora se tensaba despidiéndose, en un vano intento por sobrevivir. Oía sus intentos de gritar, se satisfacía dándole su merecido. Lady Epson sería una muerta elegante y él escaparía, a ser posible con el niño Patrick García y su madre. Apretó más aún. Podía hacerlo.

O quizá no.

Un disparó sonó tras él. Oskar soltó a Lucy instantáneamente, de forma que lady Epson estuvo a punto de caer por la ventana, pero fue él el que cayó hacia atrás, y se derrumbó sobre el suelo. Seguía vivo, pero sangraba profusamente por una herida en el pecho.

Lucy se dio la vuelta para comprender la escena. Daisy temblaba y permanecía quieta, helada ante la consecuencia de su determinación, con la escopeta que Lucy le había proporcionado en las manos. Contemplaba a Oskar, que se arrastraba hacia ella moribundo. Lucy se acercó a la española pasando junto a Klein, le arrebató la escopeta y apartó a la joven. Luego pegó el cañón a la sien de su enemigo y disparó una vez más.

—Problema resuelto —dijo intentando mostrarse fuerte. Tiró la escopeta al suelo y se abrazó a Daisy—. No como habíamos planeado, pero problema resuelto —repitió—, y me has salvado la vida.

—¿Qué hacemos con el cadáver?

—Absolutamente nada —dijo una voz tras ellas—; creo que ya han hecho suficiente.

John Osbourne las miraba a ambas apuntándolas con una pistola. Tras él, dos agentes más esperaban.

—Me acompañarán ambas a Londres. Creo que tenemos mucho de lo que hablar. Sobre todo con usted, señorita García.

Se desalojó el pequeño núcleo de casitas del parque de Glenmore al que pertenecía la vivienda del molinero y nuevamente se revisó la casa de arriba abajo en busca de pistas. Daisy y Lucy fueron sometidas a un primer interrogatorio, pero John las advirtió de que tendrían que soportar otro más exhaustivo. Ambas, que se habían acostumbrado a improvisar, pensaron que dispondrían de tiempo para inventar algo conveniente. El personal de la finca no preguntó, y si alguno se extrañó, no dio muestras de ello.

Los agentes limpiaron el cadáver de Oskar y planificaron qué hacer con él. Una idea surgió en la cabeza de John. Encubriría a las mujeres por su seguridad y la de los intereses británicos. Klein era un espía que parecía operar solo y moverse por todo el país, por lo que podría haber sido atrapado en cualquier lugar. Glenmore, por supuesto, era una opción, pero no lo especificarían en su orden de detención. Eso iban a hacer. Simular que lo habían detenido, que lo habían condenado y que había muerto en la horca. La condena por traición y espionaje era la muerte, pero solo se producía tras muchos meses, incluso años, de interrogatorios. En el caso de Oskar Klein sería rápido. Oficialmente moriría el día de su llegada a la cárcel.

Organizó la pantomima y falsificó cuanto hizo falta para que la verdadera historia de aquel espía nunca se desvelara.

21

Regalos inesperados

Clara Galán llevaba escondida varios meses, desde que quien había recibido el encargo de matarla de vuelta de Buenos Aires le había perdonado la vida. Se había asustado por primera vez y recordaba con detalle cada segundo de lo acaecido en el barco.

Félix había descubierto que llevaba meses siguiéndolo. Le había enseñado fotos de muchos de los momentos en los que ella, espía, había sido espiada. Félix no tuvo ni un momento para mostrar decepción por el engaño, y ella tampoco se esforzó en explicarle que no todo había sido falso, que había disfrutado de su compañía y que habría repetido cada una de las noches en las que sus cuerpos habían sido uno y las risas y el placer lo habían llenado todo. Era poco profesional, aunque, visto lo visto, ella tampoco lo era mucho.

Había sido generoso. Más de lo que ella habría sido con él. Le había dejado vivir. Con condiciones, unas que no garantizaban su seguridad, ni, a la postre, la de Félix.

—Te podría matar. Es lo que me han pedido. Pero antes me vas a contar por qué me sigues y qué hace una española como tú de espía para los ingleses —le había dicho tras llevarla encañonada a su camarote.

Clara comprendió que no podía mentir si quería salvarse. Contó todo lo que había hecho. Félix le requisó los microfilms, las anotaciones; todo. Luego arriesgó su vida por ella. Quedaron en que, a todos los efectos, hasta el final de la guerra, Clara dejaría de existir. En lugar de desembarcar en Valencia, lo haría cuando el barco recalara en Barcelona, y desde allí y sin pasar por Madrid, viajaría a donde nadie pudiera verla hasta después de la guerra. Cuando los alemanes le preguntaran, Félix diría que había seguido las órdenes y que se había desecho de la espía arrojándola por la borda del barco.

Félix le había regalado la vida. Si aquella no era la mayor muestra de amor que se pudiera hacer, que bajara Dios a verlo. No podía quitarse el gesto de la cabeza. No podía dejar de pensar en él. ¡Qué complicada era la vida! Cuando recordaba sus días en Argentina, se convencía de que había sentido mucho más por Félix de lo que había pensado. Su heroicidad había sido el detonante, el acto que le había hecho cambiar de perspectiva. De pronto estaba convencida de que estaban hechos el uno para el otro.

Clara se escondía en una cabaña cerca de la pequeña aldea de Hontanares, en una de las esquinas de la finca que sus padres poseían en la localidad. Estaba en desuso desde hacía años, pero permitía que ella sobreviviera sin necesidad de salir de la finca, que, con su huerto, sus frutales, los embutidos y los huevos de la granja, le proporcionaba un sustento que en muchos lugares de Europa habría sido un lujo. Cuando sus padres visitaran el lugar, la encontrarían sana y salva. Mientras, pensarían que seguía de viaje, pues ella tampoco había dado demasiados datos de sus planes de vuelta.

Respecto a Frederick, su enlace con el MI6 en Madrid, supuso que la falta de noticias sobre ella le haría pensar en lo peor y que la misión sería encomendada a otro agente. No sería fácil que tomara el relevo donde ella lo había dejado. Félix ya sabía que lo vigilaban y no era tonto. No volvería a caer en la trampa de unas piernas bonitas y un cuerpo seductor, pero tampoco en ninguna otra que no estuviera bien tramada.

Estaba segura de que a Félix también le había cambiado la vida. Los alemanes le habían abierto los ojos, le habían mostrado una vida más allá de los hoteles de lujo, los viajes paradisíacos, los cócteles y los bailes.

Clara llevaba toda la mañana paseando por la finca, aburrida, preguntándose cuánto tiempo debería aún permanecer allí, cuando el tedio acabó de pronto y sus preguntas fueron contestadas.

En Madrid, Félix había cambiado completamente de vida y, con ello, de humor. Se había reunido de nuevo con Wilhelm Leissner, que le había felicitado por los avances en Argentina, especialmente por lo referente a la finca de la bahía de Inalco y los diseños para la gran casa que se construiría allí. Una casa que esperaban no necesitar nunca, por supuesto. Luego hablaron sobre Clara.

—Resulta fundamental que entienda que su misión es importante, por ello le pagamos tan generosamente.

—Nadie me dijo que eso incluía matar —respondió Félix, molesto.

Leissner se levantó de su sillón y se rellenó el vaso en la cercana mesa de bar de la salita. Se giró con una sonrisa que no provocaba ninguna alegría.

—Señor Zurita, vamos a ser serios.

—Lo soy.

—Creo que no. Que no lo es en absoluto. Se ha reunido usted con Himmler, lo recibe el embajador y yo mismo, le recomienda el almirante Canaris, y le encomendamos una misión cuyo más absoluto secreto queda fuera de toda duda. La operación Akela tiene un objetivo que, de conocerse, cambiaría, seguro, el curso de la historia. Si la estructura que está usted organizando en algún momento se llega a usar, significará que la guerra se ha perdido, aunque sea al menos en ese momento, y que los altos mandos han conseguido evitar su captura para reorganizarse. Si alguien supiera a dónde se dirigen, evitaría su fuga. Por otro lado, aunque sus planes en Argentina nunca se lleguen a utilizar, la mera idea de que los aliados sepan que la derrota es algo que consideramos les proporcionaría gratis una excelente propaganda dentro y fuera de Alemania, ya sabe, algo del tipo «Los nazis preparan la huida». Eso, como es lógico, comprometería nuestra credibilidad, nuestra imagen. No olvide que el Führer ha declarado que somos invencibles, y eso es lo que debemos creer.

—Así que...

—Así que usted no puede seguir pensando que está de viaje, o que no hay riesgo en lo que hace. Que puede yacer con quien quiera, que nadie lo vigila. Lo vigilamos todos. —Félix tragó saliva—. ¿Entiende? —continuó Leissner—. Lo vigilan los aliados y lo vigilamos los alemanes. Los aliados, porque se preguntan quién demonios es usted y cuál es su relación con nosotros. Nosotros, porque es usted un irresponsable que ha estado a punto de desvelar nuestros planes por culpa de la señorita Clara Galán.

—Ya resolví eso —mintió Félix.

—Oh, sí, sí, claro —contestó el alemán. A Félix le pareció que no lo creía del todo—. En cualquier caso, no nos arrepentimos de haberlo elegido. Su eficacia ha quedado sobradamente demostrada, y todo lo que propone en la segunda parte de su plan, desde el desembarco hasta la llegada a Bariloche, es perfecto. Estoy seguro de que... —calló unos segundos— todos los implicados quedarán muy satisfechos. Se lo confirmaré en la siguiente reunión, pero podemos seguir avanzando. Queda pendiente el transporte, ya en tierra, y detalles respecto a la seguridad y los posibles aliados en Argentina, pero eso es lo más fácil. Siga trabajando desde Madrid y, si necesita de mi ayuda, por supuesto, cuente con ella. Nuestros arquitectos vendrán la semana que viene, me gustaría que estuviera presente en la reunión en la que discutiremos los planos que trajo usted. Excelente elección, por cierto, la del señor Hans Sigfried, dio usted en el clavo con ese hombre: sus diseños son sublimes.

—Se lo agradezco.

—Somos nosotros los que lo hacemos. De hecho, ya tiene otro montante importante de sus honorarios en oro en la caja del banco de Zúrich que nos indicó. Los alemanes somos buenos pagadores y buenos aliados cuando los nuestros cumplen. Cuando acabe esta misión, le adelanto que nos gustaría encomendarle otra. Nadie como usted para moverse por el mundo, sobre todo ahora que, sin duda, habrá aprendido a ser más cauto, más discreto. Su alistamiento en la Abwehr es algo que debería considerar.

—No soy espía.

—Este es el punto de partida perfecto para serlo, querido amigo. —Por alguna razón, a Félix no le gustó que Wilhelm Leissner lo llamara «amigo»—. En fin, si no hay nada más, creo que podemos dar por finalizado este agradable encuentro.

—Nada más entonces —dijo Félix levantándose.

Se dieron la mano y el español fue hacia la salida.

—¡Señor Zurita! —lo llamó Leissner antes de que abriera la puerta—. En periodos de guerra todos estamos en peligro. Siempre. Supongo que lo comprende. Dentro de la manada, hay comida para todos, aunque de vez en cuando haya que lamerse las heridas de algún mordisco. Es fuera de la manada donde uno acaba devorado. Una vez uno entra..., lo más seguro es quedarse con los demás lobos. Espero que haga caso de esta advertencia, ya sabe que se la hace un amigo, otro miembro de la misma manada. Tan solo quiero que no hagan falta más... «recordatorios».

La mirada del alemán era amenazadora, no amistosa.

—No se preocupe.

Leissner cambio de expresión y sonrió.

—No lo estoy en absoluto, pero recuerde que estamos en guerra y que, desgraciadamente, no todo pueden ser cenas con mujeres llenas de vida en hoteles de lujo. Siga con la operación Akela con la misma eficacia y el doble de precaución.

Félix le devolvió una sonrisa que no sentía y abandonó la embajada alemana.

Paseó por Madrid hasta bien entrada la noche preguntándose cómo podía haberse metido en semejante embrollo. Él, que siempre había pasado por la vida sin que nada lo salpicara, de pronto recibía amenazas de los nazis, era investigado por los aliados y se veía involucrado en una operación cuya importancia no terminaba de calibrar. Había sido feliz hasta el día en que descubrió que Clara Galán lo había traicionado, hasta que se había visto obligado a amenazarla, igual que habían hecho esa tarde con él. La gran diferencia era que él nunca se había planteado hacerle daño a Clara, a nadie en general, mientras que estaba seguro de que los nazis no dudarían en darlo por amortizado y matarlo si era necesario. La manada. La manada de lobos en la que se había metido sin darse cuenta le había enseñado los dientes.

Se había dicho muchas veces, cuando observaba que jamás se había enamorado y a su alrededor poco a poco todos se casaban y tenían hijos, que la felicidad no estaba necesariamente en encontrar una pareja para toda la vida, que quizá para él fuera tener salud y ropa nueva, o cosas más simples aún, como un coche bonito en el que pasear a mujeres igualmente bonitas... Pero desde hacía días sabía que su felicidad estaba en lo que había perdido. En la tranquilidad que daba la seguridad. La felicidad estaba en la seguridad, en lo que a cada uno le daba ese elemento esencial, fuera lo que fuera.

Había alquilado un ático estupendo en la calle Alfonso XII, con una terraza desde la que se veían la puerta de Alcalá y el Retiro, con la estatua ecuestre del rey que daba nombre a su calle asomando entre los castaños, tilos y plataneros del parque. Pensó que aquellas vistas y un vaso de Anís del Mono conseguirían que su cabeza volviera a la vida que ansiaba recuperar; así que, harto de vagabundear por las calurosas calles del junio madrileño, se encaminó a su casa.

Subió al quinto piso por la escalera de mármol que abrazaba al ascensor y abrió la elegante puerta de su piso. En el vestíbulo, la luz rojiza del atardecer entraba por las ventanas del salón y se reflejaba en los suelos de brillante roble y en los marcos de las pinturas y grabados que, apoyados en el suelo, aún no había tenido tiempo de colgar. Desde allí, entró en la cocina mientras se quitaba la chaqueta y la dejaba sobre la primera superficie que encontraba. Necesitaba ese anís de veras. Le sorprendió ver que, colándose por una rendija de las puertas que lo conectaban con la estancia en la que se encontraba, la luz del comedor estaba encendida. Corrió las puertas hacia los lados.

Luego, se quedó donde estaba observando una escena difícil de digerir.

La mesa estaba servida para dos. La mantelería puesta. Dos copas de vino. Una mujer desnuda, de espaldas, sentada en una silla. Clara. Se acercó lentamente a ella y, girando sobre la escena, observó un instante su cara. Tan solo las décimas de segundo que pudo sostener la mirada antes de horrorizarse, de sentir asco, miedo, vergüenza, odio, pena y dolor a la vez. Vomitó sobre el suelo. Luego aguantó mientras repasaba el cuerpo de la joven con la mirada, desde sus pies atados a la silla, a su cintura recorrida por el cable que la mantenía en su sitio. Más arriba, los pezones habían sido amputados, y su cara, sin ojos, recorrida por la sangre, era la viva imagen de lo que nadie desearía ver. La habían matado, pero antes la habían torturado. Con intensidad, con cada uno de los elementos de maldad que un monstruo puede llevar dentro. Con ira y paciencia, con meticulosidad y lascivia. Con detalle, para que sufriera. El cuerpo de Clara Galán, que recordaba joven, tenso, terso y ágil, era un mapa de cardenales, heridas, golpes y dolor. Después, la habían llevado con quien debería haberle dado una muerte más rápida.

No pudo tocarla. No pudo acercarse más a ella. No pudo desatarla ni echarla en el suelo, y tampoco el impulso inocente de intentar reanimar a la joven, que llevaba por lo menos un par de horas muerta, surgió de su interior. Sin saber qué hacer, hizo lo que el ciudadano común que no era habría hecho. Corriendo, salió en busca de una comisaría.

Lo atendieron bien y escucharon estupefactos las barbaridades que decía, fuera de sí. Félix explicó que había conocido a la joven en el barco a Buenos Aires, que eran amantes y que, de vuelta a España, habían desembarcado en diferentes puertos y no había vuelto a verla. No mintió, pero omitió lo que creyó necesario. Lo acompañaron a casa en un coche patrulla y entraron con las pistolas en alto mientras él esperaba en la puerta. No habían pasado ni tres minutos cuando salieron a su encuentro. Sus caras eran de extrañeza, no de impresión.

En aquel piso no había nada.

Félix apartó con el brazo al policía y fue al comedor, escenario de la macabra visión. Efectivamente, estaba como siempre, ordenado, sin rastro de Clara. La Policía lo vio girarse sobre sí mismo, extrañado.

—Les puedo asegurar que...

—Señor, ¿ha bebido usted? —dijo uno alzando la botella de Anís del Mono medio vacía.

Comprendió que se enfrentaba a un enemigo muy superior y que no podría con él, al menos en aquella ocasión.

—Sí..., creo que sí. Por favor, disculpen las molestias —dijo sacando unos billetes de su cartera—, llevo unos días muy estresado y padezco sonambulismo... Probablemente todo haya sido una pesadilla.

Los agentes cogieron el dinero y se lo metieron en el bolsillo.

—Que no vuelva a suceder, señor Zurita. La vida real ya trae suficiente trabajo como para lidiar con la de los sueños.

Se despidieron y Félix volvió al comedor y luego al salón. En la mesa frente a los sofás, un tomo de la enciclopedia Larousse de su biblioteca estaba abierto por la entrada dedicada al lobo, donde habían subrayado un texto que Félix leyó en voz alta:

—Cuando un lobo deja escapar a su presa, suele ser la manada la que acaba por darle caza.

En ese momento Félix decidió que empezaría a cazar en solitario.

Tres días después, el *ABC* detallaba el inicio del ataque alemán a la URSS. Entre las grandes muestras de entusiasmo y la información favorable a los alemanes, una noticia pasó inadvertida para la mayoría.

> Ha fallecido, como resultado de un accidente de tráfico, la señorita Clara Galán, hija del exitoso empresario Javier Galán, propietario de Muebles Galán. Sus afligidos padres no pudieron recuperar el cuerpo, que se consumió calcinado dentro del vehículo en una curva de la carretera de Guadarrama sin que la dotación de bomberos llegara a tiempo de apagar el incendio. El funeral por su descanso se realizará mañana a las siete de la tarde en la iglesia de San Jerónimo el Real. No se invita particularmente.

Al día siguiente, Félix entró en el templo con devoción, mucha más de la que había mostrado en algunas ocasiones anteriores. Sentía dolor por lo ocurrido y se culpaba de la muerte de la joven, a pesar de que ella sola se hubiera metido en todo aquello. En el templo, abarrotado, todo eran condolencias y lágrimas, y la familia intentaba como podía mantener la compostura ante los que no habían entendido que a los entierros se iba para atenuar la pena de la familia, no para aumentarla mostrando la propia. A un lado, varias chicas de edad parecida a la de la fallecida lloraban cogidas las unas a las otras. Le recordaron la juventud de Clara y todo lo que tenía aún por vivir. Siempre sería joven en el recuerdo de aquellas personas. Se sentó en uno de los últimos bancos y escuchó al sacerdote explicar que la joven ya estaba en el cielo, junto a sus abuelos y el resto de sus allegados fallecidos. Era el mejor consuelo que se podía ofrecer, pero su eficacia siempre dependía más de la persona que lo recibía que del sacerdote que lo entregaba. Todos estaban tristes, pero solo dos personas estaban, además, indignadas. Una de ellas era él. La otra lo siguió a pocos metros cuando salió del templo en dirección a su casa, que estaba cerca de allí.

Enfilaba la calle Juan de Mena, con la vista perdida en la luz que aún iluminaba al fondo el parque del Retiro, distraído, absorto en su tristeza, cuando de un empujón lo metieron en un portal y entre dos hombres lo redujeron con eficacia, lo obligaron a ponerse de rodillas y le ataron las manos a la espalda. Quiso ponerse de pie, pero lo contuvieron con fuerza por los hombros para que siguiera arrodillado. Estaba oscuro. Con un rápido movimiento le taparon la boca. Luego le colocaron una capucha y, tapándole los ojos, lo pusieron de pie, lo metieron en un coche y lo sacaron de allí. Intentó durante unos minutos zafarse, pataleó y se movió hasta notar que le encañonaban la sien.

—Quédese quieto —le dijeron—, no le haremos daño, pero no podemos permitir que vea a dónde lo llevamos.

Félix, que ya no creía nada, por alguna razón, los creyó.

Estuvo menos de media hora en aquel vehículo y nadie habló. Tampoco él trató de salir de una situación de la que no tenía el control. Solo una idea rondaba su cabeza cuando lo hicieron bajar del coche, subir unas pocas escaleras y sentarse en un mullido asiento: «No te metas en más líos».

Le levantaron la capucha y pudo ver el lujoso salón donde estaba. No era lo que esperaba. Le quitaron la mordaza y un hombre se sentó frente a él.

—No sabe lo que siento haberlo traído aquí de esta manera. Lamentablemente, en estos días no tenemos una forma mejor de hacerlo en casos como el suyo. Lo mantendré atado solamente porque quiero que permanezca aquí y me escuche, pero no sufrirá ningún daño, se lo puedo garantizar. —Tenía acento inglés, lo que lo aclaraba todo bastante.

—¿Dónde estoy? —dijo Félix. No estaba asustado. Estaba muy enfadado y su voz lo traslucía.

—Eso no es importante. Créame, no lo es.

—¿Por qué debería creerlo en nada?

—Porque sé que lo que le contó a la Policía es cierto. Sé cómo murió la señorita Galán.

—Entonces somos los únicos —le espetó intentando desatarse las manos sin éxito.

—No. Los que la mataron y la torturaron también lo saben. Lo que no creo que sepan es lo que eso puede haber provocado en usted. Lo que le habrán hecho sentir.

—¿Y ustedes sí?

—Puede, eso ya lo veremos. Los nazis tienen la ventaja de la seguridad en sí mismos, pero eso les resta humildad. Están cegados por una soberbia y una determinación que los ha blindado, de forma que lo que a muchos hombres afecta a ellos no lo hace. En lo que se equivocan es en pensar que el resto de los hombres, todos, se han vuelto como ellos. Ahí es donde diferimos. Señor Zurita: durante la travesía marítima de ida a Argentina, la señorita Clara Galán se comunicó con nosotros. No pudo darnos ninguna información relevante, pero dio a entender que entre ustedes dos había empezado una amistad sincera. Era la primera vez que le sucedía algo así. La primera vez que esa amistad, otras veces fingida por ella, se volvía verdadera. Creemos que, a pesar de todo, a usted le sucedió lo mismo, que usted también apreciaba a la señorita Galán. Hoy, al acudir al funeral, ha subrayado esa impresión. No nos extraña. Clara era una persona muy especial.

—¿Qué es lo que quieren de mí? —espetó Félix, decidido a no abrir su corazón a aquellos desconocidos por mucha razón que tuvieran.

—Queremos que revise esta carpeta —dijo el hombre levantando un portadocumentos—, y que reflexione sobre su posición en esta guerra. Hitler ha invadido países libres y ha provocado un desastre al que nadie con su moral debería ayudar.

—Ustedes no saben nada de mi moral. Tampoco de lo que he hecho hasta la fecha.

—Sabemos mucho más de lo que usted cree. Sabemos que trabaja para los alemanes. Para los nazis. Pero, es cierto: no sabemos qué es lo que ha hecho en Argentina, aunque, a juzgar por la comunidad alemana presente en el país y sus tendencias ideológicas, no es el destino que más nos sorprende. Pero eso es otro asunto. Creemos que usted no es consciente de para quien trabaja. La carpeta que le entregaré quizá le abra los ojos si lo que vio en su comedor no lo ha hecho ya. Si después de informarse, de averiguar cómo son realmente los nazis, por una vez en su vida —el hombre endureció el tono— decide qué hacer sin pensar únicamente en sí mismo, quizá crea también que puede trabajar para ambos y ayudar a los que deben ganar esta guerra, que somos nosotros.

—Ustedes... ¿quieren hacerme agente doble? Ustedes son...

—Somos los buenos. Pero eso ya lo sabe, y le pagaremos con algo más valioso que el oro que tiene en Zúrich. Le pagaremos en valores. Unos valores que, incluso cuando cierre los ojos por última vez, seguirá disfrutando, porque son los que lo reconfortarán cuando piense en lo que ha sido su vida. Créame, ese oro, con el tiempo, será el recuerdo permanente de que, cuando pudo elegir, eligió el mal. En su brillo verá sufrimiento y dolor. Examine la carpeta que le entregamos cuando vuelva a su casa. Y no se lleve a equívocos, porque, para defender el bien, nosotros estamos también dispuestos a bajar a las cloacas. La única diferencia con los nazis es que su fin es el mal. Los métodos... En la guerra todo vale.

—Dejen que me vaya —dijo Félix, sin saber ya qué pensar.

—Por supuesto. Llévese la carpeta. Examine lo que hay dentro. Tiene un mes para pensarlo. Si quiere que volvamos a hablar, acuda a la Montaña de los Gatos del Retiro a las tres de la tarde del 25 de julio. Alguien irá a por usted, y no se preocupe: salvo que siga trabajando para los alemanes, no corre peligro, y, si lo hace, el principal peligro serán siempre ellos.

A las doce de la noche, de nuevo encapuchado, sacaron a Félix del coche en una calle cercana a su casa. Nadie lo había visto. Frederick Hard, espía del MI6 destinado en España, miró a su compañero.

—¿Crees que aceptará?

—No lo sé. Pero, si hay alguna posibilidad, no tardaremos en saberlo. Recluté a Clara basándome en los ideales que ella tenía a la vista. Félix es diferente, y el único afecto que deja ver es el que tiene hacia sí mismo... Por eso sería perfecto para lo que necesitamos.

22
Traslados profesionales

Era 26 de junio de 1941 y la mañana negruzca de Londres oscurecía también el interior de Epson House, en Eaton Square, que permanecía en silencio, con la única excepción de los diferentes carillones que puntualmente marcaban las horas. Hacía algunos días que no había bombardeos, pero las heridas en la ciudad eran bien visibles y los londinenses seguían acostándose con miedo. Desde las ventanas de la elegante casa, aún se veían los restos del cráter que había causado el bombardeo de la noche del 10 de mayo. Aquella noche, con luna llena y el río en marea baja, la capital del Imperio había visto caer del cielo nada menos que setecientas toneladas de bombas que habían calcinado casi trescientas hectáreas y habían matado a más de mil cuatrocientas personas. En Eaton Square, una bomba había golpeado directamente el refugio situado en el centro de la plaza, y había matado a tres de los muchos que se refugiaban en él. En el resto de Londres ningún barrio se había librado del desastre.

Desde su ventana, Lucy vio a lord Greathall, azada en mano, trabajando con dos jóvenes el huerto que los vecinos habían plantado en la misma plaza. Le habría encantado ayudarlo, pero no estaba autorizada a abandonar aquellas paredes. Paseaba aburrida, observando, arreglando las flores, revisando las tapicerías, todo en monótona perfección. Cuatro pisos de estuco y oropeles que apenas se usaban, como muchas de las propiedades que los Epson habían heredado de las diferentes ramas de la familia y que, como pasadas por un embudo, habían llegado hasta Louis, su marido. Si él no aparecía, aquel legado recaería en ella y más tarde en su hijo William, que, como Patrick García y los niños del colegio Saint Clarence, seguía en el campo.

Quizá cuando fuera mayor, William daría vida a su casa londinense. Antes de la guerra, los Epson habían celebrado grandes fiestas y desplegado lo mejor del lujo y del buen gusto para recibir a la sociedad de la ciudad. Lucy había asistido a varias de aquellas fiestas y aún recordaba cómo los pebeteros de la entrada ardían indicando lo que ahí sucedía, invitando a tiaras, fracs y vestidos de las mejores modistas a bajar de los carruajes y coches para cruzar el umbral de su puerta. Por supuesto, había mejores casas y anfitriones más afamados, pero nadie pretendía competir con Londonderry o Aspley House. La mayoría reconocía que los Epson organizaban excelentes eventos, con cristalerías y vajillas que nada tenían que envidiar a las de Buckingham, el servicio mejor vestido y arreglos florales hechos con flores silvestres de Glenmore que todos alababan por su audacia. Lucy recordaba el olor a campo de la casa. Era la única que olía así, a campo inglés, verde, fresco y limpio, y nadie sabía cómo lo conseguían. También recordaba el brillo de las joyas a la luz de los candelabros dorados, los bailes hasta la madrugada, la música... Podían organizar un gran cumpleaños o tan solo una cena grande en el comedor, en que podían sentarse treinta personas, y en ambos acontecimientos todo el mundo salía con los recuerdos de la noche grabados en la memoria.

En una ocasión, lady Maud había celebrado el cumpleaños de Petunia, su setter blanca y negra, con toda la pompa, y había enviado invitaciones a todas las grandes casas de Londres firmadas con la huella de la perra. Cincuenta y dos perros de pelos brillantes se habían presentado en Eaton Square con collares de sus dueñas adaptados a sus hechuras. Perros con rubíes y esmeraldas comiendo un menú de tres platos y tarta de carne, elaborado por un excelente chef. La anfitriona no se había cansado de decir que era la fiesta en la que mejor se habían comportado los invitados. Ni una pelea, muy pocos ladridos y escasos desperfectos.

Cosas como aquella solo pasaban en Epson House. La baronesa viuda era detallista y sofisticada, pero sobre todo genial. Lucy no había tenido tiempo de organizar nada allí aún, pero sabía que el listón estaba muy alto. Resignada, se dijo que ni siquiera Hitler podría borrar aquellos recuerdos felices.

Llevaban cuatro días instaladas en la casa londinense de la familia cuando el timbre de la puerta principal sonó y les anunciaron que el agente John Osbourne las visitaba. Lucy y Daisy estaban en arresto domiciliario y un agente vigilaba que no salieran de la propiedad, cosa que ninguna había intentado hacer, pero pensaban que el ataque alemán a la URSS habría quitado importancia a su asunto y quizá se habrían olvidado un poco de ellas. Enseguida les aclararon que no era así.

Llevaron a John Osbourne al salón donde ellas ya esperaban con disimulada impaciencia. ¿Las arrestarían? ¿Las juzgarían por asesinato? Lucy estaba segura de que no. Daisy tenía otros temores, sobre todo que la interrogasen. La cara de Osbourne, que por primera vez no parecía de mal humor, las tranquilizó un poco. Lo primero que pidió John es que se quedaran los tres solos, así que el mayordomo salió silenciosamente del salón y cerró tras él.

—Tengo que decirles que son ustedes muy osadas —dijo Osbourne—. Muy inconscientes. Oskar Klein era un depredador. Hay espías que solo espían, recaban información y, solo cuando la necesidad es extrema, provocan algún crimen, pero Klein tiene, que sepamos, al menos quince asesinatos en su haber los últimos dos años. Las habría matado sin dudarlo.

—Eso intentó —replicó Lucy.

—Sí, desde luego. Aunque usted solo era un obstáculo para llegar a Daisy. Es a ella a quien buscaba.

—¿Y sabe usted el motivo? —preguntó Lucy.

—No. No lo sé, y ahora que Klein ha muerto, la única manera de saberlo es que la señorita García, aquí presente, nos lo explique. No me iré sin una explicación. Si no la obtengo, me llevaré a la señorita García directa a una sala de interrogatorios del MI5.

Daisy ya tenía preparada una respuesta que quizá resultara creíble. No estaba preparada para que la interrogasen como a una peligrosa delincuente.

—Agente Osbourne, nunca he sabido exactamente el motivo por el que a esas personas les resulto de interés, aunque tengo alguna sospecha.

—La escucho, señorita García.

—Sabrá que trabajé para Unity Headland como señorita de compañía. La acompañé en su estancia en Múnich.

—Lo sé. He visitado a Unity Headland en alguna ocasión.

—La señorita estaba absolutamente abducida por los nazis y por todo lo que tenía que ver con ellos. En Múnich, yo me asusté mucho, pues la crueldad de sus ideas empezaba a impregnarlo todo, pero ella estaba entusiasmada. Muchos hombres importantes del partido empezaron a frecuentar la casa de la señorita. Ella los buscaba en los lugares en los que sabía que los encontraría y los invitaba. No me dijeron los nombres de todos ellos, pero sabía por los uniformes que muchos eran importantes. Ella les encantaba, tanto que enseguida la invitaron a los grandes eventos del partido y pusieron un coche a su disposición. En el hogar de la señorita se hicieron muchos encuentros. Al principio eran cenas elegantes, pero poco a poco el nivel de las recepciones y de los invitados bajó. En las últimas cenas que recuerdo hubo momentos en los que ellos, que se decían tan dignos, se arrastraban borrachos por el suelo y perdían todo decoro en manos de las mujeres de moral relajada que la señorita les proporcionaba. Todo era sórdido y la guerra se acercaba. Le comenté mis inquietudes a la señorita, pero ella jamás creyó que la guerra se declarara. Decía que el Reino Unido y Alemania eran amigos. Que la familia real inglesa es alemana. Aguanté mucho, pero un día me harté y, temiendo por mi vida, por verme atrapada en un país en guerra con el mío de adopción, volví a Inglaterra.

—Embarazada, ¿no es así?

—Sí. Me avergüenzo de reconocer que durante unos meses mantuve una relación pecaminosa con el hijo del conserje del edificio donde vivía la señorita. Necesitaba hablar. Alguien que me hiciera compañía. Él era de familia judía y, cuando lo obligaron a abandonar su trabajo, como a todos los de su pueblo, nunca más supe de él. Fue otro de los motivos de que mi miedo aumentara.

—No veo por qué la perseguirían los nazis. Usted no es judía. Ni siquiera es inglesa, y está bien claro que tampoco es espía.

—La señorita Headland me odió por abandonarla. Usted no la conoce bien. Es caprichosa e irascible. Hizo buenos amigos entre los nazis. Gente con influencia. Sin duda, podría pedir, aún hoy, que me persiguieran y me capturaran, todo a base de mentiras inventadas. Me habrá descrito como una especie de espía con valiosa información.

—¿Lo es? —preguntó Osbourne.

—Creo que ya sabe usted que no. —Sonrió levemente Daisy.

—Podrían haberla matado ya.

—No conoce a la señorita. Es una mala persona. No lo era, pero la influencia de esa gente... Creo que teme que hable de lo que vi en su piso. De que mancille su dignidad, pero a la vez quiere castigarme por haberla abandonado, por no haber estado cuando se intentó suicidar. Me quiere muerta, desde luego, pero primero me quiere arrodillada frente a ella, y tiene gente que puede conseguirlo.

—La señorita Headland está bajo vigilancia precisamente por esas relaciones. Se la quisieron llevar al norte, a Escocia, pero el mismísimo Churchill lo ha prohibido.

—Esta es la primera vez que hablo de aquellos días y, como ve, no estoy dando detalles que la dejarían en peor lugar aún. Lo cierto es que lo que sé concierne a lo humano, a una más baja humanidad, pero humanidad, al fin y al cabo. No tengo información militar, ni siquiera sé cuál era el nombre de toda la gente que pasó por la casa. Unity Headland quiere hacerme daño, y a la vista está que lo ha conseguido. Llevo años huyendo de ella y de sus amigos.

John se quedó en silencio valorando lo que Daisy acababa de explicar. Era inusual pero plausible. De lo que estaba seguro era de que no podría sacar más información de aquella muchacha. Miró a Lucy, que parecía serena, cerca de Daisy, esperando el veredicto que él fuera a dar.

—Bueno. Son muchas cosas para una española que podría estar en su país tranquilamente —sentenció Osbourne—. Y su hijo está en Glenmore, ¿no es así?

—Sí —contestó Daisy.

—Así es —repitió Lucy, que reconocía haber mentido.

—Bien. Me doy por satisfecho. Ahora hablaremos del segundo asunto que me ha traído aquí. Ayer coordiné una reunión entre el MI6 y el MI5, los servicios de inteligencia exterior e interior del Gobierno, para hablar de ustedes dos.

—Nos da una importancia que no tenemos, señor mío —le espetó Lucy—. Espero que el resto de reuniones fueran de mayor calado.

—Lady Epson, si me permite la expresión, usted ya no puede esconderse más tras el disfraz de desvalida mujer de la aristocracia. Su determinación está fuera de toda duda. Lo mismo le digo a usted, señorita García.

—Eso... —quiso protestar Lucy.

—No es nada malo. Pero es algo que debemos utilizar. Necesitamos a mujeres como ustedes. Ahora y en los años venideros. Entiéndanme, nuestras agencias no van por ahí hablando en estos términos a personas que simplemente son valientes. Hay muchos valientes en esta isla, pero pocos son idóneos para lo que buscamos. Creemos que ustedes sí lo son. Déjenme que les explique: la inteligencia en esta guerra funciona con una red de informadores...

—Espías —interrumpió Lucy.

—Sí, espías, en diferentes puntos del mundo. Dentro y fuera de Europa y dentro y fuera de Gran Bretaña. Todos dan datos, algunos de mayor importancia que otros, muchos tan solo pequeñas informaciones. Cuando toda la información se reúne y se analiza en conjunto, suelen obtenerse excelentes resultados, y las agencias se hacen una idea de lo que está pensando, planeando y ejecutando el enemigo. Es complejo pero efectivo. Un puzle de muchas piezas individuales, cada una aportada por un informador. Muchos trabajan solos, pero también los hay que lo hacen en equipo. En el segundo caso, suelen ser personas que antes de la guerra ya se conocían, o cuya amistad está justificada, así no levantan sospechas. Creemos que ustedes dos formarían un equipo excelente.

Las dos se miraron entre ellas. Lucy sonrió irónica.

—Estoy segura de que está usted bromeando, agente Osbourne.

—No. Lo digo completamente en serio. Ya han mostrado su determinación orquestando un plan para capturar a Oskar Klein, y luego fueron capaces de matarlo sin dudar. Daisy ha conseguido dar esquinazo durante varios años a importantes agentes alemanes, y ustedes dos son amigas más allá de la posición que cada una ocupa en Glenmore Hall. Daisy, obviamente, habla un español perfecto y, por lo que sabemos, lady Epson habla un buen francés y un excelente alemán.

—Es cierto. Tuve una *fräulein* pegada a mí hasta los dieciséis.

—Además, tienen una posición ventajosa —continuó John—. Usted, lady Epson, tiene una propiedad cerca de Dover, ¿no es así?

—Sí. Vino por el lado de mi abuela, lady Lavinia Montagu: Longview Grange. Es una casa victoriana, cerca del mar. El pueblo más cercano es Westcliffe.

—Sí.

—¿También investigan mis propiedades?

—Más adelante lo entenderá. De momento nos gustaría que ambas se instalasen allí. Yo iré con ustedes. Les enseñaré la profesión.

—Seguramente el MI5 y el MI6 dispondrán de alguna casa propia para esos menesteres —replicó Lucy.

—Las tienen. Pero si queremos que esto funcione a la perfección, solo nosotros tres y mis superiores conoceremos su identidad, y para ello lo mejor es que las entrene a solas. Luego, cada una será destinada a un lugar. Usted, en Gran Bretaña, y Daisy, en España.

—Esto es una locura —se oyó decir a Daisy.

—No lo es, se lo aseguro. Tenemos miles de agentes en España. Mucha de la información pasa por allí antes de llegar a los mandos. Su ayuda puede ser inestimable; además, desde las agencias de información se ha acordado que su labor sea principalmente de divulgación, no de investigación.

—No le entiendo —dijo Lucy.

—En nuestra área es tan importante recibir información como divulgarla, la real y la falsa. Extraerla de donde queremos, obtener la que necesitamos y, a la vez, despistar al enemigo con otras informaciones. Engañar. Transmitirán la información que nosotros les demos a otras personas y medios.

—No parece difícil.

—Es menos arriesgado que espiar, pero hacerlo bien requiere entrenamiento.

—Entonces no vamos a ser espías, solo charlatanas. ¿Es así?

—No. Su formación será para espiar y, si estimamos que son lo bastante hábiles, lo harán, pero de entrada las destinaremos a labores de desinformación.

—No sé por qué deberíamos aceptar —dijo Lucy.

—En su caso, porque es usted una patriota con un marido desaparecido. Además, su forma de ser va con ello, no puede quedarse de brazos cruzados. Lo ha demostrado con su implicación en las aventuras de Daisy García. Me extrañaría que rechazara la oportunidad de participar en la victoria sobre el mal.

—Lo tendré que pensar.

—Volveré mañana para escuchar cómo acepta. —John sonrió.

Estaban sorprendidas, pero también había en ellas algo de excitación y de emoción. Justo lo que Osbourne quería.

—¿Y yo? ¿Por qué debería aceptar involucrarme? Ni siquiera soy británica —apuntó Daisy.

—Oh, señorita García, en su caso es más fácil aún. Si nos ayuda, volverá a España con su hijo... Y le prometo que jamás le volveremos a preguntar por él.

Al día siguiente, ambas aceptaron involucrarse en las labores de inteligencia. Dos días después, llegaban a Longview Grange.

A pesar de su nombre, hacía tiempo que Longview había dejado de ser una granja. En aquellos días era una casa lo bastante grande para contener una decena de habitaciones amplias, dos salones y una pradera en caída que acababa en el borde de un acantilado sobre el canal de la Mancha. La atendía un matrimonio mayor, poco acostumbrado a ver a los señores por ahí y menos aún a que, nada más llegar, les pidieran que se mudaran durante una temporada a Glenmore Hall, donde el señor Stuke y la señora Gold estaban necesitados de personal.

Así que la casa, blanca como los acantilados que la sostenían, albergaría tan solo a Lucy Epson, Daisy García y John Osbourne.

El adiestramiento empezó casi de inmediato y les dejó claro enseguida que no era un juego, sino una misión que podía volverse peligrosa y para la que debían estar preparadas. Así, aprendieron, a escribir con tinta invisible, a utilizar una pistola, a transmitir por radio y radiotelégrafo y a hacerlo en código; incluso a utilizar la descodificadora Typex, similar a la Enigma que empleaban los alemanes, aunque era altamente improbable que dispusieran de una en sus misiones. También aprendieron a suicidarse sin dolor.

Debían aprender qué hacer y qué no hacer.

Ejercitaban la memoria intensamente. John las llevaba a un lugar, les dejaba observarlo unos segundos y luego les pedía que lo describieran con detalle. Daisy era especialmente buena en ello. Además, establecieron que, durante la misión, toda la información que les pasaran que acabara con un adjetivo seria falsa, y toda la que contuviera alguna comparación contendría un código que se descifraba con cualquier edición del *Quijote*, un libro que era fácil de encontrar en cualquier librería del mundo. John les exigió que revisaran todas las cartas en busca de texto en tinta invisible, por más sencillas que parecieran.

Osbourne insistió en que jamás confiaran en nadie, aunque fuera un amigo de la infancia, un familiar o el sacerdote más bondadoso de una remota aldea. Los alemanes tenían oídos en todos los lados, e incluso los agentes del MI5 y MI6 podían ser agentes dobles.

—Me da la sensación de que estamos aprendiendo a disparar torpedos cuando lo máximo que haremos será enfrentarnos a barquitas —dijo Lucy a Daisy una noche, extenuada.

—Puede —opinó la otra—, pero, si solo tenemos munición para destruir las barquitas, llegado el caso, nunca podremos destruir un submarino.

Había transcurrido casi un mes de exhaustivo entrenamiento cuando Daisy y Lucy fueron autorizadas a volver a Glenmore. Lucy debía dejar todo organizado para una dilatada estancia fuera de su hogar y Daisy añoraba a su hijo.

—Eso no es nada inglés —le dijo Lucy mientras conducía su Austin hacia la finca—, en Inglaterra nos enseñan a no añorarnos. Tienes hijos, los mandas al internado, los quieres en la distancia y los haces fuertes para esta locura de planeta. En mi casa a los niños se les veía, pero no se les oía.

Daisy no discutió. Aquella diferencia de cultura le parecía del todo ventajosa para la suya.

Casi inmediatamente después de su llegada, Lucy cogió de nuevo su vehículo y se dirigió a Little Epson. En la entrada del pueblo, en una casa georgiana de dos altos pisos y aspecto de invitado elegante a una fiesta popular vivía la baronesa viuda. La visitaba regularmente desde que se había instalado allí y lady Maud le contaba chismorreos del pueblo, a cuyos habitantes observaba como habría hecho con una representación desde el palco del Victoria & Albert Hall, entretenida y deseando intervenir. A veces lo hacía. Llamaba al carpintero y lo obligaba a sellar la paz con el ferretero, o invitaba a tomar el té en su jardín a una pareja joven a la que veía mirarse en la iglesia durante el servicio dominical. Emociones breves que exprimía como podía.

La recibió animada, rodeada por sus setters, a los que cada vez se parecía más, con un vestido lavanda que arrastraba con paso decidido y tratando de permanecer erguida. La visita de Lucy era lo más emocionante que le había pasado desde que su cocinera se había seccionado una falange hacía dos semanas.

—Oh, querida, has hecho bien en venir. Mi jardín tiene algunas de las rosas más magníficas que podrías imaginar. Su visión es uno de los placeres más maravillosos de este junio —le dijo al recibirla.

Lucy recordó a su madre, que le había dicho hacía no tanto que ninguna rosa relevante había salido de los jardines de los Epson.

—Me encantará verlas, mamá —dijo llamando cariñosamente a su suegra como a ella le gustaba—, pero hay algo importante que debemos hablar luego.

—¿Importante dices?

—Sí, mucho.

—Entonces que aplasten mis rosas, cuéntamelo inmediatamente —dijo poniéndose seria y acelerando el paso hacia la casa.

Lucy sonrió al haber previsto exactamente aquella reacción y siguió el trasero contundente de su suegra hasta la salita. Se sentaron en torno a una pequeña mesita y enseguida los dos setters de lady Maud se arremolinaron a sus pies. El mayordomo entró con el té.

—¿Es por Louis? —preguntó lady Maud. Estaba tan preocupada por su hijo como la misma Lucy, si no más, pero se había obligado a contener sus sentimientos.

—Por desgracia no. No sé nada nuevo.

—Comprendo.

—Supongo que lo estarás pasando muy mal. Yo intento pasar los días ocupada para no pensar demasiado en ello.

—Lógico, querida, lamentablemente para una madre eso es más difícil. —Miró unos segundos al suelo, recomponiéndose enseguida—. Entonces, ¿qué es lo que querías decirme?

—Voy a pasar una temporada en Longview Grange —dijo Lucy directa.

—Oh.

—Sí. Necesito reflexionar un poco sobre todo, ver cómo seguiremos adelante.

—Oh —repitió lady Maud.

—Me llevaré a Daisy, será una gran ayuda. Pero hace tiempo que no voy y la casa está descuidada.

—Los... ¿Cómo se llaman los que tenías ahí?

—Los Jackson.

—Unos inútiles.

—Son mayores.

—Mayores e inútiles, sí. Qué tendrá que ver una cosa con la otra —dijo lady Maud mientras Dickens le tendía su taza de té y le colocaba un cojín en el respaldo de la butaca.

—El señor y la señora Jackson están en Glenmore Hall ya. Stuke me dijo que necesitaban ayuda en la casa grande y a los Jackson les irá bien recuperar el pulso del trabajo.

—Ah, querida, el trabajo lo hacen los cansados, eso no cambiará nunca. El que trabaja cada vez trabaja más y el que holgazanea cada vez holgazanea más. Lo siento por Stuke, será horroroso para él tirar de ese matrimonio. Dickens, un poco de leche —dijo a su mayordomo.

—Voy a renovar un poco Longview. Me asusté al ir hace unos días. Si tenemos esa casita, es esencial que la tengamos bien. Quizá después de la guerra alguien quiera arrendarla.

—Tienes una manía tremenda con meter a gente extraña en tus casas. De todas formas, ¿por qué fuiste? No parece la mejor época.

—Necesitaba pensar. Me sentó bien.

—Oh, querida, tú también no, por favor. No, por todos los santos. No me digas eso de «necesitaba encontrarme a mí misma». Me lo dijo el martes la señora Burness, de la oficina de Correos, que siempre ha sido muy cursi, y tuve que contenerme para no darle un bofetón. Le dije que no hacía falta que se buscara, que yo sabía perfectamente dónde estaba. No soporto esas tonterías. Como si no tuviéramos cosas importantes alrededor. Si la señora Burness o tú misma debéis encontraros, por favor, hacedlo rápido, ¡estamos en guerra, demonios! —clamó lady Maud antes de dar otro sorbo a su té.

—No es eso, mamá. Simplemente debo organizarme y en Glenmore Hall es imposible. Epson House se ha quedado sin mayordomo —mintió—. Longview está comido por la humedad del mar, uno de los tejados de Graze Point amenaza ruina y la mitad de nuestros arrendatarios no pueden pagarnos porque, con los hombres en el frente, los campos no se cultivan como antes y el ganado poco a poco desaparece. Louis lo habría solucionado todo enseguida, pero yo tengo que sentarme y visualizarlo bien para hallar una solución.

—Me estás asustando, querida.

—No es mi intención, mamá. No hay por qué de momento.

—Oh, cielos, deberías haber obviado el «de momento». Ahora sí que estoy aterrorizada —se lamentó lady Maud.

—No hay por qué, insisto. Pero debo organizarlo todo. El asunto es que, mientras esté en Longview, necesitaré a alguien que supervise Glenmore.

—Eso te iba a proponer. Haces lo que puedes, pero está claro que para Glenmore aún eres *amateur*.

—Quizá.

—Echaré al colegio inmediatamente. No te preocupes. Seré cordial. No quedaremos mal, no conviene hacerlo, aunque sea imposible que en el futuro nos relacionemos con los niños de esa mediocre institución. Pero vete tú a saber, no conviene hacerse...

—El colegio permanecerá —la interrumpió Lucy—. No podemos mandarlos a casa. Con el Blitz y la escasez sería como enviarlos a la muerte.

Lady Maud permaneció en silencio. Lucy tenía razón.

—Lo que necesito es que te ocupes de la casa —continuó—, de tomar las decisiones necesarias junto con miss Nightingale... Y hay algo más: quiero que Patrick García duerma en la habitación de mi hijo William. Hará lo mismo que ha hecho siempre, igual que William, y asistirá al colegio normalmente, pero, a la hora de dormir, quiero que mi hijo y el de Daisy estén en la planta de nuestras habitaciones.

—Es algo muy poco convencional. Ese niño...

—Debe estar con William, y quiero que uno de los lacayos vigile su puerta toda la noche. Nadie debe acercarse a los niños.

—Nadie del exterior, claro.

—Por supuesto, nadie que no conozcamos.

—No preguntaré por qué tantas precauciones. Si quisieras contármelo, ya lo habrías hecho, pero tengo la sensación de que, además de vigilar la casa, quieres que vigile a esos críos.

—Siempre has sido muy inteligente, mamá.

—Ahora seré también muy defensiva. —Sonrió—. Un sabueso inteligente y vigilante. La verdad es que siempre he amado más a los perros que a las personas, no es ningún secreto. No me importa hacer de pastor alemán una temporada.

—Te lo agradezco, mamá. Pero mejor haz de pastor inglés.

23
La carpeta

Habían pasado cuatro días cuando Félix se decidió a abrir la carpeta que los hombres que lo habían secuestrado le habían entregado, y que había permanecido sobre la mesa en torno a la que había visto el cuerpo de Clara Galán, mutilado, torturado y muerto. Aquel montón de documentos lo miraba desafiante, invitándolo a hacer algo que no quería: revisarlos, descubrir la verdad sobre las intenciones de los nazis. Odiaba hacer lo que le mandaban, pero desató los lazos de las tapas que encerraban aquellos papeles para ver qué contenían.

Eran cartas.

Estaban numeradas de la una a la cuarenta e identificadas en la parte superior con un nombre legible y un apellido ilegible por haber sido tachado a conciencia, además de una fecha y una localidad. Las cartas tenían también párrafos enteros censurados, y Félix supuso que ocultaban la identidad de los que las escribían en secreto. Alguna incluía también fotos.

Leyó la primera.

> Mafalda ~~APELLIDO~~
> Linz 2/40
>
> Querida Maisie:
>
> Espero que esta carta te encuentre sana. De momento Bruno, los gemelos y yo misma seguimos sanos y a la espera de acontecimientos, supongo que como todos los desafortunados europeos. Reza por nosotros igual que lo hago yo por ti.

~~PARRAFO TACHADO PARRAFO TACHADO PARRAFO TACHADO PARRAFO TACHADO PARRAFO TACHADO~~

Hace algunos días que convivimos con el hijo y la esposa de Stanislas Müller, a quien no tuviste la ocasión de conocer cuando nos visitaste; es una excelente persona, sastre de profesión. Stanislas ha sido llamado a filas y nos encomendó que cuidáramos de los suyos. El pobre hombre temía que se los llevaran. ¿A dónde?, dirás, pues eso mismo nos preguntamos todos, pero estos días todo aquel que no es de la llamada raza aria es desplazado y no se vuelve a tener noticias de él. Stanislas y su mujer son arios, pero su hijo padece enanismo. No te había contado que también a los que no son de físico perfecto a menudo se los llevan las SS. El chiquillo de los Müller apenas alcanza los sesenta centímetros y en sus facciones su enfermedad es bien reconocible. Donde antes había piedad, ahora se han instalado la burla y la crueldad, y el niño lo pasa muy mal, pero lo peor es que hay rumores de que se lo van a llevar.

Maria (así se llama la esposa de Stanislas) está aterrorizada y ha convertido nuestro hogar en su escondite. El niño apenas sale y los juegos de mis gemelos con él se limitan al interior de la casa. A todos se nos ha contagiado la angustia por la situación, pero espero que no haya motivo y estemos exagerando.

Por desgracia, es tanta la barbarie que vemos hacia nuestros vecinos y entre nuestra gente que ya nada nos sorprende.

Cuéntame qué tal estás tú. Ojalá esta sinrazón acabe pronto. Te mando todas mis bendiciones.

Tu amiga,

Mafalda

«Bueno —se dijo Félix sin demasiado interés—. Una familia separada por la guerra..., una más». Miró la foto que acompañaba a los papeles: el retrato de un niño con enanismo, nada que no hubiera visto antes. Cogió el siguiente grupo de papeles.

Gunter ~~APELLIDO~~
Berlín 2/40

Apreciado amigo:

Espero que hayas llegado a España sano y salvo. Yo partiré en breve hacia el este y, aunque verme obligado a huir de cualquier manera, y ser perseguido y encarcelado solo por haber intentado divertir a la gente con nuestro espectáculo, es algo que aún me cuesta creer, lo cierto es que no tengo miedo e intento armarme con la dignidad alemana de la que tanto alardean estos hombres, pero a la que tan poco representan. Los recuerdos de las noches en El Dorado me acompañarán siempre. Te escribiré desde donde quiera que esté.

Te abraza,

GUNTER

Aquel fajo acababa nuevamente con una foto: un hombre de aspecto pulcro y sonrisa forzada. Félix no entendió nada.

El resto de las cartas eran similares. Ninguna le pareció demasiado interesante. Alemanes y personas de otras partes de la Europa ocupada que escribían cartas a familiares y amigos antes de ser trasladados a una prisión o a algún lugar del este. Leyó las últimas cartas en diagonal y miró las fotos por encima. Cada día se encarcelaba a gente en todas partes del mundo, y en medio de una guerra, o (como en el caso de España) de una posguerra, más aún. Todo lo leído no le impresionó, máxime cuando no podía borrar la imagen de Clara en su comedor.

Pasó los días siguientes sin hacer nada concreto, intentando que lo que antes le había divertido le entretuviera, gastando innecesariamente, regalándose cenas opíparas y acostándose con antiguas amigas. Pero la imagen de Clara era indeleble a todo.

El miércoles, cuando entró en su casa, encontró un sobre que alguien había metido por debajo de su puerta. Estaba harto de tantos misterios, pero se sentó en la terraza y lo rasgo para ver qué contenía.

Lo primero era una carta.

Apreciado Sr. Zurita:

Una vez revisada la carpeta que le proporcionamos, creemos que es justo que conozca la conclusión de cada una de las breves historias que se desprenden de las cartas que contenía. La conclusión es bien fácil y común: todas las personas que aparecen en esos documentos están muertas. Cientos de miles como ellas se encaminan al mismo destino mientras usted lee estas líneas.

Le detallamos fotografías explicativas de cada una de esas muertes. El morbo no lleva a nada, así que no lo juzgue como tal. Lo explícito de las imágenes tiene como fin hacerle entender con quién baila usted en esta fiesta de sangre.

Atentamente,

UN LUCHADOR POR EL BIEN

«Un luchador por el bien», releyó Félix, pensando que quien le había escrito era un poco pretencioso. Luego cogió las fotos, separadas por notas en un papel mayor. En la esquina de cada una estaba el número de dosier al que pertenecían.

Observó la primera imagen y, cuando fue capaz de entender lo que veía, se levantó corriendo al baño a vomitar. Angustiado, se miró al espejo respirando ansioso.

¿Qué demonios acababa de ver?

La primera foto era de un montón de miembros disgregados, amontonados unos sobre otros como los de un muñeco al que se le han arrancado las extremidades. Apoyada en la montaña, la cabeza del niño con enanismo que había visto en el dosier culminaba aquella imagen monstruosa, con la cara deformada, un ojo medio abierto, el otro cerrado y la boca con una mueca de dolor final.

Félix volvió a la terraza y leyó el papel que acompañaba a la imagen.

Sigfried Müller. Padre Stanislas Müller, campo de Mauthausen. Madre Mafalda Müller, campo de Neuengamme. 10 años. Alemán. Muerto por despedazamiento en el campo de Neuengamme.

Luchando contra sus deseos, observó con horror la siguiente foto. En ella se veía una especie de esqueleto aún enfundado en piel humana, vestido con un uniforme a rayas que llevaba un triángulo en la pechera. Félix no supo decir si estaba vivo o muerto. Sus ojos parecían tener vida aún, pero su cuerpo daba la sensación de ser incapaz de dar cobijo al aliento. Rebuscando en la primera carpeta que había recibido, acercó la imagen que adjuntaba la segunda carta a la fotografía que tenía delante. Asustado, comprobó que, si bien el cuerpo era irreconocible, los ojos eran del hombre que se había despedido de su amigo y se lamentaba por haber sido encarcelado por ser actor. Leyó el texto que acompañaba a la segunda foto.

Gunter Spring. Padre Fritz Spring. Madre Elda Schmitt. 22 años. Alemán. Enviado a trabajos forzados a Sachsenhausen por homosexualidad. Llegada el 15 de febrero de 1940. Muerte por inanición el 30 de marzo de 1940.

Félix pensó que había que pasar mucha hambre para hacerse con aquel aspecto en poco más de un mes. El hambre suficiente como para morir. Con la tercera imagen, empezó a llorar y ya no pudo parar.

Margot y Sandra Hohenstein. Padre Helmut Hohenstein, campo de Flossenburg. Madre Ilse Stern, campo de Flossenburg. 12 años y 13 años. Muertas por las heridas causadas por un perro mientras trabajaban en la cantera. Acusadas de intento de huida.

Volvió a vomitar, pero se obligó a revisar cada una de las imágenes y saber del terrible destino de toda aquella gente.

Alix Silverstein, 28 años. Embarazada. Fusilada con su hija Agnes. 2 años. Judía.

Mortimer Krauss, 58 años. Muerto en juego de las SS. Gitano.

Heinrich Baumann, 65 años. Muerto por inanición junto con los noventa pasajeros del vagón que los trasladaba. Judío.

La lista parecía interminable, pero, entrada la noche, la terminó. Sobre la mesa había colocado las fotos del antes y el después. Gente alegre, o al menos con vida, que había sido sometida al más cruel destino... ¿por gitano?, ¿por judío? ¿por homosexual? ¿Por qué exactamente? La imagen de la vida y la muerte, a escasos centímetros. Le dio rabia pensar que había hecho falta aquello para que entendiera la situación. En todas las guerras había muertos, en todas se hacían barbaridades, pero sintió que los nazis habían acentuado al máximo esa crueldad. Probablemente otros los igualarían, pero, en cualquier caso, no podía trabajar para gente de aquella calaña.

No había hecho nada aún. Solo estaba organizando un posible plan de escape que probablemente nunca se utilizara. Tan solo eso había hecho para los nazis y, sin embargo, se arrepintió de cada paso.

El 25 de julio, a las tres de la tarde, ascendía la Montaña de los Gatos, en el del Retiro, recordando las palabras del hombre que lo había secuestrado: «Por una vez deja de pensar solo en ti».

La montaña artificial del Parque del Retiro (también llamada de los Gatos) es exactamente eso, una pequeña elevación hecha por el hombre bajo la que hay una sala abovedada. Se encuentra en una esquina del parque y formaba parte del espacio reservado a los reyes de España dentro del recinto. No es una montaña, ni siquiera una colina, tan solo una *follie* más de las que divierten a los paseantes. Desde su cima, ayudada por la leve pendiente del parque hacia el oeste, la vista es amplia. Un lugar desde donde observar, «y desde donde ser observado», pensó Félix mientras se encomendaba a la profesionalidad de los que lo habían convocado allí.

Llegó puntual. En la cima solo había una pareja que se robaba besos. El calor era sofocante y la hora era la que la mayoría que podía utilizaba para la sagrada siesta, así que el parque estaba aletargado y poco transitado. Esperó diez minutos. Luego se concentró en la vista. Bajo un grupo de tilos, a cincuenta metros, un hombre solo, con sombrero y traje claro, lo miraba fijamente. Desvió la mirada sondeando el manto verde, pero, cuando volvió la vista, el mismo hombre lo seguía observando. Con un breve movimiento de cabeza, una especie de asentimiento, invitó a Félix a acudir junto a él. Bajó la montaña artificial y siguió al hombre hasta una de las plazoletas del parque. Allí, el desconocido le hizo entender dónde sentarse y él mismo se sentó en el banco colindante, de forma que, mirando cada uno hacia un lado, quedaron a poca distancia, casi espalda con espalda, lo bastante cerca y en la posición idónea para mantener una conversación discreta.

—Tan solo hay un agente alemán en el parque ahora mismo. Y está en la fuente de las Tortugas, así que podemos estar razonablemente tranquilos.

—Hace días que ese es un estado desconocido para mí —replicó Félix.

—Es un estado desconocido para la mayoría de los europeos, pero supongo que, tras ver la documentación que le hicimos llegar, habrá comprendido que está en el lado de los afortunados.

—Sí. No me cabe duda. Esa pobre gente...

—Son cientos de miles, y a este ritmo serán millones dentro de poco. Solo Stalin iguala en crueldad a Hitler, aunque aquel no amenace nuestro modo de vida. De momento, claro está. Las condiciones de los campos son infrahumanas, y, como hay tantísima gente con ese destino, no parece ningún problema que los que ingresen en ellos para trabajos forzados mueran a los pocos meses de llegar. De todas formas, sabemos mucho menos de lo que quisiéramos respecto a las deportaciones. Hay un gran secretismo alrededor, lo cual no augura nada bueno. Tenga muy claro que esta es una guerra contra el mal. Por el camino, nos embarraremos en ese mal, nos batiremos con él con técnicas crueles y pactaremos con el mismo diablo si con ello vencemos a los nazis. El mundo no necesita caridad, necesita justicia.

—Estoy de acuerdo —confirmó Félix.

—Señor Zurita, la vida cambiará completamente si gana Alemania, y la vida europea será la primera en hacerlo. Así que, de entrada, deje que le diga que ahora sí está en el bando correcto.

—No he dicho que vaya a colaborar.

—En tal caso no debería haber venido. Si la documentación que le hice llegar no le ha convencido, no hay nada que pueda hacer para reforzar mis argumentos. Señor Zurita, mi país está siendo bombardeado a diario. No tengo tiempo para conversar con *bon vivants* españoles. —Suspiró—. Si eso es todo, aquí lo dejo.

Hizo ademán de levantarse. Pero Félix alzó un segundo la voz.

—Espere. Colaboraré. Haré todo lo que sea necesario.

El hombre se sentó de nuevo.

—Eso está mejor.

—¿Qué tengo que hacer? —preguntó Félix.

—En primer lugar, nos explicará qué ha hecho hasta ahora. Con quién ha hablado, cómo lo captaron, etcétera. Nos informará de cada paso que dé a partir de ahora y nosotros actuaremos en consecuencia. Si los nazis están satisfechos con su trabajo, le encomendarán otros. Ahora me levantaré. He dejado el periódico a sus pies. En la sección de anuncios verá uno de un chamarilero. Acuda esta tarde allí y pregunte por pomos de latón limpio al chico pelirrojo. Le darán instrucciones. Si tiene el toldo recogido, pase de largo. Si, por el contrario, está extendido, entre sin miedo.

—De acuerdo. Haré lo que me dice —dijo Félix mirando hacia el suelo—. No sé cómo me he metido en este embrollo, pero comprendo que, si puedo ayudar, debo hacerlo. Sepa que no tengo ninguna formación en esto... Ni siquiera sé quién es usted y...

Giró la cabeza un segundo. Luego completamente. Estaba hablando solo. Se agachó y recogió el periódico.

Por la tarde encaraba la calle Cádiz, un pasaje que arranca en la calle Carretas, a espaldas de la Puerta del Sol. En el número 10, al ver el toldo del chamarilero extendido, entró en la tienda.

Era la primera vez que entraba en un lugar así, lleno de objetos que parecían listos para desecharse, pero que estaban milagrosamente a la venta. Un cubo lleno de grifos viejos, otro repleto de tornillos, varias lámparas rotas colgadas del techo, unas sillas de baja calidad amontonadas, una especie de lagarto disecado, baldosas desparejadas, enchufes... El local era pequeño, alargado y oscuro. A medida que entraba, creía estar metiéndose en un mundo nuevo y desconocido. Era difícil moverse por aquel espacio. Olía a metal. A humedad. Al fondo, la luz parecía confirmar la presencia de un patio. Se acercó, pero, antes de llegar, detrás de un montón de hierros, asomó un hombre de pequeña estatura, con gafas de gruesos cristales y edad indefinida entre los treinta y los setenta. Un habitante de aquel entorno extraño. Pelirrojo. Félix se paró ante él y el hombrecillo se bajó un poco las gafas para mirarlo de abajo arriba.

—¿Le puedo ayudar? —dijo con una sonrisa.

—Sí. Busco pomos de puerta de latón limpio —respondió algo inseguro Félix.

—¿Pomos de puerta dice? —El hombre se había puesto instantáneamente serio.

—Pomos de latón limpio —rectificó Félix, repitiendo la contraseña tal y como se la habían dicho horas antes.

—Ah, comprendo. Se los mostraré, sígame.

Cruzó el local hacia el fondo, donde, efectivamente, había un minúsculo patio. A un lado, otra puerta, también pequeña, ocultaba el arranque de una escalera tan estrecha que Félix estuvo seguro de que sus hombros tocarían a ambos lados de la pared.

—Suba hasta arriba. Hay pomos de latón limpio allí —le indicó el pelirrojo.

Obedeció y emergió a una azotea con ropa tendida desde la que se veían otras parecidas. Pegado a un lado, un palomar llamó su atención. Dentro, un hombre lo esperaba.

—Bienvenido, señor Zurita —le dijo tendiéndole la mano.

Tenía un marcado acento inglés y su presencia en aquel lugar era extraña. Su traje estaba hecho para otros ambientes, y su cuerpo, para otras temperaturas. Estaba enrojecido y brillaba por el sudor. Tendría unos treinta años.

—Mi nombre es Gene, se pronuncia «gin». Eso es todo lo que necesita saber de mí, además de que nos encontraremos siempre que usted lo requiera en este lugar. Cuando yo necesite encontrarme con usted, lo buscaré. Si es usted el que necesita verme, tan solo cierre las contraventanas de su salón y nos encontraremos ese mismo día a las seis o la mañana siguiente a las diez, lo que sea antes. Si tiene que esconderse, cosa improbable, puede venir aquí.

Solo usted, el pelirrojo de abajo y yo mismo conocemos este lugar, y, cuando no estamos ninguno, se cierra desde el patio de manera casi invisible.

—Bien.

—Sí, bien. Ahora me gustaría que me explicara en lo que ha estado metido.

Félix había reflexionado y había tomado una decisión. Quizá no tuviera demasiado sentido, pero su corazón le decía con insistencia que actuara así. Iba a contar parte, no todo. Explicó cómo había sido contratado por la Abwehr, la relación de su padre con el almirante Canaris, su reunión con Himmler y con su contacto principal, herr Wilhelm Leissner; el objetivo final de la misión: preparar la huida de Europa y la instalación en el extranjero de algún alto mando nazi que desconocía. No especificó hasta dónde llegaba el alcance de la misión, no dijo nada respecto de la casa de la bahía de Inalco ni del piso de Buenos Aires, ni de los lugares de desembarco. Intuía que debía guardar aquella información, quizá para más adelante, como un as en la manga. Cuando acabó la explicación, Gene se quedó escrutando sus ojos unos segundos, en silencio. Félix supo que el hombre había adivinado que se dejaba cosas por contar. También que lo entendía.

—Todo esto es muy interesante. No es crítico ahora mismo, pero sí es síntoma de la confianza que usted genera en algunos altos mandos. No desvelaremos nada y no usaremos esta información de momento. No la usaremos salvo que el alto mando correspondiente se decida a utilizar la infraestructura que usted le está organizando. Antes sería contraproducente, no podríamos utilizarlo a usted.

—No. No confiarían más en mí.

—Lo matarían. Eso es lo que hacen cuando pierden la confianza, señor Zurita. Esto es la guerra, no una partida de cartas. Bueno, quizá en algunas cosas sí lo sea... En fin, da igual. Le vamos a invitar a una fiesta en la embajada británica.

—¿Una fiesta?

—Una recepción, sí, por el cumpleaños de la mujer del embajador, lady Hoare. Será algo muy sencillo, no estamos para celebraciones, pero precisamente que usted esté invitado a algo tan íntimo reforzará la idea en la Abwehr de que deben encomendarle más trabajo, de que es la persona adecuada para llegar a quien les interesa. Nos encargaremos de que sepan que está usted invitado, por lo que puede estar seguro de que le contactarán en los próximos días.

—¿Eso es todo?

—Sí, de momento. Cuando sepamos qué es lo que buscan, sabremos qué buscar de ellos. También qué entregarles. Que usted vaya a la fiesta no resultará sospechoso. Estuvo en la legación española en Londres, conoce a su embajador, el duque de Alba, todo cuadra.

—Sí, supongo que sí —dijo Félix poco convencido. El inglés lo miró fijamente, dándole ánimo.

—Entonces manos a la obra. Hablaremos pronto.

Se emplazaron para cuando los alemanes hubieran movido ficha y Félix se levantó y se dispuso a abandonar aquel curioso lugar. Antes de empezar a bajar la escalera, Gene lo llamó.

—Señor Zurita, como todos los primeros pasos, este no lo llevará a donde quiere ir, pero le sacará de donde está. No es un mal inicio.

Volvió a casa con la sensación de que lo que tenía que hacer no parecía difícil ni peligroso, pero también con la seguridad de que había iniciado un camino que, lejos de facilitarle la vuelta a la vida ligera a la que estaba acostumbrado, lo metería de lleno en la oscuridad de la guerra.

«No se puede escapar eternamente», se dijo resignado.

Dos días después, lo convocaron en la embajada alemana.

24
Furia

Blaz Munter era una de las peores personas que circulaban por Inglaterra. Su mezquindad, su falta de escrúpulos y su nula empatía lo hacían perfecto para un trabajo en el que debía mover a sus agentes como fichas de ajedrez, sin concederle un solo segundo a la piedad o a los sentimientos personales, dando por hecho que perdería a muchos de ellos si pretendía ganar la partida. Nunca sentía pena, pero sí rabia. Sus mandos en la Abwehr lo habían visto enseguida: era meticuloso y frío, también camaleónico; podía pretender ser cualquier cosa, incluso simpático y divertido. Pocas noches antes una mujer le había dicho que era «encantador» antes de besarlo. Después de llevarla a su apartamento y hacer con ella lo que ambos se pedían, le había rebanado el cuello con un cuchillo y echado su cuerpo al Támesis. Nada nuevo, nada especial. Estaba acostumbrado a ser impenetrable y a no dejar que nada de lo que pasaba por su cabeza trasluciera al que lo mirara, pero aquel día le estaba costando contenerse.

Observaba el canal de la Mancha desde un lugar cerca de Weymouth, viendo el mar inusualmente calmado moverse con reflejos sedosos y desaparecer entre la niebla. El mar perfecto para la navegación de su barco. Al otro lado de aquella nube baja, en territorio ocupado, los esperaban, igual que hacía la embarcación que debía llevar a Daisy y a su hijo allí, fondeado desde hacía un par de horas a pocos metros de la playa solitaria en la que se encontraba Blaz. Odiaba la impuntualidad porque implicaba que alguien creía que su tiempo era más valioso que el suyo. Miró el reloj de nuevo. Desde el barco, el capitán, nervioso, le hizo una señal de impaciencia. Estaban arriesgándose.

Oskar lo iba a oír. Demonios si lo haría. Nadie hacía esperar tanto tiempo a Blaz Munter, ni siquiera uno de sus mejores agentes en suelo británico. Y si había fracasado de nuevo, lo oiría aún más fuerte.

Una hora después, el barco se perdió entre la niebla sin ninguno de los pasajeros a los que había esperado a bordo y Blaz volvió a Londres iracundo. Tras intentar contactar con Oskar Klein sin éxito, sospechó que había sido capturado y empezó a hacer pesquisas entre sus infiltrados hasta confirmar que así había sido.

Los espías alemanes caían con frecuencia. Los más temidos y difíciles de cazar eran los que se habían establecido en el país antes de la guerra y habían sido adiestrados durante años, incluso décadas, sin pasar a la acción. Ingleses perfectamente integrados, con trabajo, mujer, hijos y acento de Yorkshire, eran activados de pronto y actuaban en solitario. La sociedad británica estaba advertida y movilizada. Acusaban a quien fuera mínimamente sospechoso, muchas veces sin base; otras, acertadamente. El MI5 era enorme y efectivo, y se dedicaba en cuerpo y alma a que, ante la mínima duda, se llevara a cualquier sospechoso a la sala de interrogatorios. Pero Oskar no era un espía más. Perderlo era grave y dejaba en suspenso una misión que debía de haber sido sencilla. Una misión esencial.

Con todo, había algo muy extraño. El agente había sido condenado por espionaje a la pena capital e inmediatamente ahorcado. Se enteró a la vez de ambas cosas. No era habitual tanta celeridad: o le habían sacado la información enseguida, cosa que dudaba, o algo escondían. En cualquier caso, Blaz tenía que reorganizar toda la red cada vez que uno de sus componentes era descubierto. Un desastre con demasiadas preguntas.

Se había apostado en una esquina de Caledonian Road desde la que se veía la entrada de la prisión de Pentonville, esperando a que algunos de los trabajadores del turno de noche salieran a la calle. La zona del barrio de Islington cercana a la prisión se contagiaba del aspecto sombrío del edificio, de ladrillo oscuro y varias alas encajadas entre las casas que tenían la desgracia de tenerlo por vecino. Grande y triste por fuera, lo era aún más por dentro.

Cuando los trabajadores salieron a la calle, Blaz identificó y siguió a tres celadores hasta un *pub* cercano, donde pidió una cerveza en la barra. El trío habló poco, como si aquella parada antes de volver a sus casas fuera más una obligación que un divertimento. Al rato, dos partieron dejando en la barra al mayor de ellos, un individuo de modales embrutecidos por el alcohol y el contacto con lo peor de la sociedad, que permaneció allí, con la mirada un poco perdida y la pinta de cerveza como única amiga. Blaz acercó su taburete al del hombre y, levantando la mano, pidió dos pintas más, una de las cuales le ofreció. El hombre giró un poco la cara, la barba, la mirada nublada y el pelo en retirada hacia el espía, que levantó el vaso saludándolo.

—Un detalle para los que vigilan que los indeseables no se mezclen con el resto —dijo Blaz.

—Se lo agradezco —respondió el hombre dando un trago largo y secándose la boca con el brazo—. ¿Qué es lo que quiere?

Parecía claro que Blaz no tendría que dar muchos rodeos.

—Soy periodista —dijo cordial. Su aspecto era el de un reportero. Libreta, gabardina, gesto vivo y pulcro: un disfraz muy habitual entre los espías de ambos bandos, que permitía preguntar mucho sin levantar demasiadas sospechas.

—Tiene usted toda la pinta. ¿Qué quiere saber?

—Quiero información respecto del hombre al que ejecutaron hace unos días. Estoy escribiendo un artículo para el *Mail*.

—¿Cuánto tiene? —preguntó el celador sin más: no era la primera vez que la prensa lo gratificaba.

Blaz sacó un billete, y arrastrándolo con la palma de la mano sobre la barra, se lo acercó. El hombre lo cogió, lo miró y se lo metió en el bolsillo de la chaqueta, aparentemente satisfecho.

—Dijeron que era alemán. Eso oí —continuó.

—Sí, ¿espía?

—Probablemente. Tenemos algunos en The Ville. Llegó de noche. No le vi la cara. Dicen que lo ahorcaron al llegar. Ya está enterrado. Muy rápido todo.

—Parece extraño —apuntó el alemán.

—Saque sus conclusiones. —El celador bebió otro trago y remató la pinta. Blaz se apresuró a pedir otra. El hombre esperó, maquilló un eructo, cogió la nueva pinta y la bebió con ganas.

—¿Qué conclusiones debería sacar? —preguntó Blaz—. Usted conoce mejor lo que sucede en Pentonville... Ayúdeme.

—Ustedes, los periodistas, no aciertan nunca. Son más tontos que nadie, por eso escriben tantas tonterías. —Se rio.
—Puede que tenga razón...
—Atienda —dijo bajando un poco la voz y acercándose a él—: la ejecución de cualquier persona lleva unos trámites. Muy largos, muy pesados. El cura, el alcaide, el verdugo... ¿Qué me diría si le dijera que ninguno de los tres estaba esa noche?
—¿Cómo? —Blaz no pudo ocultar su sorpresa.
—¡Ninguno estaba allí! ¡Ja! ¡Ninguno! Así que ya sabe lo que pasó.
—¿Por qué no estaban presentes? —insistió el espía.
—Porque no hubo ejecución. Porque no hizo falta. Ese amigo suyo... —Bebió de nuevo—. Llegó fiambre.
Blaz no daba crédito.
—Eso es... ¿Por qué hacer todo el trámite? ¿Por qué no enterrarlo directamente o hacerlo desaparecer?
—Supongo que alguien en el MI5 quiere proteger al asesino, y a la vez hacer ver al enemigo que hemos capturado a otro espía. Que lo que sea que estuviera haciendo ese espía ha sido descubierto. Generar inquietud en la red alemana. Si hubiera desaparecido, quedarían muchas preguntas en el aire. Pero yo no sé de eso. Son solo suposiciones.
—Tienen sentido —dijo Blaz confuso.
Dedicó el resto de la semana a averiguar más sobre aquel suceso. Todo estaba envuelto de secretismo, pero, allá donde trabajaba gente sin formación en inteligencia militar, había siempre algo de luz y datos que obtener. El que le dio la información más importante fue uno de los últimos en ver el cuerpo de Klein, el funcionario encargado de colocarlo en el ataúd para enterrarlo después. A cambio de algunas libras le explicó que el hombre tenía dos tiros de escopeta, uno en la espalda y otro en la frente que le había desfigurado la cara por completo.
Nadie del MI5 llevaba escopetas habitualmente, pero todas las casas de campo tenían varias en el armero. Con las escopetas se cazaban ciervos y jabalíes, no espías. Siguió pensando. Las llaves del armero las guardaba el mayordomo, y solo los señores de la casa tenían acceso a ellas. Lord Louis Epson, el señor de Glenmore, es-

taba desaparecido, así que solo lady Lucy Epson, o alguien a quien ella hubiera entregado la escopeta, podía, en teoría, haber disparado. En su última reunión, Oskar le había informado brevemente de la aparente complicidad de lady Epson con Daisy García, así que aquella deducción era verosímil.

Lo que parecía claro era que alguien de Glenmore había sido el asesino. El MI5 se había encontrado el trabajo hecho y tan solo había ocultado el suceso y protegido al verdugo. Habían tapado lo sucedido. Nadie sabría que Oskar había estado en Glenmore nunca. Nadie prestaría atención a aquella casa y al asesino.

Planeó sus próximos pasos. A los espías rara vez se los vengaba, solo se los olvidaba, y eso sería lo que pasaría con Oskar Klein. En poco tiempo todo rastro de su vida desaparecería, pero, al tiempo, Blaz iba a ocuparse personalmente de que la misión concluyera de una vez. Se llevaría a Daisy García y a su hijo a Alemania.

Reflexionó: con todos alerta (el MI5, la misma Daisy, la gente de Glenmore...), mientras se encontraran en la mansión, el asunto se complicaba. Debía sacarlos de la casa primero y de la maldita isla después.

Ocupó varios días en la investigación concienzuda de la propiedad de los Epson. Encontró fotos de sus salones en uno de los números de la revista *Country Life*, donde también se detallaba el plano de la planta inferior. En el *Times* dos fotografías del compromiso matrimonial de lord y lady Epson daban, además, interesantes detalles de la casa: sus grandes cortinajes, sus tapicerías, sus vigas de madera. Una idea tomó fuerza, no era sutil en absoluto, pero parecía la mejor opción. La sutileza y el disfraz no habían funcionado hasta entonces.

Debía crear el caos para restablecer el orden. ¿Acaso no era eso lo que estaban haciendo los suyos en medio mundo?

25

Preparadas

Octubre de 1941

Longview Grange había pasado del letargo a la actividad en menos de medio año. Lucy y Daisy también habían cambiado. Llevaban cuatro meses entrenándose a diario y su cuerpo en muchos sentidos no era el mismo. Conforme avanzaban las semanas, se preguntaban a menudo cuál sería el propósito de todo aquel entrenamiento exhaustivo.

John Osbourne lo había supervisado todo, pero a menudo las dejaba solas para seguir con otras investigaciones y trabajos. Les enseñaba a manejar una pistola y les daba dos o tres días para que aprendieran a dar en el blanco, o les pasaba dosieres completos sobre personas que debían aprender y las examinaba más tarde. Organizó, además, un circuito físico diario que involucraba escalar, correr, reptar y saltar para fortalecerlas de forma que ambas sospecharon que su misión no solo tendría lugar en elegantes salones. Por la noche escuchaban la radio y establecían contacto con puntos al otro lado del canal, franceses que daban pequeñas informaciones y les preguntaban invariablemente sobre cuándo se produciría un desembarco ahora que los alemanes estaban entretenidos en el frente ruso. Aprendieron a observar. Se esforzaban y estaban cada vez más ansiosas por pasar a la acción.

Lucy había ido a pasar dos días a Glenmore y John Osbourne se había marchado a Londres para reunirse con sus superiores, así que Daisy estaba sola. Hacía un mes que no veía a Pat y, aunque lo añoraba, sabía que en Glenmore estaba vigilado y más seguro que en cualquier otro lugar. Eran las seis de la tarde y había acabado de estudiar una documentación sobre los pisos francos de Madrid y las rutas de escape por los tejados cuando se animó a salir al jardín delantero, desde donde se veían el mar y los acantilados blancos que lo atalayaban teñidos por los colores del atardecer. Le gustaba Longview. La casa era muy bonita, pero lo que realmente le satisfacía era lo que estaba consiguiendo entre sus paredes. Había encontrado un propósito en la vida: en lugar de huir, Daisy se preparaba para atacar. Los años anteriores habían sido tan convulsos que, simplemente, había dejado que los acontecimientos la llevaran de un lado a otro como a un barco en mitad de la tormenta. Por una vez, era reconfortante conocer el rumbo. También no sentirse sola. Su relación con Lucy Epson se había reforzado y se habían convertido en auténticas amigas.

Remató su taza de té mientras caía la tarde y volvió a la casa decidida a prepararse algo de cena. Había acabado de subir los escalones que precedían a la puerta trasera de la casa cuando algo llamó su atención. Alguien, o algo, había pisado el felpudo. Les habían enseñado a fijarse en los felpudos, en su pelo, de forma que, si alguien los pisaba, notarían un cambio en su dibujo. Instantáneamente, Daisy se puso en alerta. En lugar de entrar en la casa, la rodeó lentamente. Se asomó discretamente por las ventanas. Dentro todo parecía en orden. ¿Se habría confundido? No lo creía. Se encaramó a una de la ventanas de la cocina, que estaba entreabierta, y entró de un salto felino. Agachada, se acercó a la alacena y, en un rápido movimiento, extrajo su pistola del cajón. Revisó que estuviera cargada y, adaptando su mirada a la oscuridad, pasó al salón.

Osbourne les había enseñado a dejar pequeñas trampas imperceptibles para saber si, en su ausencia, alguien había entrado a la casa: el hilo casi invisible que había tendido entre los dos lados del pasillo que conducía al salón se había soltado. Se sentó apoyada a la pared y aguzó el oído intentando detectar dónde estaba el intruso.

A los pocos segundos distinguió, entre el lejano rumor del mar, el sonido acolchado de unos pasos sobre la alfombra del salón, a escasos metros de ella. Se levantó y se pegó a la pared, que, inmediatamente anterior al arco de entrada a la estancia, tenía un saliente perfecto para esconderse. Esperó. Poco después, vio la sombra del intruso proyectarse en una de las paredes laterales. Era solo una persona y Daisy se tensó al comprobar que se estaba acercando. En un santiamén, pasó frente a ella, y se colocó a tiro. Ágil y sin vacilar, se puso en pie de pronto, le pasó el brazo por la espalda para agarrarlo por el cuello y con un certero golpe en las piernas lo hizo caer de rodillas, para luego colocarse arrodillada sobre él e inmovilizarlo.

—¡¡Quieto!! ¡Un solo movimiento y disparo! —bramó decidida apretando la pistola contra su nuca.

Se hizo el silencio. Luego una voz magullada pero reconocible le respondió.

—Está usted preparada, señorita García. Y que Dios se apiade del nazi que decida enfrentarse a usted.

John Osbourne sonrió con la cara aún aplastada contra el suelo. Daisy lo dejó ir, con el corazón y la tensión rápidamente relajándose. El agente se incorporó.

—Ya ha acabado el entreno en Longview. Mañana ira a Ringway.

—¿Ringway?

—Sí. Creo que sabrá desenvolverse una vez llegue a suelo español. Ahora necesitamos que sepa hacerlo en caso de que, para llegar allí, sea necesario que salte desde un avión. —Daisy tragó saliva—. No se asuste. No es complicado y tan solo serán doce días. Probablemente nunca tenga que saltar, pero, si llega el momento, agradecerá saber hacerlo.

En Glenmore Hall habían acabado de cenar hacía un rato y Lucy y lady Maud Epson comentaban lo sucedido aquel día intentando que la conversación no las disgustase la una con la otra. Lucy no estaba segura de conseguirlo, pues lo que había encontrado al volver a Glenmore era ciertamente sorprendente.

Desde la llegada de lady Maud, las zonas de la casa más delicadas, aquellas que se habían reservado para la familia y se habían prohibido a los niños del Saint Clarence, habían menguado semana a semana, de forma que, cuando Lucy llegó, prácticamente toda la casa estaba ocupada por los niños, que, entre clase y clase, y antes de irse a dormir, jugaban por todo el edificio. Al llegar, no dio crédito a sus ojos. Miss Nightingale se había disculpado y había prometido poner orden, comprendiendo que aquello no tenía sentido, pero incapaz, hasta entonces, de enfrentarse a la baronesa viuda. Lucy estaba decidida a hacerlo.

—La verdad es que yo misma estoy sorprendida también, querida —le había dicho su suegra—. ¿Recuerdas que detestaba a los niños? Pues resulta que ahora los adoro.

Lady Maud había iniciado una serie de actividades diarias a las que los niños podían apuntarse además de las meramente escolares y los módulos que habían implantado desde el principio. En todas, ella era la que lideraba el grupo. Empezaron apuntándose menos de diez escolares, pero, para entonces, rara era la actividad que no contara con más de treinta. El día anterior, bajo el pretexto de enseñarles los jardines privados y las especies exóticas traídas de diferentes lugares del imperio, había dejado que se bañaran en la fuente central del parque. La misma semana, un grupo de niñas se había puesto los trajes de gala que guardaban en la buhardilla y habían cenado con la baronesa en el comedor. Varias noches a la semana les contaba cuentos a los niños en el salón de tapices y, cuando supo que tres de ellos celebraban el cumpleaños el mismo día, organizó una yincana por la casa de la que aún quedaba como muestra el elemento más popular: un tobogán de tablas instalado en la escalera principal.

—Mamá, esto no tiene ningún sentido —dijo Lucy conteniendo el enfado.

—Lo sé. Pero es que tú no sabes cómo son algunos de los mocosos estos. Me recuerdan mucho a mis perros, tienen la misma inocencia mezclada con inteligencia. Ese instinto que da la naturaleza antes de que la edad corrompa. Lo estamos pasando muy bien. Ojalá se queden aquí para siempre.

—La casa está peor que nunca.

—Oh, ahí te tengo que dar la razón de nuevo. Es un completo desastre. Pero el servicio está resultando decepcionante.

—He hablado con ellos. Stuke está impresionado con tu actitud.

—Ese mayordomo traidor... Está acostumbrado a nuestra familia, pequeña y aburrida. Si estuviera en casa de los Hartford y sus doce hijos, otro gallo cantaría.

—Miss Nightingale: está avergonzada. A partir de mañana no quiero a nadie en la zona de la familia.

—¡Pues es una pena! —protestó lady Maud.

—Lo que sería una pena es que todos los cuidados que habéis dado a la casa durante siglos se fueran al traste en dos años.

—Bah. Paparruchas. Un par de jarrones rotos que nadie apreciaba, alguna alfombra manchada, ropa que no usábamos... Las casas y las cosas tienen sentido cuando son catalizadoras de la felicidad.

—Eso es muy poético, mamá, pero pretendo que la casa aguante varias generaciones de Epson más.

—Serán generaciones muy aburridas.

—Quizá. Pero no tendrán un tobogán en la escalera.

—Oh, querida, tendrías que haberme visto bajar. No me reía tanto desde el funeral de Alix Brayboune.

Lucy decidió cambiar de tema.

—¿Qué tal han estado Patrick García y tu nieto William?

—Oh, ese Pat es sensacional.

—¿Y William?

—Cada vez mejor, gracias a Pat, por supuesto. Ese niño será algo grande, puedes estar segura, y William también si aprende de él. Siempre me han gustado los españoles. Tienen, no sé, espíritu de hidalgos, esa apostura, esa dignidad... A Pat se le nota en cada centímetro. —No había duda respecto a los favoritismos—. Pero sé a lo que te refieres. Me dijiste que los vigilara. En eso estarás satisfecha y si no, estarás equivocada. Los tengo vigilados. Muchísimo. Los trasladé cerca de mi habitación, a la azul, y nada de lacayos para proteger la puerta: los sustituí por Samuel, el vaquero. Como es cojo, no lo han llamado a filas, pero tiene la mejor puntería de la finca y un brazo que igual sirve para levantar terneros que para mandar a paseo a cualquiera que se enfrente a él. Siempre le he caído bien, no me fallará, pero habrá que gratificarlo de alguna manera cuando todo acabe.

—Has hecho muy bien —dijo Lucy, tranquila de que, por lo menos, en aquello lady Maud hubiera superado sus expectativas.

—Lo sé y le dije algo más.

—¿Algo más? —Lucy volvió a temerse lo peor.

—Sí, algo en lo que no habías pensado. Hemos preparado un plan de evacuación para mi nieto y Pat. Si en algún momento hay una amenaza, Sam se ocupará exclusivamente de ellos y los llevará al roble del rey hasta que estén seguros.

El roble del rey era un gran árbol donde, según lady Maud, se había escondido Carlos II huyendo de la decapitación. Le había robado la historia a Boscobel House, una finca cercana a Birmingham, pero la había contado tantas veces que ella misma había acabado por creerla.

—Me parece una excelente idea.

—Ya ves que tu pobre suegra no todo lo hace mal —recalcó lady Maud.

—Nunca lo he dicho.

—Entonces deberías reconsiderar lo del...

—Nada de toboganes —la interrumpió Lucy.

Se acostó tarde, tras revisar una vez más el desorden que su suegra había propiciado. Como siempre, sus últimos pensamientos fueron para Louis. ¿Dónde estaba su marido?

La noche era cerrada cuando aparcó el coche en una bocacalle de Little Epson. «Los señores feudales todavía están por aquí», pensó al leer el nombre de la localidad en el cartel de entrada.

Enfiló el camino hacia Glenmore y, poco después, cruzó las torretas que marcaban la entrada a la finca, momento en el que se decidió a andar por el bosque, menos a la vista. Supuso que la zona estaría vigilada, pero la eficacia del MI5 resultó decepcionante. Desde la calle vio al único agente destinado a la zona en el *pub*. «El aburrimiento es el germen de la incompetencia», se dijo convencido. Al rato el edificio apareció entre los árboles, oscurecido, dormido y con la luz de la luna, que se colaba entre las nubes, cambiando los colores de la fachada del azul al gris y del gris al negro. No había entrado nunca, pero, a fuerza de investigar, la conocía bien. Distinguió sus elementos: los que venían de la época en que fue construida, las posteriores adiciones diseñadas por el afamado Charles Barry, y las que vinieron después, más o menos afortunadas. Glenmore Hall no se había tocado desde principios de siglo, cuando Edwin Lutyens diseñó el invernadero y el ala del comedor. Mucho trabajo del que quizá quedara solo el recuerdo a partir de aquella noche.

Llevaba la fotografía de Patrick García que le había dado Klein. Había memorizado la cara redonda, los grandes ojos azules, y el pelo rizado y voluminoso del niño. Además, con Lucy en la casa, sería muy fácil de localizar: estaría con ella.

Se acercó a la fachada. Vio la brasa del cigarrillo que fumaba el vigilante en la oscuridad y dibujó mentalmente su cuerpo recortado contra una de las columnas de la entrada. Giró la esquina y, bajando unas escaleras, accedió al sótano en completo silencio. Sigiloso, no tardó en encontrar la primera de las escaleras que subían a la planta principal, que recorrió hasta el salón de baile, una pieza de gran altura y una veintena de metros de largo que en aquel momento estaba repleta de pupitres. Todas las cortinas estaban corridas. Miró al techo. Buen roble inglés, excelente para la chimenea.

Abrió su mochila y roció tres de los cortinajes con gasolina. Luego encendió una cerilla. Hipnotizado, observó cómo las llamas se extendían rápidamente hacia el techo. No tardaría en prender también. Lamentando no poder quedarse, salió al jardín. Allí, esperó.

Fue fácil que incluso un vigilante tan distraído como el que se apostaba en la puerta se percatase rápidamente de lo que sucedía. Primero fue el olor inconfundible; luego, el brillo dorado de los árboles frente a los ventanales del salón de baile, mayor a medida que las llamas crecían y las cortinas se consumían. Al ver las llamas desde el jardín, sus ojos se abrieron con terror. Corriendo, acudió a la campana de incendios y la hizo tañer con insistencia. Cuando el primer lacayo apareció en el exterior, le ordenó que se asegurara de que toda la casa se enterara del peligro, y este se perdió gritando por los pasillos.

En casas como Glenmore Hall había planes para situaciones como aquella. Stuke llamó a la brigada de bomberos de High Glenmore y al retén de Little Epson. Mientras, los hombres de la casa rápidamente cogieron los cubos de arena que siempre permanecían preparados en los pasillos y, formando una cadena humana, los trasladaron al foco del incendio. A la vez, el repique de la campana pasó de una a otra de las diferentes granjas de la propiedad, y todos los que trabajaban en la finca se acercaron tan rápido como pudieron para ayudar. Desde fuera, empezaron a llenar cubos de agua, pero, horrorizados, todos se encomendaban a los bomberos para apagar unas llamas que ellos no eran capaces de contener. Mientras, la casa se evacuaba rápidamente. Los niños bajaban asustados, en fila y corriendo desde sus habitaciones.

La campana sorprendió a Lucy y a lady Maud en sus habitaciones, y ambas, como un resorte, saltaron de sus camas para ponerse en acción. Se vieron en camisón en el pasillo. Lucy ya había tomado una decisión.

—Mamá, tú ocúpate de Pat y de William. Que no salgan por la puerta principal, llévalos por el túnel del refugio. Que no se separen de Sam y permanezcan en el roble del rey hasta que vayamos a buscarlos. Yo me quedaré aquí hasta que sofoquemos las llamas.

—Ahora mismo. Oh, Dios mío —dijo lady Maud asomándose desde la barandilla al piso de abajo—. Salva Glenmore, querida, salva nuestra casa.

—Te juro que lo voy a intentar. Tú ve a por los niños.

Lady Maud corrió a la habitación de Pat y William, donde Sam ya estaba despertando a los niños y ayudándolos a calzarse para la evacuación. Por el pasillo corrían lacayos y doncellas obedeciendo a los gritos de Stuke, que se oían con claridad por el hueco de la escalera principal. Los bomberos no llegaban.

—Voy con vosotros, Sam.

—Sí, señora.

—Por el pasillo de la bodega... Del refugio —rectificó lady Maud, recordando que aquel era el menester de la bodega desde el inicio de la guerra.

Sam, enorme, cogió a William en brazos mientras le daba la mano a Pat. Los niños, paralizados, no habían conseguido aún reaccionar a lo que pasaba. Bajaron la escalera, donde el tobogán estaba siendo utilizado para evacuar al resto de niños más rápido, pero, en lugar de girar hacia el *hall* de entrada y salir a la fachada principal, se dispusieron a bajar un piso más hasta la cocina. Suponiendo que el calor allí sería mayor, en un rápido movimiento Sam cogió uno de los cubos de agua y lo vertió sobre las cabezas de los dos niños, aplastando el despeinado nocturno de William y los rizos rebeldes de Patrick García. La baronesa viuda cogió agua entre las manos y se mojó también la cara antes de cruzar el vestíbulo.

En el exterior, Blaz Munter no pudo aguardar más. Se había pertrechado con un uniforme de bombero: casco, abrigo ignífugo, botas... Un nuevo disfraz, pero habría querido que la dotación llegara para camuflarse entre ellos. Harto de esperar mientras los niños abandonaban la casa, penetró en la mansión por la puerta principal, esquivando a los pequeños que corrían hacia el jardín, esperando que, entre la confusión, nadie reparara en lo extraño de la presencia de un bombero solitario.

En medio del gran vestíbulo, Lucy Epson dirigía a los hombres al salón de baile y ayudaba a llevar cubos. Una manguera con insuficiente presión se perdía en la misma dirección. Los que no estaban dedicados a la extinción del fuego formaban una cadena humana que sacaba cuadros y alfombras al exterior. Se chocó con un hombre con un niño en brazos y otro de la mano, a quienes echó un vistazo rápido. Ninguno tenía el pelo rizado. Tras él, supuso que la mujer en camisón que lo seguía era la baronesa viuda, lady Maud Epson. Subió a la planta noble y entró en las habitaciones principales: estaban vacías. Revisó toda la planta, pero ya no quedaban niños en ella.

Seguro de que todos habían sido evacuados, esperó a que los bomberos llegaran para salir de nuevo y buscar entre los chavales. Enseguida oyó el camión cisterna aparcar; poco después, los bomberos entraban corriendo hacia el salón de baile. Para entonces el fuego ya había llegado a la antesala roja y al pasillo, que, desde donde Blaz estaba, parecía la mismísima entrada al infierno. Sonrió satisfecho por su efectividad. Un incendio perfecto que había obligado a evacuar la casa sin que los niños..., sin que *el* niño sufriera daños. Salió afuera.

En ningún momento había visto a Daisy García y tampoco a su hijo. Por suerte, la confusión y su disfraz permitían que nadie se fijara demasiado en él. Frente a la casa, a treinta o cuarenta metros de la fachada, los niños en pijama formaban filas indias presididas por un profesor del colegio. Era el momento perfecto para localizar a Pat. Se acercó a las filas en las que estaban los de su edad. Revisó la primera niño por niño. La mayoría estaban más fascinados que asustados y miraban hipnotizados las llamas de varios metros de altura que estaban devorando Glenmore Hall. Ninguno le prestó demasiada atención ni se extrañó de que lo escrutaran como Blaz hacía. Pero, tras revisar seis filas y empezar a pasar junto a niños de edades muy distintas a la del niño que buscaba, el alemán se convenció de que Pat no estaba allí. No ver a Daisy García en ningún lugar, cuando todo el personal de la finca estaba allí, le hizo pensar que probablemente hacía días que ni la madre ni el niño estaban ya en Glenmore. Dio la vuelta a la casa en busca de algún rezagado, pero el plan de evacuación había resultado perfecto y no vio a ningún otro, tan solo a un segundo retén de bomberos que atacaba las llamas desde el jardín de la cocina.

En sus ojos se reflejaban las llamas que él había provocado, pero era su interior lo que realmente ardía de rabia.

Mientras, a pocos metros, protegidos por la oscuridad, lady Maud, Sam y sus niños, tras recorrer el túnel de la bodega y salir a cielo abierto, corrían en dirección a su escondite.

Finalmente, el roble del rey de Glenmore salvaría a alguien.

26
Objetivo Hillgarth

Félix Zurita se sentó frente a Wilhelm Leissner en su despacho en la embajada alemana. Su semblante era amable y se esforzaba por parecer su amigo. Un amigo que ordenaba asesinar y torturar a personas como Clara. Félix había trabajado mucho su actitud para aquella reunión. No podía pretender que la muerte de la joven no le había afectado, pues era evidente para todos que no era así, pero podía fingir haberla superado, comprender los motivos y haber aprendido la lección. Podría hacerles creer que no lo había cambiado. No lo conocían. No lo suficiente. Los pasados meses lo habían convertido en otra persona.

Ante lo inevitable del tema que ambos conocían, Leissner se adelantó.

—No nos gustó tener que hacer lo que hicimos.

—A mí tampoco me gustó que lo hicieran, pero es cierto que yo no fui capaz.

—La próxima vez díganoslo. Comprendemos que no es un trabajo fácil, pero, lamentablemente, a veces es necesario.

Félix obvió decir que no era necesario dar una muerte como aquella a nadie. Clara había sido asesinada con saña y mucho dolor.

—He aprendido la lección. Ha sido una de las más duras de mi vida, pero la comprendo.

—A veces olvidamos que estamos en guerra —comentó Leissner mientras se servía una copa—; tan solo debe ser más cauto. A todos nos gustan las chicas bonitas, por eso se las utiliza a menudo para obtener información. Es una debilidad natural, lógica. Pero debe pensar que, detrás de sus intenciones, está siempre la muerte. Con la desaparición de la señorita Galán, se han salvado muchas vidas. Servimos a un bien mayor... y a un deber histórico.

—Lo entiendo.

—¿Está usted seguro, amigo mío? Por favor, siéntase libre de comentar lo que crea necesario. Y por supuesto, una vez que acabe con la misión que le hemos encomendado, puede dejarlo.

Félix sabía que aquello era mentira. Los nazis no iban a prescindir de él.

—Colaboraré en lo que crean que puedo colaborar. Pero soy solo un hombre.

—Uno con contactos, señor Zurita. En la embajada inglesa, incluso.

—Es cierto. Viene por mi época en Londres, pero no conozco a lord...

—Hoare, Samuel Hoare, el vizconde de Templewood —interrumpió Leissner, dando por superado el tema de Clara—. Lo ha invitado.

—Exacto. Creo que ha invitado a muchos de los que alternamos con el duque de Alba, nuestro embajador en el Reino Unido. Yo lo hice muy poco, pero es cierto que tenemos amigos comunes.

—Ese Alba es abiertamente anglófilo y, como a muchos de sus pares ingleses, le cuesta entender que somos nosotros los que defendemos a gente como él. —Félix obvió decir que para todos ellos debía de ser difícil tener aquella opinión mientras caían bombas del cielo cada noche—. En cualquier caso, podría averiguar una o dos cosas para nosotros en esa fiesta. Nada demasiado importante ni arriesgado. Conocemos la lista de invitados y sus afectos. Es una convocatoria no demasiado extensa. Nos gustaría que prestara especial atención al capitán Alan Hillgarth. Sabemos bastante sobre él, pero se nos escapa lo fundamental. Lo hemos seguido en sus aparentemente insustanciales paseos por España. Al capitán le gusta su país, eso es innegable. Tiene una finca de cierta importancia en Mallorca, de donde es vicecónsul, además de agregado naval de la embajada británica en España. Lo que sí es intrigante son las visitas que realiza y recibe en la isla. Por Son Torella, como llama a su casa, han pasado varias personas cercanas a Franco. Uno incluso se alojó dos noches. El caso es que las visitas no cesan.

Cada cierto tiempo acude alguien relevante a verlo y él los visita también. Sería menos sospechoso si estas personas visitaran al embajador, a sir Samuel, pero a Hillgarth... No sabemos si tiene sentido, es lo que estamos tratando de averiguar.

—Es...

—Intrigante, sí —lo interrumpió Leissner—, como todo lo que rodea al capitán. Es un hombre amable, simpático incluso, pero que mantiene las distancias. Usted tiene mano con la gente y, perdone que se lo diga, podría hacer creer a los ingleses que está con ellos. Quizá pueda acercarse a él. Hacerse su amigo. A Hillgarth le gusta el polo, igual que a usted, pero tiene pocas ocasiones para jugar. Ahí puede tener una oportunidad. Invítelo a su club, hagan deporte juntos, lo que sea necesario para que confíe en usted y baje la guardia. Cualquier dato respecto al capitán nos interesa. Le hemos preparado un informe detallado. Léalo y piense en cómo entablar cercanía con ese hombre.

—Lo intentaré.

—No tengo ninguna duda de que lo logrará —aseveró Leissner—. Mientras tanto, no conviene que lo vean en esta embajada. Le contactaremos nosotros. ¿Conoce Horcher?

El restaurante, uno de los mejores de la ciudad, estaba a pocos metros de la entrada de su casa, en la misma calle.

—Por supuesto. Como allí de vez en cuando.

—Nosotros también. Un excelente lugar. Perfecto también para que nos veamos. Si tiene cualquier información, la puede llevar allí. Probablemente recuerde a uno de los camareros, alto, casi albino.

—Perfectamente.

—Es un agente de la Abwehr. Si necesita hablar con él, pida de postre Baumkuchen y vaya al cuarto de baño antes de que se lo sirvan.

—Siempre lo pido.

—A partir de ahora hágalo solo cuando tenga algo que contarnos —le indicó Leissner.

A pesar de la trascendencia de todo lo que el jefe de la inteligencia alemana en España estaba planeando, Félix no pudo evitar apenarse por no poder pedir el exquisito postre igual que siempre.

—Bueno —dijo el alemán dándose una palmada sobre las rodillas—, creo que es suficiente por hoy. Espero que todo se desarrolle convenientemente. Esperaremos ansiosos sus noticias. Debe estar orgulloso. Su padre también lo estaría. Ayudando al Reich, está ayudando al florecimiento de un mundo mejor.

Mientras cruzaba la puerta de la embajada y enfilaba el paseo de la Castellana, Félix se preguntó en qué estarían los nazis mejorando el mundo.

El 7 de diciembre, a las ocho menos diez de la tarde, Félix empezó a ascender la calle de Fernando el Santo, en cuyo número 16 se situaba la embajada británica. Era el antiguo palacio del marqués de Álava y se parecía al del marqués de Casa Riera, vecino suyo, sobrio por fuera, haciendo esquina, y con entrada por el jardín a un interior lujoso y recargado. A las ocho atravesaba el recibidor de cristal y accedía al *hall*, donde aguardaban sir Samuel Hoare y su esposa para saludar a los invitados.

El embajador era una figura importante de la diplomacia mundial. El dosier que la Abwehr había proporcionado a Félix así lo detallaba. Tras más de treinta años en la Cámara de los Comunes y en cinco ministerios, había sido destinado a Rusia, Serbia, Italia y España, destinos complicados que necesitaban siempre de su afilado ojo para ir de la mano de los intereses británicos. Su aspecto era impecable. Alto, con nariz importante y frente despejada.

De inmediato, sonrió a Félix y lo invitó a pasar al salón. Lady Hoare también le hizo sentirse desde el primer momento como un invitado deseado, y lo cogió del brazo para pasar con el resto de los convocados. No llegaban a la treintena y reconoció a alguno. Amigos con intereses en el Reino Unido, los Maldonado, que tenían familia allí y vivían en un magnífico palacio muy cerca de la embajada; el doctor Jiménez, Sofía García-Nieto, recientemente comprometida con un terrateniente escocés, y, entre ellos, Alan Hillgarth, que le lanzó una mirada mientras él conversaba con sir Samuel y otro caballero de aspecto elegante. Félix saludó a sus conocidos y se acercó al grupo del capitán. Al verlo llegar, el hombre se adelantó para darle la mano y se separó del grupo. Tenía el pelo oscuro y peinado hacia atrás con gomina, cejas densamente pobladas y mirada inteligente. Parecía alerta, en tensión, como si sus sentidos y su cabeza estuvieran trabajando intensamente. Sus movimientos eran parejos. Sus finos labios se abrieron para sonreírle mientras le daba la mano con firmeza. En un segundo cualquiera comprendía que Hillgarth era un hombre de mundo, atractivo y seductor, del tipo que cae bien enseguida.

—Me alegro mucho de conocerlo, señor Zurita —le dijo en perfecto español y marcado acento inglés—. Soy Alan Hillgarth.

Félix pensó que el acercamiento sería más discreto. Nadie sabía de qué se podían conocer. Se giró un poco para echar un vistazo a los demás. Nadie les prestaba atención.

—El placer es mío, capitán. He oído hablar mucho de usted.

—No creo que tanto —sonrió—, pero me encantaría saber todo lo que le han dicho de mí. Incluso antes de la guerra ni yo mismo era capaz de diseccionarme.

—Eso es una ventaja a veces.

—La mayoría de ellas, amigo mío. Especialmente en días como estos. —Le sonrió de nuevo—. Tengo algunos de los mejores cigarros que se pueden conseguir en Europa en estos días. Hay una plazoleta muy agradable al final del jardín. Si después de cenar lo desea, podría invitarle a uno allí.

—Me encantaría —dijo Félix.

—Mientras, ¿cómo van las cosas? Escuché que su madre había pasado unas semanas enferma, confío en que ya se encuentre mejor.

Una frase sin importancia para hacerle comprender que sabían todo sobre su vida.

—Está mucho mejor, así es —respondió Félix—. ¿Y usted? Creo que los olivos que plantó en Son Torella se han adaptado bien al terreno, ¿no es así?

El inglés sonrió abiertamente al ver que también Félix conocía detalles de su vida. El dosier que los alemanes le habían proporcionado contenía muchos detalles y aún más incógnitas.

—Están bien, sí. Me empeñé en plantar...

—Arces, eso me contaron —interrumpió Félix—, pero Mallorca no es lugar para esos árboles.

—Ahora lo sé —dijo Hillgarth al borde de la carcajada—; en cambio, los olivos están creciendo sanos y fuertes. Cuando produzcan, le enviaré aceite.

—Conoce mi dirección.

—Desde luego.

Ambos se miraron a la cara con complicidad sabiendo que se llevarían bien, pero no pudieron seguir charlando porque lady Hoare se acercó.

—Podemos pasar al comedor. Hemos preparado un menú típicamente inglés, así que no puedo prometer que sea bueno, aunque sí muy patriótico. —Rio cogiendo a cada uno del brazo y llevándolos a la mesa.

—Me alegra compartir esta fecha tan especial con usted —dijo Félix, cortés, a la anfitriona.

—Oh, no es mi cumpleaños si a eso se refiere —respondió ella bajando la voz—, pero no hay mejor manera de que la gente confirme su asistencia que añadir algo de sentimentalismo.

Lo sentaron casi en el extremo, entre una diplomática de la embajada sueca y una española pelirroja a la que no conocía y que tampoco se esforzó demasiado por conocer más. No habían servido el primer plato cuando irrumpió precipitadamente en el comedor un hombre con aspecto grave que fue directo a sir Samuel. Intentando que su urgencia no derivara en alarma, se colocó a la espalda del embajador y le susurró algo al oído. Félix pudo ver cómo este abría los ojos con asombro. Antes de levantarse, miró a los lados de la mesa y se disculpó.

—Me temo que hay un asunto que debo atender en este instante. Por favor, disculpen la inconveniencia y sigan con la cena. Espero poder reincorporarme en algún momento.

Todos se quedaron extrañados viendo cómo el embajador desaparecía tras el hombre que había ido en su busca. La mujer que tenía a su derecha le susurró lo que todos pensaban.

—Nada bueno. El vizconde de Templewood no se levantaría así de una mesa aunque le comunicaran que su padre ha fallecido.

—Esperemos que no sea nada grave —respondió Félix, convencido de que la sueca tenía razón.

La cena se enrareció pese a los intentos de que continuara con naturalidad. En tiempos como aquellos se recibían pocas buenas noticias, así que una información lo bastante relevante como para hacer que el embajador abandonara la cena podía, con una probabilidad elevada, ser catastrófica. Les estaban sirviendo el segundo plato cuando sir Samuel Hoare regresó. No se sentó. De pie, mientras todos lo observaban expectantes, les dijo:

—Hace algo más de dos horas, a las ocho, hora local de las islas Hawái, la aviación japonesa ha lanzado un ataque sin precedentes a la base naval estadounidense de Pearl Harbor. —Todos se miraron asombrados—. El balance es sangriento en vidas humanas y también catastrófico en lo que toca a los buques. No menos de dieciocho han sido hundidos o dañados. Estamos hablando de la destrucción efectiva de la flota del Pacífico. Ha sido un ataque que ha cogido a los estadounidenses absolutamente por sorpresa, ya que ni siquiera ha mediado una declaración de guerra por parte del Imperio japonés. Me informan de que la base es un absoluto caos. Es el mayor ataque al país desde su fundación. No duden de que tendrá consecuencias. Amigos míos, hoy es el día en el que todo puede cambiar.

—No le quepa duda —susurró la sueca a Félix—. A Hitler esto no le va a hacer ninguna gracia.

—¿A Hitler? —preguntó Félix. La chica se puso el índice en los labios y con un gesto de cabeza le pidió que atendiera al embajador igual que hacía ella.

—En cualquier caso —continuó sir Hoare—, comprenderán que debo retirarme a conocer los detalles del ataque y sus consecuencias. Lamento de veras la situación y les pido que tengan a los pobres muchachos de la base en sus oraciones. Dios sabe qué clase de monstruo puede planificar algo así.

Acabaron de cenar entre discusiones sobre el futuro inmediato y, al rematar el postre, la mayoría se retiró rápidamente en dirección a sus casas. Félix ya había salido al jardín cuando, apoyado en un árbol, Alan Hillgarth llamó su atención. Fumaba un puro y su imagen no era la de la preocupación que a todos se les había contagiado en el interior del palacio. Con la mano se abrió la chaqueta mostrando el bolsillo interior. Sacó otro puro.

—Tenemos una cita pendiente, ¿recuerda? —Calló un instante—. Sígame —le dijo sin que Félix pudiera negarse.

Siguió a Hillgarth a un rincón del jardín donde una pequeña plazoleta rodeada de árboles ofrecía un lugar discreto para hablar. Hacía frío y las palabras se rodeaban de vaho. El puro que le ofreció sirvió en parte para calentarlo.

—Lo que ha sucedido hoy es terrible —dijo Félix.

—Desde luego —convino Hillgarth, mientras aspiraba el cigarro—, pero, como todo en la vida, tiene también otro punto de vista. Otra interpretación. Algo... no tan malo.

A Félix le pareció que el capitán había sonreído levemente.

—No... No le entiendo —balbuceó algo confuso.

—Amigo, claro que me entiende. Le aseguro que hay mucha gente en esta embajada y en otras de Madrid, igual que en muchas partes del mundo, que hoy se irá a dormir más esperanzada.

—Los Estados Unidos van a declarar la guerra.

—Exacto. A Japón, lo que implicará, poco después, una declaración de guerra de los Estados Unidos a los aliados de Japón...

—Ya no están solos.

—Eso mismo, amigo mío. Ya no estamos solos. Es más, la mayor potencia del mundo luchará a nuestro lado. Al lado del Imperio británico. Esos pobres muchachos..., todos los que han muerto hoy, miles posiblemente, son mártires. Involuntariamente, con su muerte salvarán la vida de millones de personas, la de países enteros que no tenían ninguna oportunidad de escapar de las garras del Tercer Reich si los Estados Unidos no intervenían. En estos momentos, el presidente Roosevelt estará preparando un discurso a la nación. Se acabaron las reticencias. Puede estar seguro.

—Esto lo cambia todo.

—Sí. Y no verá a nadie celebrar esta desgracia, pero hoy no es un mal día para mi país.

—Es usted muy franco.

—Lo soy, y le pido que usted los sea también si, como me han confirmado, ha aceptado que colaboremos. Cuéntemelo todo.

Félix le explicó su reunión con Wilhelm Leissner al detalle. Hillgarth sabía bastante del jefe de los servicios secretos de Alemania en España, pero le pareció sumamente interesante la confianza que tenía en Félix y cómo le había encomendado trabajos en solitario y sin ninguna estructura detrás. Cómo le habían dicho que debía tratar de acercarse al hombre que tenía enfrente. Cómo debía intentar ganarse su confianza. A Hillgarth le pareció todo extraordinario. Dos horas después, Félix enfilaba la calle de Fernando el Santo en dirección contraria. Mientras observaba la ciudad, oscura y dormida, se dijo que quizá el capitán no estuviera del todo equivocado.

Al menos para la guerra, aquel no había sido un mal día.

27

De viaje

Lucy acabó de colocarse la diadema, el collar, el brocante y las pulseras de zafiros que formaban el aderezo de la baronía, el conjunto de joyas de mayor importancia de los Epson, que solo utilizaba la baronesa, es decir, ella. Se había vestido de terciopelo azul oscuro, con guantes blancos, y, al verse en el espejo, supo que había acertado. Desde pequeña estaba acostumbrada a convivir con alhajas, trajes y acontecimientos como el de aquella noche, y, sin embargo, estaba algo nerviosa. En Glenmore Hall se le daba mayor importancia a las fiestas, los bailes y las cacerías que en Bramount Park, la casa donde había vivido hasta casarse con Louis. Parecía como si los Epson quisieran compensar la poca relevancia de su título con el espectacular despliegue que realizaban anualmente para el baile. Ella, por supuesto, no quiso decepcionar a nadie, y aunque muchas cosas parecían completamente innecesarias, se afanó en aceptarlas para tener a todos contentos. Lo había comprendido hacía un par de meses, cuando el señor Copper había llamado a su puerta para comentar el pedido de flores que habían encargado para aquel baile. El huerto de flores de la casa proveía a los eventos en Epson House, en Londres, pero era insuficiente para vestir Glenmore Hall, que era mucho mayor, así que siempre se pedía al florista de Moreton, que estaba a pocas millas de allí, que se ocupara del asunto. Lucy había realizado un pedido enorme, pero, frente a ella, con el sombrero entre las manos y aspecto empequeñecido, el señor Copper parecía decepcionado.

—Milady, tan solo quería saber si está satisfecha con mi trabajo —había preguntado.

Lucy no comprendió.

—Pero..., por supuesto que sí, señor Copper —respondió intrigada.

—Lo cierto es que en la floristería nos sorprendió el pedido..., y quería decirle que, pese a todo, seguimos teniendo la misma calidad de género que siempre.

—No lo pongo en duda. ¿Por qué le sorprendió el pedido? —inquirió Lucy, que jamás había hecho uno mayor a ningún florista.

—Porque es menos de la mitad de lo que pedía lady Maud —respondió él.

Así que la nueva baronesa, ella, entendió el mensaje. Debía lanzarse a los brazos del exceso. Multiplicó todo lo que tenía previsto, convencida de que a su madre le habría parecido ordinario, y se esforzó en que ninguno de los invitados observara cambios (a menos) en su baile.

A las siete de la tarde los coches empezaron a llegar y, como siempre, la familia se colocó al final de la escalera de entrada para recibirlos. Todos tenían aprendido el espíritu de la noche y todos vestían con el exceso requerido.

—No me gusta la informalidad —le había dicho lady Maud—; es la excusa de los vagos. A las fiestas se va bien vestido, trabajado. Es de malísima educación ponerse lo primero que encuentra uno. ¿Acaso nosotros hemos puesto el primer pollo que hemos encontrado para cenar, o el primer hierbajo en los arreglos florales? ¿Acaso no nos hemos preocupado de que todo brille y luzca? Pues el que no haya hecho lo propio consigo mismo el año que viene no vuelve. —Lucy la miró de reojo—. Siempre que tú lo apruebes, querida. Tú eres la que manda aquí ahora —añadió la baronesa viuda con una sonrisa dócil.

—Estaremos atentos, mamá. El que no se comporte no volverá.

—Exacto. El que se quede sentado, se vaya pronto o no beba, no vuelve. ¡Esto es un baile, por todos los santos! Sería muy decepcionante que no se bailara, o que no consumiéramos una cantidad exagerada de vino y champán. Te lo digo, querida: de aquí se sale erguido pero achispado. Es de nefasta educación no beber en una fiesta. El invitado ebrio pero digno es el que buscamos. No hay nada menos elegante que ser el aburrido del lugar. El que tropieza un poco pero no se cae siempre tendrá las puertas de Glenmore abiertas —volvió a mirarla—, si a ti te parece bien, por supuesto.

—No quiero borrachos.

—Oh, qué fea palabra es esa. *In vino veritas*, querida. *In vino veritas*. El que no nos guste borracho no es digno de estar aquí. El champán de Glenmore Hall ha desvelado muchas verdades, nos ha descubierto a excelentes personas y ha desenmascarado a los que en realidad no lo son. Los borrachos pueden ser encantadores.

—Ya me entiendes, mamá.

—Claro que sí, querida. Como siempre. Tú ocúpate de que no se acabe el champán. Nuestros invitados suelen venir muy entrenados.

Eran casi doscientos, pero la mayoría parecía decidida a seguir la línea marcada por lady Maud. Cargados de joyas y condecoraciones, el champán desaparecía como por arte de magia de sus copas, y los lacayos, siempre atentos, no cesaban de rellenarlas. Tras la cena, se bailó; todos lo hicieron. Ya de madrugada, cuando el salón volvió a quedar vacío y los restos de una gran noche aún decoraban las mesas y los sillones, Louis y Lucy se permitieron aún un par de bailes más.

La orquesta se había ido y muchas de las velas se habían consumido, pero, tarareando con el legendario mal oído musical de la familia, su marido la había cogido de la cintura y, entre risas, se habían deslizado descalzos por el suelo de roble, al son de las canciones que aún resonaban en sus cabezas.

Durante días como aquel, a Lucy le había preocupado que el sueño se acabara de golpe, pues su relación era la más perfecta que conocía. Louis y ella no habían discutido en serio jamás, tenían un hijo maravilloso y planes para un segundo, un hogar excepcional y otras casas que disfrutar. Louis conocía sus miedos y le decía que eran infundados. «Pero está bien pensar en la felicidad, en la suerte, como algo frágil. Así nos obligamos a exprimir y agradecer cada momento como si fuera el último —le había dicho él—. El *presente*...; por algo tiene ese nombre, porque es un regalo».

Luego había llegado la guerra y, aquella mañana, mientras observaba el salón de baile con el techo derrumbado sobre el suelo y las paredes tiznadas de negro, se dijo que siempre le quedarían aquellos recuerdos, pero también que sus miedos no eran *tan* infundados. Su marido seguía desaparecido y la estancia que tenía frente a ella no era más que el marco de una postal de los alegres tiempos pasados.

El incendio había arrasado el salón y dos de las salitas contiguas, además del pequeño ático en el que acumulaban trastos, del que solo quedaba el esqueleto. De pie frente a lo que había sido la entrada a aquella estancia plagada de momentos felices, Lucy se quedó mirando el cielo azul que iluminaba el suelo sucio, negro, mojado, con pequeños montones de barro oscuro y textura indefinible allá donde los cascotes no lo cubrían. Un ala entera de Glenmore había desaparecido completamente, pero, por lo menos era la menor. El resto se había salvado milagrosamente y, gracias al esfuerzo de todos, también casi todo lo que el salón contenía salvo las cortinas y las lámparas, que no habían tenido tiempo de descolgar. El personal y todos los adultos que vivían en la casa se habían esmerado en sacar las consolas, los cuadros, incluso las alfombras. Fue una de estas la que dio pistas de lo sucedido. Olía a gasolina; de hecho, una de sus esquinas estaba empapada en ella.

El desastre había sido provocado, y en una comunidad como la que rodeaba la finca no cabía esperar que nadie hiciera algo parecido, así que Lucy enseguida sospechó de una fuerza mayor, la misma que estaba aterrorizando Europa. Quemar un edificio para forzar a los que se refugiaban en él a salir al exterior era una técnica de éxito contrastada. Recordó de repente que uno de los bomberos pasó entre las filas de los alumnos del Saint Clarence mientras la casa reclamaba su urgente atención. Parecía estar contándolos, pero los bomberos no sabían cuántos niños se alojaban en la casa. Era la clase de imágenes a las que no se daba importancia hasta que se ponían en contexto, pero que entonces cobró sentido. Preguntó a los bomberos que aún quedaban allí, echando agua sobre lo que ya estaba empapado. Ninguno afirmó haber estado entre los niños, fuera de la casa, mientras Glenmore ardía. El hombre al que ella había visto no era bombero y estuvo segura de que buscaba a Pat. Lady Maud y su ruta de escape al roble del rey habían salvado al niño aquel día y, seguro, habían despistado a los alemanes durante una buena temporada. Si no lo habían encontrado aquella noche en Glenmore, probablemente supusieran que ya no estaba allí.

Lucy y Daisy tenían que conseguir que no repararan en su error, pero lo que el cuerpo le pedía era encontrar a aquel maldito, vengar lo que le había hecho a su casa y vengar también sus intenciones. Para familias como la suya, la casa no era solo un hogar. Era un legado, un hijo caro del que cuidar, al que mejorar y mantener para que llegara a la siguiente generación. Quemar Glenmore era quemar el legado del que ella ahora formaba parte. Aquel hijo de Satanás había estado a punto de poner punto final a varios siglos de historia en una sola noche con la más vil de las intenciones.

Su suegra seguía sorprendiéndola. Había tardado en conocerla. Había supuesto que era como las demás. Como su madre. Como muchas de las mujeres que conocía de su clase. Lady Maud había pasado toda la noche con los niños y con Sam en el roble del rey, y solo había vuelto a la casa ya avanzada la mañana, cuando estuvo segura de que no había peligro para ninguno. Llevaba a Pat de la mano, andando campo a través, y Lucy pudo ver como su cara se volvía de piedra primero, y luego, al comprobar los daños que había sufrido su casa, disimulaba una lágrima antes de hinchar el pecho y acercarse a ella.

—¿Estáis todos bien? —preguntó.

—Todos.

—¿Los de cocina?

—También.

—¿Los niños?

—No falta ninguno.

—Tampoco nadie del servicio.

—Todos estamos bien.

—Entonces hay que dar gracias a Dios, por estar todos bien y... —contempló las paredes tiznadas— por no tener ningún baile previsto. —Lucy esbozó una sonrisa tímida—. Anímate, querida. El nuevo salón será tu legado. Tu aportación a esta casa que es la tuya. Conociéndote, cuando acabe la guerra, lo reconstruirás, mayor, más elegante y moderno. De la tierra quemada a menudo surgen las flores más bonitas. La mitad de las casas nobles y palacios de Europa se ha quemado alguna vez. Ahora le ha tocado a Glenmore, pero tú harás que esto tan solo sea una página más de su historia. Un día tienes que visitar el Palacio Real de Madrid, que es el mayor de toda Europa occidental; es casi el doble que Buckingham y más magnífico en todo. Pues debes saber que surgió de las cenizas del anterior, que se quemó completamente. Nosotros hemos tenido más suerte. Tras la guerra, nuestro objetivo será encontrar la manera de reconstruirlo.

Le enterneció que su suegra hiciera de tripas corazón para mostrar aquella actitud. Maud amaba a Glenmore como a su vida, y Lucy sabía que lo que traslucía no era lo que sentía.

—El incendio ha sido provocado —dijo Lucy volviendo súbitamente al pensamiento que la reconcomía.

La cara de lady Maud cambió.

—En ese caso, rectifico. Nuestro objetivo será encontrar la manera de reconstruir el salón y de destruir al canalla que lo ha prendido. Pero explícate.

Lucy le contó todo lo que sabían hasta el momento. La alfombra empapada de gasolina. El bombero falso, su intención. No le explicó por qué buscaban a Pat, pero sí que eran los alemanes quienes iban tras él, que su madre era Daisy y que también la perseguían. Lady Maud no preguntó, pero lo que supo reforzó su determinación en proteger al niño.

—Me lo llevaré a Longview —dijo Lucy al fin—. A Pat y a William. A los dos.

Su suegra la miró fijamente y, cogiéndola del brazo, la apartó un poco.

—No lo hagas, no seas necia. Si no lo han encontrado esta noche, pensarán que no estaba aquí. Ni su madre. Deja que busquen en Longview o en España. Aquí Pat está hoy mejor escondido que ayer.

—Daisy no querrá dejarlo.

—Daisy es lista. Sabrá qué es lo que hay que hacer, debes convencerla. Si los alemanes piensan que el niño está con ella, cuanto más lejos esté de su hijo, más seguro estará Pat. Por todos los santos, esta guerra no puede durar eternamente. Cuando acabe, o cuando sepamos que no hay peligro, pueden reencontrarse. Hasta entonces, apostemos por una fría (pero segura) maternidad a la inglesa y aparquemos el sofocante estilo de las madres mediterráneas.

—Tú no eras tan fría. Louis siempre me ha hablado de ti como madre en excelentes términos. Su infancia fue una época muy feliz según cuenta.

—Me alegro de que para él lo fuera. No te figuras lo pelma que era —sonrió—. Pat me recuerda un poco a él.

Lucy pasó por alto el comentario. El nieto de Maud era William, no Pat. En cualquier caso, lo que su suegra proponía era una buena idea y merecía la pena considerarlo.

Doce días después del incendio, cuando el salón de baile estuvo despejado y la casa volvió a ponerse en marcha con cierta normalidad, Lucy volvió a Longview Grange, donde esperaba poner al día a Daisy.

Sin Pat.

Daisy recibía las noticias de la BBC pegada al transistor que ocupaba un lugar preferente del salón. Habían sido días verdaderamente trascendentales para el mundo. Italia y Alemania habían declarado la guerra a los Estados Unidos, que se la había declarado a Japón como consecuencia del ataque a Pearl Harbour.

Supo del ataque durante su adiestramiento en la base de Ringway, mientras aprendía a saltar en paracaídas, primero desde un globo y luego, en cinco ocasiones, desde una avioneta vibrante y ligera como una pluma, a casi doscientos metros de altura. Había pasado doce días allí ocultando su verdadero nombre y alternando solo lo justo con cientos de jóvenes que, en cualquier momento, saltarían sobre la Europa continental para liberarla. Luego había vuelto a Longview Grange. Habida cuenta del lío que debían de tener en Londres, no esperaba que John Osbourne apareciera por allí en unas semanas. Los detalles sobre el ataque a Pearl Harbour y la movilización en los Estados Unidos seguían ocupando titulares en los periódicos y los recuentos hablaban de más de dos mil víctimas. Los estadounidenses, a diferencia de los europeos, no estaban acostumbrados a ser atacados, lo cual había provocado una ola de indignación que había arrasado con cualquier resquicio de no beligerancia. Los que hasta entonces habían defendido con uñas y dientes la idea de no entrar nuevamente en una guerra europea habían desaparecido. Los estadounidenses clamaban guerra. Clamaban venganza. Ella no era militar, pero a nadie se le escapaba que quizá, a partir de entonces, sí tenían, por primera vez, serias opciones de ganar la guerra.

Esa tarde llegó Lucy y le contó lo sucedido en Glenmore. Pese a horrorizarse, también se convenció de que lo mejor para Pat era quedarse donde estaba, rodeado de niños uniformados entre los que a menudo a ella misma le costaba reconocerlo.

Atardecía y unos pocos rayos dorados lograban atravesar las nubes que empezaban a cubrir el cielo, iluminando como focos pequeñas parcelas del mar que tenían enfrente. Aquel brazo de mar que tantas veces había protegido a los ingleses del enemigo cambiaba de humor enseguida, y no había llegado la noche cuando su rugido furioso se unió al de la tormenta que caía sobre la costa. Faltaban pocos días para una Navidad sin Navidad y sin demasiada alegría, pero, arrellanadas una frente a la otra en sendos sillones, mientras contemplaban el baile de las llamas en la chimenea con una taza de té entre las manos, ambas pensaron que se podía estar muchísimo peor que ellas. Estaban hablando del pasado cuando oyeron el sonido de un coche al acercarse. Luego la llave giró e, inesperadamente, John Osbourne apareció ante ellas sacudiéndose el abrigo mojado antes de colgarlo en el perchero.

—Supe lo del incendio —dijo sin rodeos—, necesito que me lo cuente todo. Les he traído algo de vino y un poco de mantequilla y carne.

No podían contarlo todo, pues John seguía pensando que la persona a la que buscaban los alemanes era Daisy y no Pat, pero podían contarle el resto. Que había sido un acto deliberado, que había un bombero falso buscando entre la gente, que habían dejado a Pat allí.

—Han hecho bien —opinó John—, pero, si no han encontrado a la señorita García en Glenmore, retomarán la búsqueda en el resto de las propiedades de los Epson. Por suerte para ambas, nos vamos a adelantar a la situación.

—¿Qué han pensado? —preguntó Daisy.

—Lo más lógico. Lo más seguro. Lo mejor para usted.

—Lo escucho.

—El adiestramiento ha acabado. Están las dos listas para volar.

Ambas se miraron.

—Y hablando de volar. Usted —dirigiéndose a Daisy—, haga las maletas. En dos días se va a España.

28

De norte a sur

—Sabía que se acercaría de manera adecuada —le dijo Wilhelm Leissner a Félix.

—Fue usted el que me dio la idea —replicó el español—. Hillgarth no es especialmente hábil a caballo, no salta y tampoco es buen polista, pero disfruta mucho de los paseos, y aunque el embajador tiene dos caballos, rara vez se los deja al capitán. En ese sentido, lo he tenido fácil.

—Han salido ustedes a montar juntos varias veces ya.

—Cinco.

—Seis —replicó Leissner, que conocía los datos de casi todo.

—Habré perdido la cuenta. Puede ser.

—¿Han hablado de algo relevante?

—No, nada en especial. Echa de menos Mallorca. Su finca, que allí llaman «posesión», según he aprendido. En primavera tiene previsto instalarse allí. Puede que me invite, lo ha comentado.

—Eso sería extremadamente interesante. Insista en cuánto le gustaría ir de la manera más discreta. Necesitamos saber qué es lo que pasa en el interior de esa propiedad.

—Mientras, espera órdenes de la embajada y sabe poco de lo que le van a encomendar.

—Eso es habitual. La guerra cambia de un día para otro.

—Lo sé. Ayer mismo lo destinaron a Galicia unos días.

Leissner cambió la expresión y acercó su cabeza a la de Félix con interés.

—Eso es lo primero que debería haberme contado, señor Zurita.

—No pensé que tuviera importancia.

—La tiene, y mucha. En esa región se juega una baza relevante, de las más importantes, de hecho —le dijo el alemán, severo.

Era cierto. En las rías gallegas se abastecían barcos y submarinos alemanes; también el wolframio que se usaba para los blindajes y el armamento alemán se obtenía de las minas gallegas. Galicia era un punto de fricción entre el gobierno neutral español y los aliados, y los esfuerzos diplomáticos de los contendientes con frecuencia tenían como marco lo que sucedía allí. Félix lo sabía, aunque cada vez disimulara mejor.

—Pues entonces me alegro de habérselo contado. Solo sé que asistiría a una reunión en el pazo de Montebello. Creo que dijo que estaba en la ría de Vigo.

—Lo investigaremos y lo seguiremos. ¿Algo más?

—No, creo que no.

—La tarea que pedimos de usted requiere más meticulosidad, señor Zurita. Quiero que apunte mentalmente todo lo que ese hombre le diga. ¿Cuándo se volverán a ver?

—Regresa la semana que viene. Supongo que me llamará.

—Avísenos cuando lo haga. Respecto a la operación Akela, los planos de la casa de la bahía de Inalco han sido aceptados con algunos cambios. Esta semana se los haremos llegar para que hable con el arquitecto, con Hans Sigfried. Además, necesitamos que comience la reforma de la casa en las Canarias. Eso está aprobado también. Inicie las obras para que a la mayor premura esté todo listo. El muelle secreto, la casa..., todo. Supongo que no tendrá inconveniente en viajar a...

—Fuerteventura —le recordó Félix.

—Sí, exacto. Mañana hay un vuelo. Supongo que no tiene problema para cogerlo.

—Ninguno.

—Hágalo. Si necesita más dinero, sabe cómo contactarnos. Me requieren que todo esté listo lo antes posible, aunque al final sea una pérdida de tiempo y dinero. Además, todos sabemos cómo son ustedes los españoles con eso de dejar para mañana lo que se podía haber hecho hoy... No se ofenda.

—No lo hago. Sé bien cómo somos y me enorgullezco —no pudo evitar decir Félix. Cada vez se alegraba más de trabajar en contra de aquella gente.

—Claro, claro —replicó Leissner moviendo la mano y cambiando de tema.

Por la tarde, al salir de la agencia de viajes, barruntaba la súbita premura que la operación Akela había adquirido. En la conversación Leissner le había repetido una y otra vez que debía cerrar todos sus flancos lo antes posible. Parecía que la aparente indiferencia que los nazis mostraban a la entrada de los Estados Unidos en la guerra no era tal.

Llegó al aeropuerto de Gando, en Gran Canaria, al anochecer del día siguiente y, tras pasar una noche en el hotel Madrid, por la mañana un barco lo llevó a Fuerteventura. La isla era remota y poca gente vivía en ella a pesar de ser la segunda en extensión del archipiélago. Había planes para un aeropuerto, pero de momento, los pocos visitantes llegaban como él. Desde el mar, a medida que se aproximaban, Félix contempló el paisaje ya conocido de playas de arena blanca y calas rocosas, la escasa vegetación y la calima que lo envolvía todo dándole un aspecto único y bello al lugar. A los nazis les encantaba haber incorporado aquella escala en su plan porque nadie parecía recordar que Fuerteventura existía. Ofreció unos billetes a uno de los tenderos de Puerto Cabras y se hizo con un coche para el día; luego, sin demora, enfiló la ruta hacia la casa.

La propiedad estaba enclavada en una enorme finca que ocupaba una parte importante de la península de Jandía, al sur de la isla. La había alquilado cuando la misión le fue encomendada, ante la mirada atónita de los arrendatarios, que veían por primera vez cómo aquella tierra improductiva y pobre les daba alguna rentabilidad. El lugar era perfecto para esconderse y terrible para habitar. La casa, cuyo torreón y estructura se veían a lo lejos, parecía haber caído del cielo, extraña en medio de la nada. Debería ser autosuficiente en suministros de los que carecía la zona. Desde la pequeña aldea de Cofete, todo rastro de humanidad desaparecía hasta toparse con las paredes blancas de la edificación. A su espalda, una cordillera; frente a ella, la playa; un poco a la izquierda, un terreno rocoso, volcánico, plagado de cavidades que a un kilómetro escaso acababa en la pequeña cala donde construirían el muelle secreto.

Cuando llegó, el constructor encargado de la obra lo esperaba. Era isleño, grande, peludo, serio y de pocas palabras. Nunca se había preguntado quién era el interesado en hacerse con una casa allí. La gente rica hacía cosas raras. Contaba con una cuadrilla escasa y se ocupaba, además, de que todos fueran tan herméticos como él.

La casa mostraba un aspecto diferente al que tenía cuando la había visitado por última vez. El torreón se había elevado de forma que pudiera servir de puesto de vigía. En una nave contigua habían instalado grandes generadores. Por su parte, el interior de la vivienda era aséptico, con paredes blancas y suelos de barro: grandes dormitorios, una cocina de buen tamaño y nada destacable en el resto de las estancias más allá del tamaño de la construcción. Las ventanas eran estrechas y, en general, no se percibía ningún esfuerzo de embellecimiento. Era un lugar de paso. Lo único extraordinario, además de la envergadura de la casa, era, sin duda, lo que empezaba en el sótano.

Félix siguió al constructor a la entrada de un túnel largo y abovedado, de no más de metro y medio de ancho por dos de alto, que se iluminaba con pequeños apliques de reja en el techo y se perdía a lo lejos. Recorrió impresionado los inacabables novecientos treinta metros de pasadizo. Desde el principio era húmedo y frío, pero, a medida que se acercaba al final, lo era más aún e incorporaba cada vez con mayor claridad el sonido de las olas del océano al que encaraba. Acababa abruptamente en alto, en una cavidad cuyo techo se elevaba como el de la nave de una catedral, de oscura roca volcánica, iluminada por la claridad que se colaba desde el mar.

—Aunque no lo vea, en el fondo de la cala ya se han colocado varios muertos. A ellos ataremos el muelle. Un barco de hasta veinte metros de eslora y tres de calado podrá amarrar sin problema.

«Y desde allí salir a mar abierto para acercarse a un submarino», se dijo Félix.

—¿Cuándo estará listo? —preguntó.

—En cuatro meses la obra puede estar acabada. Faltarán los depósitos de agua, que tardarán no más de dos meses, y, por supuesto, el abastecimiento de combustible, pero me dijo que usted se ocuparía de lo segundo.

—Así es. Lo organizaré esta misma semana.

Recorrió la zona un rato, hizo fotografías de todo y estableció con el constructor los siguientes pasos. Satisfecho, a las seis se subía al barco que lo devolvería a Gran Canaria.

29

Las pistas del diablo

Aquella sería sin duda la fiesta menos apropiada y cabal de todas a las que iría en años, pero también una excelente oportunidad para recabar algo de información cuando ya no sabía hacia dónde mirar. Blaz Munter había recorrido una a una las propiedades de los Epson en busca de Daisy y Patrick García. Había viajado a Stirling, en las tierras altas escocesas, donde, haciéndose pasar por un avistador de aves, había llamado a la puerta de Graze Point, la casa de estilo *baronial* escocés que era el centro de la finca de los Epson en Escocia. Lo habían recibido como la novedad que era en aquel paisaje solitario y le habían informado de muchas cosas, todas sin importancia, salvo el hecho de que hacía tres años que nadie de la familia pasaba por allí. Luego había visitado Longview Grange. Había visto a Lucy leer en el jardín. También hacer ejercicio, cosa que le extrañó, pues no era común entre las de su clase. Quizá ella no fuera común. Tampoco allí observó el más mínimo indicio de la presencia de Daisy o de su hijo. Al revisar el interior de la casa en una de las ocasiones que Lucy salió a pasear, sí descubrió que la española había pasado por allí. Una de las habitaciones, pulcramente ordenada, guardaba en el armario su uniforme de doncella. Sin embargo, la fina capa de polvo sobre la cama y el aire cerrado del dormitorio le indicaron que desde hacía varios días nadie la utilizaba. Tras disfrazarse de fontanero y revisar de arriba abajo Epson House, tampoco vio ni rastro de la mujer y del niño.

Reflexionó. Llevaba mucho tiempo intentando capturarlos; o mejor, capturar a Daisy *para* capturar a su hijo. Un hijo del Reich. Un niño destinado a ser parte de la estirpe del Reich de mil años.

Los imperios tenían príncipes y todos los del Reich debían estar cerca de sus padres. Se había trasladado a la mayoría de los que estaban fuera del país a Alemania antes de que la guerra empezara. También se estaban proporcionando niños sanos a parejas importantes de las SS y el alto mando, nacidos de padres de raza aceptable pero país equivocado. Pero Pat era distinto. Pat llevaba la sangre de un padre que lo quería a su lado y se enfurecía al ver que la operación se alargaba más y más. El superior de Blaz, habitualmente sereno y templado, perdía los nervios cada vez que lo informaba de los nulos avances. Daisy no aparecía, y cuando lo hacía, era como un animal escurridizo que desaparecía rápidamente después. Blaz necesitaba saber más y en Londres solo había una persona que conociera bien a Daisy. Una que la odiaba.

Así que acudió a aquella fiesta. Que lo invitaran no fue difícil, ya que nadie socialmente relevante quería ir, y solo los más amorales de la ciudad, que estaban dispuestos a celebrar en tiempos de tristeza y a hundir su reputación acudiendo a aquella casa, habían aceptado la invitación. La casa estaba siendo vigilada por el MI5, pues Unity Headland era considerada peligrosa y pronazi, pero nadie conocía la cara de Blaz: había cambiado tantas veces su apariencia que a menudo a él mismo le resultaba difícil saber cómo era en realidad. Esquelético para poder ser gordo si era necesario, de mediana altura para poder ser alto si convenía, peludo para poder ser calvo... Solo la mirada de sus ojos negros era inolvidable. Por eso a menudo sus disfraces incluían unas gafas. Aquel día llevaba una barba poblada, postizos para parecer grueso, frac y bastón.

Llamó al timbre de la elegante casa. Desde la calle se oía con claridad el jolgorio del interior. A su espalda, los que paseaban por la plaza, todos distinguidos vecinos, lo observaron con mirada censuradora. Blaz sintió el rubor de estar entrando en un prostíbulo.

El mayordomo le abrió con expresión consternada. También él sabía que aquel evento era obsceno. No hizo falta que lo acompañara a ningún salón porque la casa entera era una fiesta. Desde el primer momento el espía tuvo claro que nadie con sentido común estaba allí, y que Unity había organizado aquella bacanal aprovechando que su padre hacía semanas que estaba en Escocia. Ella no podía abandonar Londres, ya que el mismísimo Churchill había pedido que estuviera cerca y vigilada. Blaz pensó que aquella mujer no era tan nazi como proclamaba. Ni la concurrencia, entre la que encontró a dos negros y un enano, ni la actitud, ni siquiera el *swing* que sonaba a todo volumen, habrían sido aceptables en una fiesta puramente alemana. La casa era como un palacio tras la revolución. O mejor, durante ella. Los cuadros estaban torcidos o descolgados; las mesas, repletas de copas; los cojines volaban de un lado a otro, y las velas derramaban su cera sobre las alfombras. Parecía que la fiesta llevara días celebrándose y había empezado tan solo hacía un par de horas. Como al acercarse a la boca de un volcán, el calor y el ruido, añadido a las risas, aumentaban alrededor de la anfitriona, a quien encontró en un rincón de uno de los salones, histriónica, altiva, descocada. No era fea, pero su faz era la de una persona desquiciada. La actitud, lo más bello de cualquier persona, le fallaba completamente. Se había puesto un vestido de lamé dorado muy escotado, de forma que, cuando se acercaba a alguien y se recostaba sobre él, sus pezones rosados eran bien visibles. Sobre la frente, un *chocker* de esmeraldas tapaba levemente la cicatriz que tenía en uno de los lados, sobre la que su melena corta no crecía. Se había descalzado y mostraba las piernas al subirse a las sillas, al sentarse y levantarse de nuevo, bailando, para luego derrumbarse agotada. Era una fiesta en la que, como niños, todos se portaban mal. No había nada que el abundante servicio pudiera hacer para dignificar y ordenar el ambiente. Sobre algunas mesas la gente esnifaba cocaína.

Blaz avanzó entre la gente, riendo, bailando con quien se prestó a ello, aprovechando cada minuto para aproximarse al lugar donde la anfitriona se desmadraba. La rodeaba una concurrencia de sablistas y advenedizos bien conocidos en la ciudad, aquellos que ya no se esforzaban en ocultar lo que todo el mundo sabía que eran. Bailaban con ella un rato, compartían una copa y luego cedían su puesto al siguiente pretendiendo que admiraban a una chica de la que en realidad solo se aprovechaban. Apoyada en la chimenea, bajo un retrato de Laszló, Blaz encontró a la anfitriona, copa en mano, sirviéndose un licor de color irreconocible. De un paso, le quitó la botella y le sirvió.

—Toda dama debería tener siempre a un caballero al lado que la sirviera.

—Tiene usted razón. Mi padre se horrorizaría si me viera servirme a mí misma, aunque... —miró alrededor— quizá no fuera eso lo que llamara más su atención —dio una larga calada a su cigarrillo.

—Siempre ha sido usted una mujer única.

—Sí, supongo que lo soy. Por eso le gusto a la gente especial y, en cambio, el inglés medio me odia.

Blaz imagino que se refería a TODA Inglaterra. Todos odiaban a Unity.

—No debería hacer demasiado caso. Los afectos y los odios de nuestro país están muy confundidos últimamente. Si nos hubiésemos aproximado a la gente interesante de verdad y no a los parias del mundo, otro gallo cantaría.

Los ojos de Unity se iluminaron. Bebió de un sorbo su copa y, acercándose a Blaz con una mirada pícara, dijo:

—Hitler es lo mejor que le ha pasado al mundo. Los que lo conocemos bien lo sabemos —dijo ella.

—Sin duda. Yo no he tenido el honor, pero lo sigo con muchísimo interés. Ojalá nuestros políticos aprendieran de él. ¿Usted lo conoce bien? Por favor, no quiero molestarla, pero me interesa enormemente. —Aquello acabó de seducir a Unity.

—Venga conmigo —le dijo cogiéndose a su brazo—, aquí hay mucho ruido, podemos buscar un lugar más tranquilo.

Llevó a Blaz a su habitación en el piso de arriba y se recostó sobre la cama. Él se sentó a un lado. Nada le gustaba más a Unity que un nazi y, enseguida, su conversación, a caballo entre la ensoñación, la ebriedad y el deseo, se juntó con retales de la realidad idealizada de su etapa en Alemania. El Führer la había llevado aquí y allá, Goebbels era encantador, Goering muy gracioso, Speer guapísimo... Le explicó las fiestas que había dado en su apartamento, cómo todo era moderno, sofisticado y divertido. Le dio todo lujo de detalles que no aportaron nada para aclarar la personalidad de Daisy o dar alguna pista que apuntara a su paradero, ya que no la nombró ni una sola vez. A la hora de una historia que ya conocía y con Unity balbuceando, Blaz decidió que su nueva amiga necesitaba que la guiara.

—Entiendo que una mujer de su categoría no fue sola a Múnich.

—No, claro que no. Mis padres exigieron que me acompañara Daisy —dijo torciendo el gesto.

—¿Daisy? ¿Está por aquí?

—No, no... Esa mujer... era muy traicionera. Muy golfa. Se quedó embarazada. A saber de quién —mintió—. Me dejó de un día para otro. Luego supe que se acostaba con el portero, o con su hijo, o con ambos. Judíos, esa mujer no tenía escrúpulos en saltarse la ley... Qué se puede esperar. No la he vuelto a ver. Pero la encontraré. Se llevó algo que es mío.

—¿Suyo? —preguntó Blaz, extrañado.

—Sí. Su hijo. —Unity parecía estar cerca de la inconsciencia por ebriedad, pero Blaz se acercó a ella y le palmeó un poco la cara a la vez que la incorporaba para que no se durmiera.

—¿Su hijo?

—Su hijo es mío. Como todo lo que esa zorra tiene.

—¿Sabe dónde está?

—¿Yo? No creo que haya una sola persona en el país que sepa dónde está esa zorra. La he buscado. Pero ya se sabe que, para encontrar a los zorros, hay que sacar a los sabuesos, y mis sabuesos pierden su rastro a menudo.

—Así que nadie sabe dónde está.

—He dicho nadie en el país —balbuceó—: esa chica... es mediterránea.

—No la sigo.

—Hay una sola cosa de la que los mediterráneos no pueden desprenderse. Italianos, españoles..., a todos les pasa lo mismo. En eso también son débiles.

—Su madre —susurró Blaz.

—Eso mismo. Puede apostar su vida a que ella sabe dónde está su hija. Ja, ja, ja. —Rio sin sentido—. Me jugaría el brazo a que se comunican de vez en cuando. Raro es el mediterráneo que corta el cordón umbilical del todo. Y no importa lo lejos que estén: le aseguro que, si algo le sucede a la madre, la hija intentará acudir junto a ella. Matar a la madre... No crea que no se me ha pasado por la cabeza: matarla para encontrar a la zorra española que me traicionó.

—Eso es interesante.

—Eso decía de mí Rosenberg. Que era interesante. Qué guapo era... Cuando me miraba, sentía que sus ojos me atravesaban. Venía mucho a casa, era tan...

Unity estaba a punto de quedarse dormida, pero él trató de despertarla palmeando de nuevo sus mejillas. Ella abrió los ojos de repente y lo miró fijamente. Blaz reconoció en su brillo la demencia, también el odio.

—Usted... venga a verme. Podemos pasarlo bien.

—¿Conoce a la madre de Daisy? ¿Sabe dónde vive? —Blaz podría haber encontrado esa información, pero Unity Headland era un atajo.

—No me relaciono con ese tipo de gente. Yo... Yo soy una señorita...

—¿Dónde? —insistió.

—Déjeme... —le dijo ella apartándolo con el brazo—. Es gente de campo española, ¿cómo iba yo a conocerlos? Papá y mamá los vieron una vez cazando perdices en Castello... Castilla... Gente fea, inferior —balbuceó antes de perder completamente la consciencia.

Habría podido atropellarla con un panzer sin despertarla, así que, tras intentarlo en vano, Blaz barruntó los siguientes pasos. Luego se encaminó a la salida. Antes de dejar la casa, echó un rápido vistazo a lo que dejaba tras él: la escoria de la clase alta perdiendo la dignidad.

Una fiesta demencial, pero a la que había valido la pena asistir.

30
La dehesa de San Tobías

La pequeña aldea de Ramacastañas no había cambiado nada. Se había ido hacía casi una década, pero hasta los animales que pacían alrededor de la población parecían los mismos. Los mismos campos pulcros y verdes, las mismas encinas y alcornoques que se perdían en el horizonte bajo la sombra protectora de la sierra de Gredos. Las mismas casas de piedra. Las mismas gentes sentadas frente a sus puertas, comentando sobre la vida sencilla que llevaban. Cincuenta casas sin pretensiones, cuidadas, rodeando la iglesia del Rosario; una comunidad en la que todos habían aprendido a aceptar la vida como venía, a tener la memoria corta para el rencor y a aceptar cada amanecer con salud como un regalo. No pedían más, pero, tras una guerra civil sangrienta, a ninguno le parecía poco.

Desde la distancia, sin acercarse para no ser reconocida, Daisy no pudo evitar que los ojos se le humedecieran.

Había llegado a España dos días antes en una avioneta de pequeñas dimensiones que había volado bajo y con turbulencias desde su salida del aeródromo de Croydon, al sur de Inglaterra, hasta su aterrizaje en un prado entre montañas. Desde allí, un coche la había trasladado, siempre de noche, a una casa a las afueras de Ávila, donde había quedado al cuidado de un campesino de aspecto elegante y mirada inteligente que respondía al nombre de Flórez y se peinaba con la raya a un lado. Él había sido el primero que la había vuelto a hacer sonreír y a sentir que, detrás de todas aquellas operaciones y de la guerra, estaba la vida, con conversaciones ligeras y noches en las que se podía pensar en dormir del tirón sin que una alarma antibombas o cualquier otra amenaza la obligara a despertar. Flórez también fue la persona que la dejó a las puertas de la pedanía desde la que veía su infancia, congelada frente a ella.

Reconoció a Josefina, la panadera, que había engordado y cojeaba; a José, el pastor, que seguía enfadándose con su perro porque no lo obedecía; a Chiqui, que ya no era tan pequeño, pero seguía con su balón en la plaza, a Susana la portuguesa, y a Colus, que no había abandonado su silla de enea y continuaba, igual que la recordaba, haciendo punto a la puerta de su casa mientras hablaba con la Luisa. Su vida habría sido muy diferente de haberse quedado en Ramacastañas, pero en el riesgo estaba la ganancia, y, pese a que la vida le estaba deparando vicisitudes enormes, nada estaba dicho aún. Respiró profundamente y, tras cruzar el puente, rodeó el pueblo; luego anduvo dos kilómetros escasos hasta atravesar el arco encalado que daba acceso a la finca de su infancia. Hacía ocho años que no pisaba esa tierra tranquila y serena. En un mundo que cambiaba a peor, nada era más reconfortante que ver que aquel paraje perdido en la provincia de Ávila era más fuerte que la barbarie. Se miró a los ojos con varios venados y continuó su andar rozando con la palma de la mano los arbustos de lavanda y espliego que crecían a los lados del camino. Luego apuró el repecho final hasta ver la casa donde había pasado su feliz infancia.

La dehesa de San Tobías era una mole encalada cubierta de plumbagos, hiedras, jazmines y buganvillas, techada con teja vieja plagada de liquen, tres grandes patios de los que asomaban cipreses gruesos y altos, y una bonita capilla en el lado que daba al camino. El ala donde vivían los señores se encaraba a la mejor vista de la finca, que a lo lejos remataban las cumbres nevadas de Gredos y el gran lago en el que Daisy tantas veces se había bañado. Todo estaba igual y el aroma noble y poco sofisticado del campo español rezumaba en cada rincón. Le habría gustado saludar a todos, decirles que estaba allí, abrazar su infancia añorada y sentarse, como tantas veces, al calor del hogar que ya estaría encendido, pero su responsabilidad y las órdenes que estaba decidida a cumplir acabaron de inmediato con la tentación. Dio la vuelta a la casa, entró en el tercer patio, lo cruzó rápidamente y abrió la pequeña puerta del fondo.

Una mujer mayor se mecía en un balancín ante las llamas del hogar. La luz dorada recorría los surcos de su cara, arrugas de una vida de sol y trabajo, de alegrías y penas. No la había oído entrar. Estaba sola y sostenía un cuenco de caldo entre las manos. Daisy se acercó lentamente y, rodeándola, se agachó frente a ella. Tenía los ojos cerrados.

—Mamá —le dijo ella muy bajo, tratando de no asustarla.

Los ojos de la mujer se abrieron lentamente. No se asustó. Tampoco pareció sorprendida, pero la humedad de su mirada enseguida mostró emoción. Daisy puso las manos sobre las suyas, sintiendo cómo el calor del cuenco se las calentaba. Luego la ayudó a dejar el recipiente en un lado y se las apretó.

—Te he olido —dijo su madre—; siempre hueles igual. He sentido que estabas aquí, aunque pensaba que quizá fuera un sueño. Hija mía. Hija querida. Hace mucho tiempo que no escribes.

Era cierto. Se abrazaron y Daisy sintió el cuerpo huesudo de su madre pegarse al suyo. Desde que había abandonado la floristería del señor Dumfries en Londres, no había vuelto a comunicarse con ella, asustada de que alguien pudiera seguirle la pista hasta su escondite en Glenmore. Su madre lo sabía casi todo. Que la perseguían, que los alemanes querían a su hijo, también que no habían dado con ella, pero Daisy había guardado el secreto de la paternidad del niño incluso a ella.

—No me preocupé —continuó su madre separándola de sí para mirarla—, sabía que estarías bien. Las madres sentimos esas cosas. Sabemos cuándo algo va mal. ¿Está bien el niño?

—Está muy bien, mamá. Muy grande.

—No lo has traído.

—No.

—Siguen buscándolo.

—Sí, pero no lo encontrarán. Estate tranquila.

—La tranquilidad no existe para mí. Incluso cuando estoy tranquila, estoy intranquila por la tranquilidad. Por lo que tiene de tensa espera hasta la siguiente sorpresa.

—¿Y papá?

—Llevó al señor a Ávila. Volverá mañana. Ay, hija —le dijo abrazándola de nuevo.

La apartó para toser y se llevó un pañuelo a la boca. Tosió otra vez. Luego echó la cabeza hacia atrás algo cansada.

—Estoy orgullosa de ti.

—Gracias, mamá.

—Gracias a ti, hija mía. Que una madre se sienta orgullosa de sus hijos es el mejor regalo que estos pueden hacerle. Es como un golpecito en el hombro, una manera de reconocer que los esfuerzos de una han dado buen resultado. ¿Te quedarás?

—No. No puedo. Pero quería que supieras que estoy bien. Y te voy a dar una dirección. Si hay cualquier urgencia, manda una carta a estas señas. La persona que la reciba sabrá cómo ponerse en contacto conmigo. ¿Te encuentras bien?

—Muy bien. Acatarrada como siempre.

—Mamá..., es importante que no le digas a nadie que he estado aquí. Eres la única que sabe que estoy en España, y por la seguridad de todos es importante que siga siendo así. He arriesgado mucho para venir. Me ha costado que me dejaran hacerlo. Díselo a papá si quieres, pero no puede hablar con nadie. Tengo que estar desconectada de todo, de todos... De todas las personas que puedan dar pistas de dónde me escondo, de lo que hago, hasta que la guerra acabe.

—Tú vas a ayudar a que eso suceda pronto, ¿no es así? Desde pequeña nunca supiste estarte quieta, no participar. Estás metida en algo. Lo noto en tu piel, en tus ojos. Estás alerta. Como cuando esperabas con ilusión que algo sucediera, que alguien descubriera una sorpresa. Ahora no veo ilusión, pero veo esa alerta. Hija, me alegro mucho de verte, pero no deberías haber venido si con eso arriesgas tu seguridad y la de Patricio... Pat.

Daisy deseó no ser tan transparente. Si era tan fácil de leer, no tendría ningún éxito como agente del MI6.

Se sentó junto a ella y hablaron durante horas. Más tarde, avanzada la noche, miró su reloj y supo que debía partir. Su madre se había dormido con una sonrisa en la cara, en paz, tosiendo de vez en cuando. Miró alrededor. Se acercó a la alacena para verla repleta de conservas, de buen tocino, de embutidos de matanza y legumbres del huerto. Luego fue a la habitación de su madre, cerrada al resto de la vivienda por una cortina de tela alpujarreña, y revisó que también estuviera calentita, que fuera confortable. El mismo colchón mullido y nudoso, la virgencita de la esquina, la colcha blanca e impoluta. Abrió el armario. El uniforme de servicio, el traje de los domingos, jerséis negros tejidos por ella misma, ni una nota de color. Apenada, se desabrochó la rebeca roja de gruesa lana que llevaba puesta y, doblándola, la colocó en el armario. Su madre, que jamás había tenido algo propio, apreciaría aquella excentricidad traída de Inglaterra.

Tras acompañarla a la cama y taparla, permaneció abrazada a ella varias horas. De madrugada, abandonaba la dehesa de San Tobías con el deseo de volver pronto.

Dolores se despertó a la mañana siguiente creyendo que todo lo que había pasado la noche anterior había sido un sueño agradable, y, con una sonrisa en la cara, se puso el uniforme y enfiló hacia la zona noble del cortijo. Le habían indicado que no lo hiciera, que descansara, pero ella sabía cuándo podía desobedecer. Tras una vida en la finca, los señores habían aceptado que aquella gran casa era también en parte de la vieja guardesa. Recorrió los salones y organizó la cocina. Amonestó a una doncella que llevaba el delantal manchado y se ocupó de que el desayuno estuviera servido en la galería. Poco después llegó Manolo con el médico.

Protestó cuando la hicieron tenderse en su cama. Luego se quedó en silencio mientras la auscultaron y le tomaron el pulso. El doctor recogió el pañuelo manchado de la sangre que acompañaba a las toses. Daisy no lo había visto. Bendita penumbra. No hizo falta que el médico le dijera nada.

—No ha mejorado —le dijo apenado—, lo siento mucho.

—No se apiade de mí —replicó Dolores—. En donde estaré pronto no hay ni Hitler ni Stalin, ni latosos como el padre Octavio, ni cotillas como la Luisi. Me apiado yo de ustedes —dijo llenándose de fuerza.

—Eso es verdad. Pero, bueno, me gustaría haberle dado otras noticias

—Las cosas vienen como vienen, doctor —declaró Dolores—, y he tenido una buena vida.

Pasó todo el día arrinconando con trabajo los pensamientos que la atemorizaban, esquivándolos para no derrumbarse. Nunca lo había hecho y su objetivo era seguir así.

Atardecía cuando, sentada bajo una encina del huerto, viendo cómo el sol se escondía tras las colinas, Manolo se sentó a su lado. Le cogió la mano.

—Te voy a echar de menos, Dolo. Yo sin ti...

—Ayer vi a la niña —lo interrumpió ella cambiando el tema triste por el más alegre. —Manolo la miró—. Lo que oyes. Tenía ganas de decírtelo, pero llevas todo el día con gente. La vi aquí mismo. Vino por la tarde. Anda metida en algo importante. Nadie puede saber que está en España, así que no abras la boca si quieres que tu hija esté a salvo.

—Me asustas.

—A ti te asusta todo, Manolo. Y no debería. No hay que preocuparse de las cosas, hay que ocuparse. No sabes lo guapa que está.

—¿Y el niño?

—El niño está bien, pero olvida que existe, lo mismo que Margarita..., que Daisy. Si quieres su bien, piensa en ellos, pero no hables de ellos. Vas a tener que cuidarlos tú, aunque te juro que haré lo que pueda desde arriba.

—¿Le hablaste de lo tuyo?

—No, y no lo hagas tú. Ha dejado una dirección a la que escribirle si hay una emergencia, pero jamás mandes nada salvo que sea determinante para su seguridad. Para la suya, ¿entiendes? Lo que me pase a mí da lo mismo.

—Pero deberé decirle que has...

—No. Ni se te ocurra. Me doy por despedida. Si vuelve aquí, a mi entierro, a cualquier otra cosa, la pueden descubrir. Si los que la buscan saben que he muerto, esperarán que aparezca cuando me metáis bajo tierra. No le digas nada.

Pasó a detallar todos los momentos de la noche anterior y Manolo se animó, llenándola de preguntas y lamentando no haber podido verla él también. Dolores insistió.

—No debemos decir que la hemos visto. Cuando yo muera, solo tú guardarás ese secreto. No lo compartas con nadie o me apareceré desde el cielo y te asustaré —dijo tratando de ser graciosa.

—No puedo hablar de esto, Dolo. Yo... —El recio abulense se enjugó las lágrimas que recorrían su tez seca y morena.

—Hemos tenido una buena vida, Manolo. Ahora solo queda esperar una buena muerte. La mía llega un poco antes de tiempo, pero a ti te llegará también en algún momento. Prefiero no cumplir los sesenta, a ver si se iba a estropear todo luego. Además, un día moriré, pero muchos otros he vivido. Uno contra miles..., ¿ves? Soy una afortunada. No le digas nada a la niña. El mundo tiene problemas más importantes que los de una pobre campesina de Ávila.

Se dieron la mano con el sol del atardecer calentándoles la cara. Manolo lloró sin descanso. Dolores, que aún con los ojos cerrados lo oía llorar, agradeció que lo hiciera. Siempre había pensado que las lágrimas no se deben guardar, que se deben dejar ir.

31
Encuentros en Sol

Félix Zurita no había tenido un minuto de descanso desde su regreso de Fuerteventura, donde la operación Akela seguía concretándose. Los ingleses lo habían citado en el palomar de la Puerta del Sol, previsiblemente para que les explicara lo que había hecho en Fuerteventura.

Seguía sin detallarles la operación Akela a los aliados. Estimaba que era su gran baza y que no había misión más fácil de aniquilar llegado el momento. Todos jugaban con algunas cartas a la vista y otras en la manga, y aquella era la suya. Con todo, si le preguntaban debía tener una explicación del viaje que no se le había ocurrido aún.

Cruzó el local del chamarilero hasta el fondo, subió la estrecha escalera y, en la azotea, se ocultó del sol del invierno apartando la ropa tendida para llegar al palomar. En el interior de la pequeña construcción encontró a Gene con una desconocida. Tenía el pelo denso y oscuro bien peinado, y aunque iba elegantemente vestida, le habría parecido atractiva incluso envuelta en un saco. Su expresión parecía frágil, pero su postura decía lo contrario. «Una espía», pensó. Eso es lo que le gustaba al MI6: personas que parecían una cosa y eran en realidad otra muy diferente. Esbozó una tímida sonrisa y abrió sus ojos verdes al mirarlo. Era realmente guapa, y Félix deseo que se vieran más desde el primer momento.

—Le presento a Daisy García —le dijo el enlace aliado.

—Encantado —dijo Félix estrechándole la mano.

Gene sabía lo que tenía que hacer.

—A partir de este momento, olvidará su nombre. Es importante que lo conozca porque la señorita García es un objetivo de los nazis, y si en algún momento oye mencionarla, nos lo debe decir de inmediato. Pero a partir de ahora mismo la llamará Margot. Le será fácil recordarlo: Daisy, Margarita, Margot.

—Sí, sí, claro —replicó Félix, que odiaba que le aclararan obviedades.

—Margot Smith es —continuó Gene—, a todos los efectos, una agregada cultural de la embajada británica. También será su novia.

—¿Mi qué? —preguntó sorprendido.

—Ha oído bien: su novia

Félix miró a la mujer, que le volvió a sonreír al tiempo que se encogía de hombros. Quizá no fuera una mala idea al fin y al cabo.

—El asunto es el siguiente: no cabe duda de que usted se está convirtiendo en una persona de confianza de la Abwehr. Sabemos que tienen personas infiltradas en muchos lugares, y que, además, muchos españoles están dispuestos a informar de lo que ven, en especial en el entorno del Gobierno, pero pocos son como usted. Lo que no resulta tan creíble es que consiga fácilmente la información a través del capitán Alan Hillgarth. Es un profesional y, como tal, no habla de secretos con amigos, por muy buenos que sean. Ahí es donde entra la señorita Margot Smith. —Miró a Daisy—. Como agregada cultural, tendrá acceso libre a la embajada y se enamorará perdidamente de usted.

—No me pasa a menudo —fanfarroneó Félix sin poder evitar hacer una gracia.

—Atienda —le dijo Gene—, esto no es un juego. Margot y usted serán novios y será a través de ella que conseguirá información extra de los planes ingleses y de lo que se hable en la embajada. La combinación de su relación con una trabajadora de la embajada y su supuesta amistad con Hillgarth lo encumbrará como informador de los alemanes. No tardarán en hacerle encargos, pedirle que averigüe y haga pesquisas de una y otra cosa. Cuando pregunten, nosotros sabremos qué responder.

—De acuerdo.

—Mañana ustedes dos —continuó Gene— se encontrarán casualmente en la cafetería Lion, en la calle Alcalá, cerca de la plaza de Cibeles. Sabemos que los alemanes la vigilan. Fingirán conocerse desde hace tiempo, de Londres. La señorita Margot Smith

—Gene se esforzaba en repetir el nombre completo para que todos lo interiorizaran— tiene toda su vida perfectamente diseñada y documentada. Trabajó en la National Gallery, que usted, Félix, visitó frecuentemente durante su estancia en Londres.

—Jamás fui —dijo él.

—Eso da igual —continuó Gene—: con que memorice algunas de las obras más importantes que se exponen allí bastará. Nadie pretende que sea un experto. El caso es que coincidió con Margot varias veces en el museo y se hicieron amigos. El padre de la señorita es un directivo fallecido hace tiempo, bien relacionado, fabricante de cuchillos de Sheffield. Su madre era española, pero murió hace unos años. Margot se crio en Londres. Ha sido debidamente incluida en el colegio de la Reina María y en la Academia de Bellas Artes. Margot aprendió toda su falsa vida antes de embarcar hacia España —miró a Daisy unos segundos y ella asintió—, así que usted no necesita saberlo todo. Tan solo deben encontrarse, hacer que se ilusionan al verse, y empezar a frecuentar los lugares que les indicaré. Iniciar una relación sentimental. Eso lo facilitará todo mucho. En cuanto los alemanes sepan que su amiga, aquí presente, trabaja en la embajada, no tardarán en contactar con usted para pedirle que le sonsaque información.

—Parece bien hilado —opinó Félix.

—Lo está. Se verán mañana por primera vez a las cinco. Pasearán por Madrid hasta las ocho, cuando usted la acompañará a la puerta de la embajada. Intentará besarla, pero Margot lo rechazará. Se verán la siguiente tarde y la siguiente, y merendarán juntos. De nuevo, usted intentará besarla sin éxito. El jueves acudirán al cine Callao a ver *Ninotschka*, creo que es muy entretenida. Allí se besarán por primera vez durante el pase. No tenemos dudas de que alguien los estará siguiendo. Cuando se despidan en la embajada, se pueden besar de nuevo.

A esas alturas, Félix ya estaba completamente ruborizado. La chica que tenía en frente le sonrió también algo incómoda. Viéndola, Félix se dijo que su trabajo podría ser mucho peor.

—Señor Zurita, los alemanes contactarán con usted antes de que acabe la semana, puede estar seguro. Cuando lo hagan, cierre las contraventanas del comedor de su casa para que sepa que debemos encontrarnos aquí. Le daré nuevas instrucciones. ¿De acuerdo?

—De acuerdo —respondió Félix.

—Todo claro —confirmó Daisy.

—La clave es que actúen con naturalidad. Son jóvenes y guapos..., ¡qué demonios!, se pueden divertir, pero no olviden ni por un segundo que los estarán observando. Jamás hablen de nada que no sea propio de una relación de amistad y amor. Si levantan la mínima sospecha, el plan se irá al garete. En su caso, señor Zurita, no hace falta que le recuerde lo que hacen los alemanes con los agentes dobles. En esta operación ya no estará solo, lo que multiplica el riesgo. Por suerte, la señorita Margot Smith ha sido bien entrenada.

Félix volvió a mirarla.

—Me pondré guapo —dijo ampliando la sonrisa—, hace meses que no tengo una cita.

Ella también sonrió. Félix pensó que no hacía falta más para que aquella joven estuviera guapa.

Félix nunca había visitado el café Lion y, de no haber sido obligado a ello, no lo habría hecho nunca. Era amplio y oscuro, y estaba atestado de gente, lo que también lo hacía ruidoso. En una cita planificada por él, habría elegido un lugar completamente opuesto. Solía ir a sitios pequeños y discretos al principio de la cita y a sitios grandes y ruidosos al final. El Lion estaba al otro lado de la impresionante Casa de Correos. Félix se había acicalado, tal y como le había dicho a Daisy en tono jocoso el día anterior. Lo había hecho porque, aunque trataba de tomarse la operación como lo que era, no podía evitar ilusionarse con su papel en aquella obra de teatro.

Entró en la cafetería y, tras echar un vistazo con desinterés por las mesas, se sentó en la barra, donde pidió un café. Se lo estaban sirviendo cuando tras él escuchó un saludo emocionado y de sorpresa.

—¡¡Félix!! —exclamó Daisy con una enorme, blanca y perfecta sonrisa—. ¡No me puedo creer que estés aquí!

Él sonrió sin dificultad porque le hacía ilusión ver de nuevo a aquella belleza y también porque, a pesar de la relevancia y el peligro de lo que hacía, le era inevitable que la impostura que iban a protagonizar le hiciera gracia. Si llegaba al final de la guerra vivo, sería una anécdota fantástica que contar.

—¡¡Margot!! ¡Creía que estabas en Londres! ¡Vaya sorpresa! —replicó él.

Daisy llevaba un traje de chaqueta de cuadros Vichy en tonos blancos y negros, bien ajustado a su cuerpo, recorriendo una figura joven y bien formada hasta justo por debajo de la rodilla. Tacones, bolso, guantes y el pelo denso, limpio y brillante completaban una imagen elegante y próspera poco común en plena posguerra española. Varios hombres la repasaron de arriba abajo sin disimulo desde sus mesas. Félix, cuya vanidad y seguridad en sí mismo aplastaba cualquier atisbo de celos, hinchó el pecho, orgulloso de ser su acompañante.

—Me he instalado en Madrid. Creo que por una buena temporada. Trabajo en la embajada inglesa como agregada cultural.

—¿Entonces dejaste el museo? —preguntó él.

—Sí. Con la guerra las obras han sido evacuadas. No hay trabajo para mí.

—Claro, comprendo... ¿Esperas a alguien?

—No, a nadie. He ido al Retiro y de vuelta he querido merendar algo. La hora del té..., ya sabes cómo son las costumbres inglesas.

—¿Puedo acompañarte?

—Me encantaría —dijo Daisy sonriendo.

Se sentaron en una de las primeras mesas de forma que pudieran ser vistos desde la mayor parte del local, e iniciaron una conversación fabulada, en la que recordaron hechos que jamás habían pasado y encuentros que nunca se habían producido. Como para muchos europeos, el refugio en ensoñaciones, recuerdos e imaginaciones era un descanso del mundo real, y ambos disfrutaron de la conversación, por más extraña que fuera. Al rato salieron a pasear. Hacía frío, pero el sol coloreaba el cielo de Madrid de rosas y oros, y cuando se adentraron en el Retiro, el parque ofrecía una imagen sosegada y perfecta. «¿Romántica incluso?», pensó Félix.

—Me gusta Madrid —dijo Daisy sin mentir—. Lo conozco poco, pero me alegro de estar aquí para vivirlo ahora.

—Es una buena ciudad. Aún se lame las heridas y la pobreza de la guerra es bien visible, pero los madrileños son gente alegre y acogedora. Estarás bien aquí. Yo te ayudaré a que lo estés, si quieres —contestó Félix, que tampoco mentía.

Daisy lo miró a los ojos buscando la verdad tras ellos durante unos segundos. Era atractivo, cómo no, pero la sabiduría de ella en tantas cosas era nula con los hombres, de los que era una completa ignorante. Había tenido muy pocas relaciones y sus únicos encuentros sexuales habían sido traumáticos y le habían cambiado la vida. Con todo, Daisy tenía una gran ventaja: era incansable a la ilusión. Aunque la luz fuera un insignificante punto al final de un largo y oscuro túnel, la española nunca la perdía de vista ni se entretenía en lamentarse por desgracias pasadas. Que las cosas le hubieran salido mal una y otra vez no significaba que no pudieran salirle bien algún día.

Félix parecía un caballero, pero no era relamido, ni impostado, ni tan educado como los que trataban a las mujeres de inútiles. También era guapo, apuesto pero no blando ni demasiado presumido. Estuvo cómoda con él desde el primer momento.

—Lo estoy pasando realmente bien —no pudo evitar decir él mientras paseaban.

—Yo también —replicó ella—. Hace mucho tiempo que no hago cosas sencillas, como esta. Volver a lo simple me parece desde hace años lo más complejo.

En eso coincidían. Pese a que se enorgullecían de lo que hacían, añoraban la vida simple y segura.

Cuando ya oscurecía y en las calles se encendieron las farolas, pasaron frente a la puerta de Alcalá, y, enfilando el paseo de la Castellana, pasearon hasta la embajada inglesa. Al pasar inevitablemente por delante de la alemana, que estaba de camino, Félix sintió que mil ojos lo observaban.

Llegaron a la puerta minutos después, tras un paseo que Félix deseó que ella hubiera disfrutado tanto como él. Decidido a acabar la función según el guion establecido, se acercó a ella un poco más.

—Me gustaría volver a verte —dijo absolutamente en serio.

—Podemos volver a merendar mañana si te apetece —respondió Daisy.

—Entonces, ¿te veo mañana? ¿Misma hora, mismo lugar?

—Me parece muy bien. —Sonrió.

Félix se aproximó un poco más de forma que ella quedó entre el muro del jardín de la legación y él. Luego acercó la cara para besarla. Según lo establecido, ella lo apartó con ambas manos. Luego le tendió la derecha para que se la besara y, tras lanzarle una mirada pícara con sus enormes ojos, se dio la vuelta para entrar en la embajada.

Él la siguió con la mirada sin saber ya lo que era real y lo que no.

Esperó con ilusión contando las horas hasta la cita del día siguiente.

No conocía de nada a Daisy y todo lo que había pasado la tarde anterior era parte de un guion acordado, pero aquella tarde sencilla le había devuelto parte de la alegría que hacía meses echaba de menos. Las escasas horas en su compañía le habían resultado extremadamente agradables. Más que eso: aun sabiendo que no tenía sentido, ya deseaba que fueran ellos los que escribieran el guion de su relación. Estaba seguro de que a ella no le pasaba lo mismo porque nadie tenía su ímpetu, pero cómo deseaba que así fuera.

Se miró en el espejo satisfecho mientras se ponía el abrigo bermellón oscuro sobre un traje de raya diplomática azul. Camisa blanca. Corbata granate. Se quitó la corbata. Mejor. Un poco más informal. Se peinó con la mano hacia atrás y sonrió pensando en lo absurdo de estar más nervioso por la cita con Daisy que por la operación del MI6.

Veinte minutos antes de lo acordado, entraba en el café Lion. Cinco minutos después llegó ella. Sus ojos verdes se abrieron un poco al verlo. Luego se acercó. Olía a limón y menta, a fresco y limpio. Su piel se coloreó al calor del local. Con un movimiento de mano, se colocó un mechón de pelo tras la oreja. Félix deseó que repitiera la coreografía mil veces más.

Merendaron en el café. Daisy comía con ganas, reía con ganas, hablaba con ganas. Rebosaba una energía nada invasiva, nada ruidosa, nada exagerada, ocurrente y atractiva, que hacía que a Félix le fuera difícil quitarse la sonrisa de la cara mientras la escuchaba. Al rato, salieron a la calle y fueron directos a la Gran Vía. La avenida había recuperado el pulso poco a poco después de la guerra, poniéndose una máscara de neones y anuncios luminosos que trataban de vestir de alegría una época que seguía siendo triste y de carestía. Paseaban tranquilamente, disfrutando de una conversación sobre banalidades, obviando lo importante, pues el objetivo de aquellos paseos no era otro que el de ser vistos por los agentes alemanes. Félix estaba seguro de que alguna foto suya con Daisy ya estaba siendo analizada. Se pararon frente a muchas de las tiendas que se asomaban a la calle, llenas de productos que la mayoría no podía soñar pero que para Félix eran accesibles. Le habría divertido agasajarla, comprarle todo lo que ella quisiera, pero se contuvo. Estaban frente al escaparate de la prestigiosa marroquinería Loewe cuando un rayo iluminó de golpe el cielo e instantáneamente empezó a llover copiosamente. Se intentaron resguardar en la marquesina de la tienda, pero, al verse atrapados, decidieron entrar.

Aunque la marca tenía más de un siglo de antigüedad y era reconocida como proveedora de la corte, la tienda de Gran Vía 8 tenía poco más de dos años. Estaba lujosamente decorada, con estanterías de madera de caoba, arañas de cristal y una escalera curva que subía al piso superior.

—¿Te gusta la moda? —le preguntó Félix, que lo quería saber todo de ella y sentía que no sabía nada.

Daisy pensó unos segundos. No sabía qué responder. Nunca había tenido ropa, ni artículos de gran calidad hasta que había asumido la identidad de Margot Smith, así que la moda era en realidad algo que había estado alejado de ella toda la vida. Palpó la piel de uno de los bolsos de cuero que tenía enfrente.

—Me gusta todo lo que requiere esfuerzo. Lo bien pensado, las versiones buenas de las cosas simples. Me gusta que alguien haya decidido que un bolso puede ser más que un saco, o que una falda es más que una tela enrollada. La moda está hecha por personas creativas que nos venden con diferente aspecto, una y otra vez, cosas que ya tenemos. Son inteligentes. Me gusta la gente inteligente.

La gente que se toma su trabajo en serio y se esfuerza. —Cogió el bolso y lo miró—. Bonito, ¿no? Leí en algún lugar que tan solo con que cada uno cumpliera con su deber con amor el mundo se arreglaría. Sé que suena cursi... Todas las frases que incluyen la palabra *amor* me lo parecen, pero creo que el que lo dijo tenía mucha razón.

—Sin duda que la tenía —dijo Félix impresionado. Luego miró el bolso y, sin poder contener el impulso, le propuso—: ¿Te lo puedo regalar? No digas que no. Ya sé que apenas nos...

—No te iba a decir que no —dijo ella interrumpiéndolo y soltando una pequeña carcajada—, estaré encantada de que lo hagas —continuó riendo abiertamente.

Salieron de la tienda con la lluvia en pausa y la calle mojada. Las luces brillaban contra el asfalto y las aceras y el olor frío y húmedo de la ciudad recién lavada los acompañó de vuelta a la embajada.

—¿Qué harás cuando acabe la guerra? —le preguntó Félix sin saber si podía hacerlo. Daisy, que pensaba exactamente lo mismo, valoró qué respuesta dar.

—Añoro la tranquilidad, la falta de sorpresas. Los días que pasan lentamente sin que tenga que preocuparme demasiado. Pero he comprendido que la vida no consiste solo en sobrevivir, sino en sentir intensamente, en actuar a veces con pasión, a veces con compasión, con risas y con valentía... —Se quedó mirando el cielo que se empezaba a estrellar sorteando las nubes de la tormenta que se alejaba—. Me daría mucha pena pensar que soy como una flor que crece cuando la riegan, muere cuando llega la sequía, se tumba en la dirección que el viento quiere y espera su destino en el mismo sitio sin hacer nada para que no la pisen. Yo quiero ser como un pájaro que busca su comida, que vuela a donde quiere, que construye su nido incansable, una y otra vez, aunque caiga al suelo o se lo destruyan. Que elige. Cuando acabe todo, quiero poder elegir. Ese es el privilegio que mucha gente no tiene ahora.

Félix no dijo nada. Nada podía mejorar lo que ella acababa de decir. En silencio, recorrieron los últimos metros de la avenida y, torciendo hacia la calle de Fernando el Santo, se aproximaron a la puerta de la embajada, escenario del último acto de la obra de teatro de aquel día. Sabían el guion. Él volvería a intentar besarla, ella apartaría la cara y entraría en la embajada. El beso estaba planificado para el jueves, en el cine.

Félix la miró.

—Eres increíble —fue lo único que salió de sus labios mientras ella sacaba las llaves del interior de su nuevo bolso.

—Lo he pasado muy bien —respondió escueta.

—Mañana, en el Callao, a las siete. —Félix no entendía por qué una situación mil veces vivida le ponía nervioso de pronto—. Te podría recoger a las seis y media aquí si te apetece. Me gustaría invitarte al cine. Hay una película que...

—Sí —lo interrumpió ella.

—¿Cómo dices?

—Que sí, Félix. Sí. Me apetece mucho verte mañana y, si no lo estropeas, quizá pasado mañana también.

Félix se quedó mirándola con esa sonrisa que no había abandonado su cara en toda la tarde. Ella esperó a que él se acercara a besarla, pero Félix tan solo quería mirarla. De pronto ella entornó un poco los ojos, torció la cara, sonrió burlona y, sin avisar, se acercó a él e, inesperadamente, lo besó en los labios.

Un beso corto. Un regalo inesperado. Un momento en el que el humor de ambos pareció volver a la adolescencia, y la guerra, el MI6, los nazis y los problemas desaparecieron por un instante. Luego se separaron. Ella lo miró, totalmente embobado, y le guiñó un ojo.

—Nos vemos mañana, donjuán —le dijo mientras abría la puerta y desaparecía.

Félix se quedó allí, intentando entender qué había sucedido. Si debía fingir que Daisy —o Margot Smith— era su novia, aquella iba a ser la función de su vida.

A la mañana siguiente, una tarjeta del restaurante Horcher se deslizó por debajo de su puerta. Los nazis habían picado.

32

Sorpresas

Lucy estaba sumergida en la poda de un rododendro cuando escuchó un coche llegar y, como un conejo alerta, asomó la cabeza por encima de las hojas. Llevaba más de un mes estudiando exclusivamente alemán. Con muy buen ojo, su madre la había obligado a aprenderlo a través de diferentes y polémicas *frauleins* que la acompañaban a todos los lados. Sus amigas tenían señoritas francesas que refinaban sus palabras suaves y las preparaban para los eventos sociales; en cambio, ella y su hermano tan solo se acompañaban de rudas bávaras de moños tensos y piernas robustas como de valkiria que les enseñaban un idioma duro y áspero. Su madre no era comerciante ni había trabajado jamás, pero entendía bien la ley de la oferta y la demanda. Si todos hablaban francés, sería más interesante que sus hijos hablaran alemán. Lucy siempre sospechó que la condesa Bramount soñaba con un aristócrata alemán para ella, por eso Louis le había parecido una opción decepcionante. Nunca había intentado cambiar a su madre, pero Lucy se esmeró en que tampoco ella la cambiara.

Vio a John Osbourne aparecer por el camino que rodeaba la casa de Longview Grange. No se habían hecho amigos aún y quizá nunca llegaran a serlo, pues llevaban ya más de un año conociéndose, pero compartían una relación de sólida y de mutua confianza que era todo lo que necesitaban para trabajar juntos.

Detectó algo diferente en su cara, normalmente contenida y algo circunspecta. Se acercó a donde estaba ella, que no se movió.

—He estado recabando información.

—¿Respecto a?

—Lord Epson. Creo que le interesará.

Lucy atravesó la maleza y se quitó los guantes lentamente para dejarlos en su cesta de jardinería. Luego siguió a John al interior de la casa.

—Varios hombres de su grupo han aparecido. Su marido aún no, pero sus versiones coinciden. Las de todos.

—¿Saben si está vivo?

—No. Pero tampoco tienen noticias de que esté muerto. Lord Louis fue capturado en una incursión italiana, de noche, en su campamento en el norte de África. Lo capturaron a él y a todos los demás. Sabemos que muchos murieron, pero los oficiales, entre los que se encontraba su marido, fueron arrestados y llevados al lado italiano.

—¿Y?

—En el último mes han aparecido dos de esos oficiales. Por lo visto escaparon tras una tormenta de arena, en un traslado. El grupo se separó, eran seis. Su marido estaba entre ellos. Sabemos que la semana pasada otro de los oficiales apareció en un campamento. Lo encontraron moribundo, pero vivo aún. El hombre ha tardado varios días en ser capaz de recordar... y quiero que coja esta información con suma cautela...

—Pero... —dijo Lucy juntando las manos y abriendo los ojos.

—Ese hombre asegura que algunos sobrevivieron. Por lo menos tres seguían vivos cuando se separaron. Está seguro de que vio a lo lejos a un camión recoger a un hombre. Él no pudo alcanzarlo y tampoco lo vieron, pero está seguro de que una persona fue recogida. Quizá dos.

—Así que de los seis fugados, han aparecido tres y el último cree que puede haber otro dos con vida, uno por lo menos, que un camión se llevó entre la tormenta...

—Eso parece, aunque la información no es por ahora muy fidedigna, el hombre apenas puede razonar. Y no sabemos si el camión que dice haber visto era aliado, aunque todo apunta a que, por la zona, pudiera serlo. Estamos intentando localizar a esos dos hombres. Quizá sigan en África con los nuestros, o puede que hayan sido repatriados... O que sigan prisioneros porque los volvieron a capturar los italianos. En cualquier caso, dado que no va a integrarse en ninguna misión inmediatamente, le sugiero que vuelva a

Glenmore. De tener noticias de lord Epson, lo normal es que las reciba allí.

—Parece que mi entrenamiento no ha servido para nada.

—Todo lo contrario. He dicho «no inmediatamente», pero prepárese porque no tardará en pasar a la acción.

La mañana siguiente, algo decepcionada, Lucy condujo hasta Glenmore. Había llovido y el campo y los pueblos que atravesaba estaban relucientes, envueltos por el aire frío y húmedo que limpiaba sus pulmones. La belleza de su país permanecía, pero los signos de la guerra eran evidentes. Tras los bueyes que tiraban de los arados, había mujeres y no hombres, también escasos en los pueblos que cruzó, y los carteles advirtiendo a los británicos de qué hacer y qué no adornaban muchos cruces y muros. Las poblaciones más pequeñas apenas se habían bombardeado, pero los grandes centros industriales los sufrían a menudo. Vio fábricas que ya no humeaban y puentes que no podría cruzar. Con todo, en poco más de dos horas atravesó la entrada de su finca.

Cuando vio Glenmore al final del camino, sus ojos se humedecieron de emoción.

Su suegra seguía al mando de la casa y, aunque había rincones de caos y en ocasiones parecía que la baronesa viuda iba a crear una especie de comuna en su ancestral sede familiar, la atmósfera alegre del lugar compensaba casi todo.

Dos sorpresas la esperaban ese día. La primera nada más llegar: todos los niños llevaban el pelo rapado. Lucy acarició varias cabezas infantiles sintiendo sus pelos rozar la palma de su mano, sin entender nada. Luego, mientras la recibía Stuke y la informaba de que iban cortos de personal (lógicamente), de que habían conseguido aislar el ala quemada del resto de la casa para que no se colara el frío (no esperaba menos), y de que la condesa Bramount —su madre— había llamado, anduvo hasta el comedor pequeño, donde su suegra estaba desayunando.

Siempre que Lucy observaba a lady Maud en Glenmore Hall, le daba la sensación de que estaba hecha para aquel lugar; sencillamente, encajaba. Incluso su ropa entonaba con los muebles y las tapicerías. Untaba lentamente una tostada con mantequilla, girándola y observándola como hacía siempre antes de darle un bocado, pero aquel día algo reclamaba toda la atención de Lucy: ella también estaba rapada. La saludó encantada, sin hacer mencionar su aspecto.

—Oh, Lucy, querida. Qué alegría que hayas vuelto. Estoy segura de que no tendrás quejas de cómo lo tengo todo.

Sí tenía alguna, pero antes debía averiguar qué había pasado con las cabelleras de todo el mundo. Con solo una mirada, lady Maud comprendió la extrañeza de su nuera sobre algo a lo que ella no daba ninguna importancia.

—Ah, esto —dijo la baronesa viuda pasándose la mano por la cabeza—. Es una idea estupenda, como la mayoría de las que tengo últimamente. —Lady Maud no había dejado de vanagloriarse por su manera de salvar al pequeño Pat del hombre que había incendiado Glenmore.

—Te escucho, mamá —dijo Lucy mientras se sentaba a la mesa y, rápidamente, añadían un servicio.

Lady Maud miró a los que las estaban atendiendo y con un gesto les pidió que las dejaran solas.

—Piojos —dijo cuando abandonaron el comedor.

—¿Piojos? —preguntó Lucy deseando que no se refiriera al servicio. Lady Maud leyó su mente.

—No ellos, por favor. Ellos son ángeles bajados del cielo para atendernos... Uf —suspiró—, no sé cómo puedes pensar que yo diría algo así. Hablo del bicho en sí. Todo el mundo tiene piojos estos días. En las trincheras, en los colegios, en los barrios destrozados. Los piojos son la primera especie del país. Me lo dijo la señora May, la panadera. Por lo visto han tenido una plaga en Moreton. Terrible.

—¿Cuándo llegaron? —preguntó Lucy, sintiendo que el cuerpo le empezaba a picar.

—¿A dónde? —inquirió lady Maud.

—Aquí, mamá. Cuando llegaron a Glenmore.

—Ah, no, aquí no han llegado. Qué cosas dices, querida. Aquí nunca hemos tenido piojos.

—Pero...

—Es una genialidad. Surgió hablando con Rita, de la parroquia. Han metido a su hijo en la cárcel. Al parecer, no quiso ir al frente y se lesionó queriendo, se partió las piernas. Está cumpliendo condena en Aldershot, creo, o quizá en...; bueno, da lo mismo: en una prisión. La pobre mujer está muy triste y he empezado a visitarla de vez en cuando. El caso es que me entretienen mucho sus historias. La cárcel es un lugar ciertamente fascinante.

—¿Fascinante? —preguntó Lucy extrañada.

—Bueno, interesante, desconocido...; no sé, esa mujer... Sus historias me atrapan. El caso es que una de las cosas que dice es que a todos los presos los han rapado, lo cual hace que su hijo se parezca mucho a los demás. Por lo visto, en una de sus visitas, se sentó sin quererlo frente a otro preso, despistada por el parecido con su hijo. Así que ahí lo tienes.

—¿El qué?

—Estás un poco lenta, querida. De ahí surgió la idea. De la cárcel. Decidí que, si rapamos a los niños, serán más difíciles de distinguir los unos de los otros. Pat tiene el pelo rizado. Es su característica física más reconocible. Si vuelve alguien a por él, le va a costar mucho reconocerlo.

—Así que inventaste lo de los piojos.

—Por supuesto. Para acabar de convencerlos, yo misma me rapé. Pero ahora no me arrepiento: creo que no me queda mal.

—Pareces una presidiaria, mamá.

—Una con mucho dinero, que vive feliz en el campo y que se ha hecho una peluca que sería la envidia de María Antonieta. En cualquier caso, no hubo opción. Intenté que el servicio y el profesorado me secundaran, pero no hubo manera, y supongo que sé hasta dónde puedo llegar. Pero, dime la verdad, aunque parezca una locura, ¿acaso no es una idea genial? Hasta a ti te va a costar reconocer a tu hijo William, y a Pat, sin los rizos... ¡Imposible!

Pero Lucy había dejado de atender. La idea era genial, sin duda, pero ella solo observaba a través de la ventana un coche gris que se acercaba a la casa. Un coche más, pero su intuición, una sensación dentro de ella, le dijo que algo importante estaba a punto de suceder. Al pasar, aún a veinte metros de donde estaba y sentado en el asiento trasero, reconoció el perfil del pasajero. Se levantó sin decir nada y, andando rápidamente primero y lanzada por el pasillo después, cruzó el salón y el vestíbulo para salir al exterior.

Del coche emergió un hombre con sombrero y abrigo largo. Cuando alzó la mirada, sus ojos se clavaron en ella. La piel quemada, el cuerpo disminuido, la sonrisa llena de dolor, pero el mismo hombre dentro.

Tres años después, su marido volvía a casa.

Louis Epson había aparecido.

33

Muerte y pan

El campo estaba completamente nevado y el paisaje era una monótona sucesión de colinas con encinas que, blanqueadas por el temporal, parecían champiñones desde las ventanas de su coche. Trabajar en solitario tenía aquellas vicisitudes. La mayor parte del tiempo se la pasaba viajando, cuando otros tenían enlaces en cada país. Lamentablemente, su misión era demasiado importante para el Reich. Si encontraba al niño Patrick García y lo llevaba con su padre, todo lo que le pasaría después sería bueno. ¿Qué otra misión podía darle mayor gloria?

Blaz había desembarcado en la ría de Vigo y desde allí había recorrido un territorio inesperado hacia el sur. ¿Dónde estaban las suaves temperaturas? ¿Dónde se escondía el sol? Los prados eran tan verdes como los de las islas británicas o los de Alemania, y el frío... El frío en aquella remota tierra le resultaba casi peor. Seco, duro. Cruzó pueblos que parecían congelados en el tiempo y circuló por carreteras que subían y bajaban puertos interminables hasta llegar a su destino. Tocaban las doce perezosamente en el pueblo de Ramacastañas cuando aparcó en una esquina y entró en la iglesia de la localidad.

En el altar, frente a un retablo dorado, un ataúd jalonado de ramos de flores recibía toda la atención de los asistentes, ataviados con mantillas y trajes oscuros de sencilla factura. Se situó en una de las naves laterales y avanzó para quedarse relativamente cerca del ataúd, escondido tras una columna. En aquellos pueblos la presencia de un extraño siempre levantaba sospechas, más si, como en su caso, se presentía que venía de lejos. En previsión de aquello había ideado una historia. Buscó entre los asistentes a

Daisy García, pero no la encontró. Quizá estuviera en la finca en la que trabajaban sus padres. Bueno, solo su padre, a partir de aquel día.

Cuando la ceremonia acabó, seis hombres subieron el ataúd a hombros y en lenta procesión lo llevaron al camposanto, no lejos de la iglesia, en un recinto del que asomaban cipreses viejos y tupidos. Esperó fuera y, cuando seis de los que habían asistido a la ceremonia se encaminaron andando hacia la finca que llamaban dehesa de San Tobías, esperó a estar seguro de que habían llegado a la casa. Luego se acercó en coche y llamó a la puerta.

Le abrió una doncella que parecía haber llorado. La madre de Daisy debía de ser una persona querida.

—Vengo a ver a la señorita Daisy García —anunció Blaz con aspecto bonachón.

La doncella lo miró con extrañeza.

—Pero... Daisy lleva años sin venir por aquí. Yo apenas la recuerdo ya.

Estaba seguro de que la chica que lo atendía decía la verdad, aunque no fuera la verdad que esperaba.

—Entonces, ¿no ha venido al entierro de su madre? —preguntó el alemán.

La chica lo miró con extrañeza, pero contestó.

—Daisy no vive en España. Con los tiempos que corren, quizá ni siquiera se haya enterado del fallecimiento de Dolo. Pero... ¿quién es usted?

—Es una larga historia —dijo él.

—Tengo tiempo —replicó la sagaz abulense poniendo los brazos en jarra.

—Soy amigo de uno de sus amigos de Múnich. El hijo del portero. Escapé de los nazis y ahora vivo en Ávila. No tengo muchos conocidos aquí, pensé que establecer contacto con... una amiga de amigos sería bueno.

—Ya —dijo ella satisfecha y ablandando la mirada—, pues no está, pero quizá quiera darle el pésame a su padre. Lo animará conocer a un amigo de Daisy. Puedo ofrecerle algo de comer también. ¡Pase, por Dios, que se va a helar! —dijo animándolo a entrar con un gesto de la mano.

Blaz entró en la casa y, siguiendo a la doncella, pisó primero pasillos de roble, luego de barro cocido y, finalmente, de piedra. Entró en una estancia generosa con un gran hogar que la iluminaba y calentaba. El techo era bajo, y de sus vigas colgaban ristras de ajos y diferentes embutidos. Frente a la chimenea, sentado en una silla de enea, mirando las llamas, un hombre reflexionaba, encorvado y triste. No lloraba, pero parecía ido.

—Señor García..., siento de veras su pérdida —dijo Blaz sentándose cerca de él.

Manolo lo miró. Luego volvió a mirar el fuego. Le daba igual quién fuera aquel desconocido.

—La quise tanto que me hice dependiente de ella. Era feliz cuando ella lo era, reía cuando ella lo hacía, lloré siempre que la vi llorar y escuché cada una de sus palabras como si fueran las últimas. Ahora que ella ha muerto siento que a mí tampoco me queda mucho.

—Soy un conocido de su hija. —Blaz no percibió cómo el cuerpo de Manolo se ponía alerta—. De cuando estuvo en Múnich. Amigo de un amigo suyo, en realidad. Por lo que sé, tiene una hija formidable. Por ella seguro que vale la pena vivir.

—Hace muchos años que no sé nada de Daisy —dijo Manolo.

«Quien se excusa se acusa», pensó Blaz. Le había dado una información que él no había pedido: ¿había estado Daisy allí?

—Le apenará que su madre haya muerto cuando se entere.

—Seguro. Todo el que tiene una madre de verdad se apena por su muerte. Pero quizá no se entere nunca. No sé dónde está, es muy triste.

—Me dijeron que había vuelto a España, seguro que se enterará pronto..., y podrá ver a su nieto.

Manolo se giró hacia él. La debilidad desapareció por un instante.

—Váyase. No lo conozco. Quiero estar solo.

Blaz no se despidió. Se levantó en silencio y salió del salón, pero, en lugar de volver a la entrada y abandonar la casa, fue en dirección opuesta y, separando una cortina, entró en la vivienda de los guardeses. Olía a campo, a hoguera y a potajes. En un lado, la cocina y la sala de estar; en el otro, tras otra cortina, la habitación. Una virgen en la esquina se iluminaba tenuemente a la luz de un candil. En la otra, un armario guardaba ropa sencilla negra y... ¿roja? Cogió una rebeca de lana que desentonaba completamente entre las demás prendas. Al revisarla, observó la etiqueta: Shelley & Daughters, London. Sonrió malicioso. Daisy le había dejado una miguita de pan. Tan solo debía seguir las que, a no mucho tardar, dejaría su padre para saber dónde se escondía. Antes de abandonar el cortijo, cogió una fotografía de la mesilla del dormitorio que había profanado. «Una chica guapa —se dijo al observar la imagen de la joven que lo miraba tras el marco—, el lobo siempre ha tenido buen gusto».

Esa noche cogió una habitación en la posada del cercano pueblo de Arenas de San Pedro y durante varios días se levantó pronto para vigilar desde un cerro cercano los movimientos del padre de Daisy.

El primer día de aquella vigilancia un gran coche dejó la casa con los señores a bordo y la actividad del cortijo quedó muy reducida. Las vacas y las ovejas estaban calientes en sus establos, la cosecha era inexistente y las labores en el exterior se limitaban a limpiar los caminos de nieve. El tercer día vio a Manolo subirse a una tartana tirada por un mulo y acudir a Ramacastañas. Allí, mirando alrededor como si fuera a hacer algo malo, echó una carta al buzón.

En cuanto anocheció, Blaz lo forzó y se hizo con ella. Subido en su coche, no esperó a llegar a la posada para estudiarla. Se enviaba a una dirección de Madrid que no reconoció. Tendría que buscarla. Luego la leyó.

Querida hija:

Esta carta no trae buenas nuevas y me da mucha lástima que así sea, pero te tengo que advertir y contar.

Mamá murió hace unos días. Estaba enferma de los pulmones desde hacía algún tiempo, pero no sufrió ni al final ni durante la enfermedad. No quiso decirte nada cuando viniste porque nada se podía hacer, y ya sabes lo poco que le gustaban a tu madre las despedidas. La enterramos junto a los abuelos en el camposanto del pueblo, que está muy bonito porque el padre Francis lo tiene muy arreglado. La pena me queda a mí aquí, pero tu madre se fue tranquila y ya está vigilándote desde el cielo. Estaba muy orgullosa de ti, así que quédate con esa tranquilidad. Eres buena y valiente, dos virtudes que, combinadas, a mi parecer, son las dos mejores que se pueden tener.

Me dijo que andas metida en líos. Líos buenos, dijo, pero peligrosos, y que te andan buscando. Es por eso que te escribo. El mismo día del entierro de mamá, un hombre vino buscándote a la Dehesa. No supe identificar su acento, pero no era español. Yo no le dije nada y lo largué de casa, así que puedes estar tranquila, pero ve con mucho cuidado porque sabía que habías vuelto a España y me preguntó también por el niño. Estuve con él tan solo unos minutos, en el salón de guardeses, y estaba oscuro, así que no te puedo decir exactamente cómo era. Solo recuerdo bien sus ojos. Incluso con el brillo de la lumbre seguían siendo oscuros como la noche.

Me dejó muy preocupado. Por favor, ve con mucha cautela.

Y cuando todo pase, ven a verme, que sin mamá a mi lado solo tu recuerdo da vida a este pobre viejo.

Que Dios te guarde,

Papá

Blaz cerró el sobre y se lo guardó en el bolsillo. Tardó más de tres horas en depositarlo en el buzón del comercio de Madrid al que estaba dirigido.

A la mañana siguiente esperaba al bar de enfrente, en la calle Martín de los Heros. Se trataba de un negocio que se anunciaba a la calle con el nombre de «Viena» y ofrecía productos de confitería y repostería. Supo que había varias sucursales en la ciudad, pero la carta del padre de Daisy iba dirigida exactamente a aquella. Como la mayoría de los comercios de su sector, abría muy temprano.

Algunos vecinos acudían a comprar pan. Los más pudientes asomaban a la calle con cajas de pasteles. Dos dependientes con bata blanca servían los productos. El jefe lo organizaba todo; el otro, aprendiz, delgado, alto y con el pelo lacio cubriéndole la frente, tan solo obedecía. A las nueve, una furgoneta con el nombre del comercio se paró ante la puerta. El aprendiz salió a la calle con varios sacos de barras de pan y algunas cajas. La empresa servía a domicilio.

Era un sistema inteligente. En aquel reparto iría la carta, escondida en uno de esos sacos o en una de aquellas cajas. Se la entregaría a Daisy sin necesidad de que ella pasara por el comercio y sin revelar su dirección.

Esperó durante todo el día y el día siguiente también. El tercero, al ver que la joven no aparecía por el comercio, se convenció de que la carta se había entregado, como suponía, con el reparto.

Se haría con el libro de pedidos para revisar las últimas compras. Habría muchas, aunque no tantas como calles y casas en Madrid. Daisy pensaba que estaba segura. Pero el círculo a su alrededor se estrechaba cada día. La paciencia en el trabajo rara vez defrauda.

34

Lo planeado y lo inesperado

Félix subió con decisión los escalones que separaban el restaurante Horcher de la calle Alfonso XII. Le gustaban su ambiente, su calidad y su calidez. En pleno invierno, frente al Retiro desnudo, el aire recorría la calle helando los huesos a los peatones, y entrar en aquel universo de moqueta y cortinajes con olor a caza, a caldo y a otros excelentes platos siempre lo reconfortaba.

Como la mayoría de cosas que se revisten de trabajo, el resultado de convertir sus citas en el restaurante en una forma de recibir las órdenes de la Abwehr fue que no acudiera a Horcher con la misma disposición y alegría de siempre. Pese a todo, decidió no renunciar a un buen ágape, culminado, claro estaba, con el Baumkuchen y la visita al cuarto de baño para recibir las instrucciones. Al entrar, como en otras ocasiones, el camarero le deslizó una nota en el bolsillo. Distraídamente, abrió el papel de vuelta a su mesa: un lugar, una hora, quince minutos para llegar.

A la hora señalada pasaba bajo el frontis del Museo Antropológico, situado al final de la misma calle del restaurante. Félix jamás habría entrado en el museo si no lo hubieran citado allí y, a juzgar por la concurrencia, la mayoría de los madrileños pensaba lo mismo. Paseó por las colecciones de los diversos continentes. Máscaras, objetos rituales, armas de las culturas que las diferentes expediciones españolas habían estudiado. Frente a una especie de tapiz de motivos orientales, encontró a Wilhelm Leissner.

Con una mirada, el alemán le indicó un rincón algo apartado en el que se mostraban máscaras y escudos emplumados. Además de ellos, no había más que un par de personas en el museo y ninguno tenía aspecto sospechoso.

—Ha entrado usted en contacto con alguien que nos puede ser de ayuda —dijo Leissner sin rodeos.

—Le escucho —respondió Félix, pretendiendo no saber a quién se refería.

—Esa chica, su nueva amiga, Margot Smith, nos interesa. Puede ser nuestro caballo de Troya en la embajada. Vemos que ustedes se llevan bien.

—Creo que, si nos han observado, sabrá que quizá esa descripción se quede algo corta —apuntó el español.

—Sí, sin duda, aunque supongo que, con tan solo tres encuentros, todavía no podemos decir que sean ustedes pareja.

—¿Quiere la Abwehr que lo seamos?

—Desde luego. Especialmente ahora. Sabemos del pasado y del origen de la señorita. Su padre, un industrial de Sheffield, hizo buenas migas con el embajador. Es excepcional que una agregada cultural de bajo rango viva en la misma embajada y alterne con los embajadores, dada su juventud. Necesitamos que la seduzca, cosa que parece ya ha hecho, y que consiga información del interior de la legación británica.

—No será difícil.

—Lo sabemos. Esa mujer... está enamorándose de usted. —Félix deseó que fuera cierto—. Tendría que haberla visto el pasado miércoles, cuando la dejó en la embajada —continuó Leissner—. Al irse usted, volvió a la calle y lo siguió con la mirada hasta que desapareció de su vista. Y el beso... Amigo mío, es una señal de que no puede contener sus sentimientos. Es usted todo un Casanova. —«Bien jugado, Daisy», pensó Félix—. Hace unos días, un agente intentó sin éxito poner micrófonos en la casa de Hillgarth en Mallorca. Fue una pena porque, pocos días después, el capitán recibió allí a algunos hombres importantes del régimen de Franco. Esa casa se ha convertido en una especie de búnker del que no sabemos nada.

—Intentaré que me invite. Gracias a la señorita Smith, ahora puedo ir a la embajada con mayor frecuencia y encontrarme con él.

—Eso es muy conveniente, pero hay algo más... acuciante de lo que debe obtener información. Hace algo más de una semana, un avión se estrelló en la serranía de Ronda, cerca de un pueblo llamado Júzcar. Trataba de localizar un pequeño aeródromo, pero perdió la orientación en medio de una fuerte tormenta y acabó estrellándose. Al acudir, la Guardia Civil encontró el aparato en llamas y parte del equipaje de los que viajaban en él, todos fallecidos, desperdigado por la zona. Un maletín llamó la atención de los guardias, pues contenía planos y documentos en inglés. Rápidamente lo entregaron a uno de nuestros agentes allí, que, tras revisarlos, nos los mandó para que los verificáramos. Se trata de información importante sobre el enemigo, que probablemente un agente del MI6 fallecido en el vuelo debía entregar a alguien: planes de abastecimiento, rutas de mercantes con armamento y zonas para un desembarco.

—Un golpe de suerte —opinó Félix—; se podrán adelantar a ellos.

—No es tan fácil. Los aliados, igual que nosotros, utilizan complejas estrategias para desinformar, para despistar al enemigo. Varias veces hemos obtenido información de forma casual que ha resultado ser falsa, dejada para que nosotros la encontráramos y actuáramos en consecuencia. En dilucidar si una información es verdadera o tan solo una maniobra más de despiste consiste gran parte de mi trabajo. Ahora también del suyo.

—No lo entiendo —dijo Félix, que sí lo entendía.

—Si esa información es cierta, que se haya perdido al estrellarse el avión y que pueda obrar en nuestro poder debería causar preocupación en los ingleses.

—En cambio, si es falsa, estarán encantados de que la tengan y crean que es cierta.

—Exacto. Ahí interviene usted. Debería comentar delante de Hillgarth que ha de viajar a Ronda, quizá llevarse a la señorita Smith... Quizá pedirle consejo sobre algún aeródromo por la zona. No es imposible que el capitán mencione el accidente. Según como le hable de este, nos dará pistas sobre el valor de lo que hemos encontrado. Si es información veraz o solo una maniobra de desinformación. Puede que averigüe algo. La combinación de su amistad con Hillgarth y su relación amorosa con Margot le da un extra de confianza para obtener información.

—La semana que viene hemos quedado para montar otra vez en Puerta de Hierro con el capitán.

—Debe ser rápido. Si no tenemos alguna pista en diez días, deberemos actuar a ciegas en uno u otro sentido si no queremos que los planes que en ella aparecen sean ya objeto del pasado. Además de a Hillgarth, frecuente también a Margot, acelere su relación, está claro que la señorita Smith no se opondrá. Nada como el amor para decir cosas que no se deben. Nada como el corazón para cegar la razón. Margot puede irse de la lengua, hablar de cosas que escuche en la embajada.

—Hoy iremos al cine —le informó.

—Eso es estupendo. Nuestros agentes irán también. Procure que los besos no se limiten a la pantalla —lo animó guiñándole un ojo.

Con unas palmaditas en la espalda, Leissner lo dejó allí. El alemán se tenía que sentir poderoso encargándole aquella misión, pidiendo besos, jugando con él como hubiera hecho con un peón de ajedrez. Estaba tan seguro de sí mismo que no entendía que era con él con quien Félix estaba jugando.

Horas más tarde, la pantomima continuó. Perseguida por la lluvia, una pareja joven saltó del taxi en la Gran Vía y a la carrera cruzó la plaza de Callao hasta la marquesina del cine. Luego, con algo de retraso, los jóvenes ocuparon dos butacas en la fila 13, donde quien quisiera podría observarlos durante toda la sesión. *Ninotschka* era una película de éxito y muchos espectadores se sentaban a su alrededor ansiosos de conocer la historia. Daisy y Félix, que avanzaban en la suya, se cogieron de la mano justo a tiempo para que el león de la Metro los saludara con su rugido y Greta Garbo iniciara —también— su actuación.

Era difícil abstraerse de todo, incluso con tan buena compañía y tan buen plan. La película los hizo reír a carcajadas a ellos y a la sala entera. Ambos imaginaban a los alemanes riéndose a pocos metros, disfrutando también de aquel lenguaje universal que no se aprendía, que simplemente salía de uno cuando se centraba en ser feliz. Sabedores de que su audiencia esperaba que se besaran, se miraron varias veces, aguardando a dar el paso, sabiendo que siempre se besa antes con los ojos que con los labios. Cuando Greta besó, ellos lo hicieron también.

Volvieron andando a la embajada. Había dejado de llover y sabían que no tardarían más de cuarenta minutos; además, era la mejor manera de que los alemanes que los seguían informaran a Wilhelm Leissner de que todo iba viento en popa.

Daisy se cogió del brazo de Félix mientras paseaban. Estaba realmente contenta. Desde que había empezado la semana lo estaba, y se preguntó si no era precisamente por sus encuentros con Félix. Intentaba centrarse y entender que lo que vivía con él era una representación, pero, a la vez, no podía negar que muchas cosas habían mejorado. Echaba de menos a Pat, por supuesto, pero no había lugar más seguro para su hijo que Glenmore, ni vigilante más feroz que lady Maud Epson. El resto, sencillamente, funcionaba. Trabajaba con intensidad para mejorar el mundo con la derrota de los nazis, conocía una ciudad a la que rápidamente le estaba cogiendo cariño, y vivía de una forma con la que jamás había soñado: en una embajada, ni más ni menos.

También estaba su compañero en aquella misión. Félix le había devuelto la confianza en los hombres. Estaba realmente cómoda con él, y hasta los besos que se veía obligada a dar o recibir resultaban en parte placenteros. «En parte», se repetía, negándose a reconocer que los estaba disfrutando de verdad.

Llegaron a la embajada y, tras conversar un rato, se besaron de nuevo, apretando sus cuerpos el uno contra el otro, dándose calor, sintiendo luego sus mejillas rozarse finas, jóvenes y frías. Félix pensaba dar la función del día por acabada; en cambio, ella abrió la puerta y, cogiéndolo de la mano, lo arrastró al interior. Luego cerró tras él.

En la calle, los dos agentes de la Abwehr que los habían seguido se dieron un codazo. Ese Zurita era sin duda todo un seductor.

—Te quieren ver —dijo ella cambiando un poco la expresión y volviéndose completamente profesional—, pero no hay mal que por bien no venga. A estas horas esos alemanes pensarán que soy una chica muy fácil.

—Los alemanes se han acostumbrado a pensar lo que les dicen. ¿Te preocupa?

—Todo lo contrario. Me encanta que no sepan nada de mí. Hace años que lo intento —dijo ella, arrepintiéndose al instante de darle aquella información—; en cualquier caso, sígueme.

Félix hizo lo que Daisy le pedía y fue tras ella hasta una sala de reunión sin ventanas en la que esperaban el embajador —sir Samuel—, Alan Hillgarth y Gene. Los tres lo saludaron con amabilidad y el embajador le ofreció un té que, a aquellas horas, él rechazó: eran las doce y media de la noche.

Alan Hillgarth llevó la voz cantante.

—Señores, en primer lugar, quiero felicitarlos. Su interpretación está siendo perfecta y no me cabe duda de que los alemanes estarán excitados con la perspectiva de tener oídos en esta embajada. En segundo lugar, sabemos que hoy, en el restaurante Horcher, y más tarde en el Museo Antropológico, el señor Zurita ha recibido instrucciones. Por favor, no se deje ningún detalle.

Félix explicó todo lo referente al maletín encontrado en el accidente aéreo de Ronda.

—Entonces tienen el maletín —dijo el capitán Hillgarth preocupado.

—Sí.

—Lo habrán presionado para que obtenga información cuanto antes.

—Sí —volvió a afirmar Félix.

—Lógico. Les explicaré brevemente lo que deben saber. De entrada, la información que contiene ese maletín es veraz. La llevaba un sargento del MI6 para entregársela a nuestro enlace en Gibraltar. El avión se estrelló, y él y el piloto murieron. Al no encontrar el maletín y estar el avión calcinado, pensamos que se habría quemado, pero su información es valiosa y nos obliga a actuar. Escuchen con atención.

Alan Hillgarth les explicó los siguientes pasos durante una hora. Cuando todo estuvo claro, Daisy acompañó a Félix a la salida. Resguardados por paredes empapeladas y solos en aquel vestíbulo que daba entrada a la legación, se besaron con los ojos, sin excusa ni arrojo para besarse de nuevo en los labios, con la duda, aún presente, de ser correspondidos.

—Formamos un buen dúo —dijo Félix.

—Nadie habría apostado tanto por dos inexpertos —respondió ella.

—Te veré mañana.

—Por favor —se le escapó.

Se despidieron con un nudo en el estómago. Con la sensación de que estaban desperdiciando el momento.

Daisy se quedó mirando unos segundos la puerta cerrada frente a ella. Luego se dio la vuelta para retirarse a su habitación, pero, antes de llegar, Alan Hillgarth la detuvo.

—Esta mañana ha llegado esto —dijo entregándole una carta—, me temo que no son buenas noticias.

—¿La ha abierto? —dijo cogiendo el sobre.

—Sí. No revisamos su correspondencia, pero esta carta lo exigía. No lleva matasellos, es decir, fue entregada directamente en el buzón de la pastelería Viena, lo que ya de por sí es sospechoso, máxime cuando luego descubrimos que viene de Ramacastañas, el pueblo de sus padres.

—¿Ramacastañas? —dijo Daisy nerviosa y decidida a leer la carta corriendo.

Alan la detuvo con la mano un instante.

—Sí. Además, pese a que llegó cerrada, no nos fue difícil averiguar que la carta se había abierto. Usted no se habría dado cuenta, pero nosotros sabemos cómo ver esas cosas. Así que su padre escribió una carta que alguien interceptó y leyó antes de entregarla en Viena para el reparto por la vía que ya conoce. Creemos que la Abwehr sabe que está usted en Madrid.

—No puede ser... —se lamentó ella.

—Sí, pero no nos alarmemos aún más de la cuenta. No saben dónde.

—Pero dos agentes me siguen en mis paseos con Félix.

—Será difícil que ellos crucen la información con el agente que la busca, trabajan en dos áreas diferentes. Además, su apariencia actual no es la que tenía en el Reino Unido. Se podría cruzar con usted y, de no fijarse demasiado, no sabría que usted es Daisy García. También están muy alejados los lugares que frecuenta de los que frecuentaría la señorita García. En cualquier caso, reforzaremos su protección y podemos pensar en cambiar algo su peinado y su maquillaje.

—Me estoy asustando.

—Mejor. Así estará alerta, pero no deje que los nervios le resten eficacia. Mantenga la cabeza fría. Ese hombre busca a una mujer con un hijo. Ese es su mejor disfraz. Su hijo no está con usted. Sobre el contenido de la carta, lamentablemente, poco podemos hacer. Pero sepa que estaré cerca si necesita hablar o llorar. Por desgracia, no debe hacerlo una vez salga de estas paredes. Daría pistas.

Daisy se dio la vuelta y, a paso lento, se encaminó a su habitación, mientras leía la carta. Entró llorando desconsoladamente.

35

Lo importante

Le había estropeado los recuerdos del día a cambio de transformarle la vida, así que, cuando Lucy le recriminaba a Louis aquello, lo hacía siempre sin sentir que nada podría haber ido mejor.

Había cumplido dieciocho años hacía pocos días. Estaba sentada en el asiento trasero del Daimler de sus padres, un coche enorme y distinguido que los condes de Bramount usaban en contadas ocasiones. Aquella era indudablemente una de las más merecedoras de ello. Frente a Lucy, su padre, vestido con el uniforme de gala de su regimiento y con sus condecoraciones; a su lado, su madre, con tiara y plumas en la cabeza y traje largo blanco, como sus guantes. Ella vestía conforme a las normas que el lord chambelán había trasladado a todas las debutantes, normas que dejaban poco a la creatividad y las igualaban a todas: vestido blanco hasta los pies, no más de dos yardas de cola, guantes, tres plumas de avestruz blancas en la cabeza. La ilusión de ser presentada a los reyes competía con el ridículo que aquel tipo de situaciones le producían. Llevaban parados más de una hora dentro del coche, rodeados de otros tantos Daimler y Rolls con cargas similares, en pleno Mall, con el palacio de Buckingham al fondo. Pese a la sensación de que aquel era el canto del cisne de un mundo que no se perpetuaría muchos años más, aquel día de abril las sonrisas iluminaban las caras de todos los que estaban allí, dentro y sobre todo fuera de los vehículos, donde el público se asomaba a las ventanillas para mirarlos como a peces en una pecera. Quizá fueran eso: especies exóticas y bellas tras un cristal, rodeados de irrealidad.

—Es la única ocasión emocionante y aburrida a la vez de todas las que conozco —comentó su padre mientras el coche avanzaba hacia el palacio y lentamente rebasaba una de las puertas para cruzar poco después los arcos por los que se penetraba en el patio interior—. Y para los reyes tiene que ser un auténtico suplicio.

—Imagino que sobre todo para la reina —apuntó su madre—. Los escoceses son más de campo, menos de este tipo de ceremoniales. Eso es perfectamente cierto. Pero bueno, supongo que todos debemos cumplir con nuestro deber —dijo como si estuviera atornillando cojinetes en una fábrica.

La escalera principal del palacio era un bullicioso y elegante desorden de uniformes, plumas y trajes. Los rojos, negros y azules de los hombres se separaban allí poco a poco de los blancos de las mujeres. A poca distancia de Lucy, las hermanas Rosemary y Kathleen Kennedy, hijas del embajador estadounidense, eran la novedad de aquella sociedad cerrada y, por lo tanto, también la sensación. Todos decían que eran encantadoras, pero lady Bramount no había alentado a Lucy para que coincidiera con ellas.

Esperaron en una antecámara cargada de oropeles, hablando con otras parejas de madre e hija que esperaban nerviosas, y Lucy aprovechó para conversar con varias amigas. Se habían carteado mucho previamente, comentando cómo sería el gran día, aclarándose las dudas de una ceremonia en la que, en realidad, nada escapaba a la milimétrica organización, que había variado poco desde tiempos de la reina Victoria. Aunque todos los vestidos le parecían iguales, se esforzó en halagar los pequeños bordados que distinguían unos de otros hasta que llegó su turno. Recordaba poco del momento álgido de la semana, todo culpa de Louis, por supuesto.

La anunciaron, entró de la mano de su madre, hizo una profunda genuflexión y recibió un comentario de la reina que no recordaba. «¡Un comentario de la reina!», le decía a menudo a Louis para hacer hincapié en el desastre que había provocado.

Por la noche, se unió a dos de sus primas para acudir a los diferentes bailes que las debutantes daban en sus casas. Fueron a tres, pero solo recordaba al detalle uno de ellos. Había dejado que le recogieran el abrigo antes de acercarse a saludar a los anfitriones, pero, mientras lo hacía y sus primas, más elocuentes, comentaban la decoración floral de la escalera, ella se fijó en él. Moreno y alto; su sonrisa se detuvo un segundo en ella. Luego le guiñó el ojo con descaro y alzó la copa de champán que sostenía para saludarla en la distancia. Parecía estar allí para lucirse, para elegir a su presa antes que nadie, pero incluso ella, que ya no era tan tonta y lo supuso, no pudo evitar devolverle la sonrisa y sentir que caía en el embrujo a pesar de todo. Entró en el salón dejándolo allí, deseando en secreto que la siguiera, pero el caballero no lo hizo, y Lucy, inevitablemente, perdió el interés en todo lo que no fuera volver a ver su cabeza sonreírla entre la multitud. Se metió en varios corrillos, pero su atención era dispersa. Al rato, un joven le ofreció una copa, que ella aceptó con un rápido agradecimiento mientras su mirada paseaba por los invitados.

—¿Amor a primera vista? —dijo el caballero que le había dado la bebida, captando, ahora sí, su atención.

—¿Disculpe? —replicó ella apartándose un poco para mirarlo, sin poder evitar una risita nerviosa, producto de la vergüenza de saberse descubierta.

—Vale la pena siempre echar una segunda ojeada. Nadie debería enamorarse de nada que no haya visto por dentro, desmontado..., probado.

—Señor, no voy a probar nada —dijo ella, nada molesta, pero pretendiendo estar algo ofendida.

—Como un coche —insistió él—: hay que probarlo.

—No sé nada de coches.

—Nadie se queda con un coche sin revisar el motor, ver cómo funciona, ya sabe, todas esas cosas.

—Es usted muy atrevido.

—Soy realista —rebatió él.

—En cualquier caso, no me conoce.

—Muy cierto.

—Así que no sé de qué estamos hablando.

—Oh, ya lo creo que sí. Creo que lo sabe muy bien, además.

A ella se le escapó la risa.

—Se llama Félix y trabaja en la embajada española. Es encantador, sin duda. Usted no es la única que lo piensa.

—¿No va a descabalgar al hombre? —dijo ella mirándolo con suspicacia.

—Jamás lo haría, aunque no fuera santo de mi devoción, que no es el caso. Procuro destacar por mis méritos, no por la falta de méritos de los demás. No es mi manera de competir.

—¿Competir?

—Competir, sin duda. El señor Zurita tiene la ventaja de su apostura, pero yo tengo una mucho mayor.

—Lo escucho —dijo Lucy dando un sorbo a su copa antes de cruzarse de brazos.

—A Félix le gustan todas las mujeres. A mí solo usted, y, mientras él estudia el lugar, decide su estrategia y planifica su ruta, yo ya estoy hablando con la mejor chica de Londres.

Lucy soltó una carcajada. Le gustó que no dijera la más guapa porque, aunque decían que era mona, habría sido mentira, y no soportaba las mentiras ni siquiera cuando se vestían de cordialidad y seducción.

—Tengo que decirle que me halaga, pero quizá convenga que usted haga como el caballero español y busque mejor compañía. Le aseguro que puedo resultar decepcionante —mintió Lucy.

—No lo creo. Pero, en cualquier caso, me gustaría comprobarlo —replicó él—, bailar con usted, ya sabe, probar el coche.

—¿Yo soy «el coche»? No una flor, ni una estrella... ¿Soy un coche? Ciertamente, no es usted un poeta.

—Usted es un deportivo. Un Bugatti precioso, estilizado, rápido, agudo, fiable, único; un aparato excepcional.

—Un «aparato» —dijo ella poniendo los ojos en blanco—. En fin, bailemos. Quizá si habla menos me entretenga más y meta la pata menos —dijo sintiendo todo lo contrario, pues aquel desconocido la estaba haciendo reír—; si no me pisa demasiado y me acerca al caballero español, creo que podremos acabar siendo amigos.

—Le prometo lo primero. Olvide lo segundo. Respecto a lo de ser amigos, debe entender que esa es la última de mis intenciones.

Lucy volvió a reír. Siguió haciéndolo durante todo el baile, sin recibir un solo pisotón ni en aquel ni en los cuatro siguientes. Cinco bailes con el mismo acompañante, el día de la puesta de largo, todo un escándalo cuando estaba mal visto que una chica repitiera una sola vez. No volvió a ver al español. Tampoco lo buscó.

A medianoche, cuando el joven que la había acompañado toda la velada le propuso que se acercaran a un club «animado y decorosamente canalla», ella le tendió la mano y se presentó por primera vez.

—Lady Lucy Bramount.

—Louis Epson —respondió él.

«Oh, cómo le horrorizará a mamá», pensó deleitándose, convencida de que aquel hombre era para ella.

Los recuerdos de aquel encuentro ocuparon desde entonces todo el espacio que su memoria tenía reservado al resto del día. La experiencia de su debut ante los reyes quedó reducida a pequeños fotogramas sin interés. Lo importante había arrasado con lo superficial.

Maldito Louis. Maldito pero querido. Cuatro años, un hijo, una declaración de guerra, una desaparición y una aparición después, paseaban por Glenmore hacia uno de los meandros del río que cruzaba la finca.

Lady Maud organizaba pícnics en la zona del templo de las Virtudes, una construcción que había hecho construir ella misma en una de las colinas con mejores vistas del parque. Recargada y barroca, era la *follie* favorita de la baronesa viuda, y una de las alegorías de las virtudes se parecía sospechosamente a ella. Lady Maud lo negó siempre, pero Louis no dejaba de recordárselo. Organizaba grandes comidas bajo la atenta mirada de su retrato en piedra, y se hacía servir por el personal de la casa un menú pretendidamente informal. Los comensales, siempre numerosos, llegaban a caballo y a mesa puesta.

Lucy y Louis habían organizado lo contrario. Tan solo ellos, una cesta de mimbre con sándwiches de rosbif y pepino, una ensalada de patata, una botella de borgoña que pretendían acabarse entre los dos, y una gran manta sobre la que recostarse después.

Hacía frío, pero el sol calentaba sus cuerpos más que en días anteriores, y, perdida la paz en Glenmore Hall, habían sentido la necesidad de alejarse de la mansión para encontrar algo de tranquilidad. Extendieron la manta. Cerca, los sauces llorones mojaban sus ramas en las aguas del río, cargado de agua y perezoso, que regaba la finca. Se tumbaron uno frente al otro mirándose a la cara, sintiendo una atracción serena.

—Ojalá pudiera quedarme aquí unos cuantos meses —dijo Louis.

—Ojalá pudiéramos hacerlo los dos —replicó ella.

Louis sabía que Lucy trabajaba para el MI5. Ella se lo había explicado todo, incluso lo que concernía a Daisy y la colaboración que la agencia esperaba que se estableciera entre ambas. Él intentó brevemente disuadirla, pero, consciente de que a menudo el lugar que más terror provoca es el que guarda los tesoros que uno ansía, comprendió que Lucy necesitaba participar en aquella guerra para sentirse útil y crecer como persona. Al final, hacerse mayor era eso: convertirse en la persona que uno siempre debería haber sido. Si todo salía mal, Lucy podría, por lo menos, decir que había puesto todo de su parte para que no fuera así y que, por el camino, se había curtido y enriquecido.

Lo mismo le pasaba a él.

—Estamos en un momento muy crítico. Por primera vez parece que la balanza se inclina a nuestro favor, que tenemos posibilidades auténticas de ganar la guerra.

—Pero aún no.

—No, aún no, querida. Hará falta todavía mucho dolor y mucho sacrificio. A veces, la resistencia es el mejor ataque. Pero la hora se acerca y ya hay planes para un desembarco aliado en Europa. Stalin lo está reclamando, y algunos parlamentarios lo hacen también, creen que Hitler no podría con dos frentes a la vez, pero Churchill está seguro de que no contamos con suficientes fuerzas aún, y creo que sabe lo que dice.

—Ese Stalin me pone los pelos de punta —dijo Lucy.

—Es tan mezquino como Hitler. Tan falto de moral, de escrúpulos, de piedad, de la más mínima bondad, como él. Dirige un sistema asesino, pero no nos ha atacado.

—Así que nos hemos aliado con Satanás para vencer a Lucifer.

—Más o menos. Supongo que nadie conoce mejor a un demonio que otro. —Se miraron—. A menudo pienso que la única decisión de la que estoy absolutamente seguro es de haberte elegido —dijo Louis cambiando de tema—. He sido experto en decidir mal en tantas ocasiones que me parece increíble que en la de mayor importancia acertara tanto. Nunca he entendido a los que dicen que lo volverían a hacer todo igual. ¿Acaso es posible acertar plenamente en todo siempre? Me he equivocado tanto..., pero tú lo compensas con creces. Lucy, mi gran acierto has sido tú.

—A mí gustaba el español. Tan apuesto, tan...

—Ni siquiera lo recuerdas.

—No, la verdad es que no. —Rio—. Conseguiste que no me acordara más que del tiempo que pasamos juntos.

—Eso es porque fue bueno.

—Fue el mejor.

—No sé si llegaremos juntos al final de la guerra, pero, pase lo que pase, debemos conseguir que la felicidad del tiempo que hemos pasado juntos nunca se ensombrezca con la infelicidad del que estemos solos. Que lo que ha pasado gane siempre a lo que podría haber sucedido y no lo ha hecho. La nada no puede ganar al todo, recuérdalo siempre.

—No hará falta, y si pretendes dejarme sola en esta casa con tu madre, es que no sabes con quién hablas, Louis Epson.

—Podéis volver a instalar el tobogán en las escaleras y tiraros juntas. —Rio a carcajadas. Lucy se quedó mirándolo, sonriente también. Deseando que su todo no se convirtiera en nada.

Pasaron toda la tarde adormilados, abrazados el uno al otro hasta que el frío se hizo insoportable y tuvieron que regresar a la casa. Stuke informó a Lucy de una visita.

—Señor Osbourne —dijo ella mientras entraba al salón donde John la esperaba.

—Lady Epson —dijo él cogiéndole la mano para besársela.

Cerraron la puerta e, instantáneamente, la cordialidad se sustituyó por la profesionalidad.

—Creemos que el servicio de inteligencia alemán...

—La Abwehr.

—Sí, la Abwehr, sabe que Daisy está en Madrid. Por suerte, no sospechan que sea agente del MI6, ni han atado hilos para comprender que la joven sirvienta que buscan es la misma persona que la elegante agregada cultural que vive en la embajada y que está realizando un trabajo incipiente.

—Daisy es una mujer muy distinguida. Siempre lo ha sido. Agregada cultural, eh... Siempre fue más culta que yo. La educaron bien, podría pasar por duquesa.

—Lo sé, y está haciendo una labor muy encomiable. Por eso necesitamos que se distraiga la atención sobre ella, y nadie mejor que usted para hacerlo. Teníamos una manera discreta de hacerle llegar la correspondencia, pero los alemanes la han descubierto, por lo que ninguna información que no queramos que se lea se envía ya por esa vía. El caso es que, como siempre, que los alemanes nos lean sin saber que sabemos que lo hacen nos da una oportunidad. Usted escribirá una carta a Daisy para alejarla de Madrid, es decir, para pretender que está lejos de la capital.

—¿Solo eso? —preguntó Lucy, decepcionada.

—Solo eso. Descanse mientras pueda porque no tardaré en necesitarla para una misión que requerirá todo su tiempo.

—Eso estará bien.

—¿Sabe?, no parece asustada. Oskar Klein estuvo muy cerca de acabar con su vida. Literalmente le echó las manos al cuello...; otra persona se arrugaría ante la perspectiva de una nueva misión.

—Me asusté mucho —dijo ella—, pero me hizo más fuerte y determinada. Le he visto los dientes al lobo, así que ya conozco mejor cómo evitarlos.

Siguiendo las instrucciones de John Osbourne, Lucy escribió aquella carta que nunca llegaría a Daisy, pero que despertaría el interés de quien la perseguía.

E

Glenmore Hall,
Cambridgeshire

Querida Daisy:

Te escribo estas líneas sabiendo que difícilmente encontrarán respuesta, tan solo para desearte que estés contenta y bien en tu país.

Por Inglaterra todo sigue más o menos igual. Aunque parece que los bombardeos se han reducido, lo cierto es que en Londres seguimos pasando las noches en duermevela, nunca dormidos del todo, esperando el momento en que suenen las sirenas y haya que acudir a un refugio. Por esa razón intento pasar el máximo tiempo posible fuera de la ciudad. Nuestra moral está alta, pero, como es lógico, nuestra resistencia no es infinita. Ojalá lo fuera.

Seguro que tu hijo Pat estará disfrutando del mar y la playa. Parece increíble que, cuando estaba aquí, no lo viera nunca. En cualquier caso, el sol español hace que las visitas a la costa sean, seguro, más placenteras. Tenéis mucha suerte de poder asomaros al Mediterráneo cada día sin el temor a que aparezca un destructor o un submarino alemán en el horizonte.

En Glenmore todo sigue bien, aunque los niños añoran a tu hijo. Tuvimos un incendio terrible, y creemos que fue provocado, pero nadie ha podido saber aún cómo se produjo exactamente ni con qué motivo. No es la primera casa que se ha quemado en los últimos años: Castle Howard sigue con medio edificio y su magnífica cúpula central destruida. Cuántas cosas dejará y cuántas hará desaparecer esta guerra es algo que aún no sabemos. Incluso cadáveres. Sí, has leído bien. Me contó miss Sandpond, la cocinera, que el MI6 les pidió el cadáver de su sobrino Joshua, muerto por asfixia en el incendio de Bell House, en Yorkshire. Al parecer, ni muerto podía librarse de la guerra, y consolaron a su madre diciéndole que participaría en una importante misión. Cómo puede participar un muerto en una misión es algo que no consigo comprender. La pobre mujer preguntó si el cuerpo de Joshua volvería para ser enterrado en Inglaterra, pero, a modo de consuelo, le dijeron que, aunque no lo volvería a ver, su hijo volaría alto y yacería en soleadas y verdes colinas. Parece que la piedad es algo que escasea estos días, pero todo el mundo sigue cargado de ironía. Mala combinación.

Miss Sandpond dice que su hermana, la madre del fallecido, ha enloquecido, y no la culpo.

Dios quiera que esta guerra acabe pronto y ese horrible Hitler desaparezca para siempre de la faz de la tierra.

Entretanto, cuídate mucho y dale un beso a Pat de mi parte.

Te añora,

Lucy

Blaz leyó la carta dirigida a Daisy tras serle entregada por las autoridades españolas quince días más tarde. Era alentador que, pese a la supuesta neutralidad del país, todavía hubiera tantos amigos y funcionarios, en todas las administraciones, dispuestos a colaborar con el Reich. En cuanto habían visto una carta dirigida a la pastelería Viena a la atención de Daisy García, habían avisado a la Abwehr para que él la revisara.

El contenido era revelador y le daba nuevas pistas cuando se encontraba en un callejón sin salida, buscando a Daisy en los lugares más insospechados, preguntando en pensiones y barrios de mala muerte sobre el paradero de una pobre criada llegada de Inglaterra con un niño.

Daisy vivía a orillas del Mediterráneo, lo que, a pesar de aclarar las cosas, las complicaba también, pues la búsqueda se ampliaba a la extensa costa mediterránea española, llena de ciudades, pueblos, aldeas y calas donde una mujer y su hijo podrían esconderse fácilmente. Había agentes alemanes en todo el país, así que distribuiría la imagen de la joven y del niño entre ellos para que todos los buscaran. No hacía falta explicar por qué: acabarían por encontrarlos. Por su parte, no desperdiciaría más tiempo en Madrid. Había robado el libro de pedidos de la pastelería, así que conocía a todos sus clientes. Aunque el establecimiento no repartía sus productos en la costa, quizá tuviera clientes de aquella zona, gente que comprara sus productos y se los llevara a algún lugar de la costa mediterránea. Escaseaban personas de grandes ciudades como Valencia o Barcelona, donde ya había buenas pastelerías, pero, tras investigar mucho, localizó a un maquinista de los trenes que hacían el trayecto a Alicante. Quizá fuera un fanático de aquella pastelería, o quizá un excelente correo. Cuando descubrió que los padres del hombre vivían en la provincia de Ávila, sospechó que podía conocer a Daisy y hacerle el favor de llevarle el correo. Así que el primer lugar donde buscaría sería Alicante.

Pero había algo más de lo que debía informar al jefe de los servicio secretos alemanes en España. Wilhelm Leissner debía leer la carta. La parte referente al MI6 reclutando cadáveres para que volaran alto lo había puesto alerta. ¿Qué pretendían los ingleses? Probablemente Leissner sabría qué sospechar.

36

Creer y congeniar

—No hizo falta que Margot me lo contara, lo escuché yo mismo porque estaba allí.

—Explíquemelo otra vez. No se deje nada.

Félix sabía que Wilhelm Leissner le pediría aquello.

—Cené en la embajada el viernes. Pensaba que tan solo recogería a la señorita Smith y pasearíamos, como en otras ocasiones, pero me encontré con Alan Hillgarth en la entrada y me pidió que los acompañara en la cena. El embajador, sir Samuel, también se unió a nosotros.

—Así que eran cuatro.

—Eso es: la señorita Margot Smith, sir Samuel, Alan y yo. La conversación enseguida giró hacia la naturaleza de mi relación con Margot, supongo que deben de estar aburridos de hablar siempre de la guerra y se permiten ser indiscretos con dos jóvenes. Se rieron mucho. Alan me animó a que le enseñara España a la señorita Smith, lo que me dio pie para decir que me gustaría que descubriéramos juntos las partes de mi país que aún no conozco, como el sur. Me hablaron del tren, confortable si viajaba en primera clase. Al comentar que los trenes españoles me parecían muy lentos, el embajador intervino, con tono bromista, diciendo que en ningún caso me recomendaba ir en avión, pues últimamente había demasiados accidentes.

—Se refería al de sus agentes, claro. Pero no le debería de hacer ninguna gracia —apuntó Leissner.

—Pensé lo mismo, y a Alan tampoco pareció divertirle el comentario. Al observar el embajador que el capitán no le reía la gracia, le dijo, algo más bajo: «Oh, vamos, Hillgarth, no era más que un avión».

—Pero no solo perdieron el avión —apuntó Leissner—. Su correo, con valiosa información, murió, y, por supuesto, el piloto.

—¿Encontraron su cadáver? —preguntó Félix, que sabía la respuesta.

—No, lo cierto es que no. El aparato entero se quemó. Solo encontramos el cuerpo del correo, que fue difícil de distinguir, y respecto a la información que encontramos... Al chocar contra el suelo, la avioneta se partió. Creemos que en ese momento el maletín salió disparado lejos de las llamas, y que se salvó milagrosamente de la quema.

—Una suerte enorme.

—Sí... Puede que demasiado grande —rumió el alemán.

—Quizá el piloto tuvo tiempo de saltar y por eso no hallaron el cuerpo.

—¿Y qué me dice del correo? ¿Bromea un embajador con la muerte de un agente del MI6? Herr Von Stohrer, nuestro embajador, jamás haría tal cosa. Debería ser más considerado con las pérdidas humanas.

—Quizá...

Se hizo el silencio. El alemán cerró los ojos y apretó los dedos contra la frente unos segundos al recordar la carta que unos días antes el agente Blaz Munter le había entregado. Luego volvió a mirar a Félix.

—Quizá ya estuviera muerto —dijo Leissner apretando el puño—, y quizá ese correo no fuera un valiente agente... —continuó antes de quedarse de nuevo en silencio; luego abrió los ojos y cambió de tema—. Siga alternando con la señorita Smith, Zurita, creo que tenemos todos mucho que ganar de su relación con ella. Recuerde lo de Mallorca. Nos interesa entrar en esa casa. Que Hillgarth lo invite.

—Puede que lo haga.

—Tiene que conseguirlo. Serán nuestros primeros ojos en el interior de esa casa. Debemos saber qué es lo que el capitán hace en ella y usted lo averiguará. Haga lo que sea para recibir una invitación.

—Lo intentaré por todos los medios —afirmó dando por concluido aquel tema.

Claro que Hillgarth lo iba a invitar, pero a Félix le gustaba venderles a los alemanes cada avance como uno lleno de dificultades y esfuerzo, cuando en realidad en ese caso había resultado fácil. Como agente doble, a los aliados les interesaba que mantuviera las líneas abiertas y la expectación en la Abwehr. Que se fiaran de él. Que se acercaran cada vez más a Félix hasta que él pudiera darles un golpe certero y crucial. Él no se sentía agente doble. Pensaba que trabajaba para los aliados con fidelidad y que engañaba a los alemanes, que, de haber abierto más los ojos y mirar hacia donde debían, probablemente habrían hallado pistas de lo que realmente estaba haciendo.

Wilhelm Leissner se quedó mirándolo, analizándolo.

—Es usted muy listo. Tendrá un gran futuro cuando la guerra acabe.

—¿Se está alargando más de lo previsto?

—Oh, no, no —negó el alemán moviendo con la palma de la mano el humo de su cigarro—. Pero Roma no se hizo en un día, y tampoco lo hará el Reich de los mil años. Por eso todos debemos colaborar. Es importante que siga viendo a la señorita Smith. A Margot. ¿Diría que ella sospecha algo?

—No lo creo. No tiene ningún motivo —aseguró Félix.

—Por lo que sabemos de ella, no ha tenido demasiados amantes. La encontrará usted nueva y reluciente.

Le molestó el comentario. Margot, Daisy, no era un coche o un par de zapatos.

—La he encontrado muy bien —fue lo único que quiso decir.

—Es una suerte que usted no sea enamoradizo. El amor a las mujeres trae muchos problemas y desplaza prioridades. Los grandes hombres... Hitler, sin ir más lejos, rara vez tienen ese chantaje cerca.

—No soy enamoradizo, es cierto.

—Eso está bien. Todos deberíamos tener el corazón en la cabeza, así amaríamos con inteligencia —dijo Leissner, sintiendo que acababa de lanzar una suspicaz filosofada.

—Quizá tenga razón, herr Leissner —replicó Félix mirándolo a los ojos—, pero entonces tendríamos el cerebro en el pecho... y no creo que pensar con amor sea algo que convenga en estos días.

Por primera vez, el alemán lo miró sin simpatía.

Daisy había encajado el golpe de la muerte de su madre negándolo en lo más profundo de su alma, aplazando el luto, es decir, sin encajar el golpe. Dolores era uno de los dos cabos que la ataban a la realidad, a su pasado, a lo que realmente era. Muerta ella, solo quedaba su padre, y no sabía cuándo volvería a verlo. Para tratar de que la noticia no la persiguiera durante todas las horas del día, se centró en su seguridad, en cerciorarse de que la persona de la Abwehr que la había seguido hasta Madrid desechara toda posibilidad de encontrarla en la ciudad. Cambió sutilmente su peinado con un flequillo, y se puso unas gafas que no necesitaba y la hacían parecer una eficiente secretaria. Sabedora de que buscaban a una criada, compró bisutería que podía pasar por joyería, para combinar con sus trajes ya impecables. La embajadora, por orden de su marido, se la llevó de compras para completar su armario con piezas reservadas a solo unas pocas: pieles, sombreros y otros complementos. Daisy se había prodigado muy poco, así que era improbable que nadie tuviera fotos recientes o recuerdos de ella con los que reconocerla entre las mujeres de Madrid.

Había algo bueno que extraer de todo ello. Mientras la perseguían, los nazis se alejaban de Pat, que era su verdadero objetivo.

El capitán Hillgarth le pidió que la acompañara al jardín. La conocía muy poco, pero le caía bien. Lo primero que hizo fue darle el pésame por la muerte de su madre.

—Oí decir que a cualquier edad se es niño cuando una madre muere, y no puedo estar más de acuerdo. La acompaño en el sentimiento, señorita García. Si algo de lo que veo en usted proviene de su madre, no dudo de que fue una mujer formidable.

—Lo fue.

—Entonces honrémosla con nuestro trabajo, ¿le parece? —dijo cambiando un poco de tono y dando por entregadas las condolencias.

Daisy agradeció que aquel tema no se alargara. En un periodo en el que cada día morían miles de personas, era importante seguir adelante. El capitán Hillgarth no conoció a su madre, así que sus palabras eran más que suficientes.

—El viernes volaré a Mallorca. Tengo una casa allí, estoy seguro de que se lo he explicado alguna vez.

—Sí. Lo recuerdo. Son...

—Son Torella, sí. Es mi gran tesoro, pero, además, está resultando perfecta para recibir a invitados..., digamos que discretamente. Los alemanes, por supuesto, están al corriente, y desean saber qué pasa entre las paredes de la casa. Lo cierto es que sucede lo mismo que en Madrid: presionamos y convencemos a diferentes personas del régimen para que cese su colaboración con Alemania y, en último término, para que jamás se planteen entrar en guerra al lado de Hitler.

—Sería terrible.

—Sin duda. Y su país no lo podría soportar. Me gustaría que viniera a Mallorca con el señor Zurita. Los alemanes estarán expectantes por saber todo lo que él les cuente a su vuelta. Por supuesto, Félix les dirá lo que nosotros le indiquemos. Necesitamos que, poco a poco, la confianza del enemigo en el señor Zurita crezca de cara al futuro. Hay armas más importantes que los cañones y las bombas, y su amigo..., *nuestro* amigo, puede ser perfecto para activarlas.

—Se refiere al engaño.

—Efectivamente. Nada más peligroso que la desinformación. Que la manipulación. Presiento que el señor Zurita puede ser una de las semillas de desinformación y engaño mejor plantadas en la Abwehr. Confírmele que el fin de semana iremos a Mallorca. Allí pueden seguir con su relación.

—Falsa relación.

—Por supuesto, por supuesto —dijo el capitán, sin poder evitar que sus labios se arqueasen levemente en una sonrisa.

Tres días después, volaban a Mallorca.

Son Torella era una posesión de importancia, con veinte hectáreas de terreno que presidía una gran casa de piedra rubia, con un torreón, al inicio del valle de Coanegra, pegado a la sierra de Tramontana. El capitán Alan Hillgarth había comprado la propiedad doce años antes y la había disfrutado haciendo de ella su residencia casi permanente. El entorno era genuinamente mallorquín, con olivos, pinos, cipreses y palmeras sobre tierras de color dorado labradas pulcramente. Era mucho más que una casa rústica, y, aunque conservaba elementos que la relacionaban con su pasado rural, estaba reformada con las máximas comodidades, muebles confortables, grandes habitaciones y estancias en las que el cuerpo rápidamente se relajaba y apartaba de los problemas. Los suelos de barro cocido, los arcos, las paredes encaladas y las tapicerías de lenguas mallorquinas se mezclaban con colores suaves, salones con chimeneas siempre encendidas y olor a lavanda, espliego, pino y tomillo que poblaban la isla. Félix lo había descrito como «lujo despeluchado», y tenía razón. El lujo de Son Torella se disfrazaba de paz sin estridencias, de liviandad, de silencio, de linos y blancos.

Había anochecido y el ambiente en el exterior era frío, pero habían encendido un caldero en una de las terrazas y dispuesto unos sillones de mimbre alrededor para que se sentaran a tomar una copa antes de la cena.

El capitán Alan Hillgarth había cogido lo bueno de cada una de las culturas que admiraba para que la mezcla resultara impecable, y su hospitalidad, única. Resultaba un hombre del que en cada conversación se descubría algo nuevo y fascinante, y en eso estaba Félix cuando Daisy se reunió con ellos.

—El capitán me estaba contando una aventura digna de novela.

—Póngame al día inmediatamente —dijo ella abriendo los ojos en dirección a su anfitrión, que rio, complacido por contar de nuevo una historia mil veces contada.

—Hace unos años —intervino Félix, ansioso—, se embarcó en la búsqueda de un tesoro jesuita en Bolivia. Pero no creas que se limitó a rebuscar en el mapa...

—No, no... —Hillgarth se rio.

—¡Llegó a irse a la selva! —exclamó el español.

—Por supuesto, no encontré nada. De hecho, creo que el mapa era falso, pero la historia era apasionante. Irresistible. Un jesuita díscolo que esconde el tesoro de la congregación en una cueva bajo una piedra con forma ovoide. Que mata a todos los que sabían de su paradero, pero es secretamente espiado por uno de los indígenas, que dibuja un plano que, al pasar a sus herederos..., lleva con él una maldición. Tienen que entenderme, la historia era tan buena que no podía perderme la aventura. No imaginan la de recursos que ha movilizado esa leyenda durante siglos. Muchos como yo se embarcaron en expediciones costosísimas, deseando ver unos tesoros que generación tras generación se decían mayores. Muchos murieron. Ninguno encontró nada...

—Yo tampoco habría podido resistirme —dijo Félix.

—Nadie a quien le explicaran bien la historia habría podido. Las mejores mentiras son las que estamos deseosos de creer. Por eso nos esforzamos tanto en elaborar las informaciones que pasamos al enemigo. Hay que saber lo que están buscando para alimentarlos.

—En eso estamos, ¿no es así? —preguntó el español.

—Sí. Ustedes y muchísima gente más. Con las pinceladas que cada uno de nuestros informadores proporciona, acabamos por formar un dibujo bastante claro. Siempre es difícil discernir lo importante de lo que no lo es, pero ese es nuestro trabajo. Respecto al maletín que los alemanes encontraron, su ayuda ha sido crucial para que descarten toda la información que hay en él. En la guerra todos mentimos y todos nos guardamos para nosotros algunas cosas; yo lo hago y ustedes también, pero lo crucial es que los demás crean lo que decimos sin sospechar lo que callamos.

Tanto Daisy como Félix quisieron creer que el capitán no conocía sus secretos. Félix seguía organizando la operación Akela y Daisy tenía un hijo de un alto mando nazi. Por la expresión de su cara, ninguno habría podido asegurar que aquel hombre no lo supiera absolutamente todo.

—En cualquier caso, todos tenemos que calcular cuándo hemos de usar nuestras mejores bazas, intentando, claro, que no sea demasiado tarde... Tratar de hacer el bien incluso cuando nadie nos mira: eso, al fin y al cabo, es la integridad —continuó antes de rematar el *gin-tonic* y, tras dejarlo sobre el velador, invitarlos a pasar al comedor.

En el segundo plato les habló sobre su mujer.

—El matrimonio puede ser una cárcel o una liberación. En mi caso ha sido un poco de ambas cosas. Sid es una gran mujer, pero el amor evoluciona y todo lo que pasa alrededor lo condiciona. Ya no somos los que fuimos. Cuando nos conocimos, siempre nos quedábamos con ganas de estar más tiempo juntos. En casa de sus padres, nos ponían en habitaciones separadas, así que inventamos una especie de código dando golpecitos en la pared. Dos golpes eran un «¿estás ahí?», tres eran un «sí». Si lo habíamos pasado bien, dábamos cuatro golpes. Si había algo que nos preocupaba, eran cinco. Nos decíamos que nos queríamos dando muchos golpes seguidos. Si ella daba siete, yo daba ocho, como diciendo «yo más», y ella contestaba lo mismo... Era un poco absurdo, pero el amor a menudo consiste en que a uno no le importe en absoluto hacer el tonto, o el ridículo, o llorar o bailar, o qué sé yo..., cegarse por el otro, darle importancia a lo irrelevante. Tonterías de niños. —Suspiró y miró por la ventana mientras se llevaba a la boca la copa de vino—. Nadie puede asegurar que su matrimonio vaya a ser un éxito, por eso vale la pena intensificar los buenos momentos, porque de sus recuerdos se vive muchos años, y son el puente para pasar por encima de los malos momentos, que son numerosos y suelen venir todos juntos. Cuando se es joven, cuando todo es nuevo y sorprendente, es más fácil, pero, en general, a cualquier edad vale la pena llenar la despensa de buenos recuerdos. Botes que abrir y saborear cuando llegan los tiempos difíciles.

Alargaron la cena y la sobremesa hasta la madrugada. Rieron y charlaron como amigos, y los españoles disfrutaron con las anécdotas y experiencias de la intensa vida del capitán Hillgarth, que parecía haber exprimido cada día de su existencia con fruición. Cuando las luces de la planta baja se apagaron una a una, Félix acompañó a Daisy a su habitación. En la puerta la despidió con una sonrisa y le besó la mano, sin saber muy bien lo que estaba haciendo porque no sabía leer a aquella mujer aún. Con sus anteriores conquistas siempre había sabido cómo actuar. A algunas las habría arrastrado hasta la cama con pasión, a otras las habría besado lentamente y las habría dejado deseando un poco más, a otras las habría ignorado, esperando que fueran ellas las que se mostraran dispuestas. Pero con Daisy era imposible adivinar. Quizá por eso le gustaba cada vez más.

Se metió en la cama decidido a lidiar con tres operaciones: una con los alemanes, una con los ingleses y la tercera con Daisy. Solo podía pensar en esta última.

Estaba todo en silencio cuando escuchó dos golpecitos en la pared.

37
Baedeker

Abril de 1942

Lucy llevaba unos cuantos días evitando la pregunta, pensando que, si no la hacía, alargaría el espejismo de aquella pequeña temporada de tranquilidad. Si le preguntaba a su marido cuándo se vería obligado a volver, cuándo acababa aquel permiso, quizá le dijera que aquella tarde, o al día siguiente, así que vivía con una suerte de espada de Damocles sobre su cabeza, decidida a disfrutar el interludio.

Habían ido a pasar dos noches a Bath, donde un tío de Louis tenía una bonita casa en el Royal Crescent, una hilera de mansiones de forma semicircular y estilo georgiano enfrentadas a un gran prado en ladera. Desde las ventanas del número 2, Lucy contemplaba la vista, ajardinada como les gustaba a los ingleses, pretendiendo que la naturaleza no había necesitado ayuda del hombre y que cada cedro, cada sauce y cada ciprés que se veían al final de la suave ladera había crecido allí de forma espontánea y perfectamente estética. El Crescent era tan armonioso que muchos de los que visitaban la ciudad paseaban ante aquellas casas aunque no tuvieran nada que hacer más que mirarlas y envidiarlas. La del tío Edmmond era una más de aquellas treinta viviendas señoriales, lo que no era poco, pues todas gozaban de amplias estancias y salones, y estaban entre las direcciones más distinguidas de la ciudad. Edmmond Epson vivía solo y, a sus setenta años, parecía decidido a gastar todo lo que su padre le había legado en relojes, coches, cuadros de desnudos femeninos, vinos, casas, casinos y amantes de todos los sexos y edades. Había salido por piernas con uno de aquellos en cuanto Louis le había solicitado que los invitara a Bath, y les había dejado la casa para ellos dos.

Aunque abril era un mes traicionero en cuanto al clima, aquel día se había aliado con los que deseaban disfrutar al aire libre y la temperatura agradable permitió que muchos se tendieran al sol en la hierba y alargaran la tarde hasta que empezó a anochecer. Louis y ella se quedaron en el salón de la casa, conversando, descubriendo una vez más que, cuando estaban juntos, el mundo desaparecía a su alrededor.

La madurez de los rasgos de Louis se había acelerado con la guerra. Apenas había hablado de lo acaecido en África. Todo lo que sabía Lucy por boca de su marido era que dormía en un campamento en el norte de Egipto, cerca de la frontera con Libia, cuando este fue asaltado por los italianos, que mataron a medio regimiento e hicieron prisionero a la otra mitad, a la que se llevaron en diferentes grupos. Tras dos meses en manos enemigas, en un traslado, una tormenta de arena les dio la oportunidad de alejarse, decididos a que fuera aquella tempestad infernal, que los quemaba en la piel, la que decidiera si debían vivir. El grupo no supo mantenerse unido, y no volvió a ver a cinco de los seis hombres que le acompañaban. Al día siguiente, sin apenas agua, cuando él y un oficial estaban cerca del fin, un camión aliado los había encontrado.

Eso era todo. Louis no había contado más. Así que Lucy sabía bien poco. Sentía que, de haber podido, su marido nunca le habría contado nada, y que, si lo había hecho, era casi por cortesía. Las pesadillas, que cada noche afloraban, hablaban más claro sobre su traumática experiencia. Lucy supo que con el tiempo aquellas vivencias se trasladarían a la consciencia de Louis y se dispuso a esperar para escucharlas cuando llegara el día. Mientras, cuando creía que el sueño de su marido empezaba a corromperse, le pasaba un pañuelo con la colonia de su hijo William por la frente y, a veces, solo con el olor familiar de su hijo, conseguía que la tormenta amainara. Esperaba que, si algún día volvían a su cómoda rutina, la vista diaria de los campos verdes, los ríos perezosos y los árboles centenarios de Glenmore mitigaran el recuerdo de las trincheras secas, las extensiones yermas y los cauces vacíos del norte de África en el que Louis había luchado. Nada cura como el hogar.

Durante la cena hablaron de los tiempos de paz e hicieron planes para los años venideros, como si supieran cuándo acabaría la guerra o qué estaría en pie si algún día lo hacía. El restaurante estaba lleno de hombres uniformados y mujeres que se habían esmerado en ofrecer una imagen de otros tiempos.

—Me gusta estar aquí —dijo Louis—, me gusta este sitio.

—A mí también —replicó Lucy—, pero no tenías por qué hacer esto. Es a ti a quien le toca elegir dónde estar. Eres tú el que... —calló.

—Lo puedes decir, no pasa nada. Soy yo el que estuvo en el frente. Quizá sea anticuado y sé que no necesitas que te ayude, pero me gusta cuidarte.

—No digas que no te necesito.

—Bueno, me refiero a que no eres... No estás desvalida. Todos necesitamos ayuda, pero, si alguna vez alguien repite aquello del sexo débil, déjame decirte, querida, que tú no perteneces a él. Tú eres muy fuerte. Estoy orgulloso. Pero quería sacarte de Glenmore, aunque yo nunca saldría de allí. Te lo repito, me gusta cuidarte, que no estés encerrada en esa casa enorme llena de cosas que aceptas, pero que no sé si te gustan lo suficiente. Cargas con una responsabilidad que no tenías solo porque yo estoy en el frente.

—¿Solo?

—Ya me entiendes.

—Louis, aunque te seguiría a cualquier lugar, nada me gusta más que Glenmore. Glenmore es mi casa, y cuidar de ella y de esos niños es mi grano de arena, mi pequeña colaboración en el esfuerzo de guerra. Ojalá pudiera ir al frente, pero, estando las cosas como están, me alegro de poder ser útil. En cualquier caso, te agradezco la escapada. Me está sirviendo para reponer fuerzas y..., bueno, te confieso que es muy relajante pensar que no entrará la señora Gold en el salón anunciando que un niño se ha descolgado por la fachada agarrado a una cortina, o miss Nightingale preguntando adónde debe devolver las gallinas que otro ha metido en el dormitorio.

Louis soltó una carcajada.

—Te aburrirá Glenmore cuando esos niños se vayan.

—Tendremos que hacer algo para sustituirlos —dijo ella mirándolo seductora antes de dar un sorbo a su copa.

Acabaron de cenar y, con el pensamiento en dormir poco y amarse mucho, se encaminaron al Royal Crescent, cogidos por la cintura, besándose de vez en cuando como dos recién casados.

Eran casi las once y sus ojos se habían adaptado a la relativa oscuridad iluminada por la luna llena. Muy cerca de la casa del tío Edmmond, escucharon el vuelo de varios aviones. A su alrededor, los pocos viandantes que quedaban aquella noche de sábado también miraron al cielo. «Otra vez Bristol», se oyó decir a uno.

Era lo acostumbrado. Bristol estaba cerca de Bath y era una ciudad portuaria que el Blitz había castigado duramente desde el inicio de la guerra y prácticamente a diario durante los cuatro últimos meses. También Gloucester era un objetivo recurrente. Los habitantes de Bath pensaban que las bombas que habían caído en su ciudad lo habían hecho por errores de navegación de los pilotos, pues en realidad estaban destinadas a otras poblaciones. Hacía un año que no caía un proyectil sobre sus cabezas, por eso se miraron extrañados cuando las sirenas sonaron, e incluso cuando la estela de la primera bomba apareció en el cielo, fueron muy pocos los que buscaron refugio. Era una bomba candelabro, que iluminaba al caer. Caía lenta, casi como un fuego artificial, señalando el camino, desvelando el objetivo a sus pies para lo que vendría después. Lo que vino. Cientos de bombas incendiarias, de apenas un kilo, pero que prendían todo lo que encontraban al caer, empezaron a derramarse desde los Junker y Dornier alemanes.

En Bath no estaban alerta ni preparados. Acostumbrados a que el cielo los respetara, muchos se habían hartado de los refugios, de acudir a ellos corriendo para que no los salvaran de nada, pues no había nada de lo que salvarse, y la mayoría se arropó un poco más en la cama y se colocó la almohada, tapándose las orejas para seguir durmiendo en sus cómodas habitaciones. Habían esperado al lobo tantas veces en vano que pocos creían que pudiera presentarse en su ciudad realmente. Louis, que sabía lo que esperar, cogió a Lucy de la mano y, sin explicación alguna, le gritó: «¡Corre!».

Eso hicieron. Corrieron mientras quienes los rodeaban tomaban conciencia del peligro y gritaban asustados, sin saber qué hacer ni dónde refugiarse. Louis eligió el prado frente al Royal Crescent. Corriendo ladera abajo, Lucy sentía estar a punto de volar mientras buscaba refugio, primero saltando el *ha-ha*, como llaman los ingleses a los muros de contención que escondía la ladera, y entre los árboles del parque Royal Victoria al fondo. Se pegaron a un templete y Louis la cubrió con su cuerpo. Enseguida se empezaron a oír las bombas, una tras otra. El parque se fue llenando de gente que, presa del pánico, huía sin saber a dónde, pero sí de qué. Las primeras bombas habían caído en las casas del Royal Crescent. Se habían salvado por bien poco. Louis rezó por que otros hubieran corrido su misma suerte. Desde donde estaban, vieron las llamas elevarse al explotar un depósito de gas. De pronto todo parecía el infierno, y los gritos, las caras iluminadas por el fuego y la destrucción lo llenaron todo. No pasaron más de un par de minutos hasta que, en estampida, hordas de personas aterrorizadas salieran de sus casas y, corriendo, fueran hacia donde estaban Lucy y Louis.

El parque no era un refugio, pero, por lo menos, nada se derrumbaría sobre sus cabezas. Nada excepto, quizá, una bomba, por supuesto. Un sacerdote se pegó a un gran árbol y enseguida tuvo a mucha gente arremolinada alrededor, rezando en alto, interrumpiéndose de vez en cuando con los gritos de pavor que seguían a cada nueva explosión.

En otra parte de la ciudad, los camiones de bomberos que acudían a sofocar las llamas fueron ametrallados desde los aviones. Las órdenes de los bombarderos eran claras: el fuego debía seguir. El fuego debía acabar con todo.

La noche, que había empezado plateada y fría a la luz de la luna, era entonces dorada y abrasadora a la luz del fuego destructor.

A las doce y once minutos de la noche, las sirenas sonaron anunciando que el ataque había concluido, pero la ciudad seguía ardiendo, y todos los que aún no estaban paralizados por el miedo corrieron a ver lo que quedaba de sus casas. Las bombas incendiarias habían hecho bien su trabajo, pues muchos edificios parecían imposibles de recuperar y otros iban a correr la misma suerte sin que nadie pudiera hacer nada más que llorar y lamentarse.

Lucy y Louis no tardaron en comprobar qué había sido de la casa del tío Edmmond, cuando, ascendiendo el prado, encararon el Royal Crescent. Dos mansiones ardían imparables: la que llevaba ciento sesenta y ocho años en pie en el número 17 y otra igual de longeva en el número 2. Tío Edmmond se había quedado sin casa.

Recorriendo a toda prisa las calles aledañas, entre los dos cargaron con uno de los bomberos al que los alemanes no habían conseguido acribillar para evitar la extinción de las llamas. Tenía las dos piernas ensangrentadas y le era imposible andar, pero se recuperaría. Lo dejaron en una ambulancia y siguieron ayudando a unos y a otros a buscar refugio. La factura de la muerte era muy alta y no tenía piedad con nadie. Niños, ancianos, mujeres y hombres: todos habían sido un blanco válido para la Luftwaffe.

Tendidos en una esquina, abrazados sin vida, encontraron a una pareja joven. Él vestía el uniforme del ejército; ella se había puesto un bonito sombrero, quizá su favorito, quizá el de él. La mujer sostenía bajo el brazo una de las afamadas guías turísticas Baedeker, que ofrecían información de diferentes destinos a todos los viajeros. Como Lucy y Louis, habían ido a pasar unos días en una ciudad que, además de bella, parecía haber esquivado la atención de los alemanes. Bath no era estratégica en nada, ni industrial ni geográficamente; tan solo era una ciudad bonita y querida que aquella noche veía arder sin descanso prácticamente todas las iglesias, el gran hotel Francis, edificios del Parangon y el Circus, las Casas de la Asamblea... Todo era destrucción, dolor, angustia, gritos, miedo y rabia.

Lucy dejó de llorar. Luego no pudo más.

—Sácame de aquí —balbuceó antes de desvanecerse en los brazos de Louis.

Cincuenta minutos después, empezaba el segundo ataque sobre la ciudad. Al día siguiente habría un tercero.

Hitler había dicho que los ingleses eran del tipo de personas a las que había que pegar un puñetazo en la cara antes de hacerlas razonar. El Blitz se había cebado con Londres, Manchester, Liverpool y otras grandes ciudades, bombardeándolas sin descanso, y, sin embargo, lejos de amedrentarse, la moral de los británicos parecía aún sólida como una roca. Por aquella razón, y como respuesta a los bombardeos que comenzaban también en suelo alemán, se había ideado la operación Baedeker.

Las guías Baedeker detallaban los lugares más reseñables de Europa. Su editor, alemán, puntuaba los diferentes lugares con estrellas. Hasta entonces Hitler no las había necesitado para «pasear» por Europa, pero había tomado su nombre para la operación con la que planeaba bombardear los principales reclamos culturales de las islas británicas. No había conseguido que los ingleses se rindieran aplastando sus fábricas y puentes. Quizá lo lograra destruyendo su legado cultural, su historia, los lugares más icónicos de la memoria colectiva.

Bath era parte de aquella riqueza. Igual que Norwich, Canterbury, Essex o York, que también recibirían la visita alemana.

Las bombas no cambiaron la situación de cada bando en la guerra, pero su efecto se sintió en toda Inglaterra.

38
D + + F

El capitán Alan Hillgarth siempre había sido inteligente. Inteligente y listo. Los años habían reforzado esas cualidades con la experiencia que dan los aciertos y, sobre todo, los errores. Sentado en uno de los porches de su casa mallorquina, con una manta sobre las rodillas y el sombrero echado hacia atrás para recibir el calor del sol de la tarde, vio cómo sus invitados se alejaban paseando por los campos de olivos y algarrobos que se doraban en dirección a la sierra de Tramontana.

Quizá Daisy y Félix se equivocaran. Quizá su destino no fuera estar juntos, pero a veces era más importante el viaje que el destino, y no le cabía duda de que aquellos dos jóvenes estaban disfrutando cada parte del trayecto. Cada uno a su manera había visto la crueldad de la guerra, y Alan supo que los había cambiado de forma sustancial, haciendo que dos personas muy distintas se encontraran y se enamoraran. Era innegable que lo estaban. Podían mejorarse el uno al otro. Félix aprendería a ser menos egoísta; Daisy, a disfrutar más de la vida y a volver a creer en los hombres. El uno podía curar las heridas del otro.

Con todo, el amor podía ser una fortaleza, pero a menudo era más una debilidad. Habría preferido que los jóvenes no se hubieran gustado; que el amor que exhibían cuando paseaban por Madrid hubiera sido fruto de una interpretación, pero el flechazo había sido casi instantáneo y ya nada podía hacerse para remediarlo. El desembarco en el continente estaba cada vez más cerca, y aquella pareja podía jugar un papel relevante en la distracción y el engaño que serían necesarios para hacerlo con éxito.

—Orégano —dijo Daisy partiendo una rama de la pequeña mata que crecía entre piedras calizas y acercándosela a la nariz a Félix.

—Se lo ponen a la *pizza* en Italia —replicó él.

—Eres todo un romántico —dijo ella sonriendo.

—Es todo lo que sé sobre el orégano.

—Ya..., supongo que no es demasiado importante.

—Tampoco sé nada de ti. Eso sí es importante. —Era cierto. Félix solo sabía su nombre auténtico, pero nada más sobre ella.

—Es mejor así.

—Yo nací en Madrid, pero he vivido en muchos sitios. Mi familia tiene una empresa de...

Ella le acercó la mano a la boca y se la tapó.

—No digas nada. Es mejor así. Más seguro.

—¿Es porque es más seguro o porque no te importa?

Daisy tardó unos segundos en responder.

—Por las dos cosas. Piénsalo. En toda tu vida muy pocas personas han llegado a ti sin que te hicieses una idea preconcebida. De dónde son, a qué familia pertenecen, qué han hecho antes de encontrarte. Entre nosotros todo es nuevo. Si llegamos al fin de la guerra, a ese dibujo verdadero de nuestra personalidad, añadiremos el trasfondo, el entorno, la vida que acarreamos. Abriremos la mochila de cada uno.

—Primero lo importante. Luego lo demás.

—Exactamente, al revés de lo que pasa habitualmente —dijo ella.

—Olvidas que la mitad de lo que hacemos es mentira —la tentó Félix.

—Creo que sabes exactamente lo que es mentira y lo que no —replicó ella aguantándole la mirada.

Sin dejar de conversar, anduvieron en cuesta hasta la cima de la primera colina, cuyo nombre desconocían. A un lado, el sol se ponía sobre el paisaje en suspenso invernal; a lo lejos, la bahía de Palma reflejaba los últimos rayos de sol. La pequeña cima estaba rematada por piedras desordenadas, puestas para sentarse sobre ellas, tierra pisada por otros excursionistas y una sabina que se retorcía desafiando al viento que seguramente acechaba a menudo. En su tronco encontraron, marcadas a navaja, las iniciales de dos parejas dentro de sendos corazones. Félix repasó las letras con los dedos. Daisy leyó su mente.

—Deberías dejar las nuestras.

—Sí, al menos sabemos que aguantarán hasta el final de la guerra —dijo él, animado con la propuesta y sacando una navaja del bolsillo—. ¿Pongo una eme o...?

—Sabes que me llamo Daisy. Pon una de.

Con fuerza, sobre el duro tronco, Félix marcó una de; luego se quedó parado.

—Pon un signo de suma. Eso es lo que somos. Compañeros. Dos personas que se han unido en pos de un objetivo común.

En silencio, Félix lo grabó. Luego se quedó mirándolo y grabó otro igual.

—Somos más que compañeros. Por lo menos somos amigos —dijo sin apartar la mirada del tronco mientras grababa su inicial. Luego la miró. Ella lo sonrió.

—Por lo menos —repitió—. Doble suma: me gusta. Será nuestro símbolo.

—Dos desconocidos con un símbolo —opinó él.

—No somos desconocidos —aseguró ella—; de hecho, creo que empiezas a conocerme mejor que mucha gente —concluyó antes de levantarse del suelo y mirar al horizonte.

Llegaron a tiempo para el habitual *gin-tonic* en la terraza de Son Torella, que el capitán ya estaba disfrutando encarado a los campos de su finca, con un caldero encendido que lo calentaba cerca y una bandeja con tostadas de sobrasada. Un *gentleman* inglés en medio de Mallorca. Lo encontraron de buen humor.

—Lo han creído —dijo escueto mirando a Félix.

—Los alemanes.

—Sí. Todo lo que les ha deslizado respecto a la información que encontraron en el maletín del avión estrellado ha funcionado. No le han dado valor. Creen que es falsa, dejada allí para que ellos la encontraran, cuando cada coma de aquellos papeles tiene importancia. De haber creído que era cierta, hoy tendrían que haber empezado a mover sus buques y demás dotaciones, pero ni uno ha cambiado de posición. Es extraordinario.

—Me alegro muchísimo.

—Nosotros también actuamos por nuestro lado. El sargento del MI6 fallecido era un hombre de importancia en la agencia, así que hemos tenido que cambiar eso e identificarlo como un campesino de Birmingham. Luego usted les dejó caer la posibilidad de que hubiera estado muerto desde antes de despegar, de que hubiésemos embarcado un cadáver. Varios de nuestros agentes hicieron llegar más pistas y todo ha resultado en un engaño perfecto.

—Quizá no vuelvan a confiar en mí.

—No lo creo. Al menos no todavía. Sabemos que aún confían en usted, pero lo pondrán a prueba. Más de una vez, probablemente, así que esté alerta. La primera de las pruebas no tardará en llegar.

—Estaré atento.

—En los próximos meses le daremos informaciones veraces que podrá pasar al enemigo para que confíe en usted, pero de vez en cuando los volveremos a engañar. Mantendremos un equilibrio eficaz para que, sin perjudicarnos demasiado, usted gane prestigio en el entramado de la inteligencia alemana en España. Sacrificaremos nuestras piezas de menor importancia a la espera de salvar a las de mayor.

—No sospecharán —dijo Félix, expresando más un deseo que una certeza.

—Lo intentaremos; además, contamos con la ventaja de que no lo conocen. Los alemanes piensan que es lo que la gente ve de usted: un egoísta sin demasiados escrúpulos ni principios, dedicado exclusivamente a sí mismo. A su bienestar. Piensan que su confianza se compra con oro.

Félix pensó en el que acumulaba en el banco de Suiza gracias al pago de los alemanes por la operación Akela. El capitán sabía que le pagaban, ¿pero sabría también por qué servicios? No dijo nada, pero lanzó una pregunta.

—¿Y cómo sabe usted que no es así?, ¿cómo sabe que no soy exactamente lo que aparento?

—Porque, en cuanto uno se muestra como es, ya nunca más puede aparentar ser otro —apuntó Daisy.

Cenaron y pasaron un buen rato hasta entrada la madrugada, cuando el capitán Hillgarth se retiró y los dejó solos frente a la chimenea, cada uno recostado y medio envuelto en su manta, mirando las llamas de forma casi hipnótica. Daisy observó a Félix en silencio sin que él se percatara. Estaba segura de que había mucho más dentro de aquel hombre de lo que él dejaba ver.

—Yo... —dijo él de pronto—. Esta guerra me ha cambiado. Nunca he estado menos seguro de algunas cosas. Mi vida antes era...

—Otra.

—Sí.

—¿Mejor?

—Más plácida.

—Era una vida falsa entonces.

—Quizá.

—Seguro. Félix, con el mundo en guerra, solo la gente sin corazón tiene una vida plácida.

—Ya.

—Antes eras capaz de apartarlo todo y disfrutar.

—Sí —musitó él.

—Es una virtud, pero, en mi opinión, si se lleva al extremo, puede ser un defecto también. Es una suerte poder aparcar los problemas un rato. Pero hay que tener claro que siguen allí. Que no se resolverán solos, y que, solo si intervenimos, tenemos posibilidades reales de que se resuelvan como queremos.

Él giró la cara hacia la de ella, teñida por los rojos y oros del fuego.

—Supongo que no me gustan los problemas.

—Si te gustaran, no serían problemas.

—Esta oscuridad... Este mundo...

Daisy se levantó con la manta y se la puso encima antes de sentarse junto a él.

—Recuerda que no ha habido ni una sola noche que no haya sido vencida por el día —le dijo mirándolo a los ojos.

Él se acercó a ella lentamente, pero sin dudas, sin tantear. Le pasó la mano por la nuca y acercó su cara a la de ella. Luego la besó poco a poco, saboreando cada instante, rozando sus labios secos con los suyos, finos y femeninos, percibiendo el olor de su piel y sus músculos al relajarse. Cuando, tras un rato, se separaron, se volvieron a mirar. Él habló primero.

—Nunca había sentido nada igual —fue lo primero que salió de su cabeza, de forma sincera y genuina, nada planificada.
—Eso me gusta —respondió Daisy conteniendo sus sentimientos.
—¿Y yo? ¿Te gusto yo?
—Después —replicó ella.
—¿Después?
—Después de la guerra. Espérame. Yo lo haré. Si aún me...
—Te quiero. Lo puedes decir. Nunca lo he tenido más claro.
—Félix, vamos a dejar reposar todo —dijo Daisy irguiéndose un poco—, vamos a asegurarnos de que esto no es... una aventura, un cúmulo de sensaciones que nos hacen creer que estamos en un punto en el que no estamos. —Lo cogió de las dos manos y acercó su cara a la del joven sonriendo—. Todo lo que tú sientes lo siento yo también. Con una intensidad y con una ilusión que no había sentido nunca. Pero es tan nuevo, y este momento de mi vida es tan intenso, que no puedo mirarlo desde arriba, racionalizarlo, entenderlo. Yo te esperaré. Después de la guerra, si aún me quieres, presiento que yo lo haré.
—No te vayas —pidió él al verla levantarse.
—No me iré a ningún sitio. Pero ya es tarde.
Félix la vio partir. De vuelta en su habitación estuvo pensando en ella hasta que oyó unos golpes en la pared. Muchos golpes seguidos.
Sonrió. Ella también lo quería.
Los besos se repitieron, como consuelo a lo que ambos deseaban, pero Daisy no creía aún conveniente el resto de los días que pasaron en Mallorca y, de vuelta en Madrid, una semana de tensa tranquilidad les sirvió a ambos para reflexionar.

Habían transcurrido tres semanas cuando Félix entró en una taberna a espaldas del hotel Palace y se sentó en una mesa mínima donde le pusieron un buen plato de jamón. El jamón siempre mejoraba su humor, igual que la manzanilla. Siempre le decían que parecía del sur, y no le habría importado serlo, pues esa gente sabía cómo vivir. Su espíritu estaba remontando cuando Wilhelm Leissner entró en la taberna. El alemán no parecía sorprendido de verlo. Invadiendo su espacio, se sentó en la mesa de al lado, muy pegado, de espaldas a la ventana, ocultando su boca tras el menú justo antes de pedir otro plato de jamón y una cerveza. Félix odiaba pensar que lo seguían.

—No hemos hablado de Mallorca —le dijo directamente.

—Pensaba que me contactarían.

—Eso estoy haciendo.

—¿Aquí? ¿No teme que nos vean?

—No. Tenemos la zona controlada y nadie me ha visto entrar. Lo escucho.

Félix le detalló el fin de semana. Sin mentir, pero obviando lo que no podía contar, exactamente como el capitán Alan Hillgarth le había recomendado que hiciera. Los mentirosos necesitan buena memoria, y la suya no estaba hecha para aquello. Cuando acabó, Wilhelm Leissner pareció satisfecho.

—Hay algo más que le quería comentar —dijo el alemán echando un vistazo al local, muy vacío y con nadie cerca—: en junio llegará una invitada muy especial a Barcelona. Se trata de una princesa de Hamburgo, gran amiga del Führer y de la élite del partido. Tiene un encargo para usted referente a la operación Akela.

—¿Está al corriente de la operación?

—Oh, no, no..., por supuesto que no. Poquísimos lo están. Pero trae consigo algo que deberá llevar a Argentina y esconder. Bueno, meter en el banco. Nadie es mejor que usted para ese menester. Cualquier otro despertaría sospechas; además, usted se ha ganado nuestra confianza. El asunto es que necesitamos que vaya a verla.

—A Barcelona.

—Sí. Es una bonita ciudad, seguro que la disfrutará.

—La conozco bien.

—En ese caso no tendré que entregarle una guía Baedeker.

—No sé lo que es eso —dijo Félix recuperando su mal humor poco a poco.

—Déjelo, es una tontería. Un nombre que se escucha últimamente en Berlín. Volviendo a lo de Barcelona, asistirá a una fiesta. Allí lo espera la princesa. Está invitada. Ella le dará un maletín. Puede abrirlo si le pica la curiosidad, pero no pierda nada de lo que contiene.

—¿Qué contiene?

—Ya lo verá, no se preocupe, y recuerde el gran servicio que está usted proporcionando. Nunca se creó una estructura tan perfecta para jamás utilizarla.

—Desde luego

—Le estamos haciendo rico, señor Zurita. Pocos trabajos están mejor pagados que el suyo. —Félix obvió decir que se sentía tremendamente pobre cada vez que se sentaba a la mesa con aquel hombre—. Le han dejado los pasajes en su piso —continuó el alemán—. Tiene una *suite* en el hotel Majestic. Vaya a la fiesta. Luego vuelva a Madrid con el maletín. Desde aquí organizaremos su próximo viaje a Argentina. En su último informe nos ponía al día de las obras de la casa de la bahía de Inalco. ¿Cómo va eso?

—Van a buen ritmo. El arquitecto, herr Sigfried, está entusiasmado. Dice que va a quedar una hermosa propiedad, la mejor de Bariloche sin ningún género de dudas.

—Recuérdele que debe ser discreto. No queremos que los trabajadores hablen demasiado de lo que estamos construyendo ni que la gente curiosee. La finca es lo bastante grande como para que nadie la vea jamás.

—Lo sé. De hecho, tal y como me pidió, ya tenemos seguridad en todo el perímetro y se han construido torres de vigilancia en la bahía y la isla aledaña. Nadie pasará, nadie verá nada.

—No se utilizará jamás —repitió una vez más Leissner.

—Cada vez que lo dice, parece menos seguro —dijo Félix arrepintiéndose al instante de sus palabras. El alemán no supo encajar el golpe. Su tono cambió.

—Jamás —dijo de nuevo.

—Entendido —afirmó Félix haciendo ademán de levantarse—. Si es todo...

—Lo es de momento. —Leissner lo miró—. Y vaya con cuidado, señor Zurita. Que aprecie su trabajo no quiere decir que admita sus impertinencias ni su sentido del humor, si es que eso es lo que pretende. Estamos en una guerra y trabaja para los vencedores. Hágase digno de ello.

Félix volvió a casa deseando saber contenerse más. Su genio no le podía traer nada bueno, especialmente trabajando para los dos bandos.

39
La princesa rusa y el muro

Mayo de 1942

Louis había vuelto a Glenmore unos días tras reincorporarse al ejército. Cuando Lucy le preguntaba por lo que hacía, siempre respondía con vagas explicaciones, pero le había asegurado que no volvería de momento al frente con los regimientos de la Campaña del Desierto Occidental, de los que formaba parte y que seguían en el norte de África.

En el Parlamento se discutía a diario sobre cuándo desembarcarían en Europa y muchos de los exiliados de los países ocupados presionaban como podían para que la operación no se retrasara más. Toda la isla era un hervidero de políticos, militares y reyes que habían abandonado sus países casi con lo puesto y que estaban deseosos de devolver la humillación sufrida a los alemanes. Louis, como miembro del ejército y de la Cámara de los Lores, estaba al tanto de mucho de lo que nadie sabía, pero tenía la extraordinaria facultad de poder aparcar, al menos aparentemente, todo lo referente a la guerra cuando estaba en Glenmore.

Estaba en el salón, con Lucy ojeando un álbum de fotos que parecían de otra era, aunque fueran de apenas unos años.

—¿Recuerdas la última cacería de mamá?

Lucy esbozó una sonrisa.

—Cómo no. Juró no volver a cazar zorros jamás.

—Sí, y cumplirá su palabra, no tengas ninguna duda.

—De todas formas, a su edad ya no sería lo mejor.

—Sospecho que mamá podría seguir persiguiendo zorros a caballo hasta el fin de sus días, pero sí, quizá sea mejor así.

—Pobre Irina. No tuvo ninguna culpa.

—Sí, la tuvo —la contradijo Louis—, pero podría haberle pasado a cualquiera.

Los dos lo recordaban bien. Habían organizado una cacería de zorros y algunos primos y amigos se habían unido para pasar el fin de semana en Glenmore. Entre ellos había un matrimonio de príncipes rusos que vivían penosamente de la caridad de sus pares británicos. Varias familias (también los Epson) se ocupaban de entretenerlos y de alegrarles un exilio que duraba ya más de dos décadas y no tenía visos de acabar. Un exilio en el que se habían esforzado por permanecer muy rusos, como apuntaba a menudo lady Maud, que achacaba a aquel empeño la desgracia que había acaecido, aunque tuviera muy poco que ver.

Todo se había organizado pulcramente. A primera hora, en lo que llamaban el *meet*, frente a la casa, los caballos relucían con sus cascos oscuros y sus crines peinadas, y los lacayos paseaban copas de plata con oporto y pequeños sándwiches entre los jinetes, que tenían por delante una mañana intensa. Un carro tirado por dos enormes *shire* de patas peludas estaba preparado para llevar a los que no cazarían al pabellón en el que comerían al mediodía de esa jornada de sol radiante, aire fresco y espíritu animoso. El ambiente de los *meet* siempre era parecido, daba igual que fuera frente a la fachada de piedra arenisca de Glenmore Hall, la de ladrillo rojo de Charlecote Park o la de cualquier otra casa. El mismo bullicio desordenado, con los perros de un lado a otro, los invitados saludándose desde sus monturas y el servicio de la casa sorteando tan dignamente como podía a animales y humanos, intentando a la vez que todos estuvieran atendidos. Las chaquetas oscuras de los invitados y las *pink jackets* de los cazadores de la casa y de los encargados de los perros, las amplias faldas y los sombreros de copa se mostraban aún limpios cuando, con el sonido de la trompeta, los perros se pusieron en movimiento y más de veinte jinetes los siguieron en dirección a los campos. Louis, como *fieldmaster*, había explicado el recorrido que harían, todo pensado más para divertirse que para dar caza a ninguna alimaña. Lady Maud seguía siendo a su edad una excelente amazona y la caza del zorro le apasionaba por dos razones fundamentales: el zorro prácticamente siempre escapaba y los perros lo pasaban en grande. Entre ellos se encontraba Balzac, su beagle favorito, que, mayor pero activo como su dueña, seguía como podía a los demás de su especie. Solo si la desgracia del perro hubiera recaído sobre su hijo Louis, la pena de la baronesa habría sido mayor.

Tras un muro de piedra que perros y caballos saltaban, Balzac, menos ágil que el resto de la rehala, se había enredado en una zarza. Ansioso por no quedarse atrás, estaba desembarazándose de las ramas del arbusto cuando las patas de Tolstói, el caballo de la princesa Irina, cayeron sobre él y lo aplastaron. Lady Maud reconoció el último y breve aullido de su fiel amigo a pocos metros, antes de saltar ella misma el muro tras el que el animal yacía desfigurado.

Había sido un accidente, pero reforzó en la baronesa viuda la idea —muy suya— de que rara vez venían cosas buenas de Rusia. Intentó contener su ira hacia la princesa y encerró todo lo que quiso decirle dentro de sí, pero no asistió a la cena que se celebró aquella noche en la casa. Desde ese día decidió no cazar zorros nunca más y dejó de leer a Tolstói como castigo a todos los rusos. En el muro en el que Balzac había ladrado por última vez, habían colocado una lápida con una inscripción que rezaba: «Aquí dio su último servicio el fiel Balzac, muerto a manos de Tolstói». A casi toda la casa le hacían gracia la anécdota y la inscripción, menos a lady Maud, que odiaba el lugar.

—Salgamos a montar —dijo Louis cerrando de golpe las páginas de aquel álbum—, hace tiempo que no lo hacemos. Podemos llevar a nuestro hijo. Le divertirá. Veremos el muro de Balzac.

La cara de Lucy se iluminó.

—Iré a cambiarme.

—Iré a por el hijo de Daisy.

—Procura no repetir esa frase nunca más —dijo Lucy, seria de pronto.

—Tienes razón. Pat. Iré a por Pat. Es un niño tan simpático... Lo echaremos de menos cuando se vaya.

—Ojalá pueda hacerlo pronto, significará que la guerra ha acabado y que puede estar a salvo con su madre.

—Entonces aún lo tendremos aquí una temporada —replicó Louis guiñándole un ojo.

Los Epson intentaban no hacer distinciones con Pat, no mostrar a nadie que el niño tenía un estatus algo distinto al de los demás. Lo hacían por su seguridad y se contenían en la mayoría de los casos, pero a veces era imposible resistirse al magnetismo del niño y a la influencia que ejercía sobre su hijo, que, pese a ser cinco años menor, a sus cuatro ansiaba la compañía del español. Pat era divertido e inteligente, y se interesaba por las cosas desde un enfoque infantil pero a la vez muy cabal, con una travesura que a veces rozaba el gamberrismo. Se le castigaba no menos de tres días a la semana, pero nunca por impertinente o respondón, sino, casi siempre, por temerario. Su carácter era carne de cañón para seducir a Louis, al que le encantaban los niños y reía como antes de la guerra cada vez que compartía momentos con él.

Louis vio a Pat en una esquina del aula, castigado de cara a la pared. A aquellas alturas del curso, el niño debía de conocer cada partícula del rincón, pero ni los gritos ni los castigos le afectaban lo más mínimo. Cruzó la clase animando con la mano a miss Nightingale a obviar su presencia y, tras coger de la mano a Pat, lo sacó de la estancia pretendiendo estar muy enfadado. Los niños lo siguieron con la mirada. En cuanto salió al pasillo, cambió la expresión por una amplia sonrisa.

—¿Te apetece montar?

Lucy se puso a su hijo entre las piernas, como había hecho muchas veces antes, y el niño se cogió a la silla ilusionado, tocando la crin del caballo tordo de su madre. A su lado, Louis montaba un excelente purasangre negro. Junto a él, Patrick García se aferraba a las riendas de un pony pío, que le encantaba porque era parecido a los que llevaban los indios en los cuentos del Salvaje Oeste. Había aprendido a montar al llegar a Glenmore y, aunque no era un buen jinete y carecía de la apostura de los que se tomaban los caballos más en serio, su valentía hacía que jamás se asustara si el caballo lo hacía. La misma valentía se convertía en peligrosa osadía cuando no lo controlaban. Tanto Louis como Lucy lo advirtieron de que no los adelantara.

Salieron al paso de las cuadras y encararon el camino que llevaba a lo que llamaban el «sendero del Gigante», una serie de grandes prados de pastos ondulantes que se concatenaban durante varios kilómetros. Por el camino, se saltaban varios arroyos y se vadeaba el río, además de saltar algunos *ha-has* y muros. También el de Balzac. Louis explicó a Pat por qué el muro al que se dirigían tenía aquel nombre. Al acabar, el niño miró al frente, pensativo y poco afectado.

—Pobre Balzac. Aunque Tolstói no tuvo la culpa. —Respiró como un adulto y reflexionó como un niño—. Bueno, ahora está en el cielo de los perros y hace compañía a todos los que están yendo allí. Aquí tenemos muchos perros. Está bien que en el cielo también tengan. A Dios le tienen que gustar los perros, porque, de todas las cosas bonitas que hizo, los perros es lo que hizo mejor.

Lucy pensó que los niños de su época tenían muy interiorizada la muerte. Era inevitable que fuera así cuando convivían con ella. Su hijo William había pasado la mayor parte de su vida en guerra, y Pat, casi la mitad.

Cuando el horizonte se alejó, se pusieron al galope. De nuevo repitieron el aviso al hijo de Daisy para que no los adelantara y el niño recogió como pudo a su brioso pony para cumplir aquella orden.

Todo transcurrió sin problemas hasta llegar al muro de Balzac. Louis lo saltó sin dificultad y Pat lo habría hecho también de no haber intentado leer la lápida que recordaba al perro fallecido en el mismo momento en que su pony afrontaba el obstáculo, levantando con energía las patas delanteras. El niño, desconcentrado, cayó del animal y se dio con fuerza contra el muro. Lucy, que iba tras él, supo que se había hecho daño.

No lloraba, pero su cara se había amarilleado de pronto y con un brazo se cogía el otro apoyándose en el muro. Cuando intentaron que lo moviera, quedó claro que se lo había roto. A última hora de la tarde se lo enyesaban en el hospital de Moreton, ante la mirada culpable de los barones de Epson.

La lesión no era relevante y, en ocasiones anteriores, los profesores del colegio Saint Clarence ya habían llevado a algún niño necesitado de atención médica al hospital. La visita de Pat no habría tenido nada de extraordinario tampoco, pero era el único niño al que los barones de Epson habían llevado personalmente. El mismo al que, cada semana, durante mes y medio, llevaría lady Maud a que le revisaran el brazo.

Para todo el hospital resultó evidente que Pat no era un niño más.

40

La princesa alemana y las gemas

Junio de 1942

El jueves por la tarde Félix cruzaba las puertas del hotel Majestic para subirse al coche que desde el paseo de Gracia lo llevaría a la fiesta. Le gustaban las fiestas, pero no si acudía obligado por el servicio secreto alemán y el cada vez más omnipresente Wilhelm Leissner.

Enfilaron en dirección a la sierra de Collserola y atravesaron barrios de diversa índole hasta llegar a una zona menos poblada. Allí la pendiente se pronunció y penetraron en el bosque que derramaba la montaña, para, poco después, cruzar las puertas de una verja alta con volutas y hojas doradas que daba acceso a un camino empedrado. La sorpresa apareció poco después. Casa Gallart, también conocida como «el palacio de las hiedras», se descubría con toda su magnificencia a los invitados y se ocultaba con discreción al resto de la ciudad. Era menos conocida que el llamado «palacio del laberinto», vecino inmediato suyo, que le quitaba un protagonismo que, aunque merecía, solo los barceloneses más avezados conocían. Se había edificado en estilo *château* francés, con cuatro torres cilíndricas en las esquinas, fachada de ladrillo rosado con contraventanas verdes, columnas, balcones y decoraciones diversas que daban al edificio un aspecto muy recargado, pero, pese a todo, elegante. El edificio se alzaba al fondo de tres extensas terrazas ajardinadas rodeadas de balaustradas y conectadas por imponentes escalinatas. Hacía calor y la tarde invitaba a pasear por los jardines antes de entrar para cenar. Por desgracia para Félix, enseguida comprobó que no podría pasear solo.

En la puerta recibían a los invitados los anfitriones, elegantes y encantadores incluso con desconocidos como él. Tras saludarlos, se le presentó una mujer de media melena blanca, extremadamente delgada, con el cuello venoso y el cuerpo altivo, anguloso, que rondaría los setenta años. Tras sus grandes gafas, entornó la mirada plateada al verlo.

—Soy la princesa de Waldeck —le dijo con una sonrisa forzada y acento terriblemente alemán mientras le ofrecía la mano.

—Encantado —dijo Félix.

—No, creo que más bien obligado —respondió ella—, pero no soy mala compañía. —Lo cogió del brazo y abandonó su lugar junto a los anfitriones para acompañarlo.

Descendieron hacia la primera terraza del jardín, articulada en torno a una fuente rodeada de altas palmeras.

—Supongo que se preguntará qué hace aquí —le dijo ella en alemán, ya que sabía que Félix lo hablaba a la perfección.

—Hace tiempo que aprendí a no me preguntarme nada —respondió Félix con sinceridad.

—Eso ahorra muchos problemas. En el peor de los casos, los aplaza, pero tampoco veo demasiado inconveniente en eso. Le explicaré lo que sé. A través de personas que no le importan y departamentos que no conoce, se me encargó una tarea por mis creencias y conocimientos, es decir, que soy una fiel hija del Reich y una espléndida gemóloga.

—Interesante —dijo Félix.

—Exactamente lo que uno dice cuando no tiene nada que decir. Bien. El caso es que llevo varios años seleccionando las joyas que llegan a manos del Gobierno por compras, herencias y otras vicisitudes. —«Robos y expropiaciones», pensó Félix—. De un tiempo a esta parte me han encargado separar de esa selección algunas piezas, desconocidas, pero de calidad superior. He seleccionado veinte que le entregaré hoy. Me gustan las gemas porque son como las personas: a menudo a la que mayor protagonismo se da es la que menos valor posee.

—No me interesa demasiado el tema.

—Lo imagino. Usted no parece tener demasiados temores. Temor a la pérdida, por ejemplo. La gente que tiene miedo a perder algo es muy aficionada a las joyas. La mujer que teme perder a su novio se aferra al anillo que este le regaló, el rey que huye del país espera sobrevivir con la venta de sus coronas, el hombre que teme que su mujer lo traicione le regala unos pendientes que su amante no podría pagar. A las viejas nos gustan los diamantes porque permanecen jóvenes. El asunto es que las piedras preciosas viajan con más facilidad que los billetes y las monedas y no se devalúan, así que, si se las debo de entregar a usted, es porque alguien quiere asegurarse el futuro.

Todo encajaba. La operación Akela se aseguraba aún más la cuestión de los fondos para financiarla.

—¿Cuándo me las entregará? —preguntó él.

—Las tendrá en su coche cuando vuelva al hotel —respondió la princesa.

Se escuchó un gong en diferentes partes del jardín y todos los invitados supieron que debían entrar al palacio. Félix lo hizo acompañado de la princesa y, tras acceder al comedor, buscó su sitio en la mesa. A la izquierda se sentó la anciana. A la derecha una mujer que no conocía.

—Marisa Chadwick —se presentó. Tendría cuarenta y pico años, el pelo cobrizo y facciones de una madurez controlada, atractiva, segura y seductora. Su primer comentario marcó posiciones—: Puede estar contento, no hará falta que dé conversación a la señora Waldeck.

—¿A la princesa?

—Eso hay que investigarlo. No creo que sea princesa, pero Alemania está muy lejos y el Sacro Imperio aún más, así que ningún lugar mejor que España para inventarse cualquier título, aunque la anciana diga que es hija del káiser.

—Se diría que no le cae bien.

—Es cierto. No me caen bien los nazis. Ninguno. Pero es que, además, esa mujer es muy pesada. Va y viene a menudo de Hamburgo a Barcelona. Yo soy medio inglesa. Padre inglés, madre barcelonesa. Esa princesa es insoportable.

—Sigo teniéndola a mi izquierda.

—Cierto, pero no hablará más con usted, y con este ruido tampoco oirá nuestra conversación. Desde que ha llegado a Barcelona, he coincidido con ella en el Polo, en el Círculo Ecuestre y en el

Círculo del Liceo... En todos los lados. Y siempre va pegada a Gonzalo Aguiló, el viudo que ella tiene a la izquierda. Todos creen que lo quiere seducir. Con setenta y seis años, figúrese, es ridículo, aunque él tenga alguno más. En cualquier caso, solo hablará con él.

—Así que yo puedo hacerlo con usted —dijo Félix, pensando que la noche había mejorado sustancialmente.

—Exactamente y, además, yo no soy nazi —matizó ella antes de guiñarle un ojo.

Él no respondió. El comedor era tan grande que los ecos de las conversaciones y el ruido de la orquesta que amenizaba la cena apenas permitían comunicarse con cualquiera que no estuviera cerca. Asimismo, la decoración de la mesa, cargada de flores, candelabros y platerías, era una barrera que impedía hablar con quien se tenía enfrente, así que la cena, que había convocado a casi cien invitados, era en realidad íntima, pues no pudo entablar conversación con nadie más que con la señora Chadwick.

Era simpática, mordaz, la clásica persona de la que es mejor ser amigo, pero ideal para que Félix se divirtiera.

Eso hizo durante toda la cena. Ella criticaba y le daba de beber. Él escuchaba más que hablaba. Su nueva amiga le contó algunos chistes subidos de tono. Tres tenían a Hitler de protagonista. No eran graciosos, así que Félix no pudo reír demasiado. También habló varias veces de la guerra, de cómo esperaba que los nazis la perdieran. Intentó que él le diera su opinión, pero Félix estaba harto de ese tema y trató de cambiar de conversación como pudo.

Antes del postre, la señora Chadwick se levantó de la mesa poco después de que lo hubiera hecho la supuesta princesa Waldeck. Fue al cuarto de baño arrastrando la cola de su vestido cuajado de pedrería y pronunciado escote en la espalda. La vio deslizarse por los suelos de roble, pero, a poco de su destino, se le cayó una pitillera al suelo. Galante, Félix se levantó raudo en busca del objeto y se acercó a la puerta por donde había entrado la señora Chadwick. Estaba entreabierta y las dos mujeres que la habían flanqueado en la mesa hablaban en alemán con un acento perfecto. Ninguna se empolvaba la nariz, ninguna usaba los retretes. Estaban ante el espejo, hablando. El tono era cordial pero serio. No cuadraba con la antipatía que Marisa Chadwick había pretendido guardar a la princesa Waldeck. Escuchó pronunciar su nombre entre aquellas palabras que, rodeado por el ruido del salón, le costaba oír. Sí escuchó dos veces *Darauf bestehen, darauf bestehen*, «insiste, insiste».

Se dio la vuelta confuso y, a paso ligero, volvió a su sitio, guardándose la pitillera en el bolsillo. Al poco rato regresó Marisa Chadwick.

—Qué pesada es esa princesa. Una princesa nazi, no puede haber nada más latoso —dijo.

Félix recordó lo que el capitán Hillgarth le había dicho en Mallorca. Los alemanes empezarían a ponerlo a prueba, a verificar que Félix era tan filonazi como esperaban de una persona con la que colaboraban estrechamente. ¿Sería aquella la primera ocasión? Decidió no decir ni una palabra en contra de ellos.

—... pero así son los nazis —continuó Chadwick—, gente que no se ha mirado al espejo. Ese Hitler, por ejemplo. Feo como un demonio y fanático, pero se cree el guía mesiánico del pueblo y miembro de una raza superior. ¿Hay algo más absurdo?

—No sé si es de una raza superior —contestó Félix poniendo en práctica su idea—; en cualquier caso, ha demostrado inteligencia, estrategia y orden. No conozco personalmente a Hitler, pero el mundo necesitaría a más con su determinación.

Marisa Chadwick se quedó muda unos instantes, intentando calibrar la situación.

—¿Usted es nazi? —le preguntó asombrada.

—Soy español y he visto lo suficiente del comunismo como para admirar a cualquiera que lo frene —dijo él decidido—; así que, si prefiere, podemos hablar de otros temas, porque las críticas al Führer me incomodan. Adolf Hitler es un gran hombre.

No volvieron a hablar de política en toda la noche. Bailaron, rieron y, a partir de entonces, fue Félix quien dio de beber a Marisa. Antes de abandonar la casa, en una esquina del jardín creyó verla hablando a escondidas con la princesa Waldeck.

De regreso al hotel, en el asiento trasero del coche, un maletín metálico lo esperaba.

Félix Zurita supo que había superado la prueba. Aunque le costara, no hablaría mal de los nazis hasta que los derrotaran.

41
Un año para ganar confianza

Desde el verano de 1942 hasta el invierno, y del invierno al caluroso verano de 1943, la vida de Félix consistió en eso. Él pasaba una información a los alemanes, estos la verificaban y, cuando comprobaban que era cierta, su valoración como espía crecía exponencialmente. Para minimizar el daño que suponía que los alemanes tuvieran aquellas informaciones, los aliados le decían cuándo debía darlas, siempre convenientemente tarde, de forma que muy pocas veces tuvieran capacidad de reacción. A menudo, cuando volvía a Mallorca, transmitía la información por carta con un matasellos falsificado de varios días atrás, y la tiraba al buzón días después, lo que hacía que los alemanes creyeran que el retraso se debía al mal funcionamiento del sistema de correos español, que, muy al contrario, funcionaba con eficacia. Cuando les trasladaba pistas que llevaban a la confusión, o resultaban ser falsas, su fallo se camuflaba entre muchas otras pistas extraídas de multitud de fuentes. En toda investigación cabía la interpretación, así que también eso lo beneficiaba. Cuando las conclusiones fallaban, a menudo los alemanes pensaban que algunos datos habían sido interpretados erróneamente. Los nazis se dejaban cegar, poco a poco, por sus ganas de creerlo, y a menudo participaban y caían en un baile de engaños orquestado por su enemigo, que sacrificaba los peones de su tablero para salvar a las torres, alfiles, caballos y reyes.

Entre la primavera de 1942 y el verano de 1943 Félix viajó, además, dos veces a Argentina para ultimar detalles de la operación Akela. Le habría encantado que Daisy lo acompañara, pero el recuerdo de lo que habían hecho con la última mujer con la que había compartido aquel viaje era imborrable.

En Argentina la casa de la bahía de Inalco estaba prácticamente acabada a mediados de 1943. Además, dejó a buen recaudo en una caja del Banco Español del Río de la Plata las valiosas gemas y joyas que le habían entregado en Barcelona.

Su trabajo para los alemanes era meticuloso. Ellos, que nunca acababan de confiar en la mayoría de sus colaboradores españoles, estaban seguros de que, de haber sido entrenado, Félix Zurita habría sido el mejor espía alemán de la península ibérica. El problema para ellos habría sido saber que los aliados tenían la misma opinión del español.

Los aliados también estaban satisfechos con Daisy. La joven constituía la manera perfecta de entregar información creíble al enemigo a través de Félix. Sobre el papel, llevaban más de un año de novios, pero la relación no avanzaba hacia el matrimonio... ni se detenía. Los alemanes no sospecharon en ningún momento de la autenticidad de los sentimientos de la joven y tampoco cuestionaron los de Félix, que suponían falsos.

El equipo que formaban era perfecto. Cuando los alemanes se interesaban por algo, Félix fingía obtener pistas a través de Daisy. Cuando eran los aliados los que querían desinformar al enemigo, resultaba muy eficaz que fuera Félix el que deslizara la información a los nazis. El flujo iba siempre en esa dirección y no al revés. Félix tenía escasos datos sobre los asuntos alemanes, tan solo informaba sobre estados de ánimo, preocupaciones de la gente con la que se reunía, y poco más.

Daisy pasó un año añorando a Pat, pero sabía que no recibir noticias era en realidad una buena noticia, porque Lucy habría encontrado la manera de comunicarse con ella desde Glenmore si algo malo le hubiera ocurrido. Pat estaba seguro y, con la Abwehr despistada sobre su propio paradero, el del niño era más confuso aún. Habría crecido, lo que complicaría más aún que lo reconocieran. Tenían escasas referencias. La vía para encontrar a Pat seguía siendo ella, y como madre estaba dispuesta a alejarse lo que fuera necesario con tal de que su hijo no cayera en manos nazis.

La guerra había llegado a un punto crítico. La Francia de Vichy había sido invadida por las tropas de Hitler en respuesta al fracaso de los franceses en la defensa de sus posiciones en el norte de África.

Los aliados habían desembarcado en Argelia y en Túnez. En el este, las tropas soviéticas habían contratacado, atravesando las líneas alemanas en Hungría y Rumanía al noroeste, y en el sudoeste, habían asediado al Sexto Ejército alemán en Stalingrado. Hitler, que había prohibido la retirada del sitio soviético, no pudo evitar que los supervivientes se rindieran en febrero de 1943. La guerra se empezaba a torcer para los nazis y en el Reino Unido la esperanza calaba entre la población. Hitler no era invencible.

El desembarco en Sicilia empezó a principios de verano. Los aliados ya tenían un pie en el continente.

42

Alargar la vista, acortar la distancia

Julio de 1943

Lucy Epson seguía alternando sus estancias en Glenmore, especialmente cuando Louis tenía permiso y volvía a casa, con otras, más largas, en Longview Grange, que, tras haber servido de lugar de entrenamiento para Daisy y para ella, se había destinado varias veces más a aquel fin con algunos agentes femeninos del MI6, que pasaban por la finca antes de lanzarse en paracaídas sobre Europa. Lucy les explicaba a las aspirantes lo concerniente a las emisiones radiofónicas y a diversos códigos que ya dominaba, además de nociones básicas de alemán. También aprendían morse para comunicarse por radiotelégrafo. Pasaban pocas agentes y nunca había más de cuatro o cinco a la vez, que llegaban para completar su formación. Lucy, harta de no entrar en acción, habría querido partir con ellas, pero John Osbourne le había insistido en que estaba exactamente donde debía. Cuando se asomaba a su jardín y en los días más claros veía Francia al otro lado del paso de Calais, Lucy sentía su piel erizarse ante la acción que presentía cercana. Era como oír los gritos de una pelea al otro lado de la pared sin poder hacer nada para que los buenos la ganaran. La paciencia era siempre la virtud más difícil de conservar.

Había despedido a un grupo de tres chicas que saltarían sobre el sur de Francia al día siguiente y se encontraba sola de nuevo, paseando por su jardín y podando aquí y allá con el sonido del mar embravecido de fondo, cuando John asomó rodeando la casa. Lucy se quitó los guantes y dejó las tijeras de podar en una mesa para acercarse al inesperado invitado. A ambos les gustaba reunirse en el exterior y, tras saludarse, empezaron a pasear.

—Sabrá que hemos desembarcado en Sicilia —le dijo él, serio.

—Por supuesto. Es de lo único que se habla.

—Los alemanes esperaban que lo hiciéramos en Grecia, por lo que los hemos cogido por sorpresa. Se elaboró una nueva maniobra de engaño que ha surtido efecto y, además, las fuerzas tradicionales de la isla han ayudado para que todo vaya mejor de lo esperado.

—¿Las fuerzas tradicionales? —preguntó ella.

—Sí, ya conoce Italia... Sicilia siempre se ha regido por un orden supragubernamental que sigue teniendo poder.

—Habla de la mafia.

—Sí, por decirlo de alguna manera.

—¿Acaso hay otra manera?

—Lo cierto es que odian a Mussolini desde hace tiempo y se están tomando la revancha. Trataron mal al Duce en su visita a Sicilia y este los detesta también. Tenemos un enemigo común y hemos aprovechado el poder de la organización.

—Aliados por interés.

—Eso es. Pero lo definitivo ha sido la sorpresa. Hacerlos creer que íbamos a desembarcar en Grecia. No se imagina lo elaborado del plan, lo meticuloso del engaño. No podemos culpar a los alemanes por creerlo, habría resultado casi imposible no hacerlo.

—Debemos felicitarnos entonces.

—Sí. Pero con cada éxito surgen nuevos retos, tanto o más importantes. Ahora hay que planificar el desembarco definitivo. El desembarco en Francia.

—¡Finalmente! —dijo Lucy sin poder contener su entusiasmo.

—Sí, todos lo hemos estado deseando, pero Churchill no es de los que se precipitan, y hasta ahora su estrategia está demostrándose efectiva. Con el apoyo del ejército norteamericano, además de las renovadas y ampliadas fuerzas terrestres, marítimas y aéreas del Imperio británico, todos están de acuerdo en que ha llegado el momento. Los alemanes son conscientes y están preparándose también. Usted jugará un papel importante en todo ello.

—¿Yo? Nadie tiene un papel más insignificante que yo en esta guerra, señor Osbourne. No le puedo explicar lo inútil que me siento a veces.

—No lo es. Y como le dije desde el principio, no lo será. Usted nos será muy útil, y esta propiedad también.
—¿Longview?
—Longview. Vista lejana, distancia corta —dijo John mirando hacia el paso de Calais.
—Sí, muy corta hasta Francia —confirmó Lucy.
—¿Qué extensión tiene su finca?
—Creo que son quinientos ochenta acres si no recuerdo mal. Tierra de no muy buena calidad, casi todo pasto.
—Es muy grande —opinó John.
—Mucho menor que Glenmore o Graze Point, nuestra propiedad en Escocia.
—Pero mucho mejor ubicada para nuestros intereses. Lady Epson, su propiedad ha sido señalada para ubicar a parte del ejército de invasión. No es la única, pero sí una de las de mayor importancia. Construiremos barracones, pistas de despegue y hangares en los lugares mejor comunicados con las playas por las que embarcarán los soldados y equipos que habrán de desembarcar en Francia. —Lucy se quedó muda—. No tiene elección, me temo. Ya sabe que la ley nos lo permite —añadió Osbourne, que esperaba una protesta.
—No pensaba oponerme. Me siento honrada. ¿Qué debo hacer?
—De momento nos gustaría que todos los arrendatarios de las granjas de su finca se reubiquen. Quizá en Glenmore tengan sitio o en... ¿Cómo era?
—Graze Point.
—Sí, eso. En Escocia. Le traigo la orden para que abandonen sus viviendas —dijo extrayendo unos documentos de su maletín y revisándolos un instante—. Hemos apuntado siete casas, ¿es así?
—Sí, seis granjas pequeñas y un núcleo de casitas; desde el aire debió de parecerles una granja más —confirmó ella.
—No hace falta que les diga por qué los evacuamos. Simplemente que ha recibido órdenes y que debe cumplirlas, y ellos también. Si no tiene sitio para ellos en Glenmore o en Escocia, podemos buscarles un lugar. ¿Hay algún hombre en las propiedades? ¿Alguno que no haya ido al frente?
—Sí. Varios ancianos y el señor Beechfield, que es cojo. Tiene casi sesenta años, pero sigue en forma.

—¿Pasa él el tractor?
—Sí.
—Entonces que se quede. Nos será de utilidad. Antes de fin de mes le traeré los planos del campo. El señor Beechfield puede empezar a arrancar los cercados que sea necesario eliminar y a hacer alguno de los caminos que le indicaré. Que el resto abandone la finca.
—Debo reconocer que no esperaba algo así —dijo Lucy.
—Lo comprendo. Pero piense que su propiedad pasará a la historia. Eso les gusta a ustedes, a la aristocracia, ya sabe, siempre están diciendo «Aquí durmió Carlos III», «Aquí se escondió María, reina de Escocia», «Aquí...».
—Lo he entendido, señor Osbourne —lo interrumpió Lucy, que odiaba los tópicos—. Tiene razón. A los aristócratas les gusta formar parte de la historia. Por eso lo hacen. No solo en sus casas y palacios y con asuntos tan banales, también en la primera línea del frente, no creo que haga falta que se lo recuerde.

Tenía razón. La plácida vida de los aristócratas ingleses se acababa en cuanto empezaba una guerra. Entonces encabezaban guarniciones y ocupaban la primera línea, ganándose el honor para algunas generaciones más y muriendo antes que muchos otros. John lo sabía.

—¿Sabe algo de Daisy? —dijo ella cambiando de tema.
—No sé nada y es mejor así. Si no lo sé yo, no lo sabrán más que los necesarios. Cuando acabe la guerra, se volverán a ver. Tiene algo que devolverle.
—Sí.
—¿Cómo se encuentra?
—Muy bien. Es un chico extraordinario. Ojalá mi William se parezca algún día a él.
—Algún día me lo contarán ustedes todo.
—Algún día —replicó ella cubriendo el silencio con una sonrisa.
—Desaloje las casas de Longview —le repitió John—. Luego puede ir un par de semanas a Glenmore. Déjelo todo organizado. Presiento que tardará en volver, pero quizá entonces sea definitivo. Quizá todos podamos volver a casa.
—Le noto optimista.

—Lo estoy. Por primera vez siento que la victoria no es solo un deseo, sino una realidad; algo que sucederá.

John volvió a mirar al horizonte unos segundos, soñador.

—¿Mi marido sabe todo esto? —le preguntó Lucy.

—Lord Epson fue quien lo sugirió, pero añadió que la finca es suya, así que debíamos hablarlo con usted.

—No pedirme permiso —dijo ella resignada.

—No pedimos permiso. Pero tampoco se lo pediremos a los alemanes cuando los empujemos hasta Berlín.

Lucy tardó seis días en notificar a cada uno de sus arrendatarios que debían abandonar sus casas. Los que no eran esforzadas mujeres tratando de mantener las granjas eran hombres muy mayores, casi ancianos, y prácticamente todos se tomaron la noticia con alivio, como cuando un temporal los obligaba a quedarse dentro del hogar descansando. Dos grupos fueron a Glenmore y otros tres se fueron en el tren hacia Escocia. En ambos lugares tendrían mucho que hacer, pero comerían mejor, dormirían más calientes y tendrían más compañía. La familia Cooksley, que ocupaba la granja más pequeña, respondió airada, anunció que se quejaría a quien conviniera y amenazó con hablar con el periódico local, de reputación socialista, para que todos supieran que lady Epson echaba a sus arrendatarios en aquel momento de carestía. Cuando Lucy le comentó la desagradable conversación que había tenido con ellos a John Osbourne, este no se preocupó lo más mínimo; de hecho, pareció que era exactamente lo que esperaba y le recomendó que no hiciera nada y, conforme a lo previsto, se fuera unas semanas a Glenmore.

La vida en Glenmore Hall se había establecido en una rutina tan frágil como los niños permitían. Sobre el papel las semanas eran similares, pero la realidad siempre deparaba sorpresas. Los niños ya sentían la casa como suya y eran más difíciles de contener, pues conocían los secretos y rincones de la finca y a menudo desobedecían las ordenes de los profesores para seguir sus instintos aventureros.

Uno de los grandes instigadores de cada travesura era Pat, que, de entre todos, era el que destacaba por su liderazgo, pero también por su facultad para apoyar a los más retraídos y consolar a los que se enfrentaban a la añoranza o la tristeza. Aquellos sentimientos también estaban presentes en los niños y cada cierto tiempo alguna madre vestida de negro llegaba a las puertas de la mansión para llevar a su hijo a un entierro. Padres, hermanos, tíos descansaban en campos de batalla lejanos, en lugares que nunca nadie visitaría.

Todos, baronesa viuda incluida, se habían acostumbrado a llevar el pelo rapado. Era una especie de marca de la casa que los unía en hermandad. También era cómodo, especialmente en aquel julio caluroso. Para mitigar el calor, habían instalado las aulas en el exterior. Los británicos aman más el sol que cualquier otro pueblo, pues están acostumbrados a añorarlo, y los días que lucía, todas las clases se impartían fuera. En el recreo, los niños podían bañarse en el lago y el ambiente general era de una escuela laxa, con un aprendizaje más intuitivo y un compañerismo único. En la pared del jardín amurallado, que contenía frutales y hortalizas, cada niño había inscrito su nombre para que su recuerdo permaneciera en la casa, y además habían hecho un gran libro donde todos firmaron y anotaron alguna impresión sobre su estancia. Lady Maud no les ofreció el libro de visitas, donde firmaban los más prominentes invitados, porque tras años en la casa sentía que aquellos niños no eran una visita, sino tan parte de Glenmore como ella misma. Uno de ellos, pobre y recientemente huérfano, había escrito bajo su firma: *Glenmore Hall, the house that has it all* («Glenmore Hall, la casa que lo tiene todo»).

Cuando Lucy llegó, desde la misma carretera observó las aulas al aire libre a lo lejos y no pudo evitar pensar que su suegra estaba pasando algunos de los años más felices de su vida. Los de su clase solían tener dos hijos, un heredero y un recambio, pero lady Maud debería haber tenido muchos más. Lucy también esperaba tener alguno más también si la guerra lo permitía.

Sin entrar en la casa, se acercó al lugar donde continuaban las clases. Cerca, bajo un roble enorme, apoyada en su tronco y con las cabezas de sus setters sobre las rodillas, lady Maud leía ataviada con una gran pamela que tapaba su cabeza pelada. Tras ella, un lacayo esperaba de pie con una bandeja. Levantó la vista de su libro al verla llegar. Lucy no pudo evitar leer la tapa: *Secretos del matrimonio moderno.*

—¡Hola, querida! —le dijo animosa.

—Hola, mamá. Te veo muy bien.

—Lo estamos, lo estamos. Esta semana solo ha llovido tres días. El resto hemos estado aquí. ¿No te parece maravilloso? Todos aprendiendo en medio de la naturaleza.

—¿Tú también?

—Oh, sí, querida, claro. Estoy leyendo este libro y sinceramente no me extraña que tuviera solo un hijo. No sabes la de cosas que hace la gente para reproducirse. Siento que yo fui muy tradicional, pero el difunto lord Epson nunca me empujó a tanto, en eso le estoy muy agradecida a sus amantes. Parece que la gente lo pasa estupendamente en la cama, bueno, y en los lugares más inesperados... Pero, qué quieres que te diga, a mí me pilla vieja.

—Quizá un poco, mamá.

—No te las des de experta. Mi problema es que mejoro vestida, esa es la verdad. Supongo que mi marido pensaba lo mismo. Los ingleses nos desnudamos poco. Es por el tiempo. Los mediterráneos lo tienen más fácil. Aquí los únicos que parecen saber de estas cosas son nuestros reyes. Pero claro, es diferente. Ellos han de tener muchos hijos. Luego los casan con los de los otros reyes, etcétera. El caso es que este libro explica unas cosas que da miedo leer, pero que me temo que me he perdido. No estoy segura de que, de haberlas conocido, las hubiera ejecutado, porque hay cosas ciertamente particulares... Y qué quieres que te diga, querida, tampoco es necesario probarlo todo.

—No, mamá..., no es necesario.

La baronesa viuda tenía ganas de hablar.

—La gente es muy tonta con esas cosas. Dicen: «¿Cómo vas a saber que no te gusta si no lo has probado?» para tentarte. Pero no me hace falta probar esa boñiga —añadió señalando un gran recuerdo de vaca que reposaba lleno de moscas a unos cuantos metros— para saber que no me gusta. Paparruchas. Aun así te dejaré el libro, quizá puedas aprender algo. No sé quién trajo esta cochinada a la biblioteca, pero, sin duda, es muy curioso.

—Lo revisaré, aunque no es lo que más me interesa.

—Bueno, tú léelo. Es como un manual de secretos inconfesables. Le he pedido a la señora Gold que me dé su visión sobre el tema, pero me ha parecido que es más inexperta que yo. Y aquí, Serge —dijo señalando con la cabeza al lacayo a su espalda—, tampoco suelta prenda. Todo el servicio huye de mí en cuanto me ve con el libro.

—Supongo que no es lo más cómodo de hablar.

—Estás en lo cierto, pero, si se hablara de ello, ya no sería secreto. En fin, ¿cómo estás?

Lucy le explicó todo lo que le podía explicar, que era bien poco. Luego se centró en las noticias esperanzadoras del desembarco en Sicilia.

—Hemos hecho un gran plano en el salón de baile. En el suelo, con tiza. Cada vez que hay algún avance, lo dibujamos. Es excitante.

—Está bien que los niños estén enterados —opinó Lucy.

—Desde luego. A los niños hay que tratarlos como niños, protegerlos, pero son niños, no tontos, y sus cabezas funcionan mejor con la verdad. Todos los de Glenmore saben lo que pasa en la guerra. Se preocupan por sus padres, pero también afrontan con más valentía los sinsabores de esta época.

—¿Y Pat?

—Ese es el mejor de todos. Llévatelo a pasear esta tarde. Me hace preguntas que no le sé responder. Sobre su madre, sobre él mismo. Tenía que llegar el momento y agradecerá que lo pongas al día.

—Yo no puedo hacer algo que le corresponde a su madre, mamá.

—Tonterías. Ella no está aquí. Ha dejado a Pat a tu cuidado, así que eres tú la que debe hacer lo correcto. Pat es feliz, pero sufre con la mentira, sufre cuando nota que los demás saben cosas que él desconoce. Tiene derecho a una explicación. Es lo mejor para él y eso es lo que debemos procurarle.

—Lo pensaré.

—No hay nada que pensar, y lo sabes.

—Bien, mamá.

—Salid a caballo esta tarde. Intenta que no se caiga; es más, cuéntale lo que sea que deba saber cuando esté desmontado. No soportaría volver a llevarlo a la recuperación en Moreton. Ha sido un auténtico fastidio para todos.

—Iré con cuidado. No te preocupes.

Por la tarde cruzaban el arco de las cuadras en dirección a Little Epson. Lucy con su yegua y Patrick García con el pony pío al que adoraba y a menudo visitaba a hurtadillas. Uno junto al otro pasearon al paso hasta la entrada, donde Pat miró hacia arriba, a una de las torres que señalaban el inicio de la finca, en la que se habían refugiado la primera noche, cuando, por casualidad, habían llegado a Glenmore. Lucy captó su mirada.

—Es normal que la eches de menos —le dijo.

—Mucho —replicó el niño.

—Solo echamos de menos lo bueno. Lo que nos gusta. Tu madre es una buena madre. ¿Te sientes solo?

—No, porque aquí hay gente que me quiere —dijo Pat sabiamente.

Lucy pensó que los niños tenían siempre mucha razón. La soledad para ella también consistía en estar sin gente que te quiere alrededor. Podía estar en medio de una fiesta y sentirse sola si no era querida por alguien de la concurrencia.

—Pero me gustaría que estuviera conmigo —continuó—. No sé por qué me ha dejado aquí —dijo mirando al frente. Lucy notó que fruncía ligeramente el ceño.

—Te diré lo que sé.

—No me voy a asustar —aseguró Pat, confirmándole a Lucy que estaba intranquilo y sabía que su situación no era normal.

—Tu madre te trajo aquí para protegerte y te ha dejado aquí con nosotros por la misma razón. Los que te buscan creen que estás con ella, así que se ha ido lejos de ti para que esos hombres también se alejen.

—Mi madre hace de señuelo.

—Exactamente.

—¿Quién me busca?

—No lo sé exactamente —le mintió—, pero a veces basta con saber quién está en un lado para saber que el lado contrario es el malo. Tu madre es una gran persona, debes confiar en ella. Un día tú y yo estaremos con ella y lo entenderemos todo.

—Me buscan los alemanes —dijo él, muy serio, casi susurrando—, son ellos los que me persiguen. —Lucy se quedó en silencio—. No hace falta que me diga que tengo razón —continuó él—; a veces, muy pocas, duermo mal. Sueño que me persiguen. Oigo voces que no entiendo. Oí a miss Nightingale cuando escuchaba la radio. Escuchaba a alguien que gritaba mucho y parecía muy enfadado en la BBC. Hablaba en el mismo idioma que las voces que oigo en sueños. Le pregunté y me dijo que era alemán. Hace años oí voces parecidas. Me escondí con mi madre debajo de un tren.

—Eres muy listo —se limitó a decir ella—. Siempre que oigas esas voces, aléjate. Pero no quiero que tengas miedo. En Glenmore estás seguro. Nadie sabe qué cara tienes y hay muchos niños.

—No quiero que cojan a otro por mi culpa.

—No cogerán a nadie. Para eso estoy yo.

—Y lady Maud.

—Sí —dijo Lucy—, ella también.

—Nos escondió en el roble del rey el día del incendio. Ese incendio..., fueron los alemanes, ¿verdad?

—Podrían haber sido ellos, sí. No estoy segura. Pero si cualquier día presientes que corres peligro, escóndete allí, en el roble.

—¿Y mamá?

—Tu madre está escondida. La guerra acabará y os encontraréis. Te lo prometo. Ella está protegida por los que mejor saben hacerlo.

—Eso sí que no lo creo —dijo Pat.

—¿Por qué? —preguntó Lucy.

—Porque lady Maud me protege a mí —replicó el niño volviendo a sonreír.

Estaban pasando por delante de la iglesia cuando, tras el monumento a los caídos en la Gran Guerra, un hombre que nunca nadie había visto por ahí les tomó una foto.

43

Buscando a Daisy

La percepción de todo depende del estado de ánimo. Cuando uno está feliz, todo parece más bonito. Cuando uno está triste, el color desaparece. Cuando uno está exasperado o iracundo, el paisaje se convierte en un foco de odio, por muy bonito que sea. Ese era el caso de Blaz Munter. Era un lobo que había perdido el rastro de sangre, que había pasado un año recorriendo un país indudablemente bello, lleno de sol, pueblos bucólicos y gentes amables que habría destruido con placer con tal de encontrar a Daisy García.

Un año en el que la sensación de haber sido engañado empezó a nublarlo todo. Nadie sabía dónde estaba Daisy. Los agentes desplegados en el levante y la costa mediterránea de España la habían buscado, pero ninguno había encontrado ni rastro. A principios de abril había mandado a un agente a Little Epson, donde Daisy había sido vista por última vez. El espía que fue destinado allí debía revisar, de nuevo, que la mujer que buscaban no estaba en la casa, pero Blaz le dijo también que vigilara si había cualquier anomalía, pues aquello era frecuentemente la semilla de alguna pista. Blaz no podía revelar que, además de a Daisy, buscaban a su hijo, pues aquella operación era completamente secreta. Tampoco tenía fotos actuales del niño, que habría cambiado mucho en aquellos años, como hacían todos los de su edad. El agente destinado a Little Epson apuntó muchos datos y reportó lo que vio colándose en la finca. La mayoría no tenían importancia. No vio a Daisy por más que la buscó. Por lo visto, había habido una plaga de piojos y habían cortado al rape el pelo de los niños, que cada vez campaban más a sus anchas por la finca. Lady Epson aparecía en pocas ocasiones, lord Epson había vuelto del frente...; nada demasiado interesante, salvo un dato.

Uno de los niños paseaba a menudo a caballo con los barones. El mismo niño se había roto el brazo y era llevado personalmente al hospital por lady Epson y, cuando ella no estaba, lo acompañaba la baronesa viuda. Un niño que no era su hijo. Un niño tratado de manera distinta a los doscientos que habitaban el lugar. Pidió fotos y, al mes, con efectividad alemana, convocaron a Blaz Munter en la embajada alemana en Madrid.

Flanqueó las puertas custodiadas por águilas y se dejó guiar a una de las salitas, irremediablemente decorada con una fotografía del Führer sobre una cómoda palaciega. Esperó tan solo unos minutos antes de sorprenderse al ver entrar al jefe de los servicios secretos alemanes en España. Se habían reunido brevemente en un par de ocasiones y sabía que a Wilhelm Leissner le molestaba que Blaz fuera por libre, que su operación no estuviera amparada por él ni supiera en qué consistía. A Leissner tampoco le hacía gracia que usara su red de espías para informarse sin que él supiera de qué. Pese a todo, le estrechó la mano y le entregó el sobre que había ido a buscar. Blaz estuvo seguro de que lo había abierto. También de que no habría podido desentrañar nada de lo que había visto.

—Usted y yo no hemos colaborado mucho desde su llegada a España —le dijo Leissner encendiéndose un cigarrillo—. Es algo que lamento.

Blaz se puso en guardia, como hacía siempre que no sabía hacia dónde derivaría la conversación. Dejó que su interlocutor hablara. Posó sus ojos negros, hipnóticos, mezquinos y llenos de intención en él y esperó paciente.

—Comprenderá que he pedido referencias a Berlín sobre usted. Lo hago con todo el mundo. Con todo el que me interesa. —Blaz permaneció callado—. El caso es que son excelentes. Los pocos que saben de su existencia lanzan alabanzas a su profesionalidad, pero me temo que en España ha llegado a un callejón sin salida. ¿No es así?

—Eso aún está por ver. Soy de los que se evalúan a final de curso —respondió él, escueto.

—Claro, claro. Lo que yo le quiero ofrecer es algo muy simple: un pacto entre caballeros.

Los pactos entre caballeros eran los favoritos de Blaz, que no lo era. Se firmaban sin pedir nada a cambio y se cumplían solo cuando los que se estrechaban la mano estimaban que su honor lo exigía. Blaz tampoco tenía demasiado honor.

—Le escucho —dijo volviendo a su silencio.

—Quiero que, cuando el objetivo de su operación se alcance, me informe del resultado. De lo que lo ha traído aquí. A cambio, le puedo ofrecer a alguno de mis mejores informadores.

—Eso ya lo ha hecho. He contactado con varios de sus espías en la costa mediterránea.

—Sí, sí, claro. Una mujer con un niño. Eso es lo que busca. Lo que me intriga es por qué. —Blaz calló—. En cualquier caso, como supondrá, mis agentes más efectivos no son esos. Todos guardamos nuestras mejores bazas para las jugadas más importantes. Sé que sus resultados no han sido demasiado satisfactorios.

El mejor espía en España era el mismo Leissner, que actuaba bajo el nombre en clave de Gustav Lenz. Blaz lo sabía. También que sería una enorme ayuda contar con su implicación, pero el secreto era demasiado grande para confiárselo incluso a aquel hombre.

—Le mostraré algo —continuó Leissner—. No hace falta que le diga que todo lo que se hable entre estas paredes es alto secreto.

Le entregó dos fotos. En ambas aparecía Alan Hillgarth, jefe de los servicios secretos aliados en España, montando a caballo con un joven apuesto. En otra, el mismo joven estaba sentado a la mesa con el capitán y dos personas más, una chica joven, guapa, con gafas y flequillo, y una mujer algo mayor. Miró las dos fotos detenidamente, pero, por alguna razón, fue la segunda la que captó su interés. Había algo en la imagen que le resultaba familiar y no supo discernir. La estaba revisando con más detalle cuando Leissner le quitó las instantáneas.

—En ambas imágenes aparece uno de nuestros agentes. Se ha hecho amigo del capitán Alan Hillgarth ni más ni menos, y nos está proporcionando excelente información. Podría ayudarlo en sus labores si yo se lo autorizara.

—Lo pensaré —dijo Blaz dejando la puerta abierta—. Todos debemos ayudarnos, y no me cabe duda de que su poder en este país es relevante.

—Más que eso —se afanó en corregirlo Leissner—: ningún otro país fuera del Reich tiene más agentes de la Abwehr.

Blaz lo sabía, pero se contuvo de permitir que el pecho de su interlocutor se hinchara más aún.

—Es impresionante.

—Lo es.

Una idea cruzó su mente.

—¿Me dejaría ver de nuevo esas fotos? —En su cabeza la imagen seguía dando vueltas y no sabía por qué.

—¿Me explicaría usted esas? —dijo Leissner, señalando con el dedo el sobre con las fotos que Blaz había ido a recoger y apoyaba en su regazo.

—Le he dicho que lo pensaré. No es decisión mía

—En ese caso, le deseo mucha suerte en su misión. En sus pesquisas —corrigió, restándole importancia y guardando, a modo de despedida, las fotos que le había enseñado tan solo unos instantes.

Blaz recogió su sobre, lo metió en el bolsillo de su chaqueta y, saliendo de la embajada, se encaminó a su piso, donde revisó las fotos. Una familia bien vestida, bien plantada, con relucientes caballos y coches, en su hermosa finca, paseando, comiendo en el campo... y entrando en un hospital de pueblo. Una de las series de imágenes detallaba el paseo a caballo de lady Lucy Epson con un niño que rondaría los nueve, quizá los diez años. Lo miró detenidamente. Parecía tener los ojos claros, igual que el que buscaban, pero tenía el pelo rapado, lo cual dificultaba reconocerlo. El espía pensó que los piojos de Glenmore habían resultado muy convenientes para igualar la imagen de todos los niños. ¿Casualidad? Habría que verlo. El mismo niño era llevado al hospital, en varias imágenes, en el Rolls Royce de lady Maud, y la misma baronesa viuda iba sentada en el asiento trasero junto a él. Por la edad que se suponía en las fotos, aquel niño podía ser perfectamente Patrick García, pero Blaz sabía que Daisy estaba en España. ¿Se habría ido sin el niño? ¿Habría huido sola para alejar el foco de su hijo? ¿Podía aquella mujer hacer aquel sacrificio? Tras darle muchas vueltas, se convenció.

Sí.

44
Miedo

Argentina, septiembre de 1943

Cada vez que Félix se alejaba de Daisy, su corazón se encogía y se secaba como una fruta arrancada del árbol. Qué difícil era aquel estado de plena felicidad que no podía gritar a los cuatro vientos, que tenía que pretender falso. Su madre lo había notado, pero, si alguien más lo hizo, no lo dijo. Félix resplandecía. Estaba tan activo como siempre, igual de inquieto, pero una parte de su cuerpo y de su mente habían llegado a puerto, o por lo menos lo veía cerca. Ya no intentaba seducir a cada mujer guapa que se le ponía a tiro, no deseaba salir a bailar o a cenar si no era con Daisy, y cada día soñaba con cómo sería su vida después de la guerra. «Eres un tipo muy cursi, Félix Zurita», se decía a sí mismo, irónico, sonriendo.

Desgraciadamente, pasaría más de un mes hasta que volviera a ver a Daisy, pues estaba de nuevo en Argentina, rematando la operación Akela. El capitán Alan Hillgarth jamás le había preguntado nada acerca de sus viajes, pero era demasiado inteligente para creer las excusas que Félix le daba. Estaba seguro de que los aliados sabían que no iba por placer; es más, estaba convencido de que suponían lo que estaba haciendo, aunque, si lo hubieran interrogado, difícilmente habrían averiguado más de lo que hacían al seguirlo. Félix no sabía para quién estaba organizando aquella ruta de escape, y entendía que aquella era una carta a la que aún no le había llegado el momento de ser mostrada. Cuando la guerra acabara, cada uno la usaría según le conviniera. Si ganaban los aliados, quizá permitieran que alguien, algún nazi, escapara y se escondiera a cambio de información, un tratado de paz u otras cosas. Quizá tan solo esperaran a que quien escapara a Argentina llegara a los lugares que Félix había organizado para atraparlo sin más.

Si ganaban los alemanes, las casas, el dinero, los barcos no se usarían.

Le habían informado de que la casa de la península de Jandía, en Fuerteventura, estaba acabada, así que, de camino a Argentina, se detuvo a comprobar que todo estaba como había especificado. Félix era meticuloso y su memoria contribuía a que no se le escaparan los detalles, por más nimios que parecieran. Por suerte, el constructor también era de aquella forma y todo estaba exactamente como había pedido: una casa fría, fea, grande y rara con un muelle secreto. No era amable ni siquiera en aquella época del año, pensada como estaba tan solo para esconderse y huir, plantada en el rincón más remoto de una isla también remota, convenientemente situada para hacer una escala hacia un lugar más remoto aún.

Semana y media después, y varios grados de temperatura por debajo, llegaba a Buenos Aires y, desde allí, volaba a Bariloche. Montañas nevadas, abrigos de pieles, coches que patinaban en la nieve y chimeneas encendidas constituían el paisaje común de aquel final del invierno. En el hotel Llao Llao lo esperaba Hans Sigfried. No se entretuvieron en revisar planos, pues el proyecto ya era una realidad. Embarcaron en el muelle del establecimiento y, como en otras ocasiones, navegaron el Nahuel Huapi hasta la bahía de Inalco. Allí, tras sortear la isla, la casa apareció frente a ellos, retirada unos cien metros de la playa y abrazada por un bosque de coníferas maduro, denso y oscuro.

—Impresionante, ¿no cree? —le dijo Sigfried, orgulloso.

Lo era, sin duda. Más que una casa era un complejo, con varias edificaciones, y sí, era impresionante, pero carecía de feminidad o de lo que sea que convierte las casas en hogares. Quizá habría que esperar a que se habitara, pensó Félix. Las formas eran alpinas: tejados de pizarra, un primer piso de piedra gris y un segundo de troncos oscuros, como una enorme cabaña austríaca. La parte central tenía dos pisos, pero luego se alargaba hacia los lados en uno solo, aplanando el conjunto, cuya fachada se abría a las vistas con grandes ventanales. Amarraron en el muelle, también nuevo. Al saltar de la barca, el arquitecto alzó el brazo para saludar a uno de los lados. Félix sabía que allí era donde estaba una de las torres de vigilancia. Tenían a tres hombres ocupados de que nadie se acercara a la finca y había garitas previstas para cuatro más. No los había reclutado él: el mismo almirante Canaris se había ocupado.

El interior era lujoso y de los mejores materiales, forrado de madera en paredes y suelos y con grandes chimeneas de piedra. Los muebles eran modernos, algunos tapizados en cuero verde, otros en cuero marrón. Las camas, mesas, alfombras..., todo era de la mejor calidad. El sol entraba por los grandes ventanales y la vista era espectacular. No se veían más que árboles y agua. Ni una señal de vida humana. Una vista bella, pero inquietante en su aislamiento.

—Ahora hace mucho frío dentro de la vivienda principal, pero los vigilantes me confirman que el sistema de calefacción funciona perfectamente. Me alegro de que por lo menos estén cómodos, dado el aislamiento que sufren.

—Habrán salido de aquí alguna vez... —supuso Félix.

—No, nunca. Se quedan cuatro meses y luego los cambian por otros. Los han traído hasta aquí desde Córdoba, en el norte, donde hay una institución académica alemana. —Bajó un poco la voz y se acercó a él—. Le confieso que jamás he visto nada como esto. Me contó uno de los guardias que los trajeron con los ojos vendados desde allí, desde Córdoba, figúrese. Ni siquiera saben en qué parte del país están. Los pagan muy bien, por supuesto, y son muchachos jóvenes que lo aguantan todo, pero es algo intrigante ese deseo del propietario de no ser molestado... En fin, usted y yo tenemos suerte de que no nos haya contratado un faraón, de lo contrario temería por mi vida.

—No lo entiendo.

—Es una broma, ya sabe, los faraones mataban a los arquitectos de sus pirámides para que no desvelaran sus secretos. —Félix no dijo nada, pero un escalofrío le recorrió la espalda—. Le enseñaré la nave de los generadores. Es única. Con los depósitos de cada uno se puede aguantar muchísimo tiempo sin necesidad de suministros.

Félix lo siguió al gran patio trasero de la casa, que flanqueaban varias construcciones del mismo estilo. De una de ellas asomó un joven alto y bien formado, con el pelo muy rubio. Saludó con la mano y volvió a entrar en su casa.

—Otro de los guardias. No sé exactamente cómo se llama —lo informó Sigfried mientras abría la puerta del cuarto de generadores.

Al encender la luz, varias grandes máquinas aparecieron ante ellos. Tenían una forma desconocida para Félix, resultaban enormes, tanto que supo que habían llegado antes de construir la nave que las cobijaba porque era imposible que hubieran entrado por la puerta.

—La estancia, como se llama en esta zona a una casa así, está pensada para ser autosuficiente. La electricidad, el agua, la calefacción... De todo hay reservas para no quedar desabastecidos. Además, hay otra gran nave con frigoríficos y congeladores, tal y como pidió. También estamos a punto de recibir la petrolera, la barcaza que suministrará combustible cuando este se acabe. El día que el mundo toque a su fin, esta estancia estará preparada para sobrevivir mucho tiempo más. Estoy orgulloso, esa es la verdad.

—¿Diría que falta algo por terminar?

—Oh, no, no. Mi trabajo, salvo que diga lo contrario, está acabado. He dejado todos los detalles: fotografías, garantías y especificaciones, en una carpeta que encontrará en su habitación. El resto ya se lo di en sus anteriores visitas. La casa está acabada, cualquiera podría habitarla sin problema.

—Perfecto. Informaré a mis clientes de que ya está lista.

Volvieron al hotel y, conforme a las instrucciones que había recibido de Wilhelm Leissner, envió un telegrama a un número desconocido de Buenos Aires informando de la conclusión de la obra. El alemán estaría contento y Félix también lo estaba. No les había fallado ni una vez, por lo que tenía margen para fallarles a lo grande si surgía la ocasión.

Habría vuelto a España esa misma tarde, pero el vuelo a Buenos Aires salió dos días después, y desde allí tenía que esperar aún cuatro días a la llegada del Cabo de Hornos, el crucero que lo llevaría al otro lado del Atlántico.

Estaba alojado en el hotel Plaza de Buenos Aires de nuevo, sin nada que hacer más que pasear por la capital y hacer algunas compras. Buscó algo especial para Daisy, pero todo era poco para ella, que no se dejaba impresionar por lo caro o lo grande, tan solo por lo único. Cansado de buscar sin encontrar, se sentó en el parque frente al hotel a leer el periódico. A su alrededor los pavos reales se movían silenciosos, picoteando aquí y allá lo que conseguían arrebatar a las palomas. La humedad del gran río se hacía notar enfriándole los huesos. Leyó las noticias. La guerra en Europa atravesaba momentos críticos y todo era posible ya. Italia había firmado el armisticio con los aliados, pero el ejército italiano se había disuelto tan rápidamente que había permitido a los alemanes ocupar prácticamente toda la península sin resistencia y colocar de nuevo a Mussolini en el poder. Pese a todo, los aliados estaban desembarcando en el sur. Cada hoja de las noticias era más reveladora que la anterior, pero, cuando llegó a la sección de sucesos, un texto breve lo alarmó más aún. Lo leyó varias veces. Probablemente a nadie le había importado, pero Félix sintió que se mareaba.

    Explosión en un estudio de arquitectura

    Redacción, Buenos Aires. —A mediodía de ayer una explosión de origen aún desconocido destruyó por completo el estudio de arquitectura de Sigfried y Asociados, en el paseo de la Recoleta. Se han contabilizado siete víctimas, entre las que se encuentra el propio Hans Sigfried, arquitecto jefe, que murió instantáneamente por la deflagración. Los bomberos sofocaron el incendio varias horas después. Todo el edificio ha sido desalojado por precaución.

Paralizado, Félix supo que ahora tan solo él (al margen de la inteligencia alemana) conocía los secretos de la operación Akela, de la estancia de la bahía de Inalco, de las joyas depositadas en el Banco Español del Río de la Plata... De todo lo que concernía a aquel plan secreto. No tenía ninguna duda de que el arquitecto había sido asesinado. Los alemanes apeaban a los que conocían sus intenciones en Argentina a medida que podían prescindir de sus servicios, y lo hacían asegurándose de que jamás hablaran ¿Cuándo dejaría él de ser necesario? Tan joven, tan listo, tan seguro de sí mismo, Félix experimentó por primera vez una emoción desconocida.

Miedo.

45

Eudora

Diciembre de 1943

En diciembre, Longview Grange era una finca irreconocible. Desde el alto en el que se situaba la casa, cada mañana el paisaje que veía Lucy era diferente. No podía decir que le gustara, pero el fin al que serviría era algo de lo que enorgullecerse. Tampoco era bonito, no, porque cruzar el estrecho de Calais y que miles de soldados del Imperio británico y de los Estados Unidos encontraran la muerte y la provocaran a otros miles de alemanes no era exactamente lo que uno definiría así. Era necesario. Era valiente. Era un sacrificio común en aras de un mundo que se dirigía al precipicio. Los cercados que delimitaban los prados, acotando al ganado o los pastos, habían desaparecido de la noche a la mañana. Los caminos se habían ensanchado y multiplicado. El verde se había reducido y se había estropeado con roderas de camión. En un extremo se había horadado la finca para extraer tierra, que se había colocado en diferentes puntos, organizando campos de entrenamiento. Además, en lo que llamaban el «prado largo» habían empezado a construir varios hangares que crecían a ritmo vertiginoso. El día anterior habían talado completamente el camino de fresnos bicentenarios que desde una de las llanuras llegaba a la playa. Al final también sus fincas habían sufrido las calamidades que otras tantas propiedades de la isla habían visto. No volvería a plantar los árboles después de la guerra. Sería un recordatorio de la fragilidad de la libertad.

Había amanecido y las brumas que cubrían el mar se adentraban en los campos de la finca, escarchados, con el barro de las obras congelado, los caminos vacíos y los árboles desnudos. No estaban trabajando, como sí habían hecho en días anteriores, y todo parecía frágil e irreal. La casa no contaba con el ejército de sirvientes de Glenmore, así que ella misma se afanaba cada mañana en encender las chimeneas y hacer que lo que quedaba del calor del día anterior volviera a llenar las estancias. Estaba cargando la primera chimenea cuando escuchó la puerta al abrirse y a Louis entrar saludando. No lo esperaba, pero la visita la alegró, cómo no. Lo que le resultó más extraño fue la compañía con la que llegaba, que se bajaba indolente de un imponente Bentley burdeos y plata.

La prima Eudora. Tendría treinta y pocos años y en realidad era prima segunda, hija de un primo de su madre. Un primo muy rico, con varios títulos y una sola hija que su madre se había ocupado de traer mucho a casa cuando Lucy era pequeña para que se hicieran amigas, descartando a primos más cercanos y más pobres. Eudora era caprichosa, ácida, extremadamente chismosa, divertida y superficial. Aunque tenía muchas propiedades, pasaba la mayor parte del tiempo en su mansión estilo Reina Ana de Kensington Palace Gardens, y su indignación hacia los alemanes había crecido conforme las fiestas y los eventos sociales de Londres disminuían por la guerra. Le importaba un pimiento que Hitler arrasara países que jamás había pensado visitar, pero le molestaba no poder ir a París. La persona a la que más quería era la que tenía más cerca, es decir, ella misma, lo que no evitaba que quisiera a la prima Lucy más de lo que esta la apreciaba a ella.

Lucy abrazó a su marido mientras ella esperaba en un lado a que la saludara. La quería, porque odiaba a pocas personas, así que también la abrazó, pero no entendía qué era lo que su prima, que salía poco de Londres, hacía en Longview Grange. La explicación de su marido fue aún más confusa.

—Espero que te haga ilusión la visita. Me encontré casualmente con Eudora el otro día, en Smith Square. Me preguntó por ti. Le conté que estabas aquí sola y enseguida se ofreció a venir a verte. Estará tan solo hoy, hasta que oscurezca.

—Tengo una fiesta en casa de los Blackwood. Es el cumpleaños de Jamie —apuntó la prima Eudora, al tiempo que giraba sobre sí misma revisando el entorno—. Jamás pensé que volvería a este sitio.

—Una fiesta, qué divertido —replicó Lucy, que desde el inicio de la guerra se había acostumbrado a responder sin censurar.

—Yo también quería verte —le dijo Louis agarrándola por la cintura y besándola.

—Oh, oh... Me iré si molesto —intervino Eudora—. Qué efusivos.

Lucy separó a Louis empujando suavemente con las manos el pecho de su marido.

—No te preocupes, prima —le dijo tranquilizándola—. Llevábamos tiempo sin vernos, es tan solo eso.

—Bueno, iré al jardín —respondió Eudora—, así no os molestaré. —Miró por la ventana—. Hacía tiempo que no venía por aquí. Es mono, pero bueno, nada extraordinario —dijo con su habitual incapacidad para contener la acidez.

La vieron salir al jardín y Lucy enseguida buscó respuestas a las preguntas que la intrigaban.

—¿Estás loco? ¿Qué hace aquí Eudora? John Osbourne me dijo que no quería que nadie viniera por aquí. Se supone que todo es...

—Secreto, sí, lo sé. Pero John comprendió que Eudora viniera. Te irá bien retomar el contacto con el mundo.

—Oh, no cabe duda de que Eudora me pondrá al día. Conoce todos los cotilleos. Ese ha sido el motor de su vida desde que éramos pequeñas. El problema es que no me interesan esas cosas, pero a ella le va a interesar mucho lo que está pasando por aquí.

—De eso no te preocupes. Ya te he dicho que John estaba de acuerdo con que Eudora te visitara. Tan solo tenemos que pedirle que, por favor, no comente nada de lo que vea. Ve con ella.

Lucy salió al jardín donde, tal como preveía, su prima Eudora oteaba la finca con interés.

—Todo esto... Está hecho un desastre... ¿Qué es lo que estáis haciendo? Allá al fondo... Eso son hangares, ¿no es así? No me dijiste que estuvierais involucrados en el esfuerzo de guerra. Estuve con los primos en el cumpleaños de tía Betty. Nadie me comentó nada de todo esto, a pesar de que hablamos mucho de ti. Ninguno tenía conocimiento.

—Y así debe seguir, prima.

—Ah, ¿entonces es un secreto? —preguntó Eudora esbozando una leve sonrisa. Nada le gustaba más que los secretos, fundamentalmente porque desvelarlos era su mayor diversión.

—Algo así. Pero no uno cualquiera.

—Ya sé, ya sé. Hay carteles con eso por todos los lados, recordándonos que tenemos que mantener la boca cerrada porque el enemigo tiene oídos allá donde estemos. Es un poco ofensivo, la verdad. El Gobierno nos trata como si fuéramos indiscretos.

—Nunca está de más recordar la importancia de no serlo.

—Bueno, quizá a los trabajadores, a la gente de clase baja, a los campesinos..., pero ¿a nosotros? Las personas como nosotros son discretas de nacimiento, y Churchill debería saberlo. Pero cuéntame, ¿de qué trata esto?

—No tengo mucha información. El ejército pidió la finca. Ya sabes que se ha instalado en muchas otras.

—Lo siento muchísimo. Longview nunca me ha parecido gran cosa, pero a ti te gusta. Lamento pensar que nunca volverá a ser igual. Hay cosas que son irrecuperables. Espero que al menos no ocupen la casa.

—Harán lo que quieran.

—Bueno, tampoco hay nada demasiado valioso dentro, ¿no es así? —afirmó Eudora, continuando con la fase destructiva de aquel lugar que Lucy quería.

—En mis casas lo valioso a menudo tiene más que ver con mi corazón que con mi cartera. Imagino que el British Museum no encontraría muchas cosas dentro de Longview para rellenar sus salas, si te refieres a eso.

—Qué sentida eres, prima. En mi caso, lo que más me gusta de mis casas es también lo que más valor tiene, cosas que el British mataría por tener. Pero yo siempre he sido de paladar fino. Bueno, da igual, no te preocupes; en cualquier caso, no contaré nada de lo que veo por aquí. Pero quizá podríamos pasear un poco. Tengo curiosidad.

Lucy iba a negarse, pero Louis se acercaba por su espalda e intervino.

—Podemos pasear. Pero no nos acercaremos mucho. Recuerda que es alto secreto —dijo dirigiéndose a Eudora.

Lucy miró a Louis con extrañeza. Luego, sin preguntar, lo siguió paseando por la finca. Se acercaron mucho más de lo que ella habría creído conveniente y más de lo que ella había hecho nunca. Se quedaron a pocos metros de los hangares, que a los tres les parecieron enormes, y también pasaron cerca de la larga pista que ocupaba el terreno donde había estado la avenida de fresnos. Eudora comentaba en voz alta lo mismo que Lucy pensaba.

—Esto no es una instalación más. Lo que están construyendo aquí alojará a mucha gente... y apuesto a que muchísimo material de guerra. No diré nada, no os preocupéis —comentó, deseando volver enseguida a Londres a incumplir su palabra.

Por la tarde, de vuelta a la casa, Eudora estaba realmente excitada y, tras el té e interesarse un poco por el estado de las cosas de su prima y salir varias veces al jardín a seguir observando el extraordinario descubrimiento de aquel día, llamó a su conductor, y Lucy vio el Bentley de su prima alejarse en dirección a Londres.

—No entiendo qué es lo que ha pasado exactamente —le dijo a su marido.

—No te preocupes, lo harás... Digamos que la verdad es tan valiosa que necesita de un montón de mentiras para ocultarla.

Tres horas después, envuelta en una estola de visón, vestido largo y cargada de brillantes, la prima Eudora subía los peldaños de Blackwood House, una de las direcciones más exclusivas de Londres, pero también una de las más criticadas por seguir celebrando fiestas cuando el ambiente era de contención, recato y tensa espera. En el interior, la orquesta tocaba los temas más actuales mientras las bandejas de canapés y las copas de champán se llenaban desafiando a la escasez.

La concurrencia no era la que a la buena sociedad le habría gustado. No faltaba ninguna de las más célebres ovejas negras de las grandes familias. Eran muchos invitados que llenaban los salones opulentos de la mansión, que se sucedían los unos a los otros, iluminados con velas que doraban las paredes, se reflejaban en los espejos y atenuaban las caras de los invitados.

Alzando la cabeza, Eudora buscó a sus conocidos preferidos. Enseguida localizó a Lambert Shaw, que siempre la divertía con sus bromas, acompañado de una mujer a la que no conocía. Lambert era aún más chismoso que ella, y entre ambos se desarrollaba una frecuente competición por ver quién tenía las noticias más jugosas y las contaba con más gracia. Al verla, él también se alegró y, alzando el brazo, le pidió que sorteara a la gente para acercarse. Mientras, la mujer que acompañaba a su amigo se giró. Entre las voces, la música y el ruido que los rodeaba, Eudora no escuchó su nombre cuando las presentaron. Lambert cogió a cada una del brazo y las condujo hacia un salón apartado, con menos gente, donde encontraron un grupo de tresillos en los que sentarse. Enseguida, Lambert explicó los últimos chismes: la duquesa que había encontrado a su marido en brazos de la misma mujer que ella amaba, el empresario que lo había perdido todo de la forma más disparatada, el hijo que se sabía que era ilegítimo. La guerra daba para muchos de aquellos temas y, al tiempo que una parte de la sociedad se contenía, la otra se desencorsetaba, dando pie a situaciones ciertamente increíbles.

Les rellenaban a los tres la cuarta pompadour de champán cuando Eudora, desenvuelta y con el escote cubierto de brillantes perlado de sudor, lanzó su chisme.

—El ejército está arrasando con todo. Hasta las propiedades más inesperadas no escapan a sus garras. Nuestra pobre isla acabará por parecer un cuartel. No me extrañaría que cualquier día aparecieran en mi casa... He pasado el día en Longview Grange, la casa de mi querida prima Lucy.

—¿La que se casó con Louis Epson?

—Sí, supongo que no todas pueden esperar a piezas mejores, pero no negaré que he acabado por cogerle cariño a Louis.

La mujer que los acompañaba, y cuyo nombre Eudora no tenía demasiado interés en conocer, escuchaba atenta. Su mirada era extraña, algo fuera del mundo, y su risa, que dejaba escapar en los momentos más inesperados, histriónica. De no haber estado ebria, Eudora habría pensado que estaba loca. Hablaba muy poco y escuchaba mucho.

—Creo que Longview es una finca magnífica —opinó Lambert, que conocía la mayoría de las propiedades de sus pares—, de las mejores de la costa.

—Bueno, no hay para tanto. Una casa victoriana bastante decente y muchos prados. La vista es agradable, pero al rato uno acaba por sentir sus huesos calados y los labios salados. No es para mí, pero a Lucy le gusta. Tiene un gusto muy particular, yo pensaba que único, pero el caso es que el ejército lo tiene parecido.

—¿El gusto?

—Eso mismo. Por supuesto, nada de lo que diga puede salir de aquí, de este entorno de máxima confianza —advirtió Eudora, que no conocía el nombre de la persona que los acompañaba y no tenía ni idea de quién era.

—Por supuesto, por supuesto —replicó Lambert.

—El caso es que la finca está tomada por el ejército. Pistas de aterrizaje, hangares, campos de entrenamiento enormes. Todo horrible.

—Nada que no hayan hecho antes en un millón de casas.

—Ya. Eso pensé al principio, pero que se hayan fijado en Longview me parece determinante. Ya sabes que está frente al canal, frente al paso de Calais, y la infraestructura... Lo cierto es que es mayor que las que he visto hasta ahora. Que la estén construyendo precisamente en estas fechas...

—Te comprendo. Sugieres que están preparándose.

Los tres hablaban como si la guerra fuera algo ajeno a ellos.

—Para la invasión —intervino la desconocida.

—Exacto. Supongo que muy pocos conocemos esa información. El tonto de Churchill no informa de nada, y los que hablan con él son herméticos..., se hacen los interesantes incluso con sus iguales —apostilló Eudora.

—Eres muy suspicaz —dijo Lambert.

—Lo sé, siempre lo he sido. Esta información... Los alemanes matarían por tenerla. Nadie sabe por dónde se va a producir el desembarco en el continente, en Francia, así que os podéis hacer una idea de la importancia de lo que os cuento, así, en extrema confianza, y porque estoy segura de que nunca saldrá de aquí.

—Nunca —confirmó Lambert.

—Nunca —repitió la mujer que lo acompañaba.

—¿Te enteraste de lo de Seb Crawford? —preguntó el hombre, dando por amortizada la información y pasando a un nuevo chisme, igualando lo banal con lo crítico y lo determinante con lo irrelevante.

A las tres de la madrugada, ebrios, inconscientes y egoístas, se despedían en la puerta. Vieron a su nueva amiga subirse a su coche y Lambert acompañó a Eudora al suyo. De camino, tuvieron tiempo de hablar un poco más.

—Me ha resultado simpática tu amiga —dijo Eudora—, aunque poco común.

—Esa sí tiene una historia... Supongo que la conoces —comentó Lambert.

—Por supuesto. La conoce todo el mundo —mintió ella.

—Es cierto. A muchos les resulta antipática, pero Unity Headland siempre ha sido una de mis favoritas. Tengo devoción por los odiados. Esa chica fue la revolución..., ¿recuerdas? «La nazi inglesa». ¿Se te ocurre algo más delicioso?

«Así que era ella», se dijo Eudora, sin angustiarse lo más mínimo por lo que acababa de contarle. Aquella noche durmió tan bien como las anteriores, ignorante de la cadena de acontecimientos que provocaría.

46
Conexión Headland

No era fácil llegar a Inglaterra con la guerra en aquel punto crucial, pero, primero en submarino hasta la isla de Guernsey, ocupada por Alemania y estratégicamente situada en el canal, y luego en un pequeño pesquero que navegó escondido entre la niebla, Blaz lo había conseguido. Desde allí recorrió la carretera a Londres sin hablar ni una palabra con el enlace que lo había recogido y dejado en una elegante dirección que la Abwehr le había indicado para alojarse. Le sorprendió. Conocía la casa de Belgrave Square. También el MI5 y la vigilaban con frecuencia, por lo que entró con discreción, las solapas del abrigo subidas, bufanda y sombrero. Un Londres oscuro, helado y fantasmagórico le rodeaba.

Pensaba quedarse allí unos días para organizar la salida de la isla tras secuestrar al pequeño Patrick García. Acabaría su misión de una vez por todas. Era de madrugada cuando el calor de la vivienda lo envolvió. El mayordomo soñoliento recogió su equipaje y lo acompañó a su habitación. Luego unos golpes en la puerta lo reclamaron, y el mismo hombre anunció que lo esperaban en el salón. Si se extrañó, supo disimularlo bien.

Una reunión a las cuatro de la madrugada. Debía de ser algo importante. Sentado en un orejero de cuero rojo junto a la chimenea, encontró a un correo con el que apenas había cruzado palabra. Un hombre inglés con aspecto muy inglés. Se levantó al ver a Blaz. La habitación estaba en la penumbra, solo iluminada por el resplandor del fuego y la pequeña lámpara de mesa de un escritorio al otro lado de la estancia.

—Me han ordenado que le entregue esta documentación —le dijo escueto—; también que le indique que la revise inmediatamente y la queme luego en esta chimenea —Miró las llamas—. No puede sacar nada de la habitación.

Se acercó al escritorio, abrió el maletín y le dejó una carpeta de la que asomaban varios folios. Blaz esperó a que el correo saliera de la habitación para quedarse solo y ponerse a trabajar. Sus ojos negros y su mirada inquietante se agudizaron mientras se cerraba la puerta y, sentado, abría el primer sobre, lacrado, que supo que nadie antes de él había abierto.

«Operación Akela», leyó. Cada folio llevaba el sello de alto secreto. Además, se detallaban las pocas personas que estaban al corriente de aquel proyecto. Tan solo cinco. Tres miembros de la cúpula del Reich, el jefe de los servicios secretos alemanes en España, un español... y él mismo.

Revisó la información sobre el único al que no conocía, sus datos, su origen. Un tal Félix Zurita. Reconoció al hombre de las fotos que le había dejado ver fugazmente Wilhelm Leissner en la embajada alemana de Madrid. El ánimo en las filas alemanas esa Navidad era de euforia y nadie esperaba que la guerra pudiera perderse, pero estaba bien ser previsor. Los planes de escape estaban bien. Eran las huidas lo que Blaz detestaba. Al abrir otro de los sobres, comprendió qué era lo que pintaba él en aquella trama. Patrick García era parte de la familia que partiría. Si la operación Akela se activaba, se detallaba un punto de entrega. Si no lo hacía, el punto de entrega era el establecido desde el principio en los Alpes austríacos.

El último sobre que abrió contemplaba una lista de objetivos. Una vez entregado el niño, Blaz debía neutralizar a dos personas, cada una a su tiempo. No hizo falta que le explicaran por qué. Daisy era una madre muy inconveniente para el niño, por lo que debía ser secuestrada al principio y, tras dos meses para que el niño se adaptara a su nueva vida, desaparecer. Si no conseguían atraparla o se mostraba rebelde, la matarían sin esperar tanto. El caso de Félix Zurita estaba claro: sabía demasiado. En cuanto no lo necesitaran, debía morir también.

Tres horas después de abrir el primer sobre, había memorizado los datos relevantes. Uno a uno los folios de información secreta alimentaron las llamas y desaparecieron. Luego vio al correo abandonar la casa con el maletín vacío. Pese a no tener sueño y a que su cabeza bullía de datos, conjeturas y preguntas, enfiló las escaleras para llegar a su habitación y acostarse algunas horas. Quería ver a su anfitriona a la hora del desayuno. Sabía que estaba completamente loca, pero también que no tenía escrúpulos, lo que la hacía manipulable y, por lo tanto, útil. Su padre llevaba meses en una propiedad cerca de la isla de Mull, en Escocia, harto de ella. Se durmió con la luz gris de la mañana colándose entre las cortinas floreadas. A las nueve llamaron a la puerta: lo reclamaban en el comedor.

Allí, presidiendo la mesa, sola, con turbante y bata de seda con motivos orientales, encontró a Unity Headland. Con la mano, ella le indicó dónde sentarse. Unity sabía que era un agente alemán, o un colaborador nazi de algún tipo, pero no lo reconoció a pesar de haber hablado con Blaz en la fiesta que había dado, entre esas mismas paredes, tiempo atrás. Su afección al nazismo estaba tan fuera de toda duda como su limitada capacidad intelectual. No era exactamente tonta, pero sí cada vez más demente, y Blaz reconoció en su mirada la enfermedad en cuanto se dirigió a él.

—¿Vamos a ganar entonces? —preguntó sin el mínimo interés en saber a quién tenía delante.

Blaz la escrutó un instante antes de responder.

—Parece fuera de toda duda, pero los días venideros serán importantes. La batalla en Francia, el desembarco aliado... Está claro que no tardará en llegar, pero las fuerzas del Reich llevan meses demostrando su poder.

—¿Qué hay de Inglaterra?

—Desconozco los planes para su país.

—Mi país es Alemania —aclaró ella—; uno es de donde está su gente. Por eso he insistido en ayudar.

—Se lo agradecemos.

—Lo hará más aún cuando le dé la valiosa información que he obtenido recientemente.

—La escucho —dijo Blaz, convencido de que nada de lo que saliera de la boca de Unity Headland tendría la más mínima relevancia. Se equivocaba.

—Usted me ha hablado de los planes de invasión aliados. Supongo que cada preparativo será un secreto de Estado. También que cada detalle le proporcionará al Reich un hilo del que tirar. Estoy segura de haber encontrado uno de esos hilos. El asunto es que estuve hace unos días con lady Eudora Midgewater. Es prima de lady Lucy Epson. —Aquel nombre puso a Blaz en alerta—. Lady Epson tiene una finca cerca de Dover, Longview Grange. Nunca he estado. No es un lugar donde reciban y, por lo que he podido averiguar y la misma Eudora comentó, la casa es poca cosa. Venía de pasar el día allí con su prima y estaba sorprendida: hace unos meses la finca fue requisada por el Ministerio de Guerra y están preparando una infraestructura enorme allí. Pistas de despegue, hangares, caminos enormes y barracones. Algo formidable. Nadie lo sabe porque es un alto secreto, pero a menudo la información llega a las personas más irresponsables, lo cual en este caso nos beneficia. No hace falta que le diga lo que se ve desde Longview Grange.

—El paso de Calais.

—Exactamente. Así que no es raro suponer que esa sea una de las opciones del desembarco.

—Es el lugar en el que esta isla se acerca más a Francia.

—Eso ya lo sé —dijo acercándose la taza de Wedgwood a la boca.

—Le agradezco la información. Sin duda la contrastaré.

—No me lo agradezca. A cambio le voy a pedir algo.

—Dígame usted —dijo queriendo parecer solícito, pero sin ninguna intención de serlo.

—Una mujer de mi confianza se valió de todo lo que le ofrecí para traicionarme. Como ustedes, yo tampoco perdono la traición.

Blaz supo lo que vendría después porque conocía la relación de Unity Headland con la española que llevaba años tratando de atrapar.

—Quiero que mate a una mujer. Se llama Daisy García.

El espía sonrió.

—Puede contar con ello —le dijo seguro de cada palabra.

En menos de seis horas le habían ordenado que matara a la española dos veces. Estaba claro que tendría que hacerlo.

Por la tarde, mientras ojeaba el *Observer*, una noticia llamó su atención. Un campesino de Dover, Bernard Cooksley, mandaba una carta al periódico, fechada pocos días antes, quejándose de la actitud de lady Lucy Epson, que, en plena guerra, había desalojado a todos los arrendatarios de Longview Grange y los había dejado sin posibilidad de mantener a sus familias. El mismo campesino declaraba que, al negarse a abandonar su casa, el ejército mismo le había obligado a hacerlo. Tachaba a lady Epson de cruel y desconsiderada y se preguntaba cuándo llegaría el momento en el que todos los ingleses fueran realmente iguales.

Páginas más adelante, en la sección de sucesos, se detallaba una pelea acaecida en un *pub* de Whitfield. Unos soldados estadounidenses se habían emborrachado y enfrentado a un grupo de locales hasta hacer que el local que ocupaban quedara destruido. Whitfield estaba a poca distancia de Dover y, por lo tanto, cerca de Longview Grange. Parecía probable que estuvieran de permiso desde la base que estaban creando en la finca. Quizá esta vez Unity Headland hubiera acertado.

La tercera noticia era también interesante, pues ofrecía una posibilidad de capturar a Patrick García de una vez por todas. Los niños del colegio de Saint Clarence se habían apuntado al día de deportes en Burghley House, la gran casa de campo de los marqueses de Exeter, que se había convertido en un hospital. La marquesa, con el ánimo de entretener a los convalecientes, había invitado a varios colegios a un día de actividades deportivas organizado por los soldados y ella misma. La fecha señalada era la del 15 de febrero.

Con toda la información, contactó con un enlace de la Abwehr y le entregó una carta detallando lo que había averiguado y aguardando instrucciones. Pocos días después recibía respuesta del alto mando. La que esperaba: luz verde para secuestrar al niño en febrero. Orden de pasar las coordenadas exactas de Longview Grange e investigar sobre el terreno inmediatamente, para recabar información referente a los efectivos y materiales de que dispusieran en la base que estaban construyendo. Le indicaron dónde conseguir un coche para visitar el lugar sin más demora.

Su trabajo se multiplicaba, pero presentía que estaba a las puertas de un enorme descubrimiento.

47
El sombrero

Enero de 1944

Daisy jamás había asistido a una cabalgata de Reyes. En Ramacastañas, el pueblo donde había pasado su infancia, jamás se habían producido y en el Reino Unido no era tradición. En Madrid sí lo era, y Félix, al que todo lo que significara alegría lo atraía como un imán, la recogió en la embajada inglesa para acompañarla a verla. En la España de la posguerra los desfiles militares eran frecuentes, pero, a pesar de ser precisos e hipnóticos, a Félix, que cargaba con la culpabilidad de no haber participado en la Guerra Civil y sabía ver las heridas de la contienda en el país, le recordaban tiempos aciagos. La cabalgata de Reyes era mucho más sencilla, menos importante, menos solemne, pero le gustaba infinitamente más porque era alegre. Los niños, que acudían en masa, se volcaban sobre las vallas que delimitaban el paso de las diferentes carrozas con decoraciones navideñas, y aclamaban a los distintos y muy queridos personajes que pasaban saludando delante de sus ojos: las ocas, con su paso marcial; la carroza de los regalos, los pajes reales y, por último, los tres Reyes Magos, Melchor, Gaspar y Baltasar. Un despliegue modesto que congregaba a mucha gente, también a adultos, que gritaban de emoción al recibir los caramelos que de vez en cuando les lanzaban desde la alegre procesión.

La felicidad del ambiente era contagiosa, pero lo que más le gustó a Daisy fue la que transmitía Félix, que se sabía muchos de los villancicos que la concurrencia cantaba y ayudaba a los niños a su alrededor a tener la mejor visión, aupándolos sobre las vallas o sobre sus hombros. De vez en cuando la miraba a ella, riendo a carcajadas, disfrutando como los pequeños que se arremolinaban a su alrededor. Había llenado los bolsillos de su abrigo de caramelos y, cuando veía que a alguno no le llegaban los que se lanzaban desde la cabalgata, él se los daba. Fueron varias horas de euforia hasta que la carroza de Baltasar, de rasgos españoles y cara pintada de negro, pasó por delante de ellos y el desfile acabó. La visión de tantas familias reunidas llevó mentalmente a Daisy a Glenmore, a su hijo. De pronto, con la precisión de una bala y un dolor parecido a recibir un disparo, el recuerdo de Pat la llenó primero la cabeza y luego el corazón. Intentó contenerse, pero, abrigada por la multitud, pensando que camuflaría su semblante, no lo pudo evitar y lloró amargamente. Félix, que seguía aplaudiendo, la vio de pronto. No le preguntó nada, sencillamente, se dio la vuelta para abrazarla y cobijarla del frío, intentando atenuar una nostalgia que desconocía, ofreciendo su hombro y su amistad para cuando ella la necesitara.

La necesitó en ese preciso momento.

—Tengo un hijo —dijo sin alzar demasiado la voz, insegura al desvelar su secreto, pero ansiosa por contar con el apoyo de Félix, que era su único amigo en España y una de las pocas personas en las que confiaba.

Félix la escuchó. Estaba tan empeñado en sacar a Daisy de la tristeza que no tuvo tiempo de asombrarse, centrados todos sus sentidos y toda su inteligencia en ayudar a la mujer de la que estaba perdidamente enamorado.

—Paseemos —le dijo ofreciéndole el brazo—. Y saca de ahí dentro, robusta amiga, todo lo que te pesa, que entre dos las cosas son más fáciles de llevar.

—Aquí no —respondió ella.

—Entonces en mi casa.

—Félix, yo...

—No tengo ningún interés en que hagas nada más que explicarte y dejar que te ayude. Cambiaría mil noches de pasión por una de sinceridad.

Pasearon hasta la calle de Alfonso XII y, antes de entrar en el portal, al mirar la llave, Félix se acercó a uno de los plataneros que flanqueaban la avenida. Con la punta de la llave, marcó una cruz en el tronco. Luego se la dio a ella.

—Doble suma, ¿recuerdas? Como en Mallorca, nuestro símbolo.

—Sí, porque juntos sumamos..., y porque somos más que amigos —dijo ella sonriendo tímidamente marcando otro signo de sumar junto al que había grabado Félix. Luego, sin poder contenerse, le dijo—: Félix Zurita, ¿qué hacía yo sin un amigo como tú?

—Harías lo mismo que yo: esperarlo —le dijo él devolviéndole la sonrisa.

Le cedió el paso y la dejó entrar por primera vez en su piso. La última mujer que lo había hecho había aparecido muerta en su salón, por lo que Félix deseó que aquel nuevo acercamiento no comportara ningún peligro para Daisy. Demasiada gente a su alrededor desaparecía.

Le ofreció que se acomodara en el sofá y fue a la cocina en busca de dos copas de su mejor rioja. Luego se sentó cerca para apoyarla, pero a la distancia suficiente para que hablara libremente, sin creer que él buscaba otra cosa. No se entretuvo. Daisy nunca lo hacía.

—Trabajé para una mujer inglesa, como acompañante...

Le contó su estancia en Múnich, la afección al nazismo de su señorita, las fiestas en el apartamento de Agnes Strasse y la violación. El embarazo, el hijo y la huida perpetua desde entonces. También que había dejado a Pat en Glenmore. La pregunta de Félix fue la que todos los que conocían la historia parcialmente se hacían.

—¿Quién es el padre?

Daisy negó con la cabeza.

—El padre es un lobo. Si pensara que es capaz de amar a Pat y ofrecerle algo más que lecciones de odio, estaría dispuesta a que estuviera cerca de él, aunque supusiera que yo estuviera más alejada.

—Hay muchos lobos en el mundo.

—Pocos como este. Pat no ha tenido suerte de momento, pero la tendrá. Será un niño feliz.

—Nadie que esté cerca de ti puede no serlo —le cogió la mano—. ¿Puedo ayudar de alguna forma? ¿Estás a salvo?

—Creo que sí. Al menos de momento, así que tan solo ten los oídos bien abiertos. Los alemanes piensan que eres uno de los suyos. Si Leissner te habla de mí, de Daisy García, o de una mujer española con un hijo..., avísame para que huya y me vuelva a esconder. Sé que me han seguido hasta España. En la embajada británica lo detectaron. Pero también que este peinado, esta ropa, las gafas, estar sin el niño y más distracciones han obrado un disfraz perfecto. Nadie piensa que Margot Smith y Daisy García sean la misma mujer; y nadie espera que la hija de unos guardeses de una finca remota de la provincia de Ávila sea una empleada de la embajada. Buscan a la chica humilde entre la gente humilde. Me tienen ante sus narices y no me ven porque solo ven mi ropa y mis modales. Donde menos ilumina la vela es debajo de sí misma, ya sabes. No me esperan tan cerca.

—Cuando acabe la guerra, el peligro desaparecerá —dijo Félix expresando un deseo que quizá se quedara en eso.

—Solo si ganamos y, aun así, no me extrañaría que el lobo viniera a por su cachorro y escapara con él. La gente con tanto poder siempre tiene un plan alternativo. Un plan por si todo va mal.

Félix abrió los ojos. No podía ser, era demasiada coincidencia... ¿Era posible que la operación Akela incluyera al pequeño Patrick García? Desde el principio sabía que estaba creando una infraestructura para una familia con un hijo, aunque nadie le había comentado qué familia exactamente. Había muchos altos mandos y muchas familias con ellos. No era imposible..., pero era improbable. Por un instante pensó en contarle todo lo que había estado haciendo para los alemanes, pero de inmediato borró la idea de su cabeza, pues sospechaba que todo el que sabía de la operación acabaría muriendo.

Vio a Daisy llevarse la copa de vino a los labios. Luego subió los pies descalzos al sofá y se cogió las rodillas con las manos, acurrucándose un poco.

—Me alegro de habértelo contado. Me has ayudado —dijo casi susurrando.

—No he hecho nada —respondió él.

—Claro que sí. Incluso callado, cuando te miro, siento que eres un lugar donde cobijarme. Hace años que no tengo un verdadero hogar, así que mi hogar son algunas personas. Lady Lucy lo ha sido en parte, pero tú eres el único lugar donde me siento segura. Así que has hecho... Haces más de lo que crees.

—Doble suma —dijo él.

—Sí, doble suma —repitió ella al tiempo que se lo quedaba mirando a los ojos.

Se recostó un poco en el sillón para acercarse a él. Luego lo besó sin que Félix hiciera nada más que rendirse, quieto, a lo que ella quisiera. Era la relación más extraña y a la vez más sincera. Se confesaban las cosas cuando deseaban hacerlo, sin que ninguno empujara al otro para decir nada que no quisiera. Ella le había pedido que esperaran al final de la guerra, pero con los ojos, aquella noche de Reyes, le dijo que estaba lista. Félix, que entendía cada reacción del cuerpo de Daisy, la abrazó primero, incorporándose poco después para acabar levantándose y, de pie, ofrecerle la mano. Ella se la cogió y se dejó guiar a la cama.

Daisy tenía los peores recuerdos posibles de la última vez que un hombre se había desnudado junto a ella. Se los había confesado a Félix poco antes, así que ambos eran plenamente conscientes de la fragilidad de la situación. Ella cerró los ojos, muy nerviosa. Félix encendió la luz.

—Ábrelos —le dijo esbozando una sonrisa a tan solo unos centímetros de su cara, de sus labios—. Mírame, soy yo. Si estás conmigo, no estarás en ninguna otra parte. Todo va a ir bien. Aquí solos, tú y yo... Jamás has hecho lo que vas a hacer hoy.

—Yo... No sé...

—Nadie acaba de saber nunca, digan lo que digan. Por eso se llama «hacer el amor», porque con cada persona se hace de nuevo; con cada persona hay que empezar de cero y encontrar la conexión, única y perfecta. El cuerpo es como un piano con muchas teclas e infinitas melodías. A cada uno le gusta una diferente, por eso es bonito probar y probar..., hasta encontrar la que mejor suene, la que mejor combine las teclas. —Ella sonrió más ampliamente, sintiendo que los nervios amainaban un poco—. Ya ves, soy un poeta —dijo él sin poder evitar reírse.

—Y espero que buen pianista también..., porque puede que este piano esté algo desafinado.

Félix le desabrochó la blusa y, deslizando las manos por sus hombros, se la quitó, dejando la piel suave, nueva y tersa de Daisy a la vista.

—Desafinada dice... —bromeó acariciándola. Luego él mismo se desvistió poco a poco, quedando desnudo ante ella, que aún estaba medio vestida. Su estructura fuerte, velluda, masculina y sólida contrastaba con la de Daisy—. Este cuerpo sí que carece de toda finura —respondió—, pero prometo que se esmerará para que lo pases bien.

Daisy lo abrazó y se dejó hacer. Entre besos, risas, caricias, y con Félix esmerado en la ternura, se sintió cómoda. Cuando yacieron finalmente desnudos, el uno junto al otro, Félix quiso tranquilizarla un poco más aún.

—Siento que es mi primera vez —le dijo él—, lo juro, me siento exactamente así. —La humildad siempre es una fortaleza.

—Es la primera vez conmigo —replicó ella.

—Es la primera vez con alguien *como* tú. —Le apartó el pelo de la cara, y acarició su frente con sus dedos duros—. No hay nadie como tú. Daisy García, pase lo que pase, recordaré siempre este momento porque nunca he sido más feliz... No puedo creer que te haya encontrado. Soy la persona más afortunada del mundo. Recuérdalo tú también; recuerda lo afortunado que hiciste una vez a este hombre, porque yo estaba tan perdido que no sabía lo que buscaba hasta que te encontré.

Daisy aceptó el acuerdo. Ella también recordaría siempre aquella noche. Por una vez, no era la que se preocupaba por los demás, sino era aquel hombre el que la cuidaba y la amaba. Un amigo y un amante, que sabía cuándo alternar la intensidad de lo físico o lo mental con la ternura y las palabras, que sabía utilizar sus cuerpos como uno solo, sin que ella se sintiera en ningún momento utilizada. Que, como el buen maestro, aprendía de sus alumnos y sabía mostrar su debilidad sin ocultar su fortaleza. En el caso de ella, el sentimiento de que aquella era la primera vez fue más real y más claro aún. En una sola noche, Félix había derribado el muro con que el lobo había rodeado su cuerpo y su mente. En una noche, la poderosa bestia había sido vencida por la melodía que el español había tocado con ella.

Cuando se despertó, la luz del sol frío de enero entraba por los ventanales del ático de Félix, encarado al cielo limpio y azul, tan típico de Madrid, y a los grandes árboles que poblaban el parque del Retiro. Sobre la mesa del salón, envuelto en papel de regalo dorado, encontró un regalo. Junto a él había varias monedas de chocolate, bastones de caramelo y un sobre con su nombre. Remitente: «Melchor, Rey Mago de Oriente». Daisy lo cogió con una gran sonrisa.

—Lo trajo anoche —oyó a su espalda—. Lo oí entrar por la ventana. Está claro que este año te has portado muy bien. —Sin darse la vuelta, notó que Félix se acercaba y la abrazaba, acurrucando su cabeza en su cuello para besarla suavemente.

—Yo... no he... —vaciló ella, que no había previsto regalos y no tenía nada para él.

—Nunca me traen nada. Estoy acostumbrado. Este año me he vuelto a portar mal. Ya sé lo que pasa cuando lo hago... —dijo sin soltarla.

—Puedo compensarte —respondió Daisy girándose con el regalo en las manos, aún mirándolo, de manera que su frente quedó a la altura de los labios de él.

—Primero abre el regalo. Creo que te gustará —pidió Félix.

Daisy se separó y lentamente desenvolvió un paquete cilíndrico y chato, de cartón. Al abrir la tapa, envuelto en papel, apareció un sombrero azul, alto, con un gran lazo de fieltro más claro, muy atrevido y elegante a la vez. Se acercó para mirarse en el espejo.

—Creo que nunca he estado tan despeinada —dijo intentando arreglarse el pelo con la mano.

—Todo lo bueno de la vida despeina. Todo lo emocionante y lo divertido. Pruébatelo.

Ella asintió, poniéndose el sombrero con cuidado, tapando su pelo en estado de rebeldía. Tras ladearlo, buscó la aprobación de Félix, que, en bata, la miraba divertido, sentado en el sofá.

—¿Qué tal? —dijo ella.

—Muy elegante, incluso desnuda —respondió él, viéndola vestida con una de sus camisas, que le llegaba hasta las rodillas y dejaba ver sus piernas y sus pies descalzos.

—Me encanta —dijo Daisy volviendo a mirarse en el espejo.

—Hay algo más. Mira bien en la caja.

Daisy rebuscó hasta dar con una pequeña cajita azul. Por fuera, en letras doradas leyó «Ansorena». Sin esperar, la abrió. Era un anillo con un gran zafiro. Lo miró asombrada. Félix se acercó.

—No te asustes. No es una petición, no de matrimonio, al menos no hasta que la guerra acabe, hasta que Pat esté contigo y tú estés a salvo. Pero me gusta mirar lejos. Cuando hay una ilusión en el horizonte, se llega más rápido a él. Es un anillo de no-compromiso... que puede ser de compromiso cuando quieras.

—No sé qué decir —respondió ella.

—Además, combina con el sombrero. Pero, de momento, es solo un anillo. Uno que me gustaría que te recordara a mí. Si un día quieres, puede ser otra cosa, pero que me tengas en tu cabeza me parece igual de importante. Más incluso. Eso es lo que hacemos con las personas que queremos: llevarlas siempre con nosotros.

—Para recordarte no me hace falta nada —respondió Daisy, y se acercó a él, lo volvió a besar y, abrazándolo, enseguida se entregaron de nuevo a su amor.

Pasaba el mediodía cuando se decidieron a salir a pasear, con Daisy ataviada con su nuevo anillo y su sombrero.

El Retiro siempre es especial la mañana de Reyes, y aquel 6 de enero de 1944 no era diferente. Los niños estrenaban sus balones, las niñas paseaban carritos con muñecos y, en general, todos disfrutaban de lo mucho o poco que los reyes les habían traído. En el teatro de títeres, algunos se divertían con la función, otros remaban en el estanque y, a cada rato, el olor a almendras garrapiñadas o a castañas asadas llenaba el aire. Félix se sentó en una de las terrazas y pidió una gaseosa para él y un vermú para Daisy. Mientras conversaban, mezclados entre el gentío, un equipo de periodistas inmortalizaba en un reportaje el ambiente del día. También a aquella elegante mujer de sombrero azul que, con el flequillo recogido y sin gafas, volvía a parecerse peligrosamente a quien era en realidad.

48

Los deseos incumplidos

El almirante Canaris estaba en España, en un viaje corto y confidencial, con multitud de tareas. Tenía buena relación con Franco, también con muchas personalidades españolas, y su posición como director de la Abwehr le permitía acceder a quien quisiera. Su poder era incuestionable, pero pisaba un terreno cada vez más peligroso. La rivalidad de su agencia con las SS era notoria, y sus roces con los altos mandos del Reich, frecuentes. Aunque el almirante era diferente en muchas cosas y su fervor por el Führer nulo, se esforzaba en actuar sin que nada pareciera contrario al pensamiento general, aunque a menudo lo fuera. Al asumir la dirección de la Abwehr, lo habían advertido de que Himmler y Reinhard Heydrich, ambos personajes con más poder que él, ambicionaban centralizar los servicios de inteligencia en uno solo, asumiendo ellos el mando. No lo consiguieron entonces, pero la semilla del rencor se había plantado.

En cualquier caso, la Abwehr no pasaba por un buen momento. De hecho, pasaba por uno francamente malo, y las voces que alertaban sobre su cierre eran cada vez más frecuentes. Algunos agentes habían desertado y se habían entregado a los aliados, lo que en Berlín había dado la imagen de que lo hacían con información privilegiada. Hitler, tan harto de Canaris como Canaris de él, se había enfurecido. El almirante también había advertido del riesgo que supondría la invasión de la URSS, donde los alemanes habían encallado, y pronunciando las palabras prohibidas, incluso había dicho que perder la guerra era algo posible, lo que había molestado a muchos de los afectos que aún le quedaban.

Pero Wilhelm Canaris sabía que su trabajo era fundamental y que la Abwehr cumplía una importante misión, amén de haber conseguido grandes logros. Como patriota alemán, amaba a su país y deseaba que vencieran, pero detestaba muchas de las cosas que se hacían. Con todo, necesitaban éxitos y él, que conocía las dos patas de la operación Akela, es decir, la creación del plan de escape y la localización de Pat y Daisy García, podía impulsar que ambas se completaran de una vez. Podía presionar. La operación era tan personal que un triunfo en ella quizá ayudara a que la Abwehr se mantuviera en pie, tapando con un éxito los últimos fracasos.

Félix Zurita había demostrado ser una excelente incorporación y era una elección suya. Canaris entendió y apoyó que, además de ocuparse de la infraestructura de la *posible* huida, le encomendaran al español que sedujera y extrajera información de Margot Smith. Todo eso estaba muy bien, pero la operación Akela estaba pensada para que la persona que la había encargado huyera con su hijo, y Patrick García, el niño en cuestión, permanecía ilocalizable. Más aún, Daisy García, la única persona que sabía dónde estaba, también permanecía oculta, y el agente encargado de encontrarla había vuelto al Reino Unido, convencido de que, aunque la madre estuviera hipotéticamente en España, el niño nunca había salido de allí.

Un tremendo embrollo.

Había pasado la tarde en la embajada, revisando informes y fotografías, pasando rápidamente por todo lo que no concerniera a la búsqueda de Daisy García. Prestó algo más de atención a los documentos relacionados con el trabajo de Félix Zurita y ojeó las fotografías en las que se le veía con Margot Smith, fijándose en la cara de aquel joven casi con orgullo paternal. La cara de ella le resultaba familiar, pero no lo bastante como para detenerse más que unos segundos. Aquella chica aprendería cruelmente de la guerra, como hacían todos. En sus ojos y su sonrisa detectó amor, pero tendría que asumir que tan solo había sido una pieza más en el inmenso tablero de ajedrez de la situación bélica. Tendría que asumir que había sido utilizada y traicionada, que lo que creía amor era puro interés y que Félix jamás se habría fijado en ella de no ser una empleada de la embajada enemiga. Volvió a mirar la cara de la tal Margot. Era guapa. Cerró el informe y se reclinó en el sillón, frustrado por los nulos avances.

A las nueve, tras cenar, lo invitaron a la sala de proyección para ver uno de los últimos documentales sobre la vida en España que un equipo de la UFA había realizado recientemente. «La UFA, el juguete de Goebbels para hacer documentales y películas», pensó hastiado el almirante. La propaganda, que Goebbels disfrazaba de otra cosa, le resultaba, en el mejor de los casos, pueril; en el peor, alarmante. Respecto a filmaciones como la que se disponía a ver, supuso que no tendría demasiada relevancia, pero, harto y cansado, se dijo que lo ayudaría a despejarse.

El tema era la Navidad española y se centraba en las tradiciones que compartían Alemania y España y las que eran diferentes. Muchas cosas separaban a los dos países, pero en aquellas fechas se acentuaba una enorme. El régimen de Franco ampliaba el poder de la Iglesia y la religión, mientras que el de Hitler se esforzaba en minimizarlo. Así, muchas de las tradiciones españolas tenían como eje el catolicismo: la natividad, la cabalgata, los pesebres, las procesiones... Reconoció todos los lugares: el paseo de la Castellana, la calle Fernando de Barcelona, el Retiro madrileño, con sus gentes celebrando el día de Reyes. Estaba relajándose mientras veía aquellas imágenes cuando algo llamó su atención y, de un respingo, se puso de pie.

—*Halt!* —ordenó. Algunos fotogramas después, sus órdenes se cumplieron—. Vayan hacia atrás. ¡Rebobinen y paren la imagen donde les indique...! —volvió a comandar—. ¡Aquí! —dijo cuando una hermosa muchacha con sombrero apareció en primer plano—. Llamen inmediatamente al capitán Leissner.

Wilhelm Leissner ya estaba en pijama, pero no dudó en vestirse y diez minutos después entraba en la sala de proyección. Al almirante Canaris le había dado tiempo de acudir al despacho que le habían proporcionado y volver con una foto.

—Mire —le dijo a Leissner apuntando a la pantalla.

—Es...

—Margot Smith. Sí, la chica de la que se está sirviendo Félix Zurita. La cogió por casualidad un cámara de la UFA en un reportaje sobre la mañana de Reyes en el parque del Retiro.

—Está algo diferente, pero sí, es ella. De hecho, juraría que el que está de espaldas es Félix —puntualizó Leissner.

—Tiene el pelo retirado de la frente y el sombrero proyecta una sombra peculiar sobre su rostro. Sí, está algo diferente a las fotos de sus informes... Ahora, mire esta otra foto.

Le acercó el recorte del *Times* en el que aparecía Unity Headland, la nazi inglesa, en Múnich. A su espalda, una mujer con un sombrero similar al de la chica de la proyección miraba a la cámara. Con ese sombrero, una sombra similar sobre la cara, la dirección de la mirada exacta y sin el flequillo ni las gafas con las que se disfrazaba en Madrid, las dos mujeres eran casi idénticas.

—La que está en segundo plano es la misma mujer que la de la proyección. ¿Qué hacía Margot Smith en Múnich? —preguntó Leissner.

—No es Margot Smith. Es Daisy García, una de las personas más buscadas por nuestra organización. Esa foto, un recorte del *Times*, es una de las pocas que hay de ella.

—He sabido que el agente Blaz Munter buscaba a esa mujer en España, a ella y a su hijo. Mis colaboradores me lo notificaron, pero ninguno sabemos cuál es su importancia.

—Es alto secreto.

—¿Incluso para mí?

—Incluso para usted, sí. Pero necesitamos capturarla cuanto antes.

—De haber tenido la imagen de esa mujer antes, probablemente hubiéramos ahorrado mucho tiempo —le recriminó veladamente Leissner—. Le enseñé algunas imágenes de Félix Zurita al agente Blaz Munter en las que aparecía esa mujer, pero no la reconoció.

Tampoco Canaris había reconocido a Daisy en esas mismas fotos. El secreto máximo los había llevado a una descoordinación máxima también. Habían fijado tanto la vista en un lado que se habían olvidado completamente del otro.

—En cualquier caso, podremos atraparla enseguida —terció Leissner, triunfal, ofreciendo una salida a aquel despropósito—. Bastará con la colaboración del señor Zurita. Pero debemos hacerlo en secreto, para no alertar a las autoridades españolas. No permitirán que la embajada alemana secuestre a una funcionaria de la embajada británica. Causaría muchos problemas.

—Lo planificaremos juntos, pero antes me gustaría hablar con Zurita... Y quiero que se me informe de cada movimiento de esa mujer.

—Respecto a Zurita, puedo organizar que se vean enseguida. Sobre la señorita García, *ahora* lo conseguiremos, así que no se inquiete, déjelo en mis manos. Lo debería haber hecho hace mucho tiempo.

Canaris pasó por alto el tono. Sabía reconocer un error, pero en ese caso tan solo se había limitado a seguir órdenes de su superior.

Al día siguiente, casi de noche, un coche recogía a Félix en un callejón cercano a su casa. Dentro lo esperaba el almirante Canaris.

—Hacía mucho tiempo que no lo veía —dijo el almirante estrechándole la mano.

—Mucho —replicó Félix, que recordaba al almirante vagamente.

—Me mantengo al día de todo lo que hace. Su padre estaría orgulloso de usted y, si me lo permite, también lo estoy yo.

—Me halaga usted, almirante.

—No lo haga. No son halagos. Nunca crea en los halagos, son las cosas que las personas dicen a otras personas cuando solo quieren agradar. Mi cocinera acariciaba a las gallinas antes de retorcerles el pescuezo. En la crítica suele haber mayor verdad. Su trabajo está siendo excelente y el Reich y la historia se lo agradecerán.

Félix pensó en lo equivocado que el almirante estaba, pero, por fuera, su cara era de interés.

—¿Cómo se encuentra su madre?

—Oh, muy bien. En plena forma. Estaría encantada de verlo, estoy seguro —respondió Félix.

—Quizá en otra ocasión. En tres días vuelvo a Berlín. No le diga que me ha visto, ni a ella ni a nadie. La visitaré la próxima vez que venga a Madrid.

—No diré nada —obedeció el español.

—El asunto que me trae aquí concierne a la persona que lo acompaña frecuentemente, la mujer que se hace llamar Margot Smith.

—Está siendo una relación muy fructífera, almirante.

—Lo sé. Pero algo se ha interpuesto. —Félix se tensó—. Le explicaré —continuó Canaris—. Desde hace años, buscamos a una mujer llamada Daisy García. A ella y a su hijo. Las razones son alto secreto, pero le puedo adelantar que las más altas esferas del Reich quieren encontrarla, también que a la señorita García no se le pretende, por lo que yo sé, ningún daño; me aventuraría a decir que quizá todo lo contrario.

—No comprendo bien qué tengo que ver yo con todo eso —mintió Félix, ya plenamente alerta.

—La señorita García lleva huyendo de nuestros agentes desde incluso antes de la guerra. Durante muchos años se escondió en el Reino Unido y más tarde aquí, en Madrid.

—¿Por qué habría de huir si no le desean ningún mal? —inquirió el español.

Canaris lo imaginaba. Le habían dicho lo que querían de Daisy, pero implícitamente se extraía que ella no tenía opciones de negarse a ello. La querían a ella y al niño. Lo que no decían era lo que todos sabían. Si ella no aceptaba, el niño era la prioridad y ella se enfrentaría a duras consecuencias. Canaris no podía culparla por huir.

—Supongo que el desconocimiento causa miedo —mintió.

—El conocimiento de algunas cosas también —replicó Félix.

—Daisy García es la mujer que usted conoce como Margot Smith —le dijo Canaris.

—Entonces... —Félix titubeó simulando sorpresa.

—Comprendo que le sorprenda —lo interrumpió el almirante—. Cuando lo descubrimos, a mí también me sorprendió. Creemos que, a través de una relación de amistad con la baronesa de Epson, una eminente figura de la escena social inglesa, y sus contactos, la señorita García consiguió que la escondieran en la embajada británica. El asunto es que vamos a tener que prescindir de ella. Debemos capturarla y llevarla a Alemania. Sé que se han hecho amigos, es inevitable, pese a que la naturaleza real de su relación sea otra.

—No lo crea —negó él—. La naturaleza de esta relación es el interés y me he guardado mucho de no cometer los mismos errores que en el pasado. Supongo que sabrá lo que pasó con mi *amiga* Clara Galán.

—Sí, lo he oído. La mujer que lo siguió en Argentina. Se encariñó con ella y acabamos por neutralizarla para evitar que los detalles de la operación Akela llegaran al enemigo. —La cara de Canaris se ensombreció. Lamentaba que Félix hubiera pasado por trances como aquel.

—Me causó mucho dolor, pero extraje una importante lección: no me encariñaré con nadie mientras trabaje.

—Se lo recomiendo encarecidamente. Todos somos prescindibles en aras de un bien mayor.

—Lo sé.

—El asunto es que elaboraremos un plan para capturar a la señorita García. Es posible que necesitemos de su colaboración, aunque espero que usted solo sea imprescindible cuando en la embajada inglesa se pregunten por su paradero. Sé que se lleva bien con el capitán Hillgarth.

—Es cierto, aunque, como con Margot, todo obedece al interés.

—Hillgarth es una persona con la que probablemente en otras circunstancias yo mismo hubiese encajado. Al fin y al cabo, los dos somos europeos de la vieja escuela, de orígenes similares —reflexionó Canaris—. Bueno, el asunto es que el capitán le hará preguntas, querrá saber si usted sabe algo y deberá estar preparado.

—Lo estaré, no se preocupe.

—En el momento en que sienta que peligra, que puede meterse en líos, vaya a la embajada alemana. Saben que deben protegerlo. El Reich es agradecido con los suyos. Los ingleses son feroces con quienes los traicionan: si sospechan de usted, lo matarán.

«Exactamente igual que los alemanes», pensó Félix, satisfecho con que tuvieran una confianza inquebrantable en él. El coche se paró en la bocacalle de la calle Juan de Mena, cerca de su casa. Canaris lo miró con una sonrisa paternal y luego le dio la mano.

—Me alegro mucho de haberlo visto. Ojalá el destino nos depare más momentos juntos, a ser posible en tiempos de paz. Se lo deseo con todo mi aprecio, señor Zurita.

—Yo también se lo deseo, almirante.

Ambos decían la verdad. Lamentablemente, sus deseos jamás se cumplirían.

49

FUSAG

En Inglaterra no se celebraba la noche de Reyes; es más, todas las decoraciones de las casas se retiraban antes de esa noche siguiendo la tradición de que no hacerlo traía mala suerte. Lo cierto era que muchos pensaban que la suerte hacía años que los había abandonado. La moral británica parecía inquebrantable, pero había que ser duro para no entristecerse con el paisaje que los rodeaba: carestía, edificios destruidos, viudas que se veían abocadas a prostituirse y los orfanatos repletos de niños con los que nadie sabía qué hacer.

Winston Churchill se había convertido en el personaje que mejor alimentaba la resistencia inglesa, y sus discursos eran cita obligada para todos, incluso los más pequeños. Cuando lo escuchaban, los británicos sentían que nadie podría con ellos, que eran uno solo, más fuerte y resistente de lo que cualquiera por separado hubiese creído. Además, sabían que el primer ministro les decía la verdad sin edulcorarla, y los advertía de que el sufrimiento y los sacrificios continuarían, pero al final vencerían.

En Glenmore, igual que en el resto del país, el espíritu de los adultos era el de que había llegado el momento decisivo para su nación y para ellos mismos como pueblo. El de «o todo o nada». Lady Maud se esforzaba en sonreír, desplegando su habitual sentido del humor bajo la premisa de que nadie creyera que no estaba plenamente convencida de la victoria de los aliados y segura de que todas las actitudes eran contagiosas y el desánimo no podía de ningún modo contagiarse.

A la vez, quería que los niños disfrutaran en lo posible de su infancia. Que Hitler no fuera capaz de robarles eso también.

Con esa idea, Glenmore Hall había pasado la Navidad más decorado que nunca. De arriba abajo, cada escalera, cada barandilla y cada puerta tenían un lazo rojo, una corona de abeto o una guirnalda. La pequeña comunidad de alumnos, profesores y servicio habían trabajado muchas horas para que así fuera; también para tener el árbol de Navidad más grande que ninguno recordaba, talado de los bosques de Graze Point en Escocia, donde crecían coníferas imposibles de encontrar en la finca de Cambridgeshire. A la vez, en secreto, la baronesa acudió a la sucursal del Lloyd's en Cambridge y retiró una cantidad de dinero importante para gastar en un gran regalo para todos los niños. Una locura, sí, pero una que cualquiera perdonaría y que sus cuentas soportarían sin demasiado problema. Así, el día de Navidad los niños despertaron con un enorme regalo en el *hall* principal de Glenmore, pensado para que todos lo usaran juntos y lo compartieran: el tren eléctrico más completo que podía existir, con casas, montañas y seis locomotoras con sus vagones, amén de un sombrero de revisor, maquinista o tendero para cada niño. Desde entonces, todos los alumnos deseaban que llegara la hora del descanso para ponerse a pintar casitas, a montar vías, a colocar colinas y árboles, y a enriquecer la enorme maqueta. A los pocos días ya circulaban, cruzándose, tres trenes. La maqueta, que ocupaba la mayor parte del invernadero del jardín amurallado, estaba presidida por una réplica a escala de Glenmore Hall que llevó diez días rematar, pero que, cuando estuvo hecha, resultó un aliciente para que todo alrededor de la pequeña construcción creciera con mimo y cuidado. Todos los niños se esforzaban en que el paisaje en miniatura fuera perfecto y, cuando uno veía que algo no lo estaba, ayudaba a su compañero a mejorarlo.

Miss Nightingale, que había sido nombrada directora al jubilarse el señor Wigum, tuvo que reconocer que incentivos como aquel fomentaban mejor el compañerismo y el esfuerzo que cualquiera de los libros que leía el profesorado a los alumnos del Saint Clarence.

Seguían informando a los alumnos sobre el devenir de la guerra y, en el suelo del antiguo salón de baile, el que se quemó, continuaban actualizando, según las noticias, el gran mapa de Europa trazado a tiza con la situación bélica. En el sur había momentos de euforia y en el este también, pero en el oeste todo permanecía igual. A veces, cuando el padre de algún niño moría en combate, los profesores le indicaban dónde estaba enterrado señalando el lugar con una tiza. Al principio habían pensado que era una mala idea, pero a la mayoría de los niños les reconfortaba saberlo y los ayudaba a superarlo.

Lucy había acudido a Glenmore desde Longview porque su marido la había convocado a una reunión con algunos militares. Llegó un día antes y, tras revisarlo todo con satisfacción y conversar con lady Maud, se decidieron a organizar la sala de reuniones en el pabellón español, una construcción en la que normalmente se organizaban las comidas durante las cacerías y que llamaban así porque estaba decorado con una serie de tapices de tauromaquia, regalo —decían— de la reina Isabel II de España a un antepasado de Louis. Era un lugar convenientemente apartado de la actividad del colegio y también discreto, pues se accedía a él sin pasar por delante de la casa principal.

Debió de ser una buena elección, porque, cuando los coches que traían a los invitados y a su marido aparcaron delante del pabellón, todos lo miraron de arriba abajo satisfechos. Dentro, enseguida se saludaron y se sentaron. Eran cuatro en total, dos hombres que se presentaron como el teniente Henderson y el mayor Tomlinson, Louis y ella, que no sabía bien qué hacía allí. Todos iban de uniforme. Su marido fue quien habló primero.

—Lady Epson —le dijo poniendo entre ellos la distancia requerida en asuntos profesionales—, nos hemos reunido aquí para informarla de la creación del Primer Grupo del Ejército de los Estados Unidos, que nombraremos a partir de ahora por sus siglas, FUSAG. Esta fuerza militar se va a instalar en Longview Grange y en otras localizaciones de la zona, de cara a un próximo desembarco en el continente en la zona de Calais. Además, el FUSAG se desplegará en otras zonas secretas con vistas al desembarco en otros puntos del continente. —Lucy permaneció seria y callada—. Se trata de una fuerza de dimensiones sin igual, con efectivos estadounidenses, que se colocará en su propiedad a la espera de entrar en acción. Será comandada por el general Patton.

—El general «Sangre y Agallas» —dijo Lucy recordando el apodo que la prensa le había dado al militar estadounidense.

—El mismo. Los alemanes lo temen, y temerán también la fuerza con la que llegará al continente. Será algo nunca visto, con una tecnología única y un despliegue de tanques, barcos, aviones y soldados sin precedentes. Puede estar orgullosa de acoger a tan temible grupo y de ser punta de lanza de lo que vendrá después.

Louis abrió su portadocumentos y desplegó un gran plano de Longview Grange sobre la mesa. En él aparecían tiendas de campaña, depósitos, pista de aterrizaje, hangares, estacionamientos, campos de entrenamiento e infinidad de elementos que Lucy aún no había visto construidos.

—En Longview no he visto a nadie aún, los trabajos avanzan, pero con algunos trabajadores, pocos, y ningún soldado —dijo.

—Lo sabemos. Esta noche llegará una avanzadilla importante de efectivos —apuntó el mayor Tomlinson—. Yo mismo iré hacia allí cuando acabe la reunión. Esta semana tenemos un plan de trabajo exhaustivo. Todo lo que ve en el plano debería estar acabado en quince días. A principios de la semana que viene, será entregado más material, pero eso no es algo de lo que deba usted preocuparse.

—Puedo ir esta tarde con usted si cree que puedo serles de ayuda —se ofreció ella.

—No, no será necesario —intervino Louis—. El mayor y el teniente se ocuparán de los preparativos a la espera de que lleguen los mandos. De momento, son tareas puramente logísticas. Toda la zona se está preparando para la llegada del FUSAG.

—Probablemente la incomodemos un poco estos días. Se va a establecer..., de hecho, se está haciendo en este momento, una zona de exclusión terrestre alrededor de Longview Grange con varias líneas de alambradas. La entrada al campo será por el lado de los prados más bajos, así que podrá seguir utilizando la avenida de los tilos, pero encontrará varios controles de seguridad y le revisarán el coche al entrar y al salir.

Lucy pensó que sería molesto, pero no se quejó ante hechos consumados.

—¿Y cuál es mi tarea? —preguntó.

—Al margen de la gestión de la casa, donde probablemente se alojarán algunos oficiales, queremos establecer una estación de radio en la planta baja del edificio. Se instalará esta misma noche y se pondrá en marcha en dos días. Dada su experiencia, nos gustaría que fuera usted quien la dirigiera. El oficial al mando le pasará los mensajes y será quien recoja los que reciban, los que usted le pase.

Lucy era buena en eso. También era buena instruyendo, que era lo que había estado haciendo a los pequeños grupos que habían pasado por su finca desde hacía un año.

—¿No vendrán más jóvenes a instruirse entonces?

—No. Se redirigirán a otros campos de formación. A partir de ahora, Longview será un campo de militares formados que se entrenarán para el desembarco.

—Bien —asintió ella.

—Lady Epson, no hace falta que le recuerde que todo lo que le estamos contando es alto secreto. El futuro de Europa y del mundo dependen de que esta operación tenga éxito —le dijo su marido.

—Lo entiendo —replicó ella—, pero me parece que sería mejor que hoy mismo volviera a Longview. Es absurdo que esté aquí.

—No lo haga. Vuelva pasado mañana. En Longview estorbará y aquí, en cambio, puede ayudar a lady Maud —insistió Louis.

Lucy vio algo en su mirada que no supo definir. Una mentira, pero era impropio de Louis, así que quizá fuera una omisión. Pensó que la reunión se había producido en Glenmore precisamente para apartarla de Longview. Se calló, concluyó la reunión y poco después vio partir a los tres extraños (porque su marido en aquella reunión lo había sido) en dirección a su finca de la costa.

No pudo dejar de pensar en el encuentro durante toda la tarde. En la cena, ya en el postre, tras verla deambular silenciosa y pensativa por la casa y cenar prácticamente en silencio, su suegra no pudo más.

—¿Me vas a contar qué diantres sucede, querida? —le dijo desde el otro extremo de la mesa del comedor que ocupaban.

—Es por la reunión. Me ha dejado...

—Pensativa, taciturna, muda... Sí, todo eso —dijo lady Maud, impaciente—. ¿Y por qué? ¿Qué es lo que te han dicho?

—Es lo que no me han dicho. Lo que me he perdido.

—¿Hay algo que no hayas entendido entonces?

—No, pero han omitido algo. Todos en la mesa sabían algo que yo no sé. Y lo de citarme en Glenmore Hall no tiene ningún sentido.

—Quizá los oficiales estuvieran cerca de aquí. Desde luego, no ha sido por Louis, que me ha saludado como saludan los gansos en vuelo a las vacas de los prados.

—Eran oficiales de poca importancia y prácticamente no han intervenido. Y Louis me estaba ocultando algo. Sé verlo en sus ojos.

—Sí, ese chico nunca ha sabido mentir. Pero si estás aquí es porque no querían que estuvieras en Longview, eso está claro.

—Eso mismo pienso yo —contestó Lucy.

—Respecto a lo demás, debes preguntarte si confías en mi hijo.

—Por supuesto.

—Me alegro. En ese caso, tendrás que esperar, te dirá lo que no te ha dicho cuando deba hacerlo y apuesto a que será lo mejor para ti.

—Me quedaré.

—De nuevo eso me alegra, porque además quiero que veas a Pat y te cuente el plan que hemos organizado para el mes que viene.

—Me parece muy bien. ¿Cuándo estará con nosotras?

La baronesa miró al reloj de pared. Eran las ocho y dos.

—Hace dos minutos —dijo molesta—; ese crío me va a oír.

En ese momento, Stuke abrió la puerta del comedor pequeño y anuncio a Patrick García. El niño entró algo acalorado.

—Disculpe el retraso, lady Epson. Disculpe el retraso, lady Maud —dijo avergonzado.

—Niño, ¿a qué hora habíamos quedado? —dijo la baronesa viuda.

—A las ocho.

—Y son las ocho y tres ya.

—Sí, le pido perdón. Me entretuve con...

—Ah, no, no. Ninguna excusa —dijo mirando fijamente al niño, con el dedo índice apuntando al techo—. Pat, debes entender algo. Una de las características comunes a los maleducados es la impuntualidad. Llegan tarde y los demás pretenden excusarlos diciendo que «George o Henry o Pat», quien sea..., «es incorregible», pero todos saben que el motivo de que sea incorregible es que el maleducado rara vez cambia. El maleducado permanece maleducado porque los modales, que en el fondo no son más que consideración hacia los demás, calan solo en los considerados, y los maleducados nunca lo son. No contento con su mala educación, ese tipo de personas cuenta excusas que nadie cree y se prepara para llegar tarde la siguiente vez, pensando que se le excusará de nuevo cuando en realidad nadie lo hace, pues su mala educación es cada vez más evidente y cada vez se espera menos de sus modales y formas. Se les da por inútiles para la educación. A nadie le sorprende que coman mal, o hagan ruido, o se vistan inapropiadamente... Lo que intento decir es que... —Lucy lanzó una mirada a lady Maud que ella entendió perfectamente: era suficiente—. Pat, ¡un caballero nunca hace esperar ni a una dama ni a otros caballeros! ¡Así que llega puntual, canastos! —concluyó.

—Me dice lady Maud que tenéis planes para el mes que viene —dijo Lucy cambiando de tema y tono.

—Sí, señora, pero antes quería decir que jamás seré impuntual de nuevo —prometió Pat mirándola con sus ojos azules y su cara redonda acentuada por el pelo rapado.

—Haces bien. Todo lo que dice lady Maud es cierto y quiero que siempre estés en nuestro equipo, el de los educados.

—También estaré en el del Saint Clarence en el día deportivo de Burghley.

—No sé nada de eso —dijo Lucy extrañada.

Pat abrió los ojos ilusionado para explicar aquel plan.

—Han organizado un día deportivo para colegios en Burghley House, que es una casa muy...

—Conozco bien la casa —lo interrumpió Lucy.

—Ah —continuó Pat—. Vamos a ir todos los colegios de los condados cercanos. Somos seis o siete en total. Yo participaré en el *cross country*. Somos un equipo de quince niños del Saint Clarence en la carrera de seis kilómetros. Participarán ciento cincuenta niños solo en esa carrera.

Pat explicó con detalle todas las pruebas, y desde el principio lady Maud detectó preocupación en el gesto de Lucy. Cuando acabó, el niño se fue, y las dos se sentaron en la salita para su habitual oporto, se lo comentó.

—Te da miedo, ¿no es así? —preguntó la viuda.

—Mucho. En Glenmore Pat está seguro, pero fuera... No podemos bajar la guardia.

—Lo anularé si es necesario —aseguró lady Maud.

—No, no lo hagas. Pero quiero que tengamos a gente de casa durante todo el recorrido..., y que Samuel esté armado y vigilante.

El vaquero cojo seguía siendo el encargado de la protección de Pat y permanecía cada noche ante la puerta de la habitación que compartía con William, donde ya había demostrado su valía la noche del incendio.

—Además, ¿a quién tenemos que no haya ido a la guerra y pueda hacer la carrera? —preguntó Lucy.

—Creo que Dan, el mozo de cuadra, podría valer. Quedó tuerto en Dunquerke y no lo llamaron a filas después. Corre como una gacela.

—Pues hará la carrera junto a Pat.

—Un cojo y un ciego para proteger al niño. Suena horrible —ironizó lady Maud.

—Y una viuda y su nuera en alguno de los puntos de la carrera, preparadas para disparar.

—Los caminos del señor son inescrutables —apuntó la viuda.

—Los del enemigo también —concluyó la nuera.

50

Priorizar

Félix Zurita se encontró con Wilhelm Leissner en una plazoleta del parque del Oeste, cobijado del sol por las grandes ramas de varios cedros viejos y nobles. La vez anterior que se había visto con el jefe de los servicios secretos alemanes en España habían quedado en que sería él mismo el que planteara la ocasión para que secuestraran a Daisy García. Era lógico, pues Félix era el que más tiempo pasaba con ella y sabía qué planes tenía agendados después de que quedaran.

Se sentaron espalda contra espalda en dos bancos, cada uno mirando hacia una perspectiva diferente del gélido Madrid de enero.

—El jueves de la semana que viene he quedado con la señorita Margot Smith para comer. El embajador y lady Hoare tienen a la misma hora una reunión de trabajo en la embajada estadounidense a la que acudirá gran parte del personal de la inglesa.

—Sabemos lo de esa reunión —apuntó Leissner.

—No saben lo que se prolongará y la señorita Margot Smith tiene la tarde libre. Yo puedo quedar con ella en Casa Botín. Será fácil que la capturen de camino al restaurante, en cualquiera de las calles aledañas. Cuando me pregunten, diré que no llegué a la comida y que envié una nota excusándome, una nota que ustedes le proporcionarán al *maître* del restaurante para que lleve a mi mesa y que debería entregar una mujer con aspecto similar a la señorita Smith, para que, cuando quienes investiguen su desaparición le pregunten, todo quede bien atado y nunca sospechen que Margot jamás llegó al restaurante. Yo me iré a montar al Club Puerta de Hierro y esperaré a que los días pasen hasta que me contacte alguien de la embajada. Si a los tres días nadie me ha dicho nada, seré yo el que acuda para preguntar por Margot —explicó Félix.

—Parece muy sencillo.

—Lo es. Como quitarle un caramelo a un niño.

—Bien. Vaya mañana al restaurante Horcher. Le daremos nuestro visto bueno o lo contrario. Tenemos que revisarlo todo y tener el traslado de la señorita... Daisy García preparado.

—Hay algo más —añadió Félix—. No le comenté las últimas informaciones que conseguí. Ayer, tras pasar la noche conmigo —Leissner sonrió. Todos en la Abwehr estaban encantados de ese nuevo avance en la relación de Félix con la chica—, Margot, perdón, Daisy, me comentó que creía que la guerra acabaría pronto.

—¿Qué le hace pensar eso? —preguntó Leissner irguiéndose un poco.

—Al parecer, una amiga suya le hizo llegar una comunicación explicándole que había sido captada como operadora de radio en una finca del sur de Inglaterra, frente al canal de la Mancha, y que un gran número de efectivos estadounidenses se habían instalado en esa nueva base.

—Eso es lo primero que me debería haber comentado. Es usted un necio, Zurita —lo reprendió el alemán, conteniéndose para no girarse hacia Félix.

—Yo solo sigo órdenes, herr Leissner. Ustedes me pidieron que organizara el secuestro de la señorita... García, y eso he hecho.

—La información que cuenta es más importante. ¿Sabe si la señorita García recibirá más información?

—Ella estaba segura de que sí. Estaba contenta por poder comunicarse con su amiga con más frecuencia. Supongo que seguirá teniendo noticias. Me ha comentado que en la embajada hay mucho movimiento y que sir Samuel había brindado en la cena de la noche por «sangre y agallas»; imagino que será una frase hecha inglesa.

—No lo es —dijo meditabundo Leissner—. Es el apodo por el que conocen al general Patton.

—¿Alguien importante? —preguntó Félix sin dar importancia a las palabras del alemán.

—Vaya mañana a Horcher —lo cortó Leissner—. Le diremos cómo proceder, pero voy a desaconsejar la captura de Daisy García de momento. Necesitamos sus oídos en la embajada... y su indiscreción con usted. Solo espero que no haya nadie tan insensato en la embajada alemana. Trátela bien, hágale el amor frecuentemente, llévela a cenar a sitios caros. Yo mismo pagaré la boda si es necesario, pero téngala cerca.

—De acuerdo —musitó Félix.

Sin recibir respuesta, escuchó unos pasos apresurados alejarse. Cuando se dio la vuelta, Wilhelm Leissner había desaparecido. Solo entonces dejó escapar el aire que había contenido con fuerza.

El plan parecía haber surtido efecto. Dos días antes, había fingido tranquilidad al ver a Daisy. Había puesto las mismas caras de siempre y habían hecho cosas similares. Ni siquiera ella percibió su preocupación. Ya había anochecido cuando la acompañó a la puerta de la embajada y, al besarla en el cuello, le dijo, susurrándole, que lo dejara entrar. Ella se separó de él, lo besó en la boca y lo cogió de la mano para que entrara, de forma que pareciera idea suya. Ambos sabían que, en alguna esquina, en algún coche o en alguna ventana, los vigilaban.

Dentro, el tono de Félix cambió.

—Saben quién eres. El almirante Canaris lo ha descubierto. Están organizando tu secuestro.

Daisy palideció.

—¿Y Pat?

—De él no me ha dicho nada. Solo me habló de ti, pero es evidente que, si te cogen, acabarán averiguando dónde está el niño.

—Nunca hablaré.

—Eso nadie lo puede garantizar. Pero vayamos paso a paso. Deberíamos hablar con Hillgarth.

—Iré a buscarlo ahora mismo. Sígueme.

Dejó a Félix acomodado en una salita y subió a paso ligero las escaleras. Al poco rato entraba en la habitación con el capitán. Parecía pensativo, pero no más preocupado que en otras ocasiones.

—Que la señorita García fuera descubierta era solo cuestión de tiempo. Hemos contado durante muchos meses con la ventaja de que su localización ha sido encargada a un grupo muy reducido de la

Abwehr, sin implicar a toda la agencia, por lo que los que la vigilan en Madrid no tienen contacto con los que la llevan buscando años, pero era lógico que finalmente cruzaran fotos e informes y cayeran en que Daisy y Margot son la misma persona. Nos vamos a ocupar de eso. Contábamos con ello.

—¿Me esconderán? Puedo huir hoy mismo —dijo Daisy.

—No, no. Nada de huir. Le diré lo que hemos pensado.

Félix no podía dejar de admirar la flema inglesa. En aquella habitación había dos españoles deseosos de pasar a la acción y un inglés que ni siquiera estaba dispuesto a acortar la conversación y desvelar el plan con tal de explicarse bien.

—Según la información que trasladó a John Osbourne en Inglaterra, los alemanes la quieren capturar porque asumen que, durante su estancia en Alemania con la señorita Unity Headland, usted obtuvo informaciones que no se deben desvelar. Con esa premisa la ayudamos a huir la primera vez. El caso es que esa premisa ya no es plausible, pues, de tener esa información, los alemanes habrían dejado de perseguirla al ver que está integrada en la embajada, dando por hecho que nosotros ya la conoceríamos de su boca. Si la quieren secuestrar no es por contener esas supuestas informaciones; lo que los alemanes quieren es a usted misma. Posiblemente también a su hijo. Hay algo que no nos ha contado y que imagino que tiene mucho que ver con el niño sin padre que esconde en la finca de la baronesa Epson. ¿No es así? —Daisy no pudo evitar sorprenderse. ¿Hillgarth lo sabía todo? Él captó su mirada—. Oh, señorita García. No me diga que le extraña que hagamos nuestro trabajo. No nos infravalore. Una mujer que metemos en nuestra embajada, que llevo a mi casa de Mallorca y a la que confiamos tareas de contraespionaje... Lo sabemos todo de usted, desde la edad de sus padres a sus juegos favoritos, desde sus opiniones políticas hasta sus lecturas, desde las medias que usa hasta sus días de periodo. Todo. Bueno, casi todo. Ahora le pediré al señor Zurita que abandone la sala y usted me dirá quién es el padre de Patrick García. Si es sincera, la ayudaré. Si no, no la esconderé más.

Discretamente, Félix se levantó y salió de la sala. Esperó fuera una hora. Luego, Hillgarth asomó la cabeza y le pidió que volviera a entrar. Dentro, Daisy tenía los ojos enrojecidos de llorar, pero le sonrió levemente al verlo. El mismo capitán parecía también algo descolocado, incluso impresionado.

—La señorita García me ha contado lo que necesitaba saber. Le he pedido que no se lo cuente a nadie más y le he prometido no utilizar la información que me ha dado sin advertirla antes y solo si es crítico que lo haga. Puede que en algún momento lo sea, pero no soy de los que les gusta chantajear con niños. Además, ningún alto mando nazi estaría dispuesto a sacrificar al Reich por sus hijos. Es decir, como herramienta de negociación para nuestro bando, ese niño es de alto valor, pero no tanto como la concesión de un territorio, por ejemplo. No sé si me explico.

—Los nazis quieren a Patrick García porque lo quieren todo, pero, llegado el caso, pueden prescindir de él antes que de otras cosas —resumió Félix.

—Eso es. El padre de ese niño es indescifrable y sus afectos son escasos. Pat es una carta que me guardaré.

—No me gusta pensar en Pat como una carta, como una herramienta de negociación —dijo Daisy.

—Quizá prefiera que le mienta —propuso Hillgarth.

—No.

—Entonces se lo confirmo. Tal y como usted dice, Pat es una herramienta de negociación, pero creo que nadie lo podría haber protegido y escondido como usted, así que dejaremos las cosas como están. Esta información debería llegar inmediatamente al mismísimo Churchill, pero le haré un enorme favor y me arriesgaré por usted. Respecto a la seguridad de Pat, los agentes enemigos en el Reino Unido están cada vez más cercados y no será fácil que alguno localice al niño sin que lo sepamos. De todas formas, pediré a John Osbourne que vuelva a vigilar Glenmore sin alarmar a los Epson. Me llevará unos meses y mucha perspectiva decidir qué hacer con esta información.

Daisy estaba realmente preocupada. Tras años de esconderse, alguien conocía su secreto. El capitán Alan Hillgarth era la primera persona que lo sabía todo. Él la miró.

—Señorita, no debería preocuparse tanto. Los nazis hace años que tienen constancia de esta información. ¿Acaso es eso peor que el que la tengamos nosotros? —le dijo dándole dos palmaditas en la pierna—. Nosotros la ayudaremos.

—Ustedes estarían dispuestos a entregar a Pat a cambio de la paz —dijo Daisy.

—Oh, desde luego que sí, querida. Entregaría a cincuenta Pats si con ello evitara que millones de hombres de todo el mundo murieran en los campos de batalla de Europa... y usted debería pensar lo mismo. Lamentablemente, esa situación no va a producirse, así que conviene que hablemos de la que sí se ha producido.

—Los alemanes han descubierto que Margot y Daisy son la misma persona —dijo Félix cambiando de tema.

—Eso —sonrió Hillgarth.

—¿Qué propone?

—Lo planeado. Daisy García es una pieza importante para los alemanes, por su hijo y por ella misma, pero no tanto como la información a la que le vamos a dar acceso. Atiendan, porque lo que van a conocer tiene visos de cambiar el curso de la guerra y es nuestra bala de plata para ganar. Hace un mes se creó el Primer Grupo del Ejército de los Estados Unidos, el FUSAG...

Hillgarth les explicó los detalles del FUSAG. Los mismos que, a más de mil kilómetros de allí, le habían contado a lady Lucy Epson. Tanto Daisy como Félix pensaron que aquel era un paso de gigante y se quedaron con la idea de que el desembarco de aquella formidable fuerza en el continente era inminente.

—El asunto —continuó el capitán cuando acabó de explicar las características de la operación— es que la clave de todo está en que el enemigo reciba la información que nosotros queremos, para prepararse... mal. Para prever el desembarco en el lugar equivocado, con fuerzas equivocadas y estrategia equivocada. Los nazis deben tragarse una a una todas las mentiras que les contemos.

—Hay que engañarlos —dijo Félix.

—Exactamente, y el papel de ustedes dos será esencial. Tenemos a muchos agentes y estamos preparando multitud de acciones para que caigan en la trampa. Ustedes tan solo tendrán que pasar la información que les demos, igual que hasta ahora, solo que esta será de mayor importancia y los alemanes no podrán comprobar que es falsa hasta que sea demasiado tarde. No les informaré de planes que son alto secreto, es más seguro para todos, pero haremos que lo que Daisy obtenga y le transmita a Félix sea tan crucial que los nazis no quieran dejar de contar con ella tan pronto. Que prefieran esperar a capturarla. Que pongan en la balanza las dos cosas y decidan que es mucho más importante saber todo sobre la batalla final que capturar a Daisy, por muy madre de Pat que sea.

—Tiene sentido. ¿No crees, Daisy? —preguntó Félix.

—Sí, creo que lo tiene —respondió ella, aún movida por la conversación anterior.

—Mañana, cuando acuda a la reunión con herr Leissner, le diré lo que le debe decir. No dudará. Estoy seguro de que anulará la captura de Daisy.

Siguieron planeando los detalles hasta bien entrada la noche y Félix se quedó a dormir en la embajada, pues, en la operación que habían urdido, debía pretender haber cenado en la residencia y pasado la noche con Daisy. En una de las habitaciones del piso superior, bajo la atenta mirada de un retrato de Jorge V, tras haber hecho el amor, él abrazado a ella por la espalda, sintiendo el latido de su corazón bajar poco a poco de ritmo, Daisy le preguntó:

—¿No vas a preguntarme quién es el padre de Pat?

Félix se quedó callado unos segundos. No tuvo que meditar la respuesta porque le salió directamente de su manera de ser.

—Prefiero que me lo cuentes tú cuando quieras. Ahora, o quizá nunca. No te lo echaré en cara. No haré pesquisas. Si un día quieres que lo sepa, te escucharé. Pero acepto tu pasado porque te ha hecho como me gustas en el presente. Los dos tenemos secretos y cosas de las que preferimos no hablar. No hace falta que lo hagamos si no nos hace bien a ninguno, pero comprenderé lo que me digas y, si puedo ayudarte en algo, no encontrarás a nadie con más ganas de hacerlo. —De nuevo, la habitación se quedó en silencio—. No necesito ser el primero en escuchar lo que tienes que decir —le dijo pasando un dedo por sus labios—, con tal de ser el primero aquí —le dijo posando una mano sobre su corazón.

Daisy cerró los ojos aliviada y la tensión del día se desvaneció poco a poco.

—Ojalá fuera tuyo —musitó antes de quedarse dormida.

Félix fantaseó con aquella frase un rato más. «Ojalá», pensó cerrando los ojos.

Al día siguiente, en una plazoleta bajo viejos cedros, en el parque del Oeste, Félix hizo lo acordado con Hillgarth. Paso a paso y palabra a palabra.

Y funcionó.

51

Burghley House

Lucy y su suegra recorrían a caballo el trazado del *cross country* que los niños alojados en Glenmore Hall correrían dos días después. Lucy era más joven que Myra, la quinta marquesa de Exeter, pero esta era buena amiga de su madre, así que se conocían bien y la honorable dama había aceptado gustosa que lo revisaran. No era curiosa y estaba tan atareada con todo lo que implicaba la organización de su «día deportivo» que ni preguntó por qué debía haber personal de Glenmore en todo el recorrido, ni puso ningún problema a que así fuera.

A pocos metros tras ellas, Stuke había abandonado sus labores habituales como mayordomo y, subido a un carro, apuntaba todo lo que lady Lucy le indicaba. Cada doscientos metros colocaban un banderín azul donde al día siguiente habría alguien de la casa vigilando. La versión oficial en Glenmore era que los niños del Saint Clarence eran incontrolables y debían ser vigilados. El personal de la finca raras veces la abandonaba, así que todos estaban excitados con la idea de pasar un día fuera.

Burghley era una propiedad inmensa, presidida por una casa prodigio isabelina del siglo XVI, impecablemente tenida, enorme, palaciega y de espectacular arquitectura. Probablemente era la más impresionante de todas las casas de su época, y los interiores, aunque renovados posteriormente, no desmerecían en calidad y estaban cargados de obras maestras de toda Europa. La finca también era enorme, con más de diez mil acres de cultivos, además de los bosques y del parque. Seguía perteneciendo a los Cecil. Era el tipo de casas que la madre de Lucy utilizaba para comparar y desmerecer Glenmore, que sin duda era más modesto. A Lucy no le hacía falta comparar las cosas para que le gustaran más o menos, así que nunca le había importado.

El jardín había sido diseñado por el paisajista Lancelot «Capability» Brown, que había hecho la enésima reinterpretación de la vista inglesa perfecta, con un gran lago, cedros, avenidas y prados que mezclaban lo artificial con lo auténtico y lo que existía de origen con lo incorporado. El resultado era, nuevamente, espectacular.

—Si no tienes un jardín de Capability Brown, un Canaletto en alguna parte y un Van Dyck de tu antepasado o de un rey, puedes considerarte de segunda clase, querida —le dijo lady Maud, irónica, revisando cada detalle de la finca de los Cecil con aguda mirada y (quizás) un poco de envidia. Hacía tiempo que no la visitaba y no recordaba su magnificencia.

—Pondremos a otra persona allí —dijo Lucy en voz alta, dirigiéndose a Stuke, haciendo caso omiso a su suegra—; podrá ver bien los dos lados de la curva.

—Los Cecil tienen una casa maravillosa y me caen simpáticos —continuó su suegra—, entiéndeme, pero las modas..., ay, las modas... Odio las cosas que de pronto todos tenemos que hacer igual, como borregos. Capability Brown aquí, Capability Brown allá. Todo precioso..., pero igual.

Cruzaban el lago por el puente de los leones, que recibía su nombre de las figuras que lo custodiaban a ambos lados.

—Quiero a alguien aquí también —pidió Lucy a Stuke.

—Adivina de quién es el puente... ¡de Capability Brown! —insistió lady Maud—. ¡Qué necesidad...! Eso sí, la casa... —Esto lo recordaba bien—. No te figuras el frío que pasé cuando me invitaron. Encantadores, todo precioso y muy barroco, que parece que si no es barroco, es barraca, y se come estupendamente, pero no me preguntes qué, porque realmente no lo sé: los Cecil aún no han instalado la electricidad y estaba oscurísimo. Mucho Capability Brown, pero luego con velas.

—Deberíamos asegurarnos de que Dan conoce el recorrido —comentó Lucy aludiendo al atlético mozo de cuadras que correría a la espalda de Pat.

—Llegará antes, señora. Lo recorrerá entero —replicó Stuke.

—¿No estará cansado luego para la carrera? —preguntó ella.

—No, señora. Ese joven podría ser olímpico —aseguró Stuke.

—Como David —apuntó lady Maud—, lord Burghley, el hijo de Myra. Es todo un atleta, participó en las últimas Olimpiadas. Cielos —rio—, somos como la versión pobre de los Cecil. A ellos les diseña el jardín el paisajista más afamado y a nosotros la abuela de mi marido, su atleta es lord y el nuestro mozo... Realmente, no entiendo por qué nos recibe esta gente. —Rio de nuevo—. Lucy, querida, menos mal que tú traes algo de distinción —dijo acercando su caballo al de su nuera.

Por la tarde, todo había quedado organizado y Stuke sabía a quién poner en cada punto. Dan, el mozo, correría junto a Pat, y durante todo el recorrido vigilarían la carrera varias personas de Glenmore. En el parque, Samuel vigilaría que no hubiera nada extraño. Días atrás Lucy había contactado con John Osbourne y también él prometió traer a cuatro agentes para vigilar.

—Quizá estemos exagerando —dijo la baronesa viuda al ver el plano con aquel despliegue de personal.

—Ojalá, mamá. Ojalá —deseó Lucy.

Era de noche en un callejón de Spitalfields, uno de los peores barrios de Londres. Por suerte, Tom Baker, que había nacido allí y se había hecho hombre esquivando navajazos y ganando peleas, no tenía ningún miedo. Estaba cargando su furgoneta con todos los elementos que llevaría dos días después: la caja mágica, el espejo, la mesa, las jaulas para las palomas. Nadie habría dicho que con aquellas manazas pudiera hacer lo que hacía ni hacerlo tan bien. No era exactamente Houdini, y probablemente no pasaría a la historia, pero nadie que hubiera visto su espectáculo podría decir que no lo había pasado bien.

Tom tenía gracia. Su aspecto era gracioso por lo inesperado. Era grande, muy rubio, con los brazos peludos y la mandíbula adelantada bajo una nariz chata como la de un boxeador. Su corpulencia habría encajado mejor en alguno de los otros espectáculos que se ofrecerían en Burghley House; el mismo hombre forzudo era un alfeñique a su lado, pero su vocación era para la varita, la chistera, los conejos y las palomas. Su público favorito eran los niños, que se quedaban boquiabiertos, casi hipnotizados con sus trucos. Hacía tiempo que no se ponía la capa y estaba deseando hacerlo.

La marquesa de Exeter había permitido que varios feriantes se instalaran en uno de los prados cercanos a la casa y aseguró una pequeña donación a cada uno. Tom había pasado sus datos y la matrícula de su furgoneta y había recibido el permiso para acudir a la mansión pocas semanas después. Los militares solían desprenderse de alguna moneda y quizá los adultos que acompañaban a los colegios también tuvieran algún arranque de generosidad. Lo cierto es que habría actuado gratis porque, además, estaba harto de los días grises y tristes del Londres de 1944.

Se necesitaba mucha magia para que el ánimo no decayera, y en eso Tom era un experto. Muchos como él hacían falta, se decía a menudo, aunque, excepcionalmente, esperaba que solo hubiera uno en el día deportivo. Seguro que se instalaría también el consabido puesto de tiro al globo, el pescador de patos, la tómbola y alguno de manzanas asadas; esos siempre funcionaban. El hombre forzudo rara vez se perdía una feria, por muy pequeña que fuera, así que esperaba encontrarlo también. Ya vería. Desconocía cuántos de los de su gremio se habrían apuntado, quizá seis, diez a lo sumo. No importaba, pasaría un día en el campo y lo pasaría bien.

Estaba intentando cargar un gran armario (mágico, por supuesto) cuando un hombre bien vestido salió del *pub* cercano. Andaba en dirección contraria, pero, al verlo con dificultades, se acercó a Tom.

—Deje que lo ayude —le dijo cordial.

Su aspecto era el de un caballero venido a menos, algo entrado en carnes y con el abrigo raído pero de buena hechura. Medía fácilmente medio metro menos que Tom y sus ojos eran negros y profundos.

—Se lo agradezco —dijo él—, solo será un segundo.

—Coja usted de la parte de arriba y arrástrelo al interior del furgón —propuso el caballero—; yo lo levantaré por las patas.

Tom hizo lo que le indicó y enseguida consiguieron levantar el armario, meterlo en el furgón y empezar a colocarlo al fondo del pequeño espacio de carga. Tuvo dos segundos para reconocer el brillo del cañón. Ninguno para reaccionar al tiro que, certero, le atravesó la frente.

Minutos después, el furgón se ponía en marcha. Una hora más tarde, a la altura de la localidad de Saffron Walden, el cuerpo de Tom Baker caía al río Cam.

El 15 de febrero a las seis de la mañana los niños del colegio de Saint Clarence se subieron a tres autobuses en dirección a Burghley House, que estaba a apenas una hora de distancia. A cada uno se le había hecho un hatillo con un bocadillo que desayunarían en marcha. En los maleteros se colocaron ordenadamente varios cestos con la comida del almuerzo y una caja llena de pequeñas copas, trofeos que Lucy había recopilado de las buhardillas de Glenmore Hall y con los que pretendía premiar a cada uno de los niños que no obtuviera buenos resultados en la competición general.

Lady Maud, que a aquellas alturas ya sentía los colores del colegio del East End como propios, le había dicho que era una tontería: *sus* chicos eran los mejores y, por lo tanto, ganarían todas las competiciones.

Habían entrenado duro, seleccionado quién realizaría cada prueba y trabajado como un equipo para conseguir buenos resultados. Lucy y los profesores habían insistido en que, sobre todo, debían competir limpiamente, y lady Maud, en las técnicas secretas para que, además, ganaran. El ambiente de alegría era contagioso y si Lucy no hubiera estado tan preocupada, habría disfrutado tanto como los alumnos.

Llegaron a Burghley a la hora prevista y los comentarios de admiración de los niños pegados a las ventanas del autobús no se hicieron esperar. Lucy se alegró al ver a varios agentes en la puerta de entrada identificando a cada asistente.

—¡Es enorme! —gritó Pat, sentado al lado de William Epson y justo detrás de lady Maud.

—Es por los árboles. Son tan pequeños que la casa a su lado parece mayor de lo que es —dijo la viuda, celosa.

—¡Hay una feria! —volvió a exclamar el niño al ver los puestos colocados en uno de los prados.

—Me lo dijo Myra Exeter —dijo Lucy a lady Maud—. Todos los puestos han sido revisados. En teoría no hay un solo invitado que no se haya registrado.

—Pero aquí hay cientos de personas... Todo el pueblo parece haber acudido —dijo la viuda
—Lo sé.
—No pasará nada —la tranquilizó.
—Tan solo deseo que estemos de vuelta cuanto antes —dijo Lucy. El autobús paró y los profesores se pusieron en pie—. Iré a comprobar que Stuke lo tenga todo organizado —dijo apresurándose a salir.

Stuke no había fallado. Faltaba aún hora y media para que empezara la carrera y ya había veinticinco personas de Glenmore apostadas en todo el recorrido. Dan, el mozo, lo había recorrido entero una vez y estaba listo para dar otra vuelta cuando fuera necesario. A pesar de ser tuerto, parecía más observador que los demás. Samuel lo vigilaría todo y Lucy estaba dispuesta a no parpadear con tal de no perder de vista a Pat. «Es imposible que nadie se lo lleve de aquí», pensó, pero, a la vez, a diferencia de cuando estaban en su finca, comprobó que Burghley estaba lleno de gente que no conocía.

Finalmente seis colegios participaban de aquel día. El mayor era el Malvern College, que había llevado a casi trescientos niños de los cuatrocientos que acogían en el palacio de Blenheim, pero también los había menos numerosos. El colegio de St. Peter's tan solo había llevado a treinta alumnos. En total, Lucy calculó que habría en torno a ochocientos niños, que, junto a profesores, público, los militares convalecientes que ocupaban la casa y su personal, fácilmente sumarían casi mil quinientas personas. Mil quinientas. No deberían haber venido.

No habían acabado de controlar el furor de los niños cuando se les llamó para la primera prueba: salto a caballo.

Los niños del Saint Clarence habían montado muy poco o nunca antes de llegar a Glenmore e, incluso allí, tan solo lo hacían cada quince días, en grupos de seis, en función de la disponibilidad de la cuadra. Rara vez saltaban. Sabían que no tenían oportunidad de ganar nada en aquella prueba. Pese a todo, en la categoría menor, William Epson consiguió quedar en tercer puesto, desatando la locura en la grada de sus compañeros de clase.

En fútbol, críquet y *rounders* sus posibilidades, infinitamente mayores, se vieron confirmadas con varias medallas. La carrera de canoas en el lago proporcionó un decepcionante cuarto puesto y Lucy supo que había hecho bien llevando las copas de Glenmore. A la una, con todo el mundo pendiente y el personal de su finca apostado en los lugares correspondientes, treinta de los niños del Saint Clarence iniciaron el *cross country* junto con otros tantos de cada uno de los otros colegios. Con ellos, fuera de competición, y sin tiempo para dar explicaciones, Dan Gerber, el mozo de cuadras, se pegó a Patrick García.

La salida se realizó desde la entrada de la casa, con la majestuosa puerta dorada de fondo y las verjas que daban al jardín abiertas. Desde allí, el grupo corrió atravesando los prados hasta el puente de los leones, y enfiló una avenida que, a la altura de la vaquería, se desviaba para penetrar en el bosque. Según lo dispuesto, Pat estuvo vigilado todo el trayecto. A medida que pasaba frente a uno de los miembros del personal de Glenmore, este volvía a la entrada de la casa, donde informaba a Stuke de que el niño había pasado sin novedad por su punto. Los últimos aportaron, además, la emoción de informar de que lo había hecho en las primeras posiciones. A la hora y media, la cara enrojecida, el pelo rapado y el cuerpo flacucho y fibroso de Pat cruzaban la meta en segunda posición. Tras él, Dan, el mozo de cuadra, que al participar fuera de la competición cedió su tercera plaza a un niño del Malvern College.

Lucy celebró el triunfo abrazándose a su suegra, que trató de recomponerse cuando la soltó, sintiendo que debía volver a colocar todo su esqueleto en su sitio. «Muy continental», susurró mientras veía a Lucy saltar de emoción.

A las tres llamaron a todos a la fachada principal y los niños se sentaron ordenadamente por colegios, con las piernas cruzadas sobre la hierba, mirando hacia la tribuna alfombrada sobre la que la marquesa de Exeter dirigió unas palabras de agradecimiento a todos los asistentes, al público que estaba un poco más allá y a los soldados convalecientes que habían ayudado a la organización del evento. Luego invitó a Lucy y a lady Maud a acercarse y acompañarla en la entrega de trofeos.

A cada ganador se le dio lo mismo: una pequeña copa de metal plateado y reluciente, un balón y dos monedas para gastar en la feria. Por los vítores, no hizo falta preguntar para saber qué les había hecho más ilusión. Tampoco a Pat, que recogió su premio erguido, orgulloso y elegante, pero temiendo estallar de júbilo, y pasándole el brazo por el hombro a Dan, que solo tenía cinco años más que él y jamás había recibido una ovación similar.

—Es el más bueno y el más guapo de todos —susurró lady Maud a Lucy.

—No, mamá —replicó ella aguantando la carcajada—: el más guapo es tu nieto.

—No sé, no sé... —oyó que murmuraba en voz baja.

En cuanto acabó la entrega de premios, los niños se levantaron y al unísono acudieron corriendo a la feria, los ganadores con algo que gastar y los demás con la esperanza de que aquellas monedas no fueran imprescindibles para pasar un buen rato.

En la tribuna, lady Maud y lady Lucy Epson estaban a punto de seguirlos cuando la marquesa de Exeter las interceptó.

—No podéis iros sin ver cómo lo tengo organizado todo. Estoy orgullosa, la verdad —dijo la marquesa.

—Tenemos que ir con los niños —explicó Lucy.

—Oh, por favor, dejad a los niños... Será solo un momento —insistió la anfitriona.

Lucy y lady Maud se miraron y, sin poder decir que no, siguieron a la marquesa al interior de la gran mansión. Antes de entrar, Lucy vio a Sam ir detrás de Pat.

Pat, Sam y Dan recorrieron varios puestos de la feria. Casi todo era gratuito y pensaron muy bien en qué gastar sus monedas. Dan pretendía guardar la que Pat le había dado para algo de mayor importancia y contenía las ganas del niño de desperdiciar su premio. Había nueve puestos y todos captaban la atención de la gente. Pasaron por el de tiro, por el de manzanas asadas, por la prueba de fuerza con martillo y el teatro de títeres. En todos, los niños se arremolinaban alrededor con interés. A un lado vieron una furgoneta azul oscura, pintada con estrellas. Desde la parte de atrás, surgía una tienda de lona del mismo color, alta, rematada con una luna creciente. Frente a las cortinas de entrada, muchos niños esperaban en fila india.

—Es un adivino —les dijo a Pat, Samuel y Dan el niño que les precedía—, te lee la mano y te dice el futuro.

—Es un engañabobos —sentenció Dan, que solo creía en los caballos y en algunas pocas personas—, no vale la pena esperar.

—Yo quiero que me lea la mano —dijo Pat pensando en su madre—. Me quedaré aquí esperando solo, no me moveré. Id vosotros a los otros puestos y nos encontramos luego.

Dan aceptó la proposición al vuelo y desapareció corriendo hacia otros niños, pero Samuel, responsable, se quedó en la fila junto a su protegido.

Los niños accedían a la tienda nerviosos, atravesando unas cortinas gruesas y oscuras, sin que los demás vieran lo que había en el interior, lo que acentuaba el misterio; luego salían por una abertura en la parte trasera, teniendo que dar toda la vuelta a la furgoneta para contarles a los que esperaban, emocionados, las predicciones del adivino.

—¡Es un adivino de verdad! —decía uno, muy sugestionado—. ¡Ha acertado en todo! —repetía animando a los demás a que entraran.

Pat y Samuel esperaron a que llegara su turno. Cuando lo hizo, Sam dejó que entrara y se colocó en la salida de la tienda. De espaldas, esperando, Samuel oteó el infinito de prados verdes que se perdía en el horizonte. Era fácil ver las manadas de ciervos y los rebaños de ovejas, que debían de estar felices de vivir allí, igual que lo estaba él en Glenmore. El sol ya estaba volviendo a casa, y las sombras de los árboles se empezaban a alargar. Estaba absorto en sus pensamientos cuando una mano le tapó la boca y sintió un pinchazo en el cuello. Hacía un minuto que su protegido había sentido exactamente lo mismo.

52

Lo inesperado

Daisy llevaba varios días con el estómago revuelto. Se había levantado en dos ocasiones de una reunión con el embajador para ir a vomitar y sir Samuel le había pedido que no volviera al trabajo hasta estar recuperada. Odiaba encontrarse mal, o como quiera que se encontrara, porque no estaba segura. Se encontraba mal y se encontraba diferente. Estaba segura de que era por las ostras que habían tomado a principio de semana. Todo el mundo las había celebrado, pero a ella el mismo olor le causó asco y, cuando tomó la primera, algo obligada y por no quedar mal, enseguida notó que le caía mal en el estómago.

Eran la tres y aún estaba en camisón y en su habitación, sintiéndose completamente inútil, esperando a que los vómitos remitieran durante un par de horas para confirmar que ya estaba recuperada cuando llamaron a la puerta y asomó una de las doncellas.

—Lady Hoare ha insistido en que la vea un médico. El doctor Jiménez ya está aquí.

El doctor era un habitual de la embajada. Era ruidoso y gracioso, mujeriego, estridente y amante de los chistes, que contaba riéndose más que nadie de su público. Todo lo contrario de lo que cualquiera habría esperado de un doctor en Medicina, pero lo cierto es que, además, era un excelente profesional, con un ojo agudo para los diagnósticos y los remedios eficaces. El médico asomó la cabeza abriendo un poco más la puerta y dejando ver su sonrisa y su pelo rizado y rubio.

—¡Señorita Smith! ¡Tiene usted a toda la embajada preocupada por su estado! Qué digo a la embajada, ¡todo Madrid tiene el foco puesto en su pronta recuperación! No puede imaginar la presión que tengo sobre mis hombros.

Daisy sonrió desde su cama.

—Pase, doctor. Seguro que no será para tanto.

—Seguro que no —aseguró él bajando el tono—, no tiene mala cara. Aunque mujeres como usted jamás la tienen y otras nacieron con ella puesta, qué le vamos a hacer.

Abrió su maletín y, antes de sacar nada, se sentó al borde de la cama.

—Abra la boca. —Le tomó el pulso—. Siga con los ojos mi dedo. —Le tocó el cuello—. Desabróchese el primer y segundo botón. —Sacó el estetoscopio y se lo colocó en los oídos mientras pasaba el otro extremo por el pecho de Daisy—. Respire profundamente. Otra vez. Una vez más. Bien. —Dejó el estetoscopio en un lado y le tomó la tensión—. Dígame, ¿está usted yendo al cuarto de baño con la frecuencia normal?

Daisy no tuvo que pensarlo.

—No. Voy constantemente a vomitar.

—Me refiero a orinar, disculpe la palabra, es fea, pero no tengo otra. —Jiménez sonrió.

—No, voy más frecuentemente.

—Ya. ¿Le duele el pecho?

No había caído en eso.

—Sí. Un poco. Y está... duro.

—¿Hinchado?

—Sí..., un poco. —Daisy no quiso entender lo que todos aquellos síntomas podían suponer.

—Señorita, ahora... la pregunta más evidente: ¿tiene usted algún retraso en su periodo?

—Ay, Dios mío —murmuró Daisy.

—Sí, señorita.

—De pocos días. Muy pocos.

—¿Tiene retrasos a veces?

—Nunca.

—Pues...

—No lo diga, doctor. Por favor, no lo diga.

—Señorita... —le cogió la mano—, me parece que los dos sabemos que usted no está enferma. Salvo que no haya tenido relaciones sexuales, puedo asegurar que está embarazada. Pero eso no es lo único. Tiene la tensión demasiado alta, a diecisiete. No es infrecuente en el embarazo, pero hay que controlarla, procurar que baje y, sobre todo, que no suba, cosa que puede pasar si está usted sometida a estrés y ansiedad, por eso le recomiendo reposo, comer con poca sal y beber mucha agua...

Daisy estaba bloqueada. Escuchó, aunque su mente ya estaba en otro lugar. El doctor continuó.

—Es un factor de riesgo muy importante.

—¿Voy a perder a mi hijo?

—No. No si es cautelosa. Pero debe estar tranquila. Lo ideal es que repose y no se sobresalte. El embarazo llegará a buen término si descansa.

Daisy sintió que se iba a desvanecer. No se le ocurría peor momento para tener un hijo que en aquella época de su vida, cuando aún trataba de escapar con el que tenía. Miró al médico con miedo, con dudas, completamente desorientada. Necesitaba que el tiempo se parara, pero lo que hacía era acelerarse. Respiró profundamente intentando tranquilizarse.

—No lo cuente abajo —pidió de sopetón—. Se lo ruego —dijo cogiendo las dos manos del doctor Jiménez entre las suyas.

—Señorita, por favor. Soy un profesional y un caballero. No diré nada a nadie.

—Tengo que... organizarme.

—Lo imagino. Hágalo. Y alégrese, querida; en estos tiempos de muerte, es maravilloso comprobar que también la vida se abre camino. Repose y no se altere, en los primeros meses cualquier cosa puede afectar al bebé o incluso interrumpir la gestación.

El doctor se levantó, guardó sus cosas en el maletín y con un último movimiento de cabeza se despidió yéndose por donde había venido. Daisy había quedado en verse con Félix esa misma tarde y, aunque había planeado anular la cita, se vistió. El padre de la criatura debía saber lo que había pasado. Lo que estaba pasando. Lo que pasaría.

A las cinco Félix estaba frente a la embajada, esperándola, con la misma cara avispada y pícara con la que siempre lo encontraba. Se notaba que su cabeza estaba en movimiento, que no paraba nunca de idear. También que tenía ganas de verla y que estaba deseando contarle cosas. Ella no tenía tantas que contarle, pero en esa ocasión estaba segura de que serían de mayor calado.

Pasearon por los bulevares del barrio de Chamberí, en dirección a la zona oeste de la capital. Volvía a hacer mucho frío y había llovido un poco, pero cogidos el uno al otro se daban calor. Félix le explicaba su último paseo a caballo con el capitán Hillgarth y cómo habían quedado en volver a Mallorca cuando el tiempo y las circunstancias mejoraran. No paraba de hablar y ella apenas lo escuchaba, absorta en sus pensamientos y en cómo explicarle a Félix lo que había sucedido. ¿Por qué sentía culpabilidad? Lo que llevaba en su interior era fruto de la inconsciencia de los dos. El amor, el mejor de todos, era inconsciente.

Cuando vio al otro lado del cristal las lámparas del café Comercial y sus mesas llenas de gente charlando confortablemente, le sugirió a Félix que entraran. Era uno de los cafés clásicos de Madrid, pero sobre todo era un lugar donde sentarse y olvidar el frío mientras hablaban de cosas importantes.

Se sentaron, Félix pidió dos cervezas y siguió hablando. Enseguida leyó la expresión de la cara de Daisy y comprendió que algo no iba bien.

—Oh —dijo cortando en seco—, perdóname. Algo va mal.

—No es eso.

—Sí, claro que lo es. Conozco esa cara. Esa y todas las que pones. Tienes el ceño levemente fruncido, la mirada vidriosa y hace una hora que solo hablo yo.

—No pasa nada, en serio, no te preocupes; es solo que...

—Debería ser más considerado —la interrumpió de nuevo Félix—. Perdóname, de verdad. Yo hablando de tonterías y tú con esa preocupación que...

—Estoy embarazada —le espetó Daisy de golpe, harta de esperar.

Félix dejó la cerveza que tenía en la mano lentamente sobre la mesa. Abrió los ojos y se la quedó mirando unos segundos. Luego esbozó una pequeña sonrisa que enseguida se convirtió en una mayor y más tarde en una carcajada que derivó en una risa continuada. Con una mano se tapaba los ojos, ocultando las lágrimas, mezcla de ilusión, sorpresa, emoción y alegría, y con la otra le cogía la suya, apretándosela. Daisy no sabía qué demonios pensar. Qué demonios hacer.

—Félix... Félix, por favor... Félix, esto es muy serio —le reclamó bajando la voz.

Pero Félix tardó aún un par de minutos que parecieron horas en conseguir contenerse. Las mesas cercanas los miraban, algunos contagiados de la alegría de Félix. Por fin, él se quitó la mano de la cara y le cogió la otra mano.

—Daisy, claro que es serio. Pero también es lo más bonito que me ha pasado en la vida. Sé que no lo buscábamos. Sinceramente, tampoco lo esperaba, no después de tan pocas...

—Por favor, Félix —se ruborizó ella.

—Bueno, ya me entiendes. Pero... ¿acaso no te hace feliz?

Daisy lo miró unos segundos. Joven, listo, simpático hasta el extremo, valiente, inteligente, guapo..., pero, sobre todo, completamente enamorado de ella. Sin que se diera cuenta, su corazón latía más deprisa y sus ojos se humedecieron un poco. No lo había pensado, pero claro que le hacía ilusión. Su primer hijo, Pat, era fruto de una relación en la que no podía ni pensar, y aun así la había hecho la mujer más feliz del mundo. ¿Qué no le daría su segundo hijo, nacido del amor entre dos personas que se complementaban en casi todo? Quería a Félix. Le gustaba, jamás se saciaba de su compañía pese a su intensidad. Félix era gasolina para su ánimo y para cada faceta de su vida.

—Claro que me hace feliz. Muchísimo —dijo convencida.

Félix la miró a los ojos completamente eufórico.

—¡Vamos a ser padres! —susurró—. ¡Vamos a ser padres! —repitió—. ¿Acaso no es el día más feliz de tu vida?

Daisy se dijo que, probablemente, sí que fuera uno de los más felices. La felicidad estaba llenando su cuerpo, acelerada por la reacción de Félix.

—Sí que lo es —se oyó decir—. Sin duda lo es —dijo, ya completamente convencida. Luego se serenó un poco—. Pero tenemos que ver las implicaciones que tiene para nuestro trabajo —dijo bajando la voz.

Félix cambió la expresión como el que se esfuerza en no reír cuando no es adecuado hacerlo, pero apenas lo consigue. Luego se puso un poco más serio y habló con gravedad, consiguiendo el difícil paréntesis que necesitaban.

—Los alemanes no pueden saberlo. Si piensan que me estoy relacionando contigo por interés, un embarazo resulta demasiado. Despertará sospechas. Tendrían que pensar que soy completamente insensible para tener un hijo con una mujer a la que estoy traicionando y... saben que no soy así. No me creerán. Piensan que soy un donjuán, un rompecorazones que seduce a la mujer que quiere y luego la deja, pero no creerán que sea capaz de tanto.

—Estoy de acuerdo —convino ella.

—Podemos seguir mostrándonos hasta que el embarazo sea más evidente. Luego te tendrás que quedar en la embajada. No podrás salir.

—Es posible que en unos meses estén demasiado centrados en los planes de los aliados como para prestarnos atención.

—Inventaré algo. Me creerán. —Sonrió otra vez amplísimamente, cerrando el paréntesis de seriedad, mostrando sus dientes, que parecían contener el júbilo tras ellos como una presa a punto de desbordarse—. ¡Un hijo! —susurró de nuevo—. ¡Un hijo nuestro! —repitió.

53
Pánico

Lucy había pasado la peor tarde de su vida y sentía que la impotencia la iba a consumir. Paseaba de lado a lado de Glenmore Hall, una noche después de la que siguió al día deportivo en casa de los Cecil. Patrick García llevaba treinta y dos horas desaparecido. Lucy recordaría cada minuto de la fatídica tarde del día en Burghley el resto de su vida.

Había salido con su madre de la mansión tras visitar la zona que la marquesa de Exeter había destinado a los soldados convalecientes y alguna de las salas más espectaculares de la casa, un auténtico cofre del tesoro plagado de inimaginables riquezas. Fuera, la fiesta infantil continuaba y el foco estaba centrado en la feria. En el momento no prestó atención, pero, cuando cundió la alarma, recordó haber visto cómo uno de los puestos de la feria cerraba y se marchaba. Una furgoneta azul, con estrellas pintadas. No parecía importante.

Acudió con lady Maud a pie hasta la zona de los puestos, esquivando a los niños, alzando la cabeza en busca de Pat. Iban juntas, pero ansiosa, poco a poco, Lucy dejó a su suegra atrás. Al principio se extrañó. Paseó la mirada por el terreno, intentando reconocer la cabeza pelada de Pat entre todas las de los niños del Saint Clarence, acercándose a uno y a otro y dándoles la vuelta para comprobar, frustrada, que ninguno era el hijo de Daisy. Al rato, tras comprobar que el niño no aparecía, se empezó a preocupar. No tardó en estar realmente asustada y empezó a recorrer una y otra vez los mismos sitios, cada vez más ansiosa, de un lado a otro, preguntando a todos. Cuando vio a Dan, el mozo que había corrido a la zaga de Pat, este le informó de que lo había dejado esperando en uno de los puestos, el del adivino, con Samuel. Lucy se calmó un poco, Sam no dejaría que nada malo le pasara al niño. Cuarenta minutos después, se hizo evidente que el vaquero también había desaparecido y el pánico cundió.

Lady Maud explicó la situación a la marquesa de Exeter y a los agentes que habían acudido a Burghley. Se cerraron las puertas de la finca, se contó niño por niño y se registró palmo a palmo el terreno. Primero buscaron en lo evidente: la zona más cercana a la casa, luego en lo altamente improbable. Al anochecer, los colegios partieron, pero los agentes y todo el personal de Glenmore se quedó batiendo los campos desde la casa hacia el exterior, en arco, llamando a Pat. No apareció ni el niño ni ninguna pista que condujera a él. Lucy se negaba a reconocer que lo que temía se había producido y que el niño había sido secuestrado; que Pat no había caído a una zanja ni se había perdido en el bosque, sino que se lo habían llevado en contra de su voluntad.

Cuando Dan volvió a mencionar al adivino, que empezaba a ser el evidente centro de las sospechas, la marquesa de Exeter comentó que jamás había autorizado uno, sino un mago. Uno que hacía trucos de cartas y sacaba conejos de su chistera. Al describir lo que hacía, lady Myra volvió a negar. Nunca habría autorizado a un charlatán así en su finca. Todos supieron que aquel puesto era una trampa en la que Pat (y por extensión Sam) había caído. Los agentes movilizaron a más efectivos para vigilar las carreteras en busca de un vehículo fácil de localizar. La mañana siguiente lo encontraron abandonado en una bocacalle de Whitehall. En el maletero, maniatado, amordazado y drogado, encontraron a Samuel. Cuando recuperó la consciencia, vio a Lucy frente a él.

Solo pudo explicar que lo habían drogado dos veces, la primera inyectándole algo en el cuello y, horas después, en el brazo, cuando se estaba despertando. Recordaba la mirada del individuo, negra como la noche. También recordaba el calor del cuerpo de Pat, maniatado junto a él, también dormido.

Fue entonces cuando Lucy se desmayó. Se recuperó al cabo de pocos minutos con lady Maud en el sillón de al lado, también restableciéndose de un mareo que no fue a mayores. John Osbourne estaba acuclillado a sus pies. Tras él, tres agentes hablaban en voz baja.

Era imposible para el agente disimular su preocupación. El secuestro de un niño era algo con lo que no estaba acostumbrado a lidiar y, pese a no tener hijos, se le revolvía el estómago al pensar lo que le podría estar pasando a Pat. Cogió la mano de Lucy.

—Lady Epson, ¿se encuentra mejor?

—No, agente Osbourne. Me encuentro peor que en mi vida. No sé qué es lo que podemos hacer.

—Estamos interrogando a la gente respecto a la furgoneta. Al parecer, su dueño, un tal Tom Baker, mago aficionado, sí estaba registrado para ir a Burghley, pero su descripción no coincide en nada con la que tenemos de la persona que fue finalmente. Estamos buscando al señor Baker, si él puede dar pistas sobre la persona que fue en su lugar, quizá podamos encontrar al secuestrador.

—¿Dónde buscamos? —dijo Lucy, desesperada.

—El MI5 tiene localizados a varios agentes alemanes. Los sigue y los vigila, pero no los capturamos porque sirven a nuestros intereses. Se les hace llegar información falsa que ellos creen y pasan al enemigo. Puede que alguno cambie sus hábitos, empiece a comprar más comida, quizá algo de ropa infantil. Si es así, podría ser la persona que tenga a Pat. En paralelo, los agentes interrogarán a los niños que acudieron al puesto del supuesto adivino para realizar un retrato que distribuiremos.

—¿Eso es todo?

—Me temo que sí. Al menos de momento. —John miró a sus compañeros y con la mano les pidió que abandonaran el salón para quedarse a solas con lady Maud y Lucy—. Hay algo que se nos escapa a todos. El MI5 y yo mismo estamos implicados en esta búsqueda, que tratamos como una operación de espionaje de guerra y no como un secuestro al uso porque la madre del niño es agente nuestra en España. En mi encuentro con Daisy, hace más de un año, la mujer dijo ser víctima de una persecución, pues su anterior empleadora, la señorita Unity Headland, había informado a los alemanes de que ella tenía información del enemigo tras su estancia en Múnich. Comprenderá que esto no tiene ya ninguna consistencia.

—Puede que hayan capturado a Pat para encontrar a Daisy —dijo Lucy pensando rápido.

—Creo que los tres sabemos que eso no es verdad. Hay miles de agentes en el MI6 y el MI5 y Daisy no es una de las más importantes. Los alemanes han secuestrado al niño porque lo quieren a él, así que, llegados a este punto, necesito que me digan la verdad.

—Pat es hijo de un alto mando nazi. No sabemos de cuál —dijo Lucy, harta de ocultar la verdad. Qué más daba, si ya estaba en manos de los alemanes, que los ingleses lo supieran.

—¿No saben de cuál?

—Daisy jamás lo dijo. Quería proteger al niño. Por eso se alejó de él, pensó que los alemanes la seguirían a ella.

—Puede que lo hicieran. Pero finalmente lo han encontrado. Hablaré con mis superiores y extenderemos la búsqueda. Dadas las molestias que se ha tomado el enemigo para capturarlo, está claro que el padre de Patrick García no es un nazi más.

—¿Qué hacemos nosotras? —preguntó Lucy. Lady Maud, a su lado, estaba tan triste que parecía haber envejecido treinta años de golpe y no podía apenas balbucear mientras asentía a todo.

—No pueden hacer nada. Esperen. Interroguen ustedes a los niños de Glenmore y hágannos llegar cualquier dato relevante. Algunos elementos juegan a nuestro favor: si el niño es hijo de un alto mando, no lo maltratarán en ningún momento, es más, probablemente esté entre algodones, por lo que en los algodones afines al nazismo es donde buscaremos. Por otro lado, nunca ha sido más difícil salir o entrar en esta isla furtivamente, y, en vísperas de la operación de desembarco, ese control no hará sino aumentar, lo que puede suponer que Pat permanezca en Gran Bretaña algún tiempo hasta que encuentren cómo sacarlo. Así que centrémonos en la idea de que el niño estará obviamente asustado, pero en buen estado, y que todo hace pensar que sigue aquí.

—Creo que tiene razón —dijo Lucy.

—Estoy casi seguro. Mientras, usted debe volver a Longview. No debe dejar que este asunto ponga fin al otro buen trabajo que va a comenzar, en el que es muy necesaria. Necesito que se sobreponga. La fatalidad en una guerra es constante. Buscaremos a Pat y la informaré de todo, pero la guerra continúa y el enemigo no afloja.

—¿Se lo dirán a Daisy?

—Supongo que sí. Vaya a Longview. La veré allí en un par de semanas. Ahora las dejo, debemos encontrar a un niño.

Lucy vio cómo la puerta se cerraba tras el agente Osbourne. Miró a su suegra, que seguía consternada, intentando entender qué demonios había pasado y qué diantre podían hacer ellas.

Ambas sintieron ganas de estrellar un jarrón contra la pared, gritar, llorar, clamar venganza y justicia. Pero eran inglesas, así que tan solo consintieron que la impotencia las quemara por dentro mientras se encomendaban al MI5.

A la misma hora, en una buena casa de Eaton Square, una mala persona cruzaba el jardín y, tras subir un tramo de escaleras, metía la llave en la cerradura de una de las habitaciones situadas sobre la cochera. Era una habitación bien decorada, amplia, enmoquetada en *beige* y con ventanas hacia el jardín, que, aunque pequeño, era un reducto tranquilo, con hortensias y una fuente. Sobre todo, era privado, algo necesario.

En el interior, Pat estaba sentado en el suelo sobre una alfombra floreada. Su cara era de tremendo enfado. Al verla, se hizo aún más evidente. Ella forzó una sonrisa, que, como siempre le pasaba, creó más inquietud que paz.

—Quiero volver a mi casa —dijo Pat, tajante.

Unity Headland se dio la vuelta y cerró con llave la puerta, luego se la metió en el bolsillo y se sentó en la cama.

—Eso es exactamente lo que vas a hacer, querido niñito. Vas a volver a tu casa. Tu destino es el de los príncipes, y tu casa, un palacio. No eres un pobre huerfanito que tiene que ser acogido en un colegio para pobres.

—Mi casa es Glenmore. Glenmore Hall. Quiero volver allí.

—Oh, no, no, no —dijo ella sedando sus palabras—. Tú, como muchos niños, has estado en una casa acogido. Londres no es seguro. Pero tú no eres inglés, así que ningún lugar de este país es seguro para ti. Tú eres alemán.

—Yo soy español y un poco inglés, pero no alemán —dijo el niño, rotundo.

—Sí lo eres. Eres un príncipe alemán. ¿No te gusta eso?

—Yo soy Pat. No soy nada más que eso. Ni nada menos.

—Pues, además, eres un príncipe. Uno que pronto se reunirá con su padre. No te imaginas las ganas que tiene de conocerte —insistió Unity.

Unos golpes en la puerta interrumpieron la conversación. Ella se levantó y sacó de nuevo la llave para abrir la puerta. Blaz entró en el dormitorio.

—Le he dicho que no quiero que esté con el niño —le recordó severo.

—En mi casa haré lo que me parezca —le contradijo ella.

—Salga de aquí —ordenó Blaz cogiéndola del brazo.

—Adiós, niñito —dijo Unity girándose hacia el niño y tirándole un beso que provocó una mueca de asco en Pat.

Salieron y cerraron la puerta con llave. Se caían mal entre ellos, lo que era previsible, pues, a la vez, ninguno le caía bien a nadie.

—Mañana por la mañana nos iremos —la informó el espía.

—No es necesario que se vayan tan pronto. Esta es su casa.

—No lo es. Y la del niño tampoco. El tiempo apremia y cada minuto en Londres es de más. Me extraña que el MI5 aún no la haya interrogado, pero no cabe duda de que lo hará.

—No sería la primera vez. Pero su vigilancia ha disminuido. Están hartos de mí. —Blaz pensó que en eso, por una vez, estaba de acuerdo con los ingleses—. Tan solo me vigilan alguna noche y nunca en la entrada a las cocheras.

—¿Qué hay del servicio?

—El servicio piensa que estoy loca y hace tiempo que no presta atención a lo que hago. Les he prohibido que crucen el jardín, así que probablemente piensen que estoy con un amante. ¿Quiere que lo seamos, herr...?

—No —le espetó él—, lo que quiero es que me diga que ya está todo organizado en Escocia.

—Oh, hace semanas que lo está. Mi padre ya no está allí. La isla puede ser muy solitaria cuando el mar arrecia. En cuanto mejoró el temporal, la semana pasada, mi padre se fue. En Rockmoss Isle solo están los guardeses y están más fuera que dentro del mundo, pero calentarán la casa y le darán de comer. Yo misma puedo intentar acercarme, para hacerle los días menos aburridos.

—Le he dicho hasta la saciedad que no. Si me entero de que viaja allí, haré que la maten antes de llegar.

Unity puso los ojos en blanco, miró al techo y sonrió. De todas formas, el MI5 no la dejaba abandonar Londres.

—Eso es lo que me gusta de ustedes los alemanes. Ese temperamento..., ese no dejar las cosas a medias. Es muy yo. No se imagina las ganas que tengo de dejar este país y volver al mío.

—Usted no es alemana.

—Lo soy. Y ojalá todo el Reino Unido lo sea pronto también. —Se acercó a Blaz y, mirándolo a los ojos, fantaseó con el resto de su cuerpo. ¿Sería tan intrigante como su mirada?—. ¿Sabe? —continuó—, Churchill dice que soy peligrosa... Pero el peligro puede ser excitante, ¿no cree?

Blaz puso las manos en sus hombros y la apartó lentamente de él. Tenía tantas ganas de abandonar la casa que, aunque en Escocia hubiera una cabaña con techo de paja, la aceptaría gustoso con tal de alejarse de Unity Headland.

—Debería estarme más agradecido —le recriminó al ver sus insinuaciones fallar una a una.

—Lo estoy. Pero mi agradecimiento no llega a tanto.

Unity se arregló un poco el pelo y cambió levemente de actitud, dándose por vencida.

—¿Revisó Longview Grange?

—Sí, y lo volveré a hacer más adelante —le confirmó Blaz.

—Están haciendo algo, ¿no es cierto?

—Una base, están construyéndola.

—¡Se lo dije! —clamó victoriosa—. Empiezo a merecer una Cruz de Hierro o alguna otra condecoración, una que el Führer me imponga personalmente. Ya sabe que es buen amigo mío.

—Por supuesto, por supuesto. —No había un aristócrata nazi que no alardeara de conocer a Hitler, pero Blaz no podía soportar tener que hablar con aquella individua, así que no le rebatió nada y se giró para volver a la casa y descansar de aquella intensidad.

Lo cierto era que, días antes, se había acercado a Longview y, efectivamente, algo estaba sucediendo en la finca. Le fue imposible acercarse lo suficiente, pero se estaba alambrando todo el perímetro, enorme, y se habían ampliado los caminos al doble, lo suficiente para que pasaran camiones de gran tonelaje y tanques. En el cercano puerto de Dover se estaban agrandando los muelles. Estaba recorriendo el perímetro del vallado cuando se le acercó un soldado y lo expulsó de la zona. Sí, algo pasaba allí. Quizá fuera una base más, pero la localización, cuando todo el mundo esperaba que el desembarco en el continente se produjera pronto, era tremendamente sospechosa. Había pasado las coordenadas y los aviones de reconocimiento alemanes no tardarían en sobrevolar la instalación y averiguar sus secretos. Así que bien por Unity Headland, pero, por favor, que lo dejara en paz.

Iría a Rockmoss Isle y desde allí esperaría a que los vinieran a buscar, al niño y a él. Ojalá no tuviera que esperar mucho. No le gustaba hacer de niñera, aunque parecía claro que Pat no era el tipo de niño con el que no se pudiera razonar. No había intentado escaparse, no había gritado, tan solo había preguntado y se había enfadado. Todo muy lógico. No tenía duda de que, cuando existiera una posibilidad real de escapar, el niño la aprovecharía, pero, hasta que llegara, también sabía que se comportaría con madurez. Su inocencia había facilitado que cayera en la trampa, pero probablemente el niño no dejaría que aquel rasgo infantil le volviera a traicionar. Había sido *tan* fácil.

Blaz lo había recibido en su pequeña tienda, iluminada tenuemente con velas y amueblada tan solo con una silla a cada lado de una mesa camilla. Le había pedido que se sentara y cerrara los ojos. Había dado vueltas alrededor de él, acercándose a su oído para susurrarle, pidiéndole que pensara en una cosa y otra, creando un ambiente misterioso mientras sacaba la jeringuilla. Le puso la mano en la boca y, certero, en un segundo, se la había clavado e inyectado el sedante que contenía, y casi instantáneamente el niño se había desvanecido. Luego lo había metido en el maletero de la furgoneta, tapado con unas cortinas y pegado a la tienda donde recibía a los niños como una extensión de su puesto de adivino. Enseguida había asomado sigiloso por la puerta de atrás y pinchado al hombre que protegía a Pat sin darle tiempo a que reaccionara. Los dejó a los dos dormidos dentro del compartimento de carga de su vehículo, recibió a algunos niños más para que nadie sospechara de su temprana partida, y, cuando vio a lady Epson asomar por la puerta de Burghley House, ató y amordazó a sus víctimas, recogió el puesto y se fue. Tanto tiempo planeando capturar a Pat y al final, en el momento crítico, habían bastado unos segundos.

Ahora necesitaba huir cuanto antes. Una isla remota de las Hébridas interiores, en Escocia, eso era lo que necesitaba. Allí se irían. Un lugar en el que esperar, atendidos por un matrimonio que les daría de comer, les lavaría la ropa, les haría las camas y ninguna pregunta; donde Pat podría correr lo que quisiera y alejarse de él, para, al final del día, igual que una gallina doméstica, volver al gallinero a dormir. Esa era la libertad que le podía ofrecer de momento. En Alemania, el niño podría decidir.

Al fin y al cabo, Unity Headland tenía razón en una cosa: Patrick García era un príncipe.

54

El secreto

—No tiene por qué cambiar nada en su caso, pero me gusta que mis agentes estén informados. Siempre es mejor que la información venga de la fuente y no de rumores. El caso es que la Abwehr ha desaparecido. Ahora estos asuntos los lleva la Oficina Central de Seguridad del Reich (la RHSA), dependiente de las SS. Como le digo, usted no tiene por qué notar nada y seguirá reportándome a mí igual que siempre.

—¿Y el almirante Canaris? —Félix sentía aprecio por el jefe de la Abwehr. Había oído hablar bien de él a su padre y, pese a todo, no podía negar que en su breve encuentro le había causado buena impresión. Deseó que hubiera más Canaris y menos Hitlers y Himmlers en la cúpula del Reich.

—Canaris... es complejo —reflexionó Leissner—. Veremos lo que pasa. Digamos que no son tiempos de medias tintas, son tiempos de ir todos a una bajo el liderazgo de nuestro Führer. A Canaris le costaba asumir esa idea, y no es el único, pero hay que comprender que Hitler tiene una clarividencia que nosotros no tenemos y que, por lo tanto, debemos fiarle las decisiones sin cuestionarlas. —Leissner había aprendido aquel discurso que no sentía, pues él, amigo de Canaris, se aproximaba mucho más a la postura del almirante.

—Comprendo —dijo Félix mirando hacia el enorme retrato de Hitler que colgaba de una de las paredes del salón.

Wilhelm Leissner lo había citado en la embajada a las ocho de la mañana. Convencidos de que los ingleses desconocían que trabajaba para ellos, los nazis evitaban en lo posible llevarlo a la sede de la legación diplomática, pero, cuando el asunto era de más calado y necesitaban una reunión larga, un coche con cortinas en las ventanillas recogía a Félix en un punto discreto, muy pronto, y lo llevaba a la embajada sin que nadie pudiera ver quién iba en el vehículo. El español se esforzaba en seguir actuando, en parecer preocupado por que los ingleses lo descubrieran, cuando nadie más que ellos deseaba que Félix pisara una y otra vez la embajada alemana y dejase en sus entrañas las informaciones falsas que ellos le pedían que filtrara.

El alemán le había dicho que tenían dos cuestiones importantes que tratar. La primera era la disolución de la Abwehr. La segunda le afectaba más directamente de lo que Wilhelm Leissner jamás habría sospechado.

—El hijo de la señorita García ha sido capturado. Al parecer, llevaban meses buscándolo. Ya está en manos de uno de nuestros agentes, a la espera de ser trasladado a Alemania.

Félix contuvo como pudo lo que sentía.

—Entonces... ¿Daisy tiene un hijo? —preguntó pensando en la suerte de Pat.

—Sí, eso parece. A usted y a mí no nos informaron de la operación y quizá por ello la descoordinación hasta ahora ha sido absoluta. La señorita García y su hijo, ambos, son requeridos por Berlín. Por supuesto, no seremos nosotros los que comuniquemos el hecho a su amiga: nos interesa que la señorita García siga exactamente donde está, y nos haga llegar más de la valiosa información que ya nos ha filtrado. Pero esté atento. Si ve que algo la inquieta o que planea trasladarse, debe saber por qué lo hace. Llegados a ese punto, si decidiera abandonar España, la capturaríamos antes. La señorita García es un objetivo importante. Como sé que es usted un sentimental, sepa que, con toda probabilidad, no le espera nada malo en Berlín. Parece claro que lo que quieren es que esté junto a su hijo, pero en Alemania.

—¿Y si ella no quiere ir o que su hijo viva allí? —preguntó Félix.

—No sé nada. No le puedo decir. Parece obvio que, tras tantas molestias y recursos empleados, la decisión ya está tomada y ella tiene poco que decir al respecto. Volviendo a lo que le decía antes, a veces hay que dejarse guiar por los que tienen mayor clarividencia que nosotros.

—¿Esto es decisión de Hitler?

—Oh, no, no, no..., no lo parece. Todo son conjeturas mías. Pero sí es cierto que Daisy y su hijo llevan tiempo en busca y captura. Respecto a las noticias de la base de la que tuvo conocimiento, ¿hay algo más? —le preguntó el alemán cambiando de tema.

—Hoy he quedado con el capitán Hillgarth para montar. Puedo intentar indagar, pero es más hermético que Daisy.

—No lo dudo. Esa Daisy es tonta e indiscreta y está enamorada de usted. Hillgarth es un profesional —apuntó Leissner.

—Tiene razón —concedió Félix—. Daisy me contó algunas cosas ayer por la tarde, no sé si tendrán importancia. Al parecer, su amiga radioperadora se comunicó ayer con la embajada y luego pudo intercambiar algunos comentarios con ella. Le contó que la base está algo más tranquila porque durante el día los trabajadores que la están organizando acuden al puerto de Dover, muy cerca, donde están ampliando el muelle y vaciando almacenes.

—Eso es muy interesante. El grueso de la invasión será por mar, así que parece lógico que los puertos de embarque se adecúen a las necesidades. Hay varios reformándose en la costa del canal de la Mancha. El que más lo haga será el más sospechoso.

—También le explicó que hace algunos días un grupo de oficiales con uniforme de la marina se reunió en la casa.

—¿Le dijo la graduación?

—Solo que eran estadounidenses. Su acento era inconfundible.

—¿Algo más? —musitó Leissner.

—Muy poco. Mandaron un mensaje cifrado a la embajada con todos los datos. Lo demás no tenía demasiada importancia, creo. La amiga de Daisy le comentó que, por lo visto, hay un estadounidense viviendo en la casa, un civil. Les dijo que muy pronto no haría falta que ninguno se preocupara por la conservación de los alimentos porque llevaría una nevera, lo que las puso muy contentas. No sé qué relevancia tiene eso. Al parecer, trabaja en una empresa de cámaras frigoríficas. La amiga de Daisy estaba muy excitada con esa idea.

—Un ingeniero..., un técnico. Estará pensando en instalar cámaras frigoríficas para conservar la comida de la tropa. Eso es que pretenden que sea una base fija, que los soldados dormirán, cenarán, comerán allí. Que no saldrán. Están pensando cómo acumular víveres.

—Es usted muy suspicaz —lo alabó Félix.

—Trabajar en inteligencia implica cierta inteligencia —replicó Leissner molesto.

Durante algo más de una hora departieron y Wilhelm Leissner lo dirigió hacia la información que necesitaban. Desde Berlín habían informado de que un agente ya se había acercado a la zona de la base y, sobre el terreno, había comprobado que, efectivamente, se estaba construyendo un gran complejo. Aquello provocó que todos los agentes de cada país se pusieran a indagar sobre los planes de invasión. Sobre el desembarco. Con qué fuerzas contaría, cuándo sería y, lo más importante, dónde. Félix se comprometió a averiguar lo que pudiera.

Pero estaba realmente preocupado y el final del día acabó por alarmarlo.

Tal y como tenía planeado, a mediodía se encontró en las cuadras del Club de Puerta de Hierro con el capitán Alan Hillgarth. El jefe de los servicios secretos ingleses en España llevaba unos meses frenéticos. El desembarco estaba planificándose y su labor era que el enemigo errase la maniobra para repeler el ataque. Tenía varios agentes en España dedicados a desinformar y, aunque los había más importantes, Félix Zurita había mostrado su efectividad. Por seguridad, nunca comentaban nada crítico hasta haber salido al campo con sus caballos. El club tenía muchos socios anglófilos, pero también decenas de germanófilos y las paredes escuchaban. Hillgarth sabía que un mozo y un camarero eran informadores nazis, pero probablemente no fueran los únicos.

Estaban fuera del recinto, al paso, cuando Félix no pudo aguantar más.

—Han atrapado al hijo de Daisy.

—Lo sé. Sucedió en un evento deportivo infantil. El agente fue muy ladino, pues había vigilancia.

—¿Lo sabe ella?

—No, no lo sabe, y por la salud del niño que espera, no debe decírselo.

—¿Cómo sabe que Daisy...?

—Porque lo sé todo, amigo. O casi. Ese es mi trabajo. Pero no se preocupe. En la embajada solo lo sé yo. Hoy ha vuelto el doctor Jiménez. Tras la revisión, ha venido a verme. Por lo visto, el embarazo es muy frágil. Extremadamente frágil de hecho. Daisy tiene la tensión por las nubes y ha sangrado de manera preocupante en una ocasión. Por supuesto, el doctor no la ha querido alarmar, le ha recomendado que no se mueva demasiado y que no se inquiete, que repose, que lea... Luego ha hablado conmigo para decirme que, si se altera, si su tensión sube más, perderá el hijo que espera.

—Eso es terrible.

—Pero es algo que no va a pasar porque ni usted ni yo la alteraremos. Deberá verla en la embajada. Durante unas semanas, dudo que pueda salir.

—Los alemanes sospecharán.

—No hay problema. Que sospechen... —dijo Hillgarth—. Lo de Patrick es una fatalidad.

—Debemos recuperarlo. Daisy no podrá vivir sin él.

—Estoy de acuerdo en lo primero. Respecto a que Daisy no pueda vivir sin él, no tenga duda de que los alemanes la quieren a ella también. Lo hacen a menudo. Dejan que la madre esté con el hijo que piensan robar, para que ayude a que se adapte a un nuevo hogar, y luego se deshacen de ella. Si Daisy se entregara mañana a los nazis, la llevarían con su hijo. El problema vendría luego. Por eso es mejor recuperar al niño cuanto antes. Sé que el MI5 está peinando el país, pero, obviamente, hay temas más acuciantes, aunque este sea de importancia. Todo lo que ella me contó respecto al padre se lo expliqué ayer a mi mando, que destinará a más agentes a la búsqueda. Usted no sabe quién es el padre, ¿no es así?

—No.

—¿No quiere saberlo?

—Quiero que me lo diga solo si quiere y cuando quiera.

—Lo comprendo bien. Un espía que no es un cotilla, muchos no lo comprenderían, pero yo sí. Si en algún momento creo que, por la seguridad de Daisy o la del niño, debe usted saberlo, se lo diré. Mientras, me temo que poco podemos hacer, pero no le puede contar que su hijo Pat ha sido capturado.

—Es frustrante.

—Sí.

—No le diré nada a Daisy. Probablemente, no me lo perdone nunca, pero, si el embarazo está en juego, me callaré, aunque puedo imaginar lo que me molestaría que me ocultaran algo así.

—Estoy seguro de que, en las circunstancias actuales, Pat no sufrirá daños.

—No lo entiendo —dijo Félix.

—El niño es importante para el Reich, para gente importante en el Gobierno. Una suerte de segunda generación. Lo cuidarán y lo tratarán bien siempre que ese futuro exista.

—Siempre que ganen.

—Exacto. Si no lo hacen, habrá que ver cómo queda la situación. Depende de cómo acabe la guerra, la suerte de Patrick García puede cambiar.

—Si ganan los alemanes, estará a salvo. Si pierden, quizá se hunda con ellos, ¿es eso?

—Eso es exactamente. Pero el futuro, incluso en el lado de los vencedores, no parece halagüeño para el niño. Estará en un entorno que no le desearía ni a mi peor enemigo. La educación en los valores nazis implica grandes dosis de odio a muchas cosas, a muchas gentes. La semilla del conflicto se planta en sus cabezas desde muy jóvenes... y educar en el amor siempre da mejores resultados y garantiza una vida más feliz, ¿no cree?

—Sin duda, capitán, sin duda.

Enfilaron un camino que serpenteaba entre un denso bosque de pinos, en el que se oían los pájaros, y la ciudad, a pesar de estar lindando, no dejaba ni rastro de su presencia.

—Supongo que Leissner lo habrá informado de la desaparición de la Abwehr —dijo el capitán Hillgarth.

—Sí.

—No es una mala señal. Cuando cunde el nerviosismo, se efectúan maniobras así, pero lamento que Canaris haya pasado a segunda línea.

—¿Dónde está ahora?

—En un puesto que no le va, en el Ministerio de Propaganda. Supongo que no sabían qué hacer con él. Canaris no es nacionalsocialista, nunca lo ha sido. Todos saben que en la Abwehr ha tenido a colaboradores judíos, que incluso ayudó a escapar a algunos. Estuvo en Polonia y se horrorizó con las matanzas. Al quejarse al general Keitel, este le dijo que eran órdenes directas de Hitler, lo que no ayudó a mejorar la opinión del almirante respecto al Führer. Han tenido grandes broncas. Hitler le llegó a gritar y lo agarró por las solapas del uniforme cuando Canaris dudó acerca del triunfo alemán en la guerra. No tiene buena pinta. Ninguna. Hitler le tiene manía y Himmler también. No me gustaría estar en su piel, veremos cómo acaba todo.

—Me causó buena impresión.

—No lo dudo. Los españoles le deben, al menos en parte, que su país no haya entrado en la guerra. Son muchas las voces que dicen que disuadió a Franco de que lo hiciera y que también alertó a Hitler de la imposibilidad de que su país interviniera. Si el ejército alemán aún no ha pisado la península ibérica es, en gran parte, gracias al almirante Canaris.

Félix sintió más aún su retirada, pero, inevitablemente, su cabeza volvió a Daisy.

Le ocultaría la situación de Pat aunque con ello se arriesgara a perderla para siempre.

55

Aire

La llegada de Lucy a Longview Grange vino precedida de varios días de una angustia que no tenía visos de remitir hasta que Patrick García apareciera. Sentía que le había fallado a Daisy, pero ¿quién era ella para luchar contra la fuerza y los medios del Tercer Reich? Tendrían que haber hablado desde el principio con el MI5 sobre la importancia del niño y buscar su protección, pero Daisy temía que apartaran a Pat de ella, que lo utilizaran como moneda de cambio. Probablemente tenía razón, pero las manos entre las que se encontraba ahora eran peores. Consciente de la angustia de Lucy y de la gravedad de la situación, John Osbourne se comprometió a liderar la operación de búsqueda y a mantenerla informada, pero las primeras noticias resultaron alarmantes. El mago al que el secuestrador había suplantado en Burghley había sido hallado muerto en un meandro del río Cam. Se había interrogado a varios espías que habían sido capturados sin que ninguno proporcionara un hilo del que tirar. También habían registrado algunas casas de conocidos pronazis sin éxito. Pat había desaparecido por completo.

Horrorizada por la situación, Lucy se centró en ocupar las horas con su trabajo en Longview. La sola idea de haber perdido a Pat pesaba sobre sus hombros como una losa de granito y necesitaba sentir que por lo menos valía para algo.

La finca había sido completamente vallada con dos hileras de alambrada interrumpidas por torretas de vigilancia. Desde la casa se veían los hangares ya acabados, la pista de aterrizaje y los depósitos de combustible. Una radioperadora llevaba varias semanas instalada en uno de los barracones más cercanos, cargado de antenas. A la vez colocaron otros tantos receptores en el tejado de Longview Grange y empezaron a organizar una estación de radio en el comedor, con tres puestos: uno para ella y otros dos para las radioperadoras que ella controlaría. Le dijeron que el personal que operaba desde el barracón se trasladaría a su casa, pero Lucy estaba segura de que tan solo había una persona en aquel lugar, pues, aunque estaba a algo más de doscientos metros de donde ella vivía y la visión no era perfecta, solo había visto a una mujer entrar y salir de la estación.

Enseguida se dio cuenta de que, a pesar de vivir dentro del enorme cercado, no era bienvenida en las nuevas instalaciones. Tan solo dos veces había caminado en dirección a los hangares y en ambas había sido muy cordialmente invitada a dar la vuelta por uno de los escasos guardias que por ahí se veían.

Pero aquella mañana, cuando la niebla que lo cubría todo remitió, la visión de sus campos era completamente diferente.

Sobre su finca había cientos de tanques y, en la pista de aterrizaje y frente a los hangares, varios aviones se aparcaban ordenadamente. Resultaba increíble que todos hubiesen llegado en una noche y sin que ella hubiera notado la vibración de los vehículos al pasar por los caminos cercanos ni el sonido inconfundible de los Spitfire al aterrizar. Lucy no podía creer lo que veía, pero allí estaba, desafiando a toda lógica, un contingente extremadamente importante de lo que habría de ser la fuerza de invasión de la Europa continental.

Dos días más tarde, la operadora que estaba en el barracón se presentó ante ella y John Osbourne, recién llegado a la finca. La estación de radio del comedor de Longview Grange había sido finalizada y varios paneles, ruedas y medidores de frecuencia que Lucy conocía bien parpadeaban junto a auriculares, micrófonos y otros elementos para la comunicación por ondas. John le presentó a la joven que estaría a sus órdenes, bajita y corpulenta, de mirada inteligente y el aspecto ordenado.

—Esta es la señorita Patricia Alexander. Es experta en radio, tanto como usted, así que se complementarán bien. —Lucy pensó que aquello no sonaba nada a una relación de jefa-subordinada. John leyó su expresión—. Ambas se ocuparán de recibir los mensajes y los transcribirán con nuestras máquinas de codificación Typex, cuyo funcionamiento ya conocen. Además, a diario se les proporcionarán otros mensajes para que emitan, les indicaremos de qué forma y en qué frecuencias. Usted decidirá cómo proceder y quién hará cada cosa. También será la encargada de llevar el diario de la estación y pasar los mensajes al mayor Tomlinson, a quien conoció recientemente en Glenmore.

—Así es. Tuvimos una reunión con él y los tenientes Henderson y Epson —dijo Lucy nombrando a su marido como si fuera un extraño.

—Exacto —sonrió John Osbourne—. Como le decía, cada día el mayor Henderson vendrá a por los mensajes tres veces. Si reciben uno que sea urgente, tienen ese timbre —John señaló un botón rojo—, que conecta directamente con el puesto del mayor y vendrá raudo a por él.

—Podemos llevarlo nosotras —ofreció Lucy.

—No. Vendrá él —replicó John, tajante. Enseguida cambió el tono—. Ustedes quédense aquí. Las necesitamos pegadas a estos transmisores.

Sonó a orden, y Lucy, que estaba poco acostumbrada a recibirlas en su casa, no pudo evitar fruncir el ceño, pero se resignó y pasó el día probando la radio y comunicándose con otra estación que estaba también en pruebas. Se les hizo tarde a todos y cenaron mal y rápido antes de irse a la cama. John Osbourne, que tenía una habitación en Longview pero rara vez utilizaba, decidió dormir allí esa noche. Patricia, la radioperadora a su mando, fue a pie hasta el barracón que ocupaba en la base.

Eran las tres de la madrugada cuando Lucy empezó a darse por vencida. Llevaba cuatro horas dando vueltas en la cama, mirando al techo, contando las campanadas del carillón del vestíbulo, desesperándose al no ser capaz de conciliar el sueño. Su cabeza estaba demasiado despierta para enviar las órdenes de descanso pertinentes al resto de su cuerpo. No podía dejar de pensar en Pat, pero, a la vez, sentía que algo se le escapaba, que su ojo y su raciocinio habían pasado por alto algo que tenía ante sus narices.

Bajó al piso inferior y se sirvió un vaso de leche. Miró por la ventana. El mar oscuro y enfurecido destacaba sobre la noche, envuelta en las brumas que la humedad de aquellos prados formaba. En los campos que atalayaba, distinguió los tanques y los aviones. Aguzó la vista. Varios tanques se estaban moviendo, pero nuevamente no oyó nada, ni sintió la vibración de sus orugas motrices. De pronto, un impulso se volvió incontenible. Se encaminó a lo que llamaban el *mudroom*, el zaguán donde se quitaban las botas de agua tras pasear, cogió un abrigo, se calzó y salió al jardín. Desde allí, decidida, fue en busca de una explicación.

Pensó que escucharía los motores, que quizá el mar amortiguara los sonidos del interior de aquellas bestias de acero, pero, a medida que se acercaba y la visión era más clara, se tornaba a la vez más confusa. A cincuenta metros vio lo que parecía un sueño. Cinco hombres levantaban un tanque a pulso sin demasiado esfuerzo y lo colocaban en otro punto, mientras otros cinco trasladaban otro de la misma forma. Los tanques pesaban toneladas. El Churchill inglés más de cuarenta, pero los había más pesados aún. Hubiesen sido imposibles de mover por veinte personas. Creyó estar soñando, pero, escondida entre la niebla, siguió acercándose hasta tocar uno. La sorpresa fue mayúscula: era de goma, de una especie de lona que, al apretarla, revelaba estar llena de aire, exactamente igual que un globo. Tanques hinchables. No pudo apartar la mano durante un rato, esforzándose en entender y asimilar que aquello no era producto de su imaginación. ¿Tanques falsos? ¿Iban a enfrentarse al ejército más poderoso del mundo con aire?

De pronto, una mano se posó en su hombro.

—Me preguntaba cuánto tardaría en darse cuenta —le dijo John Osbourne a su espalda, vestido con un abrigo sobre su pijama de dos piezas—. Vamos a la casa, se lo contaré todo. Acaba de entrar en posesión del mayor secreto del ejército aliado.

Lucy no dijo absolutamente nada.

John hirvió agua para el té y en silencio preparó dos tazas y una tetera. Luego fue al salón, donde lady Lucy Epson se ovillaba en un sofá a la espera de lo que él tenía que contarle.

—Bien. Ante todo, quiero que sepa que en ningún momento se ha pretendido tenerla fuera de esta operación, ocultándole lo esencial. Sabíamos que, por su manera de ser, y más aún estando en Longview, sería imposible mantener el secreto con usted.

—El secreto —musitó ella.

—El más grande de los que haya habido en los últimos años y, a la vez, al implicar a tantísimas personas, el más difícil de mantener. También el más esencial. Lo que ha visto esta noche son los efectivos del FUSAG, la rama del ejército estadounidense de la que le hablé y ya conoce algunas cosas. Estos son parte de los efectivos del primer grupo del ejército de los Estados Unidos, que será el encargado de liberar el continente europeo de los alemanes.

—¿Con tanques de goma?

—Y aviones de madera, sí. Lo primero que debe entender es que el FUSAG, sencillamente, no existe. Sus tanques son los que ha visto y su comandante, el general Patton, apenas tiene soldados a los que dirigir. El FUSAG es una fuerza fantasma, un ejército que se dice más grande de lo jamás visto, pero que en realidad no podría hacerse ni con la ciudad de Dover si empleara todas sus fuerzas. El FUSAG es un engaño. Uno de enormes proporciones y meticulosamente orquestado para que los alemanes nos teman.

—No tienen por qué.

—No. Llegado el momento no, pero, antes de que sepan que no hay nada que temer, creer en su existencia los obligará a tomar decisiones. La fundamental debe ser equivocada. Queremos que crean que el desembarco principal se efectuará por el paso de Calais. Para ello, nuestros agentes en todo el mundo están filtrando noticias al enemigo. Desde aquí, la señorita Patricia Alexander ya ha transmitido varios mensajes: ha hablado de la base por encima, como haría con una amiga, pero deslizando mensajes que han llegado a los alemanes sobre su extensión o la presencia de estadounidenses. Como le digo, queremos que los alemanes crean que se está preparando una fuerza sin igual y es clave convencerlos de que desembarcará en Calais. Mientras, las auténticas zonas de desembarco se están estudiando minuciosamente. Llevamos más de tres mil vuelos de reconocimiento de la zona. Por supuesto, para que los alemanes no sospechen, se realizan vuelos por toda la costa, pero se estudian las playas específicas. La operación ha contado con ideas geniales, como cuando la BBC pidió a los veraneantes que mandaran sus postales de las bonitas costas francesas. De cada postal se extrajo información... En fin, es ingenioso y lo mejor es que está funcionando.

—Es...

—Extraordinario, sí. Sabemos que los aviones de reconocimiento alemanes van a realizar vuelos sobre Longview, si no lo han hecho ya. Por eso queremos que desde el aire se asusten de la cantidad de tanques y aviones que tenemos aquí. Cada noche, el pequeño grupo destinado a esta base moverá los tanques para que en las fotos de la mañana siguiente parezca que están haciendo ejercicios. A la vez, desde el principio, nos ocupamos de que este lugar generara curiosidad y comentarios. Los suficientes para que se hable de él, pero no tantos como para que no se considere un secreto.

—Por eso Louis trajo aquí a mi prima Eudora.

—Así es. Sabíamos que iba a la fiesta en casa de los Blackwood y que asistirían eminentes pronazis. Que no podría contenerse. Por lo que nos dijo el teniente Louis, su marido, su prima es muy indiscreta. Suponemos que habló con uno o varios de esos pronazis, o por lo menos con gente igual de indiscreta que ella. El caso es que algunos días después nuestros agentes dobles en Alemania confirmaron que el nombre de esta finca ya se oía en los cuarteles de Berlín. Lo mismo que cuando el señor Cooksley...

—El arrendador de una de las granjas de Longview.

—Sí, el que se enfadó al ser desalojado. Supusimos que cumpliría sus amenazas y así fue. Cooksley se encargó de arrastrar su nombre, lady Epson, y el del ejército británico por el barro al decir que lo habíamos expulsado de la finca porque había sido incautada para una base militar. Publicaron su carta con airadas quejas en el periódico. La sola localización de Longview, frente al paso de Calais, enseguida despierta sospechas y abre conversaciones. Todo está yendo exactamente como queríamos. Tenemos periodistas en varios medios. De vez en cuando se habla de una pelea de soldados estadounidenses en algún *pub*, o se publican anuncios requiriendo productos en Dover que solo los yanquis consumen. La idea es que cada pequeña información consolide la enorme mentira. Le dé credibilidad.

Lucy empezó a sonreír. Realmente era un engaño extraordinario.

—Mi marido, por supuesto, lo sabe todo.

—Sí, e insistió en que la pusiéramos a prueba. Su manera de tratar a su prima, al señor Cooksley..., ha sido auténtica al cien por cien por su desconocimiento del asunto. El teniente Louis dijo que, si usted no reconocía el engaño el mismo día de empezar, es que íbamos por buen camino. No ha tardado mucho, pero...

—No habría descubierto nada de no haber tocado los tanques. Es más, de no haber visto cómo los soldados los movían. Parecen completamente reales.

—Sí, y los aviones también. Los materiales se trajeron el día que se reunieron en Glenmore Hall. Su marido insistió en que estuviera allí para no despertar sus sospechas. Todo se ha montado en el interior de los hangares.

—Voy a matar a Louis —bromeó ella.

—Ahora que lo sabe todo, debe estar preparada para defenderlo. Defender esta maniobra de engaño es lo más importante que tenemos por delante. Hacerla verosímil. Todo está planeado y debo decir que tanto las fuerzas armadas como los servicios de inteligencia se han convertido en profesionales de inigualable talento para la obra de teatro que preparamos. Usted transmitirá mensajes que sabemos que serán interceptados. Pasará información a las sedes diplomáticas para que se filtren de una u otra manera, y colaborará de todas las maneras posibles para que los alemanes nos crean y nos esperen en Calais.

—No lo dude —dijo ella decidida—; por lo que a mí respecta, desde este momento los tanques de mi finca son feroces y duros como el acero y Calais debe prepararse para recibir el puñetazo de los aliados.

—Así me gusta —dijo John—, no hay nada como creerse una mentira para defenderla bien.

Se miraron el uno al otro y, por alguna razón, ambos sintieron que aquella tarea, audaz y frágil, podía funcionar. De vuelta a su habitación, Lucy se durmió profundamente, convencida de que todo acabaría por arreglarse.

56
La advertencia

El primer intento de evasión de Patrick García se produjo a los pocos días de poner pie en Rockmoss Isle, en el archipiélago escocés de las Hébridas interiores, a donde había llegado dormido tras serle inyectado algo en el brazo en la casa de Unity Headland. El niño tenía tanto empeño en salir de la situación en la que estaba y volver a Glenmore que había arrinconado el miedo y tan solo había llorado en tres ocasiones, y en cada una había jurado que sería la última y se había reforzado en su ira y determinación. Luego descubrió que nunca había conocido *realmente* el miedo.

Rockmoss era la isla menos atractiva que uno pudiera imaginar: una roca de quince hectáreas cubierta de prados, sin apenas árboles que resistieran al feroz viento que se desataba a menudo. Contaba con cuatro habitantes de dos patas y doscientos de cuatro, mayoritariamente vacas Angus peludas y resignadas a la triste vida que les había tocado. Los guardas, el señor y la señora Cook, eran aún menos comunicativos que los animales, que al menos mugían de vez en cuando. A diferencia de estos, los guardeses no hablaban ni entre ellos y podían pasar todo un día sin más que farfullar algún «Hum». Blaz les pedía lo que quería y ellos asentían y cumplían, cejijuntos, duros y sin atisbo de curiosidad, gracia o aliento vital. Tendrían sesenta años y su piel estaba agrietada y enrojecida, muerta como un papiro y dura como sus manos callosas y sus miradas cetrinas. Peter Cook atendía a las vacas y cortaba leña. Gertrude Cook cocinaba, limpiaba y revisaba las trampas para langostas, que comían en gran cantidad y aborrecían. Cada quince días, cuando el mar daba una tregua (si la daba), acudían al pequeño pueblo de Tobermory en un bote a motor para reponer lo que les faltara en la despensa. El carbón les duraba para dos años. Eso era todo.

La casa era una proeza, en parte por haber sido construida en la isla, pero sobre todo por aguantar su dureza más de trescientos años. De estilo escocés, en piedra gris vieja y dura, consistía en una torre cuadrada decorada con almenas inservibles unida a la construcción original: una casa pequeña de una planta y tejado de pizarra completamente cubierto de musgo. Dentro era oscura, pero no incómoda, y las chimeneas a pleno funcionamiento la hacían acogedora, aunque Blaz Munter y Pat García estaban de acuerdo en una sola cosa: la detestaban.

No hablaban si no era estrictamente necesario. Blaz no se llamaba a engaños: el niño lo odiaba y tampoco él tenía ningún interés en que fueran amigos.

Los días eran monótonos en ese lugar olvidado del mundo. Munter se levantaba tarde y conectaba su receptor de radio a la espera de algún mensaje o comunicación. Si no había novedad y hacía sol, lo que era poco habitual, daba una vuelta completa a la isla tras desayunar. Después almorzaba, leía, cenaba, y conectaba de nuevo la radio para recibir instrucciones. A las doce ponía la oreja en la puerta cerrada con llave de Pat y se acostaba.

Habían pasado tres días encerrados en la casa. Pat en su habitación, leyendo ejemplares antiguos de la revista juvenil *Boy's Own* que Blaz había encontrado en el desván y dejado en su habitación, y Blaz intentando escuchar la BBC entre distorsiones y ruidos imposibles. Los Cook se habían acostumbrado a la vida triste de Rockmoss Isle, pero el espía esperaba no tener que hacerlo mientras veía las horas pasar y la lluvia mezclarse con las olas para mojar los cristales de la casa. Aliviados, al cuarto día vieron salir el sol, y el mismo mar oscuro y amenazante que rodeaba la isla se hizo un poco más transparente, aun cuando las olas seguían rompiendo contra las rocas con fuerza.

Blaz dejó a Pat releyendo una de sus revistas al sol y salió a dar su vuelta a Rockmoss. Era cómodo no tener que estar encima del chico para que no escapara. Pat sabía que era imposible. Pero aquel día decidió intentarlo.

Cuando vio que Blaz se alejaba, se acercó corriendo al bote. No sabía cómo ponerlo en marcha, pero sabía remar, y muy bien además.

Había remado en infinidad de ocasiones en el lago de Glenmore y, de no haberse decidido por el *cross country* de Burghley, en el día deportivo se habría apuntado a las carreras de canoas. Empujó con todas sus fuerzas la embarcación hacia el agua y con el último impulso se subió a ella de un salto. Luego cogió los remos y, apuntando hacia la costa que veía a dos millas a lo sumo, empezó a remar. Se había alejado treinta metros de la playa cuando empezaron los problemas.

No había contado con la corriente. Enseguida, el mar tomó las decisiones por él. Malas decisiones. En lugar de acercarse a la costa, la corriente lo empezó a llevar hacia afuera, pasando por delante de la isla. Las olas, que desde su ventana parecían poco importantes en comparación con las del día anterior, seguían siendo excesivas para aquella pequeña barca, que solo las sabía enfrentar en manos expertas y con el motor ayudando a gobernarla. No era el caso de Patrick García. A los pocos minutos, el señor Cook corría por la playa siguiendo su dirección. A medio camino encontró a Blaz, que, al mirar hacia el mar, descubrió la situación horrorizado. Pat vio que el señor Cook le decía algo a Munter y se iban hacia el interior de la isla perdiéndose de vista.

El niño se empezó a asustar. Prefería estar en la odiosa isla de Rockmoss que ahogarse en medio del mar oscuro y frío de Escocia, de eso estaba seguro. Intentó poner el motor en marcha, pero no tenía la fuerza necesaria para tirar de la cuerda de arranque y enseguida se dio por vencido. La barca se acercó peligrosamente a un cabo rocoso. Al esquivarlo, tras él apareció otro de rocas aún más cortantes y hostiles. Pat supo que no lograría esquivarlo y, sacando un remo, intentó en lo posible atenuar el impacto. Estaba a punto de tocar con más fuerza de la que esperaba, y muchísima más de la que habría deseado, cuando, tras la roca, aparecieron Blaz y el señor Cook, cada uno con un gancho de pesca de, por lo menos, dos metros de largo, y ágilmente, colgándolos de la amura y la aleta del bote, consiguieron aguantarlo. Blaz le gritó.

—¡Salta!

Pat dudó unos segundos.

—¡Salta, idiota! —repitió el alemán.

Pat dio un brinco hacia donde estaba su secuestrador, que, al verlo llegar, lo cogió del brazo para que no cayera. Ya en la roca, escaló como pudo hasta la hierba y, desde allí, volvió llorando con rabia hasta la casa.

A la hora de comer, la señora Cook dejó una bandeja en la habitación del niño, que seguía sintiéndose solo eso, un niño en su habitación. Avergonzado por haber fracasado y humillado por haber sido salvado precisamente por la persona de quien quería huir, estaba en la cama, apoyado al cabezal, cuando Blaz entró. Odiaba su forma de mirarlo, con esos ojos que parecían no ver, pero que lo escrutaban todo diseccionándolo.

—Lo que ha pasado hoy ha sido culpa mía —dijo él—. Te pido disculpas, pero ahora mismo lo solucionaré. —Pat no abrió la boca. Inconscientemente se tapó un poco con el edredón—. Te debería haber hablado de esto en Londres, pero nunca es demasiado tarde para hacerlo. Veamos... —dijo acercándose hasta sentarse en un lado de la cama—. Seré muy claro para no llevarte a equívocos: eres mío. Debes entenderlo bien. Mío. Me han encomendado que te acompañe hasta un lugar y voy a cumplir con mi misión, no te quepa ninguna duda. Si te alejas de mí, morirás. Hoy has estado cerca. He matado a mucha gente, también a niños. El tacto de vuestro cuello es muy difícil de olvidar. Cuando estrangulas a alguien como tú por primera vez, primero sientes la piel suave y blanda, pero enseguida notas las venas, la tráquea y los huesos. Es muy placentero, como romper un fruto seco con las manos, como cuando sientes que finalmente cede... —Puso los ojos en blanco simulando placer—... Seguro que puedes imaginarlo. Ahora bien, no es eso lo que tengo que hacer contigo; no si te portas bien. Te debo llevar a donde me han indicado. Allí podrás enrabietarte y gritar, intentar escaparte...; lo que quieras. Pero de mí no debes hacerlo. De veras, no te lo recomiendo. Tengo impulsos dentro de mí difíciles de controlar. Me han traído problemas. Si veo que no me obedeces, no respondo de mí, así que estás advertido. Tengo esa parte irracional, incontrolable..., un mal interior que sale de la forma más inesperada. Hasta que lleguemos a Alemania —Pat no podía ni pensar en aquello—, haz lo que yo te diga. No me gusta repetir las cosas. Te cuidaré. Te cuidaré lo que haga falta o te mataré.

Si me obligas a hacerlo, lo haré lentamente para que comprendas tu error. —Blaz sonrió y, acercándose al niño, le acarició la cabeza. Pat estaba completamente aterrorizado—. Espero que haya quedado claro —concluyó.

Se levantó y, lanzándole una última sonrisa, lo miró con sus ojos profundos y negros como las aguas escocesas.

Pat se quedó varios minutos observando a la puerta. Luego hacia sus piernas. Se había hecho pis encima.

57

Sí

Daisy salió a la calle de Fernando el Santo con el espíritu alegre del que se libera tras meses de cautiverio. No habían sido meses, tan solo semanas, pero le habían sabido a décadas. Había pasado los días departiendo con el capitán Hillgarth sobre la situación en Europa y recibiendo a Félix para darle la información que este luego filtraría a los alemanes. Todo lo que el español decía se corroboraba con el relato de otros agentes dobles, que explicaban lo mismo y ponían el foco en el paso de Calais. Gota a gota, decenas de agentes se ocupaban de que la botella del engaño se llenara. De momento todo iba como esperaban, pero Daisy, además, tenía ganas de pasear con Félix.

Subieron desde la embajada hasta la calle de Almagro y desde allí pasaron frente al palacete de los duques de Santo Mauro para enfilar por la calle Miguel Ángel hasta el paseo de la Castellana. La avenida principal de Madrid ofrecía un aspecto inacabado. En varios puntos aún se encontraban los palacios que la habían hecho distinguida, pero varios solares vacíos diluían poco a poco el recuerdo de los que habían sido demolidos. Se sustituían por edificios más modernos, menos gráciles y, en aquel momento, incongruentes con el entorno. En el lado izquierdo, hacía dos años que se había concluido la mole del edificio de Nuevos Ministerios, de granito gris y aún desocupado. Después de él, la avenida se perdía hacia el norte de la ciudad alternando grandes solares sin construir con otros edificios dispares. Vacía y prometedora, no era la zona más agradable para pasear, pero había poca gente por las calles, lo que permitía que, de haberlos seguido, Félix detectara a los agentes alemanes más fácilmente. Habría jurado que ese día no lo vigilaban, y tenía razón.

—Nuestro hijo conocerá otra ciudad —meditó mirando las obras de un nuevo edificio.

—Sin duda, y otros tiempos —replicó Daisy.

Anduvieron durante varias horas y, aunque Félix se preocupó varias veces por Daisy y su estado, ella insistió en que quería caminar y en que el ejercicio fortalecería al bebé. Intentaban evitar los temas tristes, pero uno resultó difícil de esquivar.

—Hace unos días un sobrino del capitán Hillgarth murió en el bombardeo de Londres. Me lo comentó una chica de la embajada —explicó ella.

Londres había vuelto a revivir el Blitz tras un año de relativa tregua. Nada menos que dos incursiones con doscientos bombarderos lanzando bombas incendiarias sobre el centro de la capital habían alcanzado el Parlamento, New Scotland Yard, Embankment y muchos otros lugares de importancia sentimental, humana y estratégica. Cientos de londinenses habían muerto. El sobrino del capitán Alan Hillgarth era solo uno más de la larga lista de víctimas. Hitler avisaba. Los bombardeos de ciudades alemanas tendrían su réplica en Londres. Churchill había mandado el mismo mensaje.

—No he querido darle el pésame —continuó Daisy— porque él no ha mostrado ningún cambio en su estado de ánimo.

—Nunca invalides el dolor de otra persona solo porque tú lo llevarías de forma distinta. Cada uno siente el dolor del mismo cuchillo de manera distinta. Lo siento mucho por Alan.

—Me hizo pensar. Su sobrino era joven, con tanta vida por delante. Es un error tener en mente el largo plazo si quizá no va a llegar. Mi madre decía que las oportunidades pasan, no se pausan, y tenía razón. Deberíamos vivir cada día como si fuera el último.

Habían llegado a una plaza tras pasear por una zona muy poco densa, con algunas casitas y muchos solares sin construir. La rodeaban edificios de dos plantas y, en la calle que partía de ella, había dos grandes colegios. Daisy estaba mirando hacia un lado y otro, curiosa de aquel Madrid desconocido, cuando un hombre con sotana y alzacuellos la miró a la cara.

—¿Margarita? —le dijo colocándose las gafitas más cerca de los ojos—. ¿Margarita García?

Daisy sintió que su corazón se ablandaba. Nadie la llamaba Margarita desde hacía años. De hecho, nadie fuera de Ramacastañas la había llamado jamás así. Hacía años que usaba su nombre traducido al inglés. Se fijó en el hombre que la observaba. Un torrente de recuerdos la inundó: el corro de la patata, el escondite, la cabaña en el fresno y los baños en las pozas de Gredos...

—¿Cheme? ¿Chemito?

—Ahora soy el padre Closa —dijo él sonriente—, pero sería imposible que me olvidara de ti, aunque hayan pasado tantos años.

Su amigo de la infancia. José María, al que llamaban Cheme, se había ido del pueblo más o menos a la vez que ella para ingresar en el seminario. No se habían vuelto a ver y, por la suerte que los religiosos habían corrido en la guerra española, Daisy se había temido lo peor.

—Soy párroco de esa iglesia —dijo señalando un templo de ladrillo visto con un campanario cuadrado.

—¡Lo conseguiste! —dijo Daisy observándolo de arriba abajo, aún joven y con el denso pelo negro de siempre.

—Sí. No fue fácil, y la guerra... Qué te voy a contar. Pasé mucho miedo, pero... —dijo cambiando su expresión a una más alegre— eso ya pasó. Hace poco me han destinado aquí, a la parroquia de San Miguel. La estamos restaurando porque Chamberí estaba en zona republicana y, bueno —la miró con ilusión—, ¿te gustaría que te la enseñara?

Daisy pensó que ella también debía presentarle a alguien a Cheme.

—Por supuesto, pero antes —se giró hacia Félix—: este es Félix Zurita. Es mi... —No se atrevía a decir las palabras.

—Su novio —sentenció Félix orgulloso—, y espero que otro de los hombres de su vida.

—El más importante, seguro —dijo Cheme.

—No lo pretendo. Prefiero que tenga muchos, aunque en mi parcela esté solo yo. La vida es muy larga y cada momento pide una compañía diferente. Yo espero estar en muchos de los años que nos queden.

—Estarás en todos —replicó ella.

—Eso me gusta —dijo el sacerdote—. Venid, os enseñaré el templo.

Anduvieron hasta la entrada de la iglesia y en el interior comprobaron las obras de restauración. A Félix le horrorizaron, pero disimuló como pudo.

—Lo bueno es que ya estamos celebrando los oficios de nuevo. Va a quedar estupenda cuando esté acabada. La talla del arcángel y la vidriera son originales. Bonito, ¿no? —dijo mirando hacia el altar. Se hizo el silencio unos segundos y Félix se volvió para no reír al ver la cara de Daisy.

—Me encantaría que me confesaras —dijo ella de pronto—. ¿Podrías?

El padre Closa se dio la vuelta y la miró algo sorprendido.

—Claro, claro... ¿Ahora?

—Sí, ahora —confirmó ella antes de seguir a su amigo al confesionario.

Félix no era religioso. Ni siquiera se lo había planteado. Rara vez se entretenía en temas espirituales y, de haberlo analizado, habría dicho que era agnóstico, porque ni afirmaba ni negaba la existencia de Dios. A su madre la escandalizaba aquello, así que, cuando vivía en la casa familiar, esquivaba el tema constantemente. Paseó por el interior de la iglesia y al rato salió fuera. No había nadie en la calle, ni en la plaza más allá. Tan solo se oía el rumor de los niños de los colegios cercanos. Se sentó en un banco un rato, encendió un cigarrillo y, cuando lo estaba acabando, Daisy salió a su encuentro y se sentó pegada a él. Parecía haber tenido una revelación. En realidad, era una idea, que lanzó cogiendo a Félix de improviso.

—¿Te quieres casar conmigo? —le dijo esbozando una sonrisa pícara y seductora.

Él apartó un poco la cara para mirarla con la expresión que siempre ponía cuando tanteaba.

—Claro que quiero. Estoy deseando que todo esto acabe para que lo hagamos. Ya te lo dije. De hecho..., recuerda que tienes mi anillo de no-compromiso.

—¿Por qué no hoy?

—¿Hoy qué? —La miró a los ojos comprendiendo de pronto—. ¡¿Hoy?! —exclamó en una carcajada—. No puedes hablar en serio, pero... —Estudió su expresión—. No es posible..., ¡¿estás hablando en serio?! ¿Quieres casarte hoy? ¿Ahora?

Daisy se sentó a su lado y le cogió las manos.

—La guerra me ha hecho reflexionar. Lo del sobrino de Hillgarth... Tantas desgracias me hacen pensar en la inmediatez, en lo importante que es no esperar y esperar a cosas que no dependen de nosotros. La conversación con el padre Closa me ha hecho tomar conciencia de todo. De lo agradecida que estoy por mi presente, por todo lo bueno que tengo. Incluso tener a Pat lejos de mí significa alejarlo del peligro, así que en el fondo estoy también agradecida por eso.

Félix miró hacia sus manos para que ella no percibiera su desasosiego. Aquel era el primer día que el médico había consentido que saliera de la embajada a pasear. Seguía sin poder decirle la verdad y no soportaba estar ocultándole la situación a la que tendría que enfrentarse.

—Si no hubiera guerra —continuó ella—, si Hitler no hubiera armado este lío, tú y yo estaríamos casados. Te propongo que no dejemos que él decida sobre nosotros. Ya lo hace en muchas cosas, en nuestro trabajo, en nuestros secretos..., pero vamos a tener un hijo y sabes que no quiero estar con nadie que no seas tú.

—Hoy es el primer día en mucho tiempo en el que estoy seguro de que nadie nos ha seguido —reflexionó Félix, que no conseguía quitarse el peso de su secreto de encima, pero a la vez ardía en deseos de hacer lo que Daisy proponía.

—Lo he pensado también. Nadie lo sabrá, solo nosotros. Mi amigo, el padre Closa, puede casarnos ahora. No llevo el vestido más bonito, ni me he peinado, pero...

—Estás muy guapa. Radiante.

—Es lo que me siento. Radiante, joven, feliz..., llena de vida.

—Dicen que la felicidad es el vestido que mejor sienta.

—Seguro. Y tú... no mejorarías ni con el mejor chaqué.

—Vaya, gracias —dijo Félix riendo.

—No, no, quiero decir que... tú siempre estás guapo, y, aunque no lo estuvieras, me daría igual, así que... casémonos. Acumulamos tantos secretos que me gustará tener uno que realmente me ilusione y me haga feliz: ser tu mujer.

—Mi madre lo agradecerá, siempre le han aburrido las bodas.

—Mi padre no sabría qué hacer en la mía —replicó Daisy.

Félix respiró profundamente, bajó la cabeza tratando de no emocionarse y, recomponiéndose, apretó las manos de Daisy para hablarle.

—Nunca pensé que sería yo el que dijera esto. Pero... Sí, quiero. —No pudo contener una carcajada—. Daisy García, estás completamente loca, pero cada parte de ti me atrae, me gusta y hace que mi cuerpo reaccione. Pienso en ti a cada minuto y, cuando no lo hago, lo que hago solo tiene como objetivo volver a ti. Todo es un trámite cuando no estoy contigo. Así que sí quiero. Sí quiero, claro que quiero.

Daisy se arrojó a sus brazos y se abrazaron, riendo como dos niños. Luego ella lo cogió de la mano y entraron al templo, que, de pronto, le pareció a Félix el más bonito en el que hubiera estado y el primero que sentía suyo. En el altar, el padre Closa esperaba divertido.

—Esto es bastante inaudito —opinó al verlos ante él—. Pero el amor tiene estas cosas, ¿no creéis?

Los dos asintieron y Félix no pudo evitar reclinar su cabeza sobre la de Daisy.

—Lo único importante en este momento es la verdad. La verdad de vuestros sentimientos y la verdad de lo que tenéis dentro. Por eso, antes de empezar el rito, os voy a pedir que, durante media hora, os sentéis cada uno en un acto de contrición y reflexión personal y que, si pasado estos minutos creéis que acudís a este matrimonio con la conciencia limpia y sin ocultar nada relevante al que deberá ser vuestro compañero de vida, procedamos con el sacramento.

—Me gustaría confesarme —dijo Félix de pronto. Daisy lo miró sorprendida. A Félix se le había ocurrido de repente que podía descargar su conciencia con el amigo de infancia de Daisy y que este le aconsejara cómo proceder.

La confesión se extendió buen rato. Daisy ya le había contado en confesión a Closa todas las vicisitudes de su vida: su hijo fuera del matrimonio, su embarazo... y todas las demás cosas que asustaban a la Iglesia. Félix le explicó el secreto que Daisy desconocía y el sacerdote se horrorizó por la suerte de Pat. Confesaron y debatieron y, acabada la conversación, sincera, profunda y fundamentada en el bien de la amiga de ambos y en el amor de Félix por ella, tomaron una decisión.

El padre Closa salió solemne del confesionario y, acercándose al altar, se sentó en el banco que Daisy ocupaba y le cogió la mano, de forma que ella supuso de inmediato que algo iba mal. Félix se sentó junto a él.

—Querida amiga, te voy a hablar como sacerdote, pero sobre todo como amigo. —Respiró profundamente y esbozó una sonrisa tímida y resignada—. No está en cuestión el amor que os tenéis, ni la afinidad perfecta que ambos me habéis comentado. En cuanto he visto tus ojos, he sabido que eras feliz. Pero este matrimonio no se puede celebrar aún.

—Pero... —quiso protestar ella.

—No, Daisy, no —dijo el padre Closa elevando un poco el volumen y la severidad del tono—. No sería buen sacerdote ni buen amigo si oficiara esta ceremonia. Lo tenéis casi todo para ser felices, pero no todo. Sé que un día lo entenderás, pero aún no ha llegado el momento.

—Es por mi culpa —dijo Félix.

—No —negó el sacerdote—, de ninguna manera. No es por tu culpa ni por la culpa de nadie que esté aquí. Los hechos y las circunstancias se deben alinear, y hay una en esta ecuación que aún no lo ha hecho.

—¿Qué es lo que falta? ¿Qué es? —preguntó Daisy al borde de las lágrimas.

El sacerdote negó con la cabeza.

—Os he escuchado a ambos en confesión. Hoy no es el día. Aún no es el momento. Llegará, y probablemente lo haga pronto. Pero no hoy.

Daisy bajo la cabeza, triste y decepcionada. Su amigo la tomó de la barbilla y la obligo a mirarlo.

—Hoy es un día feliz, Daisy. Por favor, siéntelo así. Tienes todo para cumplir tus sueños y ten fe en que se cumplirán —cogió la mano a Félix—, pero aún falta un poco.

—No comprendo qué es lo que falta —insistió ella.

—Lo harás. Te lo prometo. Las circunstancias ahora no son las que deberían. Pero lo serán.

Félix hinchó el pecho y se irguió.

—Daisy, te juro que nos casaremos muy pronto. —Le apretó la mano y, acercándosela a la boca, se la besó.

Ella lo miró con los ojos encharcados y expresión disgustada.

—No te voy a preguntar qué es lo que sucede porque tú nunca me preguntas por lo que aún no te puedo contar. Pero por tu bien te digo, Félix Zurita, que más vale que soluciones lo que impide que nos casemos porque no pienso renunciar a que estemos juntos.

Él contuvo las lágrimas y dejó escapar una pequeña carcajada.

—Te prometo que lo haré. Te prometo que estaremos juntos.

58

Sin tregua

Eran las ocho y media de la mañana y Lucy ya estaba junto a Patricia Alexander en la estación de radio de su comedor cuando un soldado se presentó ante ellas. Al parecer, un Rolls Royce había sido detenido *in extremis* cuando estaba a punto de arrollar el primer control de entrada a Longview, y una mujer que decía ser la baronesa viuda de Epson exigía entrar.

—Mi suegra —dijo Lucy poniendo los ojos en blanco—. Iré a verla.
—No puede entrar.
—Lo sé. Pero veré qué quiere y trataré de convencerla para que vayamos a otro lugar, porque llegaría hasta la mismísima cancillería del Reich si se empeñara.
—La llevaré con ella —propuso el soldado, atento.

Se subieron en un pequeño *jeep* descapotado y, tras recorrer los tres kilómetros del paseo de los tilos y atravesar dos perímetros de alambrada con sus controles, vieron de frente el radiador imponente del Phantom III azul y burdeos de lady Maud. Estaba en marcha, y Lucy supuso que su suegra estaba convencida de que sortearía aquel trámite para cruzar las puertas de Longview Grange enseguida. Temió decepcionarla.

Se bajó del tosco *jeep* y abrió la puerta brillante del Rolls. El olor a cuero y a terciopelo se mezclaba con el perfume de lavanda de su suegra, a la que encontró con sombrero de paseo y abrigo con cuello de visón, cogiendo con las dos manos sobre las rodillas su bolso de cocodrilo con asa de bambú. Parecía algo molesta, pero aún no indignada.

—Vaya, conseguiste encontrarme. —Lady Maud no estaba nada acostumbrada a esperar—. Esperar, esperar y esperar. Querida, eso es todo lo que hace el ejército. Esperar. Esperar a que Hitler no invada no sé qué, esperar a que los yanquis se decidan a no sé qué, esperar a que Stalin diga no sé qué..., esperar a que vayamos a por lady Lucy por no sé qué. ¿Podemos entrar en la casa de una vez? Tengo asuntos importantes que tratar.

—Mamá, nadie que no trabaje en la base puede entrar —le explicó Lucy.

—Me parece muy bien. La gente es una entrometida. Ahora me lo explicas todo. Percy, avance —ordenó al chófer.

Percy avanzó el escaso metro que le quedaba para darse contra la primera valla de aspas que obligaba a detenerse.

—Mamá, tú tampoco puedes entrar.

—Pero... Pero... —La miró indignada—. Pero, ingrata, ¿cómo no voy a poder entrar en la casa de mi nuera?

Lucy decidió tomar el mando.

—Percy, dé la vuelta, llévenos a Dover. Mamá, te lo explicaré todo allí —dijo guiñándole un ojo y señalando con la cabeza a Percy.

—Ah, oh... —replicó la baronesa viuda haciendo el gesto de cerrar sus labios con cremallera—. Comprendo —dijo sintiéndose partícipe de un secreto.

Entraron en Dover y, cuando Lucy vio el primer *pub*, le pidió al chófer que se detuviera. Por la ventana varios clientes los miraron con extrañeza. Cuando el chófer abrió las puertas traseras y aquellas dos damas se bajaron del coche, la impresión no mejoró.

Entraron y se sentaron a una mesita pequeña y pegajosa junto a una ventana. Lucy pidió un té, y lady Maud, una cerveza, «para camuflarme y no llamar la atención», dijo quitándose los guantes y colocándose el sombrero.

Lucy le explicó como pudo la situación de Longview Grange, haciendo hincapié en que ya no era su casa, sino una base militar del FUSAG de acceso restringido. Lady Maud intentó comprender por qué no podía entrar en casa de su nuera y, enrocadas en sus posiciones, debatieron unos minutos hasta que Lucy desistió de explicar y su suegra de entender. En cualquier caso, no era eso lo que había llevado a lady Maud junto a Lucy.

—Hace ya dos meses del secuestro de Pat y esos tontos del MI5 y de la Policía no han encontrado ni rastro. Fui a ver al señor Osbourne a Londres la semana pasada.

—A John.

—Sí —dijo lady Maud agitando la palma de la mano—, a John.

—No me dijo nada —apuntó Lucy.

—Desconocía que tuvieras que estar enterada de todo lo que sucede en el imperio.

—¿Qué te dijo?

—Que seguían buscando, que habían hecho pesquisas. Nada. Así que puse más hincapié en mi propia investigación. Esto ha sido de gran ayuda.

Se agachó sobre su bolso y sacó un ejemplar del *Burke's*.

—No lo puedo creer —dijo Lucy.

—Calla y escucha —replicó lady Maud.

El *Burke's* era un libro esencial en todas las casas aristocráticas británicas y en muchas de las europeas. En la guía, cuya primera edición cumplía más de cien años, se detallaban todas las familias nobles del Reino Unido: sus orígenes, herederos, propiedades y breve historia. Era densa como una biblia de bolsillo. Algunos la utilizaban para investigar orígenes sospechosos; otros, con interés o simple curiosidad, buscando ancestros distinguidos o motivos para mirar por encima del hombro a los demás. Lucy lo había abierto alguna vez para buscarse, pero su madre lo tenía como libro de cabecera y lo consultaba habitualmente antes de responder a invitaciones de gente que no conocía bien.

—Ahora te cuento en qué interviene el *Burke's*, pero antes he hecho una lista de todos los conocidos que sabemos que son pronazis, o por lo menos fascistas. Es bastante larga y a veces sorprendente. Espero que, cuando caiga una bomba sobre sus casas, cambien de opinión. En fin: tengo a los Mosley, por supuesto, pero están en la cárcel, él y también Diana Mitford, muy guapa y muy nazi. Por extensión, he metido a lady Cynthia Curzon, su primera mujer, aunque la pobrecita no lo merece. Los vizcondes de Rothermere y Lymington, el estúpido traidor de lord Haw-haw, también Archibald Ramsay, al duque de Hamilton (él afirma no serlo, pero no me creo ni una palabra), los Londonderry solo por si acaso... Etcétera. Hay unos cuantos, he trabajado como un minero de diamantes, esa es la verdad.

—Muy bien, mamá.

—No digas muy bien todavía. Aquí es donde entra en juego este maravilloso libro —proclamó dando unos golpecitos a la tapa de cuero del *Burke's*—. Una vez que me informé de dónde estaba cada uno de los de la lista, pude eliminar a varios y busqué en el libro dónde tienen propiedades los demás. Algunos están muy escasos de casas, así que parece que, al fin y al cabo, los Epson no somos los más pobres a pesar de lo que piense tu madre... Volviendo al asunto: las propiedades de la mayoría de los de la lista no eran adecuadas.

—¿Adecuadas para qué, mamá?

—Adecuadas para esconder a un niño secuestrado. Muchas están en manos de colegios, batallones, de ministerios y oficinas. Otras tienen demasiado servicio y sería fácil que cualquiera se fuera de la lengua. También es importante que tengan espacio para una pista de aterrizaje improvisada o estén cerca del mar, para cuando tengan que sacar al niño de la isla. Me dijo Osbourne que lo más probable era que tardaran un poco en hacerlo.

—Das por hecho que Pat está en casa de un aristócrata. No veo por qué —la cuestionó Lucy.

—Tienes razón, puede que esté errando la línea de investigación, pero el señor Osbourne está seguro de que el niño estará cuidado, no encadenado en un sótano, así que me he centrado en casas y zonas buenas. La aristocracia controla cuatro quintas partes del suelo de esta isla, así que las probabilidades juegan a mi favor.

—Bien visto.

—Sí. El caso es que la semana pasada fui a Boreaton Park y a Westwood Manor y volví decepcionada porque es imposible ponerse a revisar esas casas, igual que pasaría con Glenmore, así que acoté la búsqueda aún más. Ahora me centro en casas remotas, no excesivamente grandes y junto al mar, relacionadas con fascistas. La semana entrante visitaré dos pequeñas en Cornualles. He señalado en un plano todas las que serán objeto de mi investigación. Me dejarán entrar en todas, no tengo ninguna duda, pero, además, he encargado que me impriman cartas con los membretes de todas las familias propietarias. Falsificaré autorizaciones. Entregaré la carta al mayordomo, o a quien esté al cargo. Diré que soy quien soy, pero mentiré al afirmar que soy aficionada a las acuarelas y estoy haciendo un cuaderno de paisajes de la costa inglesa.

—No has cogido un pincel en tu vida, mamá.

—Jamás. Pero los pintores nunca dejan que veas lo que están pintando, así que nadie se dará cuenta. No me costará entrar en las casas. La única que en toda mi vida ha cerrado el paso a mi coche eres tú...

—¿Cuántas casas tienes señaladas en tu plano?

—Treinta y dos. Algunas son de amigos de los de la lista; estoy intentando no saltarme ninguna. En mes y medio las habré visto todas. Allá donde más me cueste entrar, más investigaré. Sé ver la mentira en los ojos. Las odio tanto que las detecto como un tiburón la sangre. Le detallaré las que me generen más sospechas a Osbourne.

—Vas a estar muy atareada. Te llevará tiempo.

—No tanto como lo que nunca se empieza. Estar atareada es lo que quiero. La impotencia me come por dentro y no puedo creer que mi Pat esté lejos de casa. No sé si dará resultado, pero, egoístamente, me quedaré más tranquila haciendo esto que mirando por la ventana a los niños que están en casa sabiendo que él no está entre ellos. Te informo porque Glenmore Hall se quedará en manos de Stuke y la señora Gold.

Lucy pensó que el desorden solía venir de la mano de lady Maud, por lo que no se preocupó lo más mínimo de que no estuviera al mando durante unos días.

—Te deseo mucha suerte, mamá, eres muy sagaz —se limitó a decir.

—No habrá tregua, querida, no la habrá. Ese niño volverá a donde debe estar.

Aprovecharon para comer en el *pub* y lady Maud tomó dos cervezas más antes de subirse tambaleando al asiento trasero de su Rolls. Tras dejar a Lucy en la entrada de Longview, la joven vio a la baronesa viuda perderse en el horizonte camino de su misión.

Por la tarde, radió algunos de los mensajes que todos esperaban que los alemanes captaran, explicando que habría un traslado de tropas a la base de Longview y que en una finca cercana a Dover se esperaba un cargamento de miles de salchichas. Después estuvo recibiendo mensajes sin importancia toda la tarde.

Empezaba a anochecer cuando a los hangares y los campos cercanos volvió la actividad. Pronto vio aparecer el remolque de peso.

Era un elemento rudimentario pero efectivo: un remolque con el ancho de un tanque Sherman que cada noche, cargado de peso, un tractor arrastraba de un lado a otro de los campos para dejar roderas y continuar con el engaño de las maniobras militares. Los aviones de reconocimiento alemanes habían pasado varias veces sobre Longview y los cazas ingleses simulaban hostigarlos, pero tenían órdenes de fallar y permitir que volvieran intactos a Alemania con sus fotos.

—Es extraordinario —dijo Lucy para sí.

—Y funciona —contestó John Osbourne a su espalda.

A esas alturas ya se había acostumbrado a que John apareciera y desapareciera. Si le hubieran dicho que el agente tenía siete réplicas, lo habría creído. Lucy se alegraba del prestigio que estaba adquiriendo. Años atrás, cuando lo destinaron a la caza del espía Oskar Klein, que quiso raptar a Pat, su efectividad a menudo era cuestionada, pero en marzo de 1944 nadie dudaba de él. «No hay que valorar a un delfín por cómo escala los árboles», pensó Lucy.

—Venga, le enseñaré algo —la invitó el agente. Estaba de buen humor.

Salieron y anduvieron en dirección a los hangares y al temible desde el aire e inofensivo desde tierra arsenal del FUSAG.

—¿Dice que está funcionando? —preguntó Lucy.

—Así es. Lo está haciendo. Tenemos a algunos espías alemanes que capturamos y pasamos a nuestro lado. Les piden información del FUSAG a diario. También hemos captado transmisiones de radio y mensajes. Están tragándose cada parte de la operación. No se hace idea de la excelente noticia que eso supone.

Se acercaron a uno de los hangares de mayor tamaño y John entró sin avisar y sin que nadie le prestara atención. El trabajo en el interior era intenso y el personal que lo ejecutaba, dispar. En un lado, un equipo estaba pintando una lona con colores de camuflaje. En otro extremo, en una cabina insonorizada de cristal, un hombre hablaba a un micrófono. En otra, sirviéndose de diferentes elementos que iban alternando, un grupo de hombres grababa sonidos. De no saber lo que hacían, habría sido imposible averiguarlo.

—Lo que está viendo es parte del equipo del FUSAG. Tenemos escenógrafos, artistas, pintores, escultores, herreros, arquitectos, actores y locutores. Aquí son casi cien. En otras localizaciones hay más, de manera que somos en torno a mil en total. Muy lejos de la cantidad que los alemanes esperan y muy diferente de lo que imaginan.

Se acercaron a la zona donde estaban pintando.

—Este grupo está dibujando las alas de los aviones. En unos días, algunos más habrán *aterrizado* en Longview. El armazón lo hacen aquellos otros —le explicó señalando a un grupo que soldaba tubos.

—¿Y aquel hombre?

—Oh, es muy ingenioso también. El hombre que habla al micrófono está ensayando diferentes mensajes falsos. Hemos estudiado la credibilidad de los locutores alemanes y copiado al milímetro el estilo del más exitoso. Este hombre está grabando mensajes para emitir con su tono, sus pausas y su estilo.

—Es increíble.

—Lo es, pero la mente trabaja a partir de muchos factores y este puede ser importante. Los alemanes tienen que creerlo —miró a la otra cabina—. Ah, mire, eso es divertido —dijo señalándola—. Están grabando ruidos de batallas diferentes: una ofensiva en tierra, el establecimiento de una cabeza de puente, el aterrizaje masivo de paracaídas entre artillería... La idea es que se puedan poner de fondo en las retransmisiones que vendrán.

—Pero entonces, ¿el FUSAG *desembarcará* en Francia?

—Más o menos. Una fuerza fantasma e irreal amplificará ofensivas menores, desviará la atención a otros lugares, hará lo que está demostrando saber hacer. Será un circo ambulante, un *show* que irá de un lugar a otro, ágilmente, de forma que los alemanes no comprendan cómo hemos llegado tan rápido a una posición o cómo hemos conseguido trasladar a efectivos de un lugar a otro. Donde tengamos seis tanques reales, pondremos cincuenta más falsos. Enseñaremos los dientes, aunque sean postizos.

—¿Será pronto? —preguntó ella deseando un «sí».

—Eso parece. El Servicio de Operaciones Especiales, el SOE, también está enfocándose en operaciones de sabotaje en la zona de

Calais. Sé que han aumentado muchísimo las intervenciones en la zona. Han volado más puentes y vías de tren en los últimos meses que en toda la guerra.

—Pero no vamos a desembarcar en Calais.

—Por eso mismo. Los alemanes deben creer que estamos despejando la zona. Si ven que despejamos otra, sospecharán.

—Claro, qué tonta.

—No, de ninguna manera. Su razonamiento es el que queremos que sigan los alemanes, que son muy inteligentes, pero van a tragarse el mayor engaño de la historia.

—El que nos llevará a la victoria —dijo ella.

—Ese mismo —confirmó él.

59

Maletas

28 de mayo de 1944

Blaz Munter y Patrick García cumplían tres meses en Rockmoss Isle cuando un mensaje de radio despejó el horizonte de su futuro. El sol se había ausentado dos semanas y, los días que no jarreaba agua, la persistente llovizna era aún más deprimente. Pat se quedaba pegado a la ventana, mirando hacia el mar, deseando que algo pasara, lo que fuera: un rayo, una vaca embistiendo, un árbol que se moviera mucho, un barco navegando, *algo*, pero la tortura de Rockmoss era su rutina eterna, su invariable tedio. Pasado el susto de su intento de huida, aquel recuerdo alimentó su cabeza de muchos días como lo único emocionante de su estancia allí. Cuando dejaba de llover, se sentaba en un prado y notaba que sus pantalones se empapaban mientras tiraba piedras a las vacas para ver si reaccionaban, si corrían hacia él y él corría más aún, pero ellas ni lo miraban y las piedras se le acababan. Una isla sin piedras: ¿quién demonios había encontrado ese lugar? Deberían haberle dado una medalla a quien hubiera vendido ese enclave a los Headland. Tenían que estar muy aburridos o no saber qué hacer con su dinero para decidir su compra.

Blaz se acercó a él. Cada vez que lo hacía, Pat recordaba sus palabras. Había tenido muchas pesadillas en las que su secuestrador lo estrangulaba. Se tocaba el cuello a menudo y pensaba que se debía de sentir exactamente lo que él había descrito. Estaba seguro de que aquel hombre había estrangulado a muchos niños.

—¿Qué haces?

Pat se irguió un poco, pero siguió apoyado contra el marco de la ventana, mirando hacia el exterior lluvioso.

—No hago nada. Igual que ayer. Igual que anteayer. Igual que mañana.

—Hay cosas peores que el aburrimiento.

—Solo las que duelen me parecen peores —dijo Pat.

Blaz pensó que el niño tenía razón. Solo el dolor es peor que el aburrimiento.

—Nos iremos pronto.

Pat se dio la vuelta.

—¿A dónde?

—A Alemania, por supuesto. Al Reich.

—Yo quiero ir a Glenmore. No soy alemán y no sé qué haría yo allí.

—Ya lo averiguarás; en cualquier caso, no es tu decisión. A tu edad no se os pide opinión porque nos da igual.

—Te odio —murmuró Pat, que no lo gritaba por miedo a los penetrantes ojos negros de Blaz.

—Yo no te odio —replicó él—, en serio, no lo hago. No tengo ningún sentimiento hacia ti. Es más fácil pasar del odio al amor que de la indiferencia a cualquier otro sentimiento. La indiferencia suele ser permanente. Es muy útil en mi trabajo. Por eso soy tan bueno en lo que hago. Tú eres un paquete frágil y valioso que debe llegar en perfectas condiciones a su destinatario. En el futuro, si me ves en Alemania o donde sea, probablemente tus sentimientos hacia mí hayan cambiado. Quizá incluso estés agradecido de estar donde la historia ha previsto en lugar de con tu madre, en su pequeño y pobre mundo. Sin embargo, para mí seguirás sin ser nada más que un paquete entregado.

Pat volvió la cara al paisaje.

—¿Y cuándo será eso?

—En menos de un mes. A principios de junio. Un submarino nos recogerá.

—Debo de ser muy importante para que os toméis tantas molestias...

A Blaz le sorprendía la madurez e inteligencia del niño. Apenas tenía diez años.

—Lo eres —le confirmó.

—Volveré a Glenmore. Cada día de mi vida lo intentaré. Volveré a casa.

—Hazlo una vez te haya entregado. Te será más fácil y no tendré que cumplir mis amenazas. Deja que haga mi trabajo. Si no llegas a donde me han encargado, tampoco lo harás a ningún otro lugar. No he fallado nunca. No lo haré contigo. Visualízalo. ¡Mírame! —le gritó. Pat obedeció, temblando—. O a Alemania, o ... —Blaz colocó las manos en el aire como si estuviera estrangulando a alguien y lo acompañó de una sonrisa—. Pero no quiero que te asustes, porque, si te portas bien, solo te esperan cosas buenas. Pronto prepararemos las maletas.

El Rolls Royce Phantom III de lady Maud Epson cruzó temprano la frontera de Escocia y, tras pasar cerca de Dumfries y cruzar los ríos Esk y Dee, se aproximó a la costa para pasar la puerta de entrada de Blacknest House, la casa que visitaría ese día. Como todo en Escocia, era húmeda y recia, pero también cargada de la pátina que solo el tiempo concede. No era demasiado grande, quizá algo menor que Longview Grange, y era hermosa, cubierta de una viña virgen que verdeaba prometedora. Pese a que la primavera ya lo llenaba todo, el clima era inestable y tan pronto hacía calor como llovía o tenían que resguardarse del frío. La chimenea de la casa principal humeaba, así que la baronesa viuda supuso que debería lidiar con el señor de la propiedad. Revisó sus anotaciones para recordar que la casa pertenecía a lord Peter Townbridge. Había visitado tantas en el último mes que tenía la técnica para colarse en ellas depuradísima. Tan solo hacía falta arrojo y decisión, dar las cosas por hechas y hacer gala del *stiff upper lip*, el afamado labio superior tieso que los estoicos británicos utilizaban para bloquear cualquier emoción o expresividad y escuchar sin tener que cambiar demasiado las intenciones traídas desde casa. Básicamente, lady Maud hacía caso omiso cuando le decían que la visita no era demasiado conveniente y se instalaba en el jardín mientras Percy colocaba el caballete y las pinturas para que su señora rematase la pantomima. Eso si la atendía un mayordomo o un ama de llaves. Ninguno estaba dispuesto a meter la pata con ella. Si el que abría la puerta era el dueño, la estrategia cambiaba.

Se preparó para ejecutarla al ver que un hombre vestido elegantemente se acercaba a ella por el jardín.

—Cielos, Peter —dijo abriendo los brazos—, han pasado muchos años desde que nos vimos en casa de los Londonderry.
—Nunca había visto a lord Townbridge, pero raro era el que no había ido a alguna fiesta en Londonderry House.

El hombre la miró divertido y se acercó.

—Maud Epson —dijo tranquilo—. Debería preocuparme por que me confundas con Peter Townbridge. Canastos, este año cumple noventa años y pesa menos que un gorrión.

Lady Maud entornó la mirada y rebuscó en su memoria intentando reconocer al hombre, sin ningún éxito.

—Gregory Headland, querida amiga. Debo de ser de los pocos que jamás ha ido a Londonderry House, pero nos hemos visto en otras ocasiones, empezando por la boda de tu hijo Louis. Soy amigo de lady Bramount, la madre de tu nuera Lucy.

—Oh, Gregory, por todos los santos, perdóname, por supuesto que eres tú. Estoy vieja y, bueno, mi cabeza funciona por conexiones. Así que Blacknest House igual a Peter Townbridge exactamente igual que en mi cabeza tú paseas por...

—Bolton Manor —la ayudó él.

—Eso —dijo lady Maud sin tener ni la más remota idea de quién le hablaba—. Mi cabeza... Bueno, la edad, ya sabes.

—Son demasiados datos. ¡Somos demasiados! —Rio besándole la mano—. ¿Qué es lo que te trae por aquí? Si querías ver a Peter, me temo que no está, lleva desde que empezó la guerra en su castillo de Irlanda.

—Oh, en realidad estoy recorriendo la costa. Soy aficionada a las acuarelas. Estoy pintando desde diferentes casas de amigos y conocidos, y tenía la esperanza de que Peter me dejara hacerlo desde aquí, desde Blacknest.

—Puedes hacerlo sin problema. Yo llevo instalado aquí meses. Londres me entristece y, bueno, el ambiente en casa ha estado enrarecido los últimos años, como habrás sabido.

—Sí, sí, lo lamento mucho —afirmó la baronesa viuda sin saber de qué hablaba—. ¿Cómo está ahora?

—¿Te refieres a mi hija Unity?

Todo se ordenó de pronto en la cabeza de lady Maud. Unity Headland, la nazi inglesa que se había pegado un tiro (sin éxito) en Múnich al estallar la guerra. Una noticia que todos habían seguido con afán casi morboso.

—Sí, claro. ¿Como está? —insistió.

—No está bien. Si ya de por sí sus ideas políticas nos trajeron problemas, el tiro empeoró las cosas. Su carácter... Pasa de la severidad al infantilismo, es impredecible y, lo peor de todo, infeliz. Está en Londres, Churchill ha prohibido que se mueva de allí.

—El campo quizá le sentaría bien.

—Sí, eso pensé. Pero nuestra casa, Bolton Manor, está ocupada por el hospital de la Reina María y supongo que Rockmoss no es el lugar más atractivo para una joven.

—¿Rockmoss?

—Oh, claro, claro, perdona, nadie sabe de su existencia. Nadie tiene por qué conocer esa insignificancia. Me llegó a través de un primo noruego, hijo de mi tía abuela Peg, que murió sin descendencia. Ni siquiera la he puesto aún a mi nombre. Rockmoss es una pequeña isla de las Hébridas interiores. Es un lugar desolador y probablemente yo sea la única persona a la que le complace, pero hace algunos meses Unity me preguntó si estaría bien atendida de decidirse a pasar allí unos días. Divagaba, claro. Como te digo, no puede moverse de Londres. —Suspiró—. Es una pena, porque le habría sentado bien; la casa es poca cosa, pero acogedora.

Todas las alertas de lady Maud se encendieron. Una isla remota. Una casa bien atendida. El último lugar en el que el MI5 buscaría. El primero en el que los nazis esconderían a alguien. Ni siquiera aparecía en el *Burke's*. Indagó lo que pudo sobre el lugar y cómo llegar, para no perder tiempo al día siguiente, pero se vio incapaz de rechazar la invitación de Gregory Headland a quedarse a pernoctar en Blacknest.

Por la tarde, tras el almuerzo, él insistió en ver las acuarelas de lady Maud mientras ella simulaba pintar.

—Tienes un estilo muy particular —opinó mirando el maremágnum de colores mal combinados.

—Abstracto —declaró ella—. Actualmente estoy muy imbuida por este estilo tan espontáneo. Lo abstracto es lo mío —dijo dando un brochazo a su creación.

A la mañana siguiente, lady Maud Epson desayunó pronto y departió con Gregory Headland lo necesario para no parecer descortés. En cuanto pudo, subió a su coche y empezó a remontar la costa escocesa hasta la localidad de Oban, donde, sin tiempo a subirse en el ferri que cruzaba a la isla de Mull, dormiría. En Mull, su destino final era Tobermory, el pueblo más cercano a Rockmoss Isle. La baronesa viuda no perdía detalle de lo que veía desde su coche. A partir de Glasgow el terreno se volvió más escarpado y la vegetación en algunos puntos se limitó a la hierba siempre verde de Escocia. Hacía viento y el sol aparecía solo de vez en cuando para recordarles su existencia. Todo tan bonito como duro. Recordó por qué iba tan poco a Graze Point.

Llegó a Oban, un pueblo de ocho mil habitantes a lo sumo, con casitas construidas en una ladera frente al mar, sobre el que se veían emerger varias islas cercanas. Encontraron una posada con dos habitaciones limpias y lady Maud durmió pensando en el día siguiente.

Cuando se levantó, Percy ya había hecho las gestiones para cruzar en ferri con el coche una hora más tarde. A las once desembarcaban en la isla de Mull, desde cuyo muelle condujeron hasta Tobermory, el pueblo del que Gregory Headland les había hablado como el lugar donde se abastecían.

Tobermory era mucho menor que Oban, consistía, básicamente, en una hilera de casas alineadas frente a un muelle alto al que se amarraban muchos pesqueros. El mar, incluso en aquella bahía resguardada, entraba con fuerza.

El problema surgió al ver toda la flota amarrada y a los pescadores en los *pubs*. Percy ofreció a varios una suculenta cantidad de dinero por llevarlos a Rockmoss Isle, pero todos dijeron que con aquella mar era imposible. Lady Maud cuestionó su hombría murmurando varias veces hasta rendirse y buscar alojamiento. Le preocupó la previsión del tiempo. Todos le dijeron que no esperaban que mejorara en toda la semana.

Era 30 de mayo y lady Maud no sabía cuándo podría acercarse a Rockmoss Isle.

60
La cuenta atrás

3 de junio de 1944

Sir Samuel Hoare, vizconde de Templewood y embajador del Reino Unido en España, estaba encantado. Encantado y excitado. Por ese motivo, pidió que, con el recato que procedía, se organizara una cena especial en la embajada.

Hacía un mes, había conseguido que Franco se comprometiera a no prestar más ayuda a Alemania, a detener todo envío de wolframio y a prohibir cualquier tarea de espionaje alemán en suelo español. Por supuesto, lo último era complicado, pues nadie salvo Wilhelm Leissner sabía cuántos espías alemanes había en España y no estaba dispuesto a dar aquella información. Sin embargo, respecto al wolframio, la presión había surtido efecto y, tras la firma, un mes después comprobaban que los barcos alemanes que venían a por el preciado material eran obligados a dar la vuelta antes de entrar en las rías gallegas. Franco había hecho lo prudente. El país no estaba en situación de bravuconerías. Muchos españoles pasaban hambre, así que no, no podían asumir el bloqueo de petróleo, algodón y otros productos con el que los estadounidenses y los británicos habían amenazado.

Daisy evitaba en lo posible alternar con los embajadores para que su embarazo no se le notara, por lo que afrontaba aquella pequeña celebración con intranquilidad. Se cruzaba con los vizcondes de Templewood por los pasillos y departían de vez en cuando, pero apenas la miraban y solo la saludaban cordiales: ¿sería posible que no se fijaran en ella en toda la cena? En un par de meses su estado sería imposible de disimular, así que debía empezar a planear qué hacer. Por suerte, en su trabajo, su interlocutor era el capitán Alan Hillgarth y con él no tenía secretos. Conocía la historia de Pat y conocía la del bebé que llevaba dentro. El servicio de la embajada hacía semanas que cuchicheaba y Daisy no tenía ninguna duda de que, para ellos, ya estaría marcada con la indecencia por tener un hijo sin estar casada. Si hubiesen sabido que era el segundo que recibiría en la misma situación, muchos le habrían retirado la palabra.

Las faldas no le cerraban, los pechos habían crecido hasta avergonzarla y todo ángulo de su cuerpo se había suavizado para volverse más redondo. Si lady Hoare le hubiese prestado atención, habría sabido lo que pasaba al minuto. A la hora de la cena se vistió con una camisa muy amplia con un lazo grande que caía sobre su busto disimulándolo, y se tapó con una chaqueta oscura, también amplia, que le llegaba casi hasta la rodilla. Si se sentaba rápido, quizá la mesa la tapara.

Nada más empezar, el embajador les explicó las noticias de ese día. Eufórico por su triunfo, incluso antes del primer plato elevó la copa brindando por el logro y por los que estaban por venir muy pronto. No hizo falta que ninguno indagara más para saber que se refería al ansiado Día D: el desembarco de las tropas aliadas en Francia. En toda Europa millones de personas despertaban deseando recibir la noticia, saber que finalmente estaba sucediendo... Pero la fecha no llegaba. Con todo, nadie cuestionaba que estaba muy próxima.

Hacía dos días, Daisy había informado a Félix (y este a los alemanes) de que el general Bernard Montgomery había recalado en Gibraltar antes de llegar a Argel. La noticia había interesado mucho a Wilhelm Leissner, que había ordenado que sacaran fotos de él. Las habían logrado. Era muy relevante que el general, que nadie dudaba de que tendría una posición prominente en el desembarco y la posterior batalla en suelo francés, estuviera tan alejado de donde se le esperaba. Significaba que el ataque no era inminente y así lo interpretó la inteligencia nazi. Lo que no sabían era que, en realidad, tan solo habían visto al teniente James Clifton, un australiano de gran parecido con Montgomery, que, haciendo de doble, había paseado por donde sabía que sería visto, ataviado con uno de los uniformes del general. Otra actuación más. Otro engaño que los nazis se creyeron. Los aliados eran optimistas porque, por sus agentes dobles y por las transmisiones de radio alemanas que captaban y descifraban, sabían que el engaño funcionaba. Las divisiones de la Wermacht se movían hacia Calais y se preparaban para repeler una invasión allí, pero los aliados desembarcarían lejos de esas playas y, si no eran descubiertos, lo harían con éxito.

Ninguna de las muchas personas que conocían el secreto había filtrado una palabra ni a sus más allegados. La energía colectiva, el tesón y la responsabilidad eran tales que, al pensarlo, Daisy volvía a creer en la humanidad y en la victoria.

Acabaron la cena con tanta alegría como la habían empezado. Al levantarse, Daisy quiso abandonar la celebración simulando cansancio, temerosa de que lady Hoare reconociera los signos de su embarazo. Se despidió y se acercó a la escalera para volver a su habitación, pero en el vestíbulo alfombrado, bajo la mirada de la reina Isabel, la mujer del embajador la llamó y con la mano le pidió que la acompañara a una salita contigua. De pie, la miró severa antes de hablar.

—¿De cuánto estás?

Daisy sabía que no tenía sentido negarlo.

—De cinco meses.

—¿Te encuentras bien?

—Muy bien, sí. Aunque no está siendo un embarazo fácil. El doctor Jiménez insiste en que el peligro de aborto es muy alto.

—¿Es del español?

—Sí.

—Muchacha irresponsable —dijo cerrando los ojos con rabia—. No te puedo echar de mi casa, menos aún tratándose de un embarazo de riesgo, pero te irás cuando el bebé tenga dos meses. Si eres tan osada como para yacer fuera del matrimonio, no veo problema en que vivas en pecado con el español o con quien te venga en gana. No te quiero aquí. Las criadas hablan, y aunque a mí no me parezca en absoluto aceptable, para colmo estamos en España, donde es del todo imposible. Te tenía aprecio, pero esto resulta muy decepcionante. Por supuesto, informaré a sir Samuel.

Daisy se negó a decir que se arrepentía. No lo hacía; de hecho, daba gracias a Dios cada día.

—Lo comprendo, lady Hoare —se limitó a decir—. Le agradezco que me deje quedarme y también cómo me ha tratado. Me iré cuando me indique y lo haré con una sonrisa, buenos recuerdos y la cabeza alta.

—Eres insolente.

—No pretendo serlo. Tan solo sincera. Trabajaré hasta el final por los aliados y en todo lo que me encomienden. Seré útil hasta que deje de serlo. Después me iré.

—Sí que lo harás —dijo la embajadora. Luego la miró de arriba abajo muy seria, se dio la vuelta y volvió a la cena arrastrando la cola de su traje de seda.

Daisy no sintió nada. Ni siquiera vergüenza. Ahora todo el mundo lo sabía.

El capitán Hillgarth le trasladó al día siguiente el parecer del embajador.

—Haremos lo que lady Hoare ha sugerido. El embajador dice que ya hay suficiente guerra fuera de la embajada como para tener otra entre estas paredes con su mujer, y está de acuerdo con ella en que se vaya a los meses de dar a luz. Tendremos al doctor Jiménez siempre atento. Vive en la calle del General Sanjurjo, aquí al lado, así que no tardará en llegar cuando llegue el feliz día o (Dios no lo quiera) tenga cualquier contratiempo.

—Me visita semanalmente. Le sigue preocupando mi salud, aunque yo me encuentro perfectamente.

—Haga caso de lo que dice. Se arrepentirá si no lo hace. Supongo que no tenemos dudas de que el padre de la criatura responderá debidamente.

—No, no hay ninguna duda sobre eso.

—Eso es fabuloso. Hacen una buena pareja. Pero pórtese bien. Quédese en casa. Los alemanes no pueden saber que está embarazada. Sabiendo lo que usted y yo sabemos, no se me ocurre lo que podría pasar. Pat, el padre, otro niño, otro padre... No nos compliquemos.

—No lo haré. Me quedaré en la embajada. Si hay una mínima posibilidad de que los alemanes nunca sepan del nacimiento de mi segundo hijo, dormiré mucho más tranquila, habida cuenta de lo que le han hecho a Pat.

—¿Lo que le han hecho a Pat? —se alarmó el capitán al no saber bien a qué se referiría.

—Sí, claro: toda la vida persiguiéndolo, toda la vida obligándonos a ocultarnos. Eso no es vida. Gracias a Dios que está en Glenmore.

—Sí —dijo Alan Hillgarth bendiciendo sus dotes interpretativas—, gracias a Dios.

61

El lobo y el cordero

El 4 de junio de 1944, lady Maud Epson se despertó determinada a que aquel fuera su último día vagando por las calles de Tobermory. Había pedido a todos los marineros del lugar que la llevaran a Rockmoss Isle, pero ninguno había aceptado su oferta, convencidos de que con aquel tiempo el riesgo era demasiado grande.

La viuda no sabía si se había acostumbrado a la bravura del mar de las Hébridas, pero habría asegurado que el día empezaba con menos oleaje. Esperaba que ese hecho, combinado con una oferta obscena de dinero, convenciese por fin a alguno de hacer la travesía.

Había averiguado poco más sobre Rockmoss de lo que Gregory Headland le había contado. Un matrimonio vivía allí permanentemente desde hacía años dedicado al ganado. De vez en cuando iban a Tobermory, vendían la carne y compraban víveres. Si el tiempo era bueno, podían acercarse cada quince días. Si era malo, pasaban meses sin verles la cara. No tenían hijos, ni más familia, y los oriundos del lugar los habían descrito como herméticos, poco habladores, fríos e inexpresivos. En boca de la gente de Tobermory, aquella descripción adquiría más valor aún, lo que apenó a lady Maud. Si Pat estaba allí, tenía que estar muy triste.

Entró en un *pub*, harta, abriendo la puerta de un golpe teatral. Todo el mundo la conocía ya. Percy había intentado convencerlos a todos. Ella estaba dispuesta a hacer más.

—¡Atajo de cobardes! Hoy alguno me llevará a esa maldita isla. ¿Cuánto vale su valentía? ¿No son ustedes marineros? Pagaré trescientas libras a quien lo haga.

Con trescientas libras se podían comprar un coche o un barco nuevo y, además, el mar estaba mejor que en días anteriores. Percy creyó que lady Maud se había vuelto completamente loca. Varias manos se levantaron.

—¿Por doscientas? —gritó ella al ver el éxito. Todas las manos siguieron firmes—. Pagaré ciento cincuenta al que pueda llevarme ahora mismo —concluyó.

Un hombre se adelantó a paso ligero, se quitó la gorra para saludarla y se estrecharon la mano. Luego salieron y anduvieron por el muelle hasta llegar a un pesquero de aspecto frágil que no tendría más de doce metros de eslora. Percy miró a lady Maud con terror.

—¡Oh, vamos!, ¿tú también? —le dijo empujándolo para que subiera—. ¿Ya no queda ni un hombre en este país?

Tras el chófer, subió ella. No hizo falta que Howard Wall, como se llamaba el marinero, le indicase dónde sentarse. Lady Maud enseguida encontró sitio sobre la pequeña cabina de madera clara que asomaba en el centro de la cubierta y, mirando hacia proa, ordenó que se pusieran en marcha sintiéndose un poco como el almirante Nelson.

—Quiero que dé la vuelta a la isla. Que pase cerca de la costa; cuando lo haga, yo me meteré en la cabina. Quiero ver qué pasa allí, pero no que me vean —confesó abiertamente.

El escocés carecía de curiosidad y tan solo pensaba en cómo gastar las ciento cincuenta libras que le darían por aquel paseo. Aunque no fuera exactamente un paseo. El mar estaba embravecido y, al poco de salir, el barco se balanceaba de babor a estribor y de proa a popa. Bastaron tres olas para empaparlos y que lady Maud, estoica, notara el lazo de su sombrero aplanarse contra el ala y poco después asomar por los lados chorreando.

—¡Le dije que no era buen día para salir! —gritó Howard desafiando a las olas.

—¡No le pagaría ciento cincuenta libras si lo fuera, señor Wall! —replicó ella, cogida a la barandilla con las manos tensas como garras.

Por lo menos no llovía, el viento había disipado toda la niebla y el sol permitía que vieran con claridad. Pasaron cerca de muchas islas y por algún estrecho donde Howard demostró su conocimiento de la zona. No parecía nervioso, pero estaba muy atento. Percy, en popa, hacia un rato que vomitaba por la borda tan discretamente como podía.

Al rato, Howard señaló una isla verde a menos de una milla.

—¡Eso es Rockmoss! —gritó hacia la proa.

Lady Maud estiró el cuello y sacó de su bolso unos prismáticos.

—¡Acérquese más! —ordenó.

A medida que se aproximaban, el paisaje de la isla se fue definiendo. Muchas vacas, muy pocos árboles y una casa con una torre que asomaba por el otro lado.

Lady Maud se levantó y se colocó junto al timón.

—Dé la vuelta completa —le indicó al marinero. Luego se metió en la cabina y, apoyando los codos en una repisa, miró por un ojo de buey hacia la isla.

Balanceándose, el barco aminoró la marcha. El lado que veían no tenía nada de especial: agua, hierba y vacas; rocas afiladas, brillantes y grises. Una isla escocesa más. El otro lado resultó más interesante. La casa parecía sólida pero perdida en aquel lugar, inacabada, falta de compañía. A lady Maud le recordó a una de aquellas casas que se edificaban junto a las puertas de entrada a las fincas y luego quedaban perdidas en la nada cuando la casa principal se derruía. Sencillamente, no tenía sentido, igual que aquellas. Estaba lejos, pero lo bastante cerca como para que sus prismáticos le desvelaran los secretos en tierra. A un lado vio a un hombre partiendo leña. En una silla, junto a la puerta, otro dormitaba al sol. Ninguno se percató de que los vigilaban. Lady Maud recorrió con sus prismáticos cada rincón del paisaje que tenía delante, escrutándolo, diseccionando cada detalle. La casa, la leñera, la chimenea humeante, el pequeño bote a motor. Nada. Estaba a punto de darse por vencida cuando, justo antes de bajar las lentes, vio a Pat.

Sentado junto a una ventana, con un libro entre las manos, el brillo del cristal ocultaba su cara, pero habría reconocido su figura al doble de distancia: allí estaba el hijo de Daisy.

—Allí está —dijo muy bajo—. ¡Allí está! —repitió excitada.

Asomó la cabeza hacia el capitán esbozando una sonrisa triunfal. Lo había encontrado.

—Ya está. Vuelva a puerto lo más rápidamente posible. —Le guiñó un ojo a Percy, que comprendió que habían tenido éxito y sonrió antes de volver a vomitar.

Desembarcaron y, tras pagar al señor Howard, Percy corrió en busca del coche. No tuvo que abrirle la puerta a la señora, que se lanzó rauda al asiento trasero y le indicó a dónde ir.

—No quiero policías de pueblo. No quiero que un agente vaya allí, le tomen el pelo y adviertan a quien retiene a Pat de que ha sido descubierto. Quiero a un batallón competente y numeroso que sepa de lo que hablamos.

Percy no dijo nada. Había intentado convencer a la venerable viuda de que podían denunciar el asunto en la comisaría de Tobermory o incluso en Oban, y que ellos avisarían por radio a más efectivos, pero lady Maud se empeñó en ir a Glasgow, temerosa de que el secuestrador escuchara las retransmisiones de la Policía. No se equivocaba.

Llegaron a las ocho a la ciudad y, tras encontrar la comisaría, entraron decididos y preguntaron por el inspector jefe.

Un hombre pelirrojo y con cerrado acento escocés que se presentó como el inspector Richard Duncan los escuchó atentamente. Luego los dejó veinte minutos en el despacho y volvió.

—Tenemos aviso de búsqueda de ese niño. Aviso prioritario. Se le ha buscado en muchos lugares, pero esa isla...

—Se les ha olvidado —lo interrumpió lady Maud, contrariada.

—... nos ha pasado desapercibida.

—Precisamente lo que el secuestrador pretendía.

—Iremos inmediatamente —le aseguró Duncan—. Ha hecho bien en venir. Esta operación requiere de más efectivos y no tengo el mejor concepto de nuestros agentes en Oban. Si todo va bien, esta noche recuperaremos al niño.

—¿Puedo pedirle un favor? —preguntó la baronesa viuda.

—Por supuesto.

—Digan por radio que el niño sigue desaparecido y que las pistas apuntan al sur, a Cornualles.

—Es usted muy astuta —dijo el inspector.

—Siempre he pensado que la astucia del zorro es preferible al olfato del cazador —opinó ella—, pero ahora le toca a usted. Libere a Pat.

El inspector ordenó que el mensaje se retransmitiera por radio a las comisarías de las Highlands escocesas mientras subía en uno de los coches que, a toda velocidad, se lanzaban a la carretera en dirección a Tobermory.

Percy, tras ellos, escuchó las ruedas del Phantom de lady Maud chirriar al agarrarse a las curvas. También a la baronesa viuda ir de un lado a otro del asiento trasero mientras lo animaba para que no perdiera la caravana. En poco más de cinco horas, cogiendo a tiempo el último ferri, estaban de vuelta en Tobermory. Desde allí acudieron a la comisaría local y, tan rápido como pudieron, embarcaron en el guardacostas para ir a Rockmoss. Pese a sus protestas, lady Maud se quedó en tierra.

El inspector Rick Duncan se resguardó tras el parapeto de la cabina mientras avanzaban por el mar oscuro en dirección a la isla. El tiempo había mejorado y el temporal marítimo amainaba, lo que era extremadamente conveniente. Iban casi a oscuras, adaptando su visión al brillo de la luna en cuarto creciente sobre las olas, pero de vez en cuando debían encender un foco para pasar por algún canal entre rocas. Esperaban no ser vistos, aunque nada hacía pensar que los que estuvieran en la isla tuvieran manera de escapar de allí. El aislamiento que había beneficiado al secuestrador ahora los beneficiaría a ellos. No escaparía porque no podría hacerlo. Se estaban acercando y el comisario de Tobermory señaló su destino con el dedo. Duncan distinguió algunas luces encendidas en la casa que veía por primera vez. Aminoraron la marcha y se acercaron poco a poco.

—Podemos desembarcar en la playa del lado opuesto —sugirió el agente local—, no nos verán. Los cogeremos por sorpresa.

A Rick le pareció buena idea, así que lentamente fueron en la dirección propuesta. De pronto, una luz empezó a hacer señales desde una de las ventanas.

—¡Nos han descubierto! —dijo el comisario de Tobermory.

—¡No! —dijo Rick calmando a los agentes y tratando de comprender. Se giró justo para ver que lo que le pareció una pequeña barca devolvía las señales. Las nubes habían tapado la luna y la oscuridad era casi total. En ese momento, tomaron malas decisiones—. Gire a estribor y vaya hacia la embarcación que devuelve las señales —ordenó Rick, aunque estas habían cesado. A unos cien metros, aún sin visión, Rick sacó un altavoz—. ¡Policía de Escocia! ¡Vamos a abordarlos! ¡Quédense donde están, brazos en alto! —dijo con firmeza. Luego se acercaron un poco más y solo entonces, cuando las nubes desnudaron la luna y su luz los iluminó de nuevo, descubrieron que el barco que pretendían abordar no era tal. Tampoco una barca. Lo que habían visto era la torre de un enorme submarino, oscuro y amenazante, quieto como un animal, decidiendo qué hacer con su presa: un lobo aguardando a un cordero sin ninguna oportunidad. Los ojos de los siete policías se abrieron como platos. Todos supieron que tenían un enorme problema—. ¡Dé la vuelta! —gritó a todo pulmón Rick Duncan.

Lo siguiente que se escuchó fue una ametralladora cuyas ráfagas atravesaron la madera del guardacostas como si fuera de mantequilla y los cuerpos de todos los tripulantes sin tiempo a que ninguno pudiera guarecerse.

En tierra, Blaz no pudo evitar las carcajadas. Luego fue en busca del niño.

Subida al asiento trasero de su Rolls Royce, lady Maud esperó toda la noche el regreso del guardacostas al puerto de Tobermory. Cuando el cielo despertó gris y cargado de lluvia, y el paisaje a través de las ventanillas se volvió tan triste como ella misma, ya nadie dudaba de que algo no había ido bien.

Los dos agentes que se habían quedado en el muelle pidieron refuerzos y en un pesquero se encaminaron a la isla, donde, haciendo aspavientos, los Cook los llamaron alarmados, dejando por una vez su frialdad para mostrarse humanos. Se lo explicaron todo: el submarino, los disparos, el hombre con acento alemán que había ocupado la casa varios meses con el niño. Entre las rocas encontraron dos cadáveres y, aunque buscaron los demás, al rato los dieron por perdidos, asumiendo que la corriente los habría llevado a uno de los recovecos casi infinitos de la costa escocesa. Habían llegado tarde.

Se llevaron a los Cook a la comisaría de Glasgow y dieron orden de interrogar a los Headland, que ya no podían negar contactos con los nazis. Le dijeron a lady Maud que, con toda seguridad, Unity estaría entre rejas esa misma noche. También informaron de la presencia de un submarino alemán en la costa escocesa para iniciar su búsqueda.

La baronesa viuda volvió a Glenmore al día siguiente, aún muda por el enfado, incapaz de decir una palabra porque solo quería gritar y llorar. Había tenido Pat a pocos metros y lo habían vuelto a alejar de ella.

Lo peor de todo era que ahora estaba ya fuera de su alcance.

62
D

5 de junio de 1944

Conforme avanzaban los días, a lo largo y ancho de Europa las informaciones se sucedían y se ansiaban con mayor intensidad. Como un globo hinchándose poco a poco que todos esperan que estalle, cada semana se decía que el desembarco sería a la siguiente, y cuando esta pasaba, la sensación de que el Día D estaba muy cerca crecía aún más. Todas las cancillerías estaban en alerta. Algunas esperanzadas, otras asustadas, las del Reich expectantes: todas preparadas.

En España se jugaba una de las partidas más importantes, la de la desinformación. Félix informo a los alemanes de que, en su última visita a Daisy, esta le explicó que había recibido una comunicación de su amiga radioperadora quejándose de que las raciones individuales de comida enlatada se habían retrasado una semana, y de que ya no las podían esperar en la base de Longview para el 15 de junio como habían solicitado. También le había hablado de la recepción de pequeñas bolsas con fondo plano cuyo uso desconocía. Los alemanes supusieron que la comida era para las mochilas de los soldados del desembarco y las bolsas para contener el vómito de los que se marearan en la travesía.

Esta y otras informaciones los convencían de que el ataque estaba muy cerca, pero aún no era inminente. También que sería por Calais. El mariscal de campo Rommel, encargado de la defensa de los casi cuatro mil quinientos kilómetros del Muro atlántico, como llamaban a las fortificaciones que salpicaban la costa europea desde España a Dinamarca, no tenía previsto estar allí en los tres siguientes días.

Roosevelt, Churchill y Stalin, amigos improbables unidos por un enemigo común, llevaban planeando el desembarco desde la conferencia de Teherán, el noviembre pasado, y sabían que era extremadamente arriesgado. De que la combinación de un ataque en el frente ruso (la operación Bragation) y el desembarco en la costa francesa (la operación Neptuno) fuese exitosa dependía el destino del mundo.

Conforme llegaba la hora señalada, las estaciones de radio aliadas no dejaban de emitir, desinformando con mensajes de movimientos de tropas, preparativos, efectivos que no existían y sucesos que no habían acaecido. En Francia, los sabotajes en torno a Calais seguían incrementándose para dar la sensación a los alemanes de que se estaba preparando el terreno. La Royal Air Force bombardeaba la zona constantemente para apuntalar esa idea. A la vez, también se saboteó la línea férrea de Normandía y varios puentes, búnkeres y puntos estratégicos. El trabajo de todos era intensísimo.

Daisy se estaba metiendo en la cama, pasadas las dos de la madrugada, cuando llamaron a su puerta con ansia. Abrió enseguida y vio la cara excitada de un camarero de la embajada que le pidió que acudiera enseguida a la sala de reuniones.

Expectante, se vistió en un santiamén y bajó rápidamente. Al entrar, el embajador, el capitán Hillgarth y algunos jefes de sección de la embajada estaban sentados en torno a una gran mesa. Otros llegaban rápidamente y, a la vez que ella, ocupaban su sitio. En una esquina, lady Hoare también asistía a aquel momento crucial en bata.

—Ha empezado —le dijo Hillgarth al verla entrar.

El desembarco. A las doce en punto de la noche del día 5 y durante la madrugada del 6, una lluvia de paracaidistas había caído sobre Normandía. Hillgarth explicó lo que sabía, que era mucho más que ningún otro. Tras él habían colocado un enorme mapa del oeste de Europa.

—Señores, el día D ha llegado, y con él una de las horas más cruciales de la historia de nuestra civilización. En estos momentos una flota como nunca se ha visto, con más de cinco mil buques que cargan con doscientos mil soldados y cincuenta mil vehículos, se está desplazando hacia las playas cercanas a la península de Cotentin, en la costa francesa de Normandía, para devolver al mundo la paz y la justicia. —Daisy no fue la única a la que los ojos se le encharcaron rápidamente—. En tierra, nuestros paracaidistas también están aterrizando en estos momentos. Ocho mil aviones los acompañan. Se han elegido cinco playas para el desembarco, y todas ocultan muchos peligros: minas, nidos de ametralladoras y defensas temibles, por lo que nuestros valientes soldados se enfrentan a unas horas difíciles que sin duda comportarán innumerables sacrificios. —Hablaba de bajas. Muchos de aquellos jóvenes no tocarían la arena y muchos otros no verían la hierba que crecía tras ella—. Dos playas serán para el contingente estadounidense, que es el mayor, casi la mitad de todos los efectivos. Otras dos serán para el inglés, que es el segundo más numeroso. Los valientes muchachos canadienses desembarcarán en la quinta. Como pueden imaginar, las noticias que nos lleguen aquí serán de los hechos, no de los planes, pues esos no saldrán del cuartel general y de los mandos del general Montgomery. Pero sabrán todo a su debido tiempo. Mientras, quiero que estén activos y que todo el que esté involucrado en labores de inteligencia se prepare para comunicar la información que les daré. Si conseguimos que los alemanes crean que este no va a ser el mayor desembarco y nos siguen esperando en Calais, salvaremos muchas vidas.

Todos supieron que el 6 de junio sería una fecha marcada para siempre en la historia. El día había sido elegido por muchos elementos controlados, como los efectivos, el arsenal, la situación en el frente, la preparación del terreno y otros que no dependían de nadie: esencialmente, la previsión meteorológica. Las mareas debían ser altas en algunos lugares para poder pasar con las barcas por encima de las minas que sembraban la costa; se requería poco viento para los paracaidistas, el mar del canal en el mejor estado posible y el cielo con cierta visibilidad. Los meteorólogos aliados habían marcado esa fecha. Los alemanes, en cambio, habían previsto muy mal tiempo, otro dato que les hizo descartar que el desembarco se fuera a producir entonces.

Pero se estaba produciendo.

—Varios aviones han lanzado en Calais tiras de metal y se ha hecho navegar a varias lanchas arrastrando globos en esa dirección para que los radares enemigos detecten la falsa señal de que una fuerza naval se acerca —continuó el capitán Hillgarth—. Además, los bombardeos de esa zona continúan para reforzar la idea de que preparamos el terreno para desembarcar. El mayor engaño de la guerra ha surtido efecto y quiero felicitar a todos los que en esta sala han sido partícipes de ello. —Miró a Daisy y le hizo un gesto de aprobación con la cabeza.

Hillgarth se acercó al plano y con un lápiz señaló los lugares clave: las playas de Omaha, Utah, Gold, Sword y Juno, playas que a partir de aquel día serían famosas para siempre. También mostró los puertos desde donde saldrían los efectivos. Luego volvió a hablar.

—Señores, ahora regresaré a mi despacho. Vuelvan también ustedes a los suyos y trabajemos todos para que hoy se cambie el curso de la historia. Dios salve el Reino Unido. Dios salve al rey.

Todos volvieron a sus puestos de trabajo. El capitán Hillgarth se acercó a Daisy.

—Venga conmigo. Según los avances de esta noche, tenemos que planear qué queremos que Félix filtre al enemigo mañana. Los alemanes todavía no han reaccionado. Es increíble, parece que estén todos dormidos.

No lo estaban, por supuesto. Ni en Normandía, donde los nazis se preparaban para repeler el ataque en inferioridad, ni en Calais, donde todos estaban a la espera de una fuerza que no veían aparecer. Pero Hitler sí dormía. A las dos y cuarto de la madrugada, cuando llegó el mensaje en que se informaba al Führer, nadie osó despertarlo. No había prisa. Aquel no era *el* desembarco, era solo *un* desembarco.

A las nueve en punto de la mañana llegó el primer informe completo al mando alemán. Más o menos a la misma hora todas las embajadas de Europa bullían y en Madrid los alemanes urgían a Félix a reunirse con Daisy y extraer algo de información. ¿Qué diantre estaba pasando?

Para entonces, Hillgarth ya tenía decidido qué mensaje debía hacer llegar a los alemanes. Dio instrucciones a Daisy, que comunicó lo que debía a Félix, y a las once, cuando el español se vio con el jefe de la inteligencia alemana en España, le transmitió lo que había averiguado. A esa hora ni Wilhelm Leissner ni él mismo sabían que el desembarco estaba siendo más exitoso de lo esperado, y que varios de los objetivos que se habían marcado los aliados ya habían sido alcanzados o incluso superados.

—Me confirman que es una maniobra de distracción y que el ataque definitivo sigue previsto en Calais, probablemente la semana que viene —afirmó con rotundidad Félix.

—Lo mismo piensa el Führer. Está seguro de que no debemos desviar al ejército. Los efectivos destacados en Normandía, las legiones orientales y todos los demás deberían ser capaces de repeler a los aliados. Todos nuestros informadores dicen lo mismo que usted. Debemos ser cautos.

—Creo que hacen bien, pero usted ya sabe que yo no soy militar. Tan solo digo lo que me transmiten a mí y hace tan solo un rato, al hablar con Daisy, me dijo que no podía creer que el gran desembarco de Calais no se hubiera producido aún y que siguieran efectuando operaciones menores. Tenía poca información del desembarco en Normandía y me comunicó que en la embajada hay movimiento, pero no mucho más que cualquier otro día.

—Eso es muy significativo. No le dan importancia.

—Me lo pareció también.

—Sabemos también que el FUSAG sigue en la base del sur de Inglaterra —reflexionó Leissner—. El general Patton no se ha movido. Y en Escocia tampoco hemos detectado movimiento con vistas al desembarco en Noruega.

—No sé nada de eso —reconoció Félix.

—No, por supuesto que no lo sabe. Buen trabajo, Zurita. —Le dio dos palmadas en la espalda—. Está usted siendo de gran ayuda. Acabaremos por concederle la Cruz de Hierro si sigue así.

En la embajada inglesa las noticias que llegaban eran motivo de euforia. A las seis en punto de la tarde, dos horas después de que se confirmasen los datos, el capitán Alan Hillgarth comunicó a su gabinete que todas las posiciones previstas se habían alcanzado y todas las playas estaban ya bajo control aliado. La suerte de los soldados había variado mucho en función de la playa. Los que lo hicieron en la playa de Utah, estadounidenses, habían pisado tierra en una zona de marismas poco defendidas y habían avanzado con escasas bajas. Por el contrario, el contingente (también estadounidense) que llegó a la playa de Omaha saltó al agua a cuatrocientos cincuenta metros de la orilla, que estaba bien fortificada y lista para repelerlos. Las bajas habían sido más numerosas que en cualquier otro punto. En la playa de Juno, desde las casas que se asomaban al mar, bien fortificadas y armadas hasta los dientes, la carnicería de canadienses también había sido dramática, pues a causa de la mala mar, habían llegado antes los soldados que los barcos de artillería destinados a protegerlos y, al saltar de las lanchas, muchos habían sido acribillados. En las playas de Gold y Sword, tomadas por los ingleses, todo había ido más o menos según lo previsto. El avance ya llegaba a la mayoría de los lugares estratégicos señalados a una media de diez kilómetros hacia el interior. Un éxito que, sin embargo, se había cobrado alrededor de diez mil vidas en el ejército aliado y otras mil en el alemán.

A cientos de kilómetros, en Longview Grange, Lucy Epson, a la que le era difícil quedarse dormida tras el secuestro de Pat, no había podido conciliar el sueño en toda la noche tras un día de extremo nerviosismo. John Osbourne la había despertado a la una y media para informarla del inicio del gran desembarco. Le explicó que en aquellos momentos miles de paracaidistas estaban tocando suelo en Francia y que se pusiera inmediatamente al mando de la estación de radio. Horas más tarde le había dicho que la operación iba bien, pero John resultaba flemático incluso para una aristócrata inglesa, y era imposible saber qué grado de optimismo debía tener. Lo habían visto pasar por detrás de ellas, dejarles mensajes para que transmitieran a un lugar u otro, y cada vez que Lucy preguntaba sobre el estado de la operación, solo decía palabras como «bien», «satisfactoriamente» o «según lo previsto». Así que trabajaban con más intensidad que normalmente, pero sobre todo con la ansiedad de saber si el mundo estaba a punto de cambiar para bien o para mal, porque no había nadie que no pensara que aquella fecha podía decidir la suerte de la guerra.

Desde que John las había sacado de la cama, Lucy y Patricia Alexander se habían pegado a los transmisores de radio, recopilando cada mensaje y emitiendo muchos otros en los que se dejaba claro que el FUSAG seguía en la base de Longview realizando ejercicios militares, pero sin ninguna previsión de traslado para ese día.

No fue hasta la mañana siguiente, cuando Osbourne trajo todos los periódicos, que Lucy sintió por primera vez que estaban ganando la guerra. Por supuesto, John le dijo que era muy pronto para afirmar aquello, pero los periódicos daban motivos para el optimismo, y no solo por el texto en sí. Las primeras páginas del *Times*, el *Daily Express*, el *Daily Mirror* y otros periódicos siempre estaban reservadas a la publicidad y a los anuncios públicos, sin noticias, pero aquel día, ocho páginas antes del desarrollo de la información, en la esquina superior derecha de la primera página, *Times* mostraba el titular «Gran Asalto va bien»; el *Daily Mirror* apuntaba en un lado «Tenemos las playas» y, excepcionalmente, el *Daily Express* dedicaba toda la primera página al desembarco, explicando en un recuadro que, de acuerdo con los anunciantes, habían acordado pasar esa noticia a la portada. Todo muy significativo, y la información, esperanzadora.

—Es increíble que los hayamos cogido por sorpresa —dijo Lucy.

—Sin duda, un hito. Pero se han tomado todas las precauciones, como bien sabe, y no solo aquí. Si en Longview todos llevan aislados desde que llegaron a la base, los combatientes de Normandía no han podido salir de los campos de entrenamiento y las bases desde mayo. Doscientos mil soldados, ¿se lo imagina? Totalmente aislados; se les prohibió toda comunicación con el exterior. El sacrificio que esos muchachos están haciendo en estos momentos pasará a la historia. Se los ha adiestrado mostrando planos y fotos con nombres falsos, ninguno sabía dónde desembarcarían. Ayer, cuando cruzaban el canal, solo unos pocos oficiales sabían que iban a Normandía. Hace meses estuve en la localidad de Slapton, en Devon. Había sido desalojada completamente y ocupada por las fuerzas armadas para los ejercicios; vi cómo probaban las lanchas, cómo saltaban de ellas y entrenaban el avance dentro del agua, sorteando los obstáculos de las playas como hicieron ayer. En Escocia también han estado entrenando cada día. En marzo estuve en la demostración de los paracaidistas, a la que asistieron Churchill y Eisenhower.

—¿Qué pasará ahora con nosotros, con esta base?

—Se intensificará su actividad. Esta noche se colocarán más tanques y se moverán todos ellos. Las tiendas que están montadas se quedarán donde están, pero colocaremos más aún y comprobará en los mensajes que emitirá que la intención es que los alemanes piensen que seguimos preparando la gran invasión en Calais. Mañana por la mañana un gran convoy de camiones llegará a Longview con la carga oculta, transportando peso para que las suspensiones y los neumáticos estén bajos y parezca que llegan cargados de equipamiento. Sabemos de al menos un espía en esta zona. Hará fotos, informará de que nos estamos preparando y, en definitiva, sus datos aconsejarán al mando alemán que mantenga sus tanques y sus efectivos en Calais y no los lleve a Normandía. Cada día que no lo hagan es un día a nuestro favor. Un día en el que salvamos vidas de nuestros soldados y nos acercamos más a la victoria.

—La victoria, eh —dijo Lucy esbozando una leve sonrisa—. Me alegra que lo haya dicho, señor Osbourne. Veo que incluso para usted es difícil no ser optimista.

John le devolvió la mirada, primero serio, luego sonrió.

—Es difícil, sí. Pero seamos cautos.

Lucy se acercó a él y le puso la mano en el hombro mirándolo a los ojos. Tras tanto tiempo, no habían logrado hacerse amigos, pero sí eran buenos compañeros.

—Sabe, John, no está mal ilusionarse. ¡Qué manía tiene todo el mundo con no hacerlo! Mientras algo que puede ser bueno se concreta, uno se ilusiona, y si al final no termina bien, se decepciona. No hay más. No veo qué hay que perder. Cada minuto de felicidad en un mundo como el nuestro es importante. Podemos ilusionarnos, de hecho...

Se dio la vuelta y fue a paso ligero hacia la cocina, de la que volvió con una botella de Pol Roger y dos copas.

—Champán... —dijo John—. Es pronto para eso.

—No lo es —dijo Lucy descorchando la botella—, vamos a celebrar el día de hoy. Ha sido un buen día. Si mañana tenemos que llorar, lloraremos. Pero ahora brindaremos. No dejaré de celebrar lo que sé por miedo a lo que no sé. Y usted va a brindar conmigo; al fin y al cabo, sigo siendo la señora de esta casa.

John alzó la copa.

—Brindo por todos los que con su sacrificio permitirán que muchos brindemos.

—Por ellos —dijo Lucy chocando su copa con la de John.

Mientras bebía, recordó de nuevo a Pat. Ojalá su regreso fuera lo siguiente que celebraran.

63
Cambio de planes

El interior del submarino era un laberinto angosto, plagado de tubos, cables y ruidos que hacían que a Pat le diera la sensación de estar viajando en la esquina del motor de un coche o de un tractor, como uno de los ratones que de vez en cuando encontraban en los vehículos de las granjas de Glenmore. Era un espacio que no estaba pensado para él, uno que el mecanismo de aquel buque había descartado y le habían destinado. Pat sentía que viajaba en un rincón, lo cual era cierto y contribuía a una pena que no mostraba, haciéndose el fuerte, pero que lo rompía por dentro poco a poco.

Había embarcado con miedo pero despierto, tras prometer que no intentaría escapar. ¿Cómo iba a hacerlo? La noche en la que había penetrado en las entrañas del buque, había visto el barco guardacostas acercarse a Rockmoss Isle y tuvo la esperanza de ser liberado. En cambio, no había visto el submarino que esperaba en la oscuridad, quieto y amenazante. Desde entonces soñaba a menudo con él, como un monstruo en la oscuridad del que solo se ven los ojos, malvados y dispuestos. Había visto al monstruo actuar. No había dejado ni rastro del barco que debía rescatarlo, al que había destruido en segundos, no con una explosión, sino con una ráfaga continuada de balas. Los cuerpos de los policías se habían movido al ritmo sangriento de aquella sucesión de proyectiles.

Pat había escuchado las carcajadas de Blaz entre los disparos. Carcajadas graves, sonoras, incontroladas. Era la primera vez que perdía la contención de que hacía gala siempre y revelaba una parte de locura de su raptor que hizo que le diera más miedo aún. Embarcó temblando. Luego lo habían llevado a un camarote mínimo. Una cama pegada a una pared metálica y fría, que adaptaba su forma al lomo del submarino y al espacio que había, que era muy poco. Tenía apenas un metro cuadrado para ponerse de pie. En un rincón, bajo varios tubos, había una silla pegada a la pared. Al otro lado, un pequeño baño en el que uno debía ducharse encima del retrete.

La tripulación solo hablaba alemán y, como no estaba autorizado a salir de su cabina solo, no pudo conocer ni acercarse a la mayoría de ellos. Tenía contacto con Blaz, al que escuchaba pero rara vez respondía, y con un marinero muy joven que le llevaba las tres comidas diarias y que desde el primer momento fue amable con él. No podían hablar porque no hablaban el mismo idioma, pero el joven detectó qué era lo que le gustaba a Pat y la comida enseguida mejoró adaptándose a sus preferencias. El segundo día le ofreció chocolate y, al ver que le gustaba, a media mañana le dejó una tableta entera y un catálogo en inglés de coches de la marca Mercedes-Benz, que fue su principal distracción durante los días en que Pat viajó bajo las aguas.

El sonido en el interior del submarino podía ser muy intenso, pero de vez en cuando, al detenerse los motores, el silencio era sepulcral. Pat creía saber cuándo se sumergían y cuándo viajaban con la torre fuera del agua, que era la mayor parte del tiempo. Desconocía a dónde lo llevaban. También que su destino había cambiado radicalmente. Habían girado sobre sí mismos.

A los capitanes del submarino les gustaba recibir mensajes, pero odiaban responder a ellos, pues desvelaban su mejor arma, el secreto de su ubicación. Aquel año estaba siendo aciago para los submarinos, que sumaban muchas bajas a las numerosas que ya habían sufrido. Desde el inicio de la guerra, casi quinientos de los más de ochocientos que intervenían habían sido destruidos por el enemigo. Pese a ello, el capitán se vio obligado a responder afirmativamente dando el mensaje por recibido y cambiando diametralmente el rumbo de norte a sur.

Informaron a Blaz: los aliados habían desembarcado en el continente y el viaje por tierra o aire a su destino en los Alpes austriacos se complicaba. Además, se esperaba que el gran desembarco en Calais no tardaría mucho en producirse, por lo que, hasta la conclusión victoriosa de la operación para repeler el ataque, el niño debía esperar en España. A Blaz se le adjudicó el trabajo de contactar con la embajada, que organizaría el alojamiento y la estancia del niño, y vigilarlo hasta poder entregárselo a su padre. No estaba contento. No le gustaban los niños y odiaba hacer de niñera. Además, odiaba España con todas sus fuerzas. Por suerte, todos decían que la guerra acabaría pronto, así que esperaba que todo lo que estaba haciendo fuera bien recompensado.

Llegaría a la maldita España. Escondería al niño y esperaría.

A partir del tercer día, Pat ya no distinguía entre la noche y el día, intentaba dormir la mayor parte de las horas y leía y releía el catálogo de Mercedes-Benz. La sonrisa y la amabilidad del marinero que lo atendía eran lo único que lo reconfortaba. Este lo llevó dos veces a pasear por el submarino, para conocer sus diferentes partes, y le permitió mirar por el periscopio. Fueron las únicas dos veces en que Pat salió de su camarote, y compadeció a los pobres que se veían destinados a aquel buque, que también parecían secuestrados. El resto de los marineros, en mayor o menor medida, intentaron ser simpáticos con él, pero Pat notó que también a ellos él les daba pena, y dar pena era lo que más odiaba. Lo miraban pensando en su pobre suerte, y con cada mirada, que él respondía amable, el niño se cargaba de fuerzas para que su futuro no fuera el que Blaz Munter y sus jefes habían decidido para él.

Ocho días después de su salida desde las heladas aguas escocesas, a ochocientas setenta millas al sur, llegaban a las frías aguas del mar Cantábrico. Para entonces Pat había contenido cualquier atisbo de claustrofobia, reflexionado mucho y aprendido de memoria las características de la última gama de coches Mercedes.

Los motores se pararon y, tras un par de horas, Blaz fue en su busca y lo llevó a la torre, donde la oscuridad y el frío de la noche los envolvieron al asomar al exterior. La luna iluminaba la costa y la playa a pocos metros de ellos. El cielo estaba plagado de estrellas y las olas acariciaban silenciosas el casco del submarino. Solo por eso, por estar en ese lugar menos hostil que no conocía, Pat se esperanzó. Parecía mejor que Rockmoss. El capitán habló un poco con Blaz, le dio la mano y, agachándose, también le dio la mano a él y le revolvió el pelo a modo de despedida. Luego los ayudaron a subir a una lancha hinchable y, cortando rápidamente el mar de aquella cala, a los pocos minutos los desembarcaron en un muelle. Allí esperaban dos hombres grandes, altos y fuertes. Saludaron a Blaz, lo miraron a él y uno lo cogió en brazos. Pat, que había decidido usar su fuerza solo cuando pudiera ganar, se dejó llevar hasta un coche que esperaba con el motor encendido y las luces apagadas. Enseguida se pusieron en marcha. Tras horas de viaje, cuando el sol despuntaba y él permanecía profundamente dormido, cruzaban las puertas de una gran edificación.

Pat despertó algunas horas después en una habitación de techos muy altos y paredes de granito, luminosa, que se notaba recién decorada. Se incorporó en la cama y miró alrededor. El suelo estaba cubierto en parte con una alfombra de lana de colores alegres. A un lado, en una estantería, encontró libros infantiles. Los revisó un poco; parecían las aventuras completas de un guerrero germano, muy rubio, con una imponente armadura adornada con una esvástica en el pecho. En otro estante, un modelo de un coche llamó su atención. Sabía perfectamente cuál era, pues había visto su evolución en el catálogo: era el Mercedes de Hitler, con una figurita del Führer saludando desde el asiento trasero. Lo dejó donde estaba. También había un tablero de un juego con un recorrido de casillas y dados. «*Juden Raus*», leyó. No podía jugar a aquello estando solo. Revisó un poco más la estancia. En una pared había un cuadro de un castillo formidable «Neus-chwan-stein», leyó. En otra pared había una foto de Hitler agachado junto a un niño menor que él, vestido de tirolés. Tras una portezuela, encontró el cuarto de baño. Sobre el lavabo le habían dejado colonia infantil, jabón y un cepillo de dientes con forma de osito.

Se asomó a la ventana. La vista era bonita. Un patio con arcos góticos que encerraba un jardín de bojes en torno a una fuente que borboteaba perezosa. Tres monjes regaban los árboles con una manguera. Estaba en un monasterio, rodeado de atención y comodidad. Quiso confirmarlo y salir de la habitación, pero la puerta estaba cerrada.

Seguía en una jaula.

64

Lo nuevo

10 de junio de 1944

Lucy seguía involucrada en la actividad frenética de desinformación y engaño que se ejecutaba desde Longview, creyendo que cada día sería el último en que los alemanes los creerían, apuntando tantos a una operación cuyo enorme éxito nadie había imaginado. Hitler no había movido sus divisiones hacia Normandía, creyendo aún que el ataque más importante estaba al llegar en Calais. Mientras, los aliados seguían desembarcando y avanzando en la que sería la mayor invasión marítima de la historia.

Estaba en su puesto en la estación de radio del comedor de Longview Grange cuando John entró y le pidió que lo acompañara al jardín. Allí le contó todo lo que había pasado en Escocia. Lucy se horrorizó.

—Entonces... Pat...

—Ya no está en nuestro país. Pero creo que podemos seguirle la pista. Hace tres días interceptamos un mensaje de radio del submarino. Me informaron ayer noche. Por su localización y por el mensaje, no me cabe duda de que se trata del que transporta a Pat. Estaba yendo hacia el norte, desde las aguas de la isla de Mull, en las Hébridas interiores. Suponemos que su idea era llegar a Dinamarca, quizá a Hamburgo, y allí desembarcar al niño.

—A Alemania...

—O a Austria quizá, volando desde el puerto de llegada a los Alpes, o algún lugar del campo. Berlín está siendo severamente bombardeado, así que lo hemos descartado. El asunto es que captamos otra transmisión en la que se le indicaba al capitán del submarino que cambiara el rumbo hacia el sur, a la costa española del Cantábrico. En la misma transmisión, en dos ocasiones, se dice «el niño». Creemos que llevan a Pat. Suponemos que en estos momentos lo quieren tener alejado de la guerra. El submarino respondió, lo que nos dio su localización.

—¿Entonces?

—Patrick García está a punto de llegar a España, si no lo ha hecho ya. Debemos avisar a la embajada británica en Madrid. Pueden poner a sus agentes a buscarlo, o por lo menos advertirlos para que estén atentos a los lugares donde podrían esconder al niño.

—No tienen ni idea de quién se trata. Ni de por qué lo quieren los alemanes.

—No subestime al capitán Alan Hillgarth —le aseguró John—. El jefe de la inteligencia británica en España es uno de los más hábiles de toda la sección. Estoy seguro de que, a estas alturas, tras tanto tiempo trabajando con Daisy, sabe más del asunto que usted y que yo. Le pasarán el mensaje a él. Hillgarth sabrá cómo proceder.

Inmediatamente, Lucy retransmitió el mensaje. Lamentó que fuera tan frío y conciso como todos los demás cuando en cada palabra había en realidad una súplica. Necesitaba que encontraran al niño.

27 de agosto de 1944

Las tropas aliadas avanzaban por el continente en todos los frentes y los alemanes enfrentaban derrota tras derrota, cada vez más cerca de la frontera que habían empezado a expandir al principio de la guerra. En los periódicos españoles y en la actitud del Gobierno se percibía un alejamiento del régimen alemán, que, ahora sí, podía perder la guerra.

En agosto de 1944, París fue liberado. Tácticamente no era lo que los generales Eisenhower y Bradley habían previsto, pues su idea inicial era llegar a Berlín primero, pero, ante la insurrección de los parisinos y el miedo a las represalias de los alemanes, decidieron cambiar de planes y acudir en ayuda de la valiente resistencia de la ciudad. Hitler había ordenado que no se perdiera París bajo ningún concepto y había dado órdenes de destruir los puentes y los monumentos; dejarla completamente en ruinas si era necesario y crear un «Stalingrado de Occidente» que movilizase forzosamente a numerosas divisiones aliadas. También había exigido la represión feroz de los insurrectos.

Los primeros soldados aliados en acceder habían sido los republicanos españoles integrados en la novena compañía de la Segunda División blindada del ejército francés, que el 25 de agosto cruzaban la puerta de Italia. «¡Y Ernest Hemingway ha liberado el Ritz! —añadió Hillgarth al explicarle los detalles del acontecimiento a Daisy—. Apuesto a que a estas horas ya habrá acabado con las reservas de vino de su bodega», añadió con una carcajada. El capitán Hillgarth recriminaba el optimismo que él mismo provocaba y pedía a todos que no lo expresaran demasiado. Para él los alemanes seguían siendo poderosamente letales. Ya los habían infravalorado una vez. No podían cometer el mismo error.

Daisy estaba contenta, embarazadísima, a punto de cumplir el octavo mes de gestación. Añoraba sus paseos con Félix y poder salir de la embajada, pero habían conseguido que los alemanes no supieran nada de su estado, lo cual hacía que el sacrificio hubiera valido la pena. El doctor Jiménez estaba satisfecho con el transcurso del embarazo, por cuya conclusión positiva en un inicio no habría apostado. A punto de que acabara, se alegraba de haber alertado de los peligros de que Daisy se estresara o hiciera mucha actividad y, como los padres, tenía ganas de ver al niño.

La futura madre no había descuidado el trabajo en la embajada y el equipo que formaba con Félix Zurita operaba con intensidad.

A la vez, Daisy seguía agarrándose a la idea de que no tener noticias de Pat era una buena noticia. De que el niño seguía en Glenmore, seguro y a salvo. Con todo, a menudo tenía pesadillas y se levantaba angustiada, rara, con la sensación de que algo no iba bien.

Estaba departiendo con el capitán Hillgarth cuando el embajador entró en el despacho. Sir Samuel, que siempre había sido cordial con ella, tras enterarse del embarazo, la trataba algo más fríamente. Se sentaron a una mesa contigua y dejaron a Daisy donde estaba, ocupada traduciendo varias cartas en español al inglés. Sir Samuel empezó a repasar con Hillgarth varias cuestiones, creyendo que ninguna era tan secreta como para pedir a Daisy que los dejara solos.

—Por supuesto, el Caudillo ha ordenado que nadie comente lo de los republicanos, lo de París.

—No esperaba menos. Pero le será difícil alejarse de la sombra de Hitler y acercarse a la de los aliados al haber formado esos republicanos parte de las filas de nuestro ejército —opinó Hillgarth.

—Bueno, ya veremos. Al fin y al cabo, los ingleses y los estadounidenses tienen algo en común con Franco...

—Su anticomunismo.

—Exacto. Y estando España necesitada de ayuda para reconstruirse tras su guerra civil, puede que el amigo de Hitler acabe convirtiéndose en el amigo de Churchill. Nunca se sabe. Franco es muy hábil —apuntó el embajador.

—No lo tiene difícil. A Churchill siempre le gustó el rey Alfonso XIII. No hay ninguna duda de que piensa que Franco es preferible a los comunistas. Al fin y al cabo, su alzamiento fue también el de los aristócratas, la Iglesia, los conservadores... Todo lo que Churchill representa.

—Sí, será interesante de ver. En otro orden de cosas, creo que podemos dejar de pagar a todos esos militares.

Desde el principio de la guerra, el embajador había comprado la neutralidad de varios militares españoles con grandes sumas de libras esterlinas. Ellos a menudo pedían más.

—Sí, ya no tiene ningún sentido. Le dije al último que no. Lo comprendió. Los demás no han vuelto a solicitar ninguna cantidad.

—Les puede decir que intervengan en la guerra con los alemanes si no están satisfechos —dijo el embajador soltando una carcajada.

—Se lo diré de su parte.

—Y luego está ese otro tema, muy intrigante, del mensaje sobre el niño: no conseguí saber de qué se trataba.

El capitán Hillgarth sí lo sabía, pero había pasado de puntillas por el tema, meses atrás, cuando habían recibido aquella comunicación. No podía creer que, de todos los mensajes que se recibían y que el embajador leía, aquel precisamente hubiera vuelto a su memoria delante de Daisy.

—¿El niño? —preguntó—. No le di importancia. No la tenía. Prácticamente ni recuerdo de qué se trataba. Lo que sí me gustaría comentar es el...

—Oh, sí, sí, lo recordará —lo interrumpió el embajador—. Recibimos un mensaje sobre un niño que había sido secuestrado por los alemanes en Inglaterra. Hace un mes, o fue en junio, o julio quizá. Lo enviaron desde una base al sur de Inglaterra, cerca de Dover, no recuerdo el nombre, aunque en su momento me resultó familiar. Por lo visto, se lo habían llevado de una casa de campo en el condado de Cambridge. La estación de radio captó un mensaje del submarino que llevaba al muchacho. Al parecer, había cambiado el rumbo, y en lugar de llevarlo a Alemania...

Alan Hillgarth intentó que el embajador se callara, pero este se había levantado y le daba la espalda mientras observaba un cuadro que colgaba en esa sala. Miró a Daisy. La joven había dejado de teclear y permanecía helada en su silla, con la cabeza fija en la máquina de escribir, inmóvil.

—... pues resulta que lo traen a España. Es enigmático, ¿no cree? ¿Qué importancia puede tener? Pidieron que lo buscáramos, pero obviamente solicité más datos. No estamos para esas cosas. No hemos vuelto a saber nada, ¿no es así?

Se oyó el golpe de una silla contra el suelo. Daisy se había puesto de pie tambaleándose. Mirando al embajador, balbuceó:

—Un niño... Un... ¿Un niño? —dijo agarrándose a la mesa para no desfallecer—. ¿Un niño?

Sir Samuel la miró extrañado de arriba abajo. Luego se alarmó. Daisy se desmayó. Rápidamente el embajador asomó a la puerta pidiendo que fueran en busca del doctor Jiménez. El capitán Hillgarth trató de reanimarla, pero, al hacerlo y lograr que ella, totalmente desubicada, se incorporara sobre la alfombra, distinguió bajo sus piernas una enorme mancha. La española había roto aguas.

El doctor Jiménez pidió que la trasladaran inmediatamente al Hospital del Niño Jesús. El bebé no debía nacer aún, pero parecía irremediable que lo hiciera. A la vez, la madre era motivo de preocupación. Desvariaba y estaba hinchada. Por suerte, Daisy nunca recordaría aquellos momentos de pesadilla y de urgencia. Tampoco entrar en el hospital intentando no ser vista, tan acompañada y a la vez tan sola. En cuanto la ayudaron a echarse en una cama y el médico apareció, supo que tenía que trabajar, que aquello dependía de los médicos, pero también de ella. Y trabajó bien, como siempre hacía.

A la hora un llanto de bebé se escuchaba en la habitación. A Daisy solo le dio tiempo a verlo fugazmente antes de perder el conocimiento.

Un mensaje de la embajada inglesa alertó a Félix de lo sucedido y le dio instrucciones para que supiera cómo proceder. Sabiendo que debía mantener la calma, cruzó el parque del Retiro desde su casa, sin prisa, deteniéndose a comprar unas almendras mientras comprobaba si lo seguían. Estaba prácticamente seguro de que no, pese a lo que continuó el paseo tranquilo hasta la puerta que daba salida al otro lado del parque, en la calle de Menéndez Pelayo, que cruzó para entrar en la iglesia que formaba parte del Hospital del Niño Jesús. Entre penumbra y olor a incienso, en un banco lateral de la nave reconoció al chófer de sir Samuel. Sin saludarlo, este se levantó y se dirigió al altar para abandonar la iglesia por la sacristía, tras una discreta puerta a un lado del altar. Félix lo siguió.

Dentro del hospital, siguió al chófer por largos pasillos hasta que este se detuvo frente a la puerta de una habitación y con un movimiento de cabeza le indicó que había llegado a su destino. Félix llamó suavemente con los nudillos antes de entrar, abriendo suavemente la puerta. La habitación estaba en la penumbra, con los visillos corridos. Daisy estaba sola, dormida. Félix se acercó a ella y la cogió de la mano, suave y caliente. Lentamente ella abrió los ojos y lo miró. Sus facciones expresaban cansancio, pero, por encima de todo, enfado.

—Has sido padre —le dijo con voz áspera—. Ha sido un niño, grande para ser prematuro. Está bajo vigilancia, pero el doctor Jiménez dice que estará perfectamente.

—¿Cómo estás tú? —dijo él, absolutamente emocionado y tratando de contener las lágrimas.

—Yo también viviré, pero mi hijo Pat está en manos de los nazis. Dime que no lo sabías.

Félix desvió la mirada, agachó la cabeza y respiró profundamente.

—El doctor dijo que no te podíamos dar disgustos ni sobresaltos porque el riesgo de que sufrieras un aborto era muy alto.

—Es decir, lo sabías.

—Sí.

—Y preferiste arriesgar la vida de mi hijo Pat que la del que acaba de nacer.

—Fue difícil. Ha sido una tortura. Pero Pat ya había sido secuestrado, lo estamos buscando por todas partes y tú no podrías haber hecho más. Yo no arriesgué la vida de Pat.

—Me mentiste. Me mentisteis todos.

—Lo hicimos por ti. Y por nuestro hijo.

—Dime lo que sabes.

Félix le explicó todo lo que había sucedido y cómo se había enterado. También que el niño estaba en algún lugar de España.

—Vete —dijo ella como única respuesta.

—Daisy, yo...

—Vete, por favor. No me hagas repetirlo, ahora no puedo estar contigo.

—Me gustaría ver a mi hijo —dijo Félix.

—Por supuesto. Está en la *nursery*. A la entrada del pasillo hay una enfermera. Dile que quieres ver al hijo de Daisy García. Es también tuyo, pero por precaución sé que no lo han registrado con tu nombre. No hasta que la guerra acabe. Hay seis Garcías más solo en este hospital. No se me ocurre mejor manera de esconderlo. Aunque, visto lo visto, está claro que no soy buena escondiendo a mis hijos. Ni a mí misma.

—No debes pensar eso.

—No debo pensar en ninguna otra cosa —replicó ella alzando un poco el tono—. Tú lo habrías hecho bien. Eres mejor escondiendo cosas. Vete, por favor.

—Vendré mañana.

—No lo hagas. No puedo verte aún.

Cada palabra se le clavó como un puñal. Antes de cerrar la puerta tras él, Félix no pudo resistirse a hablarle. Se giró hacia ella, que le devolvió una expresión fría.

—Me gustaría que algún día me contaras qué habrías hecho tú en mi situación. Te quiero más que a mi vida, pero eres injusta. El niño es prematuro, se adelantó cuando te enteraste de lo de Pat. ¿Qué habría pasado si lo hubieras sabido al mismo tiempo que yo?

Ninguna de sus palabras obtuvo respuesta. Lentamente cerró la puerta.

Poco después estaba tras el cristal de la *nursery*, donde alrededor de veinte niños dormían plácidamente en pañales. El suyo estaba en primera fila. No habría hecho falta que se lo señalaran, era igual que él: pelón, redondito, tan parecido a los otros bebés y completamente diferente a la vez. Suyo. Félix se pegó al cristal sin poder apartar la mirada del niño, que era un poco más pequeño que algunos de los otros, pero parecía fuerte y completamente sano. Podría haber estado horas y horas mirándolo. Verlo tan nuevo, tan perfecto y tan tranquilo lo revolvió por dentro, lo cambió completamente y le hizo adquirir un punto de vista más: el de un niño que llegaba a un mundo complicado. Un mundo que Félix debía mejorar como fuera. Por primera vez no tuvo miedo de que nadie lo viera emocionarse al ver el producto de su amor por Daisy. Durante varios minutos sintió que su alegría crecía y crecía mientras sus mejillas se humedecían con la sensación más intensa, más real y más determinante de su vida. Notó que su corazón se expandía para hacer sitio a alguien más sin reducir el espacio que Daisy ocupaba en él.

Al rato, recomponiéndose un poco, se animó a seguir con su trabajo.

El que daría una vida feliz y segura a lo nuevo.

65

El final del largo fin de semana

Lady Maud había aprovechado la tarde para instalarse en la biblioteca de Glenmore Hall con sus perros y revisar los asuntos de la casa. En su cabeza, en todos sus pensamientos, invariablemente se veía asaltada por la imagen del pequeño Pat. Le preocupaba su suerte y se aferraba a la única idea de que, aunque el niño estaría seguramente muy triste, no había que temer por su vida. Sentada en el escritorio, con todo el boato a su alrededor, con las cuentas de la casa delante, parecía muy frágil. Se había ocupado muy poco de los números, de hecho, nunca lo había hecho y ahora lamentaba la poca previsión de su marido. Habían gastado mucho, habían dado grandes fiestas y habían sido magnánimos con sus arrendatarios, disculpando sus retrasos, admitiendo que pagaran lo mismo que hacía décadas. En esa actitud se ocultaba el peligro de que todo se viniera abajo. No era atípico. Muchas grandes casas no sobrevivirían a la guerra a pesar de no haber sido bombardeadas.

Se levantó y se acercó a una de las estanterías. Extrajo un gran tomo de cuero rojo con las iniciales y el escudo familiar grabados en oro. En la portada un año, 1939. Sonrió para sí. «El final del largo fin de semana», pensó. El verano de ese año había sido el último de inconsciente divertimento y de cerrar los ojos a la realidad. Las fiestas se habían sucedido una tras otra y ella había ido a todas a las que la habían invitado, que fueron muchas. Ninguno de los que ahí estaban esperaba que el futuro fuese tan oscuro.

La primera foto la mostraba vestida de María Antonieta, aunque su hijo Louis había opinado muy ácidamente que en realidad parecía María Teresa de Austria, su madre. Fue para el baile benéfico de Osterley Park, la magnífica casa de los condes de Jersey en

Middlesex. Recordaba a la condesa, con la peluca empolvada rematada por una tiara de brillantes, vestida de lavanda. También la maravillosa decoración del pabellón del lago con grandes hortensias, los lacayos uniformados de época y la fachada de la casa impresionantemente iluminada. Dos fueron las noticias del día. La más frívola, la desaparición de un brazalete de diamantes en la fiesta, una más de la serie de misteriosas desapariciones de joyas y pieles que se habían sucedido aquella temporada. La que todos intentaron olvidar fue la del reparto de las instrucciones de uso de una máscara de gas que habían recibido ese mismo día.

En otra página del álbum, lady Maud se vio junto a May Hicks-Stone en la fiesta anual en los jardines de Blenheim Palace. Recordaba bien la fiesta por las palabras de sir John Simon, ministro de Hacienda, que había dicho que probablemente la guerra nunca llegara, pues «el corazón fuerte y la cabeza fría del pueblo británico encontrarían una solución». En ese momento todos habían aplaudido y respirado aliviados. Un mes después estaban cavando búnkeres.

Pasó página para encontrarse con la fiesta en Castle Howard, quizá la mejor o una de las tres casas de campo más importantes de todo el país. El verano de 1939 habían celebrado la mayoría de edad de Mark Howard entre gran alboroto y con invitados de todo tipo, desde algunos arrendatarios hasta la mayoría de grandes títulos con sus hijos. El día quedaría en el recuerdo porque, cinco años después, el mayor Mark Howard, de los Coldstream Guards, había muerto en Normandía. Dos meses después lo hacía su hermano menor. Los Cavendish habían pasado por lo mismo. En el 39 habían celebrado también la mayoría de edad de su hijo Billy con una fiesta para dos mil ochocientas personas en Chatsworth House. Billy había muerto recientemente por el certero tiro de un francotirador, en Bélgica.

«El largo fin de semana», como llamaban al tiempo de entreguerras, en el que todos los de su clase habían disfrutado del presente y pensado muy poco en el futuro, había acabado. Tocaba hacer todo lo contrario: trabajar y prever.

Lady Maud cerró de golpe el álbum, cansada de que los recuerdos que debían de ser felices la llevaran a los que no lo eran. Tanta muerte acarreaba muchas consecuencias. Las propiedades de una familia se concentraban en menos personas, lo que hacía más difícil mantener todo el patrimonio; los que veían a sus hijos morir tendrían que transferir sus propiedades a sobrinos, o a parientes que quizá no pudieran asumir los enormes impuestos de sucesión. El mundo iba a cambiar. Los que con la guerra habían descubierto la ciudad y sus sueldos quizá nunca quisieran volver al servicio en las casas de campo, lo que aumentaría el coste del personal al verse reducida la oferta. Algunos parcheaban la situación vendiendo tierras, pero eran precisamente las tierras, la ganadería y la agricultura las que habían mantenido aquellas casas. No vendería ni un palmo de Glenmore si podía evitarlo.

Dos días antes se había reunido nuevamente con Lucy en el *pub* de Dover y le había comunicado sus preocupaciones, que ella también compartía. Quedaron en hablar con Louis y empezar a pensar opciones. De vuelta, lady Maud había pasado por delante de las puertas de Port Lympne, la casa que su conocido Philip Sasoon había dejado a su sobrina cinco años antes. El ejército la había requisado para alojar a pilotos británicos y extranjeros. Lady Maud había estado muchas veces en la casa. No era grande, tan solo trece habitaciones y dos salones, pero sí extremadamente agradable y cuidada con esmero. Lo que encontró al volver de su reunión era tan solo una ruina. Las estatuas decapitadas, el jardín inexistente. En el interior, la barandilla de la escalera había sido hecha leña y varias paredes tenían pintadas grotescas. El daño era tal que dudó que la casa pudiera volver a ser habitable después de la guerra. Antes de subirse de nuevo al coche, un soldado de no más de veinte años se le había acercado curioso. «¿Qué te trae por aquí, amiga?», le había dicho el insolente. El bofetón a mano abierta que le había dado se tuvo que haber oído en toda la propiedad.

El asunto era que por los impuestos, por la imposibilidad de pagar al servicio, por las reparaciones que serían necesarias y por otras muchas razones, los propietarios de casas como Glenmore se enfrentaban a un severo problema. Quizá el National Trust, la organización que estaba convirtiéndose en la salvación de muchas casas, fuera la solución. Los propietarios cedían gratuitamente la propiedad a la organización, que se ocupaba de mantenerla y dejaba que sus antiguos propietarios vivieran en ella. El Trust rentabilizaba la casa o la finca abriéndola a las visitas y organizando eventos. En la cabeza de lady Maud aquella era la última opción. Miró por la ventana a su jardín: la fuente que habían apagado al empezar la guerra y que solo encenderían cuando hubiera paz, los parterres de flores y, al fondo, el horizonte de campos salpicados de fresnos, cedros enormes, ovejas y vacas, todo dorado por el atardecer. A un lado las cuadras, tan hermosas, el palacio para cincuenta caballos, capricho de su suegro, que ocupaban tan solo seis. «Solo seis», repitió en su cabeza.

Una idea nació como un chispazo de su ingenio. Salió al jardín con sus perros a la zaga y, cruzando la entrada, enfiló hacia las cuadras. Los caballos habían sido la gran pasión de su suegro. Los criaba con mimo, les hablaba, los peinaba, les daba la mejor alfalfa y esperaba que algún día alguno ganara las carreras de Ascot. Mientras, les había procurado un edificio magnífico en torno a un patio empedrado, con naves enormes techadas con altas bóvedas, en las que cada caballo tenía su espacio delimitado por paneles labrados con el escudo de la familia. Solo usaban la cuadra más pequeña porque ya no criaban caballos y solo tenían los que usaban para pasear. El resto estaba vacío. Un espacio similar al de toda una planta de Glenmore Hall no se usaba para nada.

Pasó toda la noche pensando y a la hora del desayuno asaltó a miss Nightingale, la directora del colegio, y la llevó a la biblioteca donde horas antes la idea había germinado. Solo sus setters sabían lo que tramaba, pero ellos siempre estaban de acuerdo con todo lo que lady Maud decía y hacía. Ojalá la directora lo estuviera también.

—Miss Nightingale, aún no estamos allí, pero creo que podemos empezar a ser optimistas respecto a la paz, ¿no cree? —Lady Maud jamás conversaba con ella sin motivo, así que la directora esperó callada a saber qué tramaba—. Me preguntaba cómo va la planificación de la vuelta del colegio a Londres. Sin duda, una persona como usted habrá empezado a pensarlo.

—Oh, más que eso, en realidad —replicó miss Nightingale—. Lo tengo todo bastante organizado. Logré que la iglesia me cediera alguna de las naves que utiliza para sus actividades. Mientras, he solicitado al recién creado Ministerio de Educación ayudas para reconstruir y arreglar las partes de nuestro colegio que fueron dañadas en el Blitz. Tenemos algunos fondos, pero son insuficientes.

—No parece lo ideal —dijo lady Maud, encantada de cómo iba la conversación.

—Lo que obtengamos al final no será comparable a lo que los niños tienen aquí. Eso es muy difícil, pero tendrán que acostumbrarse.

—Desde luego es menos que perfecto.

—Sin duda.

—Acompáñeme —le propuso la baronesa viuda.

Salieron al jardín y anduvieron hasta las caballerizas. Miss Nightingale había visto el edificio solo por fuera, cuando de vez en cuando se invitaba a algunos alumnos a montar. Lady Maud cruzó el arco de entrada y se paró en el patio.

—¿Qué le parece? —le preguntó. Miss Nightingale no tenía ni idea de lo que estaba sucediendo.

—Muy bonito. Impresionante incluso.

—Todo aquello de allí, las ventanas que ve, es la casa de los caballerizos. En su momento hubo seis con sus respectivas familias. Aquí vivían alrededor de veinte personas. Ahora solo hay dos, y viven en la casita de fuera.

—Unos afortunados, sin duda.

—Sí —dijo la baronesa viuda acercándose a la puerta para entrar en una de las naves mayores.

Ante los ojos de ambas apareció el espacio enorme, diáfano, alto y luminoso.

—Es impresionante. Enorme. Mayor que todo nuestro colegio del East End —exclamó asombrada la directora.

—Y está entero, además —subrayó lady Maud.

La directora empezó a entender.

—Está sugiriendo que...

—Que se instalen aquí. Quizá no pueda ser todo el colegio si los padres no quieren, pero pueden impartir aquí tres o cuatro cursos de todo el programa educativo, eso se lo dejo a usted. Hay dos naves más como esta. Las podemos reformar entre ustedes y nosotros para dar cabida al colegio. Este edificio está encarado hacia una serie de prados donde los niños podrían jugar entre clases, hacer gimnasia, lo que les parezca mejor, sin alterar en nada la vida en Glenmore Hall, que, como sabe, tiene el jardín principal hacia el otro lado. En dos de las naves podemos poner las aulas, en la tercera los dormitorios de los niños. En las antiguas casas de los caballerizos estarían los profesores.

—Los niños podrían alternar un curso aquí y otro en Londres. Un curso internos y otro en casa —opinó miss Nightingale, ilusionada.

—Exactamente. Sería una educación perfecta, a caballo entre la ciudad y el campo.

—Pero...

—Repare solo la parte del colegio del East End que vaya a necesitar. Si, digamos, la mitad de los niños está aquí, no necesita un colegio tan grande. El resto inviértalo en arrendar todo esto. Le será más económico y mucho mejor. Por nuestra parte, llevamos años financiando la escuela de Little Epson, que trasladaríamos aquí. Apenas tiene treinta niños, pero traspasaremos el coste al del Saint Clarence y podremos arrendar el edificio del pueblo. Dios sabe que hace años que se necesita más espacio allí.

Miss Nightingale no podía contener su alegría. Pasó la mirada alrededor y visualizó el sueño de cualquier director de colegio y el suyo personal. Luego miró a la baronesa viuda y, extendiendo los brazos, propuso un abrazo acercándose a ella.

—¡Mejor no! —respondió lady Maud, que aún recordaba el abrazo que había recibido a principios de ese mismo año—. Pero la invito a una copa de oporto para empezar a organizarnos —terció.

Estaba deseando contarle lo que iba a hacer con su casa a los dueños de la casa.

66

Dos

Noviembre llegó frío y triste como la relación entre Daisy y Félix. Se veían a menudo, pero no todo lo que Félix habría deseado. Demasiadas visitas a la embajada podrían haber resultado sospechosas, y tuvo que inventar una enfermedad prolongada para que los alemanes entendieran por qué Daisy ya no salía nunca y siempre debían verse allí. Ella estaba entregada al cuidado del niño. Cuando lo tenía en sus brazos, todas sus preocupaciones desaparecían y, aunque había sido madre antes, vivía su nueva maternidad con una felicidad hasta entonces desconocida. En cambio, la presencia de Félix la enfriaba. Era cordial y educada, como habría sido con el dependiente de unos grandes almacenes, pero nada más. Tres preguntas de cortesía, tres comentarios, y dejaba al bebé solo con su padre. Lo habían llamado Manuel, como el padre de Daisy y como un tío de Félix que recientemente había fallecido, y ambos esperaban que el niño tuviera muchas de las virtudes de los Manueles de los que había heredado el nombre. Lo parecía. Era un niño despierto, inquieto, que rara vez lloraba y que reía a carcajadas en brazos de su padre.

No habían vuelto a hablar de Pat, lo que atemorizaba a Félix, que conocía bien a Daisy y temía que estuviera planeando algo. Esa semana, lady Hoare había puesto una fecha límite a su estancia en la embajada. El capitán Hillgarth había intentado alargarla, hacer entrar en razón a la dama, pero no hubo manera de lograrlo y sir Samuel no se atrevió a ayudar.

Félix estaba enterado de todo, así que fue él quien sacó el tema.

—No debes preocuparte. Tengo todo organizado para que estéis en mi casa cómodamente. He pedido a una mujer que trabaja en casa de mi madre, la que me crio a mí, que venga a diario para atenderos en todo. Mañana vendrá a verte para que la conozcas y pasado mañana vendré yo para llevar al niño a casa. Tú puedes acabar de recoger, trabajar, lo que quieras. Cuando llegues a casa, estará todo listo. Yo puedo instalarme en un hotel si no quieres que estemos juntos.

Daisy lo miró con los ojos vacíos de expresión.

—Quédate en la casa. No me importa que estemos los tres. Eres el padre del niño. Pat no debería estar nunca con su padre, pero Manuel debe disfrutarte, quererte, aprender de ti.

—Me alegra mucho que lo digas. Dormiré en el sofá si quieres.

—Puedes dormir conmigo. No me importa lo más mínimo —replicó ella, gélida.

Félix habría preferido que le gritara y maldijera en lugar de aquello.

—Daisy, te lo ruego. Te pediré perdón cada día si es lo que quieres. Pero no te imaginas lo que me duele que me hables así.

Ella lo miró sin hacer ni un gesto.

—No me hables de dolor —replicó serena—; no hiciste nada para evitar el conflicto. Ahora acostúmbrate a vivir en el conflicto por no haber hecho nada.

Félix abandonó la embajada completamente destruido y volvió a casa, donde acabó de preparar las cosas para la mujer que había dejado de quererlo y el niño que creía haber salvado a costa de ocultar la verdad.

Por la tarde, en la embajada, la visita del doctor Jiménez empezó a cambiar un poco las cosas. Revisó al niño cogiéndolo sin demasiado cuidado, sin el miedo que tienen los padres primerizos a hacerlo. Girándolo, abriéndole la boca sin que Manuel se quejara lo más mínimo. Lo miró como a un cachorro y en su cara Daisy notó que aquellos eran los momentos en los que el médico reconfirmaba su vocación.

—Está cada día más fuerte. Sano. Es un chico guapo. Un tiarrón. Nada podrá con él. Los prematuros se acostumbran a luchar desde que nacen y se fortalecen porque se esfuerzan. El esfuerzo trae fuerza, ya sabe. Me alegro mucho de encontrarlo así. Tengo que admitir que no habría apostado por ello.

—¿Por encontrarlo fuerte? —preguntó Daisy.

—Por encontrarlo. Su embarazo ha sido uno de los más frágiles que he tenido que supervisar. Cualquier cosa podría haberle provocado un aborto. Un mal gesto, una comida inadecuada...

—Un disgusto —murmuró ella mientras él la auscultaba tras dejar a Manuel en su cuna.

—Eso lo que más. Por eso recomendé a todos que no la alarmaran con nada y que guardara reposo.

—Pero no puede ser que un disgusto...

—Señorita, puede ser y es —la interrumpió el doctor Jiménez—. Soy médico. Un disgusto habría acabado con el embarazo. Tenía la tensión preocupantemente alta. Que haya aguantado ocho meses sin abortar es algo extraordinario, puede creerme.

Daisy estuvo toda la tarde dándole vueltas a las palabras del doctor. Se lo habían dicho antes; se lo habían comentado el capitán Hillgarth, Félix y el mismo doctor, pero aquella vez fue la primera que escuchó de verdad. Entrada la noche, el sentimiento de que debía cambiar su actitud con Félix la empezó a invadir. Por la mañana, tenía muy claro que había sido injusta y la ira que llevaba dos meses instalada en su interior se empezó a diluir rápidamente. Quería a Félix. Claro que lo quería. Podrían retomar su vida, formar una familia, ser feliz.

Por desgracia, tenía otros planes.

Al día siguiente, una mujer corpulenta y de cara bondadosa fue a conocerla a la embajada. Fuerte, decidida y simpática, Araceli Álvarez Andrade había criado a Félix Zurita y lo había acompañado hasta los quince años. Daisy supo ver la impronta de la catalana en su novio y quedó satisfecha, deseando que también marcara a Manuel. Un día después apareció en la embajada con Félix y un portabebés cubierto de encajes para trasladar al niño. Enseguida Araceli empezó a doblar la ropa, a meterla en una maleta y a colocar todos los artículos del bebé en otra. Con solo ver la cara de Daisy esa mañana, Félix comprendió que había cambiado de actitud. Para que no hubiera dudas, ella lo cogió del brazo y lo llevó al pasillo.

—He estado reflexionando y creo que te debo una disculpa.

—No tienes que...

—Espera. Déjame acabar, por favor —lo interrumpió bajando un poco la cabeza y acercándose más a él—. Me he sentido engañada y no puedo dejar de pensar que en estos meses podría haber hecho algo para encontrar a Pat... Pero quizá no tenga razón y habría fracasado igual que habéis hecho los demás. El asunto es que para una madre sentir que ha fallado a su hijo... es insoportable. Pienso en Pat y en que se preguntará qué está haciendo su madre para salvarlo, y la dura realidad es que su madre no está haciendo nada.

—Yo...

—Hiciste bien. He estado enfadada contigo sin darme cuenta de que, en realidad, lo estoy conmigo, con mi cuerpo, tan débil que un disgusto podría haber provocado el fin de mi embarazo. Con la situación. Con todos los problemas que mi ingenuidad, al lado de una persona como Unity Headland, han provocado. Con mi empeño en huir de un monstruo que desde el primer momento debería haber sabido que me atraparía.

—No quiero que te hagas esto, Daisy. Encontraremos la solución. La guerra... Los alemanes van a perder. Encontraré a Pat aunque sea lo último que haga y seremos felices.

—Ya —dijo ella. Félix contempló su tristeza y la abrazó. Ella dejó que lo hiciera y percibió su olor, el calor de su cuerpo, su fuerza, que había estado a punto de destruir—. Ve a casa. Yo acabaré de recoger y trabajaré un rato. Te veré esta noche. Cuida de Manuel —lo miró a la cara— y nunca olvides que te quiero.

Félix hizo lo que le pedía, pero, por alguna razón, estuvo seguro de que se estaba perdiendo algo.

A las nueve, Daisy no había llegado a casa, lo que no le preocupó en exceso. Siempre acababa tarde y en la embajada, especialmente a finales de 1944, cada día surgían imprevistos.

Pero Daisy no tenía ninguna intención de ir a la calle Alfonso XII y tampoco de dormir aquella noche junto a Félix y Manuel.

Cruzó la calle con una pequeña maleta. Había llorado mucho, pero ya no lo hacía. Llamó a una puerta flanqueada por dos águilas de piedra de una gran casa. Un hombre malcarado y de uniforme se acercó y, mirándola a través de los barrotes, le preguntó qué deseaba. Dijo el nombre de a quien quería ver. Luego, con solo decir el suyo, todas las puertas se abrieron.

A las once, cuando Félix, preocupado, acudió a la embajada para preguntar por ella, en lugar de encontrarla cargada de trabajo, le dijeron que se había despedido de todos alrededor de las nueve. Félix temió que algo estuviera yendo terriblemente mal. Volvió a casa a esperar, nervioso, hasta que Araceli, que había cambiado el pijama del niño, apareció en el salón con una carta cerrada a su nombre.

—Estaba dentro de un pijama —le dijo sin saber qué podía estar pasando. Luego lo dejó solo. Temblando, Félix leyó cada palabra con pena, miedo y muchísima preocupación.

Querido Félix:

Hace tiempo que debería haber hecho lo que he entendido que debo hacer hoy. En las circunstancias actuales tiene más sentido que nunca. Me voy a entregar a los alemanes. Desde el principio buscaron a Pat y lo escondí para que no lo alejaran de mí, cuando la solución más sencilla es que dejemos de huir y estemos los dos juntos con los alemanes. Siempre te dije que Pat es hijo de un lobo, y los lobos son animales de manada. Estoy casi segura de que me permitirán entrar en ella, pues sin mí, el niño, que es testarudo como yo y tan fuerte como su padre, jamás se adaptará del todo a la que será su familia. A la vez, si estoy con él, conseguiré que no se convierta en uno de ellos y que entienda que las locuras de los nazis son eso, locuras, y que la mayor virtud y la mayor fuerza es la bondad de la que ellos carecen. La guerra acabará pronto y ayudará a que mi vida mejore, a que pueda alejarme o llegar a algún tipo de acuerdo para acabar con el secuestro al que me entrego ahora. No renuncio a ti ni a Manuel. No lo haré nunca porque no renuncio a la felicidad, pero mientras, por lo menos vosotros os tenéis el uno al otro. Pat no tiene a nadie. Te pido por favor que no me persigas ni intentes arreglar algo que solo puedo arreglar yo. Si se enteran de la existencia de nuestro bebé, si ven que lo nuestro es real, pondrás en peligro muchas de las operaciones que hemos instigado y te pondrás en peligro a ti mismo. Sé que eres valiente, pero en estos momentos la valentía supone que te contengas y te asegures de que nuestro hijo está protegido por un padre que vive (y convive) con él.

Te he querido más que a mi vida. No sabes lo que siento que estos últimos meses hayan sido de reproches y enfados, pero la rabia de su recuerdo me obliga a que no sean los últimos, sino los primeros de una larga vida juntos. Lo conseguiremos.

DAISY

Félix dejó caer la carta al suelo. Miró al niño. De pronto ya no serían tres, serían dos. Y todo porque su valiente madre quería que fueran cuatro.

67
SS

Blaz estaba satisfecho con el escondite español de Patrick García, pero, igual que cuando estaba en Rockmoss Isle, se aburría y creía que estaba haciendo un trabajo que no era el suyo. No se veía con el niño, que no salía de su habitación para nada y tan solo se relacionaba muy brevemente con el cura que lo atendía, sordomudo. Cuando Blaz lo supo, le hizo mucha gracia pensar en el chaval intentando comunicarse.

Cinco días después de instalarse en el monasterio de San Julián de Samos, recibió la visita de tres SS, llegados directamente de Alemania. Que en un momento de la guerra como el que atravesaban se destinara a aquellos hombres a proteger y vigilar al niño era muy significativo de la importancia de Pat. El oficial Carl Schultz llevaba el mando del trío y le explicó cuáles eran los planes.

—El niño se quedará aquí hasta que se nos informe de que debemos movernos. El plan inicial es llevarlo a Alemania con usted en cuanto el frente se haya estabilizado. Creemos que puede ser en uno, quizá dos meses. La señorita García será capturada y vendrá también.

Por lo que había oído y leído, a Blaz le pareció que el joven, alto, fuerte, rubio y decidido, era, además, muy ingenuo y extremadamente optimista. Los otros dos, calcados al primero, también parecían convencidos de que la guerra volvería a encauzarse en pos de la victoria alemana.

—Si por alguna razón el destino no es aún seguro, es probable que iniciemos una operación de traslado a un lugar más lejano. La prioridad es que el niño esté bien, a salvo y lejos del ejército aliado. En ese caso, usted también vendría con nosotros. Es quien ha tratado con él, así que resultará más fácil. Mientras estemos en España, los oficiales

Dietrich y Dolz se encargarán de las labores de vigilancia relacionadas con esta misión en Madrid. Yo me quedaré aquí con usted, vigilando al niño, educándolo. Me han proporcionado una buena habitación y maneras de comunicarme con los mandos y en la capital.

Blaz pensó que aquel joven estaba cansado de la guerra y quería descansar, hacer exactamente lo contrario de lo que a él le gustaría: aburrirse en el monasterio de Samos, comer bien, dormir muchas horas y comprobar de vez en cuando que la puerta del niño seguía cerrada con él dentro. Nada complicado. Se equivocaba.

—Me han encomendado que eduque al niño —dijo el SS—, que leamos juntos, que lo adiestre, que lo entretenga y lo convierta en el niño que merece ser. Lo he hecho con otros niños antes. Sé cómo divertirlos. Sé cómo hacer que piensen lo correcto. Lo pasará bien.

—No querrá que se le escape —se preocupó el espía, que ya había vivido un intento de fuga.

—No se me escapará. Haremos deporte, lo pondré en forma. Me han subrayado la importancia de que el muchacho se entregue en las mejores condiciones físicas y mentales. Eso haré. Lo mismo que hicieron conmigo. Las Juventudes Hitlerianas me enseñaron todo lo que sé. Yo, un niño sin oportunidades, viajé, conocí las montañas, acampé, hice deporte y me formé como un hombre. Me hice fuerte. Enseguida notará la diferencia.

—¿Yo?

—Usted me da igual. A mí y a todos. Usted es solo el vehículo que trae al niño. Hablo del niño. Pat notará la diferencia.

—Yo lo he traído. No vuelva a infravalorarme.

—Soy un oficial de las SS. Lo valoraré por lo que valga. No sé nada de usted; en cambio, a usted este uniforme le dice mucho de mí. —Blaz calló. Era obvio que las órdenes del hombre que tenía en frente venían de más arriba. Nadie se metía con las SS—. No pretendo que seamos amigos, pero estoy seguro de que nos relacionaremos sin problemas —concluyó Schultz.

A las siete de la mañana del día siguiente el oficial de las SS Carl Schultz entró en la habitación de Pat cuando el sol apenas había despuntado. Le llevaba el desayuno y una bolsa.

—¡Buenos días! —le dijo en inglés con marcado acento alemán.

Pat pensó que aquel desconocido no engañaba a nadie. Era tan alemán como Blaz—. Te traigo el desayuno. Mi nombre es Carl y estos días lo pasaremos bien juntos. Se acabó el aburrimiento.

Le dejó el desayuno sobre la mesa mientras Pat se desperezaba y con los ojos bien abiertos analizaba al desconocido, bien plantado, vestido para hacer deporte y lleno de energía.

—Te voy a enseñar muchas cosas, pero de momento solo debes saber una. Has de obedecerme y de fijarte en mí. Prestar atención. Será muy divertido y te hará mejor. He entrenado a muchos niños como tú. Grupos grandes de los que han salido formidables guerreros. A ti te entrenaré solo. Tienes mucha suerte.

A Carl aquella presentación le recordaba a la que le habían hecho a él el día que se integró en las Juventudes Hitlerianas. Las juventudes habían sido para él una bendición, una forma de conocer la naturaleza, hacer amigos y salir del entorno pobre y sin posibilidades que el destino le había reservado. Era divertido, pero requería ser fuerte. Se despreciaba a los débiles. Carl había sufrido a veces, le habían pegado niños mayores que él y le habían ridiculizado cuando se mostraba vulnerable, pero no recordaba nada de aquello, sino la intensidad de las actividades y cómo crecía a medida que sus posibilidades se hacían evidentes. Los que estaban destinados a ser como Carl se fortalecían con peleas, con marchas interminables y juegos de guerra. Los débiles se despreciaban y recibían un maltrato espartano que tenía que hacerlos inmunes a la calamidad. Estaba convencido de que todo se lo debía a las Juventudes Hitlerianas. Él y ocho millones de niños más.

Pat no hablaba. Solo calibraba.

—Te he traído algo más. —Sacó de una bolsa una camisa parda y un pantalón corto marrón y lo dejó sobre la cama. También unas botas de campo y unos calcetines grises—. Si vas a salir de aquí, no podrás ir en pijama.

Pat se animó.

—¿Saldremos?

—Sí, en cuanto acabes de desayunar. Hay una montaña fantástica. Subiremos hasta la cima y comeremos allí. Nos van a preparar bocadillos de Bratwurst.

—No sé lo que es eso.

—Es solo un bocadillo con una salchicha. Pero es la mejor que habrás probado. Es alemana. Te vendré a buscar en quince minutos. Lávate bien y ponte esa ropa. Y acábate el desayuno porque vas a necesitar mucha energía.

—Estaré listo enseguida —dijo Pat sonriendo a Carl.

El teniente cerró la puerta tras él y sonrió satisfecho. Sería muy fácil. Primero la diversión. Luego la diversión y la sugestión. En nada, el niño comprendería.

Estaba esperando en el pasillo largo y desnudo del monasterio cuando Blaz se acercó a él. Parecía alegre, o sorprendido; quizá ambas cosas.

—Ha sucedido algo extraordinario —le dijo—. La madre del niño, Daisy García, se entregó ayer en Madrid, en la embajada. Herr Leissner acaba de informar de que viene hacia aquí. Esta tarde estará en el monasterio.

A Carl le cambió la cara. Para él no era una buena noticia. Enseguida tomó una decisión.

—Por la tarde llevaré al niño al jardín amurallado. Haremos algún tipo de entrenamiento. La madre puede verlo desde cualquiera de las ventanas del piso superior, pero en ningún caso debe llamar su atención. Dejaré al oficial Dolz aquí, no irá a Madrid. La vigilará. Deje bien claro a la señorita García que, si intenta aproximarse a Pat mientras esté en San Julián de Samos, no lo volverá a ver.

—Eso no es cierto.

—Sí lo es. Si organiza algo para ver al niño, no lo verá hasta que salgamos del monasterio. No es la primera vez que hago esto, sé cómo funcionan las cosas. Necesito que el crío venza toda reticencia hacia el movimiento. Hacia nosotros. Una vez logrado, puede ver a su madre, pero ya será nuestro. Usaremos a la señorita García para que el niño se adapte a su nueva vida. Cuando lo haya hecho, ella sufrirá un desgraciado accidente. Uno del que a Pat le consolará su referencia más cercana, es decir, nosotros. Cuando padre e hijo se reencuentren, seré merecedor de la Cruz de Hierro —miró a Blaz y cambió su semblante serio—, y quizá usted también.

—Creo que ya me la he ganado —replicó el espía, molesto.

—Pues no lo estropee ahora. Que esa mujer vea a su hijo de lejos, que compruebe que está bien, pero que lo deje en mis manos. Amenácela. No quiero problemas ni interferencias. Lo verá muy pronto, pero debe esperar.

Por la tarde, un coche dejó a Daisy en la entrada del monasterio y el oficial de las SS Dolz la acompañó a su habitación. Sentado en su cama la esperaba Blaz. Con solo ver sus ojos negros, Daisy supo que estaba frente a un enemigo.

—Señorita García —dijo él muy tranquilo en su perfecto inglés—, ha sido usted muy escurridiza. Hemos invertido muchos recursos en encontrarla. Veo que al final la lógica se ha impuesto. Una madre debe estar con su hijo.

—Pienso lo mismo —dijo Daisy.

—Entonces pensamos igual. Probablemente tengamos más cosas en común, pero intuyo que usted tiene tan pocas ganas de conocerlas como yo.

—Exacto.

—Otra coincidencia. Eso está bien. En virtud de este buen inicio, le voy a explicar cómo proceder para no estropear nuestra relación. También para garantizar el buen estado de salud de Patrick. —Daisy sintió un escalofrío al escuchar el nombre de su hijo en boca de Blaz, y él percibió su preocupación—. Está perfectamente. No se alarme.

—¿Cuándo lo veré?

—Hoy mismo, pero como nosotros le digamos. El niño está muy atareado y no queremos que nada interfiera en sus actividades. Verá a su hijo desde la ventana, la que tiene allí.

Junto a la cama había un ventanuco pequeño, gótico, excavado en una pared de granito muy gruesa. Lucy se asomó. Se veía el jardín del convento, un prado grande amurallado, con pocos árboles.

—Esta tarde Patrick estará allí —le indicó Blaz.

—No podré hablar con él.

—No hasta que nosotros lo digamos. Su entrega ha cambiado un poco los planes. Es, sin duda, una buena noticia y dice mucho de usted, pero tenemos que mantener el plan. Pat permanecerá un tiempo bajo la supervisión del oficial de las SS Carl Schultz y, cuando salgamos de aquí, usted podrá estar con él sin problema.

Debe entender que su hijo es también hijo del Reich. Siempre lo ha sido, pero usted le negó su destino y su suerte. Nosotros lo arreglaremos. Todo saldrá muy bien. Solo tiene que hacernos caso. No hace falta que le diga lo numerosos que son los accidentes. Hoy en día es muy sencillo que una persona indeseada caiga por una ventana en un monasterio, por ejemplo.

—No es usted muy sutil.

—Lo sé. Pero siempre es más bonito que explicarle lo que hacemos a los que no siguen nuestras instrucciones, ¿no cree? Simple cortesía.

Blaz siseaba de forma que a Daisy le recordaba a una cobra. Lenta, sigilosa y letal.

—Haré lo que me digan.

—Hará muy bien. Comprobará lo en forma que está su hijo esta tarde. Mientras, solo saldrá de su habitación en compañía del oficial Dolz. Él la acompañará al jardín. Respirar el aire de por aquí le sentará bien. No es muy distinto al de los Alpes, quizá la ayude a acostumbrarse, nunca se sabe.

Daisy anotó todo mentalmente. Se apoyó en la ventana a esperar a Pat y rumió qué hacer. Se había acostumbrado a actuar solo cuando las posibilidades de éxito eran numerosas. Aquel día eran nulas.

68
El hijo de Akela

Los meses finales del año 1944 fueron los de los ataques continuos a las fuerzas del Eje en todos los frentes, con apabullante superioridad aliada. Como una presa de agua que se agrieta un poco y se rompe de repente, los alemanes no eran capaces de hacer frente a aquella oleada de bombardeos en sus ciudades, ataques a sus tropas y avances en cada punto cardinal del que difícilmente sería el Reich de los mil años.

En Berlín, caían las bombas casi a diario, y los que aún depositaban su fe en el Führer se encomendaban a los rumores de la formidable arma secreta que los acabaría por salvar. Se hablaba de ella en todas las cafeterías, en todos los parques, en todas las casas y comercios, pero, cuando uno miraba alrededor, era difícil no preguntarse cuándo saldría esa arma al rescate. Era poco menos que imposible ser optimista.

Todas aquellas noticias se recibían al otro lado del canal con el espíritu opuesto, pero Lucy, que había estado en Alemania, que hablaba perfectamente el idioma, que conocía el país y a sus gentes, no podía evitar entristecerse por lo que estarían sufriendo. La situación la animaba a esmerarse más aún en su trabajo, para que ganaran la contienda pronto y acabara de una vez. Llevaban cinco años de guerra.

A pesar de que los alemanes tenían claro que el desembarco en Calais no se iba a producir, la operación de engaño había sido tan exitosa que ni siquiera las consecuencias negativas que esperaban los aliados para los agentes dobles se habían producido. La mayor parte de la red seguía funcionando. Los alemanes no los habían culpado de transmitir una información falsa, porque, rizando el rizo, les habían explicado que los aliados estaban tan sorprendidos del éxito del primer desembarco en Normandía que habían descartado el desembarco en Calais inicialmente previsto. Los nazis lo habían vuelto a creer, de hecho, les habían prometido condecoraciones a algunos agentes por la valiosa información que les habían proporcionado.

El FUSAG, el fabuloso ejército que nunca había existido realmente, se había disuelto en octubre, pero el trabajo en Longview continuó, pues la localización de la base era estratégica. Los aviones eran ahora reales y Lucy los oía aterrizar y despegar varias veces al día. Al final de la jornada se preocupaba por conocer el balance. Las bajas se producían y no todos los pilotos volvían, algo que la mayoría de los efectivos, tristemente acostumbrados, se tomaba con menor gravedad que ella. Para Lucy era más difícil, pues escuchaba por radio las transmisiones y a menudo oía las palabras anteriores a la muerte en boca de los pilotos. «Hemos sido alcanzados», o «Nos estrellamos», o «Dios mío...». Uno incluso había gritado «mamá» antes de caer en picado sobre un prado francés. «De locos», pensaba Lucy mientras transcribía la información que llegaba a la estación de radio del comedor de Longview.

En paralelo a su trabajo, siempre estaba buscando entre la información que leía en los periódicos y la que le suministraba su puesto alguna pista sobre el paradero de Pat. John le había prometido que la investigación para localizarlo continuaría, pero ella estaba segura de que nadie estaba trabajando en eso. No desfallecía. Tenía la esperanza de que su lugar en la guerra le diera posibilidad de averiguar algo. En varias ocasiones había lanzado mensajes preguntando por el niño. Nadie sabía nada.

Respecto a los mensajes del enemigo que ella captaba, la metodología era siempre la misma: cuando captaba un mensaje codificado alemán, lo trasmitía al centro de códigos y cifrados instalado en la mansión de Bletchley Park, donde se descifraba y analizaba el mensaje. Tras muchísimo trabajo y cientos de personas implicadas, los aliados habían conseguido descifrar los códigos enigma. Los alemanes no lo sabían, lo que era una enorme ventaja y un secreto crucial. Cada avance de los servicios de inteligencia acortaba la guerra. Reducía las muertes.

Lucy llevaba días captando los mensajes que una subestación alemana transmitía a algún lugar del norte de España. El destino ya era de por sí alentador, y aunque los mensajes no parecían importantes, al repetirse comunicaciones entre los mismos puntos y con informaciones similares, Lucy se intrigó. Aquella mañana uno de los mensajes descifrados en Bletchley hablaba de «la cabeza rizada», lo que la puso definitivamente en alerta: ¿la cabeza rizada sería la de Pat?

Después de comer, tenía previsto aprovechar un permiso para ver cómo estaban las cosas en Glenmore, pero antes se reunió con John Osbourne y le mostró lo que tenía.

—Están constantemente hablando de alguien o algo a lo que llaman «la rana». Al parecer lo está construyendo alguien llamado «Gris».

—Puede ser cualquier cosa —opinó John con desinterés—. Si en España se estuviera gestando algo realmente decisivo para la guerra, tendríamos conocimiento. Franco está colaborando. Sabe que debe acercarse a nosotros antes de que los alemanes pierdan. Si hubiera una base o cualquier otra cosa, él lo sabría y nos lo diría.

—Hoy han dicho que la rana está cada vez más cerca. Que es fuerte y de cabeza rizada.

—Puede referirse a cualquier cosa. Quizá una turbina, o la hélice de un avión. Pero me imagino en lo que está pensando...

—Dicen que Gris conseguirá finalizarla pronto, la rana. Que la entregará a FAO.

—Podrían ser siglas.

—Si lo son, no las he conseguido descifrar. También hablan de «protección para la rana». Y que pronto todo estará listo para «AK».

—Tampoco ha descifrado lo de AK, entiendo.

—No.

—No le encuentro ningún sentido. Como le digo, no parece importante. Un montón de palabras en código enigma que, una vez descifradas, dan un segundo código. Como le digo, en España tenemos numerosos agentes y al Gobierno de nuestro lado; que ellos se ocupen. Céntrese en la acción más al norte y, aunque le cueste, aparte un poco su cabeza de cierto niño.

Le sonrió y la dejó allí, sin poder quitarse de la cabeza cada mensaje recibido. Por la tarde, mientras su Austin la llevaba a Glenmore, tampoco logró hacer caso a la recomendación de Osbourne.

Llegó de noche y, al entrar, le alegró ver que, un año más, la casa estaba completamente decorada con adornos navideños y que el *hall* lo presidía un enorme abeto, con toda seguridad de Graze Point, como era costumbre. Su suegra era la más eficiente cuando se empeñaba y había conseguido que, cuando todo el país llevaba años entristeciéndose, Glenmore fuera un lugar alegre. Los niños ya habían cenado y estaban apurando sus energías mientras se acercaba la hora de dormir. Supo que su suegra estaría en el comedor pequeño. Allí la encontró.

—Querida, te pondrán un plato ahora mismo. No te esperaba —dijo lady Maud, encantada de verla.

Volvía a tener pelo, y los niños, también. Desaparecido Pat, ya no hacía falta que todos se parecieran. Era un recordatorio de que debían seguir buscando, pero a lady Maud no se le ocurría cómo, y Lucy también estaba desanimada ante los nulos avances.

Le pusieron una sopa de cebolla humeante y, durante unos segundos, se sintió en casa de nuevo.

—Te tengo que contar una idea magnífica que he tenido —dijo su suegra—: una que nos ayudará a mantenerlo todo como hasta ahora. Estuve mirando nuestras cuentas y me alarmé un poco, la verdad. Pensaba que todo era más... sólido, por decirlo de alguna manera.

Lucy estaba agotada y hablar de cuentas y del difícil sostenimiento de Glenmore era lo que le faltaba.

—Quizá mañana, mamá. No te figuras el lío que tengo encima. Creo que puedo haber encontrado algo, alguna pista respecto a Pat en unas transmisiones que capté. Quizá solo sea una corazonada, estoy hecha un lío.

—Me fío más de la intuición que de las corazonadas; de la cabeza que del corazón.

—Bueno, pues puede que sea intuición entonces, pero en la base John Osbourne no le ha dado ninguna importancia.

—Yo te puedo ayudar.

—No estoy segura, mamá. En este caso, no lo sé.

—Gracias por la confianza, querida. No puedo decir que me ilusione, pero estoy dispuesta a probar que puede que te equivoques. Mi cabeza está más despejada que la tuya porque desde hace años tiro a la basura recuerdos que no me interesan, amistades que no me aportan nada y remilgos que no proceden. Me concentro en lo que me satisface. Eso me hace ser bastante clarividente. Concentrarme con facilidad. Léeme esos mensajes.

—¿Ahora?

—Salvo que tengas algo más interesante de que hablar, cosa que dudo. —Sonrió—. ¿No es así?

—De acuerdo —dijo Lucy mientras se levantaba para ir en busca de su portafolios. Con la cabeza, lady Maud pidió al lacayo que las atendía que las dejara solas. Lucy volvió enseguida.

—Estos mensajes llegaron codificados. Nosotros los descodificamos, pero, aun así, parecen tener un segundo código.

—Léemelos —insistió la baronesa viuda.

—Este es el primero que capté: «Gris comunica que la rana estará lista pronto».

—Hum... Necesito papel y lápiz —musitó la baronesa viuda. Lucy extrajo lo que pedía de su portafolios y se lo dio; ella se acercó mucho al papel y escribió algo con letra puntiaguda. Cuando acabó, la miró—. Más. Lee otro.

—«Gris entregará a FAO o a AK». En Longview piensan que FAO y AK pueden ser siglas.

—Nosotros pensaremos que no lo son entonces —replicó lady Maud apuntando—. No haremos lo mismo si queremos un resultado diferente. ¿Hay más?

—El más determinante es el que he captado esta mañana. Dice que «la rana tiene fuerza y cabeza rizada».

—Ese es el que te convenció. Crees que no hablan de la cabeza, sino del pelo. Y que la rana quizá no sea una cosa, sino una persona, un niño. Pat.

—Sí. No puedo quitármelo de la cabeza. Hace unos días capté esto: «La protección de la rana ha llegado».

—Nosotros se la dimos en Glenmore. Probablemente los nazis se la quieran dar también, si es que la rana es Pat y no un misil o un cohete —dijo lady Maud, apuntando más aún.

Se quedó mirando la sopa y desde ese momento no volvió a hablar en toda la cena, enseñando la palma de la mano a Lucy para que callara cada vez que se disponía a decir algo mientras ella pensaba.

Acabaron de cenar y lady Maud, aún sin decir palabra, fue hacia el salón y se sentó en el sofá con los ojos cerrados y el ceño fruncido, rebuscando en los rincones de su memoria. Lucy la dejó allí cuando se fue a dormir.

A las tres de la madrugada, su suegra apareció en su habitación.

—Despierta, nuera perezosa. Despierta —le dijo tocándole el hombro.

Lucy se despertó sobresaltada y se incorporó. La cara de lady Maud a la luz de la vela, con una sonrisa de lado a lado, era lo último que esperaba encontrar entre el dosel de su cama.

—Mamá..., ¿qué hora es? —preguntó confusa.

—La de la selva, querida. La de la selva. Ven conmigo.

La cogió de la mano y la obligó a salir de la cama. Lucy se puso la bata y las zapatillas para seguir a su suegra fuera de la habitación, escaleras abajo y al interior de la biblioteca. Sobre la mesa central de la estancia había un libro abierto.

—La respuesta a este asunto la tiene Rudyard Kipling —dijo lady Maud colocándose sobre la nariz unas lentes—. Como para tantas otras cosas de la vida, en la lectura está la solución.

—Te escucho.

—Eso espero, querida. Es tardísimo. Aquí está todo —dijo mostrando la cubierta del libro.

—*El libro de la selva.*

—Sí, es uno de mis favoritos. También contiene el código que captaste.

Lucy se abstuvo de repetir, que, a la vez, el mensaje estaba encriptado por un código enigma que había costado años descifrar.

—La pista definitiva me la dio la palabra *Fao*. Recordé el nombre, aunque es un personaje secundario del libro, uno de los lobos de la manada de Seeonee. Es el que va a cazar cuando el jefe no puede. El jefe de la manada es Akela, con ka.

—AK —musitó Lucy impresionada.

—Exacto. A partir de ahí empecé las otras palabras. ¿Recuerdas a Mowgli?

—Por supuesto.

—Algunos dicen que significa *rana*. Kipling lo desmintió, pero es una creencia común. Y el nombre de su madre, Raksha, es la palabra en hindi para «protección».

—No puedo creerlo.

—Si me preguntas a mí, creo que la rana, Mowgli, puede referirse a Pat. Si verificas si Daisy está con los nazis, o de alguna forma cerca de su hijo, sabrás que «protección» se refiere a ella y reforzarás mi teoría. Gris es otro personaje del libro, Hermano Gris, y ha de referirse a alguien que esté compartiendo tiempo con Pat. Si prevé que está listo, es que está proporcionándole algún tipo de aprendizaje o entrenamiento. Akela es su padre. Nunca me hablaste de él, pero imagino que no es nadie muy amigable.

—Es un alto mando nazi, no sé cuál. Por eso lo escondimos. Porque lo estaban buscando. Por eso lo secuestraron. Quieren que Pat esté con su padre.

—Pobre niño. Puede que lo estén escondiendo con su madre, preparándolo para cuando se lo lleve su padre.

—Sí. Mamá, lo que has averiguado es formidable. Quizá haya captado la señal que informa de lo que le está pasando a Pat. Tal vez pueda adelantarme a los sucesos y recuperar al niño cuando haya una oportunidad.

—Eso es. Ahora sabes un poco más. Llévate el libro. Cada vez que alguien capte una transmisión con algún nombre relacionado con *El libro de la selva*, sabréis que probablemente esté hablando de Pat. Pregunta a Osbourne respecto a lo que está haciendo Daisy. Apuesto a que está con los nazis.

——Ella no es nazi.

—Desde luego que no. Pero es madre, y una madre acompañaría a su hijo al mismo centro de las llamas para que no se quemara solo.

69

Los recovecos

El trabajo de Félix había cambiado desde que Daisy se había entregado a los alemanes. Vivía en una felicidad empañada, o en una tristeza con momentos de esperanza. Su hijo era como el sol, sonriente, luminoso y cálido, un quitapenas que conseguía que superara los días y se esforzara en seguir adelante cuando la impotencia, la pena y la rabia lo reconcomían por dentro. Jamás salía a la calle con el niño, pues no quería que nadie los relacionara y ponerlo en peligro. No se había dado cuenta de lo peligroso que era el mundo hasta que tuvo que proteger a su hijo de él.

Pero desde hacía unas semanas, era más peligroso aún. Siempre se supo vigilado por los unos y los otros desde que entrara en contacto con Leissner. En los últimos años, en sus paseos con Daisy veía las mismas caras alternarse a pocos metros de ellos, o en coches con las luces apagadas, aparcados en lugares estratégicos. Era una vigilancia que no pensó que naciera de la desconfianza en él, sino de la observación y el control de lo que pasaba a su alrededor. Tras tanto tiempo Félix reconocía todas las caras del personal de la embajada y el seguimiento era laxo, nada amenazante. Los británicos lo vigilaban para protegerlo; los nazis confiaban en él y, tras la marcha de Daisy, apenas lo habían seguido. Pero de pronto algo había cambiado: había visto una misma cara reflejada en los escaparates mientras paseaba detrás de él, en el mismo restaurante, en los mismos lugares. Trasladó a la embajada británica su preocupación y ellos le confirmaron que alguien lo vigilaba y no era de los suyos.

Las razones de aquel cambio llegaron días después, cuando Wilhelm Leissner quedó con él en el Museo del Prado, frente al cuadro de Goya en el que Saturno aparece devorando a uno de sus hijos. «Muy oportuno», pensó Félix, que no podía olvidar que estaba en posesión de toda la información referente a la operación Akela y que todos los que habían sabido algo habían muerto. ¿Se comería el régimen al resto de los que conocían el plan de fuga de uno de sus dirigentes?

Leissner no estaba de buen humor.

—Señor Zurita, me alegro de verlo —dijo sin quitar los ojos del cuadro que tenían enfrente—. Hace cinco años lo cité en la embajada para encargarle la planificación logística de la operación Akela.

—Lo recuerdo perfectamente.

—Debo decirle que ha cumplido con nuestras expectativas en todo. De hecho, las ha superado y, si a la operación inicial sumamos la de su acercamiento a la embajada inglesa, a Daisy García y al capitán Hillgarth, que tan buenos resultados nos ha reportado, solo puedo felicitarlo.

—Ha sido un honor trabajar para ustedes.

—El honor es mutuo. Con todo, parece absurdo negar que en el último año las cosas no han ido como esperábamos. Es algo que nadie dice en alto, pero todo el mundo piensa. Lo que le vengo a comunicar es consecuencia de esto. Queremos que ponga en marcha la operación Akela, con un cambio sustancial.

Félix estaba asombrado.

—Lo escucho.

—Se realizará en dos fases, con dos traslados. Usted irá en el primero y dejará a un pequeño grupo en Argentina. Luego esperará en Sudamérica al siguiente grupo para organizar su estancia en Bariloche. Si hiciera falta parar en Buenos Aires, se lo diríamos, pero creemos que la infraestructura de la capital no se usará de momento. Se está organizando todo y, por supuesto, no hay nada seguro aún porque la guerra no está, ni mucho menos, decidida, pero precisamente por eso queremos que ciertas personas aguarden los acontecimientos lo más lejos posible del frente.

—Estaré preparado.

—Estelo. Le confirmaré la salida una semana antes. La ruta será la prevista: Galicia — Canarias — Argentina / Necochea / Estancia Dos Mares — Bariloche.

—¿Cuándo llegarán los pasajeros?
—Algunos ya están en España. Los conocerá al comenzar el viaje.
—De acuerdo.
—¿Entendido entonces?
Félix decidió preguntar.
—Lo cierto es que hay algo que me inquieta y quería comentarle.
—¿Que algo lo inquieta? —se extrañó Leissner.
—Sí. Desde hace días alguien me sigue.
El alemán esbozó una media sonrisa irónica.
—Será un SS. No lo controlo yo, a pesar de que formo parte del servicio de inteligencia. Era previsible y no puedo ayudarlo, le controlarán cada paso. No confían en nadie, y usted, al venir recomendado por Canaris, puede ser sospechoso. Todos estamos vigilados, pero, en su caso, además, está metido en una misión extremadamente secreta relacionada con una de las más altas autoridades del Reich. No sé de quién se trata, pero dé por hecho que es un SS. Como sabe, hay operaciones que se articulan a mis espaldas. Recuerde a la señorita Daisy García. Me enteré de que la buscaban en España cuando todos los intentos por localizarla habían sido vanos. En ese momento no entendí su importancia.
—¿Ahora la comprende? —intentó averiguar Félix.
—Sí, ahora sí.
—¿Qué ha sido de ella?
Se hizo el silencio unos segundos y pareció que Leissner iba a decir algo que luego calló.
—No se preocupe por eso. Es mejor que sepa solo lo concerniente a la operación Akela. Esté preparado. No creo que tardemos demasiado en ponernos en marcha. ¿Va a ver al capitán Hillgarth esta semana?
—No, lleva semanas fuera.
—¿Sabe dónde?
—No.
—Bueno, si vuelve, quizá puedan verse. Toda la información que consiga nos será de utilidad. El momento es... determinante.
«Crítico», pensó Félix.

Se despidió de Wilhelm Leissner con la certeza de su preocupación. Las cosas no iban bien para Alemania y era imposible negarlo.

Por la tarde paseó hasta la plaza Mayor, donde se había colocado la habitual feria de Navidad con multitud de pequeños puestos repletos de figuritas de barro para los belenes, coronas de Adviento, pavos en jaulas, cajas con musgo y puestos con corcho. Félix habría deseado pasear por allí con el carrito de su bebé, pero Manuel de momento solo salía con Araceli para seguir pasando desapercibido.

El SS que lo vigilaba tenía dificultades para hacerlo entre tanta gente. Félix se tomaba aquel paseo como una pequeña venganza, como una manera de hacer el trabajo de su sombra más difícil. Estaba pasando por delante de un puesto cuando el tendero llamó su atención.

—¡Figuritas de la mejor calidad! ¡Pintadas a mano! —voceaba a un lado y a otro—. ¡Señor! ¡Figuritas de belén! ¡Ideales para llevar a Argentina!

El final del reclamo lo hizo detenerse y prestar atención. Se acercó al tendero y reconoció a Gene. No veía al enlace del MI6 desde hacía años, desde sus encuentros en la azotea del chamarilero de la calle Cádiz. Gene se había mimetizado con el resto de feriantes: gorra, palillo en la boca, aspecto sencillo y ropa vieja.

—¿Le gustaría comprar alguna figura, señor? —le dijo mirándolo de forma que Félix supo que debía seguirle la corriente.

—Creo que sí. Me llevaré un nacimiento pequeño. Aquel de allí —respondió señalando un pequeño portal de corcho con la Virgen, el Niño y san José.

—Excelente elección —resolvió Gene cogiendo el portal y envolviendo en papel de periódico cada figura antes de cobrarle. Luego le dio una bolsa y, sonriendo, miró a otro cliente mientras el SS observaba toda la operación a unos metros de distancia—. ¡Figuras de barro! ¡Arte para su nacimiento! ¡Pintadas a mano! —voceó de nuevo.

Félix volvió a casa sorteando a la multitud por las calles del centro, serpenteando por el mapa del Madrid antiguo. Cuando supuso que el SS que lo seguía ya lo odiaba profundamente, se dirigió hacia el barrio de Los Jerónimos y volvió a casa. Sentado en el comedor, desenvolvió las figuras y en el papel de periódico que las protegía buscó la información. En dos anuncios, uno sobre el otro, la encontró. El de más arriba rezaba: «La flor de Ávila. La flor que lo acompaña y sus semillas preparadas para enviarse». Sutil, pero claramente se refería a Daisy (Margarita), que era oriunda de Ávila y estaba con su hijo, su semilla, preparados para ser trasladados. El destino, que detallaba el anuncio inferior, lo removió por dentro. «Argentina, tierra de oportunidades. Reserve su viaje».

De pronto todo tenía sentido y lo que había sospechado hacía tiempo se cumplía: Daisy y su hijo, nacido de un alto mando nazi, eran parte de la familia que utilizaría la operación Akela, esa que él había diseñado.

Una operación con detalles que solo conocía él.

Y con algunos recovecos donde rescatar a dos españoles secuestrados.

70

En marcha

Enero de 1945

En enero la situación en Alemania era de pánico, tristeza y sentimientos suicidas. El nudo corredizo que alrededor del país formaban los aliados se estrechaba día a día y Hitler estaba en Berlín, encerrado en el búnker de la cancillería, comprobando histérico e incrédulo cómo las derrotas se sucedían una tras otra. La última gran ofensiva se había producido en el bosque de las Ardenas, entre Francia y Bélgica, con doscientos cincuenta mil efectivos que tan solo habían conseguido contener el avance aliado seis semanas a costa de cien mil muertos y prisioneros. Los que lo conocían decían que el Führer parecía haber envejecido quince años en los últimos dos.

El racionamiento formaba parte de la vida de los alemanes, y el país completo estaba paralizado por la guerra, que lo ocupaba absolutamente todo. Se había decretado la «movilización total» y reclutado a niños para el trabajo en las granjas y en las fábricas de armamento. Los que superaban los doce años fueron alistados en el Volkssturm, la milicia popular. Todas las mujeres de menos de cincuenta años estaban obligadas a trabajar en la industria de guerra.

El miedo al enemigo, especialmente el soviético, que era el que más rápido se acercaba, se alimentaba con constantes mensajes sobre su sed de venganza y sus instintos animales. Los suicidios eran numerosos. Los bombardeos sobre las ciudades, diarios. Los muertos se contaban por centenares de miles.

El mundo aguardaba tenso al fin del Tercer Reich, e incluso en los lugares más insospechados, las consecuencias de cada día de guerra se dejaban notar. El monasterio de San Julián de Samos, en el norte de España, era uno de ellos.

—Una de las cosas más importantes en la vida es saber quién es uno y cuál es el lugar que le corresponde en el mundo —comenzó Carl Schultz—. El león debe saber que es eso, un león, y no dejar que las hienas le coman terreno ni jueguen con sus cachorros, pues en la naturaleza de las hienas está comer lo que otros cazan y morder a traición. El león debe ir con leones, aparearse con la leona más fuerte y mejorar su raza. Lo mismo pasa con las personas y con las razas.
—Entiendo.
—Un negro, un judío, un gitano... Lo óptimo para la humanidad sería que desaparecieran, que lo hubieran hecho ya según los designios de la evolución, igual que otras razas y pueblos han hecho antes, pero llevan siglos mezclándose con los europeos y así solo han conseguido debilitar a nuestra raza y alargar la permanencia de la suya. —Miró al horizonte con el sol poniéndose entre las montañas—. ¿Lo has pasado bien hoy?
—Mucho. Ha sido una excursión increíble. Y es cierto lo que cuentas. En Glenmore se enfadaron mucho cuando la labradora de la casa tuvo hijos con el sabueso del señor Dollington, el cartero. Eran muy bonitos, pero ya no parecían labradores —dijo Pat.
—Se enfadaron con razón. Los labradores son fieles y buenos, pero los sabuesos son desobedientes e imprevisibles. Si la labradora hubiese tenido hijos con otro labrador, su raza se habría fortalecido. Pero los animales no saben de estas cosas, igual que algunos humanos. —El SS se giró para abrir su mochila—. Tengo algo para ti. Un regalo por estos primeros veinte días desde que nos conocimos.

Le entregó un paño con algo dentro. Pat lo desenvolvió con cuidado. Pesaba un poco. Al descubrir el objeto, abrió los ojos asombrado: un puñal metido en una funda de cuero negro, con la esvástica en la empuñadura.

—¿Puedo? —preguntó antes de desenfundarlo.
—Claro, es tuyo —replicó Carl.

El niño quitó el cierre y desenfundó el arma dejando a la vista su hoja brillante y plateada. Grabadas había unas palabras en alemán. No hizo falta que Pat dijera que no las entendía.

—«Sangre y honor» —pronunció el SS—, es el lema de las Juventudes Hitlerianas de las que formas parte.

—Yo no... —Pat estaba tan absorto en el regalo que apenas prestó atención a lo que Carl le acababa de decir.

—Yo era un niño que no había salido mucho de casa, ni había hecho nada importante. Pero la organización —con decir el nombre una vez de momento bastaba— me ayudó mucho, me enseñó cosas importantes y lo pasé muy bien. Ahora es tuyo.

—Es el mejor regalo que me han hecho nunca.

—Debes hacerte merecedor de él cada día. Ser fiel a los principios y utilizarlo con decisión cuando sea necesario. Recordar siempre el lema que tiene en su hoja.

—Sangre y honor.

—Exacto. Defender el honor con sangre. Defender el honor de tu sangre. Defender la sangre con honor. No hay nada más importante.

—Podría matar un animal con este cuchillo —dijo Pat. Era la primera vez en su vida que pensaba en matar cualquier cosa. Incluso cuando estaba triste, incluso en Rockmoss, aquella idea no había cruzado su cabeza. En veinte días con Carl, la semilla de la violencia estaba bien plantada en su cerebro, aunque solo el SS lo supiera.

—Sí que podrías, por supuesto. Se pueden matar muchas bestias con ese puñal. Pero, antes de matar, hay que saber bien a quién. Eso te lo dirán la cabeza y el corazón. La sangre. El honor. —Le acarició la cabeza revolviéndole el pelo rizado—. Volvamos a casa.

«Casa». Tras casi un año secuestrado y fuera de Glenmore, para Pat el monasterio de San Julián de Samos con su amigo Carl era lo más parecido a un hogar. Hacía años que no veía a su madre, pero por lo menos en la campiña inglesa había tenido el cariño de sus amigos, de Lucy Epson y especialmente de lady Maud. Desde que lo habían raptado, se había sentido muy solo. Con Carl volvía a sentirse querido y se divertía. Y el cuchillo... Eso sí que era un regalo.

Volvieron de la excursión que les había llevado todo el día y, ya en el monasterio, hicieron un poco de ejercicio en el jardín amurallado antes de regresar a sus habitaciones. Pat nunca se había sentido tan fuerte, pero, desde una ventana, su madre estaba segura de que estaban debilitándolo.

Lo observó hasta que desapareció de su vista. Poco después llamaban a su puerta con falsa cortesía y entraban sin preguntar. Blaz.

—Debe prepararse. Mañana nos iremos. Todos. Se lo digo para que no empiece a dramatizar —le anunció.

—Pat también.

—Sí, su hijo Patrick viene en el mismo transporte y va al mismo lugar. Me han autorizado que le diga que, una vez embarcados, se reunirá con el niño. Hasta ahora todo ha ido bien; déjeme sugerirle que siga así. Ya sabe que los alemanes nos ceñimos a los planes. Si algo lo amenaza, lo neutralizaremos.

Neutralizar. No hacía falta que a Daisy le explicaran cómo actuaban los bandos en una guerra. Ella lo sabía bien, y por ello estaba decidida a esperar el momento adecuado para actuar. No se había rendido y no lo haría, menos aún cuando estaban adoctrinando a su hijo. Los nazis habían demostrado su eficacia en aquellas labores en media Europa.

Daisy permaneció en silencio.

—Solo quería que lo supiera. Puede estar callada el resto de su vida si quiere, no seré yo el que eche de menos su voz. De hecho, pronto ni siquiera su hijo la echará de menos —dijo sonriendo, sabiendo que la hería.

Los ojos de la española se humedecieron, pero pudo contener las lágrimas hasta que escuchó la puerta de su habitación cerrarse. Triste, aunque entera, con un lápiz, sin pensarlo demasiado, dibujó dos veces el signo de la suma en la pared. Ojalá Félix estuviera allí. Ojalá pudiera ayudarla.

—Espere aquí —le dijo a Félix aquel alemán sin acento, con aspecto inquietante y ojos negros, el tipo de persona al que no le hacía falta amenazar para resultar amenazante, o ser fuerte para ser temido—. Lo vendrá a buscar un SS para llevarlo al transporte.

—Al submarino.

—Eso lo verá en su momento.

—Le recuerdo que la operación ha sido diseñada por mí, herr Munter, y que no soy ningún prisionero, sino un español con ideales y voluntad de ayudar al Reich incluso en estas horas bajas —dijo Félix sin poder contenerse—. No sé cuál es el motivo de tanto misterio.

—Y yo le recuerdo que usted ha diseñado el circuito, pero yo soy el piloto. Así que hará lo que le indique. Estoy seguro de que nada de lo que ha hecho ha sido gratuito, así que le toca cumplir con su parte del trato. Dejará instaladas con seguridad a las personas objeto de su plan y no lo volveremos a ver —replicó Blaz antes de cerrar la puerta tras él.

El monasterio estaba en silencio, pero el español presentía que horas antes aquella ala de la venerable construcción había bullido de actividad. Se sentó sobre la cama deshecha y esperó durante horas pensando en Daisy, en Pat y en su hijo Manuel, que se había quedado en Madrid al cuidado de Araceli y estaba más tranquilo que cualquiera de sus familiares. De madrugada, el anunciado SS apareció en su puerta. Era amable. Félix había supuesto que sería el mismo que lo había llevado al monasterio, el mismo que había vigilado cada uno de sus pasos en Madrid durante los últimos meses, pero era otro, más joven y sonriente.

—Herr Zurita. Soy el oficial Dolz. Lo llevaré al transporte ahora mismo si está preparado.

—Lo estoy.

—Perfecto, sígame entonces —le entregó una bolsa de papel—; le he metido un poco de agua y un poco de pan y queso. Tenemos algo más de dos horas de viaje hasta...

—El submarino.

—Sí. Nos esperan —confirmó el oficial Dolz.

Estaba saliendo de la habitación cuando una marca en la pared lo hizo detenerse. Una doble cruz, un doble signo de suma. Sonrió.

—¿Todo bien? —preguntó el SS al ver que se detenía.

—Cada vez mejor —contestó Félix—. Cada vez mejor.

Recorrieron en coche una carretera que Félix conocía para acercarse discretamente a la costa. Aunque en sus planes iniciales el embarque estaba previsto en la ría de Vigo, la zona estaba por aquel entonces muy vigilada por los aliados, por lo que se desviaron hasta la ensenada que Félix había planteado como segunda opción. La noche sin luna hacía que todo estuviera más oscuro aún que cuando lo había visitado por primera vez, y solo se dio cuenta de que estaba cerca del agua cuando empezó a notar la arena bajo sus pasos. A un lado, una rápida ráfaga de linterna les indicó dónde los esperaba una lancha neumática. El submarino era aún difícil de ver, pero, conforme se adentraron en el mar, su silueta, más oscura que todo lo que lo rodeaba y sin el brillo de las olas, se empezó a dibujar. El tamaño del buque crecía a la vez que la sensación de que se aproximaba a la boca del lobo. Tenía más de ochenta metros de eslora y quizá diez de manga y, a la vista, incluso de noche, resultaba impresionante. Félix supo que aquella gente no huía con las manos vacías.

Entró por la torre y enseguida lo rodearon los sonidos del motor con los que se tendría que acostumbrar a convivir. Estaba casi seguro de que Daisy y su hijo estaban embarcados, pero la posibilidad de que no fuera así lo intranquilizó. Bajó hasta el pasillo central, que comunicaba la proa, donde lo saludó el capitán brevemente. Luego el SS Dolz le mostró el camino, plagado de tripulantes que supuso convenientemente adiestrados y amenazados para no hacer preguntas sobre su misión. Alrededor de cincuenta personas que tendrían que negar el resto de su vida haberlos visto.

—Se instalará en la zona de los suboficiales, estará cómodo, tendrá una cabina para usted solo y comeremos juntos. Este submarino tiene cabinas, ¿no es asombroso? —lo informó Dolz.

—Es la primera vez que subo a un submarino.

—Nunca tienen cabinas. Yo solo había estado en uno algo menor y no tuve problemas. La clave es no tener claustrofobia.

Estaban pasando por delante de una cabina abierta cuando la vio. Afortunadamente Daisy fue más lista que él y reprimió al instante los sentimientos que afloraban. Los auténticos. Aplacó rápidamente su sonrisa. No podía mostrar alegría, sino decepción e ira. Los alemanes creían que Félix solo se había acercado a ella siguiendo sus instrucciones para extraer información y que toda la relación era impostada. En teoría, al encontrarlo allí, ella descubría que había sido engañada.

Félix se había quedado parado mirándola, sin reaccionar. Ella se acercó y, actuando a la perfección, lo abofeteó con la mano abierta.

—¿Qué haces aquí? Tú... ¿estás con los alemanes? —Hizo una pausa teatral—. ¡Me engañaste! ¡Nunca me quisiste! —le gritó para que todos los que estaban cerca no perdieran detalle.

—Lo hice —dijo sin fingir la alegría que tenía de verla allí.

—Herr Zurita, por favor, no se pare. Me han pedido que lo deje en su cabina antes de que nos sumerjamos —le pidió el SS.

Félix lo siguió hasta la cabina siguiente a la de Daisy, agradecido por que nadie con más perspectiva hubiese comprendido la emoción que lo había invadido de pronto. Cuando Dolz lo dejó allí y cerró la puerta, reprimió las ganas de dar un grito de alegría. A los pocos minutos se oyó la aceleración de los motores y notó que se sumergían. Como habían hecho en la casa del capitán Hillgarth en Mallorca, golpeó suavemente, muchas veces, la pared que lo separaba de Daisy. Al instante, ella replicó. Prohibidas las palabras, los golpes les servían para decirse que se querían.

No era la única alegría del día ni el único reencuentro. A las nueve llamaron a la puerta de Daisy y un hombre con uniforme de las SS, excelente planta y aspecto duro se presentó ante ella. Lo había visto muchas veces entrenando y haciendo deporte con Pat en el jardín amurallado del monasterio que habían abandonado hacía unas horas.

—Soy Carl Schultz. No habíamos hablado hasta ahora.

—Está con mi hijo.

—Eso es. Es un interesante muchacho. Aprende rápido y se esfuerza. Físicamente también es impecable.

—Me alegro de que le guste.

—Se lo voy a traer, pero necesito que comprenda algo antes.

—Haré lo que me diga —le aseguró Daisy.

—Sí, debe hacerlo. Me han encomendado un trabajo muy específico y me dispongo a hacerlo bien, conforme al uniforme que tengo el orgullo de llevar. Patrick seguirá compartiendo camarote conmigo y pasando la mayor parte del día en mi compañía. Si detecto que los encuentros con usted lo desvían de alguna forma de mis enseñanzas o le influyen negativamente, no lo volverá a ver hasta que esté seguro de que la cabeza del niño es inmune a lo que usted le diga. ¿Queda claro?

—Mucho —asintió ella, deseosa de no alargar la separación de su hijo ni un segundo más.

—Perfecto. Traeré a Patrick.

Pasaron pocos minutos hasta que volvieron a llamar a su puerta. Daisy se puso de pie, nerviosa.

El oficial Carl Schultz se giró hacia el pasillo.

—Patrick, ¿recuerdas la sorpresa que te prometí? —No escuchó la respuesta—. Aquí la tienes —dijo el SS invitándolo a entrar con la mano.

En el umbral de la puerta apareció Pat, cogido de la mano del SS. La miró un segundo como si hubiera visto un fantasma antes de soltar al alemán y arrojarse a los brazos de su madre sin decir ni una palabra.

—El nacionalsocialismo lo puede todo, amigo. Ya ves que es cierto. Cuéntale a tu madre todas las cosas que has aprendido —le pidió Carl.

Luego cerró la puerta y los dejó solos. Tras abrazarlo, Daisy separó un poco de ella a Pat para mirarlo a la cara.

—¿Estás bien, hijo? ¿Te cuidan bien?

—Oh, sí..., mucho —vaciló un poco el pequeño.

—Creo que estás haciendo mucho deporte, estás fuerte, ¿verdad?

—Te he echado mucho de menos. Pero sabía que volvería a verte. ¿Vamos a estar juntos a partir de ahora?

—No lo sé, pero ten claro que lo voy a intentar. Creo que vas a seguir pasando mucho tiempo con el oficial Carl, pero nos veremos también en algunos momentos del día.

—Carl es bueno conmigo.

—Eso me gusta. Me gusta la gente buena. Si todos fuéramos buenos, no habría guerra, ni tú y yo hubiéramos tenido que huir durante tanto tiempo.

—Huíamos de los alemanes. Carl es alemán.

—Lo sé, pero no todos los alemanes son malos.

—¿A dónde vamos? Carl dice que vamos a donde estaremos seguros.

—Eso me gustaría mucho.

—Me regaló un cuchillo. Uno que había sido suyo.

—Espero que me lo enseñes pronto. —Suspiró—. Lo importante de un cuchillo es saber cuándo utilizarlo. Puede servir para afilar un palo o para cortar una rama en un paseo, pero también para hacer daño.

—Carl se defendía con él.

—¿De quién? —Con razón, Daisy temió la respuesta.

—De mucha gente mala. Ladrones, desviados, judíos.

Daisy no podía decir todo lo que quería si pretendía volver a ver a su hijo, pero tampoco estaba dispuesta a aceptar aquellas palabras. No era muy religiosa, pero recordó algo.

—¿Sabes? Hace muchos siglos un hombre dijo la verdad más grande de todas y a la vez la más sencilla. La que ayuda a todos a distinguir el bien del mal. La que te ayudará cuando se te presente la ocasión. Quiero que la escuches bien y que la digas en tu cabeza cada día al levantarte y cada noche antes de acostarte. Te servirá para siempre y, cada vez que te enseñen algo, si contradice esta verdad, sabrás que es mentira. ¿Lo has entendido?

—Sí.

—Escucha bien: «Quiere a los demás como a ti mismo. No hagas nada que no te gustaría que te hicieran a ti». ¿Lo recordarás?

—Sí —dijo Pat convencido—, ya lo tengo aquí —aseguró señalando la sien con el dedo—. Quiere a los demás como a ti mismo y no hagas nada que no te gustaría que te hicieran a ti.

—Recuérdala cada mañana porque es la verdad más grande de todas.

—También la recordaré antes de ir a dormir.

—Perfecto. ¿Y sabes una cosa? El hombre que lo dijo es el más importante que nunca ha pisado la tierra.

—¿El más?

—Sí. Y te contaré un secreto que no debes decirle nunca a nadie. —Acercó la boca al oído del niño para susurrar—. Ese hombre era judío.

71

Fuerteventura

Navegaron tres días y medio hasta que, desde el periscopio, el capitán divisó el islote de Alegranza y, acercándose a su destino final, esperó a que anocheciera para navegar hasta la península de Jandía, en Fuerteventura. Desde que Félix eligiera el lugar como parada en la ruta de escape a Argentina, la playa y el fondo marino aledaño habían sido cartografiados al detalle. Pese a todo, le pidieron que se acercara a la torre de mando, desde donde el capitán dirigía la maniobra de aproximación. La luna, aunque escasa, permitía cierta visibilidad y habían estudiado bien el acceso a la gruta donde se había construido el muelle para que atracaran varias barcas. El capitán le pasó los prismáticos a Félix.

—Quinientos metros. Junto a la roca grande. El punto oscuro en el acantilado. Entiendo que ese es el acceso.

Félix lo observó con detenimiento y reconoció cada roca con su prodigiosa memoria fotográfica.

—Eso es. La entrada tiene un pequeño giro a estribor, pero las lanchas podrán cruzar sin problema.

—Bien. Nos acercaremos un poco más para ser más discretos.

Enseguida la tripulación se puso en marcha para colocar varias lanchas en los costados del submarino. Poco después, empezaron a cargarlas con el equipaje. Cuando tres estuvieron llenas, le pidieron que se subiera en la primera. Al embarcar, vio a Daisy y a Pat asomarse al exterior.

Félix ocupó la lancha junto a un oficial de las SS y dos marineros. Indicó el camino. Para cualquiera que no hubiera estado allí, resultaba impresionante porque, en la oscuridad, apenas se intuía la entrada y las barcas que iban a la zaga de pronto veían a la que seguían desaparecer entre las rocas. Cuando estaban a punto de llegar, encendieron un potente foco y aminoraron la velocidad. Entraron uno a uno en la gruta y todos miraron alrededor, maravillados. El agua estaba quieta, transparente y, a la luz del foco, se veía el fondo de guijarros de diferentes colores bajo las barcas. Se acercaron lentamente al muelle y de un salto el SS bajó a tierra. No esperó ni un par de segundos para invitar a Félix con un gesto a que lo acompañara. El español se acercó a la pared rocosa y a tientas localizó un interruptor. Parpadeando se encendieron varias luces en la cueva y una hilera de bombillas que se perdía por el túnel que arrancaba a un lado de la pared.

—Es por aquí —le indicó al SS.

—Lo sigo. Esto es sorprendente —replicó el otro, asombrado con la instalación, tocando las paredes del pasillo largo y estrecho que se abría ante sus ojos.

Les llevó unos minutos llegar a la casa y revisarla de arriba abajo. Había humedad y la temperatura tampoco era la adecuada, pero Félix le mostró el cuarto de calderas y, tras accionar botones e interruptores, con un gruñido, la calefacción se puso en marcha.

—En cuanto amanezca, la temperatura será buena.

—Siempre lo es aquí, ¿no es así? —preguntó el alemán.

—Sí, pero por la noche puede bajar bastante. No hay lugar en el que se pase más frío que en una casa de playa.

El SS Carl Schultz ni cambió la expresión ni rio la gracia. Revisaron las habitaciones. La más grande no se ocuparía a la espera de que el padre de Pat llegara. La segunda mejor estaba decorada fríamente a pesar de estar pensada para un niño.

—Aquí dormiremos el niño y yo.

—Usted dormirá con...

—Sí. No se meta en asuntos que no le competen —le espetó—. La madre dormirá al final del pasillo.

—Las habitaciones de ese extremo fueron pensadas para el servicio —explicó Félix.

—Lo sé. Eso estamos haciendo todos. Servimos al Reich. Usted también dormirá allí —decidió Schultz. «Perfecto», pensó Félix impostando una cara de desagrado.

Volvieron al muelle, donde se estaban descargando muchas cajas con el equipaje y víveres. La idea era que nadie saliera del recinto de la casa, así que se encomendaban a la autosuficiencia con lo que llevaban encima, que no era ni escaso ni sencillo. Poco después llegó la lancha neumática que llevaba a Daisy y a Pat. Pasaba el brazo por encima de su hijo, apretándolo y apoyándolo en ella. Eran las cinco de la madrugada y ni siquiera la curiosidad que aquel lugar generaba fue capaz de mantenerlo despierto. Junto a ella, tocando hombro con hombro, Blaz Munter lo observaba todo con su aspecto siniestro, ataviado con un abrigo largo de cuero negro y sombrero. Cuando la embarcación se colocó junto al muelle, el oficial Schultz la abordó y cogió al niño en brazos. Daisy no trató de retenerlo. Desde abajo, miró a Félix y se dejó ayudar por un marinero para saltar al muelle. Pasó por su lado sin apenas rozarlo, siguiendo al hombre que llevaba a cuestas a su hijo y que iba a organizarlo todo. Tras ellos, Blaz miró de arriba abajo a Félix, de forma que el español supo que lo estudiaba y lo vigilaba; también que no había nadie en aquella isla más peligroso que él.

Con una breve reunión, aquella misma noche Blaz Munter y Carl Schultz encontraron la manera de compartir el mando de la casa. Desde entonces, a través de los oficiales Dolz y Dietrich, sus brazos ejecutores, Carl controló los horarios, la seguridad, las rondas nocturnas y la vigilancia. La parte del día que le restaba la ocupaba con la educación de Patrick García. Cuando el niño no estaba con él, permitía que estuviera con su madre. Por su parte, Blaz revisaba con Félix los siguientes pasos de la operación Akela y, a través de la radio, se comunicaba con su enlace en Gran Canaria, que lo informaba del nefasto estado de la guerra.

En la casa había once personas: Blaz, los SS Carl Schultz, Dietrich y Dolz, Daisy, Patrick y Félix, una cocinera de la isla, un joven que ayudaba en el mantenimiento y dos SS más que vigilaban la entrada y patrullaban los alrededores. Desde el primer día la estancia fue monótona para todos salvo para Pat y Carl, que realizaban frecuentes excursiones, se bañaban en el mar y a menudo desaparecían la mayor parte del día.

Por su parte, Blaz estaba harto. El tedio que sentía era exactamente igual al que lo había invadido en Rockmoss Isle. Su mente mezquina maquinaba los siguientes pasos que dar. Cómo salvarse si, como parecía, todo se iba al garete. Había sobrevivido a la Primera Guerra Mundial, había superado épocas de penurias y vivido en Inglaterra sin que nadie sospechara de él. Su golpe final debía ser el de asegurarse el futuro una vez que su misión se cumpliera, una vez hubiese dejado al niño instalado en Argentina y borrado todo rastro de la operación Akela... Uno a uno, siguiendo órdenes. Una vez en Argentina y cuando ya hubieran accedido a los fondos destinados a su estancia, acabaría con Félix, probablemente en la casa de Inalco. Los SS que los acompañaban morirían también, pero esperaba que de eso se ocuparan los hombres que vigilaban la casa. Cuando el padre del niño llegara y se lo ordenase, le llegaría el turno a Daisy. Luego escaparía, pues estaba seguro de que también había planes para que él fuera asesinado.

Carl Schultz tenía órdenes parecidas, pero con sensibles cambios. Al llegar a la casa de Inalco, debía matar a Blaz Munter y a Félix Zurita. Luego esperaría a que el padre del niño emprendiera el viaje para envenenar a Daisy y prepararse para ser el paño de lágrimas de Pat hasta que llegara su jefe. No se le había pasado por la cabeza que el padre pudiera no llegar, pero se preguntaba quién sería el misterioso hombre. Por lo que aquella operación implicaba en recursos del Reich, solo se le ocurrían cuatro nombres. Tres eran altos mandos, uno era un industrial. O dinero o poder. Quizá ambas cosas.

De madrugada, tres días y muchas horas de contención después de llegar, Félix abrió la puerta de su habitación y se deslizó a la que tenía al lado. Daisy lo esperaba. No se habían mirado a la cara desde el bofetón, y habían evitado coincidir, ignorándose como desconocidos, y ella mostrando desprecio al verlo pasar. Carl y los oficiales Dolz y Dietrich se habían reído en secreto de Daisy, tachándola de ingenua. A Félix le otorgaban el mérito de saber engañar a una joven para obtener información y luego dejarla tirada.

Blaz era de naturaleza distinta. Desconfiada. No ponía la mano en el fuego por nadie. Necesitaba estudiarlos para asegurarse de que no se había perdido nada. En Madrid le habían explicado que la confianza en Félix Zurita venía avalada por el almirante Canaris, y Blaz, igual que muchos nazis, desconfiaba de Canaris.

No hizo falta que Félix despertara a Daisy. Tampoco que la advirtiera de su presencia. Se acercó a la cama, donde ella lo esperaba, mirando a la oscuridad, viendo con la piel, con el olor y el instinto. Se besaron con urgencia antes de hablar.

—No puedo creer que estés aquí —dijo ella.

—No hay tiempo. Te lo contaré todo. Pero ten esperanza. La guerra está ganada y yo mismo diseñé cada paso del trayecto que estamos realizando.

—¿A dónde vamos?

—A Argentina. Escúchame, no tenemos tiempo. He estado pensando. No nos harán nada mientras seamos necesarios y, de momento, los dos lo somos. Tú, como madre de Pat, y yo como guía del plan de fuga. Mientras estemos de viaje, no nos pasará nada. No podemos huir de aquí, no saldría bien, pero lo haremos en Argentina. El país es enorme y lo conozco bien. Encontraré el momento de deshacerme de todos. Para entonces ninguno pensará que planeamos fugarnos. Yo, porque no estoy cautivo. Tú, porque tienen a tu hijo.

Daisy asintió, luego le cogió las manos.

—Creo que ha llegado el momento de que yo también te lo cuente todo.

En ese momento se escucharon unos pasos en el pasillo. Félix tapó la boca de Daisy con la mano. Alguien se acercaba a la habitación. Se tiró al suelo, entre la cama y la pared. La puerta se abrió lentamente y alguien se acercó a la cama. Daisy cerró los ojos y, rápida, tuvo una idea. Moviéndose un poco, empezó a susurrar palabras inconexas, como si estuviera soñando.

—Patrick... Patrick... Mamá está aquí... Papá te quiere mucho... Patrick... Sube al submarino... —susurraba repitiéndose, moviéndose un poco.

A pocos centímetros, Félix se había arrastrado debajo de la cama. Reconoció el olor y las zapatillas de Blaz. El espía se había quedado quieto, mirando a Daisy, que seguía pretendiendo que dormía y hablaba en sueños. Pensó en arrastrarse hasta la puerta, pero el alemán era un sabueso con los sentidos desarrollados para estar atento y en el silencio de la habitación lo hubiera oído. De pronto, vio que el hombre se disponía a agacharse, a mirar bajo la cama. Lo iba a descubrir. Félix pensó que, si lo hacía, él tendría que matarlo y escapar. De no estar escondido, podría haber inventado una excusa, una que Blaz no creería, pero con la que él ganaría tiempo, pero escondido bajo la cama, cualquier excusa sería indefendible. Se estaba preparando cuando Daisy simuló despertarse.

—¡Herr Munter! —dijo indignada—. ¿Puedo saber qué hace en mi habitación?

Blaz se irguió.

—Pensé que había alguien aquí. Oí...

—Estoy yo y creo que informaré de que me visita sin mi permiso.

—No tiene que hacer eso —dijo él, azorado—. Me iré inmediatamente.

—Hágalo. Y en el futuro llame a mi puerta si pretende entrar. Creo que es el mínimo de educación que puede mostrar.

Blaz cambió el tono. Nadie le hablaba así.

—Señorita García, ¿debo recordarle quién manda aquí? Entraré en su habitación cuando...

—Cuando llame a la puerta. Usted manda, pero creo que ambos sabemos que al padre de mi hijo no le gustará que un agente como usted me despierte o entre en mi habitación cuando voy en ropa de cama.

Se hizo el silencio unos segundos.

—Pórtese bien, señorita. No querrá que tengamos problemas.

—Me he portado bien desde el primer momento. He ido, venido, hecho y comido lo que han decidido. Es usted el que resulta imprudente.

Blaz quiso decir algo, pero se contuvo.

—Buenas noches, señorita García.

Salió al pasillo enfadado. Mandaba a aquella mujer. Mandaba a todos los de aquella casa, pero no podía acercarse a Daisy más de lo necesario ni tratarla mal si no lo merecía. Podía tener problemas. Nunca se sabía cómo un hombre poderoso trataba a la madre de sus hijos.

Se disponía a ir a su habitación, cuando, en la oscuridad, se topó con Félix. Él lo miró.

—Herr Munter —pronunció sorprendido—, usted... estaba...

—No estaba en ningún lugar.

—Pero está usted saliendo de...

—Señor Zurita, lo que yo haga es cosa mía. Abandone toda idea disparatada. Cómo vigile a los que están en esta casa es cosa que solo me concierne a mí.

—Yo... volvía del cuarto de baño... No diré nada —dijo Félix.

—No lo hará si no quiere tener problemas.

—Buenas noches, herr Munter.

—Vaya con cuidado, Zurita. Usted está aquí libremente y cumpliendo una misión, pero hay un mando en ella.

—Usted.

—Eso es. Buenas noches.

Félix cerró la puerta de su habitación y se apoyó en ella. El corazón le latía con fuerza. Había esquivado el peligro de tan cerca que la sensación de seguridad tardó en volver a su cabeza.

En el pasillo, Blaz Munter estaba aún más seguro de que algo se le escapaba.

El 10 de marzo de 1945, dos meses después, en que el grupo alojado en la casa fría, grande y rara de la península de Jandía embarcó en el submarino, Félix vio algo que no comprendió hasta mucho después.

Había pasado unas semanas tremendamente aburridas, revisando una y otra vez los planes para la siguiente fase del viaje con el oficial de las SS Carl Schultz, que era el único que, junto a Pat García, parecía no odiar completamente su estancia allí. Tras haber estado a punto de ser descubierto en la habitación de Daisy, ambos se prohibieron volver siquiera a mirarse, lo que resultaba también algo sospechoso, y la mujer que amaba lo esquivaba, paseaba por otras partes de la casa o se recluía en su habitación, y pasaba la mayor parte del tiempo leyendo o con la mirada perdida en el paisaje.

A media tarde, tras abandonar la estación de radio y pedir que nadie lo molestara, Blaz se presentó frente a Félix.

—En dos días partiremos. Esta mañana he recibido órdenes de Berlín —anunció, muy serio y esperando la pregunta que el español no podía evitar hacer.

—Entonces, ¿entiendo que no esperaremos a los que faltan?
—No. Iremos los que estamos aquí. Herr Wolff y sus acompañantes no pasarán por Canarias, irán directos a la siguiente escala. Prepárelo todo. El oficial Schultz ya lo sabe.
—¿Herr Wolff?
—Sí, así se llama el padre de familia que vendrá a Argentina.

Félix fue a su habitación. «Herr Wolff», repitió en su cabeza al oír el nombre de la persona para la que llevaba tanto tiempo trabajando. ¿El señor Wolff era el padre de Patrick García? No conocía a ningún alto mando ni ningún empresario que se llamara así, por lo que supuso que era un nombre falso. Se echó en la cama e instintivamente tocó las sábanas, que, a diferencia de las de su cabina en el submarino, eran de la excelente calidad a la que llevaba toda la vida acostumbrado. Si iban a viajar en el mismo submarino, se las llevaría. Salió de su habitación para averiguarlo y recorrió el pasillo hasta la puerta de Blaz. Llamó a la puerta. Desde dentro el espía contestó.

—¿Quién es?

Félix lo tomó como una invitación a pasar, pero, cuando asomó la cabeza por la puerta, Blaz fue corriendo hacia él, lo empujó al pasillo y cerró con fuerza la puerta tras él.

—¡No le he dicho que pasara! —le gritó alterado.

A Félix le dio tiempo a ver, sobre la cama, una maleta de cuero y metal, con algún tipo de cableado en su interior, que el alemán manipulaba con unas gafas de aumento.

—Señor Zurita, ¡jamás entre en mi habitación si no lo autorizo! ¡Esta no es su casa! —le dijo otra vez.

—Tan solo quería saber si el buque que nos trajo es el que nos llevará en el siguiente trayecto... —inquirió Félix tan amablemente como pudo.

—¡Claro que es el mismo! Lleva en las proximidades una semana y se recargará con el combustible de los depósitos de esta casa. ¡Creía que usted mismo lo había organizado todo!

Félix se abstuvo de decir que él no había elegido el submarino. Tan solo había preparado la llegada de *un* submarino.

Dos días después, de nuevo de noche, subieron al submarino y a cada uno se le adjudicó la misma cabina que en el anterior trayecto. El viaje que tenían por delante era más largo y, según los cálculos de Félix, no volverían a ver el sol hasta por lo menos veinte días después. A pesar de llevar en su maleta las sábanas y la almohada de su cama canaria, mientras avanzaba por el estrecho pasillo, no pudo evitar ensombrecerse con lo que veía. Delante de él iba Blaz: en una mano llevaba el equipaje con el que había subido al submarino la primera vez, pero en la otra sostenía la maleta que le había visto manipular en su habitación. Una maleta nueva que debía de haber llevado dentro de la otra en el primer viaje. ¿Qué llevaría en ella? Dejó esa pregunta aparcada mientras pasaba por delante del camarote de Daisy, en el que también estaba momentáneamente Pat. Ella le devolvió una mirada seria que escondía ternura, ansia y esperanza. El niño, como si fuese capaz de sentir lo que su madre tenía dentro, le sonrió abiertamente.

Veinte días por delante. Veinte días menos para que todo acabara.

72
Nunca

En Londres, el capitán Alan Hillgarth solicitó aquella reunión en cuanto se enteró de que Félix había dejado Madrid. Desde la primera vez que se encontraron, el capitán sabía más de lo que aparentaba sobre el joven. Sabía que los nazis le pagaban bien, que su familia y la del almirante Wilhelm Canaris eran amigas y que se había reunido varias veces en la embajada alemana antes de empezar a trabajar para los ingleses. Sabían que Félix había ido a Argentina, porque habían mandado a una agente para seguirlo. Lo malo era que esa agente, la señorita Clara Galán, había sido asesinada antes de poder dar los detalles de lo que sabía.

Estaba seguro de que Félix también suponía que los aliados sabían lo que hacía. Hillgarth había estado demasiado cerca de él. Suponía lo que los nazis le habían pedido. Una ruta de escape. Una manera de dejar atrás la rendición y la derrota y empezar una nueva vida. No sabían cuál era el escondite en Argentina, pero en el país había varias comunidades alemanas que estarían encantadas de esconder a cualquier nazi. No habían investigado más porque tenían a su disposición a Félix, que lo sabía todo y colaboraba con ellos.

Hillgarth no esperaba que los alemanes iniciaran la operación tan pronto y tendría que haberle pedido a Félix que se la explicara hacía meses para poder actuar en consecuencia y protegerlo, además de cobrarse alguna pieza de valor. Lo cierto era que creyó que los preparativos aún no habían acabado. Luego todo se había precipitado: el desembarco, el cerco cada vez más estrecho sobre el Reich, las operaciones en todo el mundo... Había aparcado el asunto y de pronto las probabilidades de que la vía de escape que Félix había organizado se utilizara empezaron a ser reales, pues los nazis iban a perder la guerra.

Solo sabía que recalaría en Argentina, pero ¿dónde?

Alan querría haber planificado con Félix cómo comunicarse para estar al tanto de cada paso. Protegerlo y ayudarlo al tiempo que ambos ayudaban a los aliados. También haberle hecho saber quién era el padre de Pat García antes de que él iniciara la operación, para que supiera la situación a la que se enfrentaba. Quizá Daisy se lo hubiera confesado ya, pero él no iba a esperar más a que el alto mando lo supiera todo y actuara en consecuencia. La operación de Félix podría convertirse en una herramienta de negociación con el enemigo. Se lo imaginaba: «Firmen la paz hoy y lo dejaremos escapar. Nadie sabrá jamás qué fue de usted. Todos supondrán que murió a la vez que tantos otros de sus compatriotas, y que su cuerpo yace en el cráter de alguna bomba, imposible de identificar».

No debía guardar el secreto ni un minuto más.

Se acercó a la fachada de los Nuevos Ministerios Públicos, en Whitehall. Desde el principio de la guerra se habían trasladado los ministerios esenciales a los suburbios de Londres, y los que eran menos importantes a los Midlands o al noroeste del país. Ninguno era más relevante que el que se disponía a visitar, en Great George Street. Cruzó las puertas del enorme edificio con decisión. Un sargento lo saludó y le pidió que lo siguiera. En la escalera número quince, empezaron a descender. Cuando ya notaba la humedad y el ruido del bullicioso *hall* era solo un recuerdo, los escalones concluyeron en una entrada custodiada por dos guardias. Al ver al sargento, le dieron paso. Alan penetró en el mismo corazón de la guerra: la oficina de guerra.

Su localización era secreta y nadie la visitaba salvo que fuera un alto mando. Hillgarth se sorprendió por su aspecto. Acostumbrado a que los ministerios ocuparan fastuosos edificios cargados de oropeles, la oficina más poderosa del país mostraba un aspecto desnudo, con techos bajos y escritorios pequeños. Un búnker. Se había empezado a construir en 1938, y por aquel entonces se usaba intensamente. Se había reforzado y ampliado varias veces, añadiendo una sala grande donde los que trabajaban podían dormir si se estaba produciendo un bombardeo. También Churchill y su mujer tenían una cama. En la habitación más secreta y prohibida, señalizada como «Cuarto de baño privado de Winston Churchill», se encontraba la línea directa de teléfono con Roosevelt. Toda la oficina, al encontrarse bajo el nivel del Támesis, tenía puertas estancas y bombas de achique preparadas para evitar inundaciones.

El capitán Hillgarth cruzó la sala de mapas, donde se desplegaba la geografía de la contienda, repleta de alfileres que marcaban puntos relevantes, movimientos de tropas, bombardeos, y recorrían muchas personas de uno a otro lado. Luego entró en la sala del gabinete, a la que solo tenían acceso el primer ministro y los jefes de los ejércitos de tierra, mar y aire. Allí lo esperaba Churchill, vestido con su icónico mono y fumando un puro. «Igual que en los carteles», se dijo Alan.

Tenía setenta años y no llegaba al metro sesenta y ocho, pero parecía algo más bajo, pues ni era delgado ni su indumentaria lo ayudaba a parecer estilizado. En cualquier caso, era lo que llevaba dentro de la cabeza lo que lo hacía brillante. Excelente orador, escritor, estratega, sir Winston incluso era un avezado pintor. Su cara siempre parecía algo contraída.

—Siéntese. No hay tiempo —le dijo cordial y expeditivo.

No hizo falta que pidiera que los dejaran solos. El sargento que había acompañado al capitán al gabinete de guerra cerró la puerta enseguida. Hillgarth explicó que tenía dos asuntos de extrema importancia que contar. Empezó detallando todo lo referente al hijo de Daisy desde el principio: quién era su padre, cómo ella había trabajado para los aliados y su relación con Félix Zurita, uno de los agentes dobles que tantos éxitos había conseguido en Madrid. Cuando acabó, Churchill le pidió que se centrara en Daisy y en su hijo, y Alan le explicó todo lo referente a la operación Akela.

—¿Quién más sabe esto? —preguntó Churchill.

—No estoy seguro.

—¿Está seguro de que es cierto?

—Tras escuchar la historia de boca de la protagonista, indagué bastante. Parece muy probable, y que se haya organizado este despliegue para llevarse al niño solo lo confirma.

—Tiene usted razón. Pero no haga nada aún. El padre del niño no escapará y, si lo hace, ya sabemos dónde encontrarlo. Imagino que tiene claro el peligro que corren esos dos jóvenes.

—Daisy y Félix.

—Sí. Matarán a todo el que haya visto al grupo en cualquier punto del viaje. A todo el que pueda dar una pista del escondite del nazi. A los que los hayan llevado y a los que los hayan visto... A todos. Si localiza un submarino que explota misteriosamente en la costa argentina, ya sabe dónde buscar. A sus amigos los matarán también en cuanto lleguen a su destino final. Al joven antes que a ella. ¿Ha avisado a nuestros agentes argentinos?

—Lo he hecho esta mañana.

—Si el señor Zurita ha hecho bien su trabajo, nuestros agentes no lo localizarán, pero deben intentarlo. El país es enorme; los sitios para desembarcar, infinitos, y vienen días algo movidos en la zona, lo que complica el asunto. Argentina declarará la guerra a Alemania en los próximos días. Todos tenemos la certeza. Hay varias filtraciones sobre este asunto, pero seguirán recibiendo a todos los nazis que quieran escapar con los brazos abiertos; es más, probablemente las comunidades alemanas del país se lancen con más entusiasmo que nunca a acoger a cualquiera con acento de Múnich en sus casas. Respecto al niño... Quiero a los nazis reducidos a la nada, a un erial del que no pueda brotar nada. No quiero herederos nazis. Ni santuarios ni mártires a los que los nostálgicos puedan venerar. En cuanto se lo localice, hay que estar seguros de que no crece al abrigo del Reich. Si para entonces su madre ya ha muerto, lo cual parece muy probable, se lo devolveremos a lady Epson. Estará mejor en su casa, en...

—Glenmore Hall.

—Eso es, creo que son amigos de mis tíos, los Marlborough... Bueno, estará mejor en Glenmore que en manos de cualquier esbirro nazi que pueda utilizarlo para resucitar el movimiento a falta de su padre. En las revoluciones, se mata a los hijos de los reyes, de los duques, para que no haya continuidad. Nosotros no llegaremos a tanto, pero de ninguna manera ese niño debe quedar en manos nazis ni debe saberse de quién es hijo. De todas formas, Berlín está prácticamente sitiado y tenemos a la mayoría de los altos

mandos localizados. Si hacemos las cosas bien, el niño no se verá con su padre jamás.
—Jamás —repitió Hillgarth.
—Bajo ningún concepto. Nunca —concluyó Churchill.

73
Argentina

A principios de abril de 1945, un submarino de clase X divisó la costa argentina tras más de veinte días de horizontes azules e infinitos. En su interior, algunos huían y otros cumplían órdenes; algunos tenían planes y otros no tenían ni idea de lo que sería de su vida cuando el Reich de los mil años cayera tras haber cumplido apenas doce.

Silencioso, el buque oteó la población de Necochea y se volvió a sumergir a la espera de que la oscuridad deslizase su manto. A las doce de la noche se aproximó silencioso a la playa cercana a la Estancia Dos Mares, una casa colonial con tejado de zinc puntiagudo que sobresalía entre los pinos, a cien metros de la arena y otros cien del mar.

—¿Es aquella? —preguntó el capitán a Félix pasándole el periscopio.

—Sí, no cabe duda, reconocería aquel tejado en cualquier parte.

El capitán le sonrió. Había visto reconocer a Félix, de noche, la forma de las rocas que escondían el acceso al muelle en Fuerteventura sin fallo y ahora tampoco dudaba.

—Presiento que usted reconocería cualquier tejado que hubiera visto alguna vez, ¿no es así?

Félix le devolvió la sonrisa.

—Supongo que todos tenemos nuestros puntos fuertes. —Luego volvió a mirar por el periscopio—. Hay por lo menos treinta metros de fondo hasta cincuenta metros de la playa, puede acercarse sin miedo.

—Sí, eso me indica el instrumental. Perfecto. Avisaremos por radio de nuestra llegada. Nos hemos retrasado un día.

—No parece mucho.

—Los retrasos siempre parecen mayores a los que esperan que a los que hacen esperar.

Al poco rato avisaron por radio de que todo estaba preparado para el desembarque. Se acercaron un poco más. En los distintos camarotes los que bajarían a tierra estaban sentados sobre la cama, esperando órdenes. A esas alturas, el odio a los viajes en submarino era unánime y todos ansiaban respirar aire fresco. Daisy, sola en su cabina, esperaba que la siguiente fase del viaje le permitiese un mayor contacto con su hijo, al que había visto poco en el trayecto. Los golpecitos en la mampara entre Félix y ella eran un consuelo insuficiente para su tristeza.

Durante más de una hora los marineros descargaron muchas cajas del interior del submarino. Félix no había visto la mayoría de ellas y supuso que habían sido cargadas en Alemania antes de que él embarcara en la costa cantábrica. Se escuchó a las lanchas ir y venir. Luego les tocó el turno a ellos.

El capitán se despidió uno a uno de todos los que no habían desembarcado aún: Blaz, Félix, Daisy y Pat. Le dio al niño una gorra con un águila dorada bordada y le revolvió el pelo con un gesto de cariño. Félix observó que Blaz no llevaba la pequeña maleta de metal y cuero con la que lo había visto embarcar en Canarias, tan solo la maleta que llevaba al empezar el viaje. En el exterior, el aire era limpio y nuevo, fresco; el trayecto hasta la playa era muy corto y se habían abrigado bien. Ninguno se quejó porque todos estaban contentos de llenar sus pulmones de aire sin embotellar. En la playa los esperaban cinco personas. Al pisar la arena, se presentaron dando la mano a todos. Al oficial Carl Schultz y los oficiales Dolz y Dietrich se habían unido dos SS más. Por precaución, ninguno llevaba uniforme. Daisy cogió de la mano a Patrick, que, callado, miraba de un lado a otro, observando. Félix, delante de ellos, hacía lo mismo mientras hablaba con los dos nuevos SS. Caminaron hasta el bosque que se veía cerca y enseguida encontraron la casa. Ninguno entró. Frente a ella había dos camiones y dos coches. En el primero se subió al volante el oficial Dolz y detrás el oficial Carl Schultz y Félix. En el segundo, Daisy, Pat, Blaz y el oficial Dietrich, que conduciría. Los dos nuevos SS llevarían los camiones. Les aguardaban mil trescientos kilómetros de carretera con solo cuatro paradas y ningún plan de detenerse más de media hora en cada una de ellas. Un viaje extenuante que Félix había propuesto entre otros que contemplaban trayectos en tren y avión, pero que habían sido descartados. Viajarían por carretera y lo más rápido posible, tal como había aprobado el alto mando. Félix no se equivocó al calcular que les llevaría todo un día alcanzar los alrededores de Bariloche, a donde llegaron, muy convenientemente, envueltos en la oscuridad estrellada de la noche.

Hacía frío, pero en los meses venideros haría mucho más. Todos salvo Pat, que dormía, estaban atentos y expectantes a lo que encontrarían tras tantos kilómetros. Antes de llegar a San Carlos, torcieron para bordear el enorme lago Nahuel Huapi por la orilla contraria. Al rato cruzaron la villa de La Angostura, sintiendo que lo hacían de puntillas. Desde allí enfilaron hacia la montaña y empezaron a ascender por una carretera que penetraba como un clavo en la espesura del bosque. Cuando Félix lo pidió, los coches se detuvieron. El camino continuaba hacia arriba, pero él descendió del coche y pidió a Carl Schultz que bajara también y lo acompañara a un lado de la carretera.

—Es aquí —dijo el español.

Frente a ellos, arbustos, ramas y una vegetación densa acababan con todo rastro humano. Schultz inspeccionó el bosque con una linterna.

—Le gustará esto, herr Schultz —dijo Félix invitándolo a que lo siguiera.

El oficial se puso tras él y fue sorteando los arbustos que Félix conocía de memoria. Pocos metros después, cubierta de hiedra, localizó una pequeña edificación, una garita abierta. Félix levantó con la mano la tapa de un marcador metálico ubicado en su interior y marcó un código.

—2-0-0-4-1-8-8-9 —dijo mientras lo hacía.

—El cumpleaños del Führer.

—Exacto. Podrá cambiar el código si estima que es demasiado fácil.

—Lo complicado es encontrar el marcador, herr Zurita. Esto es...

No le dio tiempo a decir nada porque enseguida un ruido motriz sonó muy cerca y una superficie vegetal de varios metros de ancho y por lo menos diez de largo se empezó a desplazar hacia un lado para descubrir un camino que comenzaba a un lado del punto en el que se habían parado.

—Esto es extremadamente ingenioso —comentó Schultz boquiabierto.

—Es una plataforma de cinco metros de profundidad, parecida a una gran jardinera, sobre la que plantamos vegetación local. Está montada sobre raíles y tiene un motor, de forma que nadie sospecharía que hay un camino que parte de aquí.

—Ni en un millón de años. Ni registrando todo el bosque.

—Ni siquiera por aire. La arena del sendero que viene a continuación ha sido teñida del tono de la vegetación. La casa es visible desde un avión, pero nadie sabría llegar.

—Extraordinario. Buen trabajo, Zurita.

Se subieron en los coches para seguir avanzando. El trayecto había sido diseñado de forma que había varios caminos exactamente iguales que se cruzaban para que, en el remoto caso de que alguien encontrara el acceso a la finca, tuviera luego muy difícil no perderse en ella.

—Tendrá que enseñarme bien cómo no perderme por aquí.

—No se preocupe, teniente. Una vez lo sepa, es imposible olvidarlo —dijo guardándose una baza que podría haber resuelto en aquel momento.

«Cuatrocientas cincuenta hectáreas de bosque solo en esta finca. Pegadas a miles de hectáreas de caminos forestales», pensó Félix, seguro de que llegaba a su terreno y de que en él tendría muchas ventajas sobre sus enemigos.

Conforme se acercaban a la casa, Félix indicó varias torretas de vigilancia.

—Hay dos anillos de seguridad. Ahora mismo solo el más cercano a la casa está activo, con tres guardias que cambian cada cuatro meses y llegan en vehículos sin ventanas y con los ojos vendados, de forma que ni siquiera saben en qué parte del país están. No sé qué planes de seguridad hay una vez llegue usted.

—No le incumbe. Está todo planeado —dijo el SS.

—Aparte de ellos, están el barquero y un matrimonio y su hija, los Braun, para atender la cocina y la casa. Los cuatro viven aquí y jamás salen de la finca; llegaron a Argentina hace años desde Austria. Por supuesto, son acérrimos nacionalsocialistas. Los víveres llegan en barca y hay frigoríficos y despensas suficientes, amén de combustible, para que se pueda vivir varios meses sin contacto con el exterior. Los planes de abastecimiento son cosa de usted y sus hombres.

—Lo sé. De los que están aquí y de los que se vengan más tarde.

—Ya llegamos —anunció Félix mientras sobrepasaban dos hitos de piedra a los lados del camino.

Aparcaron los coches frente a la puerta y los camiones más cerca del garaje. En la entrada esperaba un matrimonio mayor. Aún estaba oscuro, pero las luces de la casa y el patio mostraron a todos una edificación magnífica, con reminiscencias alpinas, hecha de madera y piedra, pero mayor que las que hubieran visto antes. Casi un hotel, pero uno completamente privado, aislado y secreto. Carl sonrió. Blaz también parecía satisfecho.

—Bienvenidos a la Estancia Inalco —dijo Félix.

—Así se hacen las cosas en Alemania —dijo Schultz.

En el interior, todo estaba preparado: las chimeneas encendidas, las habitaciones listas, la casa completamente amueblada, limpia, con flores en los jarrones y olor a madera recién barnizada. Lujo con espíritu tirolés. El servicio habló con el teniente y rápidamente se organizaron: Blaz, Carl y Félix irían a las habitaciones de invitados; Daisy y el niño tenían cada uno una habitación en la planta superior de la casa. Schultz vaciló, pero decidió aceptar lo que se había previsto y fue a su habitación. Los oficiales Dolz y Dietrich cruzaron el patio de entrada para alojarse con los demás SS de rango inferior. Les habían preparado algo de cena, que cada uno encontró en una bandeja en su habitación. Blaz cogió la suya y la llevó a la habitación de Félix. Había algo de lo que no habían hablado aún.

—En sus planes hay un apartado respecto a los fondos necesarios para la vida aquí.

—Sí, está en el plan que le fue entregado a usted en Madrid por herr Leissner.

—Exacto. Se han hecho importantes ingresos en la cuenta del Banco Español de Río de la Plata, y necesito las claves; además, hay una caja de seguridad.

—Sí, en el mismo banco, con algunas piedras preciosas que me fueron entregadas en Barcelona hace tiempo. Le puedo entregar todo, pero para ello debemos ir a Bariloche, donde hay una oficina. Supongo que herr Leissner le comunicó los saldos.

—Hágalo usted —le dijo, deseando que Félix confirmara la información que Leissner le había dado hacía tiempo.

—Cuatrocientos noventa y tres millones de dólares, según el último saldo.

—Bien, Zurita.

—Jamás he sido deshonesto con el dinero. Ese dinero no es mío... ni suyo.

—Cierto. Pero tengo la manía de no confiar en nadie.

—Eso lo habrá condenado a una vida muy solitaria —se permitió decir Félix.

—La que quiero. Pero, volviendo a la cuenta: no puede usted regresar a España hasta resolver el tema del banco. Puro papeleo para que, cuando lleguen los Wolff, puedan acceder a los fondos sin problema. Tengo instrucciones respecto a todo. Mañana nos acercaremos.

«Si no me necesitan, me eliminarán», pensó Félix.

—Podrá volver a España en cuanto este asunto esté solucionado.

—Mañana es sábado —recordó Félix—, estará todo cerrado, tendremos que esperar hasta el lunes.

—El lunes entonces. No deshaga demasiado su maleta, probablemente el martes pueda volver a Madrid.

En cuanto acabaron de cenar, los que tenían más curiosidad que sueño revisaron el exterior de la casa, se acercaron al muelle sobre el Nahuel Huapi y comprobaron el lujo que los rodeaba. El resto se metió por primera vez en muchos días en una cama ancha, cómoda y caliente en aquella esquina del mundo.

A la mañana siguiente, el oficial Carl Schultz se puso al mando de los otros cuatro SS para descargar las cajas de los camiones y colocarlas ordenadamente en los almacenes que había al otro lado del patio, frente a la entrada de la casa. Félix los vio desde la ventana. Descargaban cajas de madera, algunos muebles, cuadros. Reconoció un retrato de Federico el Grande. Se vistió y salió a curiosear con una excusa planeada.

De espaldas a él, mirando al interior del almacén, Schultz indicaba dónde poner cada cosa. Félix observó. Muchas cajas estaban marcadas con el 52, otras con el 18. Muy protegida con corcho, en un lado vio una ampliadora fotográfica. También había cajas marcadas como «EUKODAL 18», y en un lado varios pequeños cuadros con paisajes de montaña.

—¡¿Qué mira usted!? —le espetó Schultz acercándose iracundo.

—Nada en concreto, tan solo quería saber si quiere que le muestre el resto de la propiedad. Herr Blaz Munter me ha dicho que en pocos días podré partir.

—Eso ya lo veremos.

—Háblelo con él. Ya sabe que a mí me pagan por dejarlo todo organizado.

—En cualquier caso, no puede estar aquí. —Se escuchó un ruido metálico, uno de los oficiales había tropezado dejando caer la caja que llevaba a cuestas. Dos platos de perro rodaron por el suelo. A Félix le dio tiempo a leer «Negus» y «Stasi». Schultz se giró hacia el oficial Dolz, que, apurado, recogía lo que se le había caído. Luego miró a Félix—. ¡Váyase de aquí! Si lo necesito, lo buscaré.

El español obedeció, pero almacenó lo que había visto en su cabeza. Paseó alrededor de la casa. En el muelle, Pat jugaba tirando piedras al agua mientras su madre lo observaba desde el porche. No podía acercarse a ella, pues Blaz la vigilaba, pero sí al niño. Había acumulado una montaña de piedras a su lado y, sentado, con los pies colgando sobre el agua, las cogía de una en una tratando de tirarlas cada vez más lejos.

—Eh, Pat —le dijo Félix al acercarse.

Él levantó la mirada y sonrió.

—Eres el amigo de mamá —dijo directo. Félix se sorprendió.

—¿Cómo sabes eso?

—Porque me ha dicho que, si ella no está y tengo miedo, me vaya corriendo contigo. Tú eres español igual que yo —dijo con acento levemente inglés.

—Sí que lo soy. Y tu mamá tiene razón, soy su amigo, pero eso es un secreto muy importante. Nunca lo debes decir.

—Ella me ha dicho eso también.

—Pat, tienes que decirle una cosa a tu madre. ¿Podrás?

—Sí, tengo buena memoria.

—Dile que, para salir de aquí, tiene que seguir el camino según el cumpleaños de Hitler.

—No sé lo que significa.

—Ella lo entenderá.

—¿Estás seguro?

—Dile que coja cada camino en el orden del cumpleaños de Hitler. ¿Mejor así?

—Le diré las dos cosas.

Félix pensó que con aquella memoria ese niño bien podría haber sido su hijo. Se dio la vuelta cuando vio a un SS acercándose.

—¡Apártese del niño! —le ordenó.

Pero Félix ya había dado el mensaje que quería.

Ocupó la tarde en enseñar la finca a Schultz mientras en la casa colgaban varios de los cuadros que habían ido con ellos en el viaje. En la entrada encontró una pintura con un paisaje que, como era propio de él, reconoció de inmediato: «La plaza de Santa Magdalena de Venecia», se dijo en su cabeza. Cómo le gustaría enseñársela a Daisy. En una esquina observó sorprendido la firma: Canaletto. Aquel descubrimiento lo llevó inmediatamente al cuadro que colgaba desde esa tarde de la pared opuesta. Otro paisaje, esta vez urbano. También lo reconoció: *El bulevar Montmartre*, firmado por C. Pissarro. A cierta distancia, en el salón estaban colgando unas bailarinas de *ballet*, pero Félix no se atrevió a curiosear más. Volvió a su habitación y al final de la tarde cenó, igual que había comido, con los suboficiales y guardias mientras Schultz lo hacía con Blaz, Daisy y Pat.

Ya se había puesto el pijama cuando, desde su ventana, vio a Blaz salir de las dependencias de los guardias, donde dormían los que vigilaban por turnos el perímetro de la finca. Al rato, Schultz salió del dormitorio, donde dormían los cuatro SS que habían llegado con él. No tuvo duda de que ambos tramaban algo y de que no era lo mismo.

Encendió la radio y enseguida tuvo noticias de lo que pasaba en el mundo. Roosevelt había muerto de un derrame cerebral y lo había sustituido Truman. El Ejército Rojo se aproximaba a Berlín. Chile, igual que Argentina, se había integrado en el bando aliado. «Muy oportuno», pensó Félix sonriendo.

Luego se quedó en la cama y esperó varias horas.

Nadie conocía la casa como él, que había revisado los planos en infinidad de ocasiones. También sabía cuándo empezaba cada turno, donde dormía cada persona, qué veían desde sus habitaciones. Se levantó y de puntillas salió de su habitación, cruzó el vestíbulo y pasó por la enorme cocina a un lado de la cual partía otro pasillo que conectaba con la casa del servicio. Salió al patio trasero y lo cruzó corriendo hasta el almacén donde el oficial Schultz y sus soldados habían estado trabajando aquel día.

Entró sin pensárselo y cerró la puerta tras él. Luego encendió la linterna que llevaba encima y lo revisó. Estaba ya muy ordenado. En un lado había cajas con varios enseres domésticos, un mueble con una vajilla de porcelana de Nymphenburg, una cubertería con la esvástica y muchas cajas con libros: biografías de reyes alemanes y austríacos, tratados de astronomía y de ocultismo. En otro rincón había cajas repletas de películas de cine y un proyector. La comida había sido almacenada en otro lugar y también la revisó. Poco alcohol, pero muchas cajas de dulces y galletas de chocolate. Las cajas marcadas «EH» contenían ropa de mujer, camisones, vestidos tradicionales del campo alemán, ropa interior color carne, casi salmón. En una esquina descubrió más maletas con ropa y, en alto, algo apartada, una caja con el logo de la empresa IG Farben y la palabra *gift-zyanid* en letras mayúsculas: cianuro. Siempre iba bien tenerlo cerca si llegaba la hora de decidir una muerte rápida. En otro punto había varios paquetes ordenados y uno de ellos abierto, marcados con la palabra *eukodal*, que había visto horas antes. Lo revisó curioso: contenía pastillas y más pastillas. ¿Para qué servían? Sin duda, la persona que había de llegar a la Estancia Inalco era absolutamente dependiente de ellas. Probablemente fueran drogas. Muchos nazis eran adictos, y el mismo Hitler tenía un médico, el doctor Morell, que le administraba todo tipo de sustancias para mantenerlo eufórico, activo y atento. Morfina, cocaína, opiáceos, eran sustancias habituales entre los mandos. El capitán Hillgarth se lo había explicado. Quizá fuera algo de eso. Cogió seis píldoras y se las metió en el bolsillo. Nadie lo notaría, las haría analizar cuando pudiera. La información siempre era valiosa.

«La curiosidad mató al gato», pensó mientras volvía a su habitación sin ser visto, sin ninguna conclusión sobre sus pesquisas, con nuevas preguntas y ninguna respuesta.

74
Sospechas

Daisy tenía muy claro lo que hacía en la Estancia Inalco, aquella casa perdida en medio de la nada en la que estaba instalada. Una nada preciosa, sin duda, frente a un lago enorme, de aguas que pasaban del azul cielo al verde de la tarde y al negro que venía poco después, rodeada de montañas con algunos picos nevados cubiertas de bosques infinitos. Una excelente edificación también, casi palaciega, enorme, luminosa..., bonita, sí, bonita. Qué difícil le resultaba que le pareciera bonito algo que no le provocaba alegría, sino tristeza y preocupación.

Tenía claro lo que hacía allí. Adaptaba a su hijo a una vida imposible de aceptar sin ella a su lado. Pat se adaptaría porque sabía encontrarle la punta a todo, y disfrutaba incluso de la compañía del oficial Schultz, que deslizaba en su cabeza ideas que luego ella eliminaba o atenuaba como podía. Por suerte, Pat era difícil de engañar y lo ponía todo en entredicho hasta que lo comprobaba por sí mismo. Su pequeña cabeza era tozuda, así que las enseñanzas de Carl Schultz caían mayoritariamente en suelo yermo, seco y agrietado, y morían allí. Las que no lo hacían, si no eran adecuadas, eran neutralizadas por Daisy.

Neutralizar. Eso era lo que iban a hacer con ella. El lobo había tenido varias amantes, pero, que ella supiera, solo un hijo, Pat. Si hubiera tenido otro, quizá ella no estaría allí. Tal vez su amante oficial fuera estéril. Ella sabía bien que el lobo no era estéril, o al menos no lo había sido siempre. Si Pat era su único hijo y de la relación con la mujer que más tarde lo había acompañado tantos años no había nacido ningún otro, su posición era complicada. Jamás dejarían ir al niño, pero en cambio ella solo molestaría.

Hillgarth le había dicho que no lo entregara. Que no dejara que se lo llevaran. Que lo escondiera. Sabía de madres a las que les eran arrebatados sus hijos para ser entregados a familias apropiadas del Reich. Las madres acababan con un tiro en la sien o deportadas a algún lugar en el que nadie (especialmente sus hijos) sabría de ellas nunca más. Y Daisy estaba allí, esperando a que el lobo llegara, y segura de que lo haría con la que, *de facto*, era su mujer. No había que elucubrar demasiado. Cuando llegara el lobo, Daisy desaparecería. Quizá en unos años consiguieran que para Pat ella fuera tan solo una nebulosa, un recuerdo que se mezclara con otros nuevos haciendo un todo del que la que la sustituiría sería protagonista. Cuando el lobo llegara, lo haría con la loba, y vivirían una nueva vida fingida, en la que serían un matrimonio rico con un hijo, en un rincón apartado del mundo. Una esquina en la que no podía haber dos madres.

La matarían. No volvería a ver a Pat. Tampoco al bebé Manuel, que esperaba en la tranquilidad de Madrid y en los brazos de Araceli, la abnegada mujer que lo cuidaba mientras sus padres intentaban cambiar su destino. La matarían, sí, estaba claro, así que tenía que averiguar cuándo llegarían, cuánto tiempo le quedaba.

Gracias al mensaje que Félix le había pasado a través de Pat, intuía cómo dirigirse por el laberinto de caminos que llevaban a la salida de la finca. Huiría si podía. Estaba dando vueltas al asunto cuando Carl Schultz fue a verlos.

—Patrick, ven conmigo —dijo ignorándola.

Pat miró a su madre, que asintió dando permiso, cosa que disgustó al teniente, y dejó el dibujo que estaba haciendo para acompañar a Schultz. Daisy los vio dar la vuelta a la casa. Se levantó para cruzar el salón y, desde la ventana de la entrada, ver a dónde iba su hijo. Vio que entraba en uno de los almacenes, del que no cerraron las dobles puertas. Estuvo segura de que querían que entrara luz porque sentaron al niño ante una cámara y le hicieron varias fotos. Luego le dieron un papel que Pat miró con curiosidad y le cogieron la mano para que apretara en alguna parte.

Cuando volvió, tenía el dedo pulgar manchado de tinta.

—Me lo pintaron con una esponja y me hicieron apretarlo en un cuadradito dentro de un papel. También me hicieron firmar, como a un niño mayor. Me preguntaron si sabía y dije que sí, y puse lo que me dijeron en un lado.

—¿Qué pusiste? —preguntó Daisy.

—Patricio Wolff. Les dije que me llamo García, pero me dijeron que en el papelito me llamaría Wolff y que firmara así. Es una tontería, así que no discutí. No se le puede cambiar a nadie el nombre si no quiere. Uno no deja de ser quien es solo porque los demás lo quieran.

—Tú no elegiste tu nombre —replicó Daisy poniéndolo a prueba.

—Es verdad, pero me lo cambiaría si no me gustara. Y no me llamaré Wolff, aunque lo ponga en ese papel. Me llamo García. Como tú. Una vez pensé en llamarme Colón porque así se llamaba un hombre que descubrió cosas y navegó por el mundo. Pero lady Maud me dijo que era mejor ser célebre por lo que uno hace, no por lo que han hecho otros.

—Eso está bien —dijo Daisy, preocupada, sin prestar atención, dando vueltas a lo que acababa de suceder. Estaban cambiando la identidad de Patrick incluso antes de que ella se fuera.

El niño no daba importancia a lo que se avecinaba, porque incluso para un pequeño inteligente como él era inconcebible tanta maldad. A Daisy también le costaba entenderlo.

Pasó toda la noche pensando qué hacer. ¿Habría alguna manera de arreglar las cosas de una vez?

75

Los primeros

Blaz se levantó ansioso en el que, sin duda, sería uno de los días más importantes de su vida. Importante y bueno. Estaba organizado desde hacía meses, pero tenía que reconocer que la parte que debía ejecutar le hacía ilusión. Sabía que desde Berlín, y a través de Félix Zurita, se había ingresado mucho dinero en la cuenta del Banco Español del Río de la Plata, pero las cifras bailaban. Wilhelm Leissner le había dicho que había cuatrocientos cincuenta y dos millones en la cuenta; Félix Zurita, que era quien la conocía mejor y la actualizaba, había mencionado cuatrocientos noventa y tres. Una fortuna. Cuarenta y un millones de diferencia que no aparecían en ningún informe que hubiera visto. Con el Reich luchando contra su total desaparición, las ciudades arrasadas y los ministerios de Berlín afanándose en quemar toda la documentación, tenía claro que en aquel baile de cifras había una oportunidad de hacerse rico. Sonrió con la sensación de que la vida se le estaba a punto de poner francamente bonita.

Desayunó frente al Nahuel Huapi, calentándose las manos con el café, repasando mentalmente el plan que tenía estudiado a la perfección. La noche anterior había visto el nuevo pasaporte argentino de Pat García, que desde aquel día sería, además de Patricio Wolff, el beneficiario de mucho dinero a la muerte de sus padres, bueno, de su padre y de su nueva madre, porque su madre biológica moriría muy pronto.

Cuando encontró a Félix Zurita junto a la entrada, disimuló la ansiedad que tenía por llegar al banco.

—¿Está listo? —le dijo como si le importara lo más mínimo.

El español asintió y, sin hablarse, fueron al muelle, donde una pequeña lancha Boesch de madera y proa corta esperaba en marcha. A los mandos el barquero que había en la Estancia Inalco los esperaba. Félix se sentó en la popa mientras Blaz navegaba de pie, observando aquel paisaje desde el agua por primera vez.

No tardaron en amarrar en el puerto de San Carlos de Bariloche, y Blaz siguió a Félix a la oficina del Banco Español de Río de la Plata, ubicada en una de las principales arterias de la población, que, aunque todavía era demasiado remota para dejar de ser pequeña, crecía rápidamente. Al verlos entrar, una de las chicas de la oficina se levantó rauda y avisó al director, que, como buen banquero, trataba muy bien a los que tenían dinero. Habría abrazado y besado a Félix, pero se limitó a saludarlo con un efusivo apretón de manos. Él le presentó a Blaz Munter como uno de los secretarios del matrimonio Wolff, que llegaría en los próximos días.

—Hasta ahora, yo he actuado como secretario, pero de ahora en adelante será herr Munter quien lo haga.

—No hay problema, estaremos encantados de tratar con el señor Munter. ¿Será él el autorizado de la cuenta entonces?

—Eso es.

—Entiendo que los Wolff, igual que en su caso, no podrán firmar presencialmente aún.

—Así es. Desde el principio le dije que esta era una situación excepcional y sé que su Gobierno le explicó cómo proceder. No me negará que lo que es realmente excepcional es la cuenta.

—La mejor del banco, sí. No hay problema, el día que finalmente los señores Wolff vengan al banco, tendrán que firmar todo lo que está pendiente.

—Seguro que usted encontrará la mejor manera de hacerlo todo. Mientras, mi lugar lo ocupará herr Munter.

—¿Podrá hacer lo mismo que ha hecho usted hasta ahora?

—Eso es: ingresar dinero, conocer saldos y tener la llave y el acceso a la caja fuerte de Buenos Aires; extraer efectivo, siempre con la autorización de la embajada alemana o de los Wolff, mediante carta autorizada y con su pasaporte. Los pagos y los cheques se remitirán al banco con el sello de la embajada hasta la llegada de los Wolff. Si en seis años no hay contacto con los Wolff, la titularidad de la cuenta pasará automáticamente a su hijo, Patricio Wolff, cuyo albacea será herr Munter hasta que él cumpla veintiún años.

«Bien pensado», maldijo Blaz. Zurita no había sido autorizado a sacar dinero y a él tampoco lo iban a autorizar en aquel momento, como era su deseo. Se decepcionó, pero rápidamente se animó de nuevo. Dado que era improbable que los Wolff aparecieran por el pueblo durante los dos o tres primeros años, pues no querrían que nadie los reconociera, él podría de alguna manera falsificar la documentación. Las cartas de autorización. La documentación que iría de la Estancia Inalco al banco y la que volvería por el camino inverso, del banco a la estancia. Si los titulares de la cuenta pensaban que tenían cuatrocientos cincuenta y dos millones y en realidad poseían cuatrocientos noventa y tres, podía sisar cuarenta y un millones sin que lo detectaran. La clave era que siempre fuera él quien acudiera al banco. Tenían que haberle pagado mucho a Zurita para que no hubiera robado. Quizá lo había hecho.

—Respecto a la caja —continuó Félix—, le entrego mi llave a él delante de usted para que quede constancia.

—Como sabe, las cajas están en Buenos Aires —dijo el banquero.

Félix respondió rápidamente. Blaz no se había dado cuenta del matiz en el comentario. O lo había interpretado erróneamente.

—Lo sé. Pero me gustaría dejar constancia de que le entrego la llave.

Félix sacó una llave con un número de un bolsillo y se la dio a Blaz. Blaz la miró y la guardó. El banquero observó todo con una solemnidad que no sentía. No tenía ni idea de lo que había en las cajas y ni siquiera estaban en su sucursal, así que le importaba poco.

Blaz firmó algunos papeles y Félix también. Luego se despidieron del director, que respiró aliviado de que aquella cuenta permaneciera en su banco.

Fueron paseando hasta el muelle donde los había dejado la barca una hora antes, pero, al llegar, la embarcación no estaba allí. Blaz miró a un lado y a otro.

—Habrá ido a llenar el depósito —comentó el alemán—. Podemos esperar en el café —dijo señalando con la cabeza un pequeño establecimiento con mesas fuera, a pocos metros de donde estaban—. ¿Le gusta el café?

—Prefiero el té —contestó Félix. Sabía que algo no iba bien, pero fue incapaz de decir que preferiría no sentarse en una mesa con él.

Entraron en la cafetería y el español fue directo al cuarto de baño, donde se refrescó la cara y se miró al espejo. A salir, en una esquina vio un ejemplar de *Clarín*. Como si el mensaje fuera para él, el titular lo golpeó fuerte en la cabeza: «Explota submarino alemán en la costa de Necochea. No se localizan supervivientes». No le costó hilar que la maleta que había visto a Blaz embarcar en el buque, pero no llevaba con él al salir, la misma que manipulaba en su habitación de Fuerteventura, era una bomba. Nuevamente el rastro de la operación Akela se borraba con sangre. Cincuenta buenos marineros sacrificados por el secreto de la fuga de la familia Wolff, fueran quienes fueran.

«Piensa, piensa... ¿qué está pasando? ¿Te toca a ti ahora?», se dijo con un extraño presentimiento. Blaz no había sido afable con él jamás, ¿qué estaba haciendo allí?, ¿un café juntos? No tenía ningún sentido. Decidió estar muy alerta. Volvió a la mesa. Blaz daba un sorbo a una pequeña taza de café. Frente a la silla de Félix esperaba una taza de té para él con una pastilla de chocolate de cortesía envuelta en papel de la cafetería. No tomaría ni un sorbo. Blaz dejó su taza en la mesa.

—¿Ha podido hablar con la señorita García desde que se reencontraron en el monasterio de Samos? —preguntó el alemán, curioso.

—No. Bueno, intercambiamos unas palabras. No la culpo por estar enfadada conmigo. Llevaba varios años engañándola, utilizándola. La pobre creyó que estaba enamorado de ella. Ahora habrá lamentado todas las indiscreciones que me dijo respecto a los aliados. Todo lo que oía me lo contaba como amiga.

—Como amante.

—Sí, como amante.

—En el amor y en la guerra todo vale, dígale eso.

—No quiere ni verme.

—¿Y usted? —Blaz se inclinó un poco hacia Félix, abriendo sus ojos negros, escrutándolo, atravesando su cráneo para leer sus pensamientos.

Félix no pudo evitar ponerse nervioso. Desenvolvió el chocolate y se lo llevó a la boca mientras pensaba una respuesta.

—Ya he sacado lo que quería de la señorita García —dijo masticando—. En todos los sentidos. Nunca sentí nada por ella, aunque no niego que era agradable.

Blaz sonrió satisfecho.

—Me alegro de eso, herr Zurita. En nuestro trabajo no hay que desperdiciar ninguna oportunidad. Debe estar agradecido al Reich, le hemos proporcionado un trabajo de lo más placentero y encima le hemos hecho rico.

—Lo estoy, herr Munter. Tan solo lamento que las cosas estén como están y que la operación Akela al final sí se haya tenido que utilizar.

—Bueno, veremos qué pasa. No creo que ni usted ni yo veamos la derrota del Reich. El Führer siempre tiene cartas en la manga y planes extraordinarios. Nosotros no lo entendemos, pero él sí.

Era el tipo de argumento que los religiosos daban al aceptar los designios de Dios. Él todo lo sabía, pero sus siervos eran otra cosa. Para los nazis, Hitler era eso, un dios. Blaz alzó un poco la cabeza.

—¿No le gusta el té? —le preguntó el alemán.

—Sí me gusta, pero no a esta hora. No voy a tomarlo —respondió Félix mirándolo a los ojos. «No me matarás tan fácilmente», se dijo. Blaz pareció molesto.

—Ahí está el barquero. Vayamos —dijo cambiando de tema.

Pagaron, caminaron hasta el muelle y embarcaron. Félix notaba una pierna dormida tras haber estado sentado. La movió un poco tratando de despertarla.

La barca se puso en marcha y enseguida dejaron atrás el puerto de San Carlos de Bariloche en dirección a la bahía de Inalco. Félix observó que Blaz pedía al barquero que no corriera. También que, de vez en cuando, lo miraba. San Carlos era ya un recuerdo en el horizonte cuando notó que tenía las dos piernas dormidas. Luego el picor empezó a subir por su tronco y con la mirada de Blaz supo que lo había envenenado. El alemán se giró hacia él con una sonrisa. No había tomado té..., pero... la chocolatina. No podía creer su error. Estaba ya casi completamente inmovilizado cuando Blaz estalló en carcajadas sin poder aguantar más. Félix lo veía cada vez más borroso, cada vez más deformado, pero sus ojos negros seguían clavándose en los suyos y su risa histérica retumbaba entre las paredes de su cabeza. No lo necesitaban, así que lo eliminaban, igual que habían hecho con todas las personas cuya participación en la operación Akela ya no era necesaria. Félix sabía lo que le esperaba. Pararon la barca en un recodo del lago y escuchó al alemán hablar entre risas con el barquero.

—Ayúdeme a tirarlo. Se ahogará en pocos minutos.

Claro que lo haría. Félix apenas podía mover los brazos para mirar sus manos diluirse en su visión, deformarse entre nebulosas, mientras, totalmente consciente, notaba sus músculos perder toda capacidad de movimiento.

Arrastró los pies mientras Blaz y el barquero lo cogían por debajo de los hombros. Lo tumbaron sobre el costado de babor y lo cogieron de forma que el cuerpo de Félix se balanceó un instante y cayó al agua.

—Le dije que no vería la caída del Reich, Zurita. Pero disfrute de la suya —proclamó Blaz a modo de despedida, entre risas.

Félix oyó las palabras mezcladas con el sonido del lago, que chocaba contra su cara mientras intentaba asomar la nariz fuera del agua. Luego el motor cogió revoluciones y desapareció, con el frío del Nahuel Huapi y la muerte apoderándose rápidamente del cuerpo del español. Por su cabeza pasaron las imágenes más felices de su vida. En la mayoría Daisy García le sonreía, le cogía de la mano, le guiñaba un ojo. Había valido la pena vivir, al fin y al cabo. No quería morir, pero lo haría orgulloso de haber amado y haber luchado. No tardó mucho en hundirse en el lugar donde nunca encontrarían su cuerpo.

Las carcajadas de Blaz se escuchaban altas y claras a pesar del ruido del motor. Más aún cuando las revoluciones aminoraron y, despacio, la barca se acercó al muelle de la Estancia Inalco. Todo parecía en calma. Los dos pasajeros se miraron.

—Todo habrá ido bien —dijo Blaz, expresando un deseo que creía que ya se había cumplido. Mientras él cortaba uno de los cabos sueltos de Akela, en la casa debían haber cortado algunos otros.

—Así lo espero, herr Munter. Esto ha estado muy tranquilo hasta que llegaron ustedes —dijo el barquero.

—Mi intención, y la de todos, es que esa tranquilidad perdure en el tiempo. Por eso nos vemos obligados a ceñirnos al plan. No puede haber error. No puede haber elementos peligrosos para el futuro. —El barquero deseó que nunca lo consideraran como tal mientras amarraba la barca—. Vaya a la casa. Si todo está como esperamos, hágame una señal.

«Maldito cobarde, no sabe matar más que a escondidas o por la espalda», pensó el muchacho mientras arriesgaba su vida para que Blaz no arriesgara la suya.

Se acercó sigiloso, pero ya en el porche de la casa la cocinera lo miró y asintió. Todo había ido según lo planeado. Al rodear la construcción, delante de la entrada trasera de la casa, los tres SS que cumplían su cuarto mes de vigilancia preparaban una hoguera. Los otros dos, que llegaron con la mudanza, también ayudaban a llevar ramas. A un lado los cuerpos de los oficiales de las SS Schultz, Dolz y Dietrich yacían con los cráneos destrozados.

El barquero volvió sobre sus pasos y con los brazos indicó a Blaz que podía acercarse. Frente a la pira preparada para quemar los tres cadáveres, encontró al SS que comandaba la vigilancia en la Estancia Inalco.

—Con los oficiales ha sido muy fácil —le explicó—: un tiro en la nuca a cada uno mientras ordenaban el almacén. Schultz ha dado más guerra, pero había dejado el arma en su habitación, así que, una vez que lo han cogido mis hombres, yo mismo le he dado el tiro de gracia.

—¿Qué hay de los otros dos?

—Sí, claro. Esta tarde. Los hombres que los recogieron a ustedes en la playa al llegar arderán en la hoguera que están preparando. —Los aludidos estaban bastante cerca, pero no podían escucharlos—. Son jóvenes e inexpertos y, si sospechan algo, no lo demuestran. Les hemos dicho que los tres SS ejecutados eran desertores. Se han indignado. Han ayudado a sujetar al oficial Schultz. Buenos chicos, pero tendremos que sacrificarlos.

—¿Qué hay de la chica y el niño?

—Los ha llevado el señor Braun al bosque, de paseo. No tardarán en volver.

—Está bien que no hayan visto el momento en sí, pero no me importa que vean las consecuencias. No hace falta que esconda los cadáveres.

—Entiendo que usted también ha realizado el trabajo que tenía encomendado, ¿cierto? —le preguntó a Blaz.

—Siempre lo hago.

—No lo encontrarán —replicó el SS—. Acabará en una orilla y se lo comerá un animal, o los peces. Quizá Nahuelito saque la cabeza para darse un festín.

—¿Nahuelito? —dijo Blaz sin saber de qué hablaba el SS.

—Sí, el monstruo del lago. Los argentinos aseguran que lo han visto. Pero, bueno, ven muchas cosas. A quien no veremos más será al español... ¿Cómo se llamaba?

—Francamente —dijo Blaz sonriendo—, ya no lo recuerdo.

Daisy y Pat tardaron una hora en volver del paseo con el señor Braun, un hombre que hablaba solo si era necesario y se limitaba a cumplir las órdenes del SS al mando de la Estancia Inalco, que hablaba menos aún. Aceptó ir al bosque con él porque no podía negarse, pero durante un rato estuvo convencida de que los llevaba allí para matarlos, y por esa razón en ningún momento dio la espalda al guarda. Luego comprendió que tan solo habían querido alejarla de la casa.

Llegaron pasada la hora de comer, y, desde unos metros antes, les sorprendió ver una gran humareda que salía de la parte trasera de la casa. Al acercarse con el coche, Daisy, que había perdido toda la inocencia en esos años y sospechaba de todo, vio una mano que se quemaba entre las llamas. Tuvo que contenerse para no ponerse a llorar y rezó para que no fuera de Félix. Por suerte, su hijo no había visto nada, así que, cuando bajaron del coche, ella lo llevó a paso ligero a la parte delantera de la casa. Blaz esperaba sentado en una silla. La cara de horror de Daisy lo reconfortó. Le gustaba hacerle daño. No podía tocarla, pero podía atemorizarla, y el miedo podía doler mucho. Daisy vio a Pat alejarse en dirección al muelle, donde le gustaba estar. Luego miró a Blaz. No hizo falta que le preguntara nada, el nazi estaba deseando explicárselo todo.

—Seremos menos a comer. Schultz, Dolz y Dietrich no estarán. Se han ido a un lugar más caliente. Hacía mucho frío aquí para ellos.

—Supongo que el señor Zurita también está en ese lugar —dijo ella armándose de valor.

—No. Zurita tampoco vendrá, pero en su caso ha preferido el agua.

—Lo ha matado.

—¿Le importaría?

Daisy estaba tan cerca de ponerse a llorar como de saltarle al cuello a Blaz.

—Herr Munter, usted no entiende que la mayoría de los mortales pueden odiar sin necesidad de matar.

—Le tengo que dar la razón: no lo entiendo.

—Eso es porque usted cree que es inteligente. Que tiene mucha cabeza. Pero la cabeza, sin el corazón, es como un coche sin ruedas. Y el corazón sin la cabeza es como unas ruedas sin motor. Nada realmente valioso creado por el hombre se ha hecho sin contar con ambas cosas. El día que descubra que no ha hecho nada importante, su vida acabará, aunque sea un minuto antes de morir. Cuando se percate del vacío de su vida, nada le compensará. Yo le puedo mostrar todo mi desprecio, pero el que se juzgará será usted mismo, y ante ese juez no valen las excusas ni las mentiras.

—Le agradezco mucho sus reflexiones, frau García, pero le ruego que se calle y se vaya porque ni a mi corazón ni a mi cabeza le interesan lo más mínimo. También le recordaré que vaya con cuidado porque no toleraré sus impertinencias.

—Sí que lo hará, claro que lo hará, porque sigue órdenes y en ellas aún no ha llegado mi hora.

Estaba segura de lo que decía. Nada de lo que hiciera adelantaría la hora de su ejecución; en cambio, sí podía pensar en cómo esquivarla. Blaz se quedó mirándola y por primera vez comprobó que su cara sin expresión, su piel blanca y fina, sus labios casi inexistentes, sus facciones blandas y sus inquietantes ojos negros no causaban miedo en la española. La miró y reforzó su tono, haciéndolo relamido y pegajoso.

—Respecto al señor Zurita, igual que a los SS que calientan la fachada trasera, cumplo órdenes.

—Hace bien. Seguir órdenes es lo único para lo que valen las personas sin creatividad —concluyó Daisy antes de acercarse a la orilla del lago para llorar desconsoladamente. Tardó unos minutos en llevar las lágrimas a la parte de su corazón de la que, cuando pudiera, brotarían esas y todas las acumuladas, y fue en busca de Pat. Juntos fueron a la habitación. Con solo mirarla, el niño supo que su madre estaba triste.

—No estás bien —dijo ahorrándose la pregunta.

—No —miró a Pat—, pero lo estaré. Te juro que lo estaré.

—Mamá, la vida no se está volviendo más fácil —dijo el niño en un arranque de madurez.

—No, Pat —dijo ella—, pero nosotros nos estamos volviendo más fuertes.

No estaba dispuesta a derrumbarse pese a sentirse más sola que nunca. Se resistió a perder el tiempo en entristecerse porque, sencillamente, no había un minuto que perder. Tampoco era lo que Félix habría esperado de ella. Sí, la vida la estaba volviendo fuerte. No tenía la libertad para derrumbarse aún. Sin su aliado tendría que ver cómo salvar la situación sola. Ya se derrumbaría luego. Miro a Pat, que le devolvía la mirada con los ojos bien abiertos. Sí, ya se derrumbaría luego.

Pasaron varios días sin que nada realmente importante pasara mientras la casa se iba acabando de llenar de todos los objetos que habían llegado con ellos en el submarino. Blaz acudió varias veces al banco, donde solicitó los formularios necesarios para cuando tuvieran que retirar dinero, tramando cómo falsificarlos para llevarse cada vez su parte.

Daisy pidió algunos libros para poder leer con Pat y dedicó cada día a aleccionarlo sobre diferentes asuntos. Geografía, historia, cálculo mental... También le pedía que leyera él solo y que luego le explicara lo que había leído. Cuando llovía, lo cual era frecuente, Pat se ponía a escribir frente a la ventana y, salvo por su posición infantil y su cara pegada al papel, parecía casi adulto. Por la noche, las noticias de la radio daban pistas sobre cuándo podían esperar la llegada del padre del niño a la Estancia Inalco. Si los aliados no lo impedían, él y muchos otros escaparían, aunque Berlín estaba prácticamente perdida para entonces. Daisy estaba segura de que no solo el lobo tenía un plan para escapar. Otros altos mandos tendrían el suyo, listo para utilizarlo cuando todo estuviera perdido. No podía tardar demasiado.

Escuchó en la radio que el Ejército Rojo ya luchaba en las calles de Berlín. Se suponía que Hitler, Goebbels, Bormann y muchos otros miembros de la cúpula del Reich estaban aún en la ciudad, más que probablemente en el búnker de la cancillería, que se había bombardeado en numerosas ocasiones. En las calles, un ejército de niños y viejos retrasaba en lo que podía lo inevitable a costa de bajas innecesarias. La ciudad era un esqueleto de paredes sin techo y personas grises, enajenadas, sin esperanza ni futuro.

El 2 de mayo Daisy cumplía tres semanas en la Estancia Inalco cuando se sentó en la misma silla de madera que había ocupado cada día en el porche mientras miraba a Pat jugar y algo llamó su atención. En un lado de la tarima de madera había una marca encima de un tablón, algo que parecían dos cruces consecutivas grabadas a cuchillo. Miró hacia los lados antes de agacharse. Notó que estaba suelto. Lo levantó. Había una nota escrita en un diminuto papel debajo.

+ + hasta el fin. Guarda botellas de agua. A partir de esta noche, no vuelvas a beber la de la casa. Resiste, nos veremos pronto.

En previsión de que su gozo fuera indisimulable, Daisy fue a su habitación, donde se echó en la cama y lloró de alegría un buen rato. De pronto el sol se colaba entre las nubes y la esperanza ganaba enteros.

Félix estaba vivo.

76
Eukodal

Lo habían tirado al agua suministrándole un veneno que había paralizado sus músculos, durmiéndolos uno a uno, consiguiendo que no fuera ni siquiera capaz de mantener los párpados levantados. Rodeado de agua, cada vez le costaba más asomar la cabeza para respirar. Pensaba que iba a morir ahogado. Su cuerpo se almidonaba y se encogía. Solo era capaz de articular, muy lentamente, el brazo y la mano derechos, y probablemente en pocos segundos no podría hacer ni eso. No podía creer que todo fuera a acabar de aquella manera. No tenía ni treinta años y había pasado la vida sin hacer nada de provecho hasta que empezó la guerra mundial; hasta que había conocido a Daisy, en realidad. Quería vivir, pero la muerte lo abrazaba con fuerza y las entrañas del Nahuel Huapi, de fondos oscuros y profundos, tiraban de su cuerpo hacia abajo, deseando engullirlo, tragarlo en sus lodos y hacerlo desaparecer.

Félix tenía muchísimo miedo y rabia. Miedo al trance, al final de su corta vida, y rabia por perderse todos los maravillosos planes que a diario apuntaba en su cabeza. No vería crecer a su hijo Manuel. No podría enseñarle a esquiar ni los lugares del mundo que amaba. No podría ir al cine con él en Madrid ni enseñarle a pescar peces de roca en las calas de Bagur, en la costa de Gerona. Por lo menos dejaba algo bueno en el mundo y moría por eso. Había dedicado tantos años de su vida solo a él que nadie habría creído que Félix Zurita, tan guapo, tan elegante, tan simpático e indolente, todo un dandi entregado a la buena vida, hubiera muerto por involucrarse en una guerra en la que ni siquiera participaba su país. Pero eso era lo que iba a pasar.

Decidió prepararse, pero, cuando empezaba a hacerlo, una idea cruzó por su cabeza, maravillosa memoria la suya. Una pequeña luz. Un mínimo rayo de esperanza. Metió la mano aún despierta en uno de los bolsillos de su chaqueta, la que había llevado desde que habían llegado. No tenía tacto, y menos aún dentro del agua, pero consiguió coger con los dedos lo que había guardado en la inspección del almacén de la Estancia Inalco, el día anterior. Se lo metió en la boca y lo masticó tragándolo enseguida. Seis pastillas. Seis de las que había cogido de uno de los innumerables botes marcados con la palabra Eukodal.

Un adulto tarda alrededor de cuatro minutos en ahogarse y Félix cumplía el primero bajo el agua, con las pastillas recorriendo su aparato digestivo. Se acercaba al segundo minuto hundiéndose, quedando inconsciente poco a poco..., sintiendo el frío. Pero, en el tercer minuto, poco a poco, su cuerpo empezó a reaccionar, a recuperar la movilidad. Sintió que movía los dedos de los pies, enseguida, los gemelos, las piernas. Los brazos recuperaron el tono segundos después. Empezó a nadar hacia arriba. Su única esperanza se había confirmado: el Eukodal, del que no había oído hablar, era una de las drogas que los altos mandos nazis tomaban para mantenerse eufóricos, activos, fuera de sí. El catálogo era amplio: mezclas de cocaína, metanfetaminas, opiáceos y de todo tipo de narcóticos para estimular a los líderes. Drogas que tomaban Hitler y Goering. Drogas que también tomaba Goebbels, que era morfinómano. Drogas que se suministraban a las tropas, como el Pervitín, que hacía que los soldados marcharan horas y horas. Félix no sabía nada de aquello, pero recordaba la mayoría de las cosas que le parecían interesantes. Recordaba que el capitán Hillgarth le explicó la afición que tenían los nazis a aquellas sustancias en uno de sus paseos a caballo por el Club de Puerta de Hierro. Aquel hombre lo había ayudado una vez más.

Nadó hasta la orilla y se internó entre la vegetación para estar seguro de que Blaz no lo veía, aunque la barca estaba muy lejos ya. Allí permaneció echado mientras su cuerpo pasaba de la parálisis al éxtasis y del aletargamiento a la taquicardia. Dos horas para dejar que su organismo volviera a ser el de siempre. Dos horas hasta que empezó a caminar hacia la población más cercana y salió a la carretera.

Pasaron tres coches hasta que uno lo recogió. Un camarero del hotel Llao Llao, que lo reconoció y, sin hacer demasiadas preguntas, le dejó que durmiera en su casa de La Angostura y le dio ropa a cambio de alguno de sus billetes mojados. También le dejó una pequeña furgoneta que la misma tarde utilizó para volver a la estancia donde Daisy y Pat permanecían secuestrados.

Tan solo los Braun, que llevaban viviendo allí varios años, conocían la finca mejor que él. Se desvió en el penúltimo cruce antes de llegar y aparcó entre la maleza para seguir a pie hasta el depósito de agua, un gran cilindro de hormigón colocado en una zona alta del terreno, desde donde el agua del pozo caía por gravedad a la casa. Tenía una vista perfecta de todo el complejo. Se sentó en la parte superior y, echado bocabajo, oteó la actividad durante horas. Se tranquilizó al ver que Daisy y Pat estaban bien. Había previsto la primera de las matanzas, pero la visión de los cadáveres de los tres SS quemándose le revolvió el estómago. Tramaba qué hacer, cómo salvar a Daisy antes de que fuera ejecutada, cuando, echado en el depósito, surgió la idea.

Volvió a La Angostura y maquinó durante horas. Todo lo que necesitaba estaba al alcance de su mano. Dos noches después, volvió a la Estancia Inalco y, colándose en el almacén, rellenó un bote que traía de casa con el cianuro contenido en la caja de IG Farben que había visto días atrás.

Estudió la Estancia durante días. Vio cómo cada uno se adaptaba a la rutina y creaba la suya. Blaz, siempre sentado, anotando cosas, escuchando la radio; Daisy, siempre en la misma parte del porche, sentada en la misma silla, viendo a su hijo jugar y leyendo con él; los Braun, siempre con las mismas labores. Los cinco SS patrullando y vigilando con horarios precisos e inamovibles. Una comunidad de once personas que no convivían, tan solo cohabitaban. Una comunidad en la que, salvo Daisy y el niño, todos eran malas personas desprovistas de piedad. Félix se armó de valor para no tenerla con ellos.

El 2 de mayo fue al pueblo en busca de una cizalla para cortar el candado de la trampilla que, sobre el depósito, daba acceso al agua. Había decidido actuar tres noches después, cuando la luna estuviera más baja, para huir en la oscuridad, pero, al entrar en la tienda, cuatro clientes conversaban acaloradamente.

—¡Le digo que ya está, que todo acabó! ¡Que con él todo acaba!

—Pues Doenitz dijo que la cosa continuaría..., ¡no se rindió!

—¡Eso es una pavada! —opinaba otro—. Hitler ha muerto. ¡Alemania se rendirá y los japoneses tardarán poco en hacer lo mismo!

Al oír aquello, Félix no pudo evitar intervenir.

—¿Hitler ha muerto? —preguntó atónito.

—¡Sí, claro! —dijo uno—. Toda la prensa lo lleva en portada. ¡La radio no habla de otra cosa! Ayer era un rumor, pero algunos periódicos de los Estados Unidos ya dieron la noticia. Se ha matado. ¡En su búnker de Berlín! Aquí lo tiene —dijo tendiéndole un diario.

Félix lo cogió. En portada, una foto de perfil del Führer ocupaba media página. La otra media se reservaba para un titular enorme: «HITLER MUERTO».

—Deme un periódico —pidió al tendero entregándole unas monedas.

Se sentó en un banco en la calle, absolutamente atónito. Hitler se había suicidado. Leyó ávidamente cada página. Era increíble. El Führer había ocupado la cabeza de la mayor parte del planeta durante años, varias veces al día, y de pronto desaparecía. Moría por sus propias manos para que nadie acabara con él. La radio alemana había informado de que había muerto en su puesto de mando. Doenitz era su sucesor y, probablemente, en busca de una negociación con la que salvar algo de lo que quedaba, había comunicado que la guerra continuaría. En otra parte se detallaban fotos de otros búnkeres de Hitler, para dar una idea de cómo podía ser el que lo había visto morir. En pocos días tendrían imágenes del de Berlín. Aparecían instantáneas del Wolfsschlucht 1 de Bélgica y del Wolfsschlucht 2 de Francia, el Werwolf en Ucrania, el Wolfsschanze en Prusia oriental. Félix abrió los ojos al traducir aquellos nombres: el barranco del lobo, el búnker del hombre lobo, la guarida del lobo... No lo podía creer. No lo podía creer. De pronto, como en una fórmula de ingredientes dispersos a la que se añade el que la hace reaccionar, todo cobró sentido y las piezas recogidas en conversaciones, datos y sucesos encajaron. El vello se le puso de punta y el corazón le empezó a palpitar como si hubiese vuelto a tomar Eukodal. Eukodal, claro. Los flashes de lo que había visto en el almacén le zarandearon el cerebro. EH, las iniciales de ella, marcadas en las cajas. El número 18 marcado en las cajas de él: la primera y la octava letras del alfabeto. Lo había tenido delante y no lo había visto hasta entonces. Daisy siempre llamándolo «lobo». El apellido falso de los que estaban por venir. No había duda. Todo estaba claro, pero todo se volvió alarmante. Cerró el periódico, compró la cizalla y decidió actuar esa misma noche. Ojalá no fuera demasiado tarde.

Subido a la furgoneta, volvió a penetrar en el bosque de la finca de Inalco para tumbarse sobre el depósito a observar lo que cada cual hacía. Estuvo todo el día allí, devanándose los sesos. Si los iba a envenenar, debía hacerlo de forma que estuvieran solos, separados los unos de los otros, para que la reacción de uno no advirtiese del peligro a los demás. Mientras cenaban, vio a la señora Braun preparar las habitaciones, abrir las camas y colocar la bandeja con las jarras de agua y los vasos que dejaba cada noche en las mesillas. Claro. Las jarras. Era perfecto.

Dormían bastante separados: Blaz en la zona de invitados, los Braun en dos habitaciones de la casa de los guardas. El barquero que lo había lanzado para que muriera en el lago, en la casa del muelle. Los SS en dos habitaciones separadas en el patio. Uno estaría haciendo guardia. Otros tres dormían en otra habitación. Ya había oscurecido cuando tuvo que rectificar su plan.

Los dos SS que los habían recogido al llegar se habían metido en sus habitaciones hacía unos minutos y todo el mundo parecía estar recogiéndose cuando Blaz se acercó a la habitación de los dos jóvenes con los otros tres SS, los que ya estaban en la casa cuando llegaron, pistola en mano. Esperaron unos segundos en la puerta y Blaz les indicó con la mano que se separaran. Luego Félix le vio hacer un gesto para que entraran. Los hombres abrieron la puerta de la habitación de sus compañeros de golpe y en cuestión de segundos se escucharon seis tiros. No le hizo falta que sacaran los cadáveres de la habitación para comprender que en la Estancia Inalco ya solo quedaba una persona a la que matar. Daisy. Todos los que habían participado en el trayecto desde España hasta Bariloche, todos los que sabían de la existencia y la finalidad de la casa, salvo ella (y el niño, que era intocable), habían sido eliminados. Los tres asesinos salieron de la habitación y asintieron con la cabeza al espía, que se dio la vuelta y volvió a la casa.

Félix esperó a que fuera noche cerrada. Rodeó la casa y, en la terraza donde pasaba los días Daisy, levantó uno de los tablones del suelo para dejar una nota advirtiéndola de que no bebiera agua (que no tuviera ya guardada) a partir de la siguiente tarde. Marcó la tabla con los dos signos de sumar que los identificaba.

Al día siguiente, mientras se servía la cena y las brasas del fuego que habían calcinado a los dos miembros de las SS se apagaban en el patio, Félix abrió la trampilla del depósito que abastecía la casa y vertió el cianuro. Con el agua, el veneno reaccionaba volviéndose aún más letal. Félix no era químico ni había envenenado a nadie, pero estaba seguro de que todo el que bebiera aquella noche no se levantaría la mañana siguiente. Daisy y Pat, a los que había visto actuar conforme a su advertencia y no bebían agua de la casa, se salvarían. Poco después vio cómo la señora Braun encendía las luces de los dormitorios una a una y rellenaba las jarritas con agua que luego dejaría en las mesitas de noche. Mientras, Félix se coló en la habitación de los SS asesinados el día anterior y, tras buscar brevemente, salió del lugar con una pistola en el bolsillo, decidido a aguardar a que la muerte llamara a la puerta de todos los habitantes de esa casa y huir con Daisy.

77

El padre

Blaz Munter había escuchado las noticias el día anterior, pero no había dicho nada a nadie aún. Les había quitado las radios a todos los residentes de la estancia sin dar ninguna explicación.

Aquello lo cambiaba todo. Nadie llegaría a Inalco. La tristeza no le sobrevino ni un segundo. La impresión sí, por supuesto. Luego llegó la ambición. Si todo se confirmaba, podría quedarse con todo el dinero. El director de la oficina bancaria de Bariloche había dicho que, si los Wolff no daban señales de vida en un límite de seis años, la cuenta cambiaría de titular y sería para el heredero del matrimonio, Patricio Wolff. Blaz sería el albacea del niño hasta que tuviera veintiún años, es decir, durante los cinco años siguientes a los seis que tardarían en dar a los Wolff por muertos. Suficientes para dejar la cuenta a cero. Patrick tenía diez años. Tendría que aguantarlo muchos años más, pero podía internarlo. El niño nunca sabría que era rico.

La impertinente Daisy García no tenía ni idea de que ya nada la protegía y de que su valor había pasado a ser cero. Moriría enseguida.

Ideó un plan que no estaba mal: informar de lo sucedido a todos, matar a Daisy, mandar a los SS a sus casas e ir a Buenos Aires a abrir la caja fuerte de la sucursal del Banco Español del Río de la Plata. Con eso tendría para vivir sobradamente en la Estancia Inalco.

Pobre niño. De su padre biológico se decían muchas cosas, pero lo cierto era que podía ser extremadamente afectuoso cuando quería. Lo era con su perra, también con los hijos de algunos amigos. Pero él era distinto: no conocía el afecto. No lo había sentido jamás a pesar de haberlo recibido. Cuando se miraba en el espejo, no podía asegurar que tuviera amor ni hacia sí mismo. Se tenía admiración, pero no amor. Miraba su cara neutra y solo sus ojos hipnóticos le resultaban reseñables.

A primera hora de la mañana, pediría a los SS que se llevaran a Patrick de paseo. Cuando volvieran, su madre lo habría abandonado para siempre. Eso le diría. Oh, cómo le gustaba el odio que se sembraba en los niños y que crecía y crecía como una hiedra, sin orden, sin sentido, sin motivo real. En pocos años, Patrick odiaría a su madre por haberlo dejado allí con Blaz. ¿Quién podría ser tan vil?

Se sentó en la cama y miró la jarrita de agua. «Quizá luego», pensó. Siempre tenía sed a media noche. Debía descansar, no todos los días uno se convertía en padre.

Quien espera a la muerte la oye llegar, y Félix, que la esperaba, aunque no para él, pegado a la fachada de la casa y a las ventanas de algunos de sus dormitorios, la oyó sutilmente a lo largo de toda la noche. Primero fue en la habitación de uno de los SS y luego en la del otro. Pequeños quejidos, algún grito breve y apagado que difícilmente despertaría a nadie. Luego nada. El SS que estaba de vigilancia moriría con toda seguridad, pues Félix lo había visto rellenar su cantimplora con el agua envenenada de la fuente del patio y, estando de guardia, seguro que bebería. El barquero, que vivía en una caseta sin agua corriente y también había rellenado una botella en la fuente antes de irse a dormir, tampoco le preocupaba. Escuchó a los Braun morir casi a la vez, poco después de que apagaran la luz de su dormitorio. Ambos tomaban pastillas antes de acostarse y las tragaban ayudándose con agua del grifo. Se quejaron unos minutos y fueron los que más ruido hicieron. El señor Braun intentó pedir ayuda y fue a la habitación de su hija, cuya luz vio encenderse Félix. Entró con tiempo para desplomarse. La hija no dijo nada, así que el español supuso que estaba muerta también.

Era la primera vez que Félix mataba a alguien y se sorprendió de su falta de culpa. Supo que llegaría. Quiso que llegara, porque confiaba en que su humanidad estuviera solo en suspenso, no muerta, pero, de momento, todos sus sentidos estaban focalizados en salvar a Daisy y a Pat.

No escuchó a Blaz ni vio la luz de su habitación encenderse, pero a las seis corrió el riesgo y empezó a revisar las camas de todos los que esperaba haber matado. Los SS sin duda lo estaban. Los dos tenían la cabeza apoyada en el suelo, con el cuerpo aún en la cama. Entró en la casa principal por la puerta de la cocina. Asomó la cabeza a los dormitorios de los Braun. La señora Braun estaba echada, con el cuello hacia atrás y la boca abierta, con patética expresión. Las piernas de su marido asomaban del interior de la habitación de su hija, tiradas en el suelo. Félix supuso que su hija ya estaba muerta cuando llegaron. Echada en la cama, su cara se había congelado con una mueca de dolor. «Eran malas personas», se dijo una y otra vez mientras trataba de permanecer frío ante la serie de asesinatos que había cometido. Se acercó a la habitación de Blaz, en la parte de invitados de la casa, cerca de la que había ocupado él. Abrió la puerta lentamente. En el suelo, la jarra de agua y el vaso yacían derramados. Félix supuso que les había dado un manotazo al encontrarse mal. Se acercó al alemán, que no reaccionó ante su presencia.

—Parece que, al fin y al cabo, usted tampoco verá la caída del Reich, herr Munter —le dijo Félix, que no podía quitarse de la cabeza la cruel forma con la que aquel hombre había intentado matarle.

Se relajó. Subió a la planta superior saltando los escalones de dos en dos hasta la habitación de Daisy. Llamó a la puerta con muchos golpes seguidos, con la cadencia que utilizaban para decirse que se querían. Enseguida ella abrió la puerta y se echó en sus brazos. Por la ventana, el sol del amanecer se filtraba por encima de los Andes, en la otra orilla del lago.

—Lo conseguiste —dijo emocionada—. Lo conseguiste.

—Sí —dijo Félix—. Iré a comprobar que el barquero y el vigilante también han muerto. Espérame aquí.

—No despertaré a Pat aún.

—No, será mejor que no vea todo esto. —Félix de pronto sintió una arcada—. No me puedo creer que yo... Nunca pensé...

—Nos has salvado, Félix. Dios sabe que esto es una guerra. Eran ellos o nosotros. El mundo estará mejor sin ellos. Ve a ver al barquero y al guardia.

—De acuerdo. —La miró a punto de derrumbarse—. Yo... No sé cómo voy a superarlo.

—Lo harás igual que los millones de hombres que han luchado en la guerra. Te lo tomarás como un paréntesis y nunca hablaremos de ello si no quieres. Ve afuera.

Félix bajó las escaleras rápidamente y, pasando por delante de la habitación de Blaz Munter, salió al vestíbulo y de allí al jardín delantero. Estaba llegando a la casa del barquero cuando se paró en seco. La cama de Blaz, que acababa de ver de reojo, estaba vacía. Se dio la vuelta y corriendo regresó a la casa.

—¡Daisy! ¡¡Enciérrate en tu habitación!! ¡¡Daisy!! —Acabó de subir las escaleras—. ¡Daisy! ¡Enciérrate! Blaz está...

—Vivo —oyó que el espía le decía desde la habitación de Pat, a su espalda. Félix se dio la vuelta lentamente. Daisy estaba en una esquina, sentada, con la nariz ensangrentada, mirando a Blaz, que, delante de Félix, pero con ella a la vista, cogía con una mano la cabeza de Pat y con la otra apretaba una pistola contra su sien. El niño, en pijama, permanecía helado, en *shock*. Escondía las manos dentro de los pantalones. No lloraba, no temblaba, el miedo no se lo permitía. Recordaba las amenazas que aquel hombre le había hecho cuando estaban en Rockmoss Isle y sabía que podía matarlo.

—Deje al niño. No tiene nada que ver en...

—Oh, por favor —interrumpió Blaz—. Usted ha leído muchas novelas heroicas. Sí, claro que tiene que ver. El niño tiene que ver en todo lo que los tres hemos estado haciendo durante años. Yo buscándolo, la señorita García escondiéndolo y usted preparando el plan de fuga de su padre. Sin el niño ninguno de nosotros estaría aquí.

—No lo matará. Usted no es nada sin el niño. No podrá acceder al dinero sin él.

—Podré acceder a la caja fuerte del banco de Buenos Aires.

Félix sonrió.

—Podrá hacerlo. Pero la caja de la que tiene la llave está vacía. En el mismo banco hay otra caja, en la que tuve la precaución de meter todos los bienes. Y esa no podrá abrirla.

—Miente —dijo Blaz, bastante seguro.

—No. Puedo mostrarle la llave. Es más, de haber revisado los papeles que firmó, habría visto que en el inventario bancario de los señores Wolff hay dos cajas con números consecutivos. Yo tengo la llave de la segunda. Si suelta al niño, se la daré. No lo necesita para abrir esas cajas. No necesita que se haga mayor de edad. —Lo miró a los ojos—. Usted es experto en analizar a la gente, sabe que no le miento.

No lo hacía. Blaz empezó a dudar. Se giró hacia Daisy, iracundo pero sereno.

—Vaya a mi habitación. Coja la carpeta que hay sobre la mesa. Si tarda más de quince segundos, mataré al niño. En la casa no hay armas, y tardará más de quince segundos en ir a la cocina a por un cuchillo. Si tarda un segundo más, escuchará un tiro. —La diseccionó con la mirada—. ¡Vaya! —gritó. Daisy se puso de pie y echó a correr. Blaz inició una cuenta atrás—. 15... 14... 13... 10... 8... 5... 3... —Con cada número apretaba más la sien de Pat con su pistola.

Daisy apareció con la carpeta.

—Siéntese en el suelo y lea la segunda página del primer documento —le ordenó Blaz.

Daisy obedeció y empezó a leer párrafo a párrafo el texto legal concerniente a las labores del administrador de la cuenta de los señores Wolff. Luego lo concerniente a las del albacea de su testamento. Blaz la interrumpía y le gritaba «¡eso no!» para que saltara de párrafo. Al fin llegó a la parte que interesaba al espía.

—En el Banco Español del Río de la Plata, cuenta a nombre de Helmut Wolff, cajas de seguridad en la oficina sita en la calle Reconquista 45, Buenos Aires.

Blaz esta vez sí escuchó el plural: «cajas».

—Deme la llave —dijo muy serio.

—Suelte al niño. Enciérrenos en la casa y váyase en una de las barcas. Coja las llaves de las otras. Lléveselas también las de los coches, tírelas al agua, sabe que están todas puestas. No podremos seguirlo. Para cuando hayamos conseguido salir de aquí, usted ya estará en Buenos Aires. Si no nos hace nada, se la daré. La llave está en esta casa, pero no la encontrará nunca si no le digo dónde. Si hace daño a Daisy o al niño, nunca la tendrá.

Mientras esperaba a que Blaz valorara la propuesta, vio con asombro la forma inequívoca de un cuchillo que Pat llevaba metido en los pantalones del pijama, donde seguía escondiendo sus brazos y manos. Miró al niño y supo que lo comprendía, que estaba atento a su señal.

—Hay un vuelo a las diez —continuó argumentando—. Tiene tiempo de cogerlo. Volará a Buenos Aires hoy mismo. Nosotros tardaremos por lo menos veinte minutos en tirar la puerta abajo de donde nos encierre. Sin barcas y sin coches, podemos pasar una semana aquí antes de idear cómo salir. Se le hace tarde, aproveche la oportunidad —dijo echando una rápida mirada a Pat.

Sus palabras hicieron que Blaz, inconscientemente, apartara la mano con la que sujetaba la pistola, que era la misma en la que llevaba el reloj. En ese instante, Félix se lanzó hacia él y Pat sacó el puñal de las Juventudes Hitlerianas para clavárselo en el primer sitio que alcanzó, que resultó ser la cara interior de la pierna del alemán. Blaz se agachó unos segundos y luego, rápidamente, pegó un tiro que dio a Félix en el hombro. Cuando estaba a punto de disparar de nuevo, Daisy se lanzó sobre él y lo tiró al suelo.

—¡El puñal! —le gritó a Pat. El niño, aunque atemorizado, se lo llevó corriendo a su madre.

Decidida, Daisy lo clavo una, dos, tres, cuatro, seis veces en la espalda de Blaz, que, con cada puñalada, se pegaba más al suelo. Al espía nazi aún le dio tiempo a disparar dos veces más mientras veía su vida acabar. No se movía, pero Daisy seguía clavándole el puñal una y otra vez.

Renqueando y sangrando profusamente, Félix se acercó a ella, la abrazó por la espalda y la obligó a soltar el puñal y acabar con su ataque de ira. La joven gritó con todas sus fuerzas antes de echarse a llorar. Félix dejó que lo sacara todo, apretándose contra ella. Pat, lentamente, se abrazó a la espalda del español como a la roca que los salvaría del naufragio.

—Carl Schultz tenía razón —dijo bajito el niño—: se pueden matar muchas bestias con ese puñal. —Miró el arma que el SS le había regalado y añadió—: Solo hay que escuchar a la sangre... y al honor.

78
VE

Lucy y Louis no se soltaron la mano en, prácticamente, todo el día.
EL día.
8 de mayo de 1945.
Ninguno recordaría uno de mayor alegría, alivio y orgullo colectivo.

El almirante Doenitz, sucesor de Hitler tras su suicidio, había empezado a negociar la rendición con los aliados cuatro días antes, intentando con sus movimientos que el menor número de alemanes cayera en manos soviéticas. Había aceptado entonces la rendición incondicional de las fuerzas alemanas de Dinamarca, el noreste alemán y los Países Bajos. Tres días después, el día 7, a las 2.41, en el cuartel supremo de la fuerza expedicionaria aliada en Reims se había firmado la paz con Alemania y la rendición incondicional de todas sus tropas de tierra, mar y aire.

Todos esperaban con ansia que llegara el día que se sabía inminente, pero nadie se había dejado aún llevar por la emoción. Millones en todo el mundo, y especialmente en Europa, se levantaban cada mañana con el despertador de la ilusión, corriendo a poner la radio y a leer la prensa para ver si, de una vez, con el fin del sueño acababa la pesadilla.

El día 7, cuando la noticia corrió de boca en boca, el suspiro de alivio, de pena o agotamiento se sintió en cada ciudad del viejo continente. Aunque la guerra siguiera en Asia, pues los japoneses no se habían rendido aún, en el teatro europeo había acabado, así que hablaban del Día VE, el de la victoria en Europa, no el de la victoria. La paz entraría en vigor a las 23.01 hora central continental del día siguiente. A las 00.01 en las islas británicas. Por supuesto, nadie esperó hasta aquella hora para celebrarlo. Lucy y Louis tampoco.

Londres y el Reino Unido entero eran el escenario de una explosión de júbilo que ninguno había conocido antes. Tras seis años de penuria, de bombas y miedo, nadie podía contener las lágrimas de alegría, los abrazos, los besos. Habían sobrevivido. Más de un millón de personas lo celebraba en las calles. Trafalgar Square, el Mall, Piccadilly, cada plaza y cada rincón eran una fiesta de cantos, banderas y sonrisas.

A las tres de la tarde del día 8, los Epson escucharon el discurso del primer ministro pegados a la radio de su casa en Eaton Square. Ni Lucy ni Louis trataron de contener las lágrimas. El servicio, que escuchaba de pie en la misma estancia, tampoco pudo hacerlo. Era demasiada la tensión contenida, el miedo disimulado, la tristeza guardada en la tarea de empujar, de no desfallecer, de ser fuertes y resistir..., pero lo habían logrado. Seguían en pie. Churchill, al que todos veían como el hombre que los había guiado a la victoria, no tuvo que pedir a los británicos por enésima vez que resistieran, sino que celebraran.

Tras el himno se abrazaron una y otra vez con cada miembro de la familia que vivía bajo ese techo, sintiendo que la emoción se descargaba de un cuerpo a otro y que nada, nunca, volvería a ser igual.

Luego Lucy y Louis se lanzaron a la calle. Decidieron empezar por acudir a las puertas del palacio de Buckingham, muy cerca de donde vivían. A su alrededor no había una sola cara que no mostrara una alegría completa. Llegaron a tiempo de ver el fin del saludo real desde el balcón, que no era el primero ni sería el último. El rey Jorge VI y la reina Isabel saludaban flanqueados por el primer ministro y las princesas Isabel y Margarita.

—Vayamos a Whitehall —propuso Louis cuando ya habían cantado *Rule Britannia*, *Jolly Good Fellow* y *Dios salve al rey*—, Churchill va a ir allí. No podrá resistirse a volver a hablar.

No fue fácil transitar el Mall desde Buckingham hasta Great George Street, cruzando el parque de St. James. Los londinenses querían celebrar. Por suerte para los Epson, Churchill tardó aproximadamente lo mismo que ellos en llegar al edificio y, para cuando se asomó, Lucy, Louis y todos quienes los rodeaban, que eran cientos de miles, ya estaban atentos y mirando hacia el balcón del imponente edificio engalanado con la Union Jack.

Churchill era perfectamente reconocible, con su traje oscuro y su pajarita, sus formas compactas, levantando el brazo y realizando el signo de la victoria a un lado y a otro. Cuando empezó a hablar, el país al que había servido volvió a callar, disfrutando cada palabra, creyendo cada coma y cada matiz de lo que decía.

Lucy apretó la mano de Louis más fuerte aún.

—Queridos amigos, esta es vuestra victoria —comenzó. Al instante, espontáneamente, la gente respondió.

—¡Nooo! ¡Es la tuya! —Pero enseguida todos volvieron a atenderlo.

Su oratoria era tan eficaz, tan sólida, tan desprovista de artificios y a la vez tan poco vulgar que lo escuchaban sintiendo cada palabra del resumen de aquellos años, que, finalmente, habían tocado a su fin. Churchill no escondía que lo que venía sería duro, pero la perspectiva de que fuera en paz era tan luminosa que no había quien viera una sombra.

—Esta es vuestra hora —les decía—. Esta no es la victoria de un partido o de una clase, es una victoria del conjunto de nuestra gran nación. Fuimos los primeros, en esta antigua isla, en sacar la espada contra la tiranía. Nos quedamos solos frente al poder militar más grande que se haya visto. Estuvimos solos durante un largo año. Ahí estábamos ¿Quiso alguien rendirse?

Todos gritaron

—¡¡¡Nooo!!!

—¿Nos desanimamos? —continuó Churchill.

—¡¡¡¡Noooo!!!! —gritaron aún más fuerte.

—Las luces se apagaron y las bombas cayeron del cielo, pero ningún hombre, mujer o niño de este país pensó en rendirse a la dificultad. Londres pudo con ello. De ahí volvimos tras meses en la boca del infierno, entre las fauces de la muerte, mientras el mundo entero se preguntaba: ¿cuándo se les acabará la fe y la determinación a los ingleses? Yo os digo que, en los años venideros, no solo la gente de esta isla, sino de todo el mundo, allá donde el canto de la libertad resuene en los corazones de la humanidad, recordará lo que hemos hecho y se dirá: «No te rindas, no cedas a la violencia y la tiranía, camina hacia delante y muere si es necesario».

Para entonces había pocos rostros que no estuvieran cubiertos de lágrimas. Recordaban el sufrimiento, las ausencias, tantas y tantas vidas perdidas en los campos de Europa y en partes remotas del mundo. Les quedaba el consuelo de que el trance los había hecho fuertes y los había unido. Con una sola voz, en cuanto Churchill acabó sus palabras bendiciéndolos a todos, los cientos de miles que lo habían escuchado en Whitehall entonaron el himno *Tierra de esperanza y gloria*.

Las corrientes de personas entre las que se dejaban arrastrar ayudaron a los Epson a llegar a la catedral de San Pablo, donde se habían programado diez servicios seguidos de acción de gracias. Muchos ingleses no eran especialmente devotos, pero aquel día todos sentían la necesidad de dar las gracias, y así, los laboristas vitoreaban a Churchill, los republicanos (¿había alguno?) a los reyes, y los ateos rezaban de la mano de los más devotos. Miles se arrodillaban dentro del templo y miles lo hacían en sus escaleras y frente a su fachada. La habían bombardeado varias veces, pero, igual que ellos, la catedral había sobrevivido. Cuando Lucy miraba alrededor, Londres parecía levantar la cabeza y estirar el cuello poco a poco hacia arriba, como una tortuga saliendo de su caparazón, respirando el aire limpio y mirando al cielo esperando ver nubes y no aviones. Los *pubs* ofrecían cerveza sin necesidad de gastar la cartilla de racionamiento, en cada calle se preparaban hogueras y estaba muy claro que lo celebrarían durante horas tal y como el día merecía.

—Todo el país celebrando —musitó.

—No todos —dijo Louis—. Ayer los Headland enterraron a su hija Unity. Se suicidó con un cuchillo en cuanto se enteró de que Hitler lo había hecho. Al segundo intento lo logró.

El comentario no provocó ninguna emoción en Lucy. Había coincidido con Unity una sola vez, años atrás, antes de que ella se instalara en Múnich siguiendo a los nazis. Lo que sabía de ella era lo que su amiga Lucy le había contado, nada bueno. La borró de su cabeza.

—Mamá ha organizado algo formidable en Glenmore, según creo —dijo Lucy.

—¿Lo dudabas? —apuntó Louis.

—Lamento no estar allí. Esta noche, a la hora oficial del fin de la guerra, volverán a poner la fuente en marcha. No quiso que estuviera encendida durante la guerra porque...

—Sí, lo sé: porque las fuentes son elementos festivos y no eran tiempos de fiesta.

—Será emocionante tras casi seis años apagada. Podría no haberse vuelto a encender nunca. Sé que piensa dejar que todos los niños que quieran se bañen en ella. Romperá la solemnidad, y me parece una idea genial. Ella es genial. Más de lo que nunca imaginé.

—A mi madre la guerra la ha cambiado... y con ella a todo Glenmore.

—Las obras de acondicionamiento de las caballerizas siguen a buen ritmo. Dentro de un mes se podrá instalar el colegio.

—Mis pobres caballos... —dijo Louis poniendo los ojos en blanco.

—Están en las caballerizas pequeñas, más cuidados que los del Aga Khan y listos para que los montes cuando quieras. Gracias al colegio podremos mantener Glenmore al máximo rendimiento, con caballos y todo lo que te guste. Nosotros y tus hijos.

—Mamá tuvo una idea brillante, sí. Hay que concederle eso. Respecto al recambio que viene... No creo que un par de cervezas le hagan mal, ¿no crees?

Lucy se tocó el vientre. Aún quedaban muchos meses para el nacimiento.

—No, no lo creo. Me extrañaría que una semilla plantada durante un bombardeo se estropeara por que la regaran con un poco de cebada. —Rio, contagiada del espíritu del día, sintiendo que nada podría con ella.

Habían vencido y sabían que se volverían a levantar, más fuertes, más orgullosos y más valientes que nunca antes.

79
Hogar al fin

Querida Lucy:

Te escribo desde la orilla de un lago de montaña enorme, que cambia de color conforme pasan las horas del día, un poco como hacemos los humanos.

Hace unos días, en una pequeña capilla cercana, me casé con el hombre que la guerra me descubrió, con el que, además, tuve un hijo que hasta hace un rato ha estado jugando con Pat, frente a mí, despreocupados y felices, como deberíamos crecer todos, aunque ya no seamos niños, porque pienso que nunca dejamos de crecer y los entornos bonitos suelen crear buenas personas.

Como tantas otras, esta tierra también se ha impregnado de sangre, de dolor y violencia, pero me he resistido a abandonarla y, con ello, a que los recuerdos de esos hechos pervivan apoderándose del lugar. Creo que todos debemos hacer lo mismo: mover la tierra, darle la vuelta, plantar hierba fresca y no dejar que el mal se quede con lo que un día ocupó. Ni en la tierra ni en nosotros. Ojalá las heridas sanen pronto; a estas alturas, la humanidad debería saber cómo hacerlo.

Esta es una carta para informarte de que todo salió bien y para decirte que, desde aquí, aunque esté lejos, sé que las cosas también han salido bien para ti. Ya ves que la información que pasan las embajadas no solo se refiere a misiones secretas y desembarcos en lugares equivocados, sino que también envían noticias igual de importantes y de tono más positivo. El capitán Hillgarth ha vuelto a demostrar saberlo todo y ser el mejor jefe posible. Sé que piensa descansar en Mallorca mucho tiempo y pocos lo tienen más merecido.

Félix, mi marido, se parece en algo a Louis, confía más en su mujer que ella misma. No necesita darme mi espacio, como dicen algunas modernas ahora, pues jamás ha sido suyo y jamás ha pretendido que lo fuera, pero compartimos todo lo que nos une, que es mucho. Tanto como lo que me une a ti.

Lucy, estoy cansada de los que evalúan sus afectos, los que ponen unos sobre otros, los que para decir que algo es bonito lo comparan con algo que lo es menos. Tampoco me identifico con los que se llenan la boca diciendo que quieren a sus hijos o a su marido como nunca habían querido. Eso no es lo que siento yo.

Cuando pienso en la generosidad con la que me acogiste y me diste una oportunidad en Glenmore sin conocerme, se me llenan los ojos de lágrimas y el corazón de gratitud. Qué cursi, ¿no? Desde aquí escucho a lady Maud enervarse con mis palabras, pero debes saber que cada una es cierta. Que me ayudaras cuando no tenías nada que ganar y tanto que perder es algo que no podré olvidar. La amistad y la generosidad plenas son así, ¿no crees?

Es por eso por lo que te digo, desde tan lejos, que te siento cerca y que jamás olvidaré lo que hiciste por mí. Que doy gracias a la providencia por ponerte en mi camino y de paso descubrir lo que es una amiga. Lo que la AMISTAD, así, con mayúsculas, representa. No, no quiero más a mis hijos o a mi marido: los quiero tanto como a ti, porque me diste la mano cuando no sabías ni quién era y porque, a pesar de que te metí en un gran lío y nunca sacaste nada de mí, jamás me lo echaste en cara ni te cansaste de ayudarme. Te subiste en mi barco cuando zozobraba e hiciste de mi trayecto el tuyo. Lo arriesgaste todo y no esperaste nada a cambio. Nunca tuve que ser yo la que tirara del carro porque tú estabas a mi lado, arrastrando un peso que no tenía nada que ver contigo. Protegiendo a mi hijo, escondiéndolo y luchando por él. Pero mi afecto no surge solo del agradecimiento, también de la admiración y de la necesidad de estar contigo en cuanto pueda, de tenerte cerca.

A mi alrededor ahora tengo nuevos afectos, pero ninguno le ha restado ni un poco al espacio que te tengo reservado para ti.

La guerra nos puso ante una situación tan complicada y cruel que la bondad brillaba más aún, así que, pese a todo, le estoy agradecida por eso. Agradecida de haber llegado a Glenmore y haber llegado a ti.

Ojalá nos veamos pronto. Sé que lo haremos en cuanto sea posible. Mientras tanto, cuando por la noche te asomes al salón de baile de Glenmore Hall y a través del techo inexistente veas las estrellas, recuerda que cada noche le pido a la que está más al sur que a todo el mundo le dé una amiga como la que me dio a mí, porque con una sola buena amiga, una de verdad, la vida merece ser vivida.

Tu amiga,

Daisy

Daisy dobló la carta y escribió la dirección de Glenmore Hall en el sobre. No puso remite, pues Félix le había pedido que durante unos años fueran cautos y mantuvieran en secreto su hogar. No tenían miedo. Todos los que conocían algún detalle de la operación Akela habían muerto y la pequeña red que sabía de la existencia de la Estancia Inalco sabía que el niño que corría por su jardín era el que desde un principio había sido destinado a ello. Un pobre refugiado nazi, hijo de un alto mando que jamás había llegado, así que ni siquiera para los nazis todo había salido mal. Félix sabía que el rumor sobre la identidad de Pat quizá se susurrara al principio, pero que luego todos pensarían que era una leyenda más y nadie la creería. Daisy opinaba lo mismo.

Se quedaron en la casa, propiedad del matrimonio Wolff, una pareja inexistente a los que, tras seis años de ausencia, darían por muertos. Entonces la heredaría su hijo Pat. Mientras, Félix, que ya era inmensamente rico a costa de los nazis, tenía además acceso a la caja fuerte del Banco Español del Río de la Plata, repleta de brillantes y objetos valiosos. No les hacía falta, pero tampoco estaba de más.

Félix se sentó al lado de Daisy y dejó a Manuel, que había llegado a Argentina con Araceli, en el suelo del porche por el que empezaba a gatear. En el muelle, Pat pescaba acompañado por su tutor, un chico joven con arranques de filósofo y aventurero que, aparte de geografía y matemáticas, le enseñaba sobre animales, plantas, deporte y muchas otras cuestiones mientras daban largos paseos por la finca. Aún era pronto para que el niño se prodigara más, pero, cuando lo hiciera, estaría preparado para comerse el mundo.

—Ojalá Manuel se parezca a Pat cuando tenga su edad —deseó Félix.

—Puede que lo haga —opinó Daisy—, pero no te preocupes; si no lo hace, te gustará también. Le daremos las herramientas para que sea un buen tipo. Una buena persona.

—Me gustaría haberlo adoptado. No puedo esperar a hacerlo.

—No necesitas ningún papel para sentirte su padre. Ni ninguna célula de su cuerpo. Si quieres ser su padre, lo serás. Basta con que, cuando Pat necesite un consejo, estés ahí para dárselo, o que, cuando busque un ejemplo, pueda mirarse en ti. Que cuando tenga un problema, comprenda que tú eres el que tratará de ayudarlo. Todos acabamos por encontrar un padre. Los más afortunados lo encuentran en casa. Otros lo buscan fuera. Puede llegar tarde y puede no ser el que nos dio la vida, pero, cuando lo encontramos, sabemos quién es, aunque no lo llamemos padre. Pat no ha tenido uno hasta ahora, pero estoy segura de que la espera habrá merecido la pena.

—Es solo que... Me gustaría que se llamara Pat Zurita... —dijo Félix levantándose para andar hacia el muelle.

Pat sería Patrick Wolff hasta que heredara la fabulosa fortuna que su padre nazi había depositado en las cuentas del Banco Español. Luego podría cambiar de nombre. Daisy estaba segura de que lo haría. Mientras veía a su marido alejarse, con el lago Nahuel Huapi de fondo, no pudo evitar susurrar.

—Por lo menos no se llama Patrick Hitler.

El Reich de los mil años duró solo trece. Pero el hijo del Reich tendría una larga vida.

Nota del autor

Los hijos del Reich fueron muchos y sus destinos, diversos. Muchos cambiaron sus apellidos y han vivido normalmente intentando que las acciones de sus padres no condicionaran su existencia. Algunos ocupan puestos importantes en empresas e instituciones. La mayoría ha dejado clara su oposición y su vergüenza por los hechos protagonizados por sus padres y acaecidos en su país durante el nazismo. Algunos —pocos— no lo han hecho.

No se conoce ningún hijo de Adolf Hitler pese a que durante algún tiempo un francés aseguró ser fruto de una relación del mismo con su madre durante la primera guerra mundial. Su hermana Paula fue su pariente más cercano y vivió discretamente hasta su muerte tras cambiar su apellido a Wolff. Los rumores sobre la suerte de su hermano Adolf han sido numerosos. Ninguno de los aliados lo dio por muerto hasta muchos años después del final de la guerra. Su cadáver jamás se recuperó y tras analizar el cráneo que obraba en poder de los soviéticos se descubrió que era de una mujer y, por tanto, no del dictador.

Se sabe bastante sobre las rutas de escape de los jerarcas nazis. Fueron exitosas y en muchos casos consiguieron que se perdiera la pista de su paradero. La Estancia Inalco, en Bariloche, existe y los rumores sobre su uso como refugio de nazis han sido base para mucha literatura y leyenda. No se ha demostrado nunca que estas leyendas fueran ciertas, pero sin duda son una buena fuente para historias de las que me he servido para esta ficción.

Algunos de los personajes son ficticios pese a que la mayoría están inspirados en otros, reales e igual de heroicos.

El esfuerzo de guerra del Reino Unido para afrontar el terror nazi cuando el país se quedó solo siempre ha sido para mi motivo de admiración y ejemplo de la fuerza que se consigue cuando se actúa unido.

Agradecimientos

Como siempre, mi primer agradecimiento es para mis padres y mi hermano Patricio (quien tiene un pequeño homenaje en uno de los protagonistas de este libro), pues se interesan por mi trabajo y me animan y dan ideas. También a mi gran familia de primos que son como hermanos y tíos que son como padres.

Gracias a la masía de San Antonio, en Cunit, que siempre ha tenido algo especial para mí y me inspira más y más (y ya la trato como a un viejo y excelente amigo). Gracias a mis abuelos que la cuidaron y a mi madre y sus hermanos que la conservan como ellos hubieran querido, comprendiendo, como Lady Maud, que solo somos depositarios de esta casa familiar y que debemos intentar que pase a la siguiente generación familiar en la mejor forma. Gracias a mi tía Cristina Bultó por ser tan generosa, responsable y desinteresada.

Mis numerosos y entregados amigos son la familia que tengo más cerca en Madrid y también mis mejores comerciales. Gracias a todos por ayudarme tanto siempre y lidiar con mis innumerables despistes. Sabéis quiénes sois. Gracias, perdón y ánimo para lo mucho que queda.

Mi madre, Paloma Cano y José Asín han sido nuevamente mis cobayas, los encargados de leer estas páginas antes que nadie y me han hecho llegar sus impresiones y su entusiasmo. Gracias de nuevo por estar siempre allí.

Mi editora Rosa Pérez es la mejor guía, consejera y valedora que podía tener en mi historia como escritor. Me ha cambiado la vida y le ha dado un sentido más, algo que nunca podré agradecer lo suficiente. También que aguante mi naturaleza «charlosa».

El profesor Fernando Lerma ha sido de nuevo indispensable en todas las tareas de verificación histórica que una novela de este tipo necesita. Sé que en otra vida fue un aristócrata con castillo, así que no podía haber encontrado un colaborador (y ya amigo) mejor.

Gracias infinitas a mi editorial, Espasa, y a todos los que trabajan en ella. David Cebrián, Sergio García, Laura Fernández, Elena de las Candelas, Sara Ayllón y todos los que me acompañáis y os ilusionáis tanto como yo en hacer de cada publicación un momento único (y de momento muy exitoso): sabéis bien que estas hojas son obra de todos. Perdón por meterme en todo y opinar tanto; en parte lo hago porque me gusta estar con vosotros.

Gracias a Ana Rosa Semprún, que me abrió las puertas y a quien siempre recordaré.

A Cruz, alias Ginger, que promociona más mis libros que los suyos y es todo generosidad y buena energía.

A mi vecino Javier, compañero de eventos literarios, que esta vez vinilará los ascensores de su casa.

Y gracias a todos los que me contactáis por redes sociales, que me saludáis por la calle y me hacéis llegar vuestro cariño de mil formas distintas. Gracias a los que me recibís en los platós y los que lo hacéis en las bibliotecas municipales, colegios, clubes de lectura o cualquier otro lugar.

Este libro también es vuestro.

En España este libro se terminó de imprimir
en Madrid, a 24 de agosto de 2024,
en el 80 aniversario de la liberación de París:
ojalá la Ciudad de la Luz
no se apague nunca más.